1318

Charlotte Link

Alla fine del silenzio

TEA DUE

Della stessa autrice
in questa collana:

La casa delle sorelle
La donna delle rose

CHARLOTTE LINK

ALLA FINE DEL SILENZIO

Romanzo

Traduzione di
Valeria Montagna
e Sergio Vicini

TEA

Visita *www.InfiniteStorie.it*
il grande portale del romanzo

TEA - Tascabili degli Editori Associati S.p.A., Milano
www.tealibri.it

Edizione su licenza della Casa Editrice Corbaccio

Titolo originale
Am Ende des Schweigens

Prima edizione TEADUE gennaio 2006

PARTE PRIMA

Stanbury era avvolta in un silenzio del tutto particolare.

Un silenzio grande che copriva ogni cosa, come se il mondo avesse smesso di respirare.

Probabilmente, pensò, saranno usciti tutti. A fare la spesa o qualcosa del genere.

Era abbastanza strano, perché nessuno aveva detto niente al mattino, mentre normalmente si parlava di programmi di quel tipo. Così come di qualunque altra cosa fra loro. A prescindere da quegli argomenti che avrebbero potuto far precipitare l'impalcatura. Ma fra questi non vi era certo l'andare a fare la spesa.

Tuttavia quel silenzio era più profondo.

Provò a pensare cosa ci fosse di diverso, ma non venne a capo di nulla. Forse il motivo era semplicemente che si sentiva molto stanca. Gli avvenimenti degli ultimi giorni, il malessere ricorrente dovuto alla gravidanza, il caldo insolito. Non riusciva a ricordare un aprile con un caldo così insistente. Appena prima era parso che l'aria si facesse più fresca, poi però era tornata quell'umidità opprimente.

Aveva camminato più di quanto intendesse fare, aveva fatto quasi il giro della proprietà, attraverso il boschetto a ovest e oltre le colline a sud. Solo allora si rese conto di quanto stesse sudando, aveva la faccia bagnata e i capelli appiccicati alla nuca, il respiro affannoso. Barney, il suo cucciolo, saltellava avanti e indietro come una palla di gomma ed era vispo come se non avesse ancora corso nemmeno un attimo quel giorno. Normalmente anche lei era una persona scattante ma durante la notte aveva dormito male, e nelle settimane passate aveva spesso vomitato. Ora, all'inizio del terzo mese, le cose sembravano andare un po' meglio, comunque si sentiva molto fiacca.

E poi era troppo vestita. Si era già legata la giacca intorno ai fianchi, prima, quando aveva risalito i prati più alti. Si era sorpresa più volte a guardarsi intorno con sospetto. Lo aveva incontrato ripetutamente durante le sue lunghe passeggiate solitarie. Come se avesse aspettato proprio lei, certo che sarebbe venuta. Aveva pensato di trovare in lei un'alleata, e forse non aveva poi tutti i torti. Il che naturalmente significava che lei stava infrangendo il comandamento supremo del gruppo, ma già da alcuni giorni si domandava comunque se per lei il gruppo esistesse ancora, o meglio: se volesse ancora farne parte.

Passò dall'alto cancello di ferro battuto che portava all'ingresso della proprietà. Come spesso accadeva era aperto; poiché il muro che circondava la proprietà era diroccato in più punti e in altri addirittura non c'era più, non aveva ovviamente alcun senso essere particolarmente pignoli circa il fatto che venisse chiuso.

Si guardò attorno speranzosa: se erano fuori tutti forse qualcuno stava tornando e avrebbe potuto darle un passaggio lungo il viale fino alla casa. La strada si snodava per più di un chilometro in leggera e costante salita. Fino all'anno prima lungo il ciglio a destra e a sinistra c'erano degli alberi a fare ombra, ma si erano tutti ammalati e li avevano dovuti abbattere. Questa circostanza aveva tolto molto del suo fascino alla salita, le basi dei tronchi tagliati avevano un'aria triste, e la selva retrostante, che aveva sempre contribuito a creare un'atmosfera romantica, all'improvviso appariva incolta.

È tutto molto in rovina qui, pensò.

Intorno non si vedeva nessuno e, dopo essersi fermata ancora un attimo a riprendere fiato, si avviò ad affrontare l'ultima tappa. Il pesante pullover di cotone che indossava le si era appiccicato alla schiena, e si sentiva i piedi gonfi e bollenti nelle scarpe da ginnastica alte fino alla caviglia. Il pensiero di una doccia e di un bicchiere di succo d'arancia gelato stava diventando quasi ossessivo.

Per il resto del giorno sarebbe stata con le gambe sollevate e non si sarebbe più mossa dalla sdraio.

La passeggiata era stata comunque bella, veramente bella.

L'Inghilterra in primavera riempiva il cuore. Aveva osservato i brandelli di nubi che passavano nel cielo azzurro chiaro e aveva odorato il tiepido vento carico di promesse, nel quale aleggiava profumo di boccioli; aveva accarezzato qualche pecora, di quelle che vivono libere nelle torbiere e che le si erano avvicinate senza alcun timore. I narcisi selvatici fiorivano negli avvallamenti e sui pendii e riversavano il loro giallo scintillante su quella terra scarna. Gli uccelli cantavano, trillavano in tutti i toni...

Gli uccelli!

Si fermò. All'improvviso capì. Capì il motivo di quel silenzio irreale che si stendeva su Stanbury.

Gli uccelli si erano zittiti. Non ce n'era più uno che cantasse.

Non riusciva a ricordare di aver mai sentito prima un silenzio così totale.

In un attimo aveva sentito il sudore raggelarsi sulla pelle, e rabbrividendo aveva sollevato le spalle. Perché mai gli uccelli erano silenziosi in una giornata così bella e soleggiata? Qualcosa doveva aver turbato la loro pace, in un modo così violento e definitivo che non avevano più alcuna gioia da esprimere con il loro canto. Forse un gatto, un gatto predatore e assassino, ne aveva catturato e ucciso uno, e le sue grida disperate erano terminate in questo silenzio pesante e senza respiro.

Benché si sentisse ancora spossata come prima accelerò il passo. Sentì un dolore al fianco, le sarebbe piaciuto correre come Barney ma non ne aveva la forza. Fra qualche mese sarebbe stata informe e gonfia e probabilmente avrebbe camminato barcollando come una papera. Dopo sarebbe tornata snella come prima? Stupidamente questo pensiero si fece sempre più insistente a mano a mano che si avvicinava alla casa, benché fosse assolutamente consapevole del fatto che in quel momento la sua figura fisica era l'ultima delle preoccupazioni. In realtà spingeva in primo piano quell'idea per non dover pensare ad altro. Pensare perché si sentisse gelare, benché avesse caldo, perché si sentisse la pelle d'oca in testa e perché avesse all'improvviso la sensazione di dover affrettarsi.

Perché la chiara giornata primaverile all'improvviso non fosse più chiara affatto.

Vedeva già il frontone della casa, una parte della bella facciata in stile Tudor, i riflessi del sole nei vetri a piombo. Seguendo una vecchia abitudine contò le finestre sotto il tetto – lo faceva sempre mentre camminava lungo il viale in salita –, e vide indistintamente dietro un vetro il mazzo di narcisi che aveva raccolto la sera prima e messo in un vaso.

Si fermò e sorrise.

La vista dei fiori le aveva ridonato la pace.

Poi vide Patricia, inginocchiata davanti alla tinozza di legno che stava in mezzo al cortile lastricato. Una tinozza che anticamente era servita come abbeveratoio per pecore e mucche, e che qualcuno, anni prima, aveva trovato in uno dei terreni che facevano parte di Stanbury e aveva portato lì. Da allora ci avevano piantato fiori, fiori primaverili, fiori estivi, fiori autunnali e in inverno ci avevano messo i rami di pino con intorno una treccia di lucine.

«Ciao», disse, «ma hai notato che caldo incredibile si è messo a fare?»

Probabilmente Patricia non l'aveva sentita, infatti non aveva risposto e non si era mossa, il suo corpo sottile sembrava ancora quello di un'adolescente, con i suoi jeans sformati, una camicia a scacchi bianca e blu e gli stivali di gomma.

Barney iniziò a ringhiare piano e all'improvviso si bloccò.

Si avvicinò di qualche passo.

Patricia non era inginocchiata davanti alla tinozza di legno come poteva sembrare a un primo colpo d'occhio, era invece piegata sul bordo, il viso rivolto verso il basso, nella terra fresca e umida. Il braccio sinistro pendeva da una parte e sembrava completamente girato. L'altro braccio era vicino alla testa, le dita delle mani conficcate nella terra come in cerca di un appiglio o di un qualcosa che valesse la pena di trattenere.

Sotto di lei, sul selciato, si era formata una pozza di sangue, e questo fatto contrastava con la prima immediata impressione che Patricia potesse avere avuto un collasso o un malore improvviso.

Era successa una cosa molto più terribile. Talmente terribile da non poterla nemmeno pensare fino in fondo.

Sapeva che avrebbe dovuto guardare quel che avevano fatto a Patricia e con attenzione allontanò il suo corpo dalla tinozza, cosa per nulla difficile, visto che Patricia aveva più o meno le dimensioni e il peso di una ragazzina. La testa le si piegò di lato, come se fosse stata attaccata solo a un filo di seta. Tutto quanto era intriso di sangue, la camicia, i lunghi capelli, la tinozza; e con ogni probabilità era sangue anche quello che aveva bagnato e reso pesante la terra nella tinozza.

Qualcuno aveva tagliato la gola a Patricia e, senza darsi cura, l'aveva poi lasciata lì dove la poveretta stava lavorando, dove stava togliendo i rami del pino di Natale per aggiungere nuova terra e poi piantare fiori freschi. Era soffocata, dissanguata, e nella sua lotta contro la morte aveva conficcato le dita nel terreno.

L'aria sapeva di sangue.

Gli uccelli avevano smesso di cantare per l'orrore.

Mai più, pensò, il silenzio di quel momento avrebbe abbandonato Stan-

bury. Mai più ci sarebbero stati una parola detta ad alta voce o una risata o il vociare allegro dei bambini...

A questo pensiero si passò senza volere una mano sulla pancia e si domandò che danno potesse provocare nel bambino il fatto che la mamma avesse subito un tale shock – che così fosse era infatti certo: uno shock era il minimo che si potesse avere ritrovandosi di fronte a un'amica con la gola tagliata, riversa su un vecchio abbeveratoio –, e se addirittura rischiasse di perderlo.

Solo allora si chiese se chi aveva commesso il fatto fosse sparito o se potesse invece essere ancora in giro, nascosto da qualche parte. E questo pensiero le paralizzò le gambe. Stava lì immobile e l'unica cosa che sentiva in quel silenzio di morte era il suo respiro affannoso per la paura.

SABATO, 12 APRILE – GIOVEDÌ, 24 APRILE

1

Pieno di stupore Phillip Bowen si ritrovò a confrontarsi con la constatazione che in vita sua mai aveva odiato veramente qualcuno. Naturalmente qualche volta negli anni passati aveva pensato di provare odio – nei confronti di Sheila per esempio, quando, nonostante tutte le promesse e assicurazioni che gli aveva fatto, l'aveva poi ripetutamente sorpresa con l'ago nel braccio –, perciò adesso si rendeva conto che tutte queste emozioni avevano avuto a che fare con la rabbia, la sofferenza, la collera e il dolore, ma non con l'odio.

Perché l'odio lo provava proprio in quel momento, mentre stava davanti a quella casa della quale non gli apparteneva neanche una singola tegola, e si trattava di una sensazione così forte e potente che fu certo di non averla mai provata prima in vita sua.

La villa aveva uno stile semplice, liscio e senza fronzoli, aveva una sagoma lineare ed era come si sarebbe raffigurato la casa dei suoi sogni se mai fosse stato nella situazione di potersela immaginare. Aveva un piano terra e un sottotetto con piccoli abbaini e finestre con i vetri a piombo. A fianco della pesante porta d'ingresso di rovere si arrampicava l'edera, perdendosi poi da qualche parte nella ringhiera in ferro battuto di un balconcino del primo piano.

Girando intorno alla casa si arrivava alla imponente terrazza. Si estendeva per tutta la larghezza ed era limitata da una balaustra in pietra arenaria che sul davanti si interrompeva per lasciare spazio all'ampia scalinata. Quattro grandi gradini portavano al giardino che era in realtà un parco: era vasto, comprendeva prati e boschi, era circondato da un vecchissimo muro di pietra, che in tanti punti era diroccato o addirittura scomparso, tanto che risultava difficile riconoscere i veri confini della proprietà. Phillip aveva guardato ogni cosa. Aveva girato intorno a tutta la proprietà, a tutti i terreni, e aveva camminato per quasi quattro ore.

Adesso stava salendo i gradini verso la terrazza cercando di immaginare cosa si potesse provare a salire e scendere quei gradini quotidianamente, con noncuranza, sapendo di possedere tutto ciò che lo sguardo può cogliere intorno.

In un angolo ombroso della terrazza vide dei grossi vasi di terracotta, con dentro fiori rinsecchiti, segno che la proprietà veniva utilizzata come casa di vacanza e nei periodi intermedi veniva riordinata solo di tanto in tanto da un giardiniere e da una donna di servizio. Anche l'erba nella zona più vicina alla casa era alta. In paese Phillip aveva ottenuto molte informazioni. Aveva parlato con la proprietaria del negozietto, che ben volentieri gli aveva raccontato quello che sapeva.

«Mia sorella ci va a fare le pulizie, ogni tre settimane controlla che sia tutto a posto. E prima che arrivino i padroni cambia l'aria e toglie la polvere, qualche volta mette anche i fiori freschi nelle camere. E poi c'è Steve, il giardiniere. In realtà non è proprio un giardiniere, lavora a Leeds in una qualche ditta... ma, si sa, i soldi non bastano mai, quindi gli fa sempre comodo qualche lavoretto qui e là. È lui che taglia l'erba e si occupa dei terreni...» Phillip l'aveva interrotta subito, perché della storia del giardiniere Steve non gli importava particolarmente.

«I proprietari sono tedeschi, vero?»

«Sì, ma sono molto per bene.» Phillip immaginò che la negoziante potesse avere più o meno sessantacinque anni, e quindi che fosse bambina durante la guerra e potesse perciò avere qualche pregiudizio nei confronti dei tedeschi, come risultava evidente dalle sue parole. «Non è che se ne sappia molto qui. Vengono a fare la spesa naturalmente, ma non sono interessati a scambiare qualche parola. Forse dipende dalla lingua. Non è la stessa cosa chiedere del burro o del pane e fare una vera e propria *conversazione*, no? Solo una delle donne si è fermata qualche volta a chiacchierare... sembrava aver voglia di parlare anche con altre persone, oltre a quelli di casa. Era carina. Spagnola. Capelli neri, molto attraente. Ma è un pezzo che non viene più... Steve mi ha raccontato che si è separata dal marito. Lui si è risposato l'anno scorso. Con una simpatica, a onor del vero.»

«Sono tre le coppie che vengono qui?»

«Certo. Sempre, tutte le vacanze, e sempre tutti insieme. Poi ci sono tre ragazze, ma di chi siano figlie... Una è un po' più grande, una bella ragazza, alta, sulla quindicina... piuttosto... direi...» Con le mani aveva descritto un seno florido; Phillip ne dedusse che la ragazza in questione doveva essere già piuttosto formosa.

«Una volta», aveva aggiunto la donna a bassa voce, «è venuta in paese alla festa d'estate, mi pare l'anno scorso. A notte fonda Rob – mio figlio, perché lei lo sappia – l'ha beccata in compagnia del giovane Keith Mallory nel suo fienile, nel fienile che appartiene alla cascina di Rob, e si è arrabbiato sul serio. Se fosse successo qualcosa non poteva saperlo. Comunque è corso a dirlo al padre di Keith Mallory, poi voleva andare anche dal padre della ragazza, ma io ho pensato che era meglio di no. Alla fine sono cose che non ci riguardano, e non si sa mai... sono stranieri, chissà che fastidi possono creare al povero Keith! Già durante la festa Keith le aveva ronzato attorno per un pezzo, così ha detto qualcuno che li ha visti. E apparentemente la storia non ha avuto conseguenze, altrimenti ne avremmo certamente sentito parlare.»

Phillip si interessava poco a fatti del genere, era invece evidente che la sua interlocutrice ne era molto affascinata.

«Conosce per caso una delle donne, Patricia Roth?» Pronunciò il nome alla tedesca, perché con ogni probabilità anche *lei* lo pronunciava così. «È la proprietaria di tutto.»

«Sì, così dicono. È stata una vicenda ereditaria un po' complicata. Il vecchio Kevin McGowan voleva lasciare la proprietà al figlio che vive in Germania, il quale però non era interessato e quindi è passato tutto direttamente alla nipote. Immagino che sia la persona che intende lei. Patricia Roth.» Era rimasta pensierosa: «Credo di aver capito chi è. Una piccolina, minuta. Secondo me è la mamma delle altre due ragazzine. Che avranno, credo, dieci e dodici anni. Carine. A volte le accompagna dai Sullivan, alla fattoria ai margini del paese. Vanno lì a cavalcare i pony».

Stava pensando a questo colloquio nel momento in cui si era trovato sulla terrazza con lo sguardo rivolto verso l'alto a contare le finestre, senza sapere perché diavolo lo facesse. Patricia ancora non riusciva a figurarsela; il fatto che fosse piccolina e minuta era un indizio in più, ma non gli diceva niente riguardo al suo viso, alla sua voce, alla sua figura. La donna la cui esistenza aveva ignorato fino a quasi due anni prima. Fino a quell'estate in cui sua madre aveva improvvisamente iniziato a raccontare...

Fra due giorni, così gli aveva detto la sua informatrice del negozietto, sarebbero arrivati tutti di nuovo, per due settimane piene, per le vacanze di Pasqua. Lo sapeva dalla sorella perché l'avevano prenotata per le pulizie.

Sicuramente, pensò girandosi a guardare il giardino, avranno avvisato anche Steve.

In effetti l'erba era molto alta, bisognava assolutamente tagliarla al più presto. Nel mese di marzo e nelle prime due settimane di aprile sole e pioggia si erano alternati in continuazione. La natura stava esplodendo.

Yorkshire occidentale. La terra delle sorelle Brontë. Sogghignò. Era incredibile che fosse finito proprio lì. Proprio lui che era londinese fino al midollo. Che non era mai riuscito nemmeno a immaginare di poter vivere altrove, se non forse in un'altra grande città: New York o Parigi, magari Madrid. In queste tre città si era sentito a casa in alcune fasi della sua vita, ci si era sentito bene, pur rimpiangendo sempre Londra, in fondo.

E adesso, a quarantun anni, era a Stanbury, un paese che non si trovava nemmeno sulle cartine stradali, innamorato di una casa e dell'idea di uno stile di vita che non avrebbe mai pensato di poter coltivare dentro di sé.

Cercò di sbirciare dentro casa attraverso una delle finestre, ma non riuscì a distinguere niente; le pesanti tende interne erano chiuse. In effetti stava già pensando più o meno seriamente alla possibilità di entrare in qualche modo – magari una delle finestre della cantina non chiudeva bene, oppure c'era una porta laterale con una serratura che si poteva facilmente scassinare –, quando sentì arrivare dalla salita un'automobile che si fermò sull'altro lato davanti alla porta d'ingresso. Girò velocemente intorno alla casa e vide scendere da una macchinetta sgangherata una donna, abbastanza avanti negli anni. Indossava un grembiule a fiori e aveva in mano un cesto pieno di roba varia. Pensò che poteva trattarsi della donna delle pulizie.

Le si avvicinò, spaventandola, tanto che ora lei lo guardava con sospetto.

«Sì?» gli domandò, come se lui avesse detto qualcosa.

Phillip sorrise. Sapeva di poter apparire affascinante e di poter ispirare fiducia.

«Meno male che è arrivata lei», disse. «Fa le pulizie qui, vero? Ho già parlato con sua sorella...»

Il volto della donna si rilassò. Il fatto che conoscesse sua sorella lo rendeva immediatamente meno sospetto.

«Mi chiamo Phillip Bowen», si presentò tendendole la mano, «sono un parente di Patricia Roth.»

«Ah? Non sapevo proprio che la signora Roth avesse parenti in Inghilterra.» Gli strinse la mano. «Sono la signora Collins. Venivo ora a pulire la casa.» Indicò il cesto nel quale, ora Phillip poteva vederlo bene, portava ogni genere di detersivo. «I signori arrivano dopodomani.»

«Sono proprio felice di averla incontrata qui. È già da qualche settimana che Patricia mi ha pregato di dare un'occhiata al riscaldamento... Ci doveva essere qualcosa che non funzionava già durante le ultime vacanze, e in aprile potrebbe essere ancora necessario accenderlo...» Sorrise di nuovo, come un ragazzo consapevole di aver combinato qualcosa. Alla lunga serie di tentativi di avviare una carriera lavorativa apparteneva anche la frequenza di una scuola di teatro e, benché non avesse portato a termine nemmeno quella, gli insegnanti gli avevano sempre riconosciuto un discreto talento, soprattutto per quanto riguardava la capacità di modificare l'espressione del volto. «Però, succede sempre così, ho rimandato fino all'ultimo momento...»

A questo punto la donna ricambiò il suo sorriso. «Lo so bene anch'io. Si pensa sempre di avere un sacco di tempo, e poi bisogna fare tutto in fretta. Lei è un tecnico del riscaldamento?»

«No, no. Ne capisco qualcosa. Per lo meno Patricia ne è convinta!» Sapeva di aver azzeccato il livello giusto di conversazione, quello naturale, che piaceva ai tipi come la signora Collins. «Il problema è che... non trovo più le chiavi! Ho rivoltato le tasche, ho rovistato in tutta la macchina: niente!»

La signora Collins si tirò un po' indietro, quasi impercettibilmente. «Ma lei ha le chiavi di casa?»

«Sì. Ma non le ho mai usate. Pensavo di averle in macchina. Maledizione!» Si grattò la testa. «Patricia si seccherà di sicuro con me! Se viene freddo all'improvviso e il riscaldamento non funziona...»

«Vuole che la faccia entrare io?» concluse la signora Collins, e lui le avrebbe quasi gridato in faccia *perfetto!*

«Sarebbe proprio gentile da parte sua.»

«Sì... non so...»

«Tanto in casa c'è anche lei. Non credo proprio che riuscirei a portare fuori oggetti preziosi senza farmi vedere. Le assicuro che voglio solo controllare il riscaldamento.»

Le leggeva in faccia che in quel momento le passavano per la testa immagini e parole che aveva visto e sentito: di uomini che ingannano la fiducia di donne vecchiotte, poi le prendono a martellate in testa e spariscono con tutto quello che trovano, lasciando solo gli infissi delle porte! Del resto non poteva darle torto. I giornali non parlavano d'altro.

«Va be'», aveva detto, «non mi va di insistere. Lei non mi conosce e sicuramente fa bene a essere prudente. Vedrò...» Lasciò la frase incompleta e si voltò per andarsene.

La signora Collins si scosse.

«Aspetti un momento! Non è obbligatorio non fidarsi mai di nessuno, no?» Prese le chiavi dalla tasca del grembiule. «Venga. Entriamo.»

Per prima cosa era sceso in cantina ed era entrato nel locale caldaia facendo un po' di rumore, poi era risalito e aveva detto alla signora Collins, che stava togliendo la polvere in sala da pranzo: «Devo aprire i termosifoni in tutte le stanze. Posso?»

La signora Collins sembrava non aver più alcuna riserva nei suoi confronti. «Vada, faccia pure», disse.

Notò che l'arredamento della casa non poteva certo definirsi lussuoso. C'era qualche bel mobile vecchio, probabilmente comprato a suo tempo dal vecchio Kevin McGowan, il quale lo aveva lasciato al suo erede con tutto il resto, ma la casa era sostanzialmente arredata in modo molto semplice: c'erano poltrone e divani comodi ma di sicuro non costosi, molti cuscini e lampade basse, scaffali grezzi, pieni di libri. Gli sembrava di poterli vedere, nelle fredde serate invernali o nelle umide e burrascose serate primaverili, seduti in sala intorno al camino, a leggere e a chiacchierare sottovoce, qualche bicchiere di vino qua e là. Magari con i bambini che giocavano per terra e... Attenzione! Il suo volto si contrasse in un sorriso cinico non appena realizzò quanto l'atmosfera da nido accogliente della vecchia casa di campagna lo avesse già portato a figurarsi il quadro di un idillio del tutto idiota. Probabilmente la realtà non era così perfetta. Intanto era già venuto a sapere che una delle ragazze andava in giro di notte a sbaciucchiarsi nei fienili degli altri, e non partecipava alla vita familiare davanti al camino. Ed era più che probabile che anche le tre coppie di amici non andassero sempre d'amore e d'accordo. La casa era spaziosa, ma si era comunque costretti uno addosso all'altro per settimane, e in caso di pioggia la situazione doveva essere ancora più pesante. C'erano una cucina, una sala da pranzo, un salotto. Il che significava che i sei adulti e i tre figli dovevano sostanzialmente organizzare insieme il programma delle giornate.

«Vado di sopra», disse alla signora Collins, che fece segno di sì con la testa, distrattamente, mentre passava un prodotto lucidante sul tavolo da pranzo.

Dall'ampio ingresso una scala portava al primo piano. C'era un pianerottolo, sul quale si affacciavano parecchie porte, e una specie di scaletta a pioli, che probabilmente saliva al solaio.

Phillip aprì a caso la porta più vicina alla scala e si trovò in una stanza molto romantica con un letto a baldacchino, una gran quantità di candele, un vecchio lavabo molto ben restaurato e pesanti tende di broccato alle finestre. Nell'armadio erano appesi alcuni raffinati completi che sicuramente erano costati non poco. Per un attimo si domandò se fossero di Patricia, ma non era possibile. Dalle descrizioni che gli avevano fatto Patricia doveva essere piccola e minuta. Questi completi invece erano adatti a una donna florida, quasi grassa.

Con un rapido sguardo dalla finestra constatò che da qui si vedeva il viale sinuoso che dalla casa portava in direzione del paese, dapprima costeggiando un prato, poi attraverso un boschetto selvaggio i cui alberi erano già carichi di tenere gemme primaverili.

Proprio carina questa camera, pensò fra sé, mentre ispezionava il bagno in cui si entrava per una porta a scomparsa, che era attrezzato in modo molto moderno e confortevole. Deve essere piacevole svegliarsi qui la mattina, sentire gli uccelli che cinguettano nel parco e farsi una bella doccia calda.

Vedeva davanti a sé la sua camera da letto, che non meritava nemmeno di essere definita tale, visto che il suo appartamento in una delle zone più misere di Londra era costituito da una sola stanza con angolo cottura, e per andare a dormire doveva aprire il divano letto e tirare fuori il cuscino e le coperte da un armadio. Non aveva un vero e proprio bagno: nella zona mansardata un tramezzo piuttosto conciato nascondeva una doccia. Sulle scale c'era un gabinetto che divideva con altre cinque persone. Una vita di merda la sua, senza la minima prospettiva di miglioramento.

E invece no. Una piccolissima forse c'era. Forse adesso.

Nella stanza successiva, che era di fianco alla precedente, fu letteralmente sopraffatto da Patricia, che gli sorrideva da almeno due dozzine di foto, attaccate alle pareti, sui tavoli e sui ripiani. Non era mai fotografata da sola, sempre con l'intera famiglia: una donna decisamente piccolina, gracile, molto bionda e molto attraente, quasi sempre fra le braccia di un bell'uomo alto, a fianco di due bambine piccole, carine e bionde come la mamma, quasi sempre ritratte a cavallo di pony o mentre accarezzavano cuccioli di cane. Phillip si soffermò su ognuna delle foto. Gli sembrava che non fossero foto scattate a sorpresa ma quadretti sapientemente preparati, che rendevano l'idea della famigliola perfetta e felice con un'intensità assolutamente fasulla.

Vuole rappresentare qualcosa, pensò, a qualunque costo. Guardate come siamo felici! Guardate com'è bello il nostro mondo! Il marito perfetto. La moglie perfetta. Le figlie perfette.

Quand'è che si ostenta un quadretto familiare in modo così compiaciuto? si domandò. Quasi sempre quando c'è qualcosa che non va.

Studiò ancora una volta il volto della donna. Doveva avere una trentina d'anni e sicuramente non aveva mai fatto un lifting, anche se il suo sorriso aveva quella rigidità che spesso hanno i visi ritoccati. Non c'era luminosità nel suo sguardo. Solo una volontà di ferro. E dura disciplina.

Non sarebbe certamente stata un'avversaria facile.

Entrò nella terza stanza che però non gli fornì alcuna informazione sulle persone che la occupavano. Nessuna foto, nessun vestito nell'armadio. Appesa all'attaccapanni c'era una solitaria vestaglia bianca. La stanza aveva un aspetto nudo e spoglio, solo le tende rosse alle finestre le davano un po' di colore. Era come se qualcuno avesse tolto tutte quelle cose che un tempo l'avevano resa accogliente e avesse per ora scordato di rimetterci nuovi oggetti che potessero farne un luogo caldo e familiare. Gli venne in mente l'uomo che si era separato e da non molto risposato. Avrebbe potuto scommettere che era quella nuova coppia a occupare la camera.

Stava per salire sulla scaletta a pioli per dare un'occhiata anche alle stanze dei figli, quando nell'ingresso squillò il telefono.

Maledizione, pensò.

La signora Collins si diresse con passo rapido all'apparecchio. Sentì il rumore delle sue scarpe sulle mattonelle.

«Sì, pronto?» la sentì dire, e poi: «Oh, signora Roth... come sta?... Sì... sì...»

Per un bel po' la donna stette ad ascoltare, dicendo solo qualche «sì» e qualche «va bene». La perfetta Patricia le stava probabilmente snocciolando una serie di indicazioni su come dovesse riordinare la casa e su come desiderava trovare le cose. Certamente prima o poi la signora Collins le avrebbe detto che il solerte cugino, o zio o nipote o sa il cielo chi, era venuto a riparare il riscaldamento. E a quel punto sarebbe stato meglio per lui aver già tagliato la corda.

E poi, gli venne in mente, Geraldine lo stava aspettando. Da più di mezz'ora. Era abituata ad aspettare ma non poteva neanche esagerare.

Con un'aria volutamente indifferente scese dalle scale. La signora Collins gli ricordava un agnello sacrificale. Phillip non poteva capire cosa stesse dicendo Patricia ma poteva sentire la sua voce. Parlava in tono chiaro e alto.

Ho finito, fece segno alla signora Collins, *me ne vado!*

Naturalmente quella linguacciona non poté fare a meno di raccontare tutto. Forse semplicemente colse l'occasione per interrompere il fiume di parole di Patricia.

«Signora Roth», disse affannosamente, «eh... signora Roth, c'è qui quel suo parente. Per il riscaldamento. L'ho fatto entrare io. Ha già sistemato tutto.»

Evidentemente Patricia era rimasta senza parole, perché per un attimo all'altro capo del telefono ci fu silenzio.

Poi disse qualcosa e la signora Collins fissò Phillip con occhi terrorizzati. «Come?» domandò. «Lei non ha parenti inglesi?»

A Phillip parve che la voce gracidante all'altro capo avesse ora un che di isterico.

«Il riscaldamento funziona benissimo?» ripeté la signora Collins. Nei suoi occhi era passato un guizzo nervoso. Con ogni probabilità si aspettava di essere buttata a terra, accoltellata o violentata. Invece, pensò Phillip che nel frattempo aveva quasi raggiunto la porta d'ingresso, dovrebbe capirlo che voglio solo andarmene.

Mise giù la cornetta, dalla quale si sentiva ancora provenire la voce di Patricia. «Ma chi è lei?» domandò.

Con la mano già sulla maniglia Phillip sorrise alla signora Collins. «Io *sono* un parente della signora Roth», rispose. «Solo che lei non lo sa ancora.»

La lasciò a smaltire la sua sorpresa e uscì verso la calda giornata primaverile.

Si era fatto un primo quadro della situazione.

2

Il diario di Ricarda

13 aprile. Domani, lunedì, vado da papà e poi andiamo insieme a Stanbury. Nessuno sa quanto mi manca. Neanche la mamma lo sa, perché il pensiero che io magari non stia volentieri con lei la renderebbe assolutamente infelice. Quando sono andata via da papà, lei mi ha domandato con chi volessi abitare e siccome aveva un'aria tristissima e mi sembrava molto sola ho detto: con te, mamma! Ma non era vero. Dentro di me ho continuato a gridare: con papà, con papà, con papà! Ma questo la mamma naturalmente non l'ha sentito, e io avevo la coscienza talmente sporca che l'ho abbracciata stretta stretta. Dopo non me l'ha più chiesto.

In fondo mi va bene stare con la mamma, ma papà è un'altra cosa, nessuno al mondo potrebbe sostituirlo. Darei qualunque cosa per poter stare sempre con lui. Se solo non avesse sposato quella donna orribile.

La odio, la odio, la odio!

È veramente terribile, non è possibile! È più giovane della mamma, ma molto meno carina, secondo me! Quando guida si mette gli occhiali e sembra una professoressa. Fa la veterinaria! A suo tempo papà ha cercato di farmela piacere proprio con questo argomento.

« Fa la veterinaria, pensa, Ricarda! Anche a te piaceva l'idea di diventare veterinaria! Jessica ti può raccontare un sacco di cose. E sicuramente ti porterà nel suo ambulatorio! »

Grazie, ne faccio a meno! Papà non riesce a rendersi conto che sono un po' cresciuta nel frattempo! A nove o dieci anni volevo fare la veterinaria. Tutte le bambine lo vogliono, anche Sophie e Diane adesso. Tipico. Io non so affatto quello che voglio diventare. Forse proprio niente. Voglio solo vivere. Conoscermi, conoscere il mondo. E dimenticare tutto. Tutto il casino con i miei genitori. Ma la gente non potrebbe pensarci prima se vuole restare insieme o no? Prima di mettere al mondo bambini innocenti? Dovrebbero fare una legge che proibisce di separarsi a quelli che hanno figli. Quando i figli hanno finito la scuola i genitori possono separarsi. E forse a quel punto tanti avrebbero imparato a sopportarsi di nuovo.

Quando la mamma mi ha annunciato che papà si risposava ho detto che a Stanbury con lui non ci sarei andata più. E che non lo volevo più vedere.

La mamma non mi ha preso sul serio, tanto non mi prende mai sul serio, ma poi io non ce l'ho fatta. Non vedere più papà sarebbe terribile, non potrei sopportarlo. La cosa più tremenda è che c'è sempre anche J. Ha sempre quell'aria schifosamente gentile e comprensiva e probabilmente le piacerebbe molto che io le confidassi i miei problemi e compagnia bella, ma sta fresca. Piuttosto allora racconterei qualcosa a Evelin, o a Patricia. Veramente a Patricia non credo. È fredda come un pesce morto e sorride come la pubblicità di un dentifricio. Evelin invece è proprio carina. Un po' scema, ma anche lei non se la passa tanto bene.

La cosa che mi piacerebbe di più è fare una vacanza sola con papà. Senza tutti gli altri. Soli, io e lui. Un giro in Canada con lui, in camper. È il mio sogno. Alla sera potremmo accendere il fuoco per arrostire marshmallows e guardare le stelle. E di giorno potrebbe capitarci di vedere un grizzly. E gli alci.

D'ora in poi lo scriverò su ogni foglietto con l'elenco delle cose che vorrei. A Natale, a Pasqua e al mio compleanno. Non scriverò altro che: *Vacanze in Canada sola con papà.*

Prima o poi lui esaudirà il mio desiderio.

In queste vacanze di Pasqua andrò di nuovo a Stanbury. Lo odio quel posto.

Odio J.

Odio la mia vita.

3

La prima sera a Stanbury si mangiavano sempre spaghetti. Era una tradizione vecchia di anni, e alle tradizioni ci si atteneva rigorosamente. Di solito erano le tre donne che preparavano la pasta e di solito si cenava poi tutti insieme in sala e si bevevano due bottiglie di champagne. La seconda sera erano gli uomini a preparare la cena, poi di nuovo le donne, e avanti così. Solo di tanto in tanto uscivano a cena in un pub.

Jessica si stupì di non incontrare nessuno, quando scese in cucina. Dopo l'arrivo si erano tutti ritirati nelle loro camere per sistemare le valigie, con l'accordo di iniziare a preparare la cena alle sette. Adesso erano le sette e un quarto.

Pazienza, pensò Jessica, comincerò da sola.

Si accertò che lo champagne fosse stato messo in frigo e riempì una grossa pentola di acqua. Dalla finestra poteva vedere il parco, sul quale si stendeva la morbida luce dorata del sole al tramonto. Già a mezzogiorno, dopo essere atterrati al Leeds Bradford International Airport, avevano notato come fosse caldo per essere il mese di aprile. Avevano ritirato le loro due auto al noleggio e durante il viaggio da Yeadon a Stanbury si erano tutti sfilati giacche e cappotti. Dappertutto fiorivano i narcisi selvatici e alcuni alberi avevano già le foglie verdi, chiare e fresche.

Jessica vide Leon e Tim camminare uno a fianco dell'altro sul prato; sembravano immersi in un colloquio molto serio, infatti avevano entrambi la fronte aggrottata e si guardavano in modo tutt'altro che sereno.

Leon era il marito di Patricia e i suoi amici si comportavano come se fosse lui il padrone di Stanbury, benché l'erede della proprietà fosse Patricia. In effetti Leon non aveva alcuna voce in capitolo e quando si discuteva con lui di qualcosa che riguardava la casa si sapeva comunque che sarebbe poi andato da Patricia a farsi dare le istruzioni.

Jessica mise la pentola sul fornello e accese il gas. Era la seconda volta che veniva a Stanbury per Pasqua e la sesta complessivamente, perché nel frattempo erano stati lì per la Pentecoste, in estate, in autunno e a Natale. Sapeva ormai dove mettere le mani in cucina e comunque quella casa e quel paesaggio le piacevano molto. Tuttavia le capitava a volte di pensare che sarebbe stato bello andare da qualche altra parte con Alexander, suo marito. Sola con lui.

Per ironia della sorte condivideva questo desiderio con la figlia quindicenne di Alexander e sicuramente si trattava dell'unico punto di contatto fra loro. Jessica sapeva che Ricarda la odiava dal profondo del cuore. Quando poco prima avevano disfatto le valigie in camera, Alexander aveva preso dalla tasca dei pantaloni un foglietto e l'aveva dato a Jessica.

«Guarda. Leggi un po'. I desideri di Ricarda. Per Pasqua.»

Era un foglio con i buchi, strappato senza attenzione alcuna da un quaderno ad anelli. Ricarda non si era nemmeno sforzata di scrivere bene e in modo chiaro.

In alto aveva scarabocchiato *I miei desideri* e sotto, a caratteri molto grandi e premuti sulla carta: *Vacanze in Canada sola con papà.* La parola *sola* l'aveva sottolineata tre volte, con un tratto molto spesso.

«E perché non vai veramente a fare un viaggio da solo con lei?» gli aveva domandato Jessica restituendogli il foglietto. «Forse vi farebbe bene. Evidentemente non riesce ad accettare la tua separazione da Elena. E ancor meno il fatto che tu ti sia risposato. Forse dovresti cercare di comunicarle la certezza che una parte del tuo cuore appartiene ancora a lei, e a lei soltanto.»

Alexander aveva scosso la testa. «Non ho voglia di stare lontano da te per settimane.»

«Ma io lo capirei. E forse questo aiuterebbe anche noi.»

«Però dovrebbe cominciare a comportarsi in un altro modo. Visto come ti tratta non merita alcuna ricompensa. Se esaudisco questo suo desiderio si mette in testa che può permettersi qualunque cosa. Conosco mia figlia.»

Dal momento che Ricarda aveva già annunciato in macchina che non avrebbe assolutamente partecipato alla cena collettiva, Alexander era ora salito nella mansarda per parlare con lei. Jessica era curiosa di vedere se avrebbe ottenuto qualcosa.

La porta si spalancò ed Evelin entrò precipitosamente, senza fiato. Si era cambiata per la cena e come sempre era vestita in modo un po' fuori luogo. Indossava un abito di seta azzurro cielo, tagliato in modo volutamente semplice per nascondere la sua figura, un abito che Jessica avrebbe forse indossato per andare a teatro. A Stanbury si metteva quasi esclusivamente jeans e maglioni.

«Sono in ritardo», disse Evelin, dando non la sensazione di una donna matura ma di una scolaretta che si vergogna per una mancanza, «mi dispiace. Non mi sono resa conto di quanto tempo fosse passato.» Aveva delle macchie rosse sul volto per l'agitazione. «Dov'è Patricia?»

«Anche lei evidentemente non si è resa conto di quanto tempo fosse passato», disse Jessica in tono tranquillo. «Non ti preoccupare. Ce ne vuole, comunque, perché l'acqua bolla.»

«Non capisco dove si è cacciato Tim.»

Jessica indicò la finestra. «È là fuori con Leon. Sembra che quei due stiano facendo discorsi molto profondi.»

Evelin si sedette su una sedia. «Devo tagliare i pomodori?»

«Non con quel vestito. E poi... la tua mano!»

Evelin aveva la mano sinistra bendata, aveva avuto un incidente giocando a tennis, come aveva detto agli altri alla partenza, al mattino. Evelin giocava regolarmente a tennis e andava quotidianamente in palestra, faceva jogging e frequentava un corso di aerobica, ma era assolutamente negata per lo sport, impacciata al punto da farsi spesso male. Niente di strano, con la figura che si ritrova! pensava spesso Jessica.

Evelin non era semplicemente florida, era grassa e sembrava aumentare di peso ogni giorno di più. Le sue attività sportive nulla potevano contro il fatto che praticamente dal mattino alla sera ingurgitava calorie sotto forma di torte, cioccolata e un numero esagerato di bicchieri di Prosecco. Non aveva l'aria felice benché vivesse in una casa molto bella e benché il suo matrimonio procedesse senza scossoni. Non lavorava e non aveva figli e Tim, il marito, passava tutta la giornata nel suo studio di psicoterapeuta, che era molto ben avviato e gli faceva guadagnare un bel po' di soldi. Evelin era spesso sola. Dal suo aspetto trasparivano solitudine e abbattimento.

«Sei anni fa», aveva raccontato Patricia, «ha avuto un aborto al sesto mese e ha perso il bambino, e da allora sembra che non sia più riuscita a restare incinta. Credo che questo le pesi molto.»

«Cosa farai in queste vacanze?» domandò Evelin. «Di nuovo tutte quelle passeggiate?»

Fin dall'inizio Jessica aveva stupito il gruppo di amici con la sua passione per le camminate lunghissime e solitarie. Stava via sempre almeno due o tre ore e non importava che piovesse o ci fosse il sole. A volte non la vedevano per tutto il giorno. Jessica sapeva che Patricia l'aveva già criticata per questo; trovava che si isolasse troppo e che stesse eccessivamente per i fatti suoi. Glielo aveva detto Alexander.

«Forse una volta potresti chiedere a lei o a Evelin di accompagnarti», le aveva suggerito, «oppure potresti fare quello che fanno loro. Altrimenti potrebbero avere la sensazione che tu non le trovi simpatiche.»

«Le persone mi possono anche stare simpatiche ma non per questo devo trascorrere con loro giorno e notte. Patricia ed Evelin passano il loro tempo ai bordi di un prato a guardare le figlie di Patricia che cavalcano. Non è una cosa che fa per me.»

«Infatti penso che potresti farlo *una volta ogni tanto*. Giusto per stabilire una relazione.»

Un paio di volte Jessica aveva tentato di assecondare il desiderio di Alexander, ma si era annoiata a morte. Diane e Sophie avevano montato i loro pony, in cerchio, e Patricia aveva commentato ogni mossa delle figlie e raccontato ogni sorta di aneddoto sulla loro vita. Cosa che del resto faceva abitualmente. Per Patricia non esisteva altro argomento oltre alla sua famiglia. Le sue figlie, suo marito. Suo marito, le sue figlie. Occasionalmente poteva spingersi a parlare degli amici delle figlie o degli insegnanti delle figlie, di tanto in tanto dei processi del marito che era avvocato, anzi – a dar ascolto alle parole di Patricia – uno degli avvocati più noti e di successo di tutta Monaco. Il mondo di Patricia era talmente perfetto che una persona normale non avrebbe potuto sopportarlo. Jessica diffidava radicalmente di quella perfezione estrema, inoltre il fatto che Patricia si pavoneggiasse di continuo per le proprie figlie le appariva come una mancanza di delicatezza nei confronti di Evelin, alla luce del trauma che la donna aveva vissuto. All'inizio Jessica non aveva capito perché Evelin si fosse così attaccata a Patricia; era poi giunta alla conclusione che standole vicina cercasse di identificarsi con lei. Patricia sembrava costituire per lei un modello, un ideale. Per questo motivo si cimentava anche in tutti gli sport che lei esercitava. Peccato che Patricia lo facesse con successo, mentre Evelin era assolutamente impedita. Jessica la osservava mentre stava seduta sulla sedia in cucina, con il suo vestito a sacco che mascherava la figura corpulenta, grassa e pesante, e pensò: *È la più infelice di tutto il gruppo. I suoi occhi sono tanto tristi, e sembra che nessuno abbia veramente voglia di parlare con lei.*

Seguendo il suo istinto avrebbe voluto avvicinarsi a lei e sedersi al suo fianco, metterle un braccio intorno alle spalle e chiederle cosa la tormentasse tanto, ma proprio in quel momento la porta della cucina si spalancò e apparve Patricia. E come sempre quando entrava in una stanza sembrava riempirla e occuparla tutta, a dispetto del suo metro e sessanta scarso di altezza e della sua figura fragile e infantile. Qualunque cosa facesse la faceva in un modo intenso, e parecchie persone la trovavano incredibilmente faticosa.

«Sono in ritardo», disse, «mi dispiace.» I suoi lunghi capelli biondi risplendevano nella luce della sera. Portava un semplice vestito molto aderente, verde bottiglia, che era assolutamente adatto per lavorare in cucina, ma allo stesso tempo sufficientemente elegante per farla poi ben figurare durante la cena. Si trattava di uno di quei capi d'abbigliamento a proposito dei quali Jessica spesso si domandava come facessero certe donne a scovarli.

Patricia si lanciò verso il tavolo della cucina. Era un modo di comportarsi tipico di lei; non si sarebbe mai, come aveva fatto Evelin, lasciata cadere su una sedia. In tutto quello che faceva c'erano sempre un'energia particolare, un'agilità particolare.

«Ho appena telefonato alla signora Collins. È proprio la persona più tonta che abbia mai conosciuto. Voglio dire, come può venirle in mente di fare entrare in casa un perfetto sconosciuto, solo perché quello le ha raccontato di essere un mio parente e di dover riparare il riscaldamento? Avrebbe almeno dovuto chiamarmi per chiedermelo!»

Jessica sospirò piano. Erano giorni che Patricia si lamentava per l'accaduto. Subito dopo il fatto, cioè dopo aver parlato con la signora Collins e aver appreso della presenza dello sconosciuto, aveva telefonato agli amici per raccontare tutto quanto. Anche durante il volo da Monaco a Leeds era stato quello l'argomento di conversazione. Era molto agitata, soprattutto perché il marito sembrava invece decisamente poco scosso dalla faccenda.

«Non riesco a capire come Leon possa essere così tranquillo!» aveva continuato a ripetere in aereo. «Quel tipo potrebbe essere pericoloso. Un criminale, un maniaco... che ne so! Abbiamo due figlie piccole... mio Dio, non riuscirò a stare tranquilla un minuto in queste vacanze!»

Anche adesso sembrava agitata.

«La signora Collins dice che aveva un'aria perbene. Ma come si fa a essere così sciocchi? Come se ci si potesse fidare dall'aspetto di una persona! Ma cosa crede quella? Che i delinquenti girino con una maschera nera sugli occhi e la barba di tre giorni? Se solo sapessi cosa cercava qui quel tipo!»

«In ogni modo sembra non aver rubato niente», disse Evelin. Era la quinta o sesta volta che faceva quell'affermazione; dedurre da ciò che non fosse una persona molto intelligente era forse un errore, pensò Jessica. Parlando del misterioso sconosciuto tutti quanti continuavano a ripetere le stesse cose, perché erano ormai state fatte tutte le possibili congetture e non aveva più alcun senso discutere nuovamente di tutta la vicenda. Era peraltro chiaro che Patricia non avrebbe lasciato cadere l'argomento entro breve.

«È venuto a spiare», disse, «questo è certo. Forse ha cercato di trovare un modo per sgattaiolare in casa di notte. Forse si è aperto una finestra della cantina per poter poi entrare.»

«Ma questa è una cosa che si può controllare», disse Jessica.

«Cosa credi che abbia fatto subito dopo il nostro arrivo? Mi sono infilata in ogni maledetto buco e ho controllato ogni finestra e la chiusura della porta.» Patricia ebbe un brivido come di disgusto. «Mio Dio, c'è una polvere là sotto! E tanta di quella roba. È di sicuro da qualche generazione che nessuno ci fa ordine.»

«Secondo me non ha senso», disse Jessica. «La casa è vuota da Natale. È assolutamente isolata. E se qualcuno vuole entrare in una casa il modo lo trova. Quindi perché avrebbe dovuto aspettare che fossimo tutti qui? Mi sembra sciocco. Perché avrebbe dovuto farsi vedere dalla donna delle pulizie e dirle anche il suo nome? Quando per tre mesi avrebbe avuto tutto il tempo di portare via qualunque cosa in tutta calma, se solo lo avesse voluto. Senza tener conto del fatto che non c'è molto da rubare qui.»

«Ma questo lui non lo sa. Le tende sono sempre chiuse quando non ci siamo. Da fuori non può vedere niente.»

«Adesso però lo sa. A quanto pare si è guardato bene in giro. Qui non c'è niente che valga il rischio di uno scasso.»

«Forse non vuole affatto rubare», insistette Patricia. «Forse è un maniaco, un perverso che vuole compiere una carneficina!»

Evelin era impallidita. «Ma non dire una cosa così tremenda!» gridò. «Non riuscirò più a chiudere occhio!»

Patricia la guardò con freddezza. «Non è che negando la possibilità la situazione diventi più tranquilla.»

«Ma anche facendo le ipotesi più terribili...»

Jessica temeva che da un momento all'altro sarebbe scoppiata una lite, perciò si intromise nel discorso.

«E se fosse veramente un tuo parente?» domandò con voce tranquilla.

Patricia la fissò. «Non ho parenti in Inghilterra.»

«Questo non puoi saperlo. Potrebbe anche essere un cugino di terzo o quarto grado... o un parente acquisito... che ne so! Tuo nonno era inglese. Quindi ci sarà un ramo della famiglia qui.»

«Mio nonno la sua famiglia se l'è fatta in Germania. Della sua famiglia inglese nessuno più era vivo, questo me l'ha raccontato mio padre un sacco di volte. Quando era tornato in Inghilterra era rimasto solo. Non ci può essere nessuno.»

«E invece magari sì. Magari proprio questo tizio. E forse l'unica cosa che vuole è stabilire un contatto con te.»

«È però un modo un po' strano di stabilire un contatto. Perché non viene qui, si presenta, ci beviamo un tè insieme e la cosa è fatta?»

«Forse voleva fare proprio così. È venuto qui e noi non c'eravamo. Per caso ha incrociato la signora Collins. Ha sfruttato la situazione per dare un'occhiata nella tua vita. Magari scoppia dalla curiosità di conoscere la sua... cugina o qualcos'altro tedesca!»

«Ma...»

«Non è certo il migliore dei modi. Certamente non ci si comporta così. Ma almeno è una possibilità diversa dalla tua variante del maniaco.»

Patricia non sembrava affatto convinta. «Ma sì...» disse in tono vago.

Jessica andò al frigorifero, lo aprì e prese una bottiglia di Prosecco. «Dai», disse, «beviamoci un bicchiere insieme. Senza gli uomini. Alle nostre vacanze e alla speranza che il maniaco di Patricia sia una persona per bene con la quale ci intenderemo alla perfezione!»

Fuori stava diventando buio. Un silenzio tranquillo si diffuse in cucina. L'acqua della pasta bolliva. Jessica guardò fuori. Leon e Tim stavano tornando indietro dal giardino.

Tim teneva le labbra serrate, strette, tanto che apparivano molto sottili. Leon stava parlando e gesticolava.

C'è qualcosa che non va fra quei due, pensò Jessica. Era meravigliata e inquieta: andava sempre tutto così bene fra di loro! E questa era la cosa particolare del loro rapporto.

Era assolutamente impensabile che avessero uno screzio.

Ricarda non si presentò a cena con tutti gli altri. Alexander non era riuscito a parlare con lei, perché non l'aveva trovata in camera e nemmeno altrove in casa.

Stava seduto a tavola con aria funerea mentre Patricia gli si rivolgeva nel suo modo insistente e faticoso.

«Ma questo non è ammissibile! Voglio dire, ha quindici anni! È un'età molto pericolosa. Magari si incontra con un uomo! Ti piacerebbe forse diventare nonno fra poco?»

«Ma per favore!» disse Alexander stancamente e si passò una mano sul viso. «Non siamo certo ancora a quel punto!»

«E come fai a saperlo? Non sai neanche dov'è. E non è che tu abbia molta influenza su di lei, e come sarebbe poi possibile, come padre separato? I metodi educativi di Elena mi sono sempre sembrati opinabili, tu lo sai. Ha sempre concesso troppa libertà a Ricarda, in primo luogo per non doversi occupare troppo di lei in prima persona. Quando penso a tutto quello che faccio io per Diane e Sophie... naturalmente madame non lo avrebbe mai fatto!»

Spesso Jessica si meravigliava della durezza e del disprezzo con cui nel gruppo si parlava della ex moglie di Alexander. In fin dei conti aveva fatto parte anche lei della compagnia per anni, aveva condiviso le vacanze a Stanbury, aveva vissuto con gli altri, parlato, riso, forse si era confidata con loro. Al momento della separazione era stata probabilmente messa al bando. Jessica si intromise perché aveva la sensazione che Alexander non fosse più in grado di fronteggiare il fuoco di fila delle osservazioni di Patricia.

«Penso che non dobbiamo fasciarci la testa prima del tempo», disse. «È assolutamente normale che una ragazza dell'età di Ricarda si distacchi dalla famiglia e vada per la sua strada. È successo anche a me.»

«Non accadrà invece alle mie figlie», disse Patricia con decisione e le ragazze che, come pareva a Jessica, già avevano raggiunto un livello altissimo di autostima sorrisero in segno di approvazione.

Leon propose un brindisi alle vacanze imminenti e tutti si unirono.

Senza dubbio sembrava che nella vecchia stanza con le pareti rivestite di legno regnasse un'atmosfera di amicizia, di intimità e fiducia reciproca. Per Jessica era comprensibile che delle persone tenessero nella più alta considerazione una struttura quasi familiare che, per di più, resisteva da così tanti anni. Osservò i tre uomini che si conoscevano fin dall'infanzia. Alexander, Leon e Tim.

«Noi tre eravamo inseparabili», le aveva raccontato una volta Alexander; «in effetti facevamo tutto insieme. E siamo felici di aver mantenuto questa amicizia anche se ognuno di noi all'università ha preso strade diverse.»

Poco prima della cena Jessica aveva chiesto a Leon qualcosa riguardo alla sua discussione con Tim.

«Avete litigato? Vi ho visti arrivare dal giardino e...»

Leon l'aveva interrotta con una breve risata. «Per l'amor del cielo! Tu hai frainteso. Non abbiamo affatto litigato. Tim mi ha raccontato del suo ultimo lavoro e io sono stato ad ascoltarlo con grande interesse. Forse la nostra concentrazione ti è parsa malumore, ma non è proprio così.»

A Jessica non sembrava di essersi sbagliata ma, forte della pur modesta esperienza che aveva ormai acquisito con i componenti del gruppo, capiva comunque che non avrebbe avuto alcun senso indagare oltre.

Così a tavola si rivolse a Tim. «Tim, ho sentito che stai lavorando a un caso interessante. Ci puoi dire qualcosa?»

«In realtà», disse Tim, «non mi sto occupando di un caso particolare, se è questo che intendi dire. Ho solo iniziato a lavorare al mio dottorato.»

«E come mai all'improvviso ti sei deciso per il dottorato?» domandò Patricia. «Hai uno studio di psicoterapia ben avviato e anche i tuoi seminari di training sull'autostima mi pare vadano a gonfie vele. Pensi sia importante che davanti al tuo nome ci sia scritto *professore*?»

«Mia cara Patricia», ribatté Tim, «secondo me uno degli stimoli più importanti della vita è costituito dalle sfide che lanciamo a noi stessi e nelle quali ci impegniamo con tutte le nostre forze. In fin dei conti non è sempre importante solo quello di cui abbiamo assolutamente bisogno. È importante porsi sempre nuovi obiettivi, fare sempre un passo in avanti.»

«Qual è l'argomento del tuo dottorato?» domandò Jessica.

A Tim faceva molto piacere essere al centro dell'attenzione grazie al suo progetto, glielo si leggeva in faccia.

«La dipendenza», aveva risposto.

«Dipendenza che si crea fra le persone?»

«Sì, e anche alcune particolari costellazioni vittima-assassino che ne derivano. Che poi è quello che succede quasi sempre in un rapporto di dipendenza fra due persone. Chi assume un certo ruolo e perché? Quale vantaggio trae ciascuno da questa situazione?»

«Ha l'aria di essere interessante», approvò Jessica.

«*È* interessante», rispose Tim soddisfatto, «ma è anche un argomento molto sfaccettato e impegnativo. In queste vacanze dovrò sicuramente lavorarci un po'.»

«Hai appena iniziato?» si informò Patricia.

Tim fece cenno di sì con la testa. «In effetti sono ancora al lavoro preliminare. Sto cercando di mettere insieme alcuni profili di personalità, alla luce dei quali vorrei esporre le mie teorie.»

Patricia rise in maniera un po' nervosa. «Quindi non è del tutto privo di pericolo stare nelle tue vicinanze. Magari poi ci ritroviamo nel tuo lavoro come casi esemplari.»

«Può essere», ammise Tim.

Patricia lo fissò. «Va be', tanto la cosa certo non mi riguarda. Penso che con tutta la buona volontà non si riuscirebbe ad attribuirmi una qualche forma di dipendenza.»

«Ne sei così sicura?» chiese Tim.

I suoi occhi si fecero minacciosi. «Senti, vorrei proprio sapere quali appigli potresti trovare nel mio caso!»

«Mah, mi sembra che salti addirittura all'occhio. Tu sei infinitamente dipendente dall'immagine di te stessa che dai in pubblico. La perfetta Patricia. La moglie perfetta. La mamma perfetta. Con le sue figlie perfette e il suo perfetto marito in una casa perfetta. Semplicemente una vita perfetta. E in questo modo ti crei una dipendenza enorme da Leon. Poiché tu da sola non saresti in grado di mantenere in piedi questa immagine, sei legata alla sua collaborazione, e di conseguenza devi... in un certo senso assecondarlo.»

Patricia arrossì con violenza e si mise a sedere dritta e tesa come una molla d'acciaio. «Ti spiacerebbe essere più chiaro?» domandò con voce stridula.

Tim si concentrò sul cibo che aveva davanti. «Mi sembra di esserlo già stato abbastanza», rispose masticando e senza mostrare alcuna emozione.

Per qualche minuto ci fu un silenzio piuttosto pesante al tavolo, poi si sentì sbattere la porta d'ingresso.

«Dev'essere Ricarda!» disse Patricia subito, evidentemente determinata ad allontanare da sé l'attenzione. «Alexander, dovresti andare subito da lei e dirle quello...»

Alexander stava già per alzarsi, ma Jessica gli mise velocemente la mano sul braccio. «No. Non faresti che peggiorare le cose. Lasciala un po' in pace per adesso.»

«Non volevo affatto andare da Ricarda», spiegò Alexander, «in realtà volevo annunciare una cosa.» Sorrise. «Io...»

A questo punto però Jessica gli affondò le unghie nel braccio. «No! No, ti prego, no!»

Tutti li fissarono sorpresi.

«Ma cosa sta succedendo?»

Alexander si sedette di nuovo. «Non ti capisco», disse.

Jessica si alzò di scatto. «Vado a vedere Ricarda», mormorò.

Sapeva di andare incontro a un sicuro rifiuto da parte della ragazza. Tuttavia abbandonò velocemente la stanza e si avviò verso le scale.

4

Jessica si svegliò nel cuore della notte e in un primo momento non capì cosa l'avesse disturbata. Doveva essere stato qualcosa che aveva turbato addirittura i suoi sogni, perché le batteva forte il cuore e aveva la sensazione di sentirsi minacciata senza riuscire a capire di che tipo di minaccia si potesse trattare. Benché avesse già trascorso le vacanze a Stanbury, questa volta dormiva per la prima volta in un nuovo letto, e magari era questo il motivo del suo scombussolamento. Notò però subito il fascio di luce che proveniva dalle fessure della porta del bagno e in quello stesso momento si rese conto che di fianco a lei il letto era vuoto. Sentì poi scorrere l'acqua nel lavandino vicino.

Capì per quale motivo si era svegliata, e sospirò piano.

Per settimane era andato tutto bene. Era quasi inevitabile che adesso ci fosse una notte di quelle.

Accese la lampadina del comodino, mise i piedi giù dal letto dando uno sguardo alla radiosveglia che stava in terra. Quasi le quattro. Il solito orario.

Bussò piano alla porta del bagno.

« Alexander? »

Lui non rispose, così entrò.

Stava davanti al lavandino, si lasciava scorrere l'acqua fresca fra le mani, poi si bagnava la faccia. Era bianco come un cadavere e il suo corpo tremava.

« Alexander! » Si avvicinò e gli appoggiò una mano sulla spalla. « Hai sognato di nuovo? »

Lui fece cenno di sì. Chiuse l'acqua, prese un asciugamano e si asciugò la faccia e le mani. Nemmeno l'acqua gelida era riuscita a ridare un po' di colore alle sue guance.

«Scusa se ti ho disturbata», disse. «Mi sa che ho di nuovo urlato o parlato.»

«Non lo so. Mi sono svegliata adesso. E poi non ha alcuna importanza.» Si sedette sul bordo della vasca e lo avvicinò teneramente a sé. «Mi vuoi raccontare una buona volta quello che sogni? Cos'è che ti opprime in questo modo?»

Lui scosse la testa. «Non servirebbe a niente. È successo da così tanto tempo.»

«E invece serve eccome parlare delle cose. Forse questi problemi li hai proprio perché ti tieni dentro tutto, troppo.»

Lui scosse di nuovo la testa, si sfregò gli occhi arrossati per la stanchezza. «No. Ci sono cose... che è meglio non tirare più fuori. È meglio lasciarle tranquille dove stanno; nel passato.»

Jessica sospirò. «Ma non sono affatto tranquille. È proprio questo il punto. Si scatenano in te. Ti tormentano. Non riesci a rimuoverle.»

Alexander scosse nuovamente la testa e affondò la faccia nelle mani, e Jessica capì che questo colloquio sarebbe finito come tutti gli altri che avevano avuto in precedenza. C'erano state altre notti come quella, durante le quali erano stati seduti sul bordo della vasca, a casa loro, a volte anche in cucina o nel letto, uno di fianco all'altra. Alexander si era svegliato urlando per un sogno e aveva avuto bisogno di parecchio tempo per riprendersi, per calmare il tremito in tutto il corpo. La prima volta – era stato a poche settimane dalle nozze – Jessica aveva pensato a un incubo di quelli che possono capitare a chiunque. Tuttavia già in quell'occasione si era molto spaventata per la sua intensità e per il fatto che Alexander ci mettesse così tanto a riprendersi. Gli aveva naturalmente chiesto cosa lo tormentasse ma lui aveva sostenuto di non riuscire a ricordare con precisione.

«Non so. C'era qualcosa che mi perseguitava... ma è sfumata.»

Poi però era successo altre volte e a un certo punto Jessica aveva capito che ci dovevano essere motivi più profondi. Ma, benché si sforzasse in tutti i modi, non riusciva a ricavare da lui alcuna indicazione, alcun riferimento. Spesso era lui stesso a dire di non sapere precisamente di cosa si trattasse. Altre volte invece si rifiutava di affrontare il problema.

«Se non vuoi parlarne con me», gli aveva detto una volta, «dovresti però confidarti con qualcun altro. Magari con i tuoi amici? Leon e Tim?»

Si era quasi seccato. «Stupidaggini. Non sono cose delle quali si parla fra uomini! Io ti racconto i miei incubi, tu mi racconti i tuoi... no. Impossibile.»

«E parlarne con uno psicologo?»

Le aveva lanciato uno sguardo come a dire che avrebbe solo perso il suo tempo se avesse tentato di procedere in quella direzione.

Adesso sollevò la testa e la guardò. Almeno le labbra stavano riacquistando un po' di colore. «Torna a letto», disse, «fra un attimo vengo anch'io.»

«Ma...»

«Ti prego. Lo sai...»

Lo sapeva. Sapeva che in quei momenti preferiva restare solo, che gli dava fastidio che lei si occupasse di lui. Proprio lui, che la voleva sempre vicina, che continuava a ripetere quanto avesse bisogno di lei, quanto lei fosse importante per lui e per la sua vita, lui che cercava sempre un contatto, la escludeva ostinatamente da questa parte della sua esistenza.

Si alzò, gli passò una mano sui capelli spettinati, umidi di sudore, e tornò in camera da letto. Dalla finestra entrava l'aria della notte decisamente fredda, e rabbrividendo si infilò sotto le coperte, con l'orecchio teso verso il bagno senza percepire però alcun rumore. Adesso Alexander stava seduto lì ad aspettare che dentro di lui qualcosa si calmasse, quel qualcosa che solo lui conosceva. Poi sarebbe tornato a letto e si sarebbe rigirato fino al mattino, il giorno dopo avrebbe avuto la faccia grigia e sarebbe stato stanco, ma di ora in ora si sarebbe sentito più sollevato, come chi sa di essersi buttato dietro le spalle una cosa che per un breve periodo di tempo riuscirà a tener lontana dalla sua vita.

Jessica si girò su un fianco. Benché fosse convinta che sarebbe rimasta sveglia, si addormentò prima ancora che Alexander tornasse in camera.

5

Si chiamava Geraldine Roselaugh, un nome che pareva esagerato anche a lei; grazie al suo aspetto riusciva tuttavia a renderlo accettabile. Non c'era chi, incontrandola, non la fissasse affascinato. Aveva i capelli corvini, lunghi fino ai fianchi, e gli occhi verde brillante, leggermente strabici. Gli zigomi molto alti addolcivano il suo viso pallido, le labbra carnose lo rendevano sensuale. Aveva un corpo perfetto e la sua agenda di fotomodella era piena di impegni. A venticinque anni sapeva che se solo avesse voluto avrebbe potuto passare ogni serata con un uomo diverso, ricco e interessante, a bere champagne e ricevere regali.

Si domandava perché fosse finita con Phillip Bowen e non riuscisse a staccarsi da lui.

Anche perché lui non faceva assolutamente nulla per tenersela stretta.

Era solo per lui che in quella giornata d'aprile, poco prima di Pasqua, stava seduta al bar del *The Fox and the Lamb*, un alberghetto dello Yorkshire occidentale, ad aspettarlo. Cosa che non era del resto affatto inconsueta: al contrario, a volte aveva la sensazione che la sua vita – al di fuori di quella lavorativa, decisamente stressante – consistesse nello stare ad aspettare Phillip Bowen.

Non aveva mai sentito parlare di Stanbury e non era mai stata nello Yorkshire. Il suo lavoro la portava spesso in grandi città europee, a volte anche a New York, e le vacanze le trascorreva solitamente al sud, in luoghi possibilmente con spiagge bianche e palme e il cielo blu. Una volta era stata in Scozia, che le era piaciuta, l'aveva trovata grandiosa, aveva visitato posti selvaggiamente e romanticamente solitari. Ma nello Yorkshire...

Il paesino di Stanbury era a un tiro di schioppo da Haworth, la cittadina resa famosa dalle sorelle Brontë. La canonica nella quale avevano abitato le sorelle era aperta ai visitatori e seguendo le indicazioni della guida si poteva fare una passeggiata oltre la torbiera fino alle rovine della casa di campagna di Top Withins che aveva costituito lo spunto per *Cime tempestose*. Geraldine si era ripromessa di fare proprio quella passeggiata nel pomeriggio e Phillip le aveva detto che l'avrebbe accompagnata. Avrebbero dovuto incontrarsi mezz'ora prima. Phillip aveva voluto recarsi ancora una volta a Stanbury House, ma naturalmente non era tornato in tempo per la passeggiata.

Stufa di stare in camera Geraldine era scesa al bar, una specie di pub, che a mezzogiorno serviva un buffet. Una famiglia si era radunata intorno a un tavolo d'angolo, quattro ragazzini vocianti e i genitori esasperati, e da quando era arrivata lei stavano discutendo su cosa mangiare senza arrivare a una soluzione. La mamma, pallida e sfinita, aveva un'aria come se non desiderasse altro che poter rivivere quella fase della vita in cui lei e il marito erano stati soli, prima di ricevere la benedizione di una schiera di rumorosi discendenti. E Geraldine aveva pensato che volentieri avrebbe preso il suo posto.

Aveva sempre avuto in mente di farsi una famiglia. In fin dei conti aveva sempre desiderato una vita molto borghese. A sedici anni, in una discoteca, le avevano proposto di fare la modella, ma essendo dotata di un grande senso pratico sapeva bene che quel lavoro non sarebbe stato eterno. A trent'anni le sarebbe piaciuto essere sposata e con due figli. E invece adesso le cose sembravano aver preso una piega completamente diversa.

Bevve l'acqua minerale che aveva ordinato, guardando spesso verso la porta, ma di Phillip non c'era ancora traccia. Dal buffet arrivavano profumi allettanti, ma Geraldine non si concedeva di pensare al cibo. La sua figura costituiva il suo capitale, e se fosse riuscita a trattenersi, durante il giorno, alla sera avrebbe potuto andare a cena con Phillip in un posticino carino, forse avrebbe addirittura bevuto un bicchiere di vino parlando del loro futuro. Fra l'altro aveva intenzione di dirgli che per questo viaggio nello Yorkshire aveva rinunciato a un contratto molto interessante a Roma e aveva litigato con la sua agente e...

Interruppe da sola i suoi pensieri e sorrise stancamente. Infatti Phillip avrebbe naturalmente potuto ribattere che lui non l'aveva assolutamente pregata di accompagnarlo, ed era vero. Ancora una volta non ce l'aveva fatta a lasciarlo andare da solo. La sua agente e amica Lucy si era arrabbiata veramente moltissimo.

«Non te lo puoi permettere!» le aveva detto battendo il pugno sulla scrivania. «Non sei una star, forse è necessario che io te lo dica in modo assolutamente inequivocabile! Sei una fotomodella piuttosto ben pagata, ma è tutto qui. E hai venticinque anni! Lo sai quante diciassettenni e diciottenni ci sono che si fanno avanti? Hai già passato l'apice della tua carriera, mia cara. Adesso dovresti prendere quello che arriva, in modo da ritrovarti almeno con un sostanzioso conto in banca, quando fra due o tre anni sarà finita la cuccagna. Mi domando se ci riuscirai, visto con chi vai in giro! »

Lucy non le aveva mai parlato in quel modo prima di allora, e comunque non le aveva detto niente di nuovo. Geraldine sapeva esattamente come stavano le cose; non si era mai fatta illusioni.

« Non posso fare diversamente, Lucy », aveva detto sottovoce, « ho bisogno di averlo vicino. Ho bisogno di lui. È veramente importante per me. »

« Ma se da quando lo conosci non fa altro che deluderti! »

« Un giorno o l'altro... »

« ... cambierà? Geraldine, ma se non ci credi neanche tu! Ormai ha passato i quaranta. Non è un ragazzo alle prime esperienze del quale si possa dire che si diverte un po' per poi mettere la testa a posto. Quel tipo non è mica tutto giusto, cara mia. E non cambia di sicuro! »

Naturalmente era andata lo stesso nello Yorkshire con lui. Naturalmente sapeva che stava sbagliando. Naturalmente le era chiaro che Phillip era l'esatto opposto di ciò che si augurava per il proprio futuro e che vedeva rispecchiato a quel tavolo d'angolo dove sedevano i quattro ragazzini urlanti.

Dovrei alzarmi, pensò, salire, preparare la mia borsa e tornare a Londra. Dovrei vivere la mia vita e dimenticare quest'uomo.

La porta del bar si aprì e Phillip entrò.

Aveva i capelli scuri scomposti dal vento, e un profumo di terra e sole che gli stava molto meglio dell'odore di sigaretta di cui solitamente lei era impregnata. Indossava un paio di jeans e un pullover a collo alto, e Geraldine ebbe improvvisamente la sensazione di essere completamente fuori posto con il suo elegante completo di camoscio.

Si guardò intorno, la vide e si avvicinò al tavolo. « Sono in ritardo. Mi spiace. » Si sedette, indicò il suo bicchiere di acqua minerale. « È tutto il tuo pasto, tanto per cambiare? »

« È pasto e colazione insieme. »

«Allora sta attenta a non ingrassare!» Rivolse la sguardo al buffet. «Ti spiace se io invece mangio qualcosa?»

«Avevo capito che saremmo usciti a cena stasera...»

«Infatti. Soltanto che adesso prenderei qualcosa, per tenermi su.» Si alzò e scomparve verso il buffet. Lei lo seguì con lo sguardo, domandandosi perché.

Ci doveva essere un perché. Non poteva solo dipendere dal fatto che fosse un bell'uomo, visto e considerato che ogni giorno incontrava uomini belli. Poteva essere dotato di quelli che si definiscono valori interiori, tuttavia non era certo lei a beneficiarne. In genere era gentile con lei, ma con una strana indifferenza, senza impegno, senza partecipazione. Sapeva che aveva una vita dura alla spalle, e si era sempre ripetuta che questo doveva essere il motivo che lo portava a non volere un legame troppo vincolante, e a non riuscire a raggiungere una vera intimità con lei, ma questo pensiero naturalmente la tormentava in continuazione. Forse era semplicemente che per lei *lui* era il grande amore, ma non viceversa. E che lui stava volentieri con lei, perché era una donna attraente e intelligente e disponibile a fare un sacco di cose per lui. Ma non la amava.

Sì, semplicemente lui non la amava.

«Forse anche tu non lo ami», le aveva detto Lucy una volta, «forse la tua è solo una dipendenza di tipo sessuale.»

Aveva protestato con forza e rifiutato decisamente questa ipotesi. «Storie. Non sono certo io il tipo. Mi conosci, no? Potresti forse immaginarti che io perda completamente la testa nel letto di qualcuno?»

«Non è necessario che tu perda la testa. Si può creare lo stesso una dipendenza.»

E in fondo Geraldine sapeva che era vero. Era una consapevolezza che non doveva prendere il sopravvento dentro di lei, perciò la ricacciava indietro tutte le volte che veniva a galla. La sua relazione con Phillip era essenzialmente di tipo sessuale. Aveva un desiderio irrefrenabile di fare l'amore con lui. Irrefrenabile nonostante l'indifferenza con la quale lui sembrava contraccambiarla. Non che fosse senza riguardo, ma non rispettava mai le sue esigenze. Anche a letto era lontano da lei come lo era in qualunque attimo della giornata e a volte, in quelle rare occasioni in cui ammetteva a se stessa l'evidenza, Geraldine si domandava sconcertata come potesse desiderare tanto intensamente una cosa che non era bella, non le dava felicità e non era nemmeno eccitante, ma al contrario le faceva in fondo solo provare la sensazione di essere sfruttata.

Non voglio, non voglio, non voglio!

Tornò al tavolo, in una mano un bicchiere di birra, nell'altra un piatto di carne al curry, così almeno sembrava a Geraldine.

«Ti ho preso una forchetta», disse, «se vuoi assaggiarne un po'.»

Per il suo modo di comportarsi era già un segno di grande attenzione, il che rese Geraldine immediatamente sospettosa. Con ogni probabilità adesso le avrebbe comunicato qualcosa di sgradevole.

«Cosa c'è?» gli domandò senza toccare la forchetta che lui le aveva portato.

Phillip sospirò, ma nonostante ciò cominciò a mangiare con appetito. «Non ti posso accompagnare nella tua passeggiata oggi», spiegò. «Voglio cercare Patricia Roth.»

«Ma volevi farlo domattina presto!»

«Ho cambiato idea. Sono troppo nervoso per aspettare. E poi non c'è molto tempo. Se come immagino Patricia Roth si rifiuta di parlare con me devo cercare di prendere provvedimenti più mirati. Non voglio perdere tempo.»

Negli ultimi anni si era fatta più suscettibile e sentendo queste parole aveva subito avvertito un nodo alla gola. «Perdere tempo», ripeté, «per te è *perdere tempo* venire a fare una passeggiata con me?»

Lui provò a porgerle nuovamente la forchetta, ma lei rifiutò. «No. Non ho fame. Non ho proprio fame.»

«Sono venuto qui per questa faccenda», disse lui. «In un certo senso è tutto tempo perso quello che dedico ad altro. Il che però non ha niente a che fare con te.»

«Me l'avevi promesso però.»

«Mi hai implorato e hai insistito e a un certo punto ho detto *sì* perché tu mi lasciassi in pace. Ma non ne ho voglia. Puoi anche andare da sola a fare la passeggiata!»

Lei non riusciva a parlare e aveva le lacrime agli occhi. Sperava di riuscire a non piangere. «Sono venuta qui per te! Non per fare le passeggiate da sola!»

«Ma io non ti ho chiesto di venire. Mio Dio», allontanò da sé il piatto ancora mezzo pieno, seccato perché Geraldine gli aveva guastato il piacere di mangiare, «adesso per favore non cominciare a frignare! Ti avevo spiegato molto chiaramente perché venivo nello Yorkshire e non ho mai preteso che tu mi accompagnassi. Ma tu sei voluta venire a tutti i costi. Adesso non puoi pretendere che organizzi i miei programmi in base alle tue esigenze.»

«Ma io pensavo...»

Prese dalla tasca dei pantaloni una sigaretta piuttosto ammaccata. «Sì? Cosa pensavi?»

Cosa aveva pensato in effetti? Aveva seriamente pensato che sarebbero stati insieme qui? Gite, passeggiate, lunghe serate in pub accoglienti, con il camino acceso, e gite in campagna con picnic sui torrenti? L'amore nell'erba tenera e fresca? Greggi di pecore e cielo blu, nuvolette e l'odore del sole sul prato bagnato? Semplicemente una primavera inglese, piena di sentimento e di tenerezza. La semplice vita di campagna... A essere sincera aveva sperato proprio in questo: che qui lui sarebbe stato diverso, diverso da quello che era a Londra, lontano dall'inquietudine della grande città, dalle macchine, dagli autobus e dalla folla, dalla puzza di benzina e dal fracasso. Lontano da quella sua terribile, misera mansarda e dalle bettole piene di fumo dove di solito passava buona parte delle sue nottate.

In una remota parte, molto ingenua, della sua testa aveva effettivamente contato sull'effetto risanante della natura. Nello Yorkshire Phillip avrebbe ritrovato i veri valori della vita, avrebbe capito che, alla lunga, l'esistenza che conduceva non gli avrebbe portato la felicità. E invece le cose erano come sempre, e lo sfondo delle torbiere e la solitudine non cambiavano proprio niente. Phillip era Phillip, e Geraldine era Geraldine. E fra di loro le cose stavano come al solito.

Si alzò temendo all'improvviso che sarebbe effettivamente scoppiata a piangere. «Allora posso andare da sola?» domandò con una voce strozzata e anche per lei sconosciuta. «Visto che comunque non mi accompagni è inutile che stia qui seduta ad aspettare che tu abbia finito. Posso prendere la macchina?» Quest'ultima domanda era retorica, perché la macchina era sua. Phillip non aveva una macchina; se lei non lo avesse accompagnato avrebbe dovuto prendere il treno per raggiungere lo Yorkshire. E avrebbe dovuto ridurre notevolmente le spese, perché era Geraldine che pagava anche per il bell'albergo.

La cosa peggiore era che Geraldine sapeva bene che per lui il tutto era comunque assolutamente indifferente.

6

Il malessere se ne andò velocemente come era venuto. All'improvviso la stanza smise di girare in tondo e anche i conati cessarono. Jessica rimase seduta ancora un attimo incredula sul bordo della vasca, dove si era messa per essere vicina al water in caso di necessità, ma non si sbagliava: l'attacco era passato.

Si alzò e andò in camera da letto, dove Alexander preoccupato camminava avanti e indietro.

«Va meglio?» le domandò vedendola.

Fece cenno di sì.

«Ho sempre pensato che la nausea venisse di mattina», disse, «ma a me viene senza regola in qualunque momento della giornata.»

«È per questo che non capisco perché dobbiamo fare tanti misteri sulla tua gravidanza», replicò Alexander. «Prima o poi se ne accorgeranno comunque tutti che vomiti più volte al giorno. E poi aumenterai di peso.»

«Per quello ce ne vuole ancora. Sono solo all'undicesima settimana.»

«Comunque. Perché ieri sera mi hai impedito di dare la bella notizia?»

«Intanto perché non mi sembra carino nei confronti di Evelin. Da quando ha perso il bambino...»

«Ma è stato anni fa! L'ha superato da un pezzo lo shock!»

Ancora una volta Jessica si rese conto di come anche un uomo come Alexander, che considerava sicuramente più attento e più intelligente della media, potesse essere tanto insensibile, quando si trattava della sfera psicologica di una donna che conosceva da anni e con la quale aveva rapporti stretti.

«Evelin non l'ha superato affatto. Potrebbe farlo solo nel caso in cui riuscisse ad avere una nuova gravidanza, ma dopo tanti anni non so se sia possibile sperare in una cosa del genere... Non avere bambini è per lei un problema importante.»

Alexander parve decisamente sorpreso. «Non l'avrei mai pensato. È molto introversa, ma nel complesso... sembra piuttosto tranquilla!»

«Evelin non è una persona tranquilla. Assolutamente. È possibile che ci siano anche altri motivi, questo non lo so. Ma un annuncio ufficiale della mia gravidanza mi parrebbe una mancanza di tatto.»

«Non potrai però continuare a tenerlo nascosto.»

«Questo no. Però magari ne parlo prima a quattr'occhi con lei.»

«Oppure parlane con Tim, che è psicologo. Forse lui è in grado di comunicarle la notizia con il dovuto riguardo.»

«Sì, magari. In ogni modo penso», Jessica si sedette sul letto e si infilò le scarpe da ginnastica, «in ogni modo penso che dovremmo dirlo a Ricarda prima che lo sappiano gli altri.»

«Ma se sei stata proprio tu a dire che con tutta probabilità Ricarda ne sarà molto contrariata.»

«Questo non significa che non debba saperlo per prima. Fa parte della famiglia. Gli altri sono amici.» Si alzò e prese la sua giacca a vento. «Vado a fare una camminata. Torno per cena.»

«Non allontanarti troppo. E non ti stancare.»

«Farò attenzione.» Si diedero un bacio di arrivederci, tenero e dolce, come era loro abitudine. C'erano momenti, e questo era sicuramente uno di quelli, in cui si sentivano molto vicini. Jessica avrebbe voluto domandargli ancora dei suoi incubi, ma immaginava che lui non avrebbe risposto e che questo avrebbe solo distrutto la magia di quell'attimo.

Sulle scale incontrò Patricia, Evelin e le figlie di Patricia. Le ragazze erano vestite da equitazione ed evidentemente il gruppo si stava avviando al maneggio dei pony appena fuori Stanbury. Evelin aveva costretto la sua figura rotonda in un paio di pantaloni un po' troppo aderenti; indossava poi un maglione di lana a collo alto, che l'avrebbe fatta sudare molto con il caldo che c'era. Le copriva comunque i fianchi e Jessica immaginò che quello fosse il motivo per il quale lo indossava, benché Patricia insistesse a sottolineare quanto quel golf fosse esagerato.

«Fa troppo caldo! Ma vai su a cambiarti!»

Poi si accorse di Jessica. «Ciao, Jessica. Ti avevo cercato prima. Ti va di venire con noi? Accompagniamo Diane e Sophie a cavalcare.»

Le due ragazzine sghignazzarono stupidamente. A quanto pare non facevano altro. La loro mamma perfetta aveva naturalmente procurato loro un'attrezzatura perfetta: i pantaloni beige da cavallo calzavano come un guanto, gli stivali neri erano lucidissimi, le bluse bianche candide. Diane, la grande, si era annodata con noncuranza un golf sulle spalle e si era raccolta i capelli. Sia lei sia la sorella minore avevano un'aria soddisfatta, da ragazze viziate e cresciute in condizioni economiche molto agiate.

«Preferisco andare a fare una camminata», disse Jessica con un po' di imbarazzo perché ricordava che proprio il giorno prima Alexander l'aveva pregata di mostrare un po' più di entusiasmo per la compagnia. Ma sapeva bene che avrebbe finito per irritarsi se avesse trascorso due ore al bordo di un prato a guardare le due ragazzine starnazzare come oche.

Patricia la guardò con freddezza. «Come ti pare. Allora, Evelin, cos'hai deciso: ti cambi o no?»

«Resto così», disse Evelin. Aveva le guance molto arrossate.

Ma cerca di avere un po' di riguardo, avrebbe voluto dire Jessica a Patricia, non può mica permettersi una T-shirt corta e stretta sui pantaloni, come te!

Uscirono insieme di casa. Sul piazzale davanti alla porta c'era Tim che apparentemente stava ammirando la gran quantità di narcisi selvatici che inondavano l'aiuola rotonda del viale. Sentendo arrivare gli altri si girò. Aveva uno sguardo pacato e molto luminoso.

«Ma guardate che meraviglia!» disse. «Voglio dire, non è una meraviglia la primavera?»

«Tim è in grado di ammirare i fiori per ore», spiegò Evelin.

Tim aveva fatto cenno di sì con la testa. «Soprattutto in primavera. Dopo il lungo inverno... Ma», si avvicinò al gruppetto, «state andando a cavalcare?»

«Naturalmente Jessica non viene con noi», disse Patricia con una punta di rabbia, «preferisce la solitudine.»

Tim osservò Jessica con sguardo professionale, uno sguardo che le aveva dato una sensazione sgradevole e penetrante fin dal loro primo incontro. Si trattava di uno sguardo particolare che Tim assumeva di tanto in tanto e che era in grado di annullare da un momento all'altro qualunque distanza fra lui e il suo interlocutore. Jessica immaginava che ci potessero essere donne che sotto quello sguardo confidavano gli aspetti più intimi della loro vita interiore, per lo meno questo si poteva dedurre dal suo evidente successo professionale. In lei questo sguardo sortiva l'effetto opposto: sentiva ogni volta la necessità di allontanarsi di qualche passo.

Evelin, Patricia e le bambine salirono su una delle auto noleggiate parcheggiate all'ingresso. Evelin era ancora tutta rossa in viso.

Tim le guardò partire. «Perché non sei andata con loro? L'ho già notato un paio di volte nelle ultime vacanze. Queste interminabili passeggiate solitarie... Cosa significano?»

Questa volta Jessica arretrò davvero di qualche passo. Il suo sguardo ai raggi X sembrava trapassarla. «Non so cosa significano», rispose poi con tono insolente, «e non mi interessa saperlo.»

Lui proseguì, come se non avesse ascoltato la risposta: «Anche Elena faceva così. Tu l'hai conosciuta? La prima moglie di Alexander?»

«Non di persona. Le ho parlato un paio di volte al telefono per via delle vacanze di Ricarda.»

«Una donna molto bella», disse Tim, «decisamente bella. Spagnola. Capelli neri. Splendidi occhi marroni. Molto orgogliosa. Non scendeva mai a patti.»

Era la prima volta che qualcuno parlava in modo positivo di Elena. Jessica notò la cosa con meraviglia.

«Stava sempre sulle sue», proseguì Tim, «andava per la sua strada. Non faceva così tante passeggiate, ma spesso si ritirava in qualche angolo nascosto del parco, stava seduta sotto gli alberi o su una pietra al sole a leggere o a sognare a occhi aperti. Patricia si preoccupava sempre molto, perché non si riusciva praticamente mai a coinvolgerla in qualche iniziativa di gruppo.»

«L'individualismo non è molto apprezzato qui, vero?»

Di nuovo sembrava non averla ascoltata. «La cosa che mi interessa soprattutto è questa: perché Alexander è sempre affascinato da questo tipo di donna? Non è il caso che ci porta a trovare i nostri partner. Anche se ci creeranno problemi... Io so che Alexander ha sofferto per il modo di fare di Elena. Però...» La guardò e Jessica capì cosa intendesse dire.

«Vuoi dire che io sono come Elena? E che anch'io lo farò soffrire?»

«Mi domando se il vostro matrimonio funzionerà», rispose Tim con gentilezza e, nel momento in cui Jessica mostrò chiaramente che le mancava l'aria, le domandò in tono distaccato: «Che reazione ti hanno provocato le mie parole?»

Riuscì a controllarsi. «Non stiamo facendo una seduta, Tim», disse con freddezza, «e io non sono una tua paziente. Non desidero parlare con te del mio matrimonio. Né ora né in nessun altro momento.»

Lo sguardo nei suoi occhi, prima così luminoso, pacato e allo stesso tempo penetrante, si spense. Era diventato freddo.

«Capito», disse. «Ma poi non venire da me quando avrai dei problemi. Perché allora non avrò più sicuramente voglia di discuterne con te.»

Solo dopo un certo tempo Jessica si rese conto che stava camminando molto più velocemente del solito. Si era così agitata a causa di Tim che era partita di gran carriera, quasi a voler sfuggire a quel senso di oppressione che avvertiva. A un certo punto aveva cominciato a sentire il fiato corto e dolore alla milza e aveva pensato che strapazzarsi in quel modo avrebbe potuto far male al bimbo che portava in grembo. Aveva caldo; il maglione appiccicato sulla schiena, i capelli bagnati di sudore sul collo. Si tolse la giacca e se la legò intorno ai fianchi. Per la prima volta da quando si era incamminata si guardò in giro.

Di solito faceva un giro attorno al grande parco di Stanbury, descrivendo un ampio arco. C'erano vari sentieri che portavano quasi tutti al di là degli altipiani spogli, sui quali cresceva l'erica e pascolavano le pecore. Un po' alla volta li aveva percorsi tutti, anche più volte. Quel giorno doveva aver deviato a un certo punto perché ora si trovava in un luogo sconosciuto. Era su un piccolo rialzo e davanti a lei si stendevano verdi pascoli che declinavano dolcemente, tagliati da bassi muretti di pietra. Le mucche brucavano all'ombra degli alberi. Un ruscelletto scorreva vivace nella valletta idilliaca. In lontananza si sentiva il rumore di un trattore. Il cielo era blu con qualche piccolo brandello di nuvola bianca, creato dal vento. C'era un sole quasi estivo, oppure le sembrava così solo perché era andata di corsa?

Fece qualche respiro profondo per calmarsi, poi si sedette nell'erba alta. Chiuse gli occhi per un attimo. Un venticello leggero le aveva accarezzato le tempie.

Va tutto bene. Non c'è motivo di agitarsi.

Tim era riuscito a turbarla e Jessica si domandava come avesse fatto. Tutto si era svolto come sempre: Tim, il clinico, che era sempre troppo preso dal suo ruolo, troppo deciso. Che andava oltre i limiti nel suo tentativo di fare del bene agli altri, che lo volessero o no. Tim con il suo sguardo pacato, i capelli un po' troppo lunghi, la barba, i sandali ai piedi.

Tim, che non le era mai piaciuto.

Non si era mai permessa prima di fare questa riflessione, ma adesso era successo e il fatto di non dover più fingere con se stessa le pareva liberatorio.

Io non lo sopporto, Tim. Punto e basta!

Alexander non le aveva quasi mai parlato del suo matrimonio con Elena, ma qualche volta aveva accennato al fatto che uno dei problemi era stato l'atteggiamento critico di Elena nei confronti dei suoi amici intimi Tim e Leon. « Di Leon sparlava spesso. E Tim credo che non le piacesse affatto. »

Era chiaro che Alexander ne aveva sofferto, e quasi inevitabilmente Jessica aveva deciso che avrebbe apprezzato sia Leon sia Tim e le loro mogli e che sarebbe andata d'accordo con loro. Aveva cercato di rimuovere tutte le sensazioni sgradevoli inconsce, perché per nessun motivo al mondo avrebbe voluto creare problemi. Aveva acconsentito alle vacanze in gruppo e ai numerosi incontri a casa, era stata serena e non aveva creato complicazioni e aveva sottolineato quanto fosse positivo il fatto di non aver sposato semplicemente un uomo, ma con lui un'intera cerchia di amici.

Ma a essere sincera non era solo Tim che non sopportava, era anche Patricia. E le due ragazzine starnazzanti, Diane e Sophie. In effetti salvava solo Leon ed Evelin.

Bella schifezza, pensò riaprendo gli occhi e strizzandoli nel tentativo di fissare il sole splendente.

Doveva ringraziare Tim ed Evelin se aveva conosciuto Alexander. A Monaco abitava vicino alla coppia, senza però avere mai avuto un contatto con loro. A volte aveva visto Evelin che andava a fare la spesa con i suoi vestiti eleganti e gli occhiali da sole alla moda, e l'aveva giudicata una donna assolutamente non interessante che con ogni probabilità conduceva una vita piacevole grazie ai soldi del marito. Talora aveva anche visto dei pazienti di Tim che andavano nel suo studio nello scantinato della casa. Tuttavia niente nel loro modo di apparire l'avrebbe spinta a cercare di stabilire un qualche contatto con loro.

Evelin aveva un bellissimo cane pastore ormai vecchio, che però non aveva mai portato nell'ambulatorio di Jessica. In seguito apprese che il suo veterinario era una specie di premio Nobel, che però non era stato possibile raggiungere proprio nella notte in cui il cane stava per morire. Evelin si era ricordata che vicino a casa loro c'era una giovane veterinaria e aveva telefonato a Jessica. Alle due della mattina Jessica era arrivata e con una iniezione aveva posto termine all'agonia del vecchio cane. Evelin le era stata molto grata e una settimana più tardi l'aveva invitata a cena. C'era anche Alexander, presentato da Evelin come «un caro amico di famiglia». Alexander era nel pieno della separazione, aveva un'aria molto depressa e non aveva quasi detto parola per tutta la sera. Jessica non avrebbe proprio mai pensato di poter suscitare l'interesse di quell'uomo, e invece un paio di giorni più tardi lui l'aveva chiamata invitandola a cena. Lui le aveva raccontato che insegnava storia e che aveva una figlia che però viveva con la madre, nei pressi dello Starnberger See, quindi piuttosto vicino, benché a lui sembrasse all'altro capo della Germania.

Si erano incontrati varie volte e a un certo punto si erano sposati, senza grande sfoggio e senza tanto clamore, con una sorta di tacito accordo sottinteso. Tutta la loro storia si era svolta in modo pacato, senza lotte e litigi, senza quel famoso accapigliarsi che qualunque coppia Jessica conoscesse aveva prima o poi dovuto superare.

Forse mancava un po' di passionalità, ma Jessica non se ne dispiaceva affatto. Aveva avuto altre relazioni più movimentate e tutte erano finite in modo piuttosto doloroso. Aveva trentatré anni e la fase in cui aveva desiderato una vita soprattutto avvincente ed emozionante se l'era lasciata ormai alle spalle. Con Alexander era felice, in modo calmo e sicuro. E questo era quello che voleva per il resto della sua esistenza.

Qualcuno fra gli amici di lui era forse un po' fastidioso, ma non aveva la sensazione che questo avrebbe potuto trasformarsi in un problema serio per loro.

Di nuovo rivolse lo sguardo alla vallata che si stendeva ai suoi piedi. A una certa distanza individuò una figura solitaria, che passeggiava vicino ai meli in fiore. Le api e i calabroni ronzavano nell'aria di seta. All'improvviso le venne voglia di togliersi le scarpe e rinfrescarsi i piedi nell'acqua chiara del ruscello. Lentamente stava scendendo dal pendio ripido, quando all'improvviso qualcosa nell'acqua vorticosa attirò la sua attenzione. Si fermò e guardò meglio. Intorno alle rocce sporgenti si formavano mulinelli di schiuma e lì in mezzo sembrava che ci fosse attaccato qualcosa, qualcosa di scuro... L'acqua lo sbatteva avanti e indietro... o forse... era questo qualcosa che si muoveva, si agitava, lottava...

A quel punto Jessica si mise a correre giù, inciampò senza però perdere l'equilibrio. Raggiunse la riva e capì con orrore che si trattava di un cagnolino nero che stava disperatamente cercando di tenere il muso fuori dall'acqua e di restare attaccato a una pietra. Le sue zampe posteriori si erano impigliate in qualcosa, e sembrava che la bestiola stesse ormai perdendo le forze.

Jessica rinunciò a togliersi le scarpe ed entrò, così com'era, nel torrente. L'acqua le arrivava oltre le caviglie ed era molto più fredda di quanto avesse pensato. A ciò si aggiungeva il fatto che le pietre sul fondo erano particolarmente lisce e scivolose, ricoperte com'erano da uno strato di alghe. Riusciva ad avanzare solo molto lentamente. Adesso poteva distinguere chiaramente il cane. Era un cucciolo e sembrava esausto. La testa continuava a finirgli sott'acqua; spruzzando e ululando poi riemergeva. Era nel panico totale e stava sprecando le sue ultime energie sgambettando e lottando.

Gli si rivolse in tono calmo mentre si avvicinava a lui. « Stai tranquillo! Adesso ti aiuto. Nessuna paura, non ti può succedere più niente! »

Quel procedere così lentamente la esasperava ma alla fine riuscì a raggiungere il punto. Presa la sua giacca a vento, che aveva ancora legata intorno ai fianchi, la avvolse intorno a entrambe le mani e la infilò sotto la pancia del cagnolino che si ribellava come impazzito, ma con uno strattone poderoso lei lo sollevò in aria. Guaì un po', quando le alghe che avevano avvolto le sue zampe posteriori gli lacerarono la pelle prima di strapparsi, lasciandolo libero. A quel punto si girò come un animale di gomma, come se non avesse avuto ossa in corpo. Nel suo lavoro Jessica era abituata a tenere saldi animali che si ribellavano a lei, ma di solito il tutto avveniva con un terreno fermo sotto i piedi. Non aveva idea di quel che sarebbe potuto succedere al bambino se fosse finita lunga distesa nell'acqua gelida, e non voleva nemmeno pensarci. Cercava disperatamente di mantenersi in equilibrio e non sapeva proprio come avrebbe potuto riguadagnare la riva, quando all'improvviso sentì la pressione forte di una mano sul suo braccio e qualcuno disse: « La tengo io! Niente paura. Tenga solo stretto quel cosino che zampetta e cerchi di girarsi. La guido io ».

Si voltò e vide l'uomo che stava in piedi dietro di lei. Anche lui non si era levato le scarpe. A causa del rumore forte del ruscello non lo aveva sentito arrivare. Più tardi pensò che era probabilmente lui il camminatore solitario che aveva visto prima da lontano.

Passo dopo passo si avvicinarono alla riva. Sostenuta dallo sconosciuto Jessica riuscì a tenere stretto il cagnolino. E poi da un momento all'altro la bestiola aveva rinunciato a qualunque ribellione ed era piombata in uno stato di totale apatia, rimanendo appesa come un sacco fra le sue braccia.

Con l'aiuto dell'uomo Jessica agguantò i rami dei cespugli della riva e solo nel momento in cui vi arrivò sopra si rese conto di quanto fosse stremata da questa avventura. Depose sul prato il cane, che subito si addormentò, e si sedette lì vicino.

«Mio Dio», disse stanca, «c'è mancato poco. Mi sarebbe sfuggito di mano se non fosse arrivato lei.»

Lo sconosciuto si sedette al suo fianco e cominciò a togliersi le scarpe bagnate fradice.

«Mi sa che queste posso buttarle», disse con voce cupa. «Camoscio... hanno l'aria un po' conciata, no?»

«Magari per camminare possono ancora andare bene», disse Jessica. Si sfilò le sue scarpe, le calze e le strizzò. «Non avrei mai pensato che l'acqua fosse così fredda.»

«Distenda le gambe al sole. Se no le viene pure un raffreddore. Cosa fa il cagnolino?»

Jessica guardò di fianco a sé verso quel gomitolo bagnato e addormentato. «Credo che sia completamente ko. Comunque dopo gli do un'occhiata. Magari ha qualche ferita.»

«Ne capisce di animali, eh? È intervenuta in modo molto determinato.»

Jessica rise. «Altrimenti avrei dimostrato una bella incapacità! Sono veterinaria.»

«Lei non è inglese», disse sicuro, «parla molto bene l'inglese ma con un accento...»

«Sono tedesca. Sono qui solo in vacanza.»

Ebbe l'impressione che di colpo lui la guardasse con maggiore interesse. Raddrizzò la schiena in modo impercettibile e strinse gli occhi a fessura. «Tedesca? È forse del gruppo che abita a Stanbury?»

«Sì. Perché?»

«Così, curiosità. Comunque io sono Phillip Bowen. Anch'io sono in vacanza qui. Sono di Londra.»

Lo guardò. Le piaceva. Aveva un'aria un po' disordinata ma allo stesso tempo attraente: i capelli neri erano un po' troppo lunghi e non era rasato bene. Il pullover a collo alto blu scuro era infeltrito e doveva essere vecchissimo. Tuttavia Jessica non aveva l'impressione di trovarsi di fronte a una di quelle persone che di solito vanno in giro tirate a lucido e invece in vacanza si trascurano un po'. C'era qualcosa in lui che rivelava povertà e un inizio di sciatteria che doveva già essere diventata parte integrante del suo io. Forse era l'espressione del suo viso, dei suoi occhi.

Sicuramente quell'uomo già da tempo viveva al di sotto degli standard di una normale vita borghese.

«Mi chiamo Jessica Wahlberg», disse lei, «sono di Monaco.»

«Sono anni che passa qui le vacanze, vero?»

Si sorprese. «E lei come fa a saperlo?»

«Lo dicono in paese.»

«Siamo un gruppo di amici. Gli altri vengono da anni. Io no. Io faccio parte della brigata da un anno.»

Il cagnolino sollevò la testa, si alzò faticosamente sulle sue zampe ancora traballanti e si scosse con vigore. Le gocce d'acqua che scrollava via dal suo pelo colpirono Jessica e Phillip in quei pochi punti in cui i due erano ancora asciutti.

«Mi sa», disse Jessica, «che faccio meglio a sbrigarmi a tornare a casa. Se no va a finire che mi ammalo.» Guardò il cagnolino il quale, appoggiandosi a lei con grande fiducia, di nuovo si sdraiò nell'erba. «Mi domando come questo tipetto sia potuto cadere in acqua.»

«Magari non è affatto caduto», disse Phillip, «magari qualcuno l'ha buttato dentro. Mi sa che anche qui succede come dappertutto in campagna: i contadini si liberano dei cuccioli indesiderati in maniera piuttosto brutale.»

«Bisognerebbe comportarsi nello stesso modo anche con loro», disse Jessica rabbiosa, «così proverebbero cosa vuol dire annegare! Per fortuna mi pare che abbia già superato il trauma.»

«E adesso cosa ne facciamo?»

Sollevò le spalle. «Lo vuole prendere lei?»

Phillip alzò entrambe le mani in segno di difesa. «Oh Dio, no! Dovrebbe vedere in che buco vivo a Londra. Non credo proprio che potrei tenerci anche un cane!»

«Allora lo prendo io. Non possiamo mica piantarlo qui.»

«Certamente no. Però potremmo portarlo a un canile.»

Il cane, quasi capisse che si trattava del suo destino, sollevò il muso. Guardò Jessica e Phillip con i suoi grandi occhi seri e iniziò a scodinzolare.

«No», decise Jessica, «il canile assolutamente no. Lo tengo io. In fondo non è un caso che ci siamo incontrati.»

«Ah no?»

«No. Io non credo al caso.»

Lui sorrise divertito. «Un pensiero interessante. Allora anche il nostro incontro non è un caso.»

Jessica si alzò, si scrollò dai pantaloni terra ed erba e prese poi in braccio il cagnolino. La bestiola sembrava sentirsi assolutamente sicura che non le sarebbe accaduto nulla; infatti non si oppose, anzi si accoccolò comodamente e sospirò con aria soddisfatta.

«Adesso ci avviamo», disse Jessica, senza replicare all'ultima osservazione di Phillip. Con una smorfia di disgusto si riinfilò le scarpe talmente fradice che ne uscì acqua quando mise dentro il piede. «La ringrazio per il suo aiuto, signor Bowen. Venga una volta a trovare il cucciolo quando le fa piacere.»

«Lo farò sicuramente», promise Phillip. Si alzò anche lui.

Il vento gli scompigliava i capelli sulla faccia. «Certo», ripeté, «sicuramente.»

Jessica ebbe l'impressione che con quelle ultime parole avesse voluto sottintendere qualcosa.

Sulla via del ritorno si dimenticò comunque di ripensarci.

7

Il diario di Ricarda

15 aprile. È successa una cosa stupenda!

Ho incontrato Keith! Questa sera in paese. Di nuovo non sono scesa a cena perché proprio non sopporto più di stare in mezzo a quella truppa di finti amici. Hanno sempre quell'aria da buon umore e da come-ci-vogliamo-bene-noi, quando in realtà è tutto finto. Assolutamente finto!

(Papà rompe un po'. Se non vado a cena neanche domani sera sarà peggio per me, ha detto! Ma non è con le minacce che mi spaventa!)

Sono andata a piedi in paese. Ci vuole una mezz'oretta buona. Evelin, quella povera cicciona, si lamenta sempre della strada lunga, ma a me non importa. Sono allenata. Adesso mi rendo conto che la mamma ha fatto bene a pretendere che mi tenessi allenata. Mi piace molto soprattutto la pallacanestro. E sono proprio in forma!

Mi sono seduta su una specie di fioriera davanti al negozio di alimentari, perché è lì che di solito si incontrano i ragazzi. A pochi giorni da Pasqua sono certamente quasi tutti in vacanza e anche in settimana vanno a Leeds o roba del genere. Ma andava bene lo stesso, mi faceva piacere essere sola sola per una volta. Quelle che mi urtano di più sono Diane e Sophie. Mi danno il voltastomaco, non posso dire altro. Già adesso sono insopportabili quanto la madre e questo significa che crescendo diventeranno pure peggio. Bello schifo!

E poi è arrivato lui!!!

Al primo momento non lo avevo neanche notato. Avevo chiuso gli occhi e appoggiato la testa all'indietro e stavo pensando ai fatti miei. A un tratto si ferma una macchina e sento la voce di Keith.

« Ehi, piccola », ha detto. Bella battuta, non sono piccola per niente. A quindici anni sono già un metro e settantacinque! Ma Keith è almeno un metro e novanta, per cui per lui sono tutti piccoli. (Anche se spero proprio che non dica « piccola » a nessun'altra!)

Era così bello! Abbronzato, e con un bel paio di occhiali da sole. Aveva una camicia di jeans con le maniche arrotolate e un bellissimo orologio al polso. Ha dei polsi molto forti e anche quelli ben abbronzati. Mi piacciono i suoi riccioli scuri e i suoi occhi verdi.

Mi girava la testa e credo di essere diventata tutta rossa. «Ciao, Keith», ho risposto, «come va?»

«Bene. E tu?»

«Bene. Grazie.»

«Salta su», ha detto, «andiamo da qualche parte a chiacchierare un po'.»

Mi tremavano le gambe mentre salivo. E avevo una strana sensazione nella pancia. Keith è partito. Non mi ricordo neanche più di che cosa abbiamo parlato mentre eravamo in macchina. Mi sembra di avergli raccontato della pallacanestro e di quanto mi rompono Patricia, Diane e Sophie. Keith ha riso quando ho fatto il verso a Diane che sembra una scimmietta. E poi ha detto che il mio inglese è migliorato ancora, che non ho più tanto accento e che mi esprimo molto bene. Di nuovo mi girava la testa. Se sapesse che a casa studio inglese come una matta! Anche il mio insegnante è stupito perché all'improvviso ho cominciato a impegnarmi e ho fatto un sacco di progressi.

Comunque siamo usciti dal paese verso la campagna, fino a una cascina abbandonata nella torbiera. Io non c'ero mai stata prima, ma Keith ha detto che era un posto dove lui andava spesso anche quando era più piccolo, ancora all'epoca della scuola.

«Qui ho fumato la mia prima sigaretta», mi ha raccontato, «e poi venivo qui tutte le volte che litigavo con i miei o avevo qualche problema sentimentale o anche così, tanto per star solo.»

«Volevi venire qui anche stasera?» gli ho domandato.

«No. Volevo andare a Leeds. A vedere cosa succedeva. Ma con te...» mi ha guardato in uno strano modo, «... ma con te preferivo stare solo.»

Un tempo la cascina era un allevamento di pecore, ma l'ultimo proprietario è morto da un pezzo e da allora sta andando in malora. L'accesso alla casa è impedito da assi inchiodate, non si può entrare, ma c'è un fienile che è ancora abbastanza in ordine. Si capisce che Keith ci va spesso perché in un angolo ha piazzato un sofà e una poltrona smessi, poi ci sono tantissime bottiglie vuote con infilate dentro le candele. Mi è venuto in mente il fienile dove siamo stati l'estate scorsa, nella cascina di un amico, dove poi siamo stati beccati dal padre dell'amico. Che poi ha fatto un sacco di scene anche se non era successo un bel niente. Eravamo sdraiati uno di fianco all'altra e Keith mi teneva la mano e mi raccontava delle storie, ma so che poi in paese hanno detto che ce la «spassavamo nel fieno». Per fortuna non è arrivato niente alle orecchie di mio padre. È chiaro che Keith non penserà di limitarsi a tenermi la mano e a raccontarmi storie in eterno, per questo ero piuttosto nervosa. Non ero mai stata baciata, per non parlare del resto. Keith ha diciannove anni e di sicuro è molto esperto.

Siamo stati seduti un po' sul divano. Keith ha acceso le candele, e c'era un'atmosfera molto romantica. Ma poi è venuto piuttosto freddo e quando lui se ne è accorto mi ha messo un braccio intorno alle spalle e mi ha stretto forte.

«Sei diversa dalle altre ragazze», mi ha detto, «sto bene con te.»

E poi mi ha baciata!

È stato bellissimo, per niente terribile come avevo sempre pensato. Le sue labbra erano delicate sulle mie, e la sua pelle aveva un buon odore e le sue braccia mi stringevano. Sapeva un po' di sigaretta... È stato il momento in assoluto più stupendo della mia vita!

«Stai tremando», mi ha detto e io gli ho risposto: «È solo... che sei il primo ragazzo che mi bacia».

Allora si è messo a ridere e ha detto: «Ma sei una bambina!» La sua voce era molto tenera e io ho pensato: Dio mio, fa' che non passi mai! Fa' che questo momento non finisca mai!

Dio mio, come mi batteva il cuore!

Poi all'improvviso Keith ha avuto un po' fretta. «Sta rinfrescando», ha detto, «ti accompagno a casa. E poi sono le dieci passate.»

Io non avevo affatto freddo, probabilmente per l'emozione, e gliel'ho detto, ma lui ha voluto andare lo stesso.

«Non voglio», ha detto, «che facciamo qualcosa che non sei preparata a fare. Per questo è meglio se ti porto a casa. Hai capito?»

L'ho seguito in cortile inciampando. Avevo il terrore che mi trovasse noiosa o troppo infantile e poi avevo paura che mi accompagnasse a casa per poi andare a Leeds dove sicuramente c'erano ragazze più eccitanti di me che non tremavano quando le baciavano. Fuori la notte era incredibilmente bella, c'era un cielo infinito senza una nuvola e stelle a migliaia. Faceva freddo, ma c'era un buon odore di primavera, di terra, di prati e di fiori. Anche se sapevo che mi avrebbe di nuovo dato della bambina non ho potuto fare a meno di domandargli se sarebbe andato a Leeds.

Si è messo a ridere e mi ha baciata in fronte. «No. Certo che no. Vado a casa, mi metto a letto e penso a te.»

Mi sentivo felicissima ed ero così sollevata. Lo amo tanto! Se solo potessi raccontarlo a qualcuno!

In macchina abbiamo sentito le cassette, della musica molto romantica di Shania Twain. Keith guidava con una mano sola, con l'altra ha tenuto tutto il tempo la mia. Quando siamo arrivati all'inizio della salita per Stanbury House gli ho chiesto di farmi scendere.

«Se no mi fanno un sacco di domande», gli ho detto; «è meglio che l'ultimo pezzo lo faccia a piedi.»

«Vuoi che ti accompagni?»

«No. Se no ci vedono dalla finestra.»

Mi sarebbe piaciuto molto parlare con qualcuno di Keith ma non volevo subire un interrogatorio da parte di mio padre o essere presa in giro da Diane e Sophie. Non volevo che Patricia mi deridesse. E per niente al mondo avrei voluto sorbirmi il tono materno di J., del genere: dài, che sono la tua migliore amica!

«Possiamo rivederci domani?» mi ha domandato Keith.

«Certo», ho risposto, «quando?»

«A mezzogiorno? Posso venirti a prendere alle dodici.»

Questo però vuol dire che neanche domani ci sarò a pranzo. A questo punto mi troverò veramente in un bel casino, ma è chiaro che non rinuncerò per questo a Keith. Che mio padre se ne stia bello calmino! Tanto quel che gli interessa è stare con J., di me non gli importa più un bel niente. Cerca solo di mettermi ansia perché sembri che si preoccupa per me.

«Allora vengo qui», gli ho detto, «domani alle dodici.»

Mi ha salutato di nuovo baciandomi sulla bocca, ma non come nel fienile, in un modo più amichevole. Credo che non voglia che io mi senta pressata. Sono scesa e ho fatto la strada in salita, mi sentivo così leggera. La mia vita è bella! La notte era ancora così chiara e c'era un buon profumo, e c'erano un sacco di narcisi che risplendevano come d'argento, quando un raggio di luna, insinuandosi fra gli alberi, li colpiva. Ero così felice che avrei camminato per ore, ero sveglissima e intorno a me tutto era splendido e speciale!

Poco dopo le undici e mezzo sono arrivata a casa. In camera di mio padre e di J. c'era ancora la luce accesa. Le altre stanze erano al buio, per lo meno sul davanti. Ho aperto la porta e sono entrata nell'atrio, e proprio in quel momento Evelin è uscita dalla cucina. Indossava uno di quei suoi strani vestiti da casa, una specie di veste morbida di seta. Credo che speri in quel modo di nascondere quanto è ingrassata, ma naturalmente non ci riesce. Però, in fondo Evelin mi piace. È gentile e poi mi fa una gran pena. È disperata e dei suoi cosiddetti « amici » non ce n'è uno che se ne accorga (o forse non vogliono accorgersene). Si è girata appena mi ha visto ed è scomparsa di nuovo in cucina, probabilmente sperava che io non avessi visto lei. L'ho sentita tirare su col naso, è chiaro che ancora una volta ha cercato consolazione nel frigo. Mi fa ancora più pena adesso che io sono così felice e quindi vorrei che tutti lo fossero! (A parte Patricia e J.)

Mi sono infilata su per le scale, e mi pare che papà non mi abbia sentito, in ogni modo non ha spalancato la porta sul corridoio. Ero al settimo cielo quando sono arrivata in camera mia. Adesso sono qui avvolta nella mia coperta e scrivo, la finestra l'ho spalancata perché questa notte ha un profumo stupendo. È la prima volta che sento, che avverto così la primavera.

Amo Keith. Non vedo l'ora che sia domani!

8

Il cagnolino lo chiamarono Barney e dal giorno successivo al suo arrivo divenne la star di casa. Dopo averlo trovato, Jessica se l'era portato in camera, l'aveva asciugato, gli aveva dato da mangiare e non l'aveva fatto vedere a nessuno. Alexander non c'era quando lei era rientrata e voleva parlare con lui di questo nuovo membro della famiglia, prima che gli altri si accorgessero di qualcosa. Poi, a colazione, Jessica presentò il suo trovatello e registrò reazioni di vario tipo, a seconda dello stato d'animo dei presenti.

Diane e Sophie entusiaste. Patricia si informò un po' seccata se l'animale sporcava. Evelin disse subito che le sarebbe piaciuto avere di nuovo un cane, ma Tim scosse la testa in modo così seccato che lei ammutolì. Leon accarezzò Barney distrattamente; sembrava assorto in pensieri o addirittura problemi suoi ed evidentemente non realizzava in pieno quello che si svolgeva intorno a lui. Ricarda, che apparve a colazione in ritardo e con uno sguardo assente, sembrò al primo momento entusiasta, ma perse il sorriso nel momento in cui si rese conto che er stata Jessica a portare a casa il cane.

«Dopo colazione noi due dobbiamo parlare», disse Alexander, «e anche un po' a fondo. Non deve più succedere che tu non venga a cena e che te ne stia in giro fino a notte fonda.»

Ricarda si incupì, si rannicchiò al suo posto senza più dire una parola e senza toccare cibo.

«Forse», disse Alexander a Jessica, «sarebbe bene che ci fossi anche tu quando parliamo.»

Jessica vide l'odio lampeggiare negli occhi di Ricarda e scosse la testa per far segno di no. «È una faccenda fra voi. È meglio se io nel frattempo faccio una passeggiata con Barney.»

La giornata proseguì senza scossoni. Jessica aveva la nausea che però dopo una camminata di tre ore con Barney si calmò. Patricia portò le ragazze a cavalcare, questa volta senza Evelin che si ritirò in camera dicendo di avere mal di testa. Leon e Tim rimasero seduti in giardino; Jessica li vide tornando. Leon parlava in continuazione e Tim aveva un'aria truce: Jessica ebbe la stessa sensazione del giorno dell'arrivo: *C'è qualcosa che non quadra. Fra quei due c'è qualcosa non del tutto a posto.*

A mezzogiorno Ricarda non si fece vedere. Alexander salì in camera sua, ma non la trovò. Quando ridiscese sembrò di colpo più stanco e invecchiato.

«Non c'è», disse.

«E tu tolleri una cosa del genere?» sparò immediatamente a zero Patricia. «Ma non hai parlato con lei stamattina?»

«Non posso dire di aver parlato con *lei*», spiegò Alexander. «Ho parlato e lei è stata zitta. Non mi ha voluto dire dove è stata ieri sera, non mi ha voluto dire perché rifiuta ogni contatto. Non ha voluto raccontarmi dei suoi problemi. Niente. Avrei potuto parlare a un muro, sarebbe stata la stessa cosa.»

«Allora rinchiudila nella sua stanza, finché non si decide a vuotare il sacco», disse Patricia.

Jessica, che di fronte al cibo era di nuovo in lotta con la nausea, a quel punto si intromise. «Non è con la durezza che si ottiene qualcosa. Ha quindici anni, è normale che vada per la sua strada.»

«Io ve l'ho già detto: è evidente che se la intende con qualcuno!» insistette Patricia.

«Non è obbligatorio che chi non vive costantemente qui nella comunità se la stia *intendendo* con qualcuno», replicò Jessica con una durezza assolutamente inconsueta per lei.

Patricia lasciò cadere la sua forchetta. «E cosa vorresti dire con ciò?»

«Voglio dire che mi sembra del tutto comprensibile che una quindicenne non abbia voglia di condividere la vita comunitaria coatta che si conduce qui.»

«*Vita comunitaria coatta?*» domandò incredula Patricia.

«Jessica!» esclamò Alexander allibito.

Jessica pensò: Oh Dio, cosa ho mai detto! Non avrei mai dovuto!

La nausea che fino a quel punto era rimasta sopita divenne insopportabile. Jessica sapeva bene che avrebbe rimesso sul tavolo se fosse rimasta seduta lì un secondo di più.

«Scusatemi», bofonchiò, spinse indietro la sedia e corse fuori dalla stanza seguita da Barney.

Dall'ingresso riuscì a raggiungere il bagno degli ospiti e vomitò la colazione. Quando si raddrizzò e si guardò allo specchio, vide un volto di un pallore spettrale con gli occhi arrossati e le labbra grigie.

«Ma cosa diavolo ti è successo?» si domandò. «Hai detto cose che non pensi veramente.»

Oppure invece *era proprio così che la pensava*?

Aveva contato sul fatto che Alexander la raggiungesse, ma così non avvenne. Si sciacquò la bocca e si inumidì il viso con un kleenex, bagnandosi le tempie e le guance con l'acqua fredda. Tornando nell'ingresso sentì un borbottio di voci provenire dalla sala da pranzo.

«Mi ricorda sempre di più Elena», stava dicendo Patricia in quel momento.

«Dovresti domandarti, Alexander, che cos'è che ti attira in una donna come lei!» Naturalmente stava parlando Tim, che evidentemente insisteva con la sua teoria preferita.

«Adesso non fatela a pezzi solo perché non è qui in questo momento», si era sentita la voce di Leon.

«Negli ultimi tempi non ha un bell'aspetto», diceva Evelin, «l'ho notato già dal primo giorno. In qualche modo è diversa dal solito.»

«Secondo me la sua influenza su Ricarda non è positiva!» Ricarda sembrava essere l'argomento preferito da Patricia in quel momento. «Ti impedisce di prendere una buona volta un atteggiamento deciso con quella ragazza. E questo mi preoccupa.»

Fuori, nell'ingresso, Jessica stava stringendo i pugni, le unghie conficcate nei palmi delle mani.

Alexander, devi dire qualcosa! Digli di tenere la bocca chiusa! Digli che non hanno alcun diritto di parlare di me. Che non li riguarda il modo in cui viviamo o il perché ti sei innamorato di me o io di te. Che non vuoi che io diventi l'oggetto delle loro analisi.

Ma non lo sentì. Lui non disse una parola.

Quando rientrò in sala tutti si zittirono. All'improvviso stavano con il capo piegato sui piatti, apparentemente occupatissimi con il loro pranzo. Jessica evitò lo sguardo di Alexander e si sedette. Di colpo sentì molto freddo e una specie di paura che le cresceva dentro. Forse era legata a Elena. Negli ultimi giorni era stata paragonata a lei due volte, da persone diverse. Era stata paragonata alla donna dalla quale Alexander si era separato. Con la quale non era più riuscito a vivere. Lui aveva sofferto del fatto che Elena non andasse d'accordo con i suoi amici. Quando glielo aveva raccontato Jessica aveva pensato: il motivo vero non è certo questo. Questa è per così dire la punta dell'iceberg, il motivo vero deve essere più profondo.

Adesso all'improvviso le passò per la testa un pensiero: E se invece fosse stato proprio quello il motivo? Se tutto fosse stato a posto tranne *quell'aspetto*?

Poteva essere stato sufficiente a portare Alexander alla separazione?

A sera Ricarda non era ancora ricomparsa. Il pomeriggio era trascorso in un clima cupo. Jessica era talmente tormentata dalla nausea da doversi sdraiare per un paio d'ore. Alexander era rimasto in giardino con gli altri due uomini; avevano bevuto caffè senza scambiare quasi parola. Più tardi Tim era andato al computer per la sua tesi di dottorato. Patricia aveva giocato a volano con le figlie, ma anche lì mancava la giusta atmosfera. Evelin si era ritirata nel parco, seduta su un muretto di pietra con lo sguardo rivolto al cielo. C'era una strana calma di vento e gli uccelli emettevano suoni inquieti.

Come prima di un temporale, pensò Jessica, quando verso le sei lasciò il letto per prepararsi per la cena. Avrebbero mangiato gli avanzi riscaldati di mezzogiorno, quindi non ci sarebbe stato niente da preparare. Alle sei e mezzo si sarebbero trovati come sempre in salotto per un aperitivo, una consuetudine che Jessica amava molto. Oggi però il solo pensiero la paralizzava. Avrebbe voluto essere lontana, con Alexander, loro due da soli. Dentro di lei sapeva che questo desiderio le sarebbe sempre rimasto, che non sarebbe mai più stata in grado di reprimerlo. La cosa peggiore era che a mezzogiorno non aveva parlato sull'onda di un malumore del momento, non aveva affatto detto una sciocchezza. Aveva tirato fuori quello che già da tempo le bruciava dentro e che fino a quel punto non aveva ammesso nemmeno con se stessa. La vicinanza costante degli amici era una costrizione, ed era chiaro che sarebbe giunto il giorno in cui si sarebbe ribellata. Come Elena.

Erano già tutti in sala e Patricia stava come al solito aggredendo Alexander con la consueta durezza perché non riusciva a imporsi con Ricarda. All'arrivo di Jessica interruppe il suo fiume di parole.

Evelin prese un bicchiere di spumante dalla mensola del camino e si avvicinò a Jessica. «Tieni», disse. «Va meglio?»

«Grazie, tutto a posto», mormorò Jessica. Era vero, non aveva più la nausea, anche se era angustiata e oppressa da troppi pensieri.

«Ricarda non è ancora tornata», le disse Alexander. Era molto pallido. «Stai veramente meglio?» domandò preoccupato. «Non hai una bella cera.»

«Neanche tu», replicò Jessica, «evidentemente è una brutta giornata per tutti e due.»

Patricia rise. Di un riso stridulo e forzato. «L'unica della vostra famiglia che sta benone è sicuramente Ricarda. Mentre voi vi preoccupate quella se la sta spassando da qualche parte!»

«Non sono preoccupata per Ricarda», disse Jessica. «Spero di essere stata chiara oggi a mezzogiorno.»

«Jessica, ti prego!» la rimproverò Alexander sottovoce.

Di colpo c'era di nuovo l'atmosfera tesa del pranzo. Stavano tutti lì con i loro bicchieri in mano e nessuno parlava. Patricia aveva l'aspetto di un gattino pronto ad attaccare.

Oh Dio, pensò Jessica, e le vacanze sono appena cominciate!

«Penso...» iniziò Patricia, ma prima che potesse terminare la frase qualcuno suonò alla porta.

Jessica, felice di poter sfuggire a quella situazione, depose il suo bicchiere. «Vado io», disse uscendo dalla sala.

Davanti alla porta c'era Phillip Bowen.

«Oh», esclamò Jessica.

«Buongiorno», disse Phillip.

Lo guardò con aria incerta. Barney, che l'aveva seguita, si intrufolò fra le sue gambe e cominciò a ballonzolare intorno a Phillip con grande felicità. Phillip si chinò verso di lui.

«Ehi», esclamò, «asciutto sei proprio carino!»

«Si chiama Barney», spiegò Jessica, «e resterà con noi.»

«Bene». Phillip si raddrizzò. Indossava lo stesso pullover sdrucito del loro primo incontro, gli stessi jeans stinti. Era ancora rasato male e non si era pettinato. Non aveva certo l'aria di chi vuol fare una visita ufficiale.

«Sì?» domandò allora Jessica.

«Vorrei parlare con Patricia Roth», disse lui. Aveva pronunciato il nome tedesco in un modo strano.

«Con Patricia? E come fa a conoscerla?»

«Vorrei conoscerla», disse Phillip, e in quell'esatto momento Jessica ebbe una folgorazione: Phillip Bowen! Ma come aveva fatto a non pensarci prima? Era il nome che aveva riferito Patricia, il nome dell'uomo che si era spacciato per suo parente e che aveva gironzolato per la sua casa.

«Ma chi è lei?» gli domandò con voce stridula.

«Chi c'è?» si sentì Patricia dalla sala.

«Chiedo scusa.» Phillip, spingendo Jessica da una parte, attraversò l'ingresso ed entrò in sala. Lei lo seguì, scocciata e irritata.

Gli altri erano ancora lì, con i loro bicchieri in mano, solo Evelin si era seduta su una poltrona massaggiandosi le vertebre, come se lo stare in piedi a lungo le avesse fatto venire il mal di schiena. Tutti osservarono costernati l'uomo sconosciuto e trascurato apparso improvvisamente davanti a loro.

«E lei chi è?» chiese Leon con lo stesso tono di voce che aveva avuto Jessica un attimo prima.

«Phillip Bowen», rispose Phillip.

Patricia capì per prima e spalancò gli occhi.

«Phillip Bowen?» esclamò. «Ma allora lei è quello che...»

«Sarei già voluto venire ieri pomeriggio. Ma non me la sono sentita e allora... ci vediamo solo adesso. Me lo sono dovuto imporre, in un certo senso, perché immagino che quanto sto per dirle, diciamo così, la... sorprenderà.» Sorrise cortesemente, ma si vedeva che era teso. «Io sono un suo parente stretto, signora Roth», disse, «o posso chiamarla Patricia?»

Leon fece un passo avanti. «Ma come le viene in mente di fare un'affermazione del genere?» domandò prima ancora che Patricia potesse riprendersi dalla sorpresa. «Mi vedo costretto a pregarla di essere più chiaro oppure di lasciare immediatamente questa casa.»

«Lei è quello che è venuto qui a spiare!» si sentì la voce di Evelin questa volta, con gli occhi blu spalancati per lo stupore.

«Posso spiegarvi tutto», proseguì Phillip senza badare all'osservazione di Evelin. «In poche parole: il nonno di Patricia è mio padre. O detto in altro modo: il papà di Patricia e io siamo fratellastri. Quindi qual è il rapporto di parentela fra me e Patricia?»

Si guardò intorno come un insegnante che ha posto alla classe una domanda difficile e adesso spera che qualcuno conosca la risposta.

Jessica, che fino a quel momento era stata ancora dietro di lui, si fece avanti per unirsi agli altri, come per dimostrare la sua appartenenza al gruppo. «Zio», disse, «in questo caso lei sarebbe lo zio di Patricia.»

«Questa è la cretinata più grande che io abbia mai sentito!» urlò Patricia. La sua voce si era fatta stridula. Lo spumante nel suo bicchiere ondeggiò pericolosamente.

«Zio Phillip», disse Phillip. Stava sghignazzando. «Non suona un granché, però mi sa che non c'è niente da fare. Io sono suo zio, signora Roth. Deve dire grazie ai costumi libertini di suo nonno se adesso si ritrova con uno zio che ha solo una decina d'anni più di lei!»

Leon e Patricia cominciarono a parlare contemporaneamente, ma Tim, che fino a quel momento era stato zitto, li tacitò con un gesto della mano. «Signor Bowen», disse in tono gentile, «lei capirà certamente che alle nostre orecchie questa suona come un'affermazione per lo meno audace. In fin dei conti qualunque persona, totalmente sconosciuta, potrebbe comparire qui e raccontarci la stessa cosa. Lei ha qualche prova a sostegno della sua teoria?»

Phillip scosse la testa. «Essendo io figlio illegittimo del vecchio Kevin McGowan ed essendo mia madre ferita dal suo comportamento al punto di rinunciare al riconoscimento della paternità da parte di McGowan, non ci sono certificati né altro che possano confermare le mie origini.»

«Quindi la sua è solo una incredibile sfacciataggine...» sibilò Patricia, ma Tim le fece di nuovo segno di stare zitta. «Patricia, lascialo parlare.»

Leon si schierò dalla parte della moglie. «Ma perché mai dovremmo stare a sentire tutta questa storia priva di fondamento? Mi sembra che il signor Bowen debba solo andarsene.»

Phillip non si scompose. Solo Jessica che lo stava osservando molto attentamente notò che aveva stretto il pugno sinistro così intensamente da far sbiancare le nocche delle dita. Era inoltre visibile un leggerissimo tremito della palpebra inferiore del suo occhio sinistro.

«Le posso raccontare parecchie cose di Kevin McGowan», disse, «tanti particolari che un perfetto sconosciuto non potrebbe conoscere. Se comunque non intende darmi credito...» Fece una pausa.

«Non sono disposta ad ascoltarla ancora!» sbuffò Patricia.

«Se non mi darà credito», proseguì Phillip, guardandola direttamente negli occhi, «allora procederò per vie legali alla riesumazione del corpo di suo nonno, quindi di mio padre. L'analisi genetica dovrebbe togliere ogni possibile dubbio residuo.»

Con le sue parole ottenne come prima cosa un silenzio incredulo. Poi Patricia si mise a ridere, a voce alta, quasi strillando. «Ma non ci posso credere!» esclamò. «Non ho mai sentito niente di più sfrontato! Signor Bowen, mio nonno è morto da dieci anni. A prescindere dal fatto che non permetterei mai che fosse violato il suo riposo, vorrei proprio sapere che cosa pensa di ottenere comportandosi in questo modo. Per quel che ne so dopo tanti anni un'analisi genetica non è nemmeno più possibile!»

«Si sbaglia», disse Phillip. «La scienza è in continuo progresso. Oggi come oggi ci sono analisi che consentono di ricostruire il DNA di persone morte da molto tempo.»

A quel punto Patricia sfoderò uno sguardo carico d'odio. «Adesso la prego veramente di uscire da casa mia! Nessuno di noi ha intenzione di essere ulteriormente molestato dalle sue sciocchezze.»

«Non posso che dar ragione a mia moglie», aggiunse Leon con tono gelido. «La prego, signor Bowen, se ne vada.»

«Quello che mi interessa», disse Tim stringendo gli occhi che erano diventati una fessura strettissima, cosa che, a parere di Jessica, gli conferiva un'aria incredibilmente cattiva, «è sapere perché lei sta cercando in tutti i modi di dimostrare la sua parentela con Patricia Roth. Si sono forse all'improvviso risvegliati in lei forti sentimenti familiari o ci sono altri motivi?»

«Le viene forse in mente qualcosa?» chiese Phillip.

Tim fece cenno di sì con la testa. «Certamente. Qualche sospetto ce l'ho.»

Phillip assentì. «E probabilmente è nel giusto.» Passò con lo sguardo la stanza, il camino, le pareti rivestite di legno, il soffitto alto. Poi di nuovo guardò Patricia.

«La casa», disse, «la proprietà. Stanbury. È l'eredità di suo nonno. Avendo però suo nonno un altro figlio, e precisamente me...» Tacque per un attimo.

«Voglio fare a metà, signora Roth», proseguì poi. «Io pretendo da lei la metà di Stanbury House.»

9

Scese dalle scale avvertendo un senso di stanchezza. Per essere più precisi, sentendosi profondamente esausto e depresso. Durante la notte non aveva quasi dormito, aveva resistito a letto fino alle sei e mezzo solo perché non voleva disturbare Jessica. Poi però lei si era alzata per la nausea ed era subito sparita in bagno. Quando era ricomparsa era bianca come un cadavere e aveva il viso coperto da un sottile velo di sudore freddo.

«Mi rimetto un po' a letto», aveva borbottato sottovoce e si era rannicchiata ben sotto le coperte.

Lui fece la doccia, si vestì e andò al piano inferiore. Tutta la casa sembrava ancora addormentata. Gli faceva piacere poter stare ancora un momento tutto solo.

Doveva riflettere.

La sera prima Ricarda, che era stata fuori casa fin dalle prime ore della mattinata, era riapparsa verso le undici. Tutti erano ancora in sala a parlare di Phillip Bowen, quell'ospite sgradito, che si era improvvisamente palesato e aveva esposto le sue pretese, sostenendo incredibilmente di essere il figlio illegittimo del nonno di Patricia. Patricia si era molto agitata e aveva bevuto parecchio, e per fortuna era stata talmente distratta da non assalire subito Alexander quando si era aperta piano la porta d'ingresso, si erano sentiti passi cauti diretti alla mansarda e tutti avevano capito che non poteva trattarsi che di Ricarda; così, eccezionalmente, non gli aveva sbattuto in faccia le sue concezioni sull'educazione dei figli, aveva solo per un attimo ascoltato distrattamente i rumori che venivano da fuori e poi aveva ripetuto per l'ennesima volta, borbottando: «Ma quello si sbaglia! Ha fatto male i suoi conti. Non riuscirà mai a mettere le mani sulla mia roba!»

Solo in quel momento si era veramente reso conto di quanto temesse l'insistenza e l'invadenza di Patricia, di quanto si sentisse messo alle strette da lei e di quanto lei fosse in grado di incalzarlo con le sue parole. Gli era ritornato alla mente quello che spesso aveva detto Elena a proposito di Patricia: « Vuole sempre avere ragione. E non sopporta che una persona vada per una strada diversa da quella che ha indicato lei. Chi non fa quello che vuole lei non riuscirà a sopravvivere restandole vicino ».

Alla sera non era più salito da Ricarda perché Jessica gli aveva suggerito di lasciarla in pace. Ma si era preoccupato molto, e l'unico beneficio derivato dalla conseguente insonnia era stato che i suoi incubi ricorrenti per quella notte lo avevano risparmiato.

Ecco. A saper vedere qualcosa da tutti i punti di vista, alla fine ci si trovava comunque un aspetto positivo!

Si era chiesto se come padre avesse fallito.

Era la domanda naturale che qualunque uomo – o donna – si deve porre nel momento in cui va a rotoli il matrimonio dal quale è nato un figlio. Il figlio soffre perché vede crollare la struttura che fino ad allora ha costituito la sua vita e alla quale si è affidato; i genitori soffrono perché non sono riusciti a garantire un'infanzia serena, intatta e protetta a quel piccolo individuo, che hanno messo al mondo senza domandargli se effettivamente lo desiderasse. Si tratta con ogni probabilità di un fallimento molto umano, tuttavia pur sempre di un fallimento.

È un sentimento che diventa particolarmente doloroso allorché si verificano problemi presumibilmente causati proprio dalla separazione.

Ricarda rifiutava Jessica dal profondo del cuore. Logicamente Alexander aveva messo in conto questa eventualità, ma aveva anche calcolato che la cosa si sarebbe risolta velocemente. Jessica era giovane, diretta e naturale, faceva la veterinaria, cioè esercitava la professione che Ricarda fin da bambina aveva sognato. Aveva immaginato che Ricarda avrebbe opposto resistenza per un paio di settimane, ma che poi avrebbe ceduto al fascino e alla cordialità di Jessica. E per fortuna Jessica non aveva assolutamente nulla a che fare con l'allontanamento di Alexander da Elena. Era entrata nella vita di Alexander quando ormai Elena se n'era andata di casa con la bambina e aveva chiesto la separazione.

Adesso, però, sembrava che Ricarda volesse mantenere a tutti i costi quella condizione di freddo distacco. Prima del matrimonio del padre aveva passato alcuni weekend con la nuova coppia, dopo il matrimonio c'erano state le vacanze di Pasqua a Stanbury, le vacanze estive e quelle autunnali; poi Natale e di nuovo Pasqua. E in mezzo numerosi weekend durante i quali Jessica si era impegnata tenacemente, in ogni modo pensabile. Su preghiera di Alexander aveva addirittura proposto a Ricarda di andare in ambulatorio da lei un paio di volte alla settimana per aiutarla. Alexander sapeva che questo corrispondeva a un grande desiderio della figlia, la quale però aveva naturalmente rifiutato in tono cortese ma gelido. E alla nuova moglie del padre non aveva comunque dimostrato altro che una gentilezza irritata.

E adesso cominciava a prendere le distanze anche da lui, Alexander. Finora aveva almeno avuto la sensazione che il rapporto di fiducia fra loro due fosse rimasto intatto. E invece all'improvviso, senza un motivo preciso – per lo meno *lui* non aveva notato alcun motivo –, il legame fra loro si era come spezzato. Prima della partenza, quando gli aveva dato l'elenco dei suoi desideri per Pasqua, una vacanza da sola con lui era a quanto pare l'unico grande sogno di Ricarda. Poi doveva essere successo qualcosa. Aveva cominciato ad andare in giro, a perdere giorni e serate, a non parlare di quello che faceva, a ignorare tutte le sue indicazioni e i suoi divieti, noncurante al punto che sembrava non sentire nemmeno quello che lui le diceva. Si era ritirata in un mondo tutto suo.

Alexander era molto preoccupato.

Aprì la porta della cucina e la trovò lì. Sua figlia. Seduta su un vecchio sgabello, i gomiti appoggiati sul tavolo e la faccia fra le mani. Indossava la sua tuta da ginnastica grigia e non sembrava aver già fatto la doccia o essersi pettinata. Era molto pallida. Teneva le mani strette intorno a una tazzona di ceramica. In cucina c'era profumo di caffè appena fatto. Si spaventò vedendo il padre entrare all'improvviso e per un attimo sembrò che volesse addirittura cercare una via di fuga. Poi si riprese e assunse uno sguardo arrogante, quello sguardo che da giorni ormai lo gettava nello sconforto totale.

«Come mai ti sei alzato così presto?» gli domandò. «Sono appena le sette!»

«Non riuscivo a dormire.» Rimase in mezzo alla stanza, incerto. Gli piaceva la cucina. Era grande, vecchio stile, confortevole, e aveva una vista stupenda sul parco. Fuori stava albeggiando, sarebbe certamente stata un'altra splendida giornata primaverile, i primi raggi di sole rilucevano sull'erba umida di rugiada.

In genere facevano colazione tutti insieme in sala da pranzo, ma Alexander si ricordò all'improvviso che nell'ultimo anno e mezzo prima della separazione da Elena aveva sempre fatto colazione qui, da solo. A quel tempo passava quasi sempre la notte insonne, a volte gli capitava di trovarsi in cucina già alle sei a bere il caffè e a rimuginare. Strano, non ci aveva più pensato. Solo in quel momento gli tornò in mente.

L'unico attrezzo moderno in tutta la cucina era la macchina per il caffè. La indicò. «Posso prenderne un po'?»

«Certo!» annuì. Lui prese un bicchiere dall'armadio, si versò del caffè rinunciando a zucchero e latte. Riteneva che quindici anni fossero un po' pochi per iniziare la giornata con un caffè nero. Ancora fino alla separazione, cioè fino a poco più di due anni prima, al mattino le aveva preparato lui la cioccolata. Poi se n'era andata con Elena e a un certo punto, nel corso dell'ultimo anno, durante un weekend Ricarda lo aveva sorpreso con la richiesta del caffè a colazione.

«Non mi sembra una buona idea», aveva risposto lui, ma lei gli aveva spiegato che lo beveva anche dalla mamma e che non avrebbe quindi avuto alcun senso che lui glielo proibisse. Quindi si era adeguato – *forse si era sempre adeguato un po' troppo per quel che riguardava Ricarda* –, e così adesso, durante le vacanze a Stanbury, beveva caffè come gli adulti. Cosa che Patricia naturalmente non tralasciava di disapprovare.

«Anche tu sei in piedi un po' troppo presto», disse lui e, dal momento che lei non replicava, aggiunse: «Soprattutto se si considera che ultimamente fai sempre abbastanza tardi la sera».

Lei diede un'alzata di spalle. Il suo sguardo era impenetrabile.

«Ti avevo pregato di venire a pranzo ieri. Non hai ritenuto di farlo e non hai detto niente. C'è qualche spiegazione per questo?»

Di nuovo lei non rispose, bevve invece un lungo sorso dalla sua tazza. Alexander si domandava perplesso perché si fosse creato questo blocco. Non era mai stata così in precedenza.

Ricominciò. «Nessuno vuole limitare la tua libertà, Ricarda. Né io né tanto meno Jessica. È bene che tu sappia che Jessica sta dalla tua parte. Lei ritiene che tu abbia diritto di vivere qui senza costrizioni e controlli.»

Di nuovo lei alzò le spalle. Il suo viso non tradiva alcuna emozione, così almeno pareva ad Alexander.

«Dove sei stata ieri?» domandò cercando di assumere un tono autoritario. «E l'altro ieri sera? Voglio saperlo.»

Lei lo guardò. «Sono fatti miei.»

«No, non sono fatti tuoi. Non sei ancora maggiorenne, e fino a quel momento i fatti tuoi sono anche i miei. Perciò, dove sei stata?»

Voltò la faccia stringendo le labbra. All'improvviso gli venne in mente quando da bambina si accoccolava fra le sue braccia per ascoltarlo leggere una storia, e i salti di gioia che faceva vedendolo tornare a casa la sera. Era difficile pensare che la persona che aveva davanti fosse la stessa bambina di allora.

«Ho letto il tuo elenco», disse. «Hai scritto che vorresti fare un viaggio in Canada con me. Mi sorprende. Perché a quanto pare non hai nessuna fiducia in me e non hai nemmeno voglia di comunicarmi qualcosa di tuo. Come faremmo a passare due settimane insieme nelle lande selvagge del Canada?»

Finalmente lei riacquistò un po' di vivacità. «Perché me lo domandi?» replicò con vigore. «Tanto non ci andiamo! Lo so benissimo!»

«E perché lo sai *benissimo*?»

«Per colpa di *quella*!»

«*Quella* ha anche un nome.»

«Per colpa di J. Da quando c'è lei io sono come morta per te!»

«Stupidaggini.» Una trafittura sorda lo colpì alla nuca. Non soffriva di mal di testa, ma in quel momento sentiva che gli sarebbe venuto. «Io amo Jessica. È mia moglie. Ma questo non cambia...»

I suoi occhi scuri sembravano scagliare fulmini. «Tu *non* la ami! Non la ami affatto! Cerchi solo di convincere te stesso perché altrimenti non ce la faresti a tener duro! Tu ami la mamma. La amerai sempre. Ma tutti questi qui», fece un ampio gesto della mano come a comprendere tutta Stanbury House, gesto che per poco non faceva cadere le due tazze del caffè, «l'hanno scacciata! Tutta questa banda non la sopportava più. E tu l'hai lasciata andare! Ma come hai potuto?»

«Ricarda!» Avrebbe voluto prenderle la mano per calmarla, ma lei si tirò indietro e saltò su. In quel momento gli ricordava sua madre. Molto mediterranea, molto selvaggia.

«Io li odio questi tuoi amici!» gridò. «Io li odio quanto li ha odiati la mamma! Vorrei che fossero tutti morti!»

E prima che lui potesse replicare qualcosa si precipitò fuori dalla cucina sbattendo violentemente la porta dietro sé.

Geraldine si svegliò perché un rumore aveva disturbato il suo sonno. Era una dormigliona e si sarebbe girata sull'altro fianco per riaddormentarsi, ma nonostante fosse molto presto si rese conto che c'era qualcosa fuori posto, o forse c'era stato qualcosa la sera prima... forse era già andata a letto con una sensazione sgradevole...

Si sedette sul letto. Attraverso le tende penetrava la prima luce del mattino. Vide Phillip che si era vestito e stava per uscire dalla camera. All'improvviso le venne in mente che la sera prima lui non c'era. Doveva essere arrivato a un certo punto durante la notte senza che lei se ne fosse accorta.

«Phillip!» lo chiamò.

Lo sentì sospirare. «Dormi», disse, «sono solo le sette.»

«Dove vai?»

«Fuori. A camminare. A pensare.»

«A che ora sei arrivato? Ero preoccupata. Sono stata sveglia fino a mezzanotte e mezzo di sicuro!»

«Sono andato a bere una cosa. Sono tornato all'una.»

Si dovette trattenere per non coprirlo di insulti. Per esperienza sapeva che questo non solo non portava a nulla, anzi al contrario lo irritava e lo seccava. Non appena si sentiva pressato da lei diventava nervoso e aggressivo.

«Ma volevamo mangiare insieme.»

«Geraldine...»

«Okay, okay!» Sollevò entrambe le mani in segno di resa, non osava pensare a come Lucy avrebbe commentato questo tipo di colloquio. Era evidente che avrebbe dovuto fargli una scenata. Ma a ben vedere avrebbe dovuto fargliene in continuazione perché lui si comportava sempre come stava facendo in quel momento. Aveva rinunciato all'ultimo momento alla passeggiata di martedì, per andare in cerca di Patricia Roth, ma alla sera le aveva poi comunicato di non essere stato da lei. Non si era nemmeno scusato, non aveva detto neanche una parola di dispiacere per il pomeriggio andato in fumo e che avrebbero potuto trascorrere insieme.

«Vado domani da lei», aveva detto solamente e lei aveva rinunciato a recriminare perché temeva di allontanarlo ulteriormente da sé.

«Com'è andata ieri?» domandò a quel punto. «Sei finalmente stato a Stanbury House?»

«Sì. Ci sono stato. Li ho trovati tutti là, tutti riuniti come se stessero aspettando proprio me. Con i bicchieri di spumante in mano. Avremmo potuto addirittura brindare al nostro incontro.»

«Immagino che non avessero proprio voglia di brindare.»

«Neanche un po'. Raramente ho visto facce così sbalordite!» Parlava in un tono e con espressioni disinvolte, ma Geraldine che lo conosceva bene avvertiva la sua tensione. Era preoccupato e sicuramente non contento.

«E...?» domandò cautamente.

Aveva ancora la mano sulla maniglia della porta, come per non nasconderle nemmeno per un attimo e in alcun modo la sua intenzione di andarsene al più presto.

«Non mi credono.»

«C'era da aspettarselo.»

«Glielo dimostrerò.»

«Intendi fornire delle prove?»

«Per cominciare, sì.»

«Sei sicuro che ti staranno a sentire? Che ti faranno comunque entrare di nuovo in quella casa?»

«Vedremo.»

«Phillip», sapeva che la sua voce aveva assunto un tono implorante che Phillip le avrebbe sicuramente rinfacciato come un tentativo di condizionamento nei suoi confronti, «Phillip, come finirà questa storia? Ma tu sei convinto che questa Patricia Taldeitali non abbia aspettato altro che l'apparizione di uno sconosciuto che si spaccia per suo parente...»

«Io non mi spaccio per suo parente. Io *sono* suo parente!»

«Questo lo sai tu! Ma per lei come sarà? Qualunque cosa tu le racconti di suo nonno: era una persona in vista e potresti aver messo insieme le tue informazioni prendendole dagli archivi! Cosa che fra l'altro corrisponde in parte anche al vero! È almeno un anno che vaghi di biblioteca in biblioteca per raccogliere tutto il materiale che riesci a trovare su McGowan, per poi ordinarlo in raccoglitori che consulti di continuo! E adesso ti aspetti che Patricia sia desiderosa di dividere con te la sua eredità. Non riuscirai nel tuo intento.»

Era solo un residuo di cortesia, quello che abitualmente esibiva nei suoi confronti, e impediva a Phillip di abbandonare la stanza su due piedi. Vibrava d'impazienza. Geraldine lo irritava terribilmente.

«La prova definitiva sarà fornita, se si renderà necessario, dalla riesumazione della salma», disse, «non si può mettere in dubbio un test del DNA.»

«Ma pensi che ti sarà così facile ottenerlo? Io non me ne intendo ma immagino che non si possa semplicemente andare lì e fare riesumare un cadavere. Bisognerà avere un'autorizzazione, la cui richiesta necessiterà di motivi precisi.»

«I miei motivi sono probabilmente sufficienti. Non vedo chi potrebbe avere motivi migliori!»

«Ma non hai assolutamente nulla da portare come prova! Hai solo l'affermazione di tua madre, ora morta, che Kevin McGowan fosse tuo padre. Ma tu sai se...» Non andò avanti, si morsicò le labbra.

«Allora?» domandò Phillip. I suoi occhi erano diventati sottili, sospettosi. «Allora?» ripeté.

«Voglio solo dire...» Era pentita di aver iniziato quel discorso ma a quel punto non c'era altro da fare che buttare fuori tutto quello pensava.

«Voglio dire che non sei nemmeno sicuro che quello che ha raccontato tua madre sia vero», disse sottovoce. «Era già molto malata e debole e qualche volta era un po'... fuori di testa. Può essere che abbia elaborato delle sue fantasie e...»

Lui la fissò con un odio e un disprezzo tali che per la prima volta Geraldine ebbe veramente paura.

«Dimenticati tutto», disse con impeto, «era solo un'ipotesi... tua madre la conosci molto meglio tu...»

Per un certo periodo aveva accudito la signora Bowen, malata di cancro, per quel che il suo lavoro le aveva consentito. A dire il vero anche in quella circostanza aveva finito per trascurarlo, il suo lavoro; con grande rabbia di Lucy, la quale aveva sempre sostenuto che Geraldine non lo facesse per l'anziana malata, ma solo ed esclusivamente per conquistare l'amore e la riconoscenza di Phillip, impresa comunque quasi disperata. Poi la situazione era precipitata, Phillip aveva dovuto farla ricoverare e la donna era morta dopo sei settimane di sofferenze atroci. Comunque Geraldine aveva fatto in tempo a sentire i discorsi confusi della signora Bowen, racconti assolutamente incredibili sulla sua vita passata. Perché mai anche Kevin McGowan, il famoso giornalista televisivo, non avrebbe potuto rientrare nelle sue fantasie, fantasie con le quali cercava di rendere più bella la sua vita che lei stessa una volta aveva definito un fallimento?

Era impossibile parlarne con Phillip, dal momento che si era totalmente immedesimato nella storia di sua madre e ne aveva ricavato una speranza per il proprio futuro.

«Non aspettarmi», le disse, «non so quando torno.» Chiuse la porta dietro di sé.

Geraldine era rimasta sola. Aveva paura.

Leon osservò sua moglie. Al suono della sveglia alle otto in punto era saltata giù dal letto scomparendo in bagno, per fare una doccia fredda e strofinarsi tutta con una spazzola dura, allo scopo di migliorare la circolazione e tonificare i tessuti. Poi tornò in camera per vestirsi. Si diresse nuda verso l'armadio ma Leon sapeva che non lo faceva per essere provocante. Anzi, questa era forse più che altro la dimostrazione dell'estraneità che c'era fra loro. Lui come uomo non aveva più niente da dirle; e si rendeva ben conto che parte della colpa di questa situazione era senz'altro sua.

Il corpo di Patricia era perfetto. Era così piccolina che anche un solo grammo di grasso superfluo sarebbe saltato all'occhio, ma in qualunque punto c'era solo quello che doveva esserci. Aveva trentun anni e aveva portato a termine due gravidanze, ma sembrava ancora una ragazzina. Salvo che in viso, come poteva constatare una volta di più. L'espressione del suo volto tradiva durezza, un'alta consapevolezza di sé, una volontà di ferro e un'enorme autodisciplina.

Indossò la biancheria – di lindo cotone bianco –, i pantaloni di una tuta da ginnastica e una T-shirt nera, sulla quale risaltava la scritta *It's me* a caratteri bianchi.

«Non ti alzi?» gli domandò mentre davanti allo specchio del comò si dipingeva le labbra di un rosso scuro. «Sono le otto e venti.»

Leon sbadigliò. «Siamo in vacanza. Sembra che tu non riesca a ricordartelo.»

«Alle nove facciamo colazione. Siamo d'accordo così.»

«Appunto. Cosa dovrei fare alle otto e venti? Tu cosa fai fino alle nove?»

«Vado a correre. Farebbe bene anche a te, fra l'altro.»

Leon sbadigliò di nuovo. Era snello, un bell'uomo, lo sapeva, e perciò non prendeva sul serio l'osservazione di sua moglie. A Patricia piaceva tormentare un po' la gente. Lui si era abituato a non starla ad ascoltare.

Lei si sedette sul letto per allacciarsi le scarpe da jogging.

«Dopo colazione porto Diane e Sophie a cavalcare», aveva annunciato.

Anche lui si era seduto sul letto. «Hai di nuovo un'aria abbastanza rilassata. Ieri sera non riuscivi a parlare d'altro che di quel Phillip Bowen e della sua incredibile apparizione, invece stamattina non l'hai ancora tirato in ballo.»

«Non lo tirerò più in ballo in futuro. Ho riflettuto durante la notte. Quell'uomo è un mitomane e se osa rimettere piede sui miei terreni chiamo la polizia. Mi rifiuterò di parlare con lui. Vedrai che la cosa si esaurirà da sola.» Finì di allacciarsi le scarpe, si alzò scuotendo le gambe per sistemarsi i pantaloni.

«Spero che tu non lo stia sottovalutando», disse Leon, «non mi sembra il tipo che lascia perdere velocemente. Non sarà facile toglierselo di torno.»

«Gli proibiremo di mettere piede sui terreni di Stanbury. E se si avvicina a qualcuno di noi da qualche altra parte, quando facciamo la spesa in paese o andiamo al maneggio... allora» il suo sguardo era quasi disarmato, come se non potesse nemmeno credere che lui pensasse all'eventualità di un problema. «Sei tu l'avvocato, Leon! *Tu* devi sapere cosa si fa in questi casi! Gli inoltreremo una diffida e vedrai che ce ne libereremo!»

Leon fece cenno di sì, lentamente, con aria pensierosa. «Non sono esperto di diritto inglese. Non so quanto sia complicato qui ottenere la riesumazione di un cadavere.»

«*Per forza* deve essere complicato! Altrimenti potrebbe venire chiunque a fare disseppellire qualcuno semplicemente sostenendo di esserne il figlio! Ma ti prego! Potrò ben dire la mia in tutta la faccenda, sarà ben necessario anche il mio beneplacito per procedere alla riesumazione di mio nonno!»

«Se vince in giudizio non puoi più fare niente.»

«Ma va!» Iniziò a riscaldarsi i muscoli, facendo flessioni in avanti e toccandosi alternativamente con la mano destra il piede sinistro e con la sinistra il destro. «Quell'uomo è un farabutto, e di questo si renderà conto anche il tribunale!»

«Hai già provato a pensare», le domandò Leon, «che la sua storia potrebbe anche essere vera?»

Patricia interruppe i suoi esercizi fissando il marito. «Ma sei matto? Non lo dici mica sul serio, vero?»

«Non ho detto che lo credo. Ti invito solo a prendere in considerazione la possibilità che potrebbe essere vera.»

«Vado a correre adesso», disse Patricia avvicinandosi alla porta. «Mi sa che hai bisogno di un caffè, così la smetti di ipotizzare sviluppi funesti. Vieni a fare colazione dopo?»

«Sì. Senti, Patricia...» Aveva un altro peso sul cuore, già da tempo, ma non sapeva da che parte cominciare. «Per le lezioni di equitazione...»

«Sì?» Lei era già alla porta con la mano sulla maniglia e si molleggiava sulle ginocchia. «Cosa c'è?»

Lui stava già perdendo il coraggio di parlare. «Niente. Va bene.» Sperava che lei non lasciasse cadere il discorso, ma purtroppo non andò così.

Si ributtò sul cuscino.

Più tardi. Più tardi le avrebbe parlato. Doveva farlo.

10

«Mia madre», disse Phillip Bowen, «ha sofferto tantissimo tutta la vita per l'onta di avere un figlio illegittimo. Non direi tanto per motivi morali, quanto piuttosto per l'umiliazione, perché sentiva che quell'uomo l'amava così poco da non desiderare nemmeno una famiglia con lei. Questa constatazione ha ferito profondamente il suo orgoglio.»

Stava seduto nell'erba con Jessica, su quella stessa collinetta ai cui piedi si erano incontrati due giorni prima. Barney aveva saettato come un matto avanti e indietro per il prato e poi, tutt'a un tratto, si era buttato a pochi passi da loro, addormentandosi. Solo il suo orecchio sinistro faceva ogni tanto un movimento rapido, e la sua pancia si alzava e si abbassava in un respiro regolare.

Jessica si era ripresa dalla nausea ed era uscita subito dopo colazione per la consueta passeggiata. Aveva imboccato di nuovo il sentiero sul quale era capitata per caso due giorni prima, perché la valletta nella quale aveva salvato Barney dall'acqua le era piaciuta molto e voleva ritornarci. Già da lontano aveva visto una figura seduta in cima alla collina e l'istinto le disse che si trattava di Phillip. Avrebbe voluto tornare indietro, ma lui doveva aver avvertito la sua vicinanza perché si era girato di colpo e le aveva sventolato la mano in segno di saluto. Aveva l'impressione di non poter fare altro che raggiungerlo, ma la cosa non le faceva piacere. Parlare con lui le appariva come un tradimento nei confronti di Patricia che a colazione aveva annunciato: «Semplicemente non gli rivolgeremo più la parola. E vi prego di rispettare questa decisione. Non deve riuscire a far circolare le sue fosche storie. Se mette piede sui miei terreni lo cacceremo. Dovrà procedere legalmente contro di me se vuole ottenere qualcosa, e sarà una strada lunga. E lui ha l'aria di uno che non ha i mezzi per affrontarla».

Jessica sapeva che avrebbe dovuto ignorarlo proseguendo per la sua strada, ma non riusciva, trattandosi dell'uomo che fino a poco tempo prima le era apparso come un salvatore e che comunque a lei personalmente non aveva fatto assolutamente niente. Era in attrito con Patricia: ma che ragione aveva lei in fondo di combattere per gli interessi di Patricia?

«Avrebbe fatto meglio ad avvertirmi», gli disse sedendosi di fianco a lui, «dopo che era venuto a sapere che sto a Stanbury House!»

«E lei avrebbe avvertito Patricia.»

«E allora? Cosa sarebbe cambiato per lei? In un modo o nell'altro Patricia sarà un osso molto duro. Non avrà mica pensato che l'avrebbe abbracciato piena di gioia per aver trovato qualcuno con cui dividere la sua eredità?»

«Dovrà cedere.»

«Ma se non starà nemmeno a sentirla!»

L'aveva guardata sogghignando, ma i suoi occhi non erano stati toccati da quel sogghigno. «È proprio un osso duro, vero?»

«Sa imporsi.»

Phillip cominciò a strappare dei fili d'erba e a intrecciarli. «C'era una strana atmosfera ieri sera», disse. «Sono entrato in quella sala e mi sono trovato di fronte tutta quella gente, della quale in paese si parla come di grandi amici, che si conoscono da un sacco di tempo, e ho pensato: *Qui c'è qualcosa che non va. C'è un'atmosfera fasulla. C'era una tensione, un'aggressività latente.* C'erano un sacco di cose che... in qualche modo stonavano, anche se non sarei stato in grado di dire quali. Del resto non conosco bene nessuno del gruppo.»

La guardò di nuovo. «Capisce cosa voglio dire?»

Purtroppo le sembrava di capirlo benissimo.

«No», gli rispose e lui chiaramente non le credette.

«Quella donna grassa», disse lui, «quella con quel vestito a sacco che sarà costato una fortuna, aveva un'aria tristissima. No», scosse la testa, «più che triste. In un certo senso... senza speranza. Sì, era proprio così. Senza speranza. Come se ci fosse qualcosa di morto in lei.»

«Evelin.» Si meravigliò della sua capacità di osservazione. E della descrizione calzante, benché lui stesso non potesse naturalmente sapere quanto fosse effettivamente calzante. *Come se ci fosse qualcosa di morto in lei...*

«Qualche anno fa ha perso un bambino», gli raccontò, «al quinto o sesto mese di gravidanza. Poi è caduta in depressione e a volte mi sembra che non ne sia mai uscita fuori. A quanto pare non riesce più ad avere un altro bimbo.»

Lui annuì. «Ha un'aria molto solitaria. Anche Patricia del resto.»

«Patricia? Ma se è permeata di spirito d'iniziativa. È sempre in movimento e conosce chiunque al mondo...»

«Questo non significa che non sia sola. Fa una scena incredibile intorno a se stessa e alla sua integra vita familiare. Ho visto la sua camera da letto quando sono stato in casa. Non mi era mai capitato prima di essere investito da tanta raggiante vita familiare messa in cornice. Un po' troppo esibita, costruita. Quel bellone con cui è sposata non ha l'aria di essere molto innamorato.»

«Lei si è fatto un sacco di ragionamenti», disse Jessica imbarazzata, «e non sono sicura che sia giusto che venga a raccontare tutte queste cose proprio a me. Ci conosciamo appena.»

«Ma lei mi crede?»

«A cosa devo credere? Alle sue pretese su Stanbury House?»

«Sì.»

«Le ho già detto: ci conosciamo a malapena. Come faccio a essere sicura?»

«Cosa ne sa lei di Kevin McGowan?»

«Il nonno di Patricia? So solo che era uno stimato giornalista, un inviato, lo si vedeva spesso in televisione, e che qui in Inghilterra godeva sicuramente di una notevole fama. In Germania non era molto noto, mi pare.»

«Benché avesse vissuto in Germania per un certo periodo e si fosse fatto anche lì un discreto nome come giornalista.»

Jessica scrollò le spalle. «È stato prima che nascessi.»

«Era noto come profondo conoscitore della situazione politica irlandese. Aveva sicuramente dei buoni contatti all'interno dell'IRA e qualcuno sostiene che questi contatti fossero un po' troppo stretti per un inglese. Ma chi può saperlo?»

«Quello che mi sorprende», disse Jessica, «è il fatto che lei arrivi solamente adesso. Per quanto ne so il nonno di Patricia – l'uomo che lei ritiene essere suo padre – è morto dieci anni fa. È stato allora che ha ereditato Stanbury House. Perché non si è fatto vivo subito?»

«Perché non ne sapevo niente. L'identità di mio padre è sempre stato il grande mistero di mia madre. E io ne ho sofferto moltissimo. Da bambino, ma ancor più da adolescente. Solo nello scorso autunno, quando era ormai alla fine, mi ha raccontato tutto.»

«Come mai così tardi?»

A quel punto lui si mise a parlare della sofferenza della madre, della sua sensazione di portarsi dentro una colpa, perché il padre di suo figlio non aveva voluto rendere pubblica la sua relazione.

«L'ha cancellato dalla sua vita. Non ha nemmeno voluto che mi riconoscesse. Non ha voluto soldi da lui. Semplicemente era come se lui non fosse più esistito. Non credo che accada frequentemente che qualcuno cancelli una persona dalla propria vita in modo così radicale come ha fatto mia madre con mio padre.»

«Ma lei avrà ben domandato di suo padre!»

«Certo. Tutti i bambini che conoscevo avevano un padre, solo io no. Lei mi aveva raccontato che era morto prima della mia nascita, in un incidente stradale, poco prima che si sposassero. Per un po' ci ho creduto...»

«Poi però è diventato grande...»

Annuì. «Sono diventato grande, più critico e curioso. Volevo vedere le foto. Le dicevo che doveva ben esserci una tomba da visitare. E poi doveva pur aver dei parenti mio padre, genitori, fratelli... L'ho messa sempre più alle strette. A un certo punto non ha più potuto nascondermi la verità. Per lo meno quella parte di verità che mi ha voluto raccontare. Il nome di mio padre non me l'ha detto.»

«E si è occupata di lei senza alcun sostegno economico?»

«Era fatta così. Non accettava compromessi. Se non voleva avere a che fare con un uomo, non accettava nemmeno denaro da lui. Insegnava in una scuola per ragazzi handicappati. Non guadagnava molto, ma ce la facevamo, e di fatto...» la guardò con aria pensierosa e un po' triste, «di fatto non mi è mai mancato veramente niente.»

«Se non un padre», disse Jessica.

«Sì.» Riprese ad annodare fili d'erba. «Solo un padre mi è mancato.»

Barney sollevò il muso. Sembrava voler dire che aveva dormito abbastanza e che era arrivato il momento di correre ancora un po'. Saltellava come un puledro nell'erba alta, inseguendo mosche, api e farfalle e inciampando più di una volta nelle sue zampe ancora sproporzionatamente grosse. Sembrava essere assolutamente soddisfatto di sé e della propria vita.

«Quando è morta sua mamma?» domandò Jessica.

«Nel novembre dello scorso anno. Aveva iniziato tre anni prima con un tumore al seno e alla fine aveva metastasi in tutti gli organi. Finché ce l'ha fatta è stata a casa. C'era una vicina che si occupava di lei, io passavo a trovarla ogni volta che potevo e devo dire che anche Geraldine si è data da fare in modo commovente...» Notò lo sguardo interrogativo di Jessica e aggiunse a chiarimento: «La mia fidanzata. Stiamo insieme da parecchi anni».

Doveva avere già annodato dozzine di fili d'erba, però andava avanti ancora.

«E così», disse, «alla fine della sua vita ha cominciato a raccontare. Di mio padre e della sua storia. Sono rimasto esterrefatto quando ho sentito che era Kevin McGowan. Quando io ero adolescente lui era all'apice della carriera come giornalista televisivo. Io mi interessavo alla politica. In un certo senso... sono cresciuto con lui. Lui mi ha formato. Le cose che lui diceva mi illuminavano, e mi piaceva il modo in cui le diceva. E poi all'improvviso mi hanno svelato che era mio padre, e che era un bastardo, che aveva offeso e ferito mia madre. All'inizio non riuscivo proprio a capire tutta la situazione.»

Con la mano si pettinò all'indietro i capelli scomposti. Jessica osservò il suo pullover, i suoi pantaloni, quegli stessi vestiti frusti che aveva portato il giorno prima e quello prima ancora. Tutto il suo aspetto esteriore denunciava povertà. Era chiaro che l'eredità di suo padre sarebbe stata molto più utile a lui che a Patricia in quel momento. Ammesso che... sì, ammesso che Kevin McGowan fosse veramente suo padre.

«E lei è sicurissimo», disse cautamente, «che sua madre... insomma, che nonostante la sua malattia fosse sufficientemente lucida per...»

A quel punto il suo sguardo si riempì di disprezzo.

«Lei parla come Geraldine. Anche lei sempre con questa solfa. Deve sapere che durante la sua malattia mia madre ha avuto periodi migliori e periodi peggiori, questo fino all'ottobre, da quel momento è solo peggiorata. Succede così nei tumori. Durante le fasi difficili mandava giù un sacco di antidolorifici, e allora succedeva spesso che fosse un po' confusa e non mettesse più nell'ordine giusto persone e periodi della sua vita. Nelle fasi buone non prendeva medicinali, perché quella confusione mentale la spaventava più del dolore fisico. E io ascoltandola ero assolutamente in grado di capire quando la sua testa funzionava e quando no. In questo senso posso quindi distinguere perfettamente ciò che era vaneggiamento da ciò che non lo era.»

Jessica ebbe l'impressione di averlo irritato, ciononostante gli fece un'altra domanda. «E sua madre era assolutamente certa che suo padre fosse proprio Kevin McGowan?»

Al primo momento non capì e la guardò aggrottando la fronte, poi all'improvviso realizzò quello che lei aveva detto e subito sbiancò in volto. Era pallido come la morte, e Jessica si pentì di essere stata precipitosa: «Quel che volevo dire...» cominciò, ma lui la interruppe con voce aspra: «Ho capito benissimo quel che voleva dire! Voleva dire che potrebbe anche essere che mia madre si sia divertita un po' qui e un po' lì e alla fine non sapesse nemmeno con precisione chi fosse il padre del suo bastardino!» Si alzò e la guardò dall'alto in basso, con rabbia. «E quando non si è sicuri è facile fare il nome di una persona in vista, meglio ancora se già defunta e che ha lasciato una bella eredità!»

Anche Jessica si alzò. Avrebbe voluto appoggiare la sua mano sul braccio di Phillip, ma Phillip si ritrasse e lei si appoggiò nel vuoto.

«Phillip», lo pregò, ma lui le lanciò solo un ultimo sguardo carico d'odio, si voltò e cominciò a scendere a passo veloce lungo il pendio, e lei, osservando la postura delle spalle e il modo in cui camminava, capì di averlo offeso a morte. Non era stata sua intenzione farlo, e le dispiaceva, ma in quel momento non sarebbe certo riuscita a parlargli.

Chiamò Barney che arrivò di corsa e si avviò verso casa.

11
Il diario di Ricarda

19 aprile. Prima mio padre era il mio migliore amico, ma adesso è tutto cambiato. Capisco benissimo che lui non si interessa più alla mia vita. Mi interroga perché spera di venire a sapere qualcosa e di riuscire così ad affermare il suo potere. Ma io non gli racconto niente di Keith. So già che mi direbbe che sono troppo giovane per una storia del genere!

Una volta la mamma mi ha detto che lui è condizionato dai suoi amici e che lei non riusciva più a sopportare questa cosa. Io mi ero arrabbiata moltissimo perché non mi andava che parlasse male di papà. Ma adesso penso che avesse ragione. È strano, in queste vacanze mi si è chiarito tutto. Prima mi davano sui nervi e stop, in un certo senso però mi sembrava inevitabile e non ci pensavo nemmeno tanto. Ma adesso non sono più una bambina. Capisco bene quanto sono falsi e che non c'è niente di sincero, niente del tutto! Altro che i migliori amici!

Patricia sparla alle spalle di Evelin la cicciona non appena quella esce dalla stanza, e Tim è di sicuro in rotta con Leon. Ieri li ho sentiti. Purtroppo non ho capito di cosa si trattasse, ma Tim è stato molto sgradevole, e Leon sembrava molto intimorito. E poi a cena fanno finta che sia tutto a posto. Mi sembra ridicolo.

Adesso vedo Keith ogni giorno. Spesso stiamo seduti nel fienile a chiacchierare per ore, di tutto quello che ci viene in mente. È la prima volta che riesco a parlare così bene con qualcuno. Quando racconto a Keith come mi sento, tutta la faccenda dei miei genitori e della separazione e di J. e degli altri, mi ascolta con molta attenzione e poi mi dice sempre qualcosa che mi fa capire che lui ha colto l'aspetto più importante. È la prima persona che mi capisce. A volte stiamo sul sofà che ha portato nel fienile, abbracciati stretti stretti. Mi sento così protetta in quei momenti, di nuovo, finalmente. La lana del suo maglione mi punge un po' il viso e io riesco a sentire il battito del suo cuore. Keith ha un buon profumo ed è così gradevole stargli vicino.

Non posso nemmeno immaginare di amare un giorno qualcun altro come Keith!

Anche lui ha un bel po' di problemi. Non ha un posto per fare il suo apprendistato e dice che comunque in tutta la zona è difficile trovare lavoro. Vuole diventare stuccatore e poi magari lavorare nelle case belle e ricche di Londra. Vuole guadagnarsi da vivere con qualcosa di artistico, dice. Gli piace molto dipingere. Ieri quando è venuto a prendermi ha visto Barney e io gli ho detto che mi piace tantissimo, anche se non voglio darlo a vedere, se no J. pensa di possedere uno strumento per conquistarmi. Oggi Keith mi ha regalato un ritratto che ha fatto a Barney così, a memoria. E l'ha fatto benissimo! Si riconoscono subito il suo muso allegro e quelle buffe orecchie troppo grandi. Keith l'ha visto solo un attimo, ma ha subito colto quello che è essenziale, e se lo è ricordato. Perciò sono sicura che ha un gran talento artistico e io gli dico sempre di non mollare, un giorno o l'altro troverà il lavoro che gli piace.

Naturalmente suo padre gli crea delle difficoltà per questo. I genitori di Keith hanno una fattoria e vogliono che sia lui a occuparsene. Agli occhi di suo padre fare lo stuccatore non è lavorare, è solo una stupidaggine, così mi dice Keith. Ha una sorella più grande, che lavora nella fattoria, ma il padre ha paura che un giorno o l'altro si sposi e se ne vada. Keith mi ha raccontato che spesso suo padre al mattino lo saluta con queste parole: «Ehi, perditempo! In che modo pensi di buttare via la tua giornata oggi?» Keith dice che questo lo ferisce molto. E a me fa ancora più male! Vorrei proprio andare da lui per dirgli che lo trovo orribile e che non riuscirà mai a rimediare al male che fa oggi a suo figlio. Ma Keith dice che non gliene importerebbe niente e che comunque non farei che peggiorare le cose.

Ma io spero di riuscire a dare un po' di forza a Keith.

Lui a me ne dà tanta.

12

Evelin tendeva l'orecchio per sentire se c'era qualcuno sulle scale. Non si sentiva nulla, benché non fosse particolarmente tardi quella sera. Erano da poco passate le dieci, e non si muoveva più niente.

Era il lunedì di Pasqua. Il giorno prima avevano organizzato una gigantesca caccia alle uova in giardino, ma Barney le aveva trovate quasi tutte e se le era mangiate con tanto di imballo di alluminio. Poi avevano pranzato sulla terrazza, durante il pomeriggio avevano bevuto caffè e mangiato torte, alla sera si era stappato lo champagne. Era stata una bella giornata, tutti quanti si erano impegnati perché lo fosse. Aveva regnato un'atmosfera rilassata, pacifica. Che era durata fino al lunedì. Tim aveva lavorato quasi tutto il giorno al computer, e Patricia, affittati per sé e per le ragazze dei cavalli, aveva fatto una passeggiata con loro. Lei stessa, Evelin, aveva letto e nel frattempo si era divorata un paio di uova di cioccolata.

Ma la sera... a dire il vero, le era sembrata proprio strana. Intanto era cominciata con il fatto che Leon e Patricia erano usciti a cena, da soli, cosa che non succedeva praticamente mai. Non avevano portato nemmeno le bambine e anche questo era un fatto del tutto sensazionale. Patricia si era opposta, così era parso agli amici, ma Leon era stato fermo nella sua decisione e aveva all'improvviso sfoderato un tono autoritario, del tutto inusuale in lui, tanto che la moglie lo aveva fissato stupita e non aveva osato contraddirlo.

Ricarda non era apparsa a cena, il che non costituiva una novità, e Alexander aveva amaramente fissato il suo piatto, la fronte aggrottata, e non aveva praticamente toccato cibo; senza la protezione dei loro genitori persino Sophie e Diane l'avevano piantata di sghignazzare. Tim era chiaramente di cattivo umore, forse aveva lavorato troppo, e Jessica era sprofondata nei suoi pensieri. L'unico che sembrava stare benone era il cucciolo Barney. Stava sdraiato lungo disteso sul tappeto, dormiva profondamente russando leggermente ogni tanto.

Verso le nove e mezzo Evelin portò a dormire le due ragazze, come aveva promesso a Patricia. Era piacevole osservarle mentre saltellavano in giro nei loro pigiamini di cotone colorato, mentre si pettinavano i lunghi capelli biondi e intanto chiacchieravano e ridevano. Evelin aveva sbirciato nella stanza di Ricarda, ma era vuota. La ragazza non era ancora rientrata dalla sua misteriosa scorribanda. Evelin non ne faceva certo un dramma come Patricia, ma un po' alla volta cominciava a ritenere che Ricarda si comportasse senza scrupoli. Si vedeva chiaramente quanto Alexander si preoccupasse. Perché mai gli creava tutti quei problemi?

Passeggiò in giardino realizzando un po' alla volta che la serata sarebbe stata pessima. La sua depressione – o come si volesse chiamarla – raramente iniziava come un fulmine a ciel sereno; di solito si avviava lentamente. C'erano alcune condizioni che ne facilitavano l'insorgere: un'atmosfera negativa intorno a lei, l'arrivo del cattivo tempo, le modifiche nel normale corso delle cose.

Ecco, pensò camminando in giardino e rabbrividendo perché di colpo era venuto freddo. Soprattutto questo. Una modifica nel corso delle cose. È quella che dà uno scossone a tutta l'impalcatura che mi sorregge. Le cose si modificano e io ho la sensazione di essere proprio nel cuore della tempesta.

Il dottor Wilbert, il suo analista, le aveva sempre suggerito di cercare di capire, in quei momenti, quale fosse la causa scatenante.

«Le serve per razionalizzare la situazione. La cosa negativa è che i suoi sentimenti, soprattutto il suo dolore, la investono senza incontrare alcun ostacolo. Cerchi di procedere in modo logico e distaccato. Questo potrebbe creare un effetto argine che frenerebbe il peggio.»

Cercò di sforzarsi, ma sapeva che oggi non avrebbe ottenuto un gran risultato. Alla fine si era sentita molto infreddolita, si sarebbe certo ammalata se fosse rimasta ancora all'aperto. Era ormai buio, ma per la prima volta da quando erano arrivati non si vedevano le stelle. Il cielo si era coperto. C'era odore di pioggia.

In casa salì le scale fermandosi davanti alla porta della sua stanza. Tim stava certamente lavorando e non le avrebbe dato alcuna risposta se non il suo consueto borbottio distratto.

Poi tese l'orecchio, ma anche gli altri non si sentivano e ipotizzò che

Jessica e Alexander si fossero ritirati nella loro stanza. Leon e Patricia non erano probabilmente ancora tornati e Ricarda tanto meno. Scese veloce dalla scala; per meglio dire cercò di essere silenziosa e leggera, cosa non del tutto facile per una persona di novanta chili. Scomparve rapidamente in cucina, accese la luce, chiuse la porta e ci si appoggiò contro sospirando di sollievo.

Per lei la cucina era un rifugio. Una specie di ritiro, nel quale si sentiva al sicuro e a suo agio. Questo fatto aveva sicuramente a che fare con la sua infanzia, quando aveva abitato in una vecchia casa dalla pianta molto irregolare, che aveva una immensa e splendida cucina: una cucina con le lose al pavimento e le piastrelle di ceramica bordate di blu intorno al fornello e all'acquaio e vecchi tegami di rame splendenti appesi a una trave. Aveva passato moltissimo tempo in cucina. Le era venuto in mente adesso che il dottor Wilbert aveva attribuito una grande importanza a questo fatto.

«Perché stava tanto in cucina? Cosa attirava lì la piccola Evelin?»

Le sembrava di sentire ancora la sua risata imbarazzata. «Non quello che pensa lei, dottor Wilbert. Non il cibo. Anche se ora si stenta a crederlo, io sono sempre stata magra come un chiodo. I miei genitori hanno sempre fatto una gran fatica a farmi mangiare.»

Il dottore non aveva ricambiato la sua risata. «Se non era il cibo, cosa allora?»

Aveva riflettuto. «La cucina era molto confortevole. Grande, calda. C'era un buon odore. C'era una porta, dalla quale si arrivava in giardino scendendo qualche gradino. Il giardino era piuttosto in disordine, e i gradini per scendervi ricoperti dall'erba e dalle felci. In estate grossi cespugli di gelsomino facevano ombra.»

La porta e i gradini erano stati, come numerose sedute avevano evidenziato, l'elemento determinante, ma Evelin aveva versato fiumi di lacrime prima che il dottor Wilbert riuscisse a stabilire tutti i collegamenti, e ora non le faceva piacere ripensarci. In effetti non le faceva mai piacere, anche se il dottor Wilbert sosteneva che era molto importante che lei non rimuovesse queste cose.

Era facile per lui parlare, così le pareva.

In ogni modo la cucina di Stanbury le ricordava quella del passato, anche se qui non c'era una porta sul giardino, ma come quella era vecchiotta e poco pratica, ed Evelin ci stava bene. A Monaco, nella sua elegante casa progettata da un architetto, avevano una cucina che si integrava con la sala, con un bancone al quale si poteva mangiare, e tutto era funzionale ed elegante, ma a lei non piaceva. Non riusciva a sentirla come un nido.

Cominciò ad andare avanti e indietro, senza una meta precisa, sistemando qua e là qualche cosa; tolse qualche briciola di pane dal tavolo, lavò un cucchiaino rimasto in giro, appese meglio gli strofinacci, sapendo bene che si trattava comunque di manovre diversive. Servivano a tranquillizzarle la coscienza; si sarebbe vergognata se si fosse precipitata immediatamente sul frigo, voleva fare apparire come un'azione casuale anche a se stessa l'apertura della magica porta. Perché questo era l'elemento diverso rispetto al passato: *adesso* si trattava sicuramente del cibo.

Aveva cucinato Jessica quella sera, aveva preparato uno stupendo sformato di broccoli con salsa di formaggio, ed essendo venuta a sapere solo tardi che Patricia e Leon non ci sarebbero stati a cena l'aveva preparato troppo abbondante: ne era avanzato un po'. Evelin si era trattenuta a tavola, ma per tutta la serata era stata perseguitata dal pensiero di quegli avanzi, anche se le era parso di pensare ad altre cose. Sapeva che prima o poi sarebbe finita in cucina a fare rifornimento...

Aprì lo sportello del frigo.

Lo sformato era lì, nella teglia, coperto da un piatto, lo tirò fuori, prese un cucchiaio, si sedette al tavolo e cominciò a mangiare. Era freddo gelato, ma questo fatto non la disturbava. Non riscaldava mai quello che mangiava fuori pasto, così come non si concedeva nemmeno il tempo di prendersi un piatto o di bere qualcosa. Spesso tagliava semplicemente del pane, si accucciava davanti al frigo spalancato, prendeva con il dito direttamente dalla confezione il formaggio da spalmare e se lo infilava in bocca alternandolo col pane. Nel frattempo magari pescava un cetriolo dal vasetto o si arrotolava in mano una fetta di prosciutto e li inghiottiva con ingordigia. Non le importava di fare le cose bene, il suo non era certo un gustare il cibo in modo attento, così come spesso faceva Tim, che era in grado di passare un'intera serata con qualche pezzetto di formaggio, un grappolo d'uva e un bicchiere di vino rosso, e mentre lo faceva si sentiva benissimo. Il piacere di Evelin era di un altro tipo. Si riempiva, si riempiva sempre più, e mentre si riempiva sentiva che il vuoto si riduceva e si diffondevano nel suo stomaco calore e benessere che un poco alla volta prendevano letteralmente possesso di lei.

«È l'unico modo per scacciare la tristezza quando mi assale», aveva detto al dottor Wilbert. «In quel momento mi sento bene. E l'effetto dura per un po'.»

Il dottor Wilbert attribuiva la sua dipendenza dal cibo al fatto di aver perso il bambino, ed effettivamente era iniziata subito dopo.

«Lei non è in grado di superare questa perdita. Da allora c'è un vuoto nella sua vita che, come lei stessa dice, non riesce a sopportare. Riempiendo lo stomaco tenta di riempire il luogo dove stava il bambino; naturalmente non in senso puramente anatomico, ma le cose sono strettamente collegate.»

Dopo questi eccessi non si era mai procurata volontariamente il vomito anche se si vergognava ed era tristissima per il suo fisico. Di sua volontà non avrebbe mai rigettato il cibo che aveva ingurgitato.

Anche adesso stava meglio, dopo aver inghiottito il misto di verdura, panna e formaggio, e con un sospiro si appoggiò allo schienale della sedia. Tutto si rilassava in lei, benché il formaggio freddo fosse come un macigno nello stomaco. Andò ancora una volta al frigo, mangiò una fetta di salame e come gran finale si scodellò, ironia della sorte, due bicchieri dello yogurt magro di Patricia, che lei mangiava allo scopo di preservare la sua figura perfetta.

Tutto si sarebbe aggiustato. Tutto sarebbe tornato in ordine.

Si sedette di nuovo al tavolo e guardò fuori dalla finestra, ma nel vetro vide solo l'immagine di se stessa: una donna sola, grassa, seduta a un tavolo.

Erano quasi le dieci e mezzo.

13

Solo al terzo ristorante in cui avevano chiesto erano riusciti a conquistare un tavolo. Leon era pallido e aveva un'aria molto nervosa, si cacciava di continuo indietro i capelli, come se non sapesse bene cosa fare con la mano.

« Da dove diavolo spunta tutta 'sta gente? » mormorò, e Patricia disse: « È Pasqua. Molti vanno fuori a mangiare ».

In conclusione erano arrivati a Haworth, in un locale arredato in stile vittoriano, non lontano dalla canonica nella quale avevano vissuto le sorelle Brontë. Si chiamava Jane Eyre, e aveva prezzi piuttosto salati. Dopo aver studiato il menu Leon era diventato ancora più pallido. « Ma qui si paga anche per respirare! » disse. « Forse dovremmo... »

« No! » Patricia aveva scosso la testa energicamente. « Abbiamo passato metà della serata a girare da queste parti! Ne ho abbastanza! Adesso restiamo qui. »

Avevano ordinato e mangiato, e Leon era stato taciturno e chiuso, cosa che Patricia non aveva nemmeno notato all'inizio, perché aveva parlato nel suo modo come sempre irruente di Phillip Bowen, del suo impossibile comportamento e di quanto fosse senza prospettive il suo tentativo di mettere le mani anche su una sola tegola di Stanbury House. Solo dopo aver bevuto il caffè e dopo aver constatato che erano le dieci e mezzo, interruppe la sua filippica e guardò Leon con aria sospettosa.

« Senti un po', come mai siamo venuti a mangiare qui stasera? Dobbiamo festeggiare qualcosa che mi sono dimenticata? » Provò a pensare. « Non è il nostro anniversario di matrimonio né del giorno che ci siamo conosciuti... Nessun compleanno... e in più non hai certo l'aria di uno che vuole festeggiare. Cosa succede? »

Faceva chiaramente fatica a parlare. « Patricia... » cominciò alla fine, per interrompersi poi subito, e Patricia notò che anche lei stava diventando sempre più inquieta, di un'inquietudine che era quasi paura, e si rese conto che era già tutta la sera che aveva paura, da quando Leon le aveva detto che voleva uscire a cena con lei. Aveva capito subito che Leon intendeva parlarle, e di qualcosa di sgradevole; all'improvviso pensò fra sé: ti prego non mi sbattere in faccia il nostro matrimonio! Non mandare all'aria la nostra famiglia! Continua a recitare con me, ti prego!

«Cosa succede?» domandò stringendo forte le mani intorno al bicchiere del vino senza rendersi conto che rischiava di romperlo.

Leon prese fiato. «È successa una cosa che non riesco più a fronteggiare da solo. Bisogna che tu sappia tutto perché ci saranno dei cambiamenti nella nostra vita.»

«Cioè?»

«I tempi sono cambiati», disse. «Abbiamo vissuto molti anni buoni, senza pensieri. Ma adesso...» Prese di nuovo fiato. «Patricia, sono sul lastrico. Ho un sacco di debiti e non ho la minima idea di come farò a pagarli.»

La sua prima reazione fu di sollievo. Si era aspettata che parlasse del loro matrimonio come di una farsa e che volesse la separazione. Invece si trattava di soldi. Come molte persone che non hanno mai sofferto per la penuria di denaro, anche Patricia era più che convinta che i problemi connessi al denaro fossero comunque risolvibili.

«Mio Dio», disse, «e per dirmelo hai fatto tutta questa scena?»

Anche lui sembrava sollevato; aveva finalmente verbalizzato quello che lo opprimeva, aveva superato un ostacolo che sembrava essersi trasformato in una montagna invalicabile davanti a lui. Ora doveva far capire a Patricia la gravità della situazione.

«Non si tratta di un momento difficile ma passeggero, Patricia», disse cautamente. «All'inizio ho sperato e creduto di poter restare a galla fino a tempi migliori. Ma i tempi non migliorano, per lo meno non per me, o per lo meno non abbastanza velocemente da offrirmi un'opportunità. Siamo proprio alle strette. Non possiamo più mantenere il nostro standard di vita.»

«Quasi tutte le famiglie devono fare economia», disse Patricia, «per tutti è più difficile vivere. Ce la faremo anche noi.» Le sue mani avevano abbandonato il bicchiere. Si era rilassata, anche se era stupita di quanto suo marito avesse potuto spaventarla. Cominciava a percepire che il timore strisciante che il suo matrimonio potesse improvvisamente finire era più grande di quel che aveva mai ammesso anche con se stessa.

«Per noi non si tratta solo di fare economia.» Sperava che potesse afferrare più velocemente cosa stava succedendo. «Dovremo vendere la nostra casa. Dovremo cercarci un appartamento in affitto e...»

«Cosa?» Lo fissò, all'improvviso di nuovo vigile e tesa. «Ma sei impazzito? Non possiamo mica venderci la casa!»

La casa di Monaco l'avevano fatta costruire quattro anni dopo il loro matrimonio. Avevano dovuto chiedere un finanziamento piuttosto consistente, ma Leon a quei tempi era associato in uno studio molto noto e aveva un ottimo stipendio. Patricia aveva pensato che non avrebbero certo avuto problemi per pagare il mutuo. E poi secondo lei sarebbe stato un vero peccato fare economie proprio in quel momento per poi magari rimpiangere in futuro che la casa non fosse assolutamente perfetta e non corrispondesse in pieno ai loro desideri. Non c'era pietra, trave, tegola o porta che non avesse progettato e discusso insieme all'architetto. Per mesi era stata costantemente in cantiere per seguire la corretta realizzazione di tutti i suoi desideri e aveva quasi fatto impazzire architetto e direttore dei lavori con i suoi continui cambiamenti d'idea. La casa era la sua creatura. Ci si era realizzata e l'aveva fatto con la stessa intensità con la quale affrontava ogni suo progetto e che toglieva il fiato a chi la osservava. Già allora, Leon se ne ricordava, lui aveva provato in sua presenza un senso di spossatezza.

«Non è che *possiamo*, *dobbiamo* venderla», disse. «È un pezzo che non riesco a pagare nemmeno gli interessi. Per essere più precisi, ho dovuto chiedere un altro prestito per pagare il debito preesistente e i nuovi interessi mi hanno stretto ancora di più il laccio intorno alla gola. Nel frattempo non c'è più una banca che mi dia qualcosa.» Scosse la testa lentamente, pensieroso. «Devo eliminare tutto il superfluo, Patricia. Dobbiamo farlo. E la casa *è* superflua!»

Dopo che all'inizio si era sentita come liberata, adesso si sentiva come se le fosse crollato un peso sulle spalle e lo stomaco le si era contratto e le faceva male. Soffriva di una leggera gastrite cronica che si palesava sempre in modo fastidioso nelle situazioni di stress e di agitazione. Naturalmente non aveva con sé le sue pastiglie. Non aveva certo immaginato una sorpresa così sgradevole.

«Ma la casa... è...» Non sapeva come esprimere quello che provava.

«La casa è così importante per noi», disse, ma in effetti non era proprio quello che avrebbe voluto dire.

All'improvviso Leon parve molto stanco. «Lo so. Ma la situazione è quella che è. Ho pensato ad altre possibili soluzioni, credimi. Avrei voluto fare in modo che voi non notaste niente, tu e le ragazze. Ma», si passò una mano sul viso con un gesto rassegnato, di sconfitta, «non ci sono riuscito e non vedo più alcun modo di tenervi all'oscuro di tutta questa miseria.»

«Mi domando solo come siamo potuti arrivare a questo punto», disse Patricia, mentre nella sua testa stava già analizzando tutte le varie possibilità per evitare il peggio. «Voglio dire, hai comunque un sacco di clienti e...»

«No, non li ho. Non sono in molti a venire da me. Più che altro non viene il tipo di cliente che mi fa guadagnare tanto. Piccoli incarichi per piccole parcelle, che mi fanno lavorare molto e guadagnare poco. Liti fra vicini di casa per via dei nanetti in giardino o per il volume troppo alto della musica o roba del genere. Non avrei mai pensato prima che la professione di avvocato potesse essere tanto noiosa.»

«Però una volta era diverso! Una volta, tu...»

«Una volta non lavoravo ancora da solo. In un certo senso facevo parte di un'azienda e questa azienda andava bene, era una vecchia azienda e aveva una clientela di un certo livello. Le grane sono cominciate con l'indipendenza.» Le poteva leggere in faccia che stava ragionando su chi potesse essere responsabile del fatto che Leon aveva aperto un suo proprio studio e questa constatazione quasi gli strappò un sorriso, benché amaro e infelice. Era tipico di Patricia. Tipico del loro matrimonio: la vita, la quotidianità, ogni fatto venivano ordinati in base a un'attribuzione di colpevolezza. Chi era da ritenersi responsabile di che cosa?

«Noi due», disse lui senza aspettare la sua domanda, «noi due allora eravamo dell'opinione che fosse meglio per me mettermi in proprio. Io avevo sottolineato il fatto che avrebbe potuto essere non del tutto facile, ma tu eri convinta che ce l'avrei fatta. E...» Alzò la mano come per difendersi, vedendo che lei aveva intenzione di controbattere. «Per favore, non litighiamo! Dio sa che non ho nessunissima intenzione di attribuirti alcuna colpa. Anzi stavo proprio per aggiungere: io sono stato felice che tu mi abbia aiutato a rafforzare così la mia autostima. Perché io ero ben fiero di diventare il padrone di me stesso.»

Quel che diceva era vero. Per una volta ed eccezionalmente in quell'occasione l'avevano pensata nello stesso modo. Lui aveva sempre sognato di avere uno studio suo e Patricia con la sua incrollabile fiducia nelle possibilità di entrambi aveva ritenuto che fosse proprio quella la direzione da prendere. Certamente non aveva calcolato fino in fondo il rischio che ne derivava. Avrebbe forse dovuto essere più cauto lui?

«L'hai già ipotecata la nostra casa?» chiese Patricia, immaginando la risposta, e lui annuì.

«E Stanbury?» domandò allora.

«Stanbury non posso ipotecarla», disse Leon, «è di tua proprietà.»

«E se io...»

«Se tu vendessi Stanbury? Ma Patricia...»

Si guardarono negli occhi e fu uno di quei momenti, ormai rari nella loro unione, in cui un sentimento comune li rendeva molto vicini: l'amore per Stanbury, la certezza di avere là un rifugio, una piccola vita tutta per loro, nella quale non poteva infiltrarsi niente dal mondo esterno.

«Stanbury è qualcosa di più che semplicemente una casa», disse Leon. «Vendere Stanbury significherebbe porre termine a un ciclo. E come potremmo spiegarlo ai nostri amici?»

«Faccio ancora fatica a capire», mormorò Patricia, «è successo così all'improvviso.»

«Vorrei chiederti di cominciare da subito a risparmiare un po'», disse Leon. «Queste ore di cavallo tutti i giorni... mi spiace, non saranno più possibili.»

«E come faccio a dirlo alle bambine?»

Diede un'alzata di spalle. «Devi dire le cose come stanno. Tanto comunque saranno costrette ad accorgersene, al più tardi quando a Monaco traslocheremo. Non è necessario che sappiano quanto è grave la situazione, ma non è possibile tener loro nascosto che la nostra vita dovrà cambiare.»

«E invece... voglio dire, se tu chiedessi ai tuoi amici? Tim e Alexander? Siete legati da una vita, ti aiuterebbero senz'altro!»

«Alla lunga non servirebbe a niente. Perché il mio studio andrebbe comunque avanti a fatica e prima o poi saremmo di nuovo al punto di partenza. Nel lungo termine potremo farcela solo se riusciremo a adeguare il nostro livello di vita alle mie entrate.»

Vide che a queste parole Patricia ebbe un sussulto. E siccome la conosceva fin troppo bene sapeva esattamente quali pensieri devastanti stesse collegando alle sue frasi: decadimento sociale, impoverimento, l'inizio della fine, in basso cade chi troppo in alto vola.

«Fra l'altro», disse velocemente, «l'estate scorsa *ho* chiesto del denaro in prestito. A Tim. Il suo studio va a gonfie vele.» Solo chi avesse ascoltato con grande attenzione avrebbe percepito l'invidia che traspariva dalla sua voce. «Con quel denaro sono riuscito a passare l'inverno. Ma non si tratta certo di una soluzione definitiva!»

«Quanto ti ha dato?»

«Cinquantamila.»

Ebbe di nuovo un sussulto. «Euro?»

«Sì.»

«Perciò», Patricia apparteneva a quel tipo di persone che devono ancora trasformare gli euro per rendersi perfettamente conto dell'entità di una somma, «centomila marchi! Sono un sacco di soldi! Ma riesci a restituirglieli?»

«Un po' per volta. Euro per euro. Ma come hai già detto tu: Tim è insieme ad Alexander il mio migliore amico. Non mi mette fretta. Ho tempo.»

«La cosa si fa abbastanza imbarazzante nei confronti di Evelin», mormorò Patricia.

Leon la guardò con freddezza. «Ma se sei stata proprio tu un attimo fa a suggerirmi di rivolgermi agli amici...»

«Certo.» Sentiva che le stava venendo mal di testa. «Potrà essere imbarazzante lo stesso, no?»

Prese la sua borsetta. «Potresti pagare? Vorrei proprio andare a casa adesso.»

Sulla strada del ritorno non dissero una parola. Erano entrambi immersi nei loro pensieri. Leon rimuginava sui problemi dell'immediato futuro, che gli apparivano giganteschi e per i quali intravedeva ancor meno possibilità di soluzione di quante non ne avesse prospettate alla moglie. Patricia, invece, si domandava soprattutto come avrebbe fatto a tenere nascoste agli amici le future economie. Sempre che non lo sapessero già tutti. Era probabile che Tim avesse parlato con Evelin, ed Evelin si era di sicuro confidata con Jessica. E forse Tim ne aveva già parlato con Alexander. Aveva la spiacevole sensazione di essere stata probabilmente l'ultima a sapere della cosa.

Ma come aveva potuto non accorgersi di niente per tanto tempo? si domandò perplessa. La scorsa estate Leon si era fatto prestare una somma enorme da Tim. Quindi doveva già aver avuto l'acqua alla gola. E lei non aveva percepito niente. Assolutamente niente.

Anche questa è una bella pubblicità per il nostro matrimonio che funziona a meraviglia, pensò cinicamente.

Svoltando nel viale verso Stanbury House videro una grande macchina parcheggiata a lato della strada. Aveva i fari spenti e a Patricia era quasi sembrata abbandonata; che lo fosse o no, si era domandata con sospetto perché fosse stata lasciata davanti al cancello di Stanbury House. Poi, alla luce dei loro fari, notò che qualcosa si muoveva nella macchina, e questo la allarmò subito parecchio.

«Fermati! C'è qualcuno.»

«Dove?» domandò Leon e frenò.

«In quella macchina là. Scommetto che è quel farabutto... quel... come si chiama? Phillip Bowen!»

«E allora? Lascialo perdere. Sta *davanti* al nostro terreno, non *dentro*. Non possiamo dirgli niente.»

«Figurati. Deve andarsene. Fermati. *Fermati*!»

Leon, che stava ripartendo, frenò di nuovo. Patricia aprì la portiera.

«Resta in macchina, Patricia! Magari quel tipo è pericoloso! Non fare sciocchezze!»

Ma lei era già scesa e stava avvicinandosi di qualche passo all'automobile. Un vecchio aggeggio arrugginito per quel che poteva capire, un affare enorme che probabilmente barcollava come una chiatta e nel quale i buchi consentivano di vedere il fondo stradale. Le era sembrato fin dall'inizio che Bowen fosse uno spiantato senza scrupoli che tentava di impossessarsi della roba altrui.

Adesso era proprio davanti alla macchina. I fari dell'auto di Leon facevano luce.

Incrociò lo sguardo di due facce spaventate.

Una apparteneva a un ragazzo.

L'altra era quella di Ricarda Wahlberg.

14

«Voglio che *lei* esca dalla stanza!» disse Ricarda e rivolse a Jessica uno sguardo come sempre carico di un odio insanabile. «L'ho detto fin dall'inizio: se vuoi parlare con me, allora senza J.!»

«Si chiama Jessica, e io...» cominciò Alexander.

Jessica, che riteneva molto più sensato che padre e figlia si parlassero da soli, mosse un passo verso la porta. «Se avete bisogno di me, sono qua», disse, «ma per il momento...»

«Tu resti qui!» Alexander parlò con una durezza così inconsueta che Jessica lo fissò con stupore.

«Ti prego», soggiunse poi sottovoce.

Jessica sospirò. *Alexander, non devi cercare di obbligarla con la forza. Prima o poi finirà con l'accettarmi, ma non in questo modo.*

Ciononostante rimase. Le faceva pena l'aria sperduta che aveva Alexander.

Lui si rivolse alla figlia. I due stavano in piedi al centro della stanza perché Ricarda si era rifiutata di sedersi là dove suo padre le aveva indicato. Per la prima volta Jessica notò la somiglianza fra padre e figlia. Ricarda aveva preso dalla madre i colori scuri, perciò al primo sguardo dava sempre l'impressione di esserne il ritratto e non avere niente del padre, biondo e con gli occhi azzurri. In realtà da lui aveva preso la statura imponente, la mascella squadrata e la bocca piuttosto sottile e adesso, nell'attimo della rabbia, aveva la sua stessa ruga verticale che le partiva da sopra il naso. Chiunque si sarebbe accorto della somiglianza in quel momento.

«Voglio sapere il nome di quel ragazzo», pretese Alexander. Gliel'aveva già chiesto tre volte e Ricarda altrettante volte aveva replicato che non glielo avrebbe detto. Voleva vivere la sua vita, aveva sentenziato, e suo padre non aveva alcun diritto di dire niente.

Anche adesso si limitò a scuotere la testa. «Non ti riguarda.»

«Mi riguarda eccome. Hai quindici anni e perciò sei ben lontana dal poter decidere da sola e autonomamente del tuo destino. Sono responsabile per te e non permetterò che tu di notte in macchina con uomini sconosciuti faccia...»

Sembrava non trovare il termine giusto per esprimere quello che sua figlia aveva fatto. Ricarda alzò lo sguardo ancora un po' e lo fissò con aria di sfida.

«E allora? Cosa? Cosa faccio di notte in macchina con uomini sconosciuti?»

«Patricia dice che eravate mezzi nudi.»

Ricarda rise, ma di un riso rabbioso. «Poveraccia! Deve essere stato uno spettacolo terribile per lei! Due persone seminude in macchina! Non ha potuto fare a meno di spifferare subito la cosa!»

«Io le sono grato per avermelo detto», replicò Alexander.

Patricia aveva bussato praticamente all'alba alla stanza sua e di Jessica e non aveva quasi aspettato l'«avanti» dei due. Jessica aveva appena fatto la doccia e stava uscendo dal bagno avvolta in un grande telo di spugna. Alexander era ancora a letto. Patricia indossava la sua tenuta da jogging con la quale iniziava sempre la giornata. Non sembrava aver dormito molto nella notte appena passata.

Aveva fatto una gran scenata a proposito della sua scoperta della sera prima. A Jessica pareva che calcasse un po' troppo la mano. Le faceva pena Alexander che, contagiato dalla sua isteria, era diventato pallido e di colpo aveva assunto un'aria sperduta e triste.

«Devi assolutamente fare qualcosa! Con tutto il rispetto per i tuoi principi liberali non può proprio andare avanti così. Quei due facevano... insomma, se devo dirtelo chiaro e tondo, secondo me avevano un rapporto sessuale! In una macchina impossibile. Un tipo impossibile! Ma cosa fai se ti torna a casa incinta? O se succede qualcosa d'altro? Ha *quindici* anni, Alexander! Per certi versi è ancora una bambina! Non puoi lasciarle fare quello che le pare e intanto ficcare la testa sotto la sabbia e dire: non mi interessa!»

«Non credo proprio», l'aveva interrotta Jessica con una certa durezza nella voce, «che Alexander abbia mai detto una volta 'non mi interessa' riferendosi a Ricarda!»

Patricia aveva continuato con la sua valanga di parole, come se non avesse nemmeno sentito, e quando finalmente se n'era andata Alexander era apparso come stordito e si era alla fine alzato con fatica dal letto. «Penso che oggi rinuncerò alla colazione», aveva detto, «preferisco parlare subito con Ricarda. Saresti tanto gentile da venire anche tu?»

Già allora lei era stata incerta. «Non mi sembra una cosa ben fatta. Noi due insieme le diamo una sensazione di... strapotenza.»

Solitamente Alexander era disposto ad accettare motivazioni di quel tipo, ma questa volta rimase fermo nella sua richiesta.

E così adesso erano tutti riuniti nella stanzetta, Jessica e Alexander già vestiti, Ricarda con addosso una vestaglia e con i capelli spettinati. Jessica aveva rifatto il letto e ora si domandava dove fosse finita la sua nausea che nella prossima mezz'ora si sarebbe sicuramente presentata, e sicuramente nel momento meno opportuno.

«Patricia schiatta d'invidia», disse Ricarda con disprezzo, «perché Leon non la tocca più!»

«Ricarda!» Alexander era costernato. «Ma come fai ad affermare una cosa del genere?»

«Non la affermo! La so! Ho sentito Leon che diceva a Tim che non se la sente proprio più di fare l'amore con Patricia!»

«Ma queste sono cose che non ci riguardano», disse Alexander, decisamente infastidito, «inoltre non dovresti tentare di spostare l'attenzione dai tuoi problemi.»

«Io non ho problemi.»

«Bene. E perché tu possa continuare a non averne non rivedrai più quel ragazzo.»

Ricarda impallidì. «Questo non puoi farmelo.»

«Visto che non mi vuoi dire il suo nome né intendi presentarcelo in maniera civile, non vedo altra possibilità che quella di proibirti del tutto di vederlo. Non posso ammettere che mia figlia quindicenne se la spassi di notte in macchina con uomini che non conosco e le cui intenzioni mi sono del tutto ignote.»

Jessica trattenne il respiro. Vide gli occhi di Ricarda riempirsi di lacrime, lacrime di rabbia, poteva immaginare.

«Tu sei così diverso da com'eri una volta», sbottò Ricarda. «Una volta eri il mio migliore amico. Mi capivi sempre. Eri sempre dalla mia parte. Ma da quando stai con J. tu...»

«Maledizione, Ricarda!» Alexander era pallido dalla rabbia. «Devi chiamarla con il suo nome. Devi chiamarla *Jessica*! Devi comportarti in modo rispettoso con lei. Altrimenti...»

«Altrimenti cosa?»

«Altrimenti ti renderai conto che posso essere molto più sgradevole di quanto non ti appaia già adesso. Non tirare troppo la corda. E per quanto riguarda questa storia: d'ora innanzi resterai dentro Stanbury. Se vuoi andare in paese per fare acquisti chiederai a Jessica o a me o a qualcun altro del gruppo di accompagnarti. E verrai puntuale a ogni pasto. Hai capito?»

Lei lo fissò con disprezzo. «Non mi costringerai a un bel niente», minacciò, «proprio a un bel niente.» Si voltò e lasciò la stanza, sbattendo la porta dietro di sé.

«Ricarda!» gridò Alexander, ma lei non lo sentiva nemmeno.

«Temo che tu abbia fatto un errore», disse Jessica.

«Dove vai?» chiese Geraldine. Stava tornando dalla sua corsa, aveva fatto un giro intorno al paese ed era arrivata davanti alla porta dell'albergo nel momento in cui Phillip stava uscendo, in jeans e giacca, per andare da qualche parte. Aveva l'aria di chi non ha dormito e, come sempre, non si era pettinato.

«Devo uscire», disse, «devo camminare. Muovermi. Riflettere.»

«Posso venire con te.» Anche se aveva corso per quaranta minuti il suo respiro si era già normalizzato; poteva parlare tranquillamente e si sentiva pronta per una passeggiata. Andava molto fiera della sua forma fisica. E poi sapeva di essere molto attraente quando indossava i suoi pantacollant neri, che mettevano in risalto le sue belle gambe, la felpa bianca col cappuccio e le scarpe da ginnastica, anche loro bianche. Si era legata i lunghi capelli neri, ma qualche ciuffo si era liberato e le arrivava sulla fronte. Durante la sua corsa mattutina aveva come sempre incontrato varie persone e tutti, uomini e donne, l'avevano guardata affascinati. Phillip invece sembrava non accorgersi affatto di quanto lei fosse carina.

Non se ne accorge mai, pensò rassegnata, per lui è come se io fossi trasparente.

«Posso venire con te», ripeté, «ho già fatto un bel riscaldamento.»

«Tu adesso vai a fare colazione.»

«Ma se non la faccio mai, lo sai.»

Lui sospirò. «Voglio stare solo.»

In qualche modo l'aveva capito fin dall'inizio, però la feriva ugualmente il fatto che lui glielo dicesse. «Allora non fingere tanta preoccupazione per me», disse, «e non spedirmi a fare colazione. Non te ne importa niente se faccio colazione o no. Vuoi soltanto stare in pace.»

«Sono venuto qui per realizzare una certa idea. Non per fare vacanza con te.»

Sapeva di commettere un errore coinvolgendolo in quel momento, al mattino presto e sulla strada del paese, in una discussione sui principi fondamentali; avrebbe solo suscitato la sua rabbia, ma non riuscì a evitarlo.

«Ma c'è qualcosa che ogni tanto hai voglia di fare *con me*? Voglio dire, a parte venire a letto con me quando capita, sopportare ogni tanto con grande pazienza la mia vicinanza, e sempre ogni tanto servirti del mio denaro?»

Non avrebbe dovuto tirare in ballo i soldi, lo capì nello stesso istante in cui pronunciò la frase. Lo capì dai suoi occhi. Era infuriato.

«Il tuo denaro? Il tuo maledettissimo denaro?» Parlava con un tono molto basso e le si era avvicinato. «Ma tu pensi veramente che mi interessino i tuoi soldi?»

Quasi si sarebbe ritratta, ma si costrinse a stare ferma.

«Ma, io...» iniziò nervosamente.

«Non ho mai voluto neanche l'ombra dei tuoi soldi. Non ti ho mai chiesto neanche una sterlina. Quando mi hai comprato qualcosa l'hai fatto perché lo volevi tu. Non perché te lo chiedessi io. È la stessa storia del viaggio.» L'aveva guardata con disprezzo. «Ti sei imposta e adesso vuoi che io te ne sia grato. Tu mi dai i soldi perché io strisci ai tuoi piedi. Tu ti impicci della mia vita e pensi che prima o poi io non potrò più fare a meno di te. Ma ti sbagli di grosso, Geraldine. Posso stare benissimo senza di te. Adesso e in futuro. Il nostro rapporto esiste solo perché tu non vuoi mollare. Io invece», si avvicinò ancora un po', quasi volesse ficcargliele in testa le parole, perché non le potesse più dimenticare, «io invece non sono mai venuto a cercarti.»

«Phillip...»

Si voltò, la piantò lì e se ne andò lungo la strada del paese, a passo spedito, come se cercasse di liberarsi di qualcosa.

Come se cercasse di liberarsi di *lei*.

Geraldine si conficcò le unghie nei palmi quasi per coprire con un altro dolore quello che l'aveva sopraffatta con una violenza tale da toglierle il respiro. Non le aveva detto niente di nuovo, nuova era solo la durezza che le aveva dimostrato. Le aveva detto chiaro e tondo che non la amava. Che non voleva un futuro con lei. Che lei in sostanza lo infastidiva. E che nei momenti migliori gli era al massimo indifferente.

Quante volte ancora voglio farmi calpestare?

Riuscì a entrare nell'albergo e a salire fino alla loro stanza prima di scoppiare in un pianto intenso e disperato.

Pianse per un'ora e solo quando non ne poté più, quando lo sfinimento fisico prevalse su tutto il resto, solo allora i suoi singhiozzi si calmarono.

Adesso faccio le valigie e me ne vado prima che lui ritorni, pensò.

Tanto anche questa eventualità lo avrebbe lasciato assolutamente indifferente.

Jessica incominciava a capire quali potevano essere state le difficoltà di Elena. Durante quelle vacanze di Pasqua cominciò a capire veramente e a domandarsi come non se ne fosse resa conto prima. Forse perché erano tutte cose nuove per lei. Adesso si stava facendo un'idea più chiara e il disagio cresceva. Probabilmente questo disagio c'era già stato, latente, ma lei l'aveva rimosso. Adesso non era più possibile tenerlo nascosto.

Era uscita per una delle consuete passeggiate, senza aver fatto colazione. L'atmosfera in casa quella mattina le pareva insopportabile; mai prima di allora aveva sentito così forte l'impulso di andarsene. E poi non aveva nausea e non aveva nessuna intenzione di compromettere quello stato di grazia mangiando un uovo sbattuto o un piatto di muesli.

Come sempre aveva un passo sostenuto, lungo. Barney le saltellava intorno, correva avanti e indietro, entusiasta di potersi muovere in libertà. Durante la notte doveva aver piovuto un po', infatti sul sentiero c'era qualche pozzanghera, l'erba a destra e sinistra era luccicante per il bagnato. C'era un venticello fresco che stava spazzando via le nubi. Nel pomeriggio sarebbe spuntato di nuovo il sole.

Jessica non aveva propriamente litigato con Alexander, ma gli aveva detto che non riteneva giusto il suo atteggiamento nei confronti di Ricarda, e lui si era seccato; era probabile che non avrebbe più voluto parlarne con lei, comunque. E questo era sicuramente un fatto nuovo, perché normalmente, proprio nelle questioni che riguardavano Ricarda, seguiva volentieri il suo consiglio. Ma questa volta forse temeva di restare schiacciato fra Jessica e Patricia, come fra le due ruote di una macina. Secondo Jessica Patricia non aveva alcun diritto né motivo di immischiarsi nella faccenda, ma sembrava che Alexander non fosse in grado di contenerla.

Ed è proprio lì, stava pensando ora, la causa di una parte del problema. Fra tutti loro non esistevano veri confini. Tutti avevano accesso a tutti e a tutto. Nessuno doveva essere costretto entro limiti determinati, la sensazione era che questo avrebbe potuto far crollare un'opera d'arte: l'opera d'arte di questa grande, profonda, infinita amicizia.

Un'amicizia che, in Jessica la sensazione si faceva di giorno in giorno più forte, era decisamente caratterizzata dalla formalità e che in sostanza non appariva affatto sincera. Non l'amicizia fra i tre uomini che erano stati il punto di partenza del legame, e ancor meno quella fra le mogli. E questo probabilmente faceva sì che non si fossero stabiliti dei confini o che questi, ammesso che mai ci fossero stati, fossero stati rimossi. Una vera amicizia avrebbe rispettato le caratteristiche individuali e gli spazi vitali di ognuno. Un'amicizia fittizia evidentemente no.

Ognuno si intrometteva nelle faccende dell'altro, ma solo se si trattava di cose sostanzialmente irrilevanti e non rischiose. Patricia aveva fatto una scenata a proposito di Ricarda, quando in fin dei conti Ricarda non aveva fatto niente di strano. aveva un amico. Si scambiava tenerezze con lui. Forse ci andava a letto. Sua madre le aveva sicuramente parlato Non c'era alcun motivo di agitarsi tant

Dall'altro lato si guardavano bene tutti quanti dall'affrontare con Evelin, che era evidentemente depressa, il problema della sua tristezza. Questo avrebbe potuto svegliare il cane che dorme, e tutti sembravano avere una gran paura dei problemi *veri* che sarebbero potuti piombare loro addosso. Il matrimonio di Patricia e Leon sembrava in crisi a giudicare da quello che aveva sentito Ricarda, e Jessica non dubitava affatto delle sue parole. Ciononostante l'immagine della famiglia sana veniva ostentata con una ostinazione tale che probabilmente Patricia stessa era portata a pensare che fosse tutto a posto.

In qualche modo Elena non era più riuscita a reggere questo mondo che sembrava significare tanto per suo marito. Alexander diceva sempre che Elena aveva messo in primo piano le difficoltà con gli amici, ma in realtà i problemi erano sorti fra loro due. Jessica non aveva mai dubitato di questa affermazione. A quel punto non era più sicura. Era possibile che le cose non fossero andate bene fra Elena e Alexander *proprio perché* Elena aveva avuto la sensazione di essere soffocata dalla falsità che la circondava.

Non devo arrivare a questa conclusione, diceva a se stessa, ma il brutto era che ormai il problema le era chiaro, lo sentiva e non avrebbe più potuto rimuoverlo. Non avrebbe più potuto dare da intendere a se stessa che tutto andava per il meglio.

Senza riflettere prese il sentiero che portava al ruscello nel quale aveva trovato Barney, e in seguito si sarebbe domandata a lungo se fosse stato un caso o un desiderio inconscio a spingerla a quella scelta.

Questa volta Phillip non era seduto nell'erba in cima alla collina, c'era troppo bagnato. Lo adocchiò un po' più giù, vicino alla riva del ruscello. C'era un tronco d'albero caduto; Phillip stava seduto a cavalcioni come sul dorso di un cavallo e intanto annodava fili d'erba. Aveva già fatto una bella collana.

Jessica quasi si aspettava che al suo avvicinarsi si sarebbe alzato per andarsene, ma il bisogno di chiedergli scusa era tale che rischiò comunque.

«Phillip», disse quando fu alle sue spalle e lui non sembrò affatto stupito quando si voltò. Forse l'aveva sentita arrivare.

Non disse niente, però nemmeno se ne andò, e così lei gli si sedette di fronte, anche lei a cavalcioni sul tronco, e lo guardò.

«Mi dispiace veramente tanto», disse. «L'altra volta ho fatto delle osservazioni proprio tremende. Capisco che si sia offeso. Spero che mi perdonerà.»

Lui le allungò la collana di fili d'erba. «Ecco, gliela regalo. Regalo sempre collane di fili d'erba a quelli che ho perdonato.»

Si stupì anche lei di quanto si sentisse sollevata. Teneva la collana con entrambe le mani. «Grazie. Sono... sentivo proprio un gran peso. Adesso va meglio.»

Lui accarezzò Barney, che gli aveva appoggiato le zampe anteriori sulle ginocchia e gli dava leggeri colpetti col muso, come se si aspettasse qualcosa da lui. «Mi sembra già parecchio cresciuto in questi pochi giorni.»

«Mangia come un matto», disse Jessica, «d'altronde dovrà ben aumentare per riempire quelle zampe enormi che ha.»

Barney si girò e cominciò a rincorrere un grosso calabrone. Phillip riprese ad annodare fili d'erba.

«Perché non si senta di nuovo presa alla sprovvista», disse. «Domani mattina presto verrò a Stanbury e chiederò di parlare con Patricia. Sono stato parecchio in giro in zona in questi giorni e ho molto riflettuto. Sono arrivato alla conclusione certa che non rinuncerò. Patricia non si libererà di me.»

«Non vorrà parlare con lei, Phillip. E anche a tutti gli altri è stato chiesto di non farlo.»

Lui sorrise. «Allora dovrebbe fare attenzione, Jessica. Lei sta contravvenendo alle regole. Potrebbe essere accusata di collaborazionismo con il nemico!»

Jessica fece spallucce. «In realtà sto cercando di tenermi fuori da una guerra.»

«Pensa che ci sarà una guerra?»

«Patricia non riconoscerà niente di quello che lei sostiene. La ignorerà. Questo significa che lei dovrà usare le maniere forti, e già questo potrebbe portare a una specie di guerra.»

«Chiederò la riesumazione del corpo. L'analisi del DNA chiarirà tutto.»

«Temo che sarà un lungo cammino legale, Phillip. Patricia, in qualità di nipote legittima di Kevin McGowan, farà di tutto per impedire la riesumazione, e di sicuro ha carte migliori delle sue da giocare. Non so se lei...» Non terminò la frase perché temeva di essersi di nuovo messa in una situazione rischiosa, ma Phillip capì quello che aveva voluto dire. «Lei teme che io non possa sostenere economicamente una lunga battaglia legale E ha ragione: sarà molto difficile per me. Ma io sono assolutamente sicuro che troverò il modo.»

«Che lavoro fa?»

Scrollò le spalle. «Un po' quello che capita. Potrei presentare un elenco completo di corsi di formazione che ho interrotto... In un certo senso non sono mai riuscito a portare a termine qualcosa. Neanche la scuola. L'ho piantata lì a diciassette anni. Sono stato poi due anni in giro per gli Stati Uniti, facendo l'autostop, lavorando qua e là e vivendo come capitava. Poi ho abitato a New York dove frequentavo una scuola di recitazione, ma appena prima della conclusione non ce l'ho fatta più Sono tornato in Inghilterra mi sono sposato e separato dopo neanche tre anni. Poi...»

«Com'era lei?»

«Chi?»

«Sua moglie. Lei non doveva avere più di vent'anni e sua moglie era probabilmente anche più giovane...»

«Ne aveva diciotto. Era tossicodipendente. Abbiamo cercato insieme...» Fece con le mani un gesto sprezzante. «Aveva continue ricadute. Continue. A un certo punto non ce l'ho fatta più.»

«Cosa ne è stato di lei?»

«È morta.»

Prima che Jessica potesse dire qualcosa, Phillip proseguì: «Dopo quel periodo avrei voluto fare di tutto. Il fotografo. Il giornalista. Ritentare di fare l'attore. Riprendere la scuola. Andare in India ad aiutare le popolazioni in via di sviluppo. E, e, e... mille cose. Tutte iniziate, nessuna terminata». Per la prima volta annodò due fili d'erba con tanta forza da strapparli. «È il filo rosso della mia vita. Un maledetto filo rosso del quale non riesco a liberarmi benché abbia lottato duramente per farlo. Ma questa volta arriverò in fondo. Voglio che sia riconosciuto che Kevin McGowan era mio padre e voglio la mia parte di eredità.»

«L'eredità è costituita dalla casa. Se anche riuscisse a farsi assegnare la sua parte, comunque non otterrebbe denaro. Perché senza il consenso di Patricia non potrà vendere niente e Patricia non glielo darà mai. Non si separerà mai da Stanbury House, non fosse altro che per il fatto che i suoi amici non lo vorrebbero mai.»

«Non mi importa dei soldi», disse Phillip.

Jessica capiva il suo stato d'animo. «Le importa di suo padre.»

«Di quello che di lui è rimasto», le rispose Phillip.

«Posso parlarti un momento, Tim?» chiese Leon. Aveva sentito Tim scendere nell'ingresso ed era uscito dalla sala da pranzo per incrociarlo. Benché nel frattempo il cielo si fosse completamente schiarito e invitasse a uscire, Leon non aveva alcuna voglia di passeggiare o di lavorare un po' in giardino. Era oppresso dai pensieri. Non riusciva assolutamente a rilassarsi o distrarsi.

«Cosa c'è?» chiese Tim. Anche lui non aveva certo un'aria felice.

E come potrebbe, pensò Leon, con quella melensa di Evelin al suo fianco!

«Tim, volevo solo dirti che ho parlato con Patricia», disse, «adesso sa tutto della mia situazione disastrosa. Spero così di riuscire a modificare radicalmente il nostro stile di vita. E in breve tempo le misure restrittive dovrebbero portare a un risultato e io...»

«Fa parte dei radicali cambiamenti di stile di vita della tua famiglia il fatto che un attimo fa Patricia è di nuovo partita con le ragazze per andare a cavalcare?» domandò Tim. La sua voce era dura. «Per quanto ne so i contadini della zona si fanno pagare profumatamente per farvi saltellare in giro in sella a un cavallo. Uno stile di vacanza piuttosto lussuoso per uno che è praticamente ridotto al verde!»

«La storia del cavallo deve finire, e Patricia lo sa. È solo che non volevamo che le ragazze ne fossero private così, di botto, visto che è una cosa alla quale tengono molto. Tornando a casa oggi Patricia spiegherà loro che è necessaria un'interruzione.»

«Aha», borbottò Tim.

Leon gli si avvicinò. «Te li restituisco i tuoi soldi, Tim. È una questione d'onore! Ma, ti prego, dammi ancora un po' di tempo. Il tuo studio va a meraviglia, non hai impellente necessità di...»

«Adesso stammi a sentire», iniziò Tim, ma proprio in quel momento si aprì una porta sul pianerottolo ed Evelin cominciò lentamente a scendere le scale. Zoppicava. Vedendo i due uomini si fermò.

«Cosa ci fate qui?» domandò e, senza aspettare la risposta, proseguì: «Mi sono presa uno strappo alla caviglia. Questa mattina presto ho cercato di fare un po' di jogging ma...»

Non proseguì.

La sua sfortuna è di voler essere quella che non è, pensò Leon compatendola, vorrebbe essere sportiva, tonica, snella e attraente come Patricia, ma non ce la fa. Cerca di fare con i suoi novanta chili quello che Patricia fa con i suoi cinquanta, e ogni volta è un fallimento.

«Dicono che non sia poi così salutare fare jogging», disse a voce alta.

«Soprattutto quando le articolazioni devono sostenere un peso eccessivo», aggiunse Tim.

A Evelin si riempirono gli occhi di lacrime. Si girò all'istante e risalì zoppicando per la scala. Si sentì sbattere una porta.

In giardino si avvertì il rumore di un motore, subito dopo Diane e Sophie entrarono. Come sempre elegantissime nelle loro tenute da equitazione, ma si vedeva che avevano pianto, avevano le guance arrossate e tiravano su con il naso. Oltrepassarono il padre e Tim senza dire una parola e dopo poco si sentì di nuovo sbattere una porta al piano di sopra.

«Patricia deve averglielo detto», concluse Leon con voce rassegnata.

«Voglio raccontarle qualcosa di mio padre», disse Phillip. Avevano abbandonato il tronco rovesciato e stavano camminando lentamente lungo il sentiero, uno di fianco all'altra. Phillip teneva entrambe le mani infilate nelle tasche dei pantaloni. Era una novità per Jessica vederlo in quella condizione: con le mani inattive.

«Ho raccolto una quantità di materiale su di lui, dopo che... ho saputo. Molte cose me le ha riferite mia madre, ma visto che era in un certo senso un personaggio pubblico ho trovato parecchie informazioni sul suo conto negli archivi dei quotidiani. Aveva una gamba rigida. Era la conseguenza di un incidente d'auto nel quale era rimasto coinvolto a vent'anni. Per tutta la sua vita non poté mai camminare bene. Si è sempre trascinato una gamba.»

Lo guardò sorpresa. Sorpresa che per prima cosa parlasse di questa menomazione fisica del padre.

Lui notò il suo sguardo. «È stato quello l'inizio», spiegò, «quello il punto di svolta. Il fatto che l'ha portato in Germania.»

Jessica cominciava a ricostruire i fatti, con fatica. Patricia non parlava molto di suo nonno, ma qualcosa aveva raccontato una volta. «Non aveva partecipato alla resistenza francese?» gli domandò. «Mi sembra di aver sentito dire qualcosa del genere.»

«Inghilterra e Germania erano in guerra, e lui non poteva partecipare. Non idoneo, è chiaro, un uomo che si spostava solo zoppicando e che spesso aveva anche dolori fortissimi... Quella situazione deve averlo fatto quasi impazzire. Era un ragazzo, a quel tempo ardente di patriottismo, cosa che fra l'altro si è poi modificata, ma allora... Venerava Winston Churchill e come lui riteneva la guerra indispensabile e voleva prendervi parte a ogni costo. Credo che fosse riuscito a stabilire un contatto con la resistenza francese attraverso le isole del Canale. Poi era passato sulla terraferma, aveva iniziato a vivere in clandestinità in Francia, con documenti falsi e correndo notevoli rischi. Un periodo avventuroso quanto pericoloso. Ne parla in molte interviste. E non so perché, ma leggendole ho sempre avuto la sensazione che, nonostante tutto, quello sia stato il periodo migliore della sua vita.»

«Sicuramente il più intenso», disse Jessica.

«E il periodo di un grande amore», proseguì Phillip, «conobbe una tedesca, una giovane donna che era arrivata in Francia come telegrafista al seguito delle truppe. In seguito lui ha sempre sottolineato il fatto che non fosse aderente al partito e comunque non fosse minimamente contagiata dall'ideologia nazista, ma... chissà! Forse era vero. Forse si trattava veramente solo di una giovane donna, quasi ancora una ragazza, che semplicemente voleva andarsene da casa per fare esperienze e alla quale in quel periodo non era venuto in mente niente di meglio che seguire l'esercito in Francia. Senza pensarci tanto. Questo per lo meno è il quadro che ne ha sempre fatto lui.»

«A quel tempo, nel pieno degli avvenimenti bellici», disse Jessica, «era molto più difficile di oggi per la gente, soprattutto per i giovani, avere una visione distaccata degli avvenimenti.»

«Credo che molti fatti siano stati ingentiliti in seguito», disse Phillip e Jessica si chiese se provasse rabbia nei confronti di quella donna alla quale suo padre era stato legato da un grande amore, mentre quella con sua madre era stata solo una breve relazione.

«Suppongo», disse Jessica, «che quella donna sia diventata la nonna di Patricia.»

Phillip annuì. «Anche lei si chiamava Patricia. Fra l'altro per molto tempo deve essere stata convinta di avere a che fare con un francese, perché lui viveva sotto falso nome e con documenti falsi. Per lei era una situazione molto rischiosa, ma ancor più per lui (ma lei naturalmente non poteva immaginarlo). All'inizio aveva ottenuto informazioni con il suo aiuto, informazioni importanti per la resistenza, e probabilmente le aveva anche utilizzate, ma più la relazione si faceva intensa e meno se la sentiva di spiare la donna che amava. All'inizio del 1944 le aveva detto la verità.»

«Chissà che shock per lei.»

«Immagino. Comunque sono rimasti insieme. In un periodo pieno di pericoli, al servizio di regimi diversi, con il crollo già davanti agli occhi... Ho spesso riflettuto sul fatto che questa situazione deve averli legati molto l'uno all'altra. Patricia ne sa di sicuro di più. Forse conosce episodi, momenti nei quali tutto sembrava finito, sa di notti senza sonno e con il fiato sospeso, di attimi nei quali solo la fortuna li ha salvati... Mi piacerebbe parlargliene una volta. Ma è probabile che non mi darebbe assolutamente retta, come già accennava lei.»

«Ho paura che avrebbe poche chance», disse Jessica con un certo imbarazzo. «Patricia ha la sensazione che lei voglia portarle via qualcosa. Perciò ai suoi occhi lei è un nemico.»

«Ma siamo parenti!»

«Ma questo lo dice *lei*!»

Sospirò. «Le chiedo scusa, l'ho annoiata con i miei discorsi», disse all'improvviso. «Questa vecchia storia non può essere di alcun interesse per lei. Ma per me è una tale esigenza parlare di mio padre, che mi dimentico sempre quanto poco rilevante possa essere per gli altri.»

«Non è vero. L'ho ascoltata molto volentieri. Magari... magari ne riparliamo un'altra volta?» Di colpo divenne nervosa. Da quante ore mancava da casa? Forse Alexander si stava preoccupando? Proprio oggi che la giornata era cominciata in un modo tanto sgradevole.

«Devo andare a casa», disse.

Lui sorrise. «Coscienza sporca?»

«Ma no!» Era seccata perché quello che provava era in effetti molto vicino alla sensazione di aver fatto qualcosa di male. «Posso parlare con chi mi pare, no? Ma in questo periodo io e mio marito abbiamo qualche problema, e siccome...» Era di nuovo seccata. Alla fine non aveva alcuna necessità di giustificare con Phillip Bowen il suo desiderio di tornare a casa. «A ogni modo è ora», disse. «Arrivederci, Phillip!»

«Arrivederci, Jessica.»

Se ne andò con Barney che le galoppava davanti gagliardo, e non si voltò più.

Per tutto il tempo però si sentì lo sguardo di Phillip sulla nuca.

15

Una giornata pesante, opprimente. Non c'era niente che girasse per il verso giusto e Jessica si domandava, sempre più costernata, come mai nessun altro oltre lei sembrasse rendersene conto.

Ricarda era scomparsa. Apparentemente subito dopo il colloquio con il padre. Non aveva fatto colazione, e c'era da aspettarselo, ma quando non apparve nemmeno a pranzo Alexander salì in camera sua e tornò indietro cupo in volto.

«Se n'è andata», disse.

Jessica, che era rientrata all'ultimo minuto, affaticata e sudata, e si era seduta a tavola, al suo posto d'angolo, senza essersi lavata le mani e senza essersi pettinata i capelli arruffati, sotto lo sguardo di disapprovazione di Patricia, cercò di alleggerire la tensione: «Magari è in giardino. Oppure sta facendo una passeggiata».

«Ma se non lo credi neanche tu!» sbuffò Patricia.

«Le ho detto espressamente che deve venire a pranzo», disse Alexander.

Jessica lo fissò.

Non lasciarti andare così, diceva il suo sguardo, non succede niente di grave, assolutamente niente! Ma lui si voltò dall'altra parte e lei capì che si sentiva tradito. Non avrebbe dovuto andarsene al mattino. E forse c'era altro: lui si era aspettato che lei condividesse il suo dramma. Che ne parlasse con lui, ci riflettesse. Si impegnasse. Ai suoi occhi lei lo aveva abbandonato, non era stata disponibile, aveva rifiutato la responsabilità. Gli aveva fatto capire in modo chiaro che Ricarda era *sua* figlia, non figlia *loro*.

Si sentiva ferito.

Diane e Sophie avevano gli occhi gonfi per il pianto e non volevano mangiare. Con ogni probabilità non sarebbero nemmeno scese, ma Patricia di sicuro aveva insistito. Jessica si domandava cosa fosse successo. Forse l'avrebbe scoperto, forse no. Molte cose restavano misteriose in quella casa.

Alla fine comunque sono questioni che non mi riguardano, pensò.

Leon era chiuso in se stesso, subito dopo pranzo chiese scusa e scomparve in camera sua.

Patricia annunciò che sarebbe andata a Haworth con le ragazze per fare una passeggiata alle rovine di *Cime tempestose*.

«Non andate a cavallo?» domandò Jessica stupita.

«Siamo già state stamattina presto», spiegò Patricia, secca.

Diane scoppiò in lacrime, e la madre la ignorò deliberatamente.

«Vieni anche tu?» si rivolse a Evelin.

Evelin spiegò che non riusciva ancora a camminare bene per via dello strappo alla caviglia. Patricia praticamente tenne una conferenza sull'avvicinamento graduale alle discipline sportive alle quali non si è abituati. Quando finalmente partì con le figlie tutti quanti si sentirono sollevati.

Tim convinse Alexander ad andare a fare una passeggiata.

Immagino che gli darà suggerimenti psicologici per interagire con la figlia ribelle, pensò Jessica e si domandò stupita come mai questo pensiero le procurasse tanta rabbia.

Verso sera bevve un caffè con Evelin, davanti al camino. Fuori c'era il sole ma faceva freddo e tirava vento, perciò non si riusciva a stare in terrazza. Nessuno degli altri era tornato ancora, e Leon non si era mosso dalla sua stanza. Evelin aveva un'aria meno tesa del solito. Dopo il caffè bevve varie grappe e riferì a Jessica dei problemi finanziari di Leon e dei suoi debiti con Tim.

«Questo è il motivo per cui hanno disdetto le ore di equitazione di Diane e Sophie», raccontò, «e probabilmente Patricia e Leon dovranno vendere la casa di Monaco.»

«Ma perché nessuno ne parla?» domandò Jessica. «Perché Patricia fa sempre come se tutto fosse a posto? Siete amici da tanti anni!»

Evelin scrollò le spalle. «Non vuole mostrare le sue debolezze. Credo che potrebbe essere in punto di morte e continuerebbe lo stesso a raccontare a chiunque che sta benone!»

A cena si ritrovarono tutti ma scambiarono poche parole.

Ricarda non era ricomparsa.

Leon non toccò quasi cibo sobbalzando praticamente ogni volta che qualcuno gli rivolgeva la parola.

Patricia si era abbronzata facendo la passeggiata. Con la sua pelle scura, i capelli chiari e il pullover di cotone rosso sembrava una fotomodella. Aveva un'aria stranamente battagliera. Come chi ha deciso di accettare una sfida. Diversamente da suo marito a ogni modo, il quale era evidentemente depresso e sembrava come paralizzato.

Alexander non aprì quasi bocca.

Alle undici Ricarda ancora non era rientrata.

La giornata cupa si stava concludendo così, come era iniziata.

16
Il diario di Ricarda

23 aprile. Sono così emozionata, mi tremano le gambe e ho il cuore in gola. Anche le mani mi tremano un po' mentre scrivo. Sono quasi le due e mezzo di mattina. Sono appena tornata. Quando sono salita per le scale si è aperta la porta della camera di papà e J., e papà ha chiesto se ero io. Ho detto sì e ho pensato, adesso arriva la predica, ma lui ha detto solamente: «Ne parliamo domani».

E ha richiuso la porta.

Ma non mi sarebbe importato niente anche di parlare con lui adesso. Non credo proprio che sarei stata a sentirlo molto.

L'ho fatto. Io e Keith l'abbiamo fatto. Siamo andati a letto insieme. Ed è stata la cosa più bella che mi sia mai capitata.

Siamo stati insieme tutto il giorno. Al mattino papà aveva cercato di convincermi e aveva detto che non devo più vedere Keith, ma io ho subito pensato che non avrebbe potuto impedirmelo. Perché altrimenti potrei morire. Fra l'altro credo che J. sia dalla mia parte in questa faccenda. Magari mi vuole conquistare in questo modo. Fa lo stesso. Non la sopporto comunque.

Sono corsa al fienile; non ci ho neanche pensato a fare colazione con quei deficienti. Mi danno il voltastomaco, veramente... Se non avessi Keith non sarei in grado di sopportare un giorno di più questa situazione.

Lui era già nel fienile quando sono arrivata. Ci siamo fatti un po' di coccole e poi lui ha detto che potevamo fare un giro in macchina. Siamo passati per paesi piccolissimi e strani con case che sembravano giocattoli, poi abbiamo attraversato la campagna, vasta e solitaria, tanto che si sarebbe potuto pensare che non avremmo più incontrato niente e nessuno, né uomo né casa né mucca.

Ogni tanto fermavamo la macchina per fare una passeggiata. La giornata era bellissima, ventosa, e il cielo blu, limpido. Era pieno di muretti che dovevamo scavalcare e all'inizio avevo un po' paura delle pecore, ma Keith ha detto che le strade poderali dello Yorkshire attraversano i pascoli, e non è mai successo niente a nessuno. Naturalmente a un certo punto ci è venuta fame, soprattutto a me che non avevo fatto nemmeno colazione e Keith ha detto che saremmo potuti andare in un pub da qualche parte. Allora abbiamo contato quanto avevamo in cassa. Non un granché. Siamo riusciti a mettere insieme due misere sterline. Nel paese successivo siamo andati in un pub, che aveva un'aria piuttosto dimessa, ma proprio per questo speravamo che fosse economico. Diciamo che era normale. Ci siamo spartiti una birra e una porzione di sgombri con le patate fritte. In realtà non ci siamo saziati, ma è andata bene così.

Per tutto il tempo sono stata seduta di fronte a lui e ho pensato: oggi vedrai che succede. Oggi succede di sicuro.

Nel pomeriggio siamo andati di nuovo nel fienile. Keith tiene sempre lì qualche bottiglia di birra, così abbiamo potuto almeno bere qualcosa. C'era freschino, ci siamo fatti un po' di coccole sotto la coperta sul sofà, e abbiamo ascoltato la musica di Celine Dion, leggermente kitsch, ma ci stava bene.

Mi girava la testa per la birra. Normalmente non bevo alcool e in realtà la birra non mi piace affatto, ma l'ho bevuta soprattutto per calmare la fame. Da qualche parte Keith aveva delle sigarette, le ha cercate e le ha anche trovate. Per fortuna almeno non era la prima sigaretta per me, se no mi sarei forse anche vergognata. Abbiamo fumato, ci siamo fatti un altro po' di coccole e abbiamo ascoltato musica e io mi sentivo benissimo, assolutamente in pace. Quando fuori è diventato buio Keith ha detto che forse era meglio se mi riportava a casa.

«Già avrai delle grane», mi ha detto, «forse non dovremmo peggiorare le cose.»

«Appunto», gli ho detto, «comunque avrò delle grane. Quindi posso anche restare qui.»

Non avevo nessunissima voglia di rientrare. Papà avrebbe cominciato a dire le sue cavolate e alla fine avrei pure incontrato la diabolica Patricia.

Poco dopo, Keith ha cominciato a essere irrequieto. Stavo quasi per addormentarmi e mi sono risvegliata, e Keith ha detto che non stava comodo e mi ha chiesto se mi dava fastidio se si spogliava. A quel punto mi sono risvegliata del tutto e mi sono sentita improvvisamente molto nervosa, ma facevo l'indifferente e ho detto, okay, che allora mi sarei spogliata anch'io. Ci siamo tolti i jeans, ma abbiamo tenuto i maglioni e anche la biancheria. Keith ha infilato le mani sotto il mio golf e mi ha accarezzato la pancia, ed è stato bellissimo. Aveva il respiro più forte del normale. All'improvviso non ho capito più se lo desideravo veramente ma in ogni caso non volevo fare la figura della bambina e mi sono detta che sarei arrivata fino in fondo. Molto lentamente mi ha sfilato le mutandine e mi ha baciato lì sotto, fra le gambe, e io non so più bene cosa ho detto, ma era qualcosa del tipo che mi sarebbe piaciuto fare l'amore con lui. Anche lui era senza slip, prima non me ne ero accorta. Mi ha chiesto ancora se veramente lo volevo e io ho detto sì, certo, e lui l'ha fatto. Sembra una cosa sciocca come la scrivo adesso, ma non saprei come dirla diversamente: l'ha semplicemente fatto. In realtà non mi sono accorta quasi di niente. Solo sentivo di amarlo tantissimo, avevo la certezza che sarò sempre sua, che sono fatta per lui e lui per me. E penso che a lui sia piaciuto molto, perché continuava a mormorare che era stupendo, meraviglioso... «*It's great, baby, it's so great...*» Poi è scivolato al mio fianco ed è rimasto sdraiato a occhi chiusi, respirando prima velocemente, poi sempre più adagio. Mi sono stretta a lui, il suo corpo era caldo e un po' umido di sudore, e a me sembrava di soffocare d'amore e di felicità perché sapevo che era successa una cosa per cui non potremo separarci mai del tutto noi due.

Per prima cosa riaprendo gli occhi Keith ha detto: «Oh Dio, non avremmo dovuto farlo!»

«Ma l'ho voluto anch'io», ho ribattuto, ma mi tremava un po' la voce, perché all'improvviso ho avuto paura che lui si pentisse di tutto quanto e non si sentisse soddisfatto, perché se così fosse stato quei pochi minuti avrebbero perso tutta la loro magia.

«Non abbiamo fatto per niente attenzione», ha detto. «E adesso se per caso sei...»

Ho capito perché era preoccupato. «No, non può essere. Domani o dopo dovrei avere le mestruazioni, e appena prima non si può restare incinta!»

Keith è sembrato un po' sollevato. Ha cominciato di nuovo ad accarezzarmi la pancia.

«Non è stato tanto bello per te, vero?» mi ha domandato.

«È stata la cosa più bella che abbia mai provato», ho detto, ed ero assolutamente sincera.

«In futuro dovremo stare più attenti.»

«Certo.» Non sapevo come avremmo dovuto comportarci ma mi sono atteggiata come se sapessi perfettamente cosa fare.

«È meglio che a casa tu non racconti niente», aveva detto Keith.

«Non c'è nessuno al quale potrei raccontare qualcosa», gli ho risposto e poi di colpo mi sono messa a piangere, perché era tutto troppo: il mio amore, la bellezza della notte e la tristezza di non avere proprio nessuno con cui confidarmi. Fino a poco tempo fa pensavo che con papà avrei potuto comunque parlare di tutto, ma è successo qualcosa per cui non è più possibile.

La cosa brutta è che non so con precisione *cosa* sia successo, quando, come e perché. Forse ha a che fare con J. o con gli altri. Ma gli altri ci sono sempre stati, solo J. è una novità. Però gli altri hanno fatto andare via la mamma. Ero così confusa e ho pianto ancora. Keith mi teneva stretta fra le braccia e mi accarezzava, mormorando qualcosa per calmarmi e così a un certo punto ho smesso di piangere.

Credo che poi ci siamo addormentati tutti e due e io mi sono svegliata quando Keith ha urlato piuttosto forte: «Oh, *shit*!» È saltato giù dal sofà e si è infilato la sua roba. Riuscivo a vederlo a stento nella luce della luna, perché intorno a noi era scuro e le candele già da un bel po' si erano consumate e spente.

Volevo sapere quel che succedeva e lui: «Guarda l'ora!» Io però non vedevo niente e lui ha detto che dovevano essere le due di notte.

«Abbiamo dormito troppo! Adesso ti riporto a casa! Mio Dio, ti faranno a pezzi! Dovrai raccontare ogni cosa!»

Io mi sentivo un po' triste perché aveva così poca fiducia in me.

Mi sono alzata e ho cominciato a vestirmi. «Ma va'», ho detto, «non dirò una sola parola! Pensi che abbia voglia di farmi rinchiudere da quelli per il resto delle vacanze? Mi giudichi proprio una bambina!»

Mi ha detto che non era vero ma di colpo mi è sembrato diverso, nervoso e agitato.

Mentre andavamo alla macchina – per meglio dire correvamo praticamente, perché all'improvviso Keith sembrava avere una gran fretta – si è acceso una sigaretta e ha inspirato profondamente, come se volesse calmarsi a qualunque costo.

Tirava ancora un vento molto fresco che nel frattempo aveva scacciato tutte le nuvole, si vedevano la luna e le stelle. Di nuovo mi sentivo bene anche se Keith era così strano; all'improvviso mi sembrava di volare, ero leggera, come stregata. Quando ci siamo fermati davanti al cancello di Stanbury House Keith era riuscito a rilassarsi. Il suo sguardo era di nuovo affettuoso e mi ha abbracciato.

«Non vuoi che ti accompagni fino a casa?» mi ha domandato, ma io ho rifiutato perché altrimenti gli altri avrebbero sentito di sicuro il motore, si sarebbero svegliati e li avrei avuti tutti alle costole. Gli ho detto che tanto non mi sarebbe successo sicuramente niente in quel breve tratto di strada. Ci siamo baciati di nuovo, e io avrei voluto che quel bacio durasse in eterno, ma Keith ha concluso che era meglio che andassi.

«Non dobbiamo esagerare a stuzzicare tuo padre», ha detto.

Gli ho chiesto se ci saremmo visti domani, praticamente oggi; e lui è rimasto un po' incerto. «Non so... Pensi che potrai uscire?»

«Già oggi non sarei potuta uscire e l'ho fatto lo stesso», ho detto, «non me ne importa niente.»

«Forse non dobbiamo tirare troppo la corda.»

«Keith!» Non ce l'avrei fatta a non vederlo più. Non dopo quella notte.

«Sarò al fienile», ha detto alla fine, «vieni se riesci.»

Mi sono messa a ridere e ho detto che alla disperata mi sarei calata con una corda dalla finestra e lo dicevo sul serio. L'ho baciato di nuovo e solo quando lui ha insistito perché andassi mi sono messa in cammino.

Immagino che lui abbia paura perché non sono ancora maggiorenne.

Non sono pratica di leggi, ancor meno di quelle inglesi, ma forse potrebbe avere delle noie. Comunque io non dirò un bel niente! Non sono certo una ragazzina pettegola, dovrebbe averlo capito ormai.

Mi sentivo ancora bella leggera mentre salivo, libera e adulta. Credo proprio di essere cresciuta molto negli ultimi tempi. Forse non solo per via di Keith. Anche per il fatto che mamma e papà si sono separati e che io sono l'unica a rendersi conto di quanto siano malati gli amici di papà. E poi naturalmente c'è Keith. Se solo penso a Diane! Ha soltanto tre anni meno di me, ma a me sembra che ci separi una generazione.

Fra l'altro mi viene in mente proprio adesso un'altra cosa: mi è sembrato strano, ma mentre camminavo avrei detto che c'era qualcuno. Fra i cespugli sul ciglio del viale. Ho chiamato sottovoce: «Keith?» perché ho pensato, magari è venuto lo stesso e vuole farmi uno scherzo, ma non si è più mossa foglia e non ho visto nessuno. Forse era una volpe che passava. A ogni modo non avevo nessuna paura né mi sentivo a disagio. Mi sembra che non mi capiterà mai più in futuro di avere paura. Mi sento così forte. Sento che non mi potrà mai capitare niente.

E adesso sono qui nella mia camera, la finestra è spalancata, mi sono messa il mio accappatoio morbido e mi sento così bene.

Papà sarà megarabbioso.

NON ME NE IMPORTA NIENTE!!!

17

Jessica si svegliò con la sensazione che fosse stata una strana inquietudine interiore ad aver interrotto il suo sonno. Dalla finestra già entrava la prima luce, ma doveva essere senz'altro prestissimo. Si guardò intorno e vide che il letto era vuoto. Alexander non c'era.

Verso le quattro aveva avuto uno dei suoi incubi e l'aveva svegliata urlando. Come al solito era scomparso in bagno, pallido e tremante, e non l'aveva voluta vicino a sé. Lei si era riaddormentata, delusa e anche un po' rassegnata, triste perché lui ancora una volta non aveva voluto confidarsi con lei.

Ma a quel punto si domandò perché non fosse ancora tornato a letto.

Vide che erano le sette e cinque. Si alzò, andò verso il bagno, bussò piano alla porta. «Alexander?»

Nessuna risposta. In bagno non c'era nessuno.

Sospirò piano. Fino a poco tempo prima, a chiunque glielo domandasse, rispondeva che l'unione con Alexander andava semplicemente a gonfie vele, meglio di quanto lei stessa si sarebbe aspettata dall'istituzione del *matrimonio.* «Naturalmente qualche volta bisticciamo», aveva detto alle sue amiche, ai suoi genitori, «ma ci lega una base solida che non può essere scalfita. Amore e fiducia, sentirsi vicini... Sono convinta che riusciremo a fronteggiare qualunque difficoltà.»

Durante queste vacanze di Pasqua a Stanbury le sue prospettive stavano mutando drasticamente. Ciò che era sembrato incrollabile vacillava, la sicurezza si era trasformata in paura, la fiducia in sospetto. Se le avessero chiesto adesso del suo matrimonio, Jessica avrebbe dovuto rispondere, volendo essere sincera: «Mi sembra che ci siano un sacco di cose che mio marito mi tiene nascoste».

E di colpo sentiva la paura del futuro.

Si infilò l'accappatoio e uscì dalla camera a piedi nudi. Da dietro le porte a destra e a sinistra non veniva nessun suono. Ma quando arrivò in cima alla scala sentì la voce di Alexander. Parlava a voce bassa, smorzata. Capì subito che era sotto, nell'ingresso, al telefono.

«Non so proprio più cosa fare», stava dicendo. Sembrava disperato. «È come parlare a un muro. È come se non mi sentisse. Le è indifferente quello che dico.» Poi un momento di silenzio.

«No», aggiunse, «mi pare che il problema non lo veda proprio. Oppure non le sembra importante. Non posso nemmeno fargliene una colpa, alla fine Ricarda non è mica sua figlia... Sì, sì, lo so. Ma Ricarda la rifiuta ancora totalmente. Figuriamoci se riescono a parlare insieme.»

In cima alle scale Jessica inghiottì con fatica e scese sul primo gradino. Non aveva alcun dubbio su chi fosse la persona con la quale parlava Alexander: era la sua ex moglie. Elena.

Non che i due non si telefonassero mai. Anche solo per via di Ricarda c'era sempre qualcosa di cui discutere, e Jessica non aveva mai considerato la cosa un problema. Ma questa volta era diverso, completamente diverso: il tono cospiratorio gettava una nuova luce sulla situazione, minacciosa. L'ora mattutina, il bisbigliare smorzato di Alexander sarebbero bastati da soli a instillare insicurezza in Jessica. A questo si aggiungeva il tono della voce di lui e quello che diceva. Sembrava aver bisogno di aiuto come un bambino, sembrava che quasi si aggrappasse a Elena. Non l'aveva mai sentito così, non si era mai comportato così neanche con lei. E mai prima di quella volta aveva parlato con Elena di *lei*. Semplicemente non lo faceva. Non aveva raccontato di Jessica, né del loro rapporto, e ancor meno di eventuali problemi fra loro.

Evidentemente Elena parlò per un lungo tratto, infatti Alexander interruppe solo ogni tanto con un: «Sì» o un: «No» e una volta con un: «Certo che no!»

Alla fine mormorò: «Elena, non hai idea di quanto mi senta disarmato a volte. Prima ero sicuro di me stesso e convinto di saper fronteggiare le difficoltà. Ma adesso mi sembra che il terreno mi frani sotto i piedi, ho la sensazione di colare a picco, di non trovare un appiglio».

Di nuovo tacque. «No», disse poi, «no, Ricarda non c'entra. Non come problema principale. Alla fine non è così spesso da me. È... tutto quanto. La mia vita. Lo sai che...»

Jessica chiuse gli occhi. Nausea e capogiri aumentavano e questa volta non avevano niente a che fare con la sua gravidanza.

Quando finalmente il ronzio nelle orecchie si calmò, sentì Alexander che stava dicendo: «Quasi ogni notte. Diciamo ogni due. È peggiorato... No, non sa niente... Come? Le dico che faccio dei brutti sogni... Per l'amor del cielo, non deve nemmeno saperlo... Dici? Ma tu non la conosci!»

Si conficcò le unghie nei palmi delle mani. Faceva male. Faceva terribilmente male.

«Lo stesso, no... Posso contare su di te? Neanche una sillaba con nessuno. È una questione esclusivamente mia... *Mia*, ti dico, Elena, *mia e basta*! Tim e Leon c'entrano molto più marginalmente... Ah», improvvisamente rise, ma era una risata sconcertata, implorante, «non riuscirai a dissuadermi, Elena. Comunque non potrai modificare niente di tutta questa faccenda. Hai tentato tante volte. Tante volte!»

C'era tenerezza nella sua voce. Quanto meno confidenza, anche se Jessica tentava di negare a se stessa questa impressione. Veramente molta confidenza. È lei che lo conosce. Dentro e fuori. Conosce i suoi lati più oscuri e nascosti. Lei sa che cosa lo fa svegliare di notte, tremante e sudato, spaventato da sogni angoscianti, lei conosce i fantasmi che lo perseguitano. Davanti a lei lui osa essere debole, di lei si fida ciecamente. E lei è la persona dalla quale si rifugia quando ha un problema.

Sono separati, si disse, le persone non si separerebbero se si volessero ancora bene. Per buttare all'aria un matrimonio bisogna veramente non sopportarsi più, soprattutto quando è un bambino piccolo a pagarne le conseguenze. Molte coppie cercano di tenere in piedi il matrimonio solo per i figli. Alexander aveva un profondo senso della responsabilità come padre e voleva molto bene a Ricarda. E Ricarda, dal canto suo, venerava suo padre come un dio, nonostante tutto ciò che in quel periodo la allontanava da lui. Alexander era per forza convinto che con Elena fosse tutto finito, per arrivare a separarsi da Ricarda.

«Se solo tu potessi aiutarmi», stava dicendo, «se tu mi potessi aiutare in qualche modo...»

È un incubo, pensò Jessica. Perché solo un sogno veramente brutto poteva dare quella sensazione: essere lì in una livida mattina di primavera in una vecchia casa di pietra che all'improvviso era diventata gelida e tetra, a piedi nudi in cima a una scala, infreddolita anche per un improvviso gelo interiore, a origliare il proprio marito che parla con un'altra donna in un modo nel quale non parlerebbe a nessun altro.

Di colpo capì quanto fossero lontani ed estranei loro due, e quanto fragile fosse la loro relazione che lei aveva sempre creduto solida come una roccia.

Di nuovo Alexander stette ad ascoltare per un po', poi disse: «Sì, sì, va bene. Ok. Sarebbe carino se tu lo facessi. Magari sei più fortunata di me... Sì. Ciao, Elena. Ciao.»

Riagganciò. Jessica si ritirò nella sua camera. Lui salì per le scale, la vide e si fermò di colpo.

«Jessica! Sei sveglia?»

Jessica avrebbe voluto sapere. Aveva un disperato bisogno di sapere. Aveva fatto finta di uscire in quel momento dalla camera da letto.

«Eri al telefono?» domandò sbadigliando, come se niente fosse.

Alexander si rilassò. La forzata indifferenza di lei lo tranquillizzava sul fatto che non avesse ascoltato neanche una parola del colloquio.

«Sì, l'università», disse, «la segreteria. Per certi corsi che vorrei tenere nel prossimo semestre.»

La guardò ed ebbe la sensazione di dover raccontare qualcosa di più.

«Volevo sapere quanti iscritti ci sono», aggiunse, «perché i corsi richiedono un numero minimo di partecipanti.»

La stava ingannando. Era lì sulla scala, nella debole luce mattutina che entrava da una finestra laterale e semplicemente la stava ingannando.

E questa era la cosa peggiore di quella giornata che stava per iniziare.

Patricia ebbe una specie di attacco isterico quando alle nove Phillip apparve sulla soglia di casa e chiese di avere un colloquio con lei. Evelin gli aveva aperto e aveva chiamato Patricia perché venisse alla porta. Quando Patricia entrando nell'ingresso vide Phillip, che nel frattempo Evelin aveva anche pregato di entrare, perse le staffe.

«Ma sei completamente fuori di testa?» la aggredì. «Ma cosa ho continuato a predicare negli ultimi giorni, costantemente, ora dopo ora? Mi sembra di aver detto che questa persona non deve entrare in casa mia! Né deve mettere piede sulla mia proprietà! E che nessuno gli deve rivolgere la parola. Deve sapere che non caverà un ragno dal buco, qualunque cosa faccia! L'ho detto o no?»

«Io pensavo...» cominciò Evelin con gli occhi spalancati per lo spavento, ma Patricia non la lasciò parlare.

«L'ho detto o no?»

«Sì. Ma non posso mica...»

«Cosa non puoi? Sbattergli la porta in faccia? E perché no, brutta stupida? Perché no?»

A quel punto Evelin scoppiò in lacrime. «Sei proprio odiosa», singhiozzò, si voltò e andò su per le scale, zoppicando.

«Forse potremmo parlarci come persone civili», suggerì Phillip.

Patricia si lanciò su di lui come un insetto velenoso.

«No che non possiamo! Né civili né incivili! Non possiamo proprio parlarci del tutto! E adesso mi fa il piacere di abbandonare la mia casa e il mio giardino e di non farsi mai più vedere in giro! Ha capito? Mai più! Se dovessi vederla ancora una volta qui chiamo immediatamente la polizia! E adesso fuori!» Aveva una voce quasi stridula. «Sparisca! Fuori!»

Lo piantò lì e ritornò in sala da pranzo sbattendo la porta così violentemente che da qualche parte al piano terra della casa qualcosa cadde e si ruppe.

Tim che aveva seguito tutta la scena al piano di sopra scese dirigendosi verso Phillip.

«Lei dovrebbe rispettare il suo desiderio», disse, «e non tornare mai più qui. Vede bene che... Al suo posto io non farei nulla che possa peggiorare la situazione. La smetta semplicemente di crearci difficoltà.»

Phillip scrollò le spalle. «È un mio diritto stare qui.»

«Lei non ha ancora portato alcun documento a dimostrazione di questo suo diritto.»

«Lo porterò.»

«Benissimo», disse Tim, «a quel punto potremo di nuovo parlarci. Ma finché lei continuerà ad apparire qui per fare affermazioni quanto meno audaci... può capire, fino a quel momento nessuno vorrà vederla.»

«Ho capito», disse Phillip. Scorse con lo sguardo l'ingresso della casa. «Stanbury House è una parte di me», disse, «una parte di quel passato del quale sono stato privato. Non posso mettere ordine nella mia vita fino a quando non avrò affrontato e discusso questa parte del mio passato, questa parte di me stesso. Nessuno mi impedirà di farlo. E questo *lei* dovrebbe capirlo.»

«Mio caro signor Bowen», disse Tim, «forse lei ha solo bisogno di un bravo psicanalista. Al suo posto seguirei questa strada. Sarebbe probabilmente una via più semplice, veloce ed efficace che infilarsi in un pasticcio legale che difficilmente le farà ottenere qualche risultato.»

«Pasticcio legale?» disse Phillip lentamente. «È lei che lo dice. Io lo affronterò. Può darsi che siano necessari anni, ma alla fine vincerò. Arrivederci e cari saluti alla signora Roth!» Fece un cenno del capo a Tim, si voltò e uscì, avviandosi a piedi lungo il viale.

«Un pazzo», aveva detto Tim, «un autentico pazzo!»

«Ma chi?» domandò Jessica che proprio in quel momento usciva dalla cucina asciugandosi le mani in uno strofinaccio. Si era messa a lavare e riordinare i mobiletti. Era stato per lei l'unico modo per tener duro, dopo i fatti della mattina.

Tim si voltò e fece un sogghigno. «Jessica! Ma guarda un po'! Non c'eri a colazione?»

«No», disse Jessica secca, «infatti!» Rapidamente rifletté se anche nelle vacanze precedenti era successo che si venisse costantemente interrogati tutte le volte che *non* si appariva da qualche parte. Forse non se n'era mai accorta. Forse aveva avuto i nervi più saldi. E un umore migliore.

«È stato qui quel tizio», disse Tim, «quel Phillip Bowen. Quello che sostiene di avere dei diritti sull'eredità.»

«Forse non sono tutte storie. Magari quello che dice è vero!»

Tim fece di nuovo un sogghigno. Quella mattina aveva una misteriosa aria da guru: larghi pantaloni a sbuffo blu, una specie di casacca che sembrava fatta a mano e aveva degli strani ricami. Come sempre nel periodo fra marzo e ottobre indossava dei sandali sui piedi nudi. A questo si aggiungevano la barba di qualche giorno e i capelli un po' troppo lunghi: avrebbe potuto essere l'adepto di una setta, in cammino alla ricerca del suo io.

O un contadino ecologista col vestito della festa, pensò Jessica scoraggiata, e per la prima volta si domandò perché proprio non potesse soffrirlo.

«Non farti sentire da Patricia», disse lui di rimando alle sue osservazioni, «ha già quasi massacrato Evelin solo perché aveva osato aprirgli la porta. Mi pare che questa faccenda la riduca con i nervi a fior di pelle.»

«Quel tipo ha delle informazioni sul defunto Kevin McGowan», disse Jessica, «informazioni direi piuttosto private.»

Tim la fissò con gli occhi socchiusi. «Ehi! E tu come fai a saperlo?»

Jessica aveva deciso di smetterla di sentirsi come una bambinetta che per forza deve fare mistero sull'incontro con una persona non gradita.

«L'ho incontrato ieri durante una passeggiata. Mi ha raccontato un sacco di cose.»

«Patricia ha fatto promettere a ciascuno di noi che non avremmo scambiato parola con Bowen.»

«Patricia sarà anche la proprietaria di Stanbury», disse Jessica, «ma questo non la autorizza a stabilire quello che ognuno di noi deve fare. Quanto meno per quel che mi riguarda.»

Tim la osservava ora come se avesse davanti a sé un interessante caso psicologico. Con il suo famoso sguardo clinico.

È *quello* che non sopporto, pensò Jessica, ma allo stesso tempo si rese conto che non si trattava solo di quello. C'era qualcosa che andava più in profondità. Qualcosa che ancora non riusciva a vedere chiaramente.

«Uguale a Elena», mormorò lui, «assolutamente uguale a Elena!»

Elena era l'ultima persona che avrebbe voluto sentir nominare quella mattina.

«Per favore, non ricominciare con questa storia!» disse seccata e fece per ritornare in cucina.

«Un attimo!» esclamò Tim. Si avvicinò a lei abbassando la voce. «È veramente meglio se certi incontri li tieni per te, Jessica. Nessuno vorrebbe guastarsi la vacanza, mi capisci?»

Lei aprì la bocca, ma prima che potesse dire qualcosa lui proseguì: «E non farti infinocchiare da Bowen! Kevin McGowan era effettivamente una persona molto nota in Inghilterra. Credo addirittura che abbia ricevuto delle onorificenze e riconoscimenti piuttosto importanti per alcuni reportage di argomento politico. Su di lui c'è un sacco di materiale negli archivi. Se Bowen ha investito solo un po' di tempo e di impegno è possibile che sia arrivato a molte informazioni. Quindi questo non dimostra ancora assolutamente niente.»

«E se invece fosse vero? Se fosse proprio vero? Se fosse il figlio di Kevin McGowan?»

«Non sarebbero comunque fatti tuoi», disse Tim; «in linea di principio, anche in questa eventualità la cosa riguarderebbe solo lui e Patricia.»

Aveva ragione, perciò Jessica non replicò. Aveva la sensazione che lui avesse tentato in un modo piuttosto sgradevole di intimorirla. Questa impressione, unita a tutte le altre cose che erano successe in quella giornata, non fece che aumentare in lei il desiderio di partire e di lasciarsi alle spalle quella località di villeggiatura.

Keith Mallory stava sdraiato sul suo sofà nel fienile, fumando una sigaretta e fissando il cielo blu scuro attraverso i vetri, opachi per lo sporco. Era un blu più freddo che nei giorni precedenti. Anche l'aria si era fatta sensibilmente più fresca, chiara e frizzante. Pazienza. Le condizioni meteorologiche erano comunque indifferenti. Era felice quando poteva stare lì, nel suo posto segreto. Ben lontano da suo padre, ben lontano da tutte le richieste che la vita gli poneva e che non si sentiva in grado di soddisfare.

Dovrei forse pulire i vetri, pensò mentre dalla bocca emetteva anelli di fumo.

Quella mattina suo padre l'aveva ancora una volta messo al tappeto. Quasi se lo aspettava. Era già da troppo che il vecchio stava quieto, e questo non lasciava presagire niente di buono. Per un tempo limitato riusciva a stare zitto, poi però si sentiva in dovere di dire a chiare lettere al figlio non amato quel che pensava di lui. Quella mattina aveva incrociato Keith nel momento in cui lui stava per uscire di casa e gli aveva chiesto che programmi avesse per la settimana a venire.

«Non ti chiedo come ti immagini la tua *vita*, no, non sarebbe carino da parte mia infastidirti con una domanda così difficile, ti pare? Procediamo a piccoli passi. La prossima settimana. Solo la prossima settimana. Pensi di buttarla via come le tante, tante settimane che l'hanno preceduta o hai in mente qualcosa di sensato che potresti fare?»

Naturalmente sapeva che non c'era alcun programma. Keith l'aveva guardato in faccia e si era domandato quando era iniziato quell'odio da parte di suo padre. Non avevano mai avuto un buon rapporto, ma non si sarebbe nemmeno potuto definire un rapporto di odio. Prima non era così. Adesso sì.

«Non ho un posto», disse Keith, «quindi non posso neanche fare niente.»

Greg Mallory annuì, apparentemente pensieroso, sembrava veramente che stesse riflettendo sulla risposta del figlio. Era un bell'uomo, Keith lo notava una volta di più. Imponente, robusto, con una fronte alta, intelligente. La fattoria era stata di suo padre, e prima del padre di suo padre e così via... Una catena infinita di Mallory che avevano allevato pecore nello

Yorkshire. Con risultati che erano stati sufficienti a sfamare la famiglia di turno ma non avevano permesso di mettere via qualche soldo per concedersi qualcosa di speciale: per esempio una vacanza, o una cucina moderna. Nessuno dei Mallory aveva mai viaggiato, e la mamma di Keith trafficava nella stessa cucina nella quale aveva lavorato la bisnonna di Keith, e le uniche conquiste erano state un frigorifero e un fornello a gas. Nel corso degli anni nella vecchia casa di pietra erano arrivati la luce elettrica e un bagno con il gabinetto. Quello l'avevano costruito alla fine degli anni sessanta. Prima di allora avevano usato un gabbiotto di legno in cortile.

Qualche volta Keith si era domandato se a suo padre avrebbe magari fatto piacere interrompere la sua concatenazione già preordinata. Con la sua presenza e la sua intelligenza ce lo si sarebbe potuto immaginare anche a fare un altro mestiere, magari in una grande città. Uomo d'affari, direttore di banca o dirigente in qualche azienda. Greg Mallory aveva le potenzialità per fare di più, di questo Keith era convinto. Era stato esclusivamente il suo senso del dovere a bloccarlo lì? Non era stato capace di sottrarsi a una responsabilità che gli era stata trasmessa da tante generazioni precedenti? Ed era per questo che era così rabbioso con un figlio che aspirava solo ad andarsene e sembrava deciso a non abbandonare questo proposito per nulla al mondo?

«Non hai un posto, eh», osservò quindi il padre, «ma a che tipo di apprendistato miravi tu?»

«Stuccatore», disse Keith. Come se il vecchio non l'avesse saputo! «Vorrei fare lo stuccatore.»

«Stuccatore. Certo. Gessista, si potrebbe anche dire, no? In fin dei conti mescoli il gesso e lo fissi alle pareti e ai soffitti. No?»

«Più che altro mi piacerebbe restaurare vecchie case», disse Keith. Con la coda dell'occhio si era accorto del viso pallido e spaventato di sua madre. Gloria Mallory viveva nel costante timore di uno scontro finale fra il marito e il figlio, in seguito al quale il figlio avrebbe abbandonato definitivamente la cascina e la famiglia e suo marito sarebbe stato colpito da un infarto o da qualcosa di altrettanto terribile. Durante la sua giovinezza una zingara le aveva predetto che il suo futuro marito sarebbe morto parecchi anni prima di lei, all'improvviso e inaspettatamente.

«Case vecchie, belle», proseguì Keith, «con vecchi soffitti decorati a stucco. Mi farebbe piacere se...»

L'indice destro di suo padre era partito come un proiettile per conficcarsi nel suo maglione di lana. «Vedi, eccola qua! Eccola qua la parola che mi aspettavo! Piacere! Ti *farebbe piacere*. E siccome *ti farebbe piacere* tu, un ragazzo giovane e sano, all'apice della tua forza e della tua produttività, stai lì pigramente seduto giorno dopo giorno, in un angolo, e aspetti che da non si sa dove ti piombi addosso l'opportunità di poter provare questo grandioso *piacere*! Anche a costo di aspettare anni! Anche se tutta la tua vita dovesse trascorrere in questa attesa! Ma è chiaro: noi possiamo fare solo un lavoro che ci fa *piacere*!»

Sottolineava la parola *piacere* in maniera affettata, esagerata.

Keith l'avrebbe volentieri mandato in quel posto, ma si preoccupava di restare calmo per non fare precipitare la situazione. Era una persona poco coraggiosa, che aveva bisogno di armonia intorno a sé. E non era capace di tener testa a suo padre.

«Ho fatto tanti tentativi per trovare un posto...» cominciò. Greg lo interruppe subito.

«Ma non ne hai trovato nessuno! E questo non ti fa pensare? Da un lato dipende naturalmente dai voti più che miseri con i quali hai concluso la scuola, e dall'altro da quel mestiere idiota che ti sei messo in testa di fare. Stuccatore! Non ci deve essere una gran richiesta, vero? Se non trovi posto come apprendista, non pensi che di posti non ce ne saranno neanche dopo per esercitare quel mestiere? Forse perché non ci sono poi così tante case da restaurare. E perché tanto è una stupidaggine per persone che nella loro vita vogliono soprattutto trovare il *piacere*. Perché è un'idiozia, una mancanza totale di cervello tipica solo di *mio figlio*.» Aveva alzato la voce in modo preoccupante. Keith sapeva quello che stava succedendo a suo padre. Fra poco si sarebbe messo a strillare. Sarebbe esploso. Gli avrebbe scaricato addosso una sfilza di parolacce e offese.

Mi deve lasciare in pace, pensò Keith.

«Devo andare per la mia strada, papà», disse.

A quanto pareva questa era l'espressione giusta per far esplodere suo padre, e per ottenere lo scopo che si era prefisso fin dall'inizio del colloquio.

«*Devi andare per la tua strada? Devi andare per la tua strada?*» ruggì. La signora Mallory si ritirò spaventata in cucina, un gatto che passava proprio in quel momento per il corridoio se la diede a gambe. «Sento sempre dire: *Devo andare per la mia strada! Andare?* Hai proprio detto *andare*? Sai cosa significa *andare*? Andare sottintende movimento! Vuol dire procedere! Avere una meta e camminare per raggiungerla! Ma non vedo niente di tutto ciò in te! Dove *vai* tu, me lo spieghi? Bighelloni in giro! Perdi le tue giornate! Ti trascini qui e là, vai e vieni come fa comodo a te! Usi i miei soldi per mangiare e lasci che tua madre lavi le tue cose, e da te non viene niente, assolutamente niente! » Di nuovo aveva la voce rauca. Questo era l'unico aspetto positivo nel vecchio. A differenza di prima la sua voce semplicemente non ce la faceva più a mantenere un livello alto.

« Sono stufo di sfamare un fallito! » gracchiò. Nello sforzo di urlare gli si erano gonfiate le vene sulla fronte. « Sono stufo di offrire un tetto a un fannullone! Sono stufo di ammazzarmi di lavoro dalla mattina alla sera per un parassita! Proprio così, per un pidocchioso *parassita*! »

Keith arretrò di un passo. Cominciò ad avvertire un ronzio nelle orecchie. Non voleva assolutamente stare a sentire queste cose, no, sapeva che non gli facevano bene. Suo padre esagerava. Non *doveva* starlo a sentire.

« Allora vai per la tua strada! Vai, maledizione, per la tua strada! Fallo una volta per tutte! Vai! Sparisci! » Radunò ancora tutte le sue forze e gridò: « *Sparisci una buona volta*! »

Keith si voltò e sparì.

E adesso era nel fienile, stava fumando e non sapeva cosa fare di se stesso.

Suo padre gli aveva già fatto scene simili a quella della mattina, ma non lo aveva mai insultato dandogli del *parassita*. Per la prima volta l'aveva veramente ferito. Era andato oltre i limiti.

E poi l'aveva praticamente sbattuto fuori casa.

Non voleva più tornare indietro. Non aveva più voglia di stare lì a strisciare nel cortile, sempre all'erta temendo l'arrivo del vecchio, che inevitabilmente avrebbe trovato qualcosa da ridire se solo gli fosse capitato. Non aveva più voglia di stare seduto a tavola a testa china e sentire su di sé lo sguardo colmo di disprezzo del padre, perché ancora una volta stava approfittando, stava consumando viveri per i quali non aveva pagato neanche un penny. Non aveva più voglia di essere quello sul quale tutti si sfogano.

Voleva andarsene e tornare da uomo fatto.

Il problema era che non aveva praticamente un soldo.

Nella tasca dei pantaloni aveva trovato due banconote da una sterlina e qualche monetina. In macchina era riuscito a racimolare tre sterline. Cinque sterline e qualche penny! Come poteva con quella somma arrivare a Londra, pagarsi una stanza, e tirare avanti finché non avesse trovato un posto, almeno come apprendista?

Era un guaio. Un maledettissimo guaio.

Pensò a Ricarda. Al fatto che durante la notte precedente era stata lì, fra le sue braccia, piena di aspettative, innamorata, un po' eccitata. Era ancora così giovane. Per la verità gli era venuto in mente solo la notte prima. Quindici anni! Mio Dio!

Allo stesso tempo gli appariva molto forte. Molto cresciuta. Non ridacchiava come le altre ragazze della sua età, non perdeva la testa per i cantanti né si metteva addosso roba alla moda, brutta e stravagante. Gli piacevano la sua calma e la sua serietà. Forse era più che seria, quasi malinconica, a volte triste. Ne aveva passate anche lei: la separazione dei genitori l'aveva proprio traumatizzata, e poi c'era quel terribile clan che da sempre le rovinava le vacanze. Gli era sembrato quasi un incubo quello che lei aveva raccontato; sei persone che celebravano il rito di un'amicizia forzata, e dietro quella facciata non c'era niente di vero, assolutamente niente. Secondo lui erano una massa di nevrotici ma, a voler proprio trovare qualcosa di buono in loro, bisognava dire che senza tutta la ghenga di Stanbury lui e Ricarda non si sarebbero mai conosciuti.

Nella sua testa questo pensiero era rimasto latente per lungo tempo, lui non aveva osato occuparsene sul serio. A questo punto però aveva lasciato che venisse a galla.

Cosa sarebbe successo se se ne fosse andato con Ricarda?

Sapeva che lei sarebbe stata senz'altro d'accordo. Non c'era niente che le premesse di più che cambiare vita. Lo amava ed era comunque affranta al pensiero della fine delle vacanze e delle settimane di lontananza che avrebbero dovuto affrontare. Cosa poteva esserci di più bello per lei che l'idea di vivere in un piccolo appartamento a Londra e costruire insieme una vita propria, indipendente?

Il problema era soprattutto la sua età. Aveva quindici anni e Keith non sapeva bene a quale tipo di grane sarebbe andato incontro se l'avesse – in un certo senso – rapita. D'altro canto all'inizio di giugno avrebbe compiuto i sedici, nel giro di sei settimane quindi e a sedici anni le cose sarebbero già state leggermente diverse. Avrebbe potuto cercare senza difficoltà un lavoro a Londra e contribuire al ménage. Se guadagnavano tutti e due la cosa avrebbe potuto funzionare. Magari lei aveva anche un libretto di risparmio o qualcosa del genere. E soprattutto: non sarebbe stato solo. Ci sarebbe stato qualcuno con cui parlare, ridere, farsi le coccole. Qualcuno con cui discutere dei problemi e cercare le soluzioni. Da solo a Londra: l'idea lo spaventava un po'. Ma insieme a Ricarda la faccenda aveva un altro gusto. Una splendida avventura... E il suo vecchio sarebbe rimasto di sasso.

Spense la sigaretta, si alzò e si avvicinò alla finestra. Il cortile era davanti a lui, silenzioso e vuoto. Strano che Ricarda non fosse ancora arrivata. Ma già durante la notte aveva avuto il timore che avessero esagerato. Era tornata a casa troppo tardi. Suo padre le aveva proibito di uscire dai confini di Stanbury, ma lei non se ne era preoccupata minimamente. Probabilmente stava passando un guaio, forse la tenevano chiusa, forse non riusciva a trovare il modo di sfuggire ai cani da guardia che la circondavano. E questo lo inquietava, proprio quel giorno. Però la conosceva, e piuttosto bene ormai. Era convinto che niente l'avrebbe distolta da un'idea che le stava a cuore. Era senza paura. Involontariamente sorrise. Sì, se qualcuno gli avesse chiesto di descrivere Ricarda, per prima cosa avrebbe usato l'attributo *senza paura*. Non si lasciava intimidire e questa era una delle cose che più gli piacevano in lei.

Si chiese se piacere fosse il verbo giusto. Forse era già amore quello che provava ma non era in grado di dirlo. Era difficile capire i propri sentimenti.

Accese un'altra sigaretta e fumò nervosamente.

Sarebbe venuta di sicuro. La questione era soltanto: *quando*?

18

Il diario di Ricarda

Ancora 23 aprile. Non ci credo! Non ci credo! Non ci credo!

Vorrei urlare, vorrei graffiare il muro con le mie unghie, o meglio ancora vorrei graffiare la SUA faccia! Vorrei sentirla urlare di dolore e vorrei vederla piegata in due. Vorrei vederla malata, finita.

Meglio ancora MORTA!

Non credo che ci sia al mondo una persona che io odio o possa odiare più di Patricia. Al suo confronto J. è un angioletto, con il quale si convive benissimo.

Prima me ne volevo andare. Naturalmente non ero stata a colazione perché mi diventa ogni giorno più insopportabile guardare le facce ottuse e ributtanti di questa stupida banda. Stranamente papà non si era ancora messo in azione. Invece io ero convinta che per prima cosa sarebbe apparso nella mia camera e mi avrebbe rovesciato addosso tutte le sue cavolate, mi avrebbe detto tutto quello che posso e non posso fare. Così pensavo, ma lui l'ha capita che comunque me ne frego di tutto quello che dice, e perciò volevo andare da Keith, perché mi sentivo scoppiare di amore e di affetto, senza di lui non ce la facevo più.

Quando ho attraversato l'ingresso Patricia è schizzata fuori dalla sala da pranzo come un piccolo insetto, terribile e velenoso, e mi ha arpionato un braccio con tanta forza che ho sentito le unghie attraverso la stoffa del giubbotto di jeans.

« Dove vuoi andare? » ha urlato con una voce acuta e isterica.

Ho cercato di liberarmi, ma ha una forza incredibile. Avrei potuto stenderla ma non ho voluto darle un pugno in pancia o un calcio negli stinchi, e così sono rimasta lì e mi sentivo come uno che viene arrestato e trattenuto dalla polizia.

« Dove vuoi andare? » Credo che l'abbia chiesto tre volte mentre io mi dimenavo come un pesce all'amo per liberare il mio braccio.

«Sono fatti miei», ho sbottato alla fine, «non hai proprio niente da dirmi tu!»

«Oh, ti sbagli, ti sbagli enormemente!» Aveva una voce molto più acuta del normale e aveva anche le guance arrossate. Probabilmente pressione alta. Ancora adesso sono stupita di come si sia agitata per me. Ma magari aveva litigato prima con il suo tipo. Magari lei aveva voglia di scopare e lui invece si è girato dall'altra parte seccato. Non deve far piacere una cosa del genere.

«Questa è casa mia!» ha urlato. «E tutto quello che succede qui è anche un fatto mio!»

Mi faceva proprio male con quelle unghie. E come se non bastasse è apparso Tim, quell'essere ributtante con i suoi sandali e la barba incolta.

«Ma cosa sta succedendo?» ha domandato con un tono tipo: raccontate tutto al buon vecchio Tim! Per lo meno questa è la sensazione che dà quando attacca con i suoi vaneggiamenti. Così dall'alto verso il basso, e come se lui fosse al di sopra delle cose e noi altri le povere, piccole creature che non riescono a mettere ordine nella loro vita. Proprio lui! Proprio lui vuole sentirsi superiore!

In ogni modo Patricia stava ancora urlando che sono una puttanella (l'ha detto veramente! Anche se adesso lo nega e papà naturalmente crede a *lei*!) e che qualcuno deve prendere in mano le redini della situazione, e che lei non sarebbe certo rimasta ancora a guardare. E via di seguito.

Tim ha cercato di calmarla, nel frattempo lei era diventata quasi viola in faccia e credo che lui avesse paura che le venisse un colpo e andasse all'altro mondo. Cosa che peraltro mi sembrava un'ottima idea.

Mi ha lasciato andare e ha continuato a scalmanarsi come una matta e naturalmente a quel punto tutti se ne sono accorti: Evelin e J. e Leon e quelle due deficienti delle sue figlie e alla fine anche papà, che sembrava uno spettro e continuava a passarsi una mano sulla faccia.

J. voleva mediare, ha detto qualcosa del tipo che lei e papà volevano parlarmi da soli, ma io le sono quasi saltata addosso e le ho urlato che io non voglio parlare con lei e che mi deve lasciare in pace una volta per tutte. Può essere che abbia detto: *Va' a cagare!* Papà dice di sì, ne è assolutamente sicuro. Io non mi ricordo. A me sembra di aver detto solo che deve lasciarmi in pace. Ma, tanto, che differenza fa?

In ogni modo Patricia ha avuto un secondo attacco di pazzia furiosa, dopo che il primo si era appena smorzato, e ha aggredito il povero papà nel suo stile tipicamente-Patricia, però lui non è che mi ha fatto tanta pena, perché in fin dei conti da anni tollera che lei tenga un comportamento di questo tipo. Lei ha detto che sono una ragazza perduta, che ho preso una brutta china e che non la stupirebbe affatto che io diventassi una criminale. Che dovrei stare in un collegio, forse lì riuscirebbero a salvare ancora qualcosa e – questa è stata la sfacciataggine più grossa – che lei si *sente obbligata nei confronti di Elena* a non voltarsi dall'altra parte, ma a cercare di evitare che io me la intenda con gentaglia sospetta!

L'ho aggredita: «Il mio amico non è gentaglia!»

«Aha!» ha gracchiato lei. «Allora ammetti di avere un amico!»

«Sì. E gli voglio molto bene!»

«Senti, senti», ha detto Tim, quel pezzo di merda con due gambe, e J. ha aggiunto sottovoce: «Mi sembra una cosa normale».

A quel punto ho urlato che me ne andavo ma papà ha detto no, che era troppo anche per lui, che oggi sarei stata a casa.

«Non solo oggi!» l'ha rintuzzato Patricia, ma questa volta papà l'ha ignorata e ha parlato solo con me.

«Non so più dove stai, cosa fai. Hai un amico? Va bene, ma parliamone. Fallo venire qui. Mi piacerebbe conoscerlo.»

«Voglio andare da lui», ho ripetuto e mi sono accorta con orrore che stavo per scoppiare a piangere; avevo gli occhi umidi e mi tremava il mento.

«Per oggi resti qui», ha concluso papà.

Non riesco a descrivere quanto sia stato tremendo quel momento. Stavo lì, attorniata da tutti loro, abbandonata, disarmata, e con tutti gli sguardi puntati su di me: Evelin e J. avevano l'aria di compatirmi, Tim di deridermi in qualche modo, Leon sembrava avere mal di testa, Diane e Sophie erano lì con gli occhi sgranati e si capiva che per il resto della giornata non avrebbero fatto altro che sparlare di me, e Patricia mi fissava come una strega fa con la sua vittima. Papà aveva un'aria tristissima. A me girava la testa, e all'improvviso ho visto un'immagine, immersa in una luce molto abbagliante, come quando un lampo illumina per un secondo una scena che altrimenti è oscurata, e in quell'immagine c'ero io con una pistola e sparavo a quelle facce e loro avevano gli occhi spalancati e il sangue colava loro dalla bocca e uno dopo l'altro cadevano a terra, nessuno mi fissava più, nessuno esercitava più alcun potere su di me.

Ero libera.

Il lampo se n'era andato e loro erano di nuovo lì, come prima, vivi e opponevano resistenza come un muro. Sono passata fra di loro e sono andata su per le scale, sono venuta qui in camera mia. Per fortuna sono riuscita a non piangere. Adesso le lacrime mi scendono sulla faccia, lacrime di rabbia e di solitudine. Mi viene da pensare alla mamma che ha odiato tutti quanti al punto da separarsi da papà.

E penso a Keith. Mi starà aspettando. Si starà domandando dove diavolo sono. Sono disperata.

Me ne devo andare da qui!

19

Visto che non riusciva proprio ad andarsene senza dire niente – «Ma credevi sul serio che saresti stata in grado di farlo?» le aveva chiesto Lucy sarcastica durante una telefonata disperata – decise di parlargli. Così le cose non potevano più andare avanti. La situazione non chiarita rischiava di annientarla o quanto meno di far morire qualcosa di essenziale *in lei*: la sua gioia di vivere, la sua giovinezza, la fiducia che aveva in se stessa. Adesso, dopo anni, capiva che l'amica aveva sempre avuto ragione.

Stava per perdersi. Da qualche parte in una landa popolata di speranze deluse, inutili attese e costanti umiliazioni, la vecchia Geraldine si stava dissolvendo. Si stava trasformando in un soggetto malato, triste, che sarebbe stato riconoscente anche dell'attenzione più infima regalatale da qualcuno.

«Sei una donna così bella», aveva insistito Lucy, «e pure intelligente e sensibile! Faresti girare la testa a dozzine di uomini che sarebbero disposti a tutto pur di renderti felice. Ti prego, Geraldine, lascia perdere prima che la depressione ti paralizzi completamente.»

«Non posso, Lucy. Non ci riesco a mollare tutto.»

«Ti rovinerai!»

Avevano continuato a discutere e alla fine Geraldine le aveva promesso che gli avrebbe parlato e avrebbe messo in chiaro le sue aspettative e i suoi desideri.

«Non mi aspetterei certo granché da un colloquio con quel tipo», aveva sospirato Lucy, «ma c'è almeno una remotissima possibilità che lui ti dia una risposta chiara. Se imposti bene la cosa. Deve dirti come si immagina il vostro futuro. Ma tu devi aver chiaro che potresti essere costretta a trarre delle conclusioni se non ti troverai d'accordo con le sue opinioni.»

Era quello che temeva. Tanto più, lo sapeva bene, era ormai giunto il momento. Non poteva più tirare in lungo. E questo però avrebbe potuto significare la fine.

Come quasi sempre era scomparso presto al mattino, aveva lasciato la stanza senza dire una parola. Lei era sveglia – lui non si accorgeva proprio che già da parecchie notti non dormiva? –, ma aveva tenuto gli occhi chiusi e non si era mossa. La feriva il fatto che lui la escludesse dalla sua vita con tanta indifferenza, come se fosse normale. Andava e veniva, come gli faceva comodo. La ignorava totalmente.

Dopo che se n'era andato si era alzata, si era messa la tuta ed era andata a correre. Al ritorno si sentiva meglio. Come sempre correre la aiutava ad accrescere la fiducia in se stessa.

Fece la doccia, si vestì e si sedette nella hall del piccolo albergo. C'erano due grandi poltrone di pelle marrone e una enorme pila di vecchi numeri di *Hello*. Li sfogliò senza rendersi veramente conto di quello che vedeva. Erano pieni di foto della regina sorridente e dei suoi figli o nipoti. Le riviste erano macchiate e consumate, avevano gli angoli piegati e mancavano delle pagine, quelle delle ricette, delle diete e dei consigli per la ginnastica. Per un motivo insondabile quelle riviste non facevano che aumentare la sua depressione. Forse perché avevano un'aria così polverosa, consunta e abbandonata.

Proprio come me, pensò.

Lui arrivò in albergo verso le dieci e lei capì subito che non era il momento più opportuno per un chiarimento. Phillip non aveva semplicemente la luna storta, ribolliva di rabbia. Aveva l'aria di uno che tirerebbe il collo alla prima persona gli fornisse un motivo sufficiente per farlo.

Però, nonostante si rendesse conto che era un errore e che avrebbe sicuramente perso la sua battaglia, era sicura di dovergli parlare in quell'istante esatto. Si era preparata, si era ripetuta varie volte una serie di frasi importanti, aveva racimolato tutto il suo coraggio. Se non l'avesse fatto allora non ci sarebe più riuscita per settimane o forse mesi. E sarebbe rimasta soffocata dalla tensione che le stava crescendo dentro.

«Ciao, Phillip», disse e si alzò.

Lui non l'aveva nemmeno notata fino a quel momento e fece un salto. «Ah, sei tu, Geraldine!» disse poi, e lei percepì quasi fisicamente quanto fosse forte il suo desiderio di vederla dissolversi nell'aria o sparire comunque in qualche altra maniera – l'importante era che lo lasciasse solo e in pace. Lei gli si avvicinò.

«A quanto pare non riusciamo proprio più a fare colazione insieme», disse sorridendo nervosa.

«Quale colazione? Ma se tu non fai mai colazione!» La ruga verticale sopra il naso faceva supporre che avesse mal di testa.

Non iniziare adesso un discorso sui principi di base, la ammoniva intanto una voce interna, ma Geraldine era disperatamente sicura che non sarebbe riuscita a darle ascolto.

«Io bevo un tè. E sto volentieri a guardarti mentre mangi. È una buona opportunità per parlare.»

«Ti prego, Geraldine, io...»

Lei non si disarmò. Quella volta no. «Dobbiamo parlare, Phillip. È importante.»

«Non saprei proprio di cosa dovremmo parlare.»

«E invece sì. Io...» aveva giocherellato con la chiusura della sua borsetta, «io sono disperata. Io ti devo parlare.»

Strinse le labbra. «Mi sembra un momento decisamente poco adatto.»

«Pazienza. Dobbiamo.»

Bestemmiò sottovoce, poi si guardò intorno nella vecchia hall. «E va bene. E dove? Qui?»

«Possiamo andare anche in sala da pranzo. Magari riesci ancora a farti portare la colazione.»

«Non ho fame. Ma probabilmente ho bisogno di una grappa. Mio Dio, Geraldine, hai il dono di crearmi delle difficoltà proprio quando sto quasi annegando nei problemi.»

Entrarono nella sala ristorante. Geraldine teneva stretta la sua borsetta e aveva la sensazione di muoversi come una scolaretta timorosa.

In sala da pranzo non c'era nessuno. Phillip dovette suonare per ben tre volte – e con crescente nervosismo – una campanella sul bancone, prima che apparisse dal retro una ragazzina brufolosa.

«Non si può più fare colazione», comunicò a Phillip senza nemmeno accennare un sorriso.

«E io non voglio fare colazione», replicò lui, «voglio una birra.» Si rivolse a Geraldine. «E tu?»

«Niente, grazie.»

Si pentì subito del suo rifiuto perché un bicchiere le sarebbe servito per affrontare meglio la situazione, ma non voleva dire che aveva cambiato idea per non irritare Phillip ancora di più. Si sedette a un tavolo nell'angolo più sperduto del locale e aspettò fino a quando Phillip la raggiunse con un grosso boccale di birra. Si sedette di fronte a lei bevendo un lungo sorso.

«Ecco», disse, «allora? Che c'è?»

Lei si era preparata un complicato discorso introduttivo, ma di colpo tutte le parole erano svanite. Aveva la testa completamente vuota. Vedeva solo la faccia cupa di lui, i cui tratti amava in modo così disperato e struggente, e non poté fare altro che buttar fuori immediatamente il suo desiderio più profondo e antico: «Voglio che ci sposiamo!»

Nell'attimo successivo le sembrò che l'orrore la sopraffacesse come una grande ondata buia. Ma come aveva potuto essere così sciocca? L'aveva letteralmente aggredito mettendolo di fronte al suo desiderio di un legame più stabile, lui che davanti a tutto ciò che sapeva di vincolo recalcitrava come un cavallo nervoso.

Doveva sentirsi come se gli avessero buttato addosso una rete, e inevitabilmente si sarebbe agitato e sbracciato e non avrebbe potuto pensare ad altro che a tentare di liberarsi.

Poi, passato il primo momento, l'orrore si placò e una calma assolutamente insolita la pervase. Non si trattava di una sensazione gioiosa, ma di un senso di sollievo. Un sollievo. L'aveva detto. In quelle quattro parole gli aveva comunicato tutto quello che avrebbe voluto dirgli utilizzando almeno una cinquantina di frasi correttamente formulate. Si era esposta. Il gioco del nascondino era finito.

Osò alzare gli occhi su di lui solo dopo un attimo. Lui comunque non la stava guardando ma stava fissando la sua birra. L'espressione del suo viso era cupa e chiusa come prima. Non c'era nulla che potesse indicare gioia o il desiderio di venirle incontro.

Le venne freddo.

Inutile, pensò, è tutto inutile.

Finalmente lui alzò gli occhi.

«Io no», disse, «e ti pregherei di non parlarmene mai più.»

Sapeva benissimo che non aveva alcun senso trattare con lui, tuttavia tentò il tutto per tutto.

«Io ho bisogno di avere una prospettiva», disse. Si odiava per quel tono implorante della sua voce che la faceva sentire umiliata. «Non so come tu possa vivere senza, io non ci riesco.»

«Neanche io ci riesco», disse lui, «ma perché sei convinta che io non abbia prospettive?»

«Perché... perché non riesco a vedere dove porti la tua vita.»

«E siccome non la intravedi tu non deve esserci una prospettiva?»

Lei fece un profondo sospiro. Sapeva cosa voleva dire, e per un attimo si era domandata se la loro unione avrebbe avuto qualche chance in più se lui non fosse stato dominato da quella ossessione.

«La casa», disse, «Stanbury. Ma come puoi intestardirti in questo modo?»

Negli occhi serrati riaffiorò la vita. «Tu non puoi capirlo. Non lo capirai mai!»

«No, non riesco a capire questa fissazione. Ma cos'è che ti preme? I soldi? Tanto tutta la baracca non puoi venderla finché quella Patricia Roth non è d'accordo. Saresti solo costretto a partecipare ai costi di gestione che in quel tipo di casa sono senz'altro elevati. Non trarrai nessun profitto da questa faccenda, al contrario andrai incontro a spese legali assurde che...» Si interruppe leggendo l'ira nei suoi occhi.

«Non si tratta di soldi», aggiunse sottovoce. «No, di fatto. *Di fatto* non si tratta di soldi. Si tratta di molto di più. Ed è per questo motivo che quella strega non si libererà di me. Può fare tutte le scene che vuole, urlare e buttarmi fuori, ma io ti dico che prima o poi», le si avvicinò e lei involontariamente si ritrasse, «prima o poi marcerò ufficialmente e con tutti i diritti sotto quel portone e lei non potrà impedirmelo.»

Strinse le mani intorno al boccale della birra. Era madido di sudore.

È come indemoniato, pensò Geraldine.

«Non è che conquistando la casa potrai avvicinarti a tuo padre», gli disse.

Lui rise. Un riso freddo e ironico. «Ma cosa ne vuoi sapere proprio tu? Geraldine la protetta, cresciuta in modo borghesemente impeccabile da mamma e papà. Nel suo piccolo mondo integro. Non hai nemmeno idea di cosa voglia dire non avere un padre, e quando poi all'improvviso scopri di averlo vieni a sapere che è un gran bastardo. Ma è mio padre lo stesso. Maledizione!» Picchiò un pugno sul tavolo. «*È mio padre. E io voglio avere mio padre.*»

Parlava a voce molto alta. La ragazza brufolosa che dietro il bancone si stava pulendo le unghie con aria annoiata sobbalzò. Geraldine le fece un cenno.

«Porta anche a me una birra, per favore?» chiese con un fil di voce. Si schiarì la gola.

«Phillip, c'è una cosa che non capisco», disse, decisa a non mettersi a discutere con lui sul senso o meno del suo progetto-Stanbury, poiché considerando la sua fanatica determinazione non avrebbe ottenuto altro che una sconfitta. «Non capisco perché non ti vuoi sposare. Va bene, adesso hai questo... progetto. Ma questo non incide sul nostro rapporto. Voglio dire...» Cercava disperatamente argomenti per convincerlo, sapendo però che niente lo avrebbe scosso. «Io voglio dei bambini», disse, «voglio una famiglia.»

Disegnò un cuore sghimbescio sul suo bicchiere appannato. «E una casetta nel verde e un cane e un nanetto in giardino», aggiunse lui ironicamente. Con una mossa quasi violenta cancellò il cuore.

«Non sono l'uomo giusto per questo», disse, «dimenticatelo.»

«Ma vuoi restare solo tutta la vita?»

«Sono già stato sposato. È stata una gran schifezza.»

«Eri sposato con una tossica! Cosa ti aspettavi dal matrimonio con un'eroinomane? Un pacifico idillio?»

«Io amavo Sheila», disse lui, «ma non ce l'ho fatta lo stesso. Invece con te...»

Dentro di lei il gelo aumentava. Sapeva quello che intendeva. Non l'aveva mai detto a chiare lettere, tuttavia in quel momento capì di averlo sempre saputo.

«Con me invece», riprese la sua frase lasciata in sospeso, «non c'è neanche l'amore.»

La cameriera portò la birra. Appoggiandola fece traboccare un po' di schiuma che scivolò lungo il bicchiere. Geraldine la fermò con un dito. Aveva la mano insensibile. Non riusciva a sentire la schiuma sulla pelle.

«No», disse Phillip, «con te non c'è neanche l'amore.»

Era stupita di riuscire ancora a parlare nel momento in cui lì, in una sala da pranzo poco accogliente in un luogo sperduto dello Yorkshire, si stava frantumando il sogno della sua vita e gli ultimi lunghi e tristi anni si stavano rivelando come un investimento fallimentare. C'era odore di birra. Per sempre avrebbe collegato il ricordo di quei momenti con l'odore della birra e con l'immagine di una ragazzina brufolosa che si puliva le unghie con grande impegno.

«Non credi», gli domandò, «che avresti dovuto dirmelo prima?»

«Ho sempre pensato che fosse evidente», rispose Phillip.

20

Mentre Jessica stava attraversando l'ingresso il telefono suonò.

Il gruppo si era disperso dopo la sgradevole scenata fra Patricia e Ricarda, ognuno era tornato alle sue occupazioni. Alexander era sparito in camera. Jessica era rimasta per qualche minuto dubbiosa davanti alla porta chiusa. Avrebbe voluto parlargli, ma sapeva che non avrebbe trovato il coraggio di confessargli quello che le pesava.

Stamattina senza volere ho sentito che parlavi al telefono con Elena. Perché mi racconti delle storie? E cosa dovevi discutere con lei che non puoi discutere con me?

Di che cosa ho paura, si domandò, forse del fatto che si possa nascondere dietro a stupide scuse? Oppure ho paura che mi dica la verità? Oppure ho paura di entrambe le possibilità?

Visto che non riusciva a decidersi a bussare, preferì salire le scale verso le camere delle ragazze, ma anche lì rimase a metà strada. Sentiva fortissimo il desiderio di abbracciare Ricarda, di dirle che stava dalla sua parte, che Patricia si era comportata in maniera impossibile, ma non osava fare neanche quello per timore del brusco rifiuto a cui sarebbe potuta andare incontro.

Si girò.

Siamo proprio una famigliola aperta e felice, pensò e non riuscì ad accompagnare questo pensiero con un sorriso, nemmeno con un sorriso cinico.

Di nuovo al piano terra, sentì suonare l'apparecchio e rispose immediatamente.

«Jessica Wahlberg.»

«Elena Wahlberg», disse la voce all'altro capo. «Buon giorno, Jessica.»

«Buon giorno.»

« Vorrei parlare con Ricarda », disse Elena, « sa, sono un po' preoccupata. Di solito mi telefona qualche volta quando va via per parecchi giorni. Ma in queste vacanze non si è ancora fatta viva; spero che sia tutto a posto. »

Non vuole dirmi che Alexander ha parlato con lei e vuole farmi credere di aver telefonato *solo* di sua iniziativa.

Decise che non avrebbe mai dato a Elena la soddisfazione di poter pensare che lei e Alexander avessero qualcosa da nascondere l'uno all'altra.

« Alexander ha parlato con lei questa mattina », disse, « e le ha sicuramente raccontato i problemi che ci sono. »

Notò che Elena era rimasta senza parole. Probabilmente non aveva messo in conto il fatto che Jessica potesse essere informata di tutto.

« Sì », disse allora, « quindi Ricarda ha un fidanzato, vero? E si comporta in modo un po' scontroso. »

« Mio Dio », disse Jessica con forza, « al suo posto mi comporterei anch'io così! Ha perso la testa per un ragazzo e desidera passare tutto il suo tempo con lui. Mi sembra assolutamente normale. Ma questo ha scatenato fra la gente qui una specie di attacco isterico, che probabilmente è legato a... » Si interruppe. Non voleva infierire sugli amici di Alexander proprio con Elena.

Ma Elena capì benissimo quello che voleva dire. Rise. « Che è legato al fatto che qualunque atteggiamento indipendente viene combattuto all'interno del gruppo », disse. « Ricarda non ha nessuna voglia di gironzolare in tondo sul dorso di un pony insieme alle figlie di Patricia o di stare tutte le sere davanti al camino ad annoiarsi insieme agli altri. E questo la rende naturalmente altamente sospetta! »

« Vado subito a chiamarla », disse Jessica rapida. Notò Patricia che era apparsa sul pianerottolo.

« Patricia! » disse a voce alta. « Per favore, puoi dire a Ricarda di venire al telefono? »

Patricia salì. « In camera sua non c'è », gridò.

Oh no, pensò Jessica stancamente, speriamo che non sia scappata un'altra volta.

« In questo momento non c'è », disse al telefono, « ma le comunicherò che deve richiamare. »

« Se ne ha voglia », rispose Elena, « non vorrei opprimerla anch'io. » Fece una piccola pausa e poi aggiunse: « Sono felice che lei la pensi come me, Jessica. Così so che Ricarda ha vicino a sé almeno una persona ragionevole». Poi salutò e riattaccò, senza che Jessica potesse dire niente.

Strano, pensò, che Patricia non faccia di nuovo una scenata perché Ricarda non è in camera.

Ma da sopra non si sentì più alcun suono.

Andò in sala da pranzo e guardò dalla finestra. Diane e Sophie stavano giocando a volano in giardino. Tim era seduto su un muretto e leggeva. Un po' in disparte adocchiò anche Ricarda, che stava rannicchiata su una panchina, tutta avvolta in un pullover troppo grande per lei, immersa nei suoi pensieri. Aveva una faccia insolitamente pallida e smunta. A Jessica venne in mente che già da qualche giorno non era più venuta a tavola. Chissà se dal suo amico mangiava poi qualcosa? Sicuramente non con regolarità.

Avrebbe voluto andare da lei, sedersi al suo fianco e parlarle. Ma anche questa volta non osò.

In seguito le capitò di pensare che il dramma che si sarebbe svolto alla sera si era già annunciato nel corso della giornata. Come un temporale che è nell'aria e il cui avvicinarsi si fa di minuto in minuto più tangibile.

Quel giorno niente sembrava andare per il verso giusto.

In cucina Jessica incrociò Evelin e Barney. Evelin stava seduta al tavolo e si era mangiata parecchie delle cose che erano state messe lì per preparare il pasto di mezzogiorno. A quanto pareva Barney ne aveva avuta una parte, infatti era sdraiato vicino a lei e si leccava i baffi. Evelin si spaventò talmente per l'arrivo di Jessica che con un movimento nervoso della mano fece cadere dal tavolo un bicchiere di vino bianco.

Scoppiò in lacrime. «Mi sono mangiata tutto», singhiozzò, «non so come ho potuto. Volevo solo prendermi un pezzetto di formaggio... mio Dio, e adesso?»

«Adesso noi due prendiamo la macchina, andiamo in paese e facciamo la spesa», disse Jessica, che si era inginocchiata per rimediare al danno con scopa, paletta e straccio. «Non mi sembra un problema.»

Prima di partire Jessica si accertò che Ricarda fosse ancora sulla panca in giardino. Sperava ardentemente che almeno per quel giorno la ragazza non avrebbe tentato di scappare. Perché questa eventualità non avrebbe fatto altro che aumentare la tensione. Alexander non dava segni di vita, non era più uscito dalla sua camera, era chiuso lì dentro ormai da ore. Probabilmente si era buttato sul letto.

In paese cercarono il piccolo negozio di alimentari, nel quale non si trovava tutto, ma comunque l'indispensabile. Lì incontrarono la signora Collins, la donna delle pulizie, che stava bevendo un tè con sua sorella, probabilmente chiacchierando con gusto. Naturalmente chiese subito come stessero tutti quanti e poi iniziò a giustificarsi con un fiume di parole per aver fatto entrare in casa la settimana precedente *l'inquietante sconosciuto*, come lo definiva lei.

« Ma come avrei potuto immaginare che mi ingannasse così sfacciatamente? » disse a voce alta. « Nessuno può aspettarsi una cosa del genere! »

« Non credo che qualcuno possa biasimarti per questo », la rassicurò la sorella, e Jessica pensò che le era andata proprio bene, aveva evitato la micidiale scenata di Patricia.

« È tutto in ordine », disse, « non è successo niente di terribile. »

« Vorrei solo sapere cosa diavolo voleva quel tipo! » continuò la signora Collins. « Fra l'altro è ancora qui in paese. Sta al *The Fox and the Lamb*. A volte lo vediamo qui attorno. Un tipo cupo. E così trasandato! »

Forse non ti sembrava così cupo quando l'hai fatto entrare in casa, pensò Jessica. Non voleva rispondere alla domanda della signora Collins circa i motivi che trattenevano Phillip a Stanbury e per questo lanciò uno sguardo ammonitore a Evelin che già stava per aprire la bocca. Che quella vecchia pettegola scoprisse da sola ciò che le interessava!

Comperarono patate, cipolle novelle e un cetriolo per un'insalata di patate, e poi una ventina di würstel.

« Così ce la caviamo in fretta e nessuno si accorgerà che c'è stato un problema », disse Jessica.

Uscendo dal negozio videro Phillip che si stava avvicinando a passo veloce. Indossava il suo solito pullover di lana che aveva un aspetto sempre più infeltrito, e come sempre non si era pettinato. Aveva un'aria molto scura, come Jessica non l'aveva mai visto prima.

« Di nuovo quello », disse Evelin e avrebbe voluto rifugiarsi in macchina velocemente.

« Phillip! » lo chiamò invece Jessica.

Lui alzò gli occhi, ma il suo sguardo non si rasserenò affatto. « Salve », rispose come ringhiando.

Jessica indicò con la mano il negozietto. « Se fossi in lei non ci entrerei adesso. C'è dentro la signora Collins, la donna delle pulizie, che lei ha recentemente infinocchiato per riuscire a entrare in casa.»

«Io non ho infinocchiato nessuno», replicò Phillip con tono sgarbato, «non ne ho assolutamente bisogno, lo capisce? Perché sono dalla parte della ragione. Perché Stanbury House appartiene a me tanto quanto a quella strega della Roth, che pensa di poter fare tutte le scene che vuole. Deve solo stare in guardia, perché prima o poi perderò la pazienza!»

Andò avanti e aprì la porta del negozio con tanta furia che le due donne dentro sicuramente pensarono a una rapina.

«Non so, ma mi sembra un individuo così sgradevole», disse Evelin quando furono di nuovo in macchina dirette verso casa sulla strada provinciale. «È talmente... fanatico. Così... deciso a tutto!»

«Non riesce a dare un ordine alla sua vita», disse Jessica, «e si è fissato con l'idea che questo dipenda dall'assenza del padre.» Spiegò brevemente a Evelin i problemi che Phillip aveva avuto in gioventù. «Per quanto riguarda Kevin McGowan, pensa di potersi avvicinare a suo padre, diciamo così, a posteriori, riconciliandosi con lui. È convinto che questo risolverà le sue difficoltà e che quindi potrà finalmente iniziare a costruirsi qualcosa che assomigli a un'esistenza.»

«Ma non funzionerà mai», dissc Evelin.

Jessica scrollò le spalle. «In fondo capita a tutti noi di fissarci su certe idee quando non riusciamo più a far quadrare le cose.»

«Certo», assentì Evelin. Aveva un accento amaro nella voce, non sembrava debole e infantile come al solito. «Facciamo proprio questo. Però poi constatiamo anche che ci siamo fatti solo delle illusioni.»

Jessica le lanciò un rapido sguardo. Evelin teneva le labbra strette e guardava fuori dal finestrino.

Ricarda scese a pranzo. Praticamente però non toccò cibo e non disse una parola. Patricia continuava a guardare dalla sua parte. A Jessica sembrava che i tratti del suo volto tradissero un che di furbesco e subdolo, ma poi si disse che questa sensazione doveva essere sicuramente frutto della sua fantasia. Di sicuro era causata anche dall'atmosfera terribile che regnava a tavola. Tutti sembravano immersi nei loro pensieri e apparentemente si trattava di pensieri poco gradevoli.

Dopo pranzo Diane e Sophie ripresero il loro torneo di volano in giardino, nell'evidente intento di consolarsi in questo modo della forzata rinuncia alle amate lezioni di equitazione. Ricarda si ritirò di nuovo sulla sua panchina e si chiuse completamente in se stessa: il suo sguardo sarebbe stato sufficiente a far capire a chiunque che non desiderava avere contatto alcuno con gli altri. Patricia si sedette con Leon sulla terrazza e cominciò a parlargli, come per convincerlo di qualcosa; nel suo modo come sempre molto pressante che dava la sensazione che avrebbe preferito trapanare le sue affermazioni direttamente nel cervello del suo interlocutore.

Evelin si offrì di lavare i piatti e di sistemare la cucina e Jessica la lasciò sola pensando che potesse avere intenzione di buttarsi sugli avanzi.

Era ancora molto confusa, non sapeva come gestire la situazione. Non voleva fare una scenata di gelosia ad Alexander perché le sembrava poco dignitoso, ma sapeva anche che alla lunga non avrebbe potuto far finta di niente. Ora si pentiva di aver accondisceso, al mattino, a quella specie di gioco a nascondino. Sarebbe stato meglio per lei scendere le scale e dire disinvoltamente: «Ah, stavi parlando con Elena? Cosa succede?» Prima di dargli la possibilità di mentire, prima che la faccenda prendesse contorni così complicati. Adesso gli girava intorno come un gatto alla pentola bollente, e naturalmente le era venuto mal di stomaco per l'agitazione.

Niente sarà più come prima, pensò all'improvviso e, benché subito dopo si fosse imposta di non drammatizzare assolutamente le cose, nel suo intimo era convinta che fosse proprio così.

Alexander era in salotto a giocare a scacchi con Tim, quindi al momento non sarebbe comunque stato possibile parlare con lui. Jessica chiamò Barney e andò a fare una delle sue lunghe passeggiate. Di nuovo era attirata dal luogo in cui aveva salvato il cane dall'acqua e dove aveva conosciuto Phillip, ma quel giorno rimase sola sulla collina: guardò verso la vallata senza riuscire però a vedere alcun camminatore solitario. In un primo momento si sentì delusa o in un certo senso sorpresa, perché aveva immaginato che Phillip ci fosse, poi invece si sentì sollevata. L'aveva visto veramente teso, durante il breve incontro che avevano avuto davanti al negozio del paese, rabbioso e aggressivo e sicuramente anche disperato. Era evidente che le cose non andavano per il verso giusto e che lui non sapeva come procedere. Cercò di mettersi nei suoi panni: forse solo quella mattina aveva realizzato che con Patricia non ci sarebbe stato niente da fare, che non avrebbe potuto farsi alcuna illusione di un accordo pacifico con lei. Se voleva raggiungere il suo scopo doveva per forza pensare a un lungo e complicato cammino legale. Jessica poteva immaginarsi che, in tal caso, il problema fosse dove reperire il denaro necessario. Allo stesso tempo si era fatto troppo prendere dai suoi sogni per poterli osservare con il debito distacco, cosa che secondo Jessica sarebbe stata invece l'unica cosa sensata da fare. Come poteva reagire una persona in una situazione così difficile, quasi senza scampo?

Si sentiva addosso una sensazione sgradevole.

Vorrei tanto che questa vacanza fosse finita e che fossimo tutti di nuovo a casa, pensò, ma allo stesso tempo aveva considerato che la fine delle vacanze non avrebbe comunque cambiato di una virgola i suoi problemi con Alexander.

La giornata, inizialmente fresca, si era fatta di ora in ora più mite e soleggiata; sembrava che il bel tempo della settimana precedente si fosse ristabilito dopo una breve interruzione. In cielo non si vedeva quasi più una nuvola, il vento non era più freddo, si era trasformato in una brezza tiepida. Jessica si sfilò il maglione e rimase con la T-shirt. Sentiva la maglietta appiccicata alla schiena e si rese conto di essere leggermente sudata anche in faccia.

Tornò indietro giungendo a Stanbury House completamente spossata. Su tutta la casa regnava una calma ingannatrice, un idillio fasullo: a parte Tim e Alexander che erano ancora alle prese con gli scacchi, gli altri erano immersi nella lettura, le ragazze stavano giocando in giardino, ma non trasmettevano la sensazione di essere persone felici che trascorrono insieme una vacanza benedetta da un bel sole. Era piuttosto come se un regista occulto governasse la scena e avesse impartito questa direttiva: *Dovete essere leggeri, disinvolti, e godervi la bella giornata!* Tutti – tranne Ricarda – si sforzavano di obbedire a questo comando. Nessuno, però, riusciva a essere convincente. Meno di tutti Evelin. Stava arbitrando il torneo di volano di Diane e Sophie, zoppicando avanti e indietro, impacciata e grossa; era quasi imbarazzante vedere quanto si doveva impegnare per ridere e imitare le parole allegre e concitate di un commentatore sportivo.

In cucina Jessica diede da mangiare e da bere a Barney e poi andò in sala da pranzo per dare un'occhiata alla miriade di libri che ricoprivano due pareti della stanza. Se esisteva del materiale di archivio su Kevin McGowan, ragionò fra sé, forse avrebbe potuto trovare qualcosa nella sua biblioteca. E infatti, dopo una breve ricerca, fece una scoperta. C'erano alcuni volumi rilegati che contenevano i suoi articoli, soprattutto quelli che trattavano della questione irlandese. In un contenitore erano raccolti gli articoli scritti *su* di lui, interviste e ritratti. C'erano anche delle foto che Jessica subito studiò minuziosamente. Se Phillip era suo figlio doveva ben esserci una qualche somiglianza. Riscontrò che effettivamente i tratti somatici di Kevin McGowan richiamavano quelli di Phillip; tuttavia temeva di aver trovato la somiglianza solo perché l'aveva cercata. Succede spesso che ci si convinca di qualcosa.

E alla fine le capitò fra le mani un libretto il cui autore era lo stesso Kevin McGowan. *È stata troppo veloce...* si intitolava poeticamente, e voleva significare: *La mia vita*, come recitava il sottotitolo. Molto interessante. Da quel libro Phillip avrebbe potuto trarre un sacco di informazioni.

Si preparò velocemente un tè e poi si sedette al tavolo da pranzo spargendo intorno a sé quello che aveva trovato. Per prima cosa prese l'autobiografia di McGowan. Era abituata a leggere molto velocemente, i suoi occhi scorrevano rapidi le pagine trattenendo le informazioni essenziali.

Kevin McGowan parlava soprattutto della sua vita lavorativa, della sua carriera alla BBC, di importanti reportage e resoconti di viaggi, di interviste che aveva fatto a personalità di rilievo. Jessica era stupita; apparentemente in quasi ogni angolo della terra le porte dei potenti si erano aperte senza difficoltà all'arrivo di Kevin McGowan. Aveva avuto colloqui con lo scià di Persia così come con vari presidenti americani, in Polonia con il leader di Solidarność e a Cuba con Fidel Castro. Per alcuni dei suoi lavori aveva ricevuto importanti premi dalla televisione inglese. In Inghilterra aveva goduto di una grande popolarità. Tuttavia, come lui stesso scriveva, aveva avuto anche molti nemici, che gli avevano rinfacciato costantemente una simpatia eccessiva per l'IRA e un altrettanto eccessivo sostegno agli interessi di quella stessa organizzazione. Nel libro McGowan non respingeva né accoglieva questa critica. Non si capiva bene da che parte fosse schierato.

Due capitoli erano dedicati alla sua vita privata; uno si intitolava *Francia* e l'altro *Germania*. In essi raccontava quanto lo avesse addolorato, da ragazzo, non poter partecipare alla guerra contro Hitler, e come notte e giorno avesse pensato a cosa fare per dare comunque un suo contributo. Così, correndo dei rischi, aveva preso contatto attraverso le isole del Canale con la Resistenza ed era stato scaraventato in Francia, dove aveva vissuto sotto falso nome. Descriveva alcune delle sue vicende avventurose per poi arrivare al primo incontro con la tedesca Patricia Kruse. Era molto riservato riguardo a questa storia d'amore, ma emergeva comunque che entrambi l'avevano vissuta con grande intensità. Sia lui sia Patricia si erano assunti enormi rischi e avevano corso grandi pericoli pur di passare insieme tutto il tempo possibile. Più di una volta erano stati a un pelo dall'essere scoperti, cosa che li avrebbe portati direttamente al campo di concentramento e alla morte.

Scriveva McGowan della guerra: *Finalmente era terminata, e a quel punto bisognava affrontare il ritorno a una vita normale. Purtroppo né io né Patricia siamo riusciti a salvaguardare i nostri sentimenti. Quello che avevamo creduto amore era probabilmente troppo legato al romanticismo dei pericoli corsi insieme e alla certezza che ogni volta mettevamo in gioco la nostra vita pur di passare una notte uno accanto all'altra. Non ci era mai successo di non tendere l'orecchio a ogni passo estraneo, a ogni macchina, a ogni voce sgarbata. Non c'erano mai stati momenti rilassati. A volte, bisbigliando, avevamo parlato di come sarebbe stato bello vivere in pace e libertà. A quel punto la pace e la libertà ci venivano regalate, ma non sapevamo come affrontarle insieme...*

Dapprima ci trasferimmo a Londra, dove ci sposammo e dove iniziai a lavorare come reporter televisivo. Il fatto che avessi partecipato attivamente alla Resistenza mi apriva tutte le porte. Purtroppo, però, Patricia non poteva prendere la cittadinanza inglese. Nella vita di tutti i giorni doveva affrontare continue dimostrazioni di ostilità, non appena veniva a galla il fatto che era tedesca. Molte zone di Londra erano state rase al suolo, distrutte dalle bombe di Hitler. La gente viveva in condizioni quasi sempre disperate. La televisione mostrava filmati girati da soldati britannici nei lager tedeschi e quelle immagini andavano al di là di qualunque possibile concezione dell'orrore. A questo si aggiungeva che molte famiglie piangevano una o più vittime nella loro cerchia, chi il padre, chi il figlio. No, Patricia non avrebbe avuto alcuna chance nell'Inghilterra del dopoguerra. Era infelice, aveva nostalgia di casa. E questo non cambiò nemmeno quando alla fine del 1946 nacque nostro figlio Paul. In un primo tempo pensai che questo le avrebbe dato un po' di stabilità. Invece rimase solitaria e triste e alla fine capii che così non poteva andare avanti. Perciò nel gennaio del 1949 ci trasferimmo in Germania, ad Amburgo, dove Patricia era cresciuta. Ovunque in Germania sorgevano nuove città dalle macerie; ci si voleva liberare del retaggio nazista, perciò i colpevoli venivano processati e ci si impegnava sempre intensamente a dimostrare la propria estraneità ai fatti accaduti e la propria innocenza. Anche qui l'aver partecipato alla Resistenza si dimostrò molto utile; trovai velocemente lavoro come commentatore politico in una radio. Tutto quanto avrebbe potuto sistemarsi: Patricia aveva ritrovato i suoi genitori e i suoi fratelli, e i vecchi amici dei tempi della scuola. Nessuno la trattava più con ostilità e Paul cresceva a meraviglia. Io vivevo comunque bene in quel paese per me nuovo, avevo stretto anche amicizie fra quelli che una volta erano stati i nemici.

La non comunicazione fra noi però non sembrava essersi risolta. Che ci avessero tenuti vicini solo l'atmosfera da fine del mondo, i pericoli, la quotidiana lotta per la sopravvivenza sotto costanti minacce, che fossero state queste cose a riempirci di passione uno per l'altra? Ne discutemmo a lungo, continuando a girare intorno alla questione. L'unica realtà era il vuoto che c'era fra noi e che non eravamo in grado di riempire in alcun modo. Eravamo ancora giovani e non volevamo ostacolarci reciprocamente, non volevamo impedire che ognuno di noi potesse sviluppare sentimenti d'amore per un'altra persona. Senza liti, in modo molto amichevole e molto triste ci separammo nell'aprile del 1953. Io tornai in Inghilterra, Patricia rimase ad Amburgo con Paul.

Nessuno dei due si è mai risposato.

Così terminava la parte privata dei ricordi di Kevin McGowan, e, per quanto Jessica cercasse e sfogliasse libri, non c'era alcun accenno ad altre storie e tanto meno alla nascita di un secondo figlio più avanti nel tempo.

Anche negli articoli di giornale non si trovava niente. Se la madre di Phillip era veramente esistita nella vita di Kevin McGowan, allora era stata certamente il suo segreto meglio custodito. Jessica capì cosa intendesse Tim: tutte le informazioni che Phillip poteva fornire sul suo presunto padre erano documentate e quindi non dimostravano assolutamente niente. Jessica non aveva appreso da Phillip niente che non avrebbe potuto desumere dalle memorie di Kevin o da articoli di giornale su di lui.

Si sentiva depressa perché aveva dedicato ore alla ricerca di qualcosa che non sapeva nemmeno cosa fosse né perché la stesse cercando. Una prova a sostegno delle affermazioni di Phillip? Voleva forse aiutarlo? La realtà, però, era che non era in grado di farlo.

E in fin dei conti è una cosa che non mi riguarda, pensò.

Forse tutto l'attivismo di quel pomeriggio era servito a distoglierla dai suoi pensieri, e in quel senso era stato sicuramente positivo. Il colloquio telefonico di Alexander con Elena era passato in secondo piano. Per contro i ricordi dei fatti avvenuti al mattino si erano fissati ancor più dolorosamente nella sua memoria. Aveva sempre adottato la strategia di contrastare i sentimenti opprimenti con i fatti, di razionalizzarli per privarli dell'eccesso, dell'elemento drammatico. Ci provò anche in quell'occasione.

Cos'è che mi fa tanto penare? si domandò. Non il fatto che lui abbia parlato al telefono con Elena. In fin dei conti lo fa spesso.

C'erano due cose che le davano da pensare: da un lato la constatazione che Elena fosse al corrente di fatti della sua vita che lui non si sentiva invece di confidare a lei, Jessica. Se ripensava alla conversazione ne poteva dedurre che Elena conoscesse la causa dei suoi incubi. A prescindere da questo non le aveva comunque nascosto la sua disperazione e le sue incertezze a proposito di Ricarda. Di fronte a Elena osava essere debole.

Il secondo punto era più facile da definire: lui le aveva mentito. Per la prima volta. Quanto meno lei supponeva che si trattasse della prima.

Cercò di affrontare il primo argomento con logica e freddezza. Lui era debole di fronte a Elena, a lei aveva confidato i suoi misteri che apparentemente lo opprimevano tanto. Con Elena era stato sposato per quindici anni. Un bel periodo.

In fondo noi ci conosciamo da neanche due anni, rifletté, e siamo sposati da uno appena. Forse ha bisogno di tempo. Forse anche con Elena ci ha messo quattro o cinque anni o più per raccontarle tutto. Magari arriverà a confidarsi anche con me. Elena ha dalla sua il tempo. Forse l'unico vantaggio che ha su di me è il tempo.

Restava poi la bugia. Forse aveva temuto di mettersi nei guai ammettendo di essere stato al telefono con la sua ex moglie quella mattina. Era probabile che dietro questo atteggiamento non ci fosse altro che la speranza di non dover fornire spiegazioni, di poter sfuggire ai rimproveri ai quali si sarebbe eventualmente esposto. Comunque non avrebbe dovuto farlo. Non c'è posto per le menzogne.

Devo parlare con lui, pensò, per quanto sia sgradevole e imbarazzante, ma se non gli parlo mi porterò dietro questa cosa in eterno. E continuerò a provare rabbia e sfiducia.

Decise di cercare di affrontarlo a quattr'occhi dopo cena. Forse avrebbero potuto fare una passeggiatina. Questo avrebbe garantito che nessuno sarebbe venuto a sapere niente.

21

«Vorrei parlare con voi di una questione», disse Patricia al termine della cena. «Potreste per favore seguirmi in salotto?»

Erano stati seduti tutti a tavola insieme ma non avevano quasi scambiato parola. Si era sentito solo il rumore delle posate sui piatti, qualcuno che si schiariva la voce o inghiottiva il vino versato. Qualunque visitatore capitato lì per caso avrebbe levato le tende di fronte a quel clima di aggressività repressa che sembrava addirittura riempire materialmente il locale.

«Io e Alexander volevamo fare una passeggiata», ribatté Jessica. Temeva che Patricia volesse ordire qualche altra strategia riguardante i rapporti con Phillip Bowen, e aveva poca voglia di dedicare a una cosa del genere anche pochissimi minuti.

«Ma possiamo andare più tardi a fare la passeggiata», disse Alexander.

«Sapevo che l'avresti detto», rispose Jessica.

Patricia si alzò. «Diane e Sophie, andate a giocare in giardino», disse rivolta alle figlie, «voi venite con me.»

«Io non vengo», disse Ricarda. Era la prima volta che apriva bocca dopo ore di silenzio.

«*Tu* fai quel che ti pare», replicò Patricia in uno strano tono. Ricarda diede un'alzata di spalle e rimase seduta al tavolo, mentre gli altri passavano in salotto.

Dieci minuti, si ripromise Jessica, di più non le concedo. Poi voglio passare il resto della serata come mi pare.

Presero posto tutti in gruppo davanti al camino, qualcuno si era portato dietro il bicchiere di vino. Jessica si sedette sul bordo della sua sedia. Avrebbe voluto andarsene. Aveva la sensazione di una minaccia incombente.

«Vorrei discutere con voi di una cosa», ripeté Patricia, «perché oggi ho fatto una scoperta che mi inquieta moltissimo. Ho riflettuto sul fatto che... insomma, sono arrivata alla conclusione che ci riguarda tutti.»

Sputa l'osso, pensò Jessica con una certa cattiveria.

«La cosa riguarda Ricarda», proseguì Patricia e, quando vide Alexander spalancare la bocca per dire qualcosa, fece un gesto di difesa. «Non mi riferisco alle solite cose. È molto... più grave. Come ho già detto: veramente inquietante.»

Tim sospirò. «Di che cosa si tratta, Patricia? Forse sarebbe meglio che tu venissi al dunque. È una serata magnifica e credo che tutti quanti avremmo piacere di stare ancora un po' fuori.»

Patricia si alzò e si avvicinò a un mobiletto nel quale erano custoditi le grappe e i cognac. Da dietro tutte le bottiglie tirò fuori un quadernetto. Un quaderno semplice, spesso e verde, un po' schiacciato e rovinato.

«Questo», disse Patricia, «l'ho trovato oggi in camera di Ricarda.»

Tutti la fissarono. Jessica si raddrizzò, restando ancora seduta sul bordo della sua sedia.

«Cosa diavolo...» cominciò, ma Alexander le mise una mano sul braccio. «Aspetta un momento», la pregò.

Patricia si sedette vicino agli altri, sfogliando il quaderno. Aveva i fogli a quadretti, tutti fittamente scritti. C'erano ancora solo poche pagine bianche.

«Un diario», spiegò Patricia. «Il diario di Ricarda.»

«Ma come hai potuto curiosare tra le sue cose?» chiese Jessica costernata.

«Questa mattina sono entrata per caso in camera sua», spiegò Patricia. «Mi ci avevi mandato tu, no, Jessica? Mi pare che qualcuno la volesse al telefono, vero? Ma lei non c'era.»

«Ma questo non è un buon motivo per curiosare tra le sue cose!»

«Non è questo il punto adesso. Il punto è quello che ho trovato. Dovete assolutamente stare a sentire. Alexander, sono convinta che tua figlia abbia bisogno di un sostegno terapeutico.»

«Alexander!» Jessica avrebbe voluto prendere suo marito per le spalle e scuoterlo. «Non puoi permettere che adesso legga davanti a tutti il diario di Ricarda! Sarebbe un tradimento, distruggerebbe completamente il vostro rapporto.»

«Mi piacerebbe sapere cos'è che Patricia trova così preoccupante», disse Alexander. Aveva le labbra grigie.

Patricia scelse una pagina verso il fondo. «Solo l'ultima annotazione! Di ieri. Solo qualche chicca: *Vorrei vederla malata, finita. Meglio ancora MORTA!* Parla di me, di noi, di noi tutti.»

Jessica si alzò. «Non mi stupisce affatto!»

«Jessica!» La voce di Alexander era stridula. «Stai attenta a quello che dici!»

Patricia andò avanti ancora. «*... un piccolo insetto, terribile e velenoso...* Così descrive me. E poi: *Credo che lui* (Tim) *avesse paura che le venisse un colpo e andasse all'altro mondo. Cosa che peraltro mi sembrava un'ottima idea.* Anche qui si parla di me.»

«Non ho intenzione di stare ad ascoltare altro», disse Jessica a voce alta. Si era alzata in piedi, davanti al camino. Le girava la testa e aveva la nausea, e certamente non dipendeva dalla sua gravidanza.

«Ancora una cosa», disse Patricia, «dovresti assolutamente ascoltarla. Così ti renderai conto anche tu che abbiamo a che fare con una psicopatica. Una psicopatica *pericolosa*!» Con voce piena di orrore lesse: «*A me girava la testa, e all'improvviso ho visto un'immagine ... e in quell'immagine c'ero io con una pistola e sparavo a quelle facce e loro avevano gli occhi spalancati e il sangue colava loro dalla bocca...* Una bella scenetta, no? Ripeto, ci riguarda tutti quanti!»

«Mio Dio», mormorò Evelin costernata.

«Enorme potenziale di aggressività», constatò Tim con l'aria pensierosa del medico preoccupato ed esperto.

Jessica si rivolse a lui con rabbia. «Ma siete normali o cosa? Tim, invece di analizzare Ricarda, guardati intorno! È incredibile quello che fate! È insopportabile che *lei* sia qui a leggere ed è altrettanto insopportabile che *voi* siate qui ad ascoltarla! Molto di quanto succede qui è insopportabile e mi sembra di essere in mezzo a un gruppo di nevrotici!»

«Jessica!» la ammonì di nuovo Alexander. Non aveva mai usato nei suoi confronti un tono così duro.

«Ah, e perché tu sappia», disse Patricia, «che i miei timori erano assolutamente giustificati...» Era andata avanti a sfogliare. «*... e poi l'ho fatto...* Chiarisco: qui si tratta di un giovanotto di nome Keith e di quello che i due hanno fatto di recente, una notte, in un fienile abbandonato... *Solo sentivo di amarlo tantissimo, avevo la certezza che sarò sempre sua...*»

Parlava con voce finta, affettata.

Con un balzo Jessica fu al suo fianco e le strappò di mano il quaderno.

Bianca di rabbia la aggredì: «Ricarda ha ragione! Ha assolutamente ragione! Sei veramente un piccolo insetto terribile e velenoso! Sei una...»

«Jessica!» Il suo nome risuonò come uno sparo. Jessica guardò suo marito. Gli occhi di lui erano pieni di rabbia... ci avrebbe letto addirittura odio, se questo non fosse stato totalmente assurdo. «Adesso basta veramente!»

«Ma...»

«Ho detto basta!» la aggredì. Si rivolse agli altri. «La dovete scusare. Jessica è molto agitata in questo periodo. Avremmo preferito dirvelo in una circostanza più adatta, ma invece venite a saperlo così, e forse questo chiarirà alcune cose: Jessica è incinta. A ottobre avremo un bambino.»

A ottobre avremo un bambino.

La frase rimase sospesa nella stanza che piombò nel silenzio più totale, come se addirittura tutti avessero smesso di respirare.

Jessica, completamente sotto shock, si rese conto solo in quel momento di varie cose: di Evelin che aveva addirittura le labbra bianche e il cui bicchiere in mano cominciò a tremarle talmente da rischiare di cadere a terra.

Di Patricia, che sembrava sorpresa, non scossa né turbata, ma solo molto sorpresa.

Di Tim, che per motivi insondabili sogghignava in modo esagerato.

Di Leon, che era apparso lontano, immerso nei suoi pensieri, e che anche ora dava quella stessa sensazione.

Di Alexander, che si era alzato e fissava i suoi amici come volesse chiederne la comprensione e allo stesso tempo giustificarsi.

E sulla porta, con suo grande orrore, c'era una Ricarda magrissima – *è veramente dimagrita troppo in questa ultima settimana*, pensò Jessica –, che faceva concorrenza a Evelin in quanto a pallore spettrale e della quale non sarebbe stato possibile dire cosa la impressionasse di più: il fatto che avessero letto il suo diario in pubblico o che la moglie di suo padre, che lei non amava assolutamente, aspettasse un bambino. Forse entrambe le cose.

Jessica si avvicinò a lei e le allungò il quaderno. «Ecco. Questo è tuo. Credimi, mi spiace veramente che si sia arrivati a questo punto.»

Ricarda prese il quaderno, si voltò e se ne andò. Non aveva pronunciato una sola parola.

«Be'», disse Tim, «l'unica cosa che si può dire è: tanti auguri!»

Jessica ci mise un attimo per rendersi conto che si riferiva al bambino.

Evelin si alzò e abbandonò la sala.

« Cosa succede a Evelin? » chiese Patricia.

Nessuno rispose.

Alexander disse: « Sono desolato ».

Jessica non aveva più voglia di parlare con lui. Non di quella mattinata, non di quella serata. Si sentiva delusa, ferita, sconcertata e rabbiosa. Bersagliata da queste sensazioni diverse che le rimbalzavano addosso non le pareva ci potesse essere spazio per un chiarimento. Prima avrebbe dovuto calmarsi. Riflettere. E scoprire se in assoluto un colloquio potesse avere ancora un senso.

Aveva paura. Anche lei uscì dalla sala. Dietro di sé sentì la voce agitata di Patricia. « Ma io dovevo dirvelo! Vi dovevo leggere queste cose. Sono fantasie omicide che Ricarda esprime. È una situazione pericolosa. Sentite, io non so cosa proviate voi, ma io non mi sento più assolutamente sicura in sua presenza. Non si sa mai se... »

Chiacchiere, pensò Jessica, solo stupide, maledette, idiotissime chiacchiere!

Si voltò per cercare Evelin e Ricarda, ma non le vide. Probabilmente Evelin si era ritirata in cucina a svuotare il frigorifero. E Ricarda forse era scappata dal suo amico, che le fosse stato proibito o no. E aveva tutte le ragioni di farlo.

E sicuramente nessuna delle due ha voglia di vedere me, pensò salendo lentamente per le scale.

22

Quale urgenza lo portava a bighellonare lì in giro, nel cuore della notte, davanti a un grande cancello di ferro, che nascondeva un paradiso, anzi quello che forse lui solo credeva fosse un paradiso?

Niente, concluse. Non ci guadagnava proprio niente. Non ci guadagnava probabilmente nemmeno una maggiore chiarezza riguardo al dubbio che lo assillava, cioè se fosse giusto quello che stava facendo. Se fosse giusto per lui. O se si era invece perso senza speranza in un'idea assolutamente folle, come aveva spesso sostenuto Geraldine.

Geraldine! Si accese una sigaretta, la fumò velocemente, nervoso. La storia con Geraldine sembrava avviarsi a una fine, lui non avrebbe potuto farci niente e nemmeno avrebbe voluto. Lei gli piaceva, le era per così dire affezionato. Negli ultimi anni la sua presenza era diventata normale, forse troppo; era troppo remissiva, quasi un'ombra che correva dietro a lui, ovunque andasse. Poteva essere che questo uccidesse l'amore? O forse non c'era mai stato amore da parte sua? Non valeva più nemmeno la pena di analizzarle, cose del genere, a posteriori.

Non era pensabile che lui la sposasse. In nessun caso. Allo stesso tempo il desiderio di matrimonio da parte di lei, di figli, di famiglia era diventato troppo forte per poter tirare avanti come avevano fatto fino a quel momento. L'aveva sicuramente ferita quella mattina, lo sapeva. E la dimostrazione perfetta della dipendenza di Geraldine da lui, nonostante tutto, era il fatto che non avesse lasciato lo Yorkshire, ma si fosse solo trasferita in un'altra camera dello stesso albergo. Lui era stato fuori per mezza giornata, aveva girovagato senza meta, tormentandosi, ragionando sulla sua vita, e a tarda sera era tornato in albergo, depresso e senza aver raggiunto alcun risultato. In camera non c'erano più né lei né la sua roba, cosa che aveva notato subito, visto che di solito Geraldine accumulava su sedie, davanzali e tavoli l'infinita quantità di vestiti con cui viaggiava sempre. Era sceso stancamente, aveva suonato almeno quattro volte la campanella della reception e aveva aspettato in tutto dieci minuti prima che la ragazza brufolosa apparisse dal bar e gli chiedesse annoiata cosa desiderasse.

«È partita la signorina Roselaugh?» domandò lui con un tono che sembrava indicare una constatazione più che una domanda.

La sua interlocutrice scosse la testa. «Ha solo cambiato stanza. È alla...» Voltò con infinita lentezza le pagine di un libro. «È alla otto! È un piano sopra il suo, signore.»

Nei suoi occhi dallo sguardo ottuso apparve un barlume di interesse. O forse più di curiosità. Una delle sue colleghe, una cameriera dei piani, già da qualche tempo aveva notato come quella bella ragazza di Londra con i capelli neri facesse veramente un po' pena. Il tizio con cui era arrivata non si occupava minimamente di lei...

Adesso, quindi, era venuta via dalla camera che avevano preso insieme. Ottima mossa, pensò la ragazza.

Phillip aveva bofonchiato qualcosa ed era andato al bar a bersi una birra. Provava sollievo, ma anche compassione. Sollievo perché Geraldine, trasferendosi al piano di sopra, gli lasciava un po' di spazio. Compassione perché era chiaro che proprio non ce la faceva a mandarlo a quel paese, a tornare a Londra e a cercarsi un uomo che le potesse dare quello che lei voleva rendendola felice.

Gettò la sua sigaretta sul prato, e la schiacciò con il piede. Non voleva pensare a Geraldine. Adesso era importante capire se davvero lui se la sentiva di affrontare la battaglia per Stanbury House; era importante valutare se aveva senso pensare a una vittoria e se questa gli avrebbe portato la tranquillità che desiderava. Il problema lo torturava, gli ronzava in testa senza che lui riuscisse a definirlo chiaramente. Ogni volta che decideva di considerarlo in modo razionale e tranquillo, era sorpreso da una quantità di sensazioni: rabbia, paura, antiche ferite. La nostalgia di suo padre, ma allo stesso tempo l'odio nei suoi confronti, che ancora non lo abbandonava. Probabilmente aveva verso Kevin McGowan un atteggiamento un po' nevrotico. Perciò era succube del problema, senza poterlo dominare. E tutto questo già cominciava a costargli più impegno di quanto avesse pensato.

Dal cancello non riusciva a vedere niente della casa, nemmeno una luce, sempre che a quell'ora ce ne fossero ancora di accese. Splendeva la luna, e il cielo quasi senza nuvole permetteva che la sua luce si diffondesse, tant'è vero che poteva leggere l'ora al suo orologio da polso. Quasi mezzanotte. Probabilmente dormivano già tutti.

La notte era incredibilmente tiepida. Anche a Londra, nel sud dell'Inghilterra, notti così erano estremamente rare all'inizio di aprile, a ben pensare non gli sembrava di averne mai vissute di tanto miti in precedenza. Alla radio avevano previsto per il giorno successivo un tempo molto caldo, quasi estivo.

Cosa farò domani? si domandò. Girerò nei paraggi come al solito?

Aveva bisogno di un avvocato, questo era certo. Se tutta la questione fosse finita con la riesumazione del cadavere, per la quale avrebbe dovuto lottare davanti ai giudici contrapponendosi alla resistenza esasperata di Patricia Roth, aveva assolutamente bisogno di un supporto legale. Un avvocato avrebbe potuto dirgli se in concreto aveva delle chance. La cosa fastidiosa era che già quell'informazione gli sarebbe costata un sacco di soldi. Gli avvocati, è risaputo, si fanno pagare anche solo per aprire bocca. Un bel problema per lui che era completamente al verde. E dopo tutto quello che era successo non poteva certo chiedere soldi a Geraldine. Gliene aveva già dati comunque fin troppi, senza ottenere nulla in cambio. Non il suo amore, per esempio. Non il suo «sì!» in Comune. L'aveva delusa in ogni senso.

Per la seconda volta accantonò infastidito il pensiero di Geraldine. Cercava di immaginarsi Kevin McGowan – suo padre – che arrivando da Londra passava in macchina oltre il cancello aperto. McGowan non aveva mai vissuto lì, se non nell'ultimo anno e mezzo della sua vita. In un certo senso si era ritirato a Stanbury in attesa della morte. Era morto di un tumore, proprio come la madre di Phillip. A volte gli sembrava che ormai la gente morisse tutta di cancro e gli capitava di domandarsi se per lui la circostanza di aver perso entrambi i genitori per quella malattia avrebbe potuto significare qualcosa. Probabilmente una brutta fine geneticamente programmata.

Kevin McGowan aveva acquistato Stanbury House alla fine degli anni settanta, pur mantenendo la sua abitazione londinese. Andava a Stanbury durante i weekend, e poi trascorreva lì le vacanze e il Natale. Una volta, in un'intervista a un giornale, aveva spiegato che quella casa, con quell'enorme parco, quella natura solitaria, era per lui un rifugio di quiete.

«Lì dimentico subito stress e affanno», aveva confessato all'intervistatore, «mentre attraverso il cancello del parco mi sento già un altro.»

Kevin McGowan aveva voluto essere sepolto a Stanbury. Phillip aveva visitato due volte la sua tomba, che però l'aveva lasciato stranamente indifferente. Era una tomba già abbastanza rovinata dalle intemperie e coperta di muschio. C'era un'iscrizione: *Kevin McGowan, 10 agosto 1922 – 2 dicembre 1993.*

Non era morto vecchio. Settantun anni.

Quel maledetto cancro, pensò Phillip, ti prende a qualunque età.

Più che al cimitero, Phillip si sentiva vicino a suo padre quando andava a Stanbury House. Lì gli sembrava di scoprire caratteristiche del defunto che con sua grande sorpresa vedeva emergere sempre più spesso anche in se stesso: il legame con la natura; la stabilità; la calma; la coscienza di sé. Da tutte queste sensazioni era stato distante anni luce nel passato. Solo e sempre le grandi metropoli, sempre nuova gente, interessante e svitata, attori, fotografi, modelle... poi l'ambiente dei drogati con Sheila... Se qualcuno, a quel tempo, gli avesse detto che un giorno avrebbe perso la testa per una vecchia proprietà terriera in uno degli angoli più solitari del paese, gli sarebbe sembrata una bella storiella e avrebbe riso della grossa. Impensabile, inimmaginabile. Qualcosa cominciava a modificarsi in lui. Per ironia della sorte questo cambiamento andava nella stessa direzione che aveva sempre desiderato Geraldine. Solo che lei lo aveva preceduto, come se avesse avuto le ali ai piedi. Lui non era ancora arrivato dove lei era già. E non sapeva se mai l'avrebbe raggiunta.

Un rumore lo fece sobbalzare. Sembrava arrivare da oltre il cancello, e al primo momento pensò che potessero essere una volpe o un gatto sgusciati fuori, lungo la cancellata. Poi capì che qualcuno stava camminando sul viale. Affannosamente, quasi di corsa.

Si ritrasse nell'ombra scura dei cespugli che in quel punto crescevano in modo abbastanza disordinato. Era già passata la mezzanotte e Phillip si domandò chi mai potesse essere ancora in giro a quell'ora. Forse Jessica, con la sua passione per l'aria fresca e le camminate interminabili? Che avesse preso l'abitudine di andare a spasso anche di notte?

Il cancello si aprì con un cigolio. Qualcuno stava sgattaiolando fuori.

Phillip era ben nascosto, ciononostante l'altra persona si fermò improvvisamente, come in attesa. Forse aveva avvertito un suo movimento, lo aveva sentito respirare o aveva sentito lo schianto di un ramo spezzato. Sembrava che cercasse di vedere nel buio, con grande sforzo.

«Keith?» mormorò poi. Era una voce femminile.

Non c'era motivo perché lui restasse nascosto, soprattutto perché la donna poteva avvicinarsi e scoprirlo da un momento all'altro. Perciò uscì dai cespugli che l'avevano protetto. Alla luce della luna vide una giovane donna che lo fissava terrorizzata. La ragazza indossava jeans e maglione e aveva uno zaino in spalla. Era attraente, alta e molto snella, capelli lunghi e neri. Gli ricordava un po' Geraldine.

«Salve», disse lui.

Lei spalancò gli occhi e sembrava come paralizzata.

Phillip alzò le mani con un gesto di resa. «Nessuna paura! Non sono un maniaco! Mi chiamo Phillip Bowen. Sicuramente avrà sentito parlare di me.» Fece un gesto come a indicare la casa.

La ragazza si rilassò un po'. «Ah, sì, allora so chi è. Stavo pensando che ci fosse il mio amico ad aspettarmi... Lei cosa ci fa qui?»

«Rifletto», disse Phillip. Evidentemente la risposta bastò perché quella non chiese altro e fece invece alcuni passi indecisi, allontanandosi da lui.

«Va be', allora...» disse.

Doveva essere molto giovane, un po' troppo per andare in giro da sola in piena notte, e poi Phillip era insospettito dal suo zaino pieno zeppo. Era come se se ne stesse andando per un lungo periodo e il fatto che avesse fissato la sua partenza proprio a quell'ora induceva naturalmente a sospettare che nessuno dovesse saperne niente.

«E lei cosa sta facendo?» chiese.

L'espressione del suo volto si fece improvvisamente ostile. «Credo che la cosa non la interessi!» sibilò.

Aveva ragione, e ponendole quella domanda Phillip si sentì di colpo vecchio e noioso.

«Buona fortuna», disse, ma lei non rispose, se ne andò invece con passo lungo e veloce. Di certo una persona che voleva abbandonare Stanbury House a tutti i costi. Mentre lui voleva entrarvi, a tutti i costi.

Si sedette su un tronco d'albero, strappò fili d'erba, annodandoli mentre fissava quel cancello, come se lì dietro potessero esserci tutte le risposte alle sue domande irrisolte.

Forse solo un enorme inganno, pensò.

«Sapevo che saresti venuta», disse Keith.

Non era riuscito a dormire, era stato seduto sul sofà ad ascoltare il suo stomaco che brontolava. Intorno a lui brillava un mare di lumini. Gli era capitato di leggere che per la fame non si riesce a dormire, ma non era mai riuscito a immaginare cosa questo volesse veramente dire. Adesso lo sapeva. Aveva una fame micidiale. Era andato via da casa senza fare colazione e anche più tardi non aveva mangiato niente. Un paio di volte nel corso della giornata era stato sul punto di andare in paese a comprarsi almeno un panino, poi però aveva pensato alle sue cinque sterline e aveva lasciato perdere. Gli serviva ogni singolo penny se voleva andare a Londra. Solo la benzina... Non osava nemmeno pensarci.

All'arrivo di Ricarda si sentì subito sollevato. Per qualche minuto rimasero abbracciati stretti stretti. Lei nascose la faccia contro la sua spalla, lui giocò con i suoi capelli, baciandoli. Notò, però, un tremito in tutto il suo corpo.

La allontanò da sé leggermente. «Cosa succede?» chiese sottovoce.

Lei gli spiegò come era andata la giornata, fino al drammatico evento cruciale della sera, poi lui raccontò a lei della sua, dello scontro tremendo con suo padre e della lunga attesa solitaria nel fienile, tormentato dai morsi della fame.

«Non è che hai qualcosa da mangiare?» le domandò.

Lei sorrise. Per la prima volta da quando era entrata nel fienile il suo volto si rasserenò.

«Ho preso un po' di viveri», disse aprendo lo zaino e rovistandoci dentro. «Ho proprio fatto rifornimento nella loro cucina.»

Prese qualche panino con formaggio e maionese, due banane, tre mele e un contenitore di plastica pieno di insalata di patate e mezza salsiccia, poi una bottiglia di acqua minerale. Keith si accorse, però, che aveva infilato nello zaino anche qualcosa per vestirsi: della biancheria. Un pullover pesante, una T-shirt.

«Non vuoi tornare indietro, vero?» domandò.

Lei scosse la testa con decisione. «Mai più», rispose.

Poi cominciarono a mangiare. Seduti nella luce delle candele, tranquilli, felici di poter stare insieme; mangiarono e bevvero in silenzio. Keith facendo la parte del leone, Ricarda affermando di avere poco appetito. Lui notò quanto fosse dimagrita. La robusta ragazza sportiva aveva adesso un'aria quasi eterea.

Alla fine, quando non era restata neanche più una briciola, Keith si rilassò. «Anch'io non rimango più», spiegò.

Lei lo guardò spaventata. «Non rimani? Cosa vuoi dire?»

«Con i miei genitori», spiegò lui. «Non voglio più stare con loro. Mia madre va bene, ma non ho più intenzione di farmi offendere da mio padre.»

«Ma allora possiamo vivere qui», disse Ricarda e indicò con la mano il fienile, «ce lo mettiamo un po' in ordine e...»

«Tesoro, ma come te la immagini tu la cosa? Intanto questa fattoria non è nostra, e teoricamente non potremmo nemmeno stare qui. E poi hai quindici anni! Tuo padre ti cercherebbe e...»

«Il 4 giugno ne compio sedici!»

«Ma maggiorenne lo sarai solo fra due anni. Cioè, è chiaro che sedici è già meglio di quindici», aggiunse Keith, perché gli venne in mente che questa riflessione l'aveva già fatta a proposito dell'idea di vivere a Londra insieme. «Ma lo stesso ti verranno a cercare, e qui ti trovano subito. E poi con cosa potremmo vivere?»

Lei lo guardò con aria sconsolata. «Sì, ma allora...»

«Riusciresti a immaginarti...» fece una breve pausa, «potresti immaginarti di venire a Londra con me?»

«A Londra?»

«Ci cerchiamo tutti e due un lavoro. Un lavoretto qualsiasi. Intanto io mi do da fare per un posto da apprendista. A Londra sarà senz'altro più facile che qui. Affittiamo un appartamento... all'inizio può bastare una cosa microscopica, e poi...»

Le luccicavano gli occhi. «Oh, Keith! Certo che vengo! A Londra! Noi due insieme! Iniziamo una nuova vita. Sarà stupendo!»

«Hai dei soldi?» domandò lui.

23

Jessica si svegliò senza capire subito dove si trovasse. C'era intorno un odore diverso dal solito, c'era più scuro, la luce del sole non colpiva le tende chiuse facendole brillare di un bel rosso caldo, anzi le tende non erano affatto rosse, ma beige, e la stanza era arredata in modo completamente diverso.

Realizzò che non si trovava nella camera sua e di Alexander, e le tornò in mente che la sera prima si era trasferita nella cameretta giù a piano terra, vicino alla cucina.

Una stanza lunga e stretta, che probabilmente in origine era stata usata come dispensa, ma loro non avevano bisogno di scorte così gigantesche per le vacanze e la cucina si era dimostrata assolutamente sufficiente, essendo dotata di moltissimi armadi.

A un certo punto a Patricia era venuto in mente di trasformarla in una piccola stanza per gli ospiti, «nel caso volessimo portarci dietro qualcun altro», cosa che non era mai successa e che probabilmente nessuno aveva mai desiderato.

E adesso serve da stanza d'emergenza, pensò Jessica, per coppie che litigano.

In realtà non si poteva dire che avessero litigato. A separarli era una menzogna, e gli avvenimenti della sera precedente avevano portato Jessica a un mutismo che non aveva sperimentato mai prima in vita sua.

Alexander aveva tradito sua figlia.

Era probabile che nello stesso modo avesse tradito Elena anni prima.

E in futuro avrebbe tradito lei, Jessica.

Qualunque persona, non importa quanto gli fosse cara, sarebbe comunque passata in secondo piano, quando si fosse trattato dei suoi amici.

Ora lei si domandava come fosse possibile vivere con una persona del genere.

Dopo la scenata in salotto, la sera prima, era andata a camminare nel parco, senza una meta, sola con Barney e con in testa un unico desiderio: quello di non incontrare nessuno. Soprattutto non Alexander. Lui meno di tutti.

Aveva raccolto un mazzo di narcisi, ma se n'era veramente resa conto solo quando si era ritrovata di colpo con i fiori in mano a domandarsi perché mai li avesse raccolti, perché raccogliesse fiori in una situazione del genere. Forse le procuravano una sorta di consolazione.

Era salita in camera sua, piena di timore ma decisa a parlare con Alexander, nel caso ci fosse stato. Fu però molto sollevata dal fatto che non ci fosse. Aveva messo i fiori in un vaso vicino alla finestra, aveva preso la sua camicia da notte, lo spazzolino da denti e se n'era andata nella camera degli ospiti, per trascorrere la notte lì.

Le ci era voluto parecchio tempo per addormentarsi ed era stato comunque un sonno inquieto, dal quale si era risvegliata frequentemente, confusa e spaventata. Solo verso mattina era riuscita a stare tranquilla un paio d'ore, si sentiva però stanca, ferita, a pezzi.

Alexander non l'aveva cercata. Né alla sera, né durante la notte. Di colpo non trovavano più la via uno verso l'altra.

Si alzò, attraversò l'ingresso a piedi nudi. Nel bagno degli ospiti si lavò come poté, con l'acqua fredda e nel lavabo, poi si rimise i vestiti del giorno prima. Erano stropicciati e sudati e la facevano sentire sporca e in disordine. Allo specchio si vide le borse sotto gli occhi. Nonostante tutto aveva la pelle colorita dalle tante passeggiate. Altrimenti sarebbe sembrata un cadavere.

Decise di fare un giro nel parco con Barney. Tanto non aveva certo fame. Aveva solo una leggera nausea.

La giornata prometteva di essere bella calda, lo si poteva già intuire.

E si poteva anche capire che non sarebbe stata una giornata piacevole.

Leon era seduto in cucina, davanti a un grande bricco di caffè e un muffin ai mirtilli dall'aria un po' secca, che aveva trovato in frigo e che doveva in qualche modo essere sfuggito agli attacchi famelici di Evelin. Ci giocherallava e di malavoglia se ne infilava in bocca qualche briciola. In compenso beveva una tazza di caffè dopo l'altra. Forte e nero, senza zucchero né latte. Gli veniva la tachicardia quando beveva troppo caffè, e il suo dottore gli aveva consigliato di non esagerare. Ma adesso non gliene importava niente. Nella sua situazione non gli importava niente di quasi nulla.

All'alba aveva chiamato la sua collaboratrice Nadja, la giovane avvocatessa che era stata tanto fiduciosa e ingenua da mettersi in società e in proprio con lui. Avevano fatto l'amore un paio di volte, quindi era abbastanza in confidenza con lei da poter rischiare una telefonata a casa sua alle sei e mezzo di mattina.

Aveva risposto dal bagno, lo si capiva dal rimbombo della voce.

«Come va?» le domandò lui.

Lei rimase di sasso, poi capì che quella domanda non si riferiva al suo personale stato di salute bensì alle condizioni del loro studio.

Sospirò. «Leon, non c'è più niente da fare. Non abbiamo clienti e se ne viene uno si tratta di parcelle talmente modeste che non vale nemmeno la pena di prenderle in considerazione. Sto lì a girare i pollici. Ho bisogno di un posto più sicuro.»

Erano mesi che ne parlava, almeno dalla fine dell'anno. Alcune settimane prima gli aveva riferito di un'offerta che aveva ricevuto per una collaborazione con uno studio molto conosciuto.

«Naturalmente non so ancora se se ne farà qualcosa», aveva aggiunto.

Lui la interruppe: «Un posto sicuro... Cosa significa?»

Di nuovo sospirò. «Mi hanno preso, Leon. E io ho accettato. Inizio il 2 giugno. Mi dispiace ma è un'opportunità importante e...» La sua frase interrotta rimase sospesa nell'aria.

«È naturale», replicò lui, «è naturale». Ma dentro di sé non lo trovava affatto naturale e così aggiunse con tono aggressivo: «E stare con me a cercare di tirare fuori il carro dal pantano probabilmente non è sufficientemente remunerativo, vero?»

Lei sospirò per la terza volta. Tutta la situazione le pareva molto sgradevole, ma allo stesso tempo era felice di essersela ormai buttata dietro le spalle.

«È un'eternità che tiriamo il carro e senza alcun risultato. E non so proprio come tu possa accusarmi di correre dietro a chissà quali incarichi lucrosi! Dovrò ben vivere di qualcosa, no?»

«Tale e quale come me. E io in più ho il peso di una famiglia!»

«Ma anche tu non ce la farai, Leon. Finora hai tirato avanti solo indebitandoti sempre più, e sembra che non ti preoccupi minimamente di come farai a restituire tutti i soldi che ti sei fatto prestare. Io al tuo posto... »

Aveva sbattuto giù. Era rimasto un attimo accanto all'apparecchio nel caso lei avesse richiamato, ma non c'era stato nessuno squillo.

Dal canto suo lei si sentiva sollevata di aver interrotto quella conversazione e non aveva alcuna voglia di offrirsi come bersaglio volontario dei suoi rimproveri e delle sue lamentele. Adesso lei voleva guardare al futuro e andare per la sua strada. Leon si era di colpo sentito un uomo anziano e scoraggiato.

Adesso, in cucina, mentre inghiottiva litri di caffè, si chiese cosa avrebbe potuto fare a quel punto. Di mollare tutto non se ne parlava nemmeno.

Ma perché?

Perché al fianco di una donna come Patricia non si può mollare, pensò, perché ci si dimostrerebbe ancora più piccini, miseri e gretti.

Ma forse stava solo cercando di attribuire qualche colpa a Patricia. Non era giusto. Eppure la sua incapacità di ammettere la disfatta, di rinunciare all'autonomia e di tornare là da dove era venuto, tutto ciò aveva a che fare anche con lei.

La cosa più importante per quella giornata era fare una telefonata alla sua banca. Step by step, pensò. Devo compiere un passo dopo l'altro, senza farmi prendere dal panico. Se penso troppo avanti, mi viene di nuovo il mal di cuore, inizio a sudare e non riesco più a ragionare con calma.

Quindi la banca. Magari gli avrebbero accordato un'ulteriore dilazione nel pagamento degli interessi. In tempi migliori era stato un buon amico del direttore, qualche volta avevano anche giocato a tennis insieme. Da quando era oberato dai debiti e pagava sempre in ritardo gli interessi, il rapporto si era visibilmente raffreddato. Ciononostante... in nome della vecchia amicizia...

Avvertì di nuovo una fitta al petto.

Tranquillo, si impose, devo restare assolutamente tranquillo!

Non avrebbe certo chiamato dall'apparecchio dell'ingresso, perché non voleva essere ascoltato da nessuno, e non si sapeva mai chi si nascondesse dietro a quale porta. Ma nemmeno nel parco, per quanto grande fosse, si sarebbe sentito sicuro; quindi non avrebbe avuto alcun senso allontanarsi di un tratto con il cellulare. Sarebbe stato molto meglio prendere la macchina e andare un po' in là, in qualche posto solitario, dove avrebbe potuto sbrigare la faccenda senza il rischio di essere scoperto. Doveva solo ricordarsi in quale cartelletta aveva annotato la situazione del suo conto.

Si spaventò sentendo la porta che si apriva. Era così immerso nei suoi pensieri da non accorgersi che qualcuno si era avvicinato.

Era Evelin. Zoppicava visibilmente. Aveva un aspetto tutt'altro che buono, notò lui.

Anche lei trasalì vedendolo.

«Oh... sei già sveglio? Credevo che dormissero ancora tutti quanti.»

«Ultimamente sto diventando molto mattiniero», disse Leon e sogghignò, senza sapere cosa ci fosse da ridere e perché costringesse il suo viso a una smorfia per lui tanto innaturale. «A quanto pare anche tu.»

«Sì, io...» alzò le mani in segno di resa, «stanotte non sono quasi riuscita a dormire.»

«Per via della caviglia?» Indicò il suo piede infortunato. «Ti fa male anche da ferma?»

«Mi fa male sempre.»

«Dovresti andare da un dottore. Ci potrebbe essere qualcosa di stirato o rotto, e non c'è da scherzare con queste cose.»

«Mah, non so.» Gli lanciò un'occhiata strana e si lasciò cadere su una sedia. È sempre più simile a un sacco di patate, pensò Leon.

«Sai, i medici cominciano sempre col dirmi che sono troppo grassa e che devo perdere peso. Vado per un piede o un polso slogato e ne esco piena di paure per la pressione alta, l'osteoporosi e i problemi cardiaci, e alla fine mi ritrovo con in mano pure una prescrizione per la ginnastica e un programma dietetico.» Contrasse il viso in una smorfia. «Sono così stufa, capisci? Sono stufa di tutto.»

La capiva, ma capiva anche che un qualunque medico un minimo coscienzioso non avrebbe potuto ignorare il problema del peso.

«Dovresti andare lo stesso da un dottore», disse con una certa durezza.

«Posso avere un po' di caffè?» domandò lei.

Le fece cenno di sì. Evelin si rialzò con fatica, zoppicò fino all'armadio, prese una tazza, tornò al tavolo muovendosi vagamente come un'anatra, si versò il caffè. Il barattolo dello zucchero era a portata di mano. Come ipnotizzato Leon osservò la quantità di zucchero che si era versata nella tazza. Poi captò il suo sguardo voglioso e le allungò il muffin sbriciolato.

«Vuoi? Se non ti dà fastidio, ne ho preso qualche pezzetto io...»

Lei fece cenno di sì. Naturalmente lo voleva. Inghiottì il pasticcino secco come se fosse stata a digiuno da giorni. Poi bevve lunghi sorsi di caffè, come un'assetata.

« Lo sapevi... » iniziò titubante, si interruppe e sembrò aver radunato tutta la sua forza di volontà per terminare la frase, « lo sapevi che Jessica... aspetta un bambino? »

« No. » Lo lasciava assolutamente indifferente se Jessica aspettasse o no un bambino, tanto che se n'era già dimenticato, e solo le parole di Evelin glielo fecero tornare in mente. « No, non ne avevo proprio idea. »

« Neanch'io. Ha tenuto tutto ben nascosto. Per poi tirare fuori la cosa al momento giusto e fare il colpo grosso. »

Gli sembrava che avesse un tono seccato e se ne meravigliava. Evelin più di tutti aveva sempre dato la sensazione di essere molto legata a Jessica.

« Non è andata proprio così », disse, ripensando controvoglia agli avvenimenti della serata precedente. Queste faccende non lo toccavano affatto, soprattutto nella sua situazione. « Non mi sembra che sia stata Jessica a parlarne, no? È stato Alexander che di colpo l'ha detto apertamente e io ho avuto l'impressione che Jessica non ne fosse affatto contenta. »

Lei scrollò le spalle. « In ogni modo sono stati degli irresponsabili. *Irresponsabili*! Non si fa così! Se non altro per Ricarda! È stato di sicuro uno shock per lei! »

« Può essere. » Gli dava sui nervi. Guardò l'ora. « Mhm, mi sa che devo lasciarti. Fra poco devo fare una telefonata importante... di lavoro e devo ancora dare un'occhiata a un paio di cose. »

Lei fece cenno di sì, senza partecipazione, improvvisamente immersa nei suoi pensieri. Appena un attimo prima si era agitata, aveva alzato la voce; adesso era di nuovo ripiegata su se stessa.

Tim, il grande psicologo, pensò Leon, dovrebbe per una volta occuparsi di sua moglie, invece di passare il suo tempo a lavoricchiare alla sua tesi.

Si alzò. « Non pensi », le domandò avviandosi alla porta, « che ti verrà caldo con quella roba addosso? » Si riferiva al suo enorme maglione a collo alto che indossava spesso e che a lui faceva orrore. Una volta, gli venne in mente, Patricia aveva notato che Evelin probabilmente era convinta che quella palandrana a sacco nascondesse meglio i suoi chili superflui. « Mi sa che oggi farà un bel caldo! »

Lei non rispose. Era rimasta lì a fissare la sua tazza di caffè, come se ci fosse qualcosa di particolarmente interessante da vedere.

Leon uscì in silenzio.

Tim era sulla porta del giardino quando Jessica rientrò, passando dalla terrazza. Indossava dei pantaloncini che mettevano in mostra le sue robuste gambe pelose. Per una volta non indossava i sandali, la sua calzatura usuale, ed era a piedi nudi. Sembrava voler dare il benvenuto all'estate, definitivamente.

« Di ritorno da un'altra passeggiata? » chiese cortesemente.

Jessica si era appena resa conto di aver camminato due ore. Era completamente sudata e aveva la sensazione di essere assai poco attraente in quel momento.

« Sì », rispose secca.

Lui scosse la testa. La sua barbetta tremò un po'. « Ma da che cosa scappi? Se una volta ti venissi dietro... »

Lei indicò Barney. « Un cane giovane ha bisogno di molto movimento. »

Ma perché mi sto di nuovo giustificando? Ma perché sto ad ascoltare le sue stupide chiacchiere?

« Il cane », disse pensieroso, « eh, già, il cane... »

Jessica avrebbe voluto passare oltre senza dirgli più una parola.

« Tu sai per caso perché oggi nessuno fa colazione? » domandò lui. « Nessuno ha apparecchiato o preparato qualcosa. »

« Potresti farlo tu », propose lei, « apparecchia la tavola, fai il caffè, cuoci un paio di uova, tosta il pane... nessuno te lo impedisce. »

« Ma come sei aggressiva! » constatò lui. « Cos'è che ti rode dentro? » Le sorrise. « Faresti colazione con me se preparassi tutto io? »

« No. »

Per un attimo si guardarono. Fra di loro fluttuava un'onda quasi tangibile di ostilità, che andava avanti e indietro dall'uno all'altra.

Anche lui ha sempre odiato me, pensò Jessica quasi sorprendendosi, non solo io lui. Non ci sopportiamo a vicenda.

« Hai mica visto un plico di documenti stampati al computer? » le domandò Tim bruscamente. « È tutta la mattina che li sto cercando. Mi servono per il mio lavoro. »

« No », rispose Jessica e aggiunse: « Non credo di aver visto quelle carte. Ma avrai salvato tutto, no? quindi non c'è motivo di preoccuparsi ».

Lo piantò lì ed entrò in casa. Doveva assolutamente farsi una doccia. Anche a costo di incontrare Alexander.

La stanza era vuota, per fortuna, così poté evitare di comparire davanti ad Alexander com'era, conciata e di sicuro poco attraente. Fece una doccia eterna, consumando un sacco di bagnoschiuma e acqua calda, e notò che poco alla volta stava riacquistando vigore. Si asciugò i capelli e mise un pullover leggero di cotone. Aveva acquistato un aspetto migliore, in realtà migliore anche di come si sentisse veramente. Osservò le cose di suo marito in bagno, la sua schiuma da barba, il pennello nella ciotolina di porcellana, la sua lima per le unghie, il suo pettine, il suo spazzolino da denti. Oggetti familiari, che suscitavano in lei una grande tenerezza. Si domandò cosa sarebbe successo; nel giro di un anno il loro matrimonio sarebbe stato ancora solido?

Si rimise le scarpe da ginnastica anche se aveva ancora male ai piedi per il giorno prima e per la recente passeggiata. Adesso ne avrebbe fatta un'altra, lunga, con la speranza che le si chiarissero le idee. Aveva il dubbio che tutto quel camminare non fosse completamente normale. Sempre da sola, sempre con la paura che qualcuno degli amici volesse accompagnarla. Addirittura con il timore che potesse essere Alexander a unirsi a lei nella passeggiata.

Non richiedeva grandi riflessioni giungere alla conclusione che il suo camminare aveva sicuramente a che fare con un desiderio di fuga.

Forse le cose sarebbero andate meglio con l'arrivo del bambino.

L'aveva appena pensato e già si domandò con rassegnazione: ma che cosa dovrebbe modificare l'arrivo del bambino?

Probabilmente niente.

Phillip era in uno stato del tutto particolare: si sentiva stanco ma allo stesso tempo sveglissimo. Era spossato ma il suo corpo era percorso da una specie di formicolio. Avvertiva nelle ossa la fatica della notte insonne, passata davanti al cancello di Stanbury House, e che ora gli faceva desiderare lunghe ore di sonno corroborante. Ma allo stesso tempo si rendeva conto che non avrebbe resistito a letto. Doveva fare qualcosa. Doveva succedere qualcosa alla fine.

Era rientrato in camera sua solo alle quattro e mezzo del mattino. Davanti al *The Fox and the Lamb* aveva visto parcheggiata la macchina di Geraldine. Quindi era ancora lì. Probabilmente non sarebbe mai veramente uscita dalla sua vita e questa idea sorprendentemente sembrava rassicurarlo.

In camera si era buttato sul letto, dopo essersi sfilato solo le scarpe. Aveva fissato il soffitto, e aveva ascoltato i rumori che provenivano dalle altre stanze: da qualche parte si erano sentite scricchiolare le assi di un pavimento, una volta si era sentito cadere un oggetto con gran fragore – forse un bricco del latte, pensò lui, rovesciato da un gatto. Per il resto c'era stato un gran silenzio. Dormivano tutti. Pensò alla ragazza con lo zaino. Chissà cosa aveva poi fatto? Aveva forse tentato di andare da qualche parte facendo l'autostop, di raggiungere una meta che le sembrava più allettante e bella che non la vita nella sua famiglia? Avrebbe dovuto fermarla? Ma lei aveva parlato del suo amico, quindi probabilmente non era in giro da sola. E poi la cosa non lo riguardava. Tutte quelle persone lo riguardavano solo in quanto potevano aiutarlo nella realizzazione dei suoi piani oppure mettergli i bastoni fra le ruote. Di tutto il resto non gli importava nulla.

Alle sette si alzò, quando capì che nonostante gli occhi rossi e la spossatezza in ogni parte del corpo non sarebbe più riuscito a dormire. Camminò su e giù per la stanza riflettendo e analizzando se stesso e la sua situazione; si sedette su una seggiola e cercò di concentrarsi nella lettura di un libro, ma anche questo non gli riuscì. Ascoltò alla radio le notizie e poi una trasmissione che presentava e spiegava dei film. Aveva una gran voglia di un whisky doppio, ma era troppo presto, non voleva cedere. Alle nove decise di scendere per la colazione. La sera prima non aveva mangiato niente e di colpo sentì un grande appetito. Nel corridoio verso la sala della colazione aleggiava già profumo di uova con il bacon, pane tostato, funghi e pomodori alla griglia, ma quando fu sul punto di entrare vide che c'era Geraldine a un tavolo con davanti a sé il solito tristissimo bicchiere di acqua minerale e nient'altro. Era seduta di lato rispetto a lui. Poteva vedere che non aveva un bell'aspetto, sembrava quasi malata. Aveva gli occhi gonfi – di pianto, immaginava lui – ed era pallida. I capelli che normalmente curava parecchio erano molto in disordine.

È proprio distrutta, pensò e lentamente si tirò indietro. Geraldine non lo aveva ancora visto e lui non si sentiva in grado di sopportare una discussione con lei. Pensò a come muoversi a quel punto. Avrebbe potuto fare colazione altrove. Poi avrebbe chiamato un amico a Londra, un amico che aveva i contatti giusti. Forse avrebbe potuto consigliargli un avvocato a Leeds e lui poi avrebbe tentato di fissare un appuntamento al più presto, per poter finalmente parlare con una persona competente. Avrebbe pensato in un secondo tempo a come pagare quel consiglio.

In camera sua aveva ancora la seconda chiave della macchina di Geraldine e decise di prendere semplicemente a prestito l'auto. In quel modo avrebbe potuto muoversi molto più facilmente e in più avrebbe reso felice Geraldine: di sicuro era lacerata dal pensiero che, se voleva conservare un po' di rispetto per se stessa, doveva andarsene veramente, se però lui le portava via la macchina aveva in fondo un ottimo motivo per trattenersi.

Il minimo che poteva fare per lei era di fornirle una giustificazione per la sua indecisione.

«Ho pensato di passare a chiedere se c'era qualcosa da fare», disse Steve. Si bilanciava imbarazzato prima su un piede poi sull'altro. «Tagliare il prato o altro...»

«Quando siamo qui a dir il vero cerchiamo di fare noi i lavori del giardino», rispose Patricia. Era nell'ingresso e si stava infilando i suoi guanti da giardinaggio. Indossava i jeans e una camicia a scacchi bianca e blu. «Oggi volevo infatti piantare qualche fiore.»

Steve annuì. Con i suoi capelli rossi e una faccia piena di lentiggini sembrava più un irlandese che un inglese. Aveva ventidue anni, ma sembrava più giovane.

Ha l'aria dello studente, pensò Patricia. Probabilmente ha bisogno di soldi.

Quindi ci ripensò.

«Ci sarebbe da tagliare il prato dietro la casa», disse, «ne ha un gran bisogno, e chissà se qualcuno di noi oggi ha il tempo di farlo.»

Steve sorrise sollevato. «Benissimo. Comincio subito.»

Jessica uscì dalla sala da pranzo. Aveva curiosato ancora un po' fra le carte di Kevin McGowan, ma non aveva trovato niente di interessante.

«Vado a camminare», annunciò.

«Figurati», commentò Patricia.

Alexander scese dalle scale. Come ormai sempre negli ultimi giorni aveva un'aria tesa, era scuro in volto. «Non riesco a trovare Ricarda», disse.

Jessica lo guardò. Nonostante tutto era dispiaciuta di vederlo così preoccupato, così agitato.

«E ti stupisci?» domandò.

«Io non dico più niente», commentò Patricia.

«Jessica...» disse Alexander con tono di supplica.

Non poteva parlare con lui in quel momento. Erano successe troppe cose.

«Vado a fare una passeggiata un po' più lunga», disse, «non aspettatemi per pranzo. Non so quanto resterò fuori.»

«Posso accompagnarti?» chiese Alexander.

«Preferirei andare sola», rispose lei, dura.

Lui chinò il capo lentamente.

«Io non dico più niente», ribadì Patricia.

«Ti ringrazio», disse Jessica, «veramente carino da parte tua.»

Patricia se ne andò senza aggiungere una parola. Steve era già sparito a cercare il tosaerba nella rimessa degli attrezzi.

«Pensi che sia in pericolo?» chiese Alexander. Si riferiva a Ricarda.

«No, non credo», disse Jessica, «ma ha bisogno di calma e di un po' di distacco. Quello che è successo ieri sera è stato terribile. Patricia si è comportata in un modo impossibile, ma ci siamo ormai abituati, tutti, anche Ricarda. La cosa più tremenda però è stata che tu non abbia difeso tua figlia, Alexander. Avrebbe avuto bisogno del tuo aiuto, del tuo sostegno, e tu l'hai attaccata alle spalle. Adesso dovresti lasciarla in pace per un po'.»

«Ma non ti sembrava terribile quello che ha scritto nel diario? Che ci odia tutti e che ci augura la morte e...»

«Solo Patricia poteva attribuire a quelle parole un significato così drammatico», disse Jessica; «all'età di Ricarda si odia appassionatamente, si ama profondamente, ci si dispera assolutamente e si vivono momenti di grande euforia. Il tutto in una successione rapidissima o addirittura allo stesso tempo. È normale. Non si riesce ancora a trovare un aggiustamento con se stessi e con la vita. Ma prima o poi si entra nei binari.»

«O in quelli della droga.»

«Non Ricarda. Non è il tipo.»

«Perché, tu pensi che ci sia un tipo preciso per la droga?»

Lei non gli rispose. Aveva già parlato abbastanza, stava conducendo una conversazione che non avrebbe voluto neanche cominciare.

«Adesso devo andare», disse. Uscì, seguita da Barney. Non si girò per vedere cosa facesse Alexander, ma si domandava se sarebbe subito corso a telefonare a Elena.

«Siamo quasi all'altezza di Nottingham», disse Keith, «anche se a quest'ora avrei voluto essere più avanti.»

Era seccato. Avevano dormito più a lungo del previsto. Erano entrambi stanchi morti, si erano messi sul sofà, stretti l'uno all'altra, e si erano addormentati subito. Quando si erano svegliati era tardi e Keith le aveva messo fretta.

«Dobbiamo partire, veloci, muoviti! Se vogliamo arrivare a Londra il più presto possibile!»

Si erano vestiti e avevano caricato in macchina il poco bagaglio. Keith intendeva fare benzina nel paese vicino. Ricarda aveva portato tutti i suoi soldi: quel poco che aveva risparmiato e quello che Elena le aveva regalato per Pasqua. In tutto un po' più di duecento sterline. La somma non dava certo un grande respiro, ma almeno potevano arrivare a Londra e sistemarsi alla meglio, in modo economico, per qualche giorno, nell'attesa di trovare entrambi un lavoro e un alloggio. Alla luce del giorno le cose erano naturalmente un po' diverse che non nell'euforia delle ore notturne, e dentro di loro si chiedevano entrambi come sarebbero riusciti a tenere duro in quell'avventura. Nessuno dei due voleva però dichiarare apertamente all'altro i suoi timori.

«Per un po' vivremo in modo leggermente asociale», disse Keith. L'aveva già ripetuto un paio di volte quella mattina, e Ricarda si domandava se con quelle parole volesse preparare lei oppure farsi coraggio da solo. «Dobbiamo cercare di vivere nel modo più economico possibile, questo dev'essere chiaro fin d'ora.»

«Chiaro.»

«Quando avremo trovato tutti e due un lavoretto le cose andranno meglio. Voglio dire, tu guadagnerai più di me, perché tu puoi lavorare tutto il giorno. Io devo fare il mio apprendistato. Se trovo un posto.»

«Ma se hai detto che a Londra se ne trovano un sacco», disse Ricarda un po' frastornata.

Keith fece un sorriso ottimista. «Certo. È così. Però lo stesso non si sa mai quanto tempo ci vuole. Dovremo tirare la cinghia per un po'. Ma ce la faremo, vedrai!»

Ricarda guardò fuori dal finestrino. Non c'era molto traffico sull'autostrada che portava a sud, stavano viaggiando bene. Il paesaggio scorreva velocemente: campi, boschi e paesi, piccole città, e tanti insediamenti industriali. Dappertutto fiorivano gli alberi; il caldo e il sole degli ultimi giorni avevano accelerato il risveglio della vegetazione. Nel cielo blu c'era qua e là qualche nuvoletta. Ricarda cominciava a sentire profumo d'estate.

Ma aveva ugualmente paura.

Non voleva più tornare indietro, di questo era certa. Però le sembrava un passo grande, forse troppo grande, lasciarsi tutto alle spalle e gettarsi in un'esistenza incerta con Keith. Lasciava la famiglia, la scuola, i suoi amici in Germania. La squadra di basket. Tutto quello che aveva fatto parte della sua vita, della sua quotidianità. Avrebbe almeno dovuto avvertire Elena, altrimenti sarebbe impazzita per la preoccupazione, e in fondo lei non aveva nessuna colpa. Papà naturalmente non l'avrebbe chiamato!

Papà...

Le faceva male il cuore quando pensava a lui. Due volte durante la serata del giorno prima le aveva affondato una lama nel cuore: quando era stato lì senza fare nulla, mentre Patricia leggeva il suo diario. E quando aveva annunciato con orgoglio che J. aspettava un bambino. L'aveva tradita due volte. Due volte, e in un modo al quale non c'era rimedio.

Le venne in mente una cosa che Elena le aveva detto non molto tempo prima. Ricarda le aveva chiesto in lacrime, come già altre volte, perché si erano separati, ed Elena aveva risposto un po' riluttante: «Sai, lui non è mai stato veramente dalla mia parte. Non se questo poteva significare mettersi contro gli *altri*. Patricia, Leon e tutto il resto della banda. Nel confronto con loro mi ha lasciato cadere come una patata bollente. E mi ha ferito molto, veramente molto. Ed è successo più di una volta, ben più!»

Ricarda aveva pianto ancora a dirotto. Voleva continuamente sapere perché le cose fossero andate male fra Elena e Alexander, ma non avrebbe mai voluto sentire in risposta anche una sola cattiva parola nei confronti del padre. Si era sempre illusa che fosse stata una qualche potenza ignota e minacciosa a creare i dissapori fra i suoi genitori. Una potenza che si poteva scoprire sventando le sue macchinazioni. Allora loro due sarebbero ritornati insieme, e tutto sarebbe stato come prima.

Dalla sera precedente, per la prima volta, aveva un quadro preciso di quello che Elena aveva voluto dire. Per la prima volta aveva pensato che suo padre fosse un debole, uno strumento accomodante nelle mani dei suoi amici. Qualcosa le diceva che Elena, l'indipendente, orgogliosa, retta Elena, non sarebbe mai ritornata con un uomo del genere.

E in più, pensò con grande tristezza, adesso arriva anche il bambino nuovo.

«Ehi, piccola!» Keith le diede un colpetto sul fianco. «Hai un'aria molto infelice! Cosa succede?»

«Niente!» Scacciò i suoi pensieri, cercando di sorridere. «Mi sa che ho solo un po' fame. E sete. Non possiamo fermarci da qualche parte a fare colazione?»

Lui fece cenno di sì. «Fra poco c'è una stazione di servizio. Ehi!» Rise. «D'ora innanzi facciamo colazione insieme tutte le mattine! Tutte le mattine della nostra vita!»

24

Leon aveva il cellulare appoggiato sulle gambe. Era seduto diritto e attraverso il parabrezza guardava fuori, fissava la luminosa giornata di sole. Davanti a lui si apriva una vallata magica, delimitata su tre lati dal bosco, e in questa vallata pascolava un gregge di pecore; non riusciva però a rendersi conto della bellezza e della pace di quel paesaggio. Intorno a lui tutto sembrava scuro e senza speranza.

Si era allontanato il più possibile da Stanbury. Fin troppo, tanto nessuno avrebbe potuto seguirlo appena fuori dai confini del parco, e nessuno avrebbe potuto ascoltare il suo colloquio con il direttore della banca. Ma non ce l'aveva fatta a fermarsi prima. Era stata una specie di fuga; fuga dagli altri, fuga da se stesso o dalla vita, non sapeva. A un certo punto aveva piegato in un viottolo laterale, la macchina aveva sobbalzato un po' fra gli alberi d'alto fusto, fino al punto in cui il viottolo terminava per aprirsi su questa valle incantevole, un luogo che avrebbe potuto essere l'estremo limite del mondo, tanto appariva isolato e inviolato. A quel punto si era finalmente fermato, per un momento aveva rovesciato la testa all'indietro chiudendo gli occhi. Di nuovo aveva avvertito un dolorino nella zona del cuore. C'erano attimi in cui si augurava che un infarto lo liberasse da tutti i suoi problemi.

Poi aveva digitato sul cellulare il numero del direttore di banca e compagno di tennis e aveva chiamato a raccolta tutta la sua energia. Aveva cercato di assumere un tono ottimista e allegro, come se in fondo non fosse veramente in difficoltà. Se riusciva a dargli la sensazione che lui vedeva le cose in modo positivo, forse l'avrebbe più facilmente convinto a dilazionargli il credito...

Naturalmente aveva previsto male. L'altro aveva subito sfoderato un tono freddo, professionale, distaccato. Per quanto Leon si fosse sforzato di riprendere il tema *vecchi tempi*, il tennis insieme, le serate al club, il partner di una volta aveva mostrato scarsissima disponibilità ad ascoltare le sue parole. Era come se l'antica amicizia non fosse mai esistita. La banca non poteva più intervenire, aveva già fatto fin troppo. Con tutta la buona volontà non era più possibile fare niente. D'altronde Leon sapeva bene di essere molto in ritardo con i pagamenti, o no? In caso di necessità la banca si sarebbe vista costretta a inviargli un sollecito di pagamento. Le regole gli erano note, e lui si era già di gran lunga reso inadempiente. Non c'era assolutamente altro da aggiungere.

Leon aveva perso il suo tono allegro, alla fine aveva solo implorato. Non si poteva mandare in rovina una persona. Aveva una famiglia da mantenere! Dovevano esserci altre vie e possibilità...

«Il suo grande errore è stato quello di esagerare all'inizio», aveva detto il direttore. «Non ci si può mettere in proprio con tutte le difficoltà per avviare l'attività e i problemi finanziari che ne derivano, e allo stesso tempo costruirsi una specie di palazzo nella zona più chic di Monaco. Avrebbe dovuto capirlo subito che non poteva funzionare!»

«Ma la casa l'ho costruita con finanziamenti che provenivano quasi esclusivamente dalla sua banca!» disse Leon pieno di amarezza. In tempi migliori si erano dati del tu, ma anche quell'aspetto sembrava aver perso il suo significato. «Allora lei non mi ha mai detto che stavo per fare una cosa pericolosa. Al contrario, mi ha incoraggiato e...»

«Dovrebbe almeno cercare di non attribuire ad altri i suoi fallimenti personali. Non rientra nelle mie competenze distogliere i clienti dai progetti e dalle intenzioni che hanno. Io li sostengo se la cosa è possibile. Ma anch'io devo rispettare certi limiti.»

«Ma lei è stato due volte ospite a casa nostra! Lei...»

«La prego di attenersi ai fatti. Una cosa non ha nulla a che fare con l'altra. Mi dispiace moltissimo ma non posso più aiutarla. E ora mi perdoni, ma ho alcune altre faccende da sbrigare.» E aveva riattaccato.

Per qualche secondo Leon aveva pensato di richiamarlo, poi aveva rinunciato all'idea. Per un po' di tempo non avrebbe più insistito. La segretaria aveva sicuramente istruzioni precise a riguardo.

Adesso era lì e fissava la valle incantevole, e solo un po' alla volta riuscì a rendersi conto delle cose che lo circondavano. Si era accorto del sole; delle pecore che pascolavano, degli agnelli che saltellavano in giro. Dei prati di un verde luminoso e fresco, degli alberi che stavano buttando con vigore; dei narcisi ai bordi del viottolo e della gran quantità di fiorellini bianchi che crescevano nei prati. Non sapeva che fiori fossero, ma sembravano piccole stelle che qualcuno avesse molto generosamente sparpagliato sull'erba.

Pensò che c'era una gran pace.

Si sentiva stringere il petto, aveva una sensazione di chiusura, sorda e soffocante. Come se il cuore fosse schiacciato e non potesse battere liberamente. Almeno in quel momento, però, non sentiva dolore. Non sentiva quelle fitte che così vigorosamente gli facevano capire che già da troppo tempo viveva al di sopra delle sue possibilità fisiche. Come poteva essere morire d'infarto? Quanto sarebbe durata la lotta contro la morte? Sarebbe stata dolorosa la fine?

Spalancò la portiera. Entrava aria tiepida, dolce. C'era odore di germogli e di terra umida. Sentì una pecora che belava e il rumore allegro dell'acqua di un torrentello.

Stare sdraiato su un prato. Guardare il cielo. Respirare il profumo della natura, ascoltare le sue voci. Da quanto tempo non faceva più queste cose? L'ultima volta doveva essere stata secoli prima, forse quando era ancora un ragazzo. Scese lentamente dalla macchina. Si avviò lungo il pendio. Le pecore non sembravano affatto spaventate, non si curavano di lui.

Si piegò, si sfilò scarpe e calze. Avvertiva l'erba sotto i suoi piedi nudi. Aveva mai sentito altrove un profumo così forte, così intenso di fiori? O forse semplicemente non l'aveva mai notato?

Si sedette sul prato. Respirò a fondo, con calma. Si trovava in Inghilterra. In una valle *in the middle of nowhere*. Per la prima volta gli venne in mente di cancellare tutto. I suoi problemi pressanti. Il suo matrimonio infelice. La sua vita fino a quel momento. Eliminare il vecchio Leon e diventare un altro uomo. Fermarsi, ricominciare da capo.

Pastore di pecore, pensò, o contadino. Una casa piccola e semplice. Una moglie carina. Sapere alla sera quello che si è fatto. Vivere giorno per giorno, sfamati dalla propria terra e dal lavoro delle proprie mani. E alla fine di una giornata stare seduti su un prato come quello e guardare le pecore.

Non poté fare a meno di ridere del quadretto più che idilliaco che doveva rappresentare la sua vita.

Si sdraiò sull'erba e fissò il cielo blu.

Ricarda aveva sperato in una colazione gradevole – per quanto potesse esserlo la colazione al bar di una stazione di servizio sull'autostrada –, ma Keith, che le pareva sempre più nervoso, disse che non c'era tempo.

«Dobbiamo arrivare a Londra! E lì trovarci una sistemazione! E magari prendere anche le prime informazioni!»

«Informazioni per che cosa?»

«Dio mio, per un lavoro! Cosa credi, mica andiamo lontani con quei tuoi pochi soldi!»

Si sentiva offesa per il modo nervoso in cui lui la trattava, e inquieta perché sembrava essere preoccupato; ma cercò di consolarsi con il pensiero che le cose sarebbero sicuramente migliorate. Avrebbero solo dovuto abituarsi alla nuova vita.

«Adesso faccio benzina», disse Keith, «tu nel frattempo entri e metti insieme qualcosa da mangiare e da bere. Ma non spendere troppo, chiaro?»

Entrò nella stazione di servizio, cercò la toilette, si lavò la faccia con l'acqua fredda e si pettinò. Si sorprese nel vedere allo specchio i suoi occhi spaventati.

Al bar prese due bicchieroni di caffè bollente e due sandwich impacchettati nella plastica, con pomodoro, uova e maionese. Non era esattamente quella la colazione che si era immaginata, ma era economica e Keith sarebbe stato contento di lei.

Uscendo lo vide vicino alla colonnina dell'autopompa, attaccato al telefonino. Anche lui la vide e le fece cenno di avvicinarsi velocemente. Terminò la conversazione nel momento in cui lei lo raggiunse, e spense il cellulare. Era diventato pallido.

«Era mia madre», disse. «Mio padre ha avuto un collasso. Pare che la situazione sia abbastanza grave.»

«Cosa gli è successo?»

«Un colpo o qualcosa del genere. C'è lì il medico del pronto soccorso. Ha perso conoscenza! Porca miseria!» Si passò nervosamente una mano tra i capelli. «Proprio adesso! Ricarda, dobbiamo tornare indietro!»

«Ma tanto non puoi aiutarlo!»

«Ma devo stare vicino a mia madre. Sta per crollare. Ha paura che lui muoia. Non posso andarmene proprio adesso!»

Gli allungò un bicchiere di caffè. «Tieni. Beviti prima questo.»

Lui bevve qualche sorso facendo smorfie perché il caffè era bollente, poi vedendo il sandwich scosse la testa. «Non sopporto i sandwich con le uova! Dài, salta su. Dobbiamo partire!»

«Devi ancora pagare la benzina», gli ricordò lei, e lui si allontanò bestemmiando verso la cassa.

Lo seguì con lo sguardo. Aveva freddo e sentiva che per la delusione le stavano venendo le lacrime agli occhi. Aveva avuto tanti timori, eppure non aveva nessun desiderio di tornare indietro. Sentiva, però, che non sarebbero mai scappati una seconda volta.

Buttò i due sandwich in un cestino. Non aveva più fame.

«Se è tutto a posto io vado», disse Steve. Come sempre saltellava da un piede all'altro parlando. «O c'è ancora qualcosa da fare?»

Patricia alzò la testa. Stava lavorando sulla terrazza grande. Aveva tolto dai vasi di terracotta le piante secche, aveva aggiunto nuova terra, e adesso stava piantando gerani, fucsie e margherite. Era molto concentrata quando lavorava, si vedeva che, come in ogni altra cosa, mirava alla perfezione.

«No, grazie, Steve, il resto lo faccio io. Grazie per il prato. È straordinario come abbia subito un'aria più ordinata appena tosato!»

«L'avevo tagliato la mattina del vostro arrivo», disse Steve, «ma adesso l'erba era alta di nuovo. In aprile e maggio non si riesce a starle dietro.»

Patricia si alzò, si scosse via la terra dai pantaloni ed entrò in casa, seguita da Steve, per prendere i suoi soldi. In salotto incrociarono Tim, che era di pessimo umore.

«Non riesco a trovare i miei appunti», disse furioso, «non è possibile che cose del genere vadano perse! Fra l'altro non riesco neanche a trovare Evelin che magari sa dove sono. Porco mondo!»

«Hai già controllato in cucina?» gli chiese Patricia.

Tim sorrise, ma non era un sorriso né amichevole né divertito. «Certo. Come prima cosa. Ma non ci sono.»

«Comunque hai tutto nel computer, o no?»

«Sì. Però avevo stampato qualche pagina. E non vorrei che finisse... in mani sbagliate.»

«Be'», disse Patricia, «Qui ci siamo solo noi. Ma forse ai tuoi occhi già le nostre sono mani sbagliate.»

Tim fece finta di non sentire la sua osservazione.

«Chi prepara il pranzo oggi?» domandò di seguito. «A quanto pare Evelin non c'è, Jessica sta passeggiando come sempre nei dintorni, e tu mi sembri piuttosto presa dalle tue piante.»

«Oh», disse Patricia in tono pungente, «allora propongo che chi ha posto la domanda prepari il pranzo! Fra l'altro hai ancora parecchio tempo. Sono solo le undici! » Fece cenno a Steve di seguirla, semplicemente piantando lì Tim che sembrava piuttosto confuso.

« Non si capisce proprio perché determinati lavori siano sempre riservati alle donne », disse a Steve mentre gli dava i suoi soldi, ma Steve, nella cui famiglia, tipica dell'Inghilterra del nord, la parola emancipazione faticava a trovare spazio, sollevò le spalle con indifferenza.

« Da noi è sempre la mamma che prepara da mangiare », disse.

Il paese si chiamava Bradham Heights, e si trovava su una strada che – constatò Phillip – sembrava condurre dritta al mare senza più toccare alcun paese, città o altra forma di insediamento umano. Bradham Heights si trovava oltre la sommità di una collina e, nel paesaggio dolcemente ondulato, appariva come una manciata di casette giocattolo buttate lì. Gli edifici erano nel tipico granito grigio della zona, e c'era una chiesa diroccata circondata da un incantevole piccolo cimitero pieno di meli in fiore. Sulle colline che si estendevano intorno al paese e che erano attraversate da innumerevoli muretti in pietra, pascolavano le pecore e qua e là qualche mucca.

Chissà se anche qui c'è un po' di quel sudiciume che siamo costretti a sopportare nelle grandi città? si domandava Phillip. Droghe e alcool e i videogiochi violenti e i film pornografici e roba del genere? Apparentemente niente di tutto ciò sembrava poter penetrare fino a lì.

Trovò un pub proprio vicino alla strada principale che, con sua grande sorpresa, si rivelò curato e gradevole. Gli servirono un magnifico brunch; caffè a volontà, succo d'arancia, uova strapazzate, toast imburrati e un'ottima omelette con i funghi. Mangiò a sazietà, alla fine bevve uno sherry e si meravigliò per il costo relativamente contenuto. Oltre tutto era assolutamente stupito di se stesso. Perché si trovava bene in quel posto, tranquillo, al sicuro, e non provava sensazioni analoghe dal tempo della sua prima infanzia, quando si era sentito protetto fra le braccia di sua madre. Lui e la vita in campagna! E non solo, proprio lo Yorkshire, la terra delle sorelle Brontë! Questa solitudine selvaggia e malinconica, questo paesaggio aspro e povero, nel quale all'improvviso apparivano villaggetti idilliaci, alberi in fiore e giardini, e torrentelli nelle cui acque irruenti si tuffavano i rami dei salici piangenti. Non riusciva a capire come tutto questo potesse toccare tanto proprio lui che non aveva mai potuto stare lontano dalle grandi città, dalle metropoli irrequiete e senza pace. Londra naturalmente, ma spesso aveva pensato che in fondo si sentiva un newyorchese, un abitante della città che non dorme mai, perché era proprio così che era arrivato a definire l'unica forma di vita per lui apparentemente possibile: senza pace! Senza un momento di riposo! Registrare costantemente, ogni secondo, il battito del suo cuore. Agitazione, rumore, movimento. Come se la quiete fosse un preannuncio di morte.

E all'improvviso si sentiva rinfrancato dalla vista delle pecore che pascolavano. Appagato nel più profondo dalla quiete di un paesino solitario. Osservava pieno di sorpresa e gioia i meli in fiore nel giardino di un cimitero. *Cimitero!* Il solo fatto che dopo pranzo vi si fosse recato di sua spontanea volontà e avesse passeggiato fra le tombe, avesse ascoltato il ronzio delle prime api e osservato le pietre tombali rovinate dalle intemperie aveva addirittura del miracoloso.

Fino a quel momento era stato in un cimitero solo due volte nella sua vita: naturalmente per il funerale di sua madre, e poi molto prima, quando aveva quindici anni, al funerale di sua nonna. Si ricordava che in quella occasione non aveva avuto voglia di andare anche al camposanto. Sua mamma lo aveva obbligato. Erano andati in treno nel Devon, nel paese dove la mamma di sua mamma aveva vissuto. Gli avevano fatto indossare una giacca nera e una cravatta. Il cimitero era simile a quello di Bradham Heights, pieno di fiori e piante. Era successo in agosto, l'aria calda e mite era già un po' autunnale, e i fiori avevano i colori intensi e forti della fine dell'estate. Ciononostante aveva avuto freddo, e aveva provato solo tristezza, paura e il desiderio di sparire. Allora non avrebbe mai pensato che si sarebbe potuto trattenere in un luogo come quello e provare pace, una profonda pace.

Comincio ad amare questa terra, pensò, c'è qualcosa qui che mi commuove. Questa sensazione non può però essere legata solo a mio padre. Avrà sicuramente a che fare con me stesso.

Fissò una pietra tombale, sulla quale era inciso un angelo che alzava implorante le braccia al cielo. C'era sepolto un bambino, come si capiva dalla lapide, un bambino che aveva vissuto poco più di sei anni.

Senza volere si mise a pensare a Geraldine e al fatto che desiderava tanto un figlio e una famiglia. Non poteva certo pensare di entrare a far parte del suo sogno – aveva ormai chiaro davanti agli occhi che Geraldine non era il tipo di donna con la quale avrebbe voluto trascorrere la sua vita –, ma per la prima volta riusciva a capire a grandi linee cosa le stesse tanto a cuore e perché fosse così determinata nei suoi desideri. Aveva quasi paura che un giorno o l'altro potesse succedere anche a lui. Che potesse provare il desiderio di un tipo di vita che fino a quel momento non si era mai augurato e che forse non gli era nemmeno possibile realizzare.

Non voleva correre dietro a sogni insensati.

E se Stanbury House fosse stato proprio uno di questi sogni insensati?

Gli costò una gran fatica allontanarsi da quel piccolo giardino idilliaco. Tornato sulla strada sentì così forte il desiderio della casa del padre che decise di andare lì immediatamente. Solo per camminare un po' nel parco, per osservare da lontano la rigorosa bellezza dell'edificio.

Per vedere il cielo riflesso nei vetri lucidi delle finestre.

«È ricomparsa Ricarda?» domandò Patricia. Era in ginocchio davanti all'abbeveratoio trasformato in fioriera, davanti alla porta d'ingresso, e stava togliendo i rami di pino ormai secchi che erano rimasti lì dentro da Natale. Intorno ad alcuni dei rami c'erano ancora le lucine che però già a San Silvestro non avevano più funzionato e si potevano quindi buttare. Erano finite nello scatolone che Patricia si era messa vicino per raccogliere i rifiuti.

«No», rispose Alexander alla sua domanda. Era appena uscito di casa ed era rimasto fermo lì, titubante; Patricia pensò fra sé che nelle ultime settimane sembrava stesse invecchiando a vista d'occhio. Si faceva sempre più grigio, stanco, addirittura più lento nei movimenti. Sembrava avere le spalle un po' incurvate in avanti.

Patricia scavava nella terra stringendo i denti e si era imposta di non aggiungere altro a proposito di quel tema.

«Va be'», disse solo come a conclusione.

«Pensavo di sedermi in giardino sulla panca dove ieri sedeva Ricarda», disse Alexander. «Voglio stare un po' da solo.»

Patricia sollevò lo sguardo. «Sono giorni che ce ne stiamo tutti *un po' da soli*», disse. «Non te ne sei accorto?»

«Ieri sera...»

«I pasti, ecco, quelli ancora riusciamo a farli insieme. Anche se già la colazione diventa difficile. Invece... durante il giorno... non facciamo più niente insieme. Ognuno ciondola in giro, da solo, chiuso in se stesso. Nessuno sembra aver voglia di fare qualcosa con gli altri.»

«Mhm.» Alexander la fissò con aria perplessa. «Da che cosa pensi possa dipendere?»

«Già una volta abbiamo avuto un periodo simile», disse Patricia.

Lui annuì, con lentezza. «Mi ricordo. In quell'anno e mezzo prima che...»

«... prima che tu ti separassi da Elena. Dopo tutte le discussioni che lei ha provocato, niente fra noi è più andato per il verso giusto.»

«Ma Elena non è più qui.»

Patricia tacque, come a significare qualcosa.

Alexander respirò profondamente.

«No», disse, «no, non sono situazioni confrontabili. Jessica non cerca mai lo scontro. Non... rifiuta tutto questo. A volte può apparire eccentrica, ma si è integrata e sente di far parte del gruppo.»

«Però, da quando c'è, Ricarda dà i numeri. E anche questo crea scompiglio.»

Alexander scrollò le spalle, rassegnato. «È un'adolescente. Prima o poi tutte perdono la rotta.»

«Il periodo di mezzo», disse Patricia, «voglio dire fra Elena e Jessica, era stato il migliore.»

«Non potevo rimanere solo in eterno.»

Patricia non fece commenti a questa osservazione e si rimise a sbrogliare le lucine.

«La senti qualche volta Elena?» gli chiese direttamente. «Voglio dire adesso, per la faccenda di Ricarda?»

Gli sembrava di essere uno scolaretto sorpreso a copiare.

«Sì», ammise controvoglia.

Di nuovo lo guardò dal basso. Così accucciata – le lunghe unghie appuntite piene di terra, i capelli biondi che splendevano nel sole come seta, gli occhi stretti a sottili fessure come una gatta affamata – gli sembrava una creatura in agguato, rapace e spietata.

Si spaventò del suo stesso pensiero. Spietata. Era possibile affermare una cosa del genere a proposito di un essere umano? E tuttavia avvertiva molto chiaramente la sua incapacità di compatire, la sua mancanza di scrupoli. Elena l'aveva odiata. Era stata Patricia il motivo per il quale Elena a un certo punto si era rifiutata di venire ancora a Stanbury. In un certo senso Patricia era il motivo di tutto. Il motivo della loro separazione.

«Allora, io sono in giardino», disse lui.

Lei annuì, sorrise con aria sprezzante e si concentrò di nuovo sul suo lavoro.

La cascina sembrava morta nella luce del sole. Keith frenò facendo fischiare i pneumatici. Era stato un viaggio pazzesco, assolutamente micidiale. In qualche momento Ricarda aveva temuto di non arrivare viva. Keith aveva guidato come un pazzo, aveva trasgredito ogni possibile regola rischiando incidenti e lasciando Ricarda con il fiato sospeso.

«Cerca di essere un po' più prudente», lo aveva pregato un paio di volte, ma alla prima Keith non aveva neanche reagito, alla seconda l'aveva assalita: «Maledizione, lasciami in pace! Tanto non è tuo padre che sta morendo!»

«Ma non lo sai se sta morendo.»

«So comunque che deve passarsela schifosamente male, se no la mamma non sarebbe così disperata!»

Nonostante tutto è molto legato a suo padre, pensò Ricarda.

Nel frattempo aveva gli occhi che le bruciavano per la stanchezza e la preoccupazione e non sognava altro che essere loro due soli nel fienile abbandonato; solo lei e Keith e qualche candela accesa e la luce della luna fuori in cortile. La tenerezza e il calore di quelle ore le parevano di colpo terribilmente lontani. La realtà adesso era rappresentata da un Keith irritato che guidava la macchina in modo quasi suicida, da un tentativo di fuga fallito, dalla prospettiva di un umiliante ritorno a Stanbury House: perché dove altro sarebbe potuta andare?

Avrebbe pianto volentieri, ma temeva che Keith la sgridasse, e così ricacciò giù le lacrime e guardò fuori dal finestrino, il viso pietrificato.

Keith saltò giù dalla macchina e corse verso la porta di casa che si stava aprendo in quel momento; forse qualcuno li aveva sentiti arrivare. Ricarda vide uscire una donna, magra e pallida, che sembrava tremare sulle gambe. Abbracciò Keith e letteralmente crollò fra le sue braccia.

«Merda», mormorò Ricarda.

Scese anche lei restando di fianco alla macchina, incerta.

Keith scomparve in casa con sua madre. Dopo qualche minuto riapparve. Era molto pallido.

«Mio padre ha avuto un brutto colpo», disse. «Ictus. È in ospedale a Leeds ma non sanno se ce la farà e se comunque... tornerà come prima.

Maledizione!» Di nuovo si stropicciò i capelli che un po' alla volta avevano assunto l'aspetto che hanno le frange di un lavapavimenti. «Ieri abbiamo fatto quella tremenda litigata e adesso...» Sembrava scioccato, come se non riuscisse veramente a capire quello che era successo. «Speriamo...» Non proseguì, ma Ricarda poteva immaginare quello che intendeva dire. Gli sfiorò un braccio, con delicatezza, ma lui fece un sobbalzo per il contatto improvviso.

«Non devi rimproverarti», cercò di consolarlo, «certamente la vostra discussione non c'entra.»

Lui annuì, ma non sembrava convinto.

«Devo occuparmi della mamma», disse, «è molto giù.»

«Tua sorella non c'è?»

«Credo che sia andata a Bradford stamattina presto. Non so a fare che cosa. In ogni modo non è raggiungibile. Stammi a sentire, io...»

«Ho capito. Tu devi stare qui. Non ti preoccupare per me. Io me la cavo.»

Temeva di essere sopraffatta dalla disperazione, ma ancora una volta riuscì a non piangere.

«Dove vai adesso?» domandò lui.

«Non ho idea», rispose lei, prese il suo sacco dalla macchina e se lo mise in spalla mostrando una determinazione che in realtà non sentiva affatto. «Vedrò un po'...»

Lui già non la stava più ascoltando, si dirigeva verso la casa del padre, era un ragazzo che si muoveva come un automa incapace di affrontare una situazione del tutto nuova.

Ricarda si mosse, aveva il cuore pesante come piombo. Il pensiero di tornare a Stanbury era intollerabile. Rivedere quelle facce, dover sopportare di nuovo quelle persone, dover subire i brutti tiri di Patricia, la debolezza di Alexander, l'astiosità di Tim e la pena di Evelin... E sapere che J. portava in grembo un bambino, il figlio di suo padre, del suo *unico*, *amato*, *odiato*, *deludente* padre...

Finalmente poté dare libero sfogo alle lacrime. Si accasciò al bordo del viottolo, nell'erba alta, singhiozzando si accucciò, in preda a una disperazione nella quale si mischiavano dolore e un'indicibile rabbia.

Non vedeva via d'uscita.

PARTE SECONDA

Si era già avvicinato parecchio alla casa senza che nessuno lo avesse notato. Era entrato dalla parte posteriore del parco, non attraverso il cancello, perché sperava in questo modo di passare inosservato. Per un bel po' era rimasto seduto su un tronco d'albero nel folto del bosco e aveva guardato la casa, la terrazza con i gradini verso il parco, le file di finestre, il frontone. Aveva intrecciato almeno una ventina di collane d'erba e le aveva distribuite intorno a sé, senza accorgersene. Alla fine si era alzato e aveva osato avvicinarsi non avendo visto in giro anima viva. Velocemente si era domandato che effetto avrebbe fatto ad altri quello che stava facendo in quel momento: si stava aggirando nel folto della vegetazione, stava fissando una casa, vi si stava dirigendo guardingo. Come un carnefice con la sua vittima. Il suo comportamento stava forse rasentando la paranoia?

Non voleva apparire all'improvviso sul prato dietro la terrazza – sarebbe stato ben visibile per chiunque si fosse affacciato casualmente dalla finestra –, perciò aveva fatto un giro laterale e si era avvicinato quatto quatto alla casa dalla parte sudoccidentale. Troppo tardi aveva notato la donna che stava seduta su un sasso piatto con il viso rivolto al sole. Era la cicciona. Già, come si chiamava? L'aveva notata fin dal primo momento, e non per la sua mole eccessiva, bensì per l'espressione di sconforto che aveva negli occhi.

«Ah, è lei», disse. Non sembrava spaventata.

Lui si avvicinò. «Non riesco proprio a staccarmi», disse con un sorriso di scusa, «vengo continuamente riattirato qui.»

Anche lei sorrise. Gli parve che anche il suo sorriso fosse triste.

«Lei non ha alcuna possibilità», disse lei, «non nei confronti di Patricia.»

«Oh, vedremo. Sa, non intendo arrendermi così velocemente. Se quello che mi ha detto mia madre è vero, metà di questa proprietà mi appartiene, e io lo dimostrerò e mi imporrò.»

«Può essere», disse lei poco convinta.

Indicò la pietra sulla quale era seduta. «Posso sedermi un attimo?»

Si fece da parte mostrandosi ben disposta. «Certo.»

Si sedette sulla pietra calda. «Un posticino tranquillo», commentò. «Ci viene spesso?»

«No.» Scosse la testa. «In realtà sono quasi sempre in casa. In cucina. Io...» Si interruppe facendo una smorfia. «Si vede, no? Che mi piace stare in cucina, voglio dire.»

«Si vede che le piace mangiare. Ma non mi sembra una cosa grave. Provare piacere è senz'altro una cosa bella. La mia fidanzata fa la fotomodella, e deve stare così terribilmente attenta alla sua linea che i suoi pasti sono per la maggior parte costituiti da un bicchiere d'acqua minerale. Io penso sempre che si perde molto. E poi anche per il partner la cosa non è particolarmente eccitante.»

«Ma di sicuro ha una figura da sogno.»

«È molto magra. A volte penso persino troppo. Ma in foto viene bene.»

Nei suoi occhi si accese una specie di curiosità. «È bella?»

«La mia fidanzata? Sì. Sì, penso che si possa proprio dire che è bella.»

«Vi sposerete?»

Lui scoppiò a ridere. «Ma fa sempre domande così dirette?»

Lei arrossì immediatamente e la luce nei suoi occhi si spense subito. «Oh, mi deve scusare. Non volevo...»

«Non si preoccupi. Non sono così sensibile. No, non credo che ci sposeremo. Geraldine sogna il matrimonio e la famiglia, ma io... io penso che queste cose non facciano per me.»

«Ma allora lei sarà molto infelice?»

«Geraldine?»

«Sì. Se il suo sogno è di sposarsi e...» quasi le si spezzava la voce, «... avere dei bambini...»

«Ho paura anch'io che sia infelice. Non credo che resteremo insieme. È triste, ma non ha senso fare una cosa nella quale non ci si riconosce.»

«In questo ha certamente ragione.»

Parlava con voce monotona. Gli faceva pena, ma non sapeva come affrontarla. Era grassa e triste e forse piuttosto depressa, probabilmente solo uno strizzacervelli avrebbe potuto aiutarla.

La guardò di lato. Notò che la sua pelle molto chiara doveva essere anche morbida. Avrebbe potuto essere una donna gradevole se avesse perso trenta chili e avesse avuto uno sguardo un po' più allegro. Si domandò come facesse a resistere in quel maglione nero, pesante e a collo alto. Faceva troppo caldo per portare un golf così invernale.

«Ma non ha caldo?» le domandò. «Oggi è la giornata più calda dell'anno.»

«No. Non ho caldo.»

Si stava domandando perché mai si interessasse a lei. Ma queste persone erano entrate nella sua vita, che lo volesse o no, e in qualche modo avevano a che fare con lui. Non gli erano più indifferenti.

«Mi piacerebbe proprio sapere perché Patricia ce l'ha tanto con me», disse. «Noi due siamo parenti. Le nostre storie si incrociano in un punto, nella persona di Kevin McGowan. A me sembra che già questo sia un fatto interessante. Mi stupisce che lei non riesca a vederla in questo modo. O sono i soldi? Tutto questo», indicò la casa, che con il prato rasato di fresco e tutte le nuove piante in veranda aveva improvvisamente assunto un'aria molto curata e imponente, «vale qualcosa. Forse vuole scacciare il pensiero di doverlo dividere.»

Evelin scrollò le spalle. «Non credo», disse. «Credo semplicemente che voglia avere lei l'ultima parola. È molto...» Stava cercando la parola appropriata. «È molto assetata di potere.»

«Ma a lei piace?»

«C'è sempre stata.»

«Questa non è una risposta alla mia domanda.»

«E invece sì.» Adesso aveva assunto uno sguardo e un tono di voce aggressivi. «È una risposta eccome. Perché qui la domanda se piaccia o no nessuno la pone. Non può essere posta. La donna che per ultima ha provato a formularla non è più qui.»

«Cosa vuol dire?»

«Quella prima di Jessica. La ex moglie di Alexander. Lui si è separato perché lei non riusciva ad andare d'accordo con Patricia.»

La fissò incredulo. «Ma non ci posso credere!»

Di nuovo scrollò le spalle senza replicare.

«Ma è... più che strano», disse Phillip. «Perché non riusciva ad andare d'accordo con Patricia... Ma chi è Patricia in realtà? Il cardine attorno cui ruota la vita qui? L'unica persona che veramente conta? Dalla quale tutto dipende? Alla quale nessuno può sottrarsi? Ma cosa diavolo l'ha catapultata in una posizione del genere?»

«Lei non ha capito niente», replicò Evelin. «Non si tratta di Patricia. Patricia riesce semplicemente a sfruttare la situazione al meglio, per affermare la sua sete di dominio sugli altri. In realtà sono gli uomini. Si tratta dei tre uomini.» Incrociò le mani sulle braccia, come se avesse freddo. «Si tratta sempre di uomini, no? Sono sempre loro che determinano tutto.»

Non capiva cosa volesse dire, tuttavia aveva l'impressione che non avrebbe ottenuto niente di più neanche formulando altre domande.

Rimasero seduti l'uno di fianco all'altra, in silenzio, per un po', tranquilli, ognuno immerso nei propri pensieri. Phillip strappava fili d'erba e li annodava, ed Evelin giocherellava con l'orlo del suo enorme pullover e tracciava con le unghie delle righe nella stoffa dei suoi pantaloni. Poi all'improvviso ebbe un sussulto; si tese come un animale che avverte il pericolo, alzò la testa e fece trasparire un timore e un nervosismo tali che a Phillip pareva di poterli fiutare: acuti, divoranti, quasi disgustosi. La fissò.

«Cosa succede?»

Si alzò. «Mio marito», disse.

Lui seguì il suo sguardo. Vide l'uomo barbuto che stava attraversando il prato, lo stesso con il quale aveva parlato il giorno precedente. Notò i suoi movimenti e, nonostante la distanza, qualcosa nello sguardo di lui, e all'improvviso capì. Respirò affannosamente.

«Evelin», disse.

Lei non reagì. Era paralizzata.

A quanto pareva Tim si era accorto della figura nei cespugli. Si era fermato strizzando gli occhi.

«Evelin? Ma sei tu?» Parlava tedesco, naturalmente. Phillip capiva solo poche parole in questa lingua, tuttavia sufficienti per intendere di cosa si trattasse, quando sentiva dei tedeschi parlare fra di loro.

Lei mosse un passo in avanti.

«Sono qui!» Aveva la voce rotta.

«Maledizione.» Lui parlava lentamente ma con molta rabbia. «È un secolo che ti cerco. Non trovo degli appunti. Una stampata. Sono ore che la cerco. C'è il solito maledetto caos. Come sempre. Voglio che tu...»

«Tim», disse Evelin lentamente.

Lui si stava già voltando per tornare indietro. A quanto pareva non si era accorto di Phillip che era ancora seduto sulla pietra.

«Fra un minuto ti voglio a casa», disse senza nemmeno girarsi. Sembrava

non avere il minimo dubbio che lei avrebbe immediatamente obbedito al suo ordine.

Phillip si alzò. Mise una mano sul braccio di Evelin e lei ebbe un sobbalzo.

«Non deve permettere che le parli in questo modo», disse. «Nessuno deve permettersi di parlarle con questo tono. Nemmeno, anzi ancor meno, suo marito.»

Non era sicuro che lei lo avesse ascoltato. Se ne era andata senza dire niente. Lui aveva notato che zoppicava vistosamente e che camminava come guidata da un telecomando. O come una marionetta.

Avrebbe voluto dire ancora qualcosa, ma sapeva che non l'avrebbe raggiunta, lo intuiva.

E comunque, e questo continuava a ripeterselo, non erano fatti suoi.

D'altronde non era stato ben poco tempo prima – veramente poco tempo prima! – che si era reso conto di odiarli tutti?

GIOVEDÌ, 24 APRILE – VENERDÌ, 25 APRILE

1

Stranamente il cervello di Jessica sembrava rifiutarsi di elaborare quello che stava percependo. Per essere più corretti, una parte del suo cervello. Un'altra parte le stava dicendo in modo chiaro e semplice che non si trattava di un inganno: stava realmente vedendo Patricia con la gola tagliata adagiata nell'abbeveratoio e doveva assolutamente credere a quel che aveva davanti agli occhi. Ma qualcosa nella sua testa semplicemente si rifiutava di accettare l'evidenza.

Cose del genere non succedevano. Era assurdo. E poi proprio a Patricia. Patricia non avrebbe mai permesso che le facessero qualcosa del genere.

Sentì all'improvviso una risata e si spaventò terribilmente, per poi rendersi subito conto che era stata lei stessa a ridere, al pensiero che Patricia non avrebbe tollerato di essere trattata in quel modo.

Per un attimo si era dimenticata dell'assassino che, chiunque fosse, doveva essere ancora lì in giro, ma adesso il pensiero si fece prepotentemente avanti.

Qualcuno aveva commesso questo gesto e nulla poteva garantire che fosse poi scappato.

Ma perché gli uccelli non ricominciavano a cinguettare? La cosa peggiore era proprio quel silenzio. Senza quel silenzio, cercava di illudersi, ogni cosa sarebbe stata più facile da sopportare.

Da qualche parte ci dovevano essere gli altri. Alexander, Tim, Evelin, Leon, le ragazze. Ma perché non si vedeva nessuno? Perché la casa sembrava come morta in quel sole di mezzogiorno?

Quanto tempo era stata via? Era difficile dirlo: quando camminava perdeva completamente il senso del tempo. Tuttavia era strano che nel frattempo tutti gli altri si fossero allontanati. Invece Patricia era rimasta a casa senza che nessuno avesse potuto prevedere che qualcuno sarebbe arrivato e l'avrebbe ammazzata.

Prevedere che sarebbe arrivato qualcuno...

Forse si trattava veramente di una tragica, terribile casualità. Forse un pazzo, un pervertito che era passato di lì, aveva visto una donna sola e... brividi di gelo le attraversarono il corpo.

Se c'era in giro un maniaco, era meglio che lei non restasse lì in giardino.

Le venne in mente che mancava una delle due auto noleggiate. Quindi gli altri erano usciti in macchina. Sarebbero tornati, certo, ma fino a quel momento era assolutamente necessario che lei si barricasse in casa e avvertisse la polizia. E intanto gli uccelli non volevano proprio rimettersi a cantare. Questo fatto poteva indicare che *lui* era ancora nelle vicinanze. Si sa che gli animali avvertono il pericolo istintivamente.

Oh Dio, all'improvviso sentì un fortissimo stimolo a urinare. Da un momento all'altro avrebbe potuto farsela addosso per la paura.

Chiamò piano Barney. Non voleva in nessun modo farsi notare. Il cane ringhiò di nuovo, poi si avvicinò controvoglia.

« Vieni, Barney, vieni », cercò di attirarlo sottovoce, « va tutto bene. Da bravo. Vieni dalla tua padroncina! »

Rapidamente si avvicinò alla casa, che all'improvviso le sembrò enorme, tetra e minacciosa. All'ombra faceva molto più fresco che al sole, si gelava quasi. Jessica aveva ancora brividi di freddo. Aveva mal di pancia. Doveva andare in bagno. Forse avrebbe vomitato.

La porta di casa non era chiusa. Barney rimase sulla soglia e ricominciò a ringhiare. Aveva sul collo il pelo ritto addirittura umido. Si rifiutava di entrare in casa. I suoi occhi lampeggiavano di paura.

E se quel tipo è dentro?

« Va bene », mormorò, « tu aspetta qui. Io vado a prendere la chiave. »

La chiave della macchina rimasta. E poi scappare via il più velocemente possibile. Ci volle un attimo perché i suoi occhi si abituassero alla penombra. Andò avanti adagio, sforzandosi di non fare alcun rumore.

Avrebbe forse fatto meglio a scappare a piedi e basta?

Tutte le chiavi erano appese in cucina: chiavi di casa, chiavi della rimessa degli attrezzi, del cancello (benché non lo chiudessero mai). Jessica sperava di aver riappeso lì la chiave dell'auto dopo essere stata in paese con Evelin; non ne era però del tutto sicura. Magari ce l'aveva ancora nella borsa, e la borsa era su in camera, e lì *sicuramente* non sarebbe mai salita.

La porta della cucina era socchiusa. Si infilò dentro velocemente e rischiò di inciampare in Tim disteso a faccia in giù sul pavimento. Era in un lago di sangue. Le gambe nude, forti e pelose erano divaricate in uno strano modo. In cucina c'era odore di urina.

Lo fissò come ipnotizzata, in un primo momento più sorpresa che spaventata, come se avesse visto qualcosa di inconsueto, ma non del tutto spaventoso. Poco alla volta capì cosa significasse il fatto che anche Tim era stato massacrato; significava che un essere bestiale aveva portato a termine una strage, non era semplicemente un maniaco, ma un carnefice, un pazzo maniaco, e questo faceva sorgere il terrificante timore che non si fosse accontentato di Patricia e Tim, e che l'inquietante silenzio nel parco e intorno alla casa significasse ben altra cosa rispetto all'ipotesi iniziale di Jessica che fossero usciti tutti. La macchina poteva averla presa l'assassino, sempre che si trattasse di una sola persona.

Alla fine erano morti tutti. Tranne lei e Barney.

Aveva sentito parlare di sette. Di omicidi rituali. Proprio in Inghilterra. Proprio in campagna. E non erano poi vicende così rare.

Improvvisamente pensò ad Alexander e dimenticò ogni prudenza. Nonostante tutto, nonostante la delusione, le liti, le frustrazioni che aveva provato negli ultimi giorni le era impossibile e insopportabile pensare che lui potesse non esserci più. Si precipitò fuori dalla cucina.

«Alexander!» urlò. La sua voce risuonò nel silenzio assoluto della casa. «Alexander! Sono io! Jessica!»

Non poteva essere vero! In un punto del suo petto sentì nascere un singhiozzo, che cercò di reprimere con ogni forza, perché era consapevole che le lacrime non l'avrebbero aiutata, anzi avrebbero reso ogni cosa più complicata. Aspettò un paio di secondi, fino a quando il giramento di testa si placò, poi iniziò a salire le scale. Faceva fatica, non riusciva a mettere bene i piedi. Le sembrava di vedere i gradini muoversi verso di lei, oppure allontanarsi. Ancora qualche minuto, se lo sentiva, e sarebbe collassata. E forse questa non sarebbe nemmeno stata la cosa peggiore. Addormentarsi e al risveglio rendersi conto di aver solo fatto un brutto sogno.

Raggiunse il pianerottolo, si appoggiò per un attimo alla ringhiera, respirando a fatica. Sentiva delle trafitture nel fianco. A ondate il sudore la ricopriva completamente. Non aveva più nulla di asciutto addosso.

«Alexander!» chiamò con voce strozzata.

Andò verso la porta della sua camera. Era vuota. Anche il bagno.

Scappò fuori per guardare nella stanza successiva. Alle pareti le foto di famiglia di Patricia, Leon e delle ragazze, tutte belle incorniciate. Sorrisi, sorrisi, sorrisi. Patricia, la pubblicità del dentifricio improvvisamente diventata carne. Non avrebbe mai più sorriso. Non ci sarebbe più stata quella famiglia. Ma Leon era ancora vivo? E Diane e Sophie?

Stranamente il pensiero delle ragazze la fece calmare un po'. L'abbandonò un po' di quella paura isterica nella quale l'aveva fatta precipitare il timore che Alexander fosse morto. Doveva cercare le ragazze. Se erano ancora vive non dovevano assolutamente vedere la loro mamma là fuori vicino all'abbeveratoio. Quella vista le avrebbe traumatizzate fino alla fine dei loro giorni.

Nessuno in camera, nessuno in bagno. La stanza successiva. Il letto di Tim ed Evelin era ancora disfatto, il pigiama di Tim era ancora a terra, appallottolato. Tim, che era giù in un lago di sangue, il suo sangue. Cercò subito di scacciare quell'immagine dalla sua testa. In quel momento aveva bisogno di avere i nervi saldi, o per lo meno di mantenere saldo quel poco che restava dei suoi nervi.

Salì nella mansarda. Fu più semplice che fare la scala precedente. Evidentemente le stava tornando un po' di vitalità in corpo.

La stanza di Ricarda era vuota. La ragazza era sparita al mattino presto, e all'improvviso questa fuga paradossalmente tranquillizzò molto Jessica. Qualunque cosa fosse successa qui, Ricarda era sicuramente sfuggita a quel massacro. Dopo la scenata della sera prima era probabilmente scappata con il suo ragazzo e stava in giro con lui. Grazie al cielo!

Entrando nella camera delle ragazze pensò per un attimo che Diane fosse sdraiata sul letto e che tutto fosse a posto. Poi però si avvicinò e notò il sangue che aveva inzuppato le lenzuola e Diane con il viso appoggiato sulle pagine aperte di un libro. Afferrò il suo polso freddo per tastarlo, ben sapendo che era morta, e ne ebbe solo conferma. Nessun battito. Sicuramente Diane si era sdraiata sulla pancia per leggere, qualcuno era arrivato da dietro e le aveva tagliato la gola.

«Gesù», mormorò Jessica e, prima di essere sopraffatta dal panico, si girò velocemente verso l'altro letto, già pronta a vedervi il cadavere della piccola Sophie, ma il letto era vuoto. Nessuna traccia di Sophie.

«Sophie?» chiamò. Avrebbe voluto parlare in un tono di voce normale, ma quello che era uscito dalla sua gola non era altro che un sussurro. «Sophie, sei qui da qualche parte?»

Le parve di sentire un rumore. Un lamento. Molto basso, quasi un pianto, simile al miagolio di un gattino. Proveniva dal bagno che si trovava fra la stanza delle sorelle e quella di Ricarda. Andò sul pianerottolo, aprì la porta rivestita di tappezzeria, dietro la quale uno spirito creativo era riuscito a installare un gabinetto, un microscopico lavandino e una piccola doccia, il tutto sotto il tetto mansardato e sotto un vecchio lucernario difficile da aprire e ancor più da chiudere bene. Al di sotto del lucernario, sulla parete inclinata, erano appesi un poster di cavalli e una foto dei *No Angels*. Lungo il lato inferiore di quest'ultima si era staccato lo scotch e quindi la foto penzolava giù. Quasi arrivava a toccare i capelli di Evelin. Evelin era seduta sul coperchio del water, avvolta nel suo maglione nero a collo alto. Aveva il viso sporco di sangue, così come le mani e i pantaloni. Probabilmente era sporco anche il maglione ma non si vedeva. Aveva gli occhi spalancati. Di tanto in tanto emetteva un lamento come quello che Jessica aveva sentito dalla stanza di fianco.

Poteva essere ferita. Ma era comunque viva.

Non le fu possibile muoverla.

Jessica le parlava, cercava di farla alzare.

«Dobbiamo andarcene. Ti prego, Evelin. Chiunque lo abbia fatto, *potrebbe essere ancora qui in giro*!»

Evelin non diceva niente. A tratti le usciva di bocca un piccolo gemito ma non sembrava in grado di mettere insieme delle parole e tanto meno delle frasi complete. Ancor meno sembrava in grado di alzarsi.

Jessica la esaminò velocemente constatando che non era ferita. Questo voleva dire che si era verosimilmente avvicinata a uno o a tutti i cadaveri, altrimenti non sarebbe stata sporca di sangue dalla testa ai piedi. Jessica poteva immaginare che avesse cercato di capire se Patricia, Tim o Diane fossero ancora in vita e nel farlo si fosse sporcata. Restava il dubbio se avesse già trovato Tim. Chissà se Evelin sapeva che suo marito era morto?

«Evelin, adesso scendo e chiamo la polizia.» Non aveva alcun senso cercare di convincerla a scappare. Era sotto shock, probabilmente non era nemmeno in grado di capire chi le stesse parlando e di che cosa. Perciò a Jessica non restava che tornare di nuovo al piano di sotto, da sola, correre al telefono e chiamare la polizia e l'ambulanza, e poi andare di nuovo su velocemente nella mansarda. La prospettiva la terrorizzava, ma non poteva restare in eterno seduta lì ad aspettare che Evelin si riprendesse dal suo stato di shock.

Uscì dal bagno evitando di guardare di nuovo nella camera dove c'era Diane, morta nel suo letto. Tenendo il fiato cercò di sentire eventuali rumori provenire dal piano terra della casa. Non si muoveva niente.

Alexander. Se solo Alexander fosse stato ancora vivo!

Corse giù dalla scale. La porta della cucina era semiaperta, poteva vedere la mano di Tim sul pavimento. Le tremavano le gambe, tuttavia riusciva ancora a muoversi e a fare alcune cose in modo sensato. Forse dipendeva dalla sua professione di veterinaria. Si trovava spesso a lavorare in mezzo a laghi di sangue.

La sua voce si era ridotta a un flebile sussurro quando all'altro capo l'operatore rispose.

«Potete venire? Vi prego, fate presto. Stanbury House. Ci vogliono anche un'ambulanza e un medico.»

«Per favore parli più forte. Dove dobbiamo venire?»

«Stanbury House. È...»

«So dov'è. Ma cosa è successo?»

Le era assolutamente chiaro che quello che stava per raccontare poteva suonare come una totale pazzia.

«Ci sono tre morti. Forse anche di più, non lo so. C'è una donna sotto shock. E forse chi li ha ammazzati è ancora qui in giro. Vi prego, fate in fretta!»

La voce del poliziotto tradiva una evidente incredulità.

«*Tre morti?*»

«Non so che cosa sia successo. Ero fuori, e quando sono tornata ho trovato tre morti. Mio marito è scomparso, e sua figlia anche, e il marito della mia amica...» Prese fiato. «Vi prego», quasi scoppiò in lacrime, «venite, ma subito, in fretta!»

«Certamente», rispose lui e riattaccò.

Fra un attimo saranno qui. Tutto si sistemerà.

Non si sarebbe sistemato niente, invece. Il terrore di quel giorno le sarebbe rimasto addosso per tutta la vita. Non avrebbe mai dimenticato quelle immagini, né il pensiero dell'orrore che le aveva generate. Niente sarebbe più stato come prima. E poi ancora non sapeva se Alexander era vivo o no.

Sentì un rumore e si girò di scatto. Si aspettava di trovarsi di fronte il killer, e invece vide muoversi lentamente la porta che dava in sala da pranzo. Al primo momento pensò – o meglio *sperò* – che fosse il vento. Poi però il suo sguardo colse la figuretta che veniva dalla camera, strisciando carponi intorno alla porta. Era Sophie. Era completamente coperta di sangue e si accasciò sulla soglia della porta, restando immobile.

Era viva.

2

Phillip sapeva che non sarebbe riuscito a sfuggire a Geraldine in eterno, ma temendo molto questo incontro sperava, del tutto insensatamente, di poterlo evitare. E invece la conosceva fin troppo bene: non sarebbe mai partita senza aver chiarito le cose con lui. A parte questo era stato lui stesso a fornirle un buon motivo per restare a Stanbury con la coscienza pulita, avendole portato via la macchina.

Aveva parcheggiato l'auto ed era entrato al *The Fox and the Lamb*, incrociando subito lei al di là della porta. Non ebbe nemmeno il tempo di pensare di svignarsela. Si trovarono l'uno di fronte all'altra.

Doveva aver pianto molto nelle ultime ore, aveva infatti gli occhi gonfi. Non si era truccata e, forse per la prima volta da quando la conosceva, non si era vestita con cura: pantaloni da ginnastica neri, che indossava solo per andare a correre, e sopra una T-shirt bianca piena di macchie, che aveva bisogno di una bella lavata. Nessun gioiello. Si era legata i capelli con un elastico rosso; di lato alcune ciocche si erano liberate e le pendevano sul viso. Si vedeva che era distrutta.

«Ah», disse lui, «Geraldine!»

Era stato un modo idiota di salutarla, ma lei sembrava non essersene nemmeno accorta.

«Pensavo che tu fossi partito», disse.

Fece una risata un po' forzata. «Con la tua macchina? Puoi anche avere una pessima opinione di me, ma lo sai che non sono un ladro. Non ruberei mai una macchina.»

«Dove sei stato?»

Fece un gesto vago con la mano. «Dappertutto. Qui e là. Volevo andare a Leeds per cercarmi un avvocato per discutere con lui della questione, ma poi sono tornato indietro.»

«Ma tu non conosci nessun avvocato a Leeds.»

«Appunto. Avrei voluto cercare un amico a Londra che avrebbe potuto darmi una mano, ma non l'ho trovato. Allora ho pensato che potevo arrangiarmi da solo ma...» Scosse la testa. «Una stupidaggine. Ho perso una mezza giornata. Fa lo stesso. Devo pensare ad altre vie. Magari cercherò un avvocato a Londra. Io... in fin dei conti non ho ancora riflettuto bene su tutto.»

Lei sorrise senza per questo apparire minimamente più felice. «Sei sempre partito dal presupposto che questa Patricia ti avrebbe stretto fra le braccia e ti avrebbe accolto come nuovo parente per poi dividere con te la casa in armonia. Non hai mai preso in considerazione l'altra possibilità. E adesso sei lì che non sai cosa fare.»

«Può essere. Comunque troverò un sistema.»

«Certo. Tanto non ti darai pace finché non l'avrai trovato.»

«Va be'», disse lui e per un momento si guardarono in silenzio, legati dal ricordo degli anni passati e dalla certezza che non avrebbero avuto un futuro insieme.

«Non è cambiato niente quindi», disse Geraldine alla fine. Lui sapeva quello che lei voleva dire e scosse la testa.

«No. Mi dispiace.»

«Non c'è più alcun motivo perché io mi fermi ancora qui», disse Geraldine.

Lui pensava che non c'era mai stato alcun motivo di venire lì con lui, ma naturalmente tacque. «Non credo che possa essere particolarmente interessante per te restare qui in questo nobile ostello. A Londra almeno puoi riprendere a lavorare.»

«Sì.» Di nuovo ricacciò indietro le lacrime, ma sembrava assolutamente determinata a non piangere in presenza di Phillip, e di questo le fu grato. «Allora andrò a preparare la borsa. Forse riesco ancora ad arrivare a Londra in giornata.»

«È chiaro fino a tardi la sera. Penso che non avrai difficoltà a guidare.» Le diede le chiavi. Pensava che stavano ponendo fine alla loro relazione in un modo stupendamente ragionevole, distaccato e amichevole, così come alla televisione o sui giornali viene spesso consigliato da parte di esperti che sembrano così lontani dalla vita reale. Non era questo quello che provavano veramente, certamente non Geraldine. Lei era la vittima. C'è quasi sempre una vittima quando una relazione si disfa; e c'è quello che vuole troncare e va avanti per la sua strada e quello al quale non è dato scegliere. Era chiaro che Geraldine lo avrebbe volentieri schiaffeggiato rinfacciandogli a voce alta gli anni persi a corteggiarlo inutilmente. Un giorno o l'altro sarebbe anche riuscita a farlo. Era sicuro che non sarebbe scomparsa del tutto dalla sua vita. Era il genere di persona che lotta fino all'ultimo prima di arrendersi.

Lei prese la chiave. Phillip notò che aveva le unghie tutte mangiate. Quando si erano conosciuti, lei aveva quel vizio, poi per un certo periodo aveva smesso, per riprendere a tratti, ma mai in modo molto grave. Adesso si poteva vedere di nuovo la carne viva, in alcuni punti addirittura sanguinante. Stava proprio male, ma lui non voleva a nessun costo provare compassione per lei. E ancor meno desiderava farsi venire sensi di colpa nei suoi confronti.

«Allora», disse con un certo imbarazzo.

Lei lo guardò – uno sguardo che lui non comprese – e si voltò. Andando via disse: «Magari ci vediamo qualche volta».

E lui di rimando: «Certo, perché no? Magari a Londra, beviamo qualcosa insieme». Ma non a breve, aggiunse parlando a se stesso.

Lei non rispose, si incamminò sulle scale. Da dietro lui vide le sue spalle alzarsi e abbassarsi rapidamente.

Stava piangendo.

3

Se anche i due giovani agenti – avevano al massimo venticinque anni, pensò Jessica – erano rimasti scettici e diffidenti di fronte alla telefonata che annunciava una strage, una volta giunti a Stanbury House cambiarono repentinamente il loro atteggiamento alla vista della povera Patricia, massacrata nell'abbeveratoio. Uno dei due si sedette per un attimo su una pietra piazzata davanti all'ingresso a scopo decorativo e si passò un paio di volte il fazzoletto sulla fronte, respirando profondamente, prima di richiedere via radio rinforzi e l'intervento urgentissimo di un medico.

L'altro entrò in casa con passo sicuro e trovò Jessica che non era tornata di sopra, ma stava rannicchiata sulla soglia della porta della sala da pranzo, tenendo fra le braccia Sophie, che era ferita molto gravemente. Non aveva osato lasciarla né muoverla, non potendo ovviamente valutare la gravità delle ferite interne. Perciò aveva resistito pregando solo che la polizia arrivasse in fretta.

«Dio mio», disse il poliziotto, «è ancora viva la bambina?»

«Sì. Ma ha delle ferite molto gravi. Pugnalate su tutto il corpo. Dov'è il medico?»

Il poliziotto si voltò verso la porta.

«Veloci, ci vuole immediatamente un medico!» urlò al collega. «C'è una bambina gravissima!»

«Arriva subito!» si sentì urlare da fuori.

Di nuovo si rivolse a Jessica.

«È lei la signora che ha chiamato?»

«Sì.»

«Bene. Bene.» Era chiaramente sopraffatto da tutta quella situazione. «Lei ha parlato di più morti, vero?»

«Là in cucina c'è un uomo morto. E su in mansarda una bambina. Poi c'è anche una donna, viva, ma totalmente sotto shock. Anche lei ha bisogno di un medico.»

«Bene», ripeté lui, «bene.» Si fermò a riflettere. «Adesso vado a vedere ogni cosa. Lei non ha toccato niente?»

«Ho sollevato Patricia. Non sapevo... volevo capire quello che era successo. A Diane ho provato a sentire il polso, è la bambina che è su, morta nel suo letto. Non ho toccato altro. A parte le maniglie delle porte, naturalmente.»

«Ascolti, il medico sarà qui fra un attimo. Riesce a tenere la bambina fino al suo arrivo? Io devo vedere tutta la casa. Qualche indizio magari che l'assassino possa essere ancora qui?»

«Io non ho visto nessuno.»

«D'accordo. Per prima cosa vado in cucina.» Si mosse in direzione della porta della cucina, dietro la quale si vedeva spuntare la mano di Tim. «Devo farmi un quadro generale.»

Lei disse a bassa voce: «Non sono riuscita a trovare mio marito. Io spero che non sia...» Non osò pronunciare la parola terribile.

Il poliziotto cercò di sorridere, ma pareva piuttosto imbarazzato. «Faccia uno sforzo per non pensare al peggio.»

Alla luce di quello che era appena successo la frase suonò per lo meno ingenua.

Alexander lo trovarono nel parco, in una piccola radura. Era seduto su una panchina, con la testa piegata di lato, in modo del tutto innaturale. Gli avevano tagliato la gola con un unico vigoroso colpo, così come era successo a Patricia, Tim e Diane. Era più che probabile che fosse stato assalito da dietro, perché non pareva avesse opposto alcuna resistenza. Solo Sophie era stata aggredita in un modo diverso: l'assassino aveva infierito da davanti sul suo busto, in modo selvaggio e apparentemente incontrollato. Questa circostanza le aveva salvato la vita, almeno per il momento. Era stata portata in elicottero a Leeds e lì, nel reparto di terapia intensiva, stava lottando contro la morte. Le sue condizioni erano molto critiche. Il medico che aveva esaminato i cadaveri non aveva avuto il tempo di guardare le ferite di Sophie, perciò si supponeva che anche lei fosse stata colpita con la stessa arma usata sugli altri, ma si trattava solo di una supposizione. Di sicuro, i morti erano stati tutti massacrati con la stessa arma. Il coltello era stato ritrovato, dopo una breve ricerca, nella veranda sul retro. Un coltello da pescatore. Ce n'erano parecchi di simili in cucina sullo scolapiatti; ne mancava uno, quindi era più che probabile l'ipotesi che l'arma del delitto provenisse dalla casa stessa. Il coltello era fra i vasi dei fiori che Patricia aveva piantato solo qualche ora prima e sembrava che l'assassino – o gli assassini – non avesse minimamente tentato di nasconderlo. I poliziotti che controllavano attentamente casa e parco alla ricerca di impronte digitali l'avevano infilato in un sacchetto di plastica; lo avrebbero poi analizzato.

I primi rilievi furono eseguiti dal sovrintendente Norman, capo del distretto di polizia di Leeds, convocato quando si era capito che il crimine commesso andava ben oltre i casi di routine. A Stanbury e nella zona erano frequenti i pestaggi nei pub, i furti di bestiame o la guida in stato di ebbrezza. Nessuno aveva memoria di fatti più gravi.

Qui invece c'erano quattro morti, quattro persone barbaramente massacrate, e una bambina gravemente ferita e che non si sapeva se sarebbe sopravvissuta. In aggiunta le vittime erano straniere. Restava assolutamente oscuro il movente dell'omicidio plurimo.

Il sovrintendente Norman era piccolo e grasso, aveva due occhi scuri e furbi e due cicatrici sulla guancia destra che facevano apparire un po' irregolare la sua faccia paffuta. Indossava un abito scuro e sudava vistosamente. Aveva la pella lucida per il sudore e i capelli ricci erano incollati sulla fronte. Si sedette in salotto con Jessica. Nella stanza accanto, in sala da pranzo, un medico si stava occupando di Evelin mentre una donna poliziotto tentava di farla parlare. Il medico era riuscito a farla scendere dalle scale, ma Evelin si era mossa come una bambola che non si rende conto di ciò che le succede intorno. Aveva gli occhi sbarrati.

«Una storia incomprensibile», disse Norman, «assolutamente incomprensibile. Pensa di riuscire a ripercorrere con me gli eventi della mattinata, signora... ah», sbirciò sul suo notes, «signora Wahlberg? Se la sente?»

Da venti minuti Jessica sapeva che suo marito era morto. Una giovane poliziotta bionda glielo aveva comunicato con tutto il tatto possibile. Lei non era rimasta molto sorpresa, aveva reagito in modo calmo e controllato. In quel momento aveva la sensazione che il suo cervello non fosse più in grado di capire veramente quello che era successo. Tutto quel suo terribile dramma personale non riusciva ancora a colpirla appieno.

«Va bene. Ce la faccio.»

«Bene. Se non ce la fa più, se ha bisogno di un medico, me lo dica. Non deve essere una tortura per lei, chiaro?»

«Sì.»

«Come prima cosa: se ho capito bene la dichiarazione che lei ha rilasciato all'agente, in vacanza in questa casa c'erano complessivamente nove persone. Di queste, quattro sono state... uccise. Poi c'è la bambina ferita, la donna che non è in grado di parlare e lei. Chi sono i due che mancano?»

«La mia... figliastra. Ricarda. La figlia di mio marito e della sua prima moglie. E...»

«Quanti anni ha la sua figliastra?»

«Quindici.»

Annuì. Lei proseguì: «E Leon. Leon è il marito di Patricia. Cioè il marito della donna che ho... trovato per prima.»

«Quella che l'assassino ha colpito in giardino, davanti alla casa.»

«Sì.»

«Lei sa per caso dove si trovino Ricarda e Leon in questo momento?»

«No. Manca una delle auto noleggiate, forse Leon è andato via con quella. Non so dove però.»

«Capita spesso che se ne vada così, di punto in bianco? Senza dire dove va?»

«Veramente no.» Pensò che il poliziotto non poteva nemmeno supporre quanto fosse azzeccata quella domanda, in relazione all'intreccio di rapporti esistente a Stanbury House: nessuno aveva mai fatto niente senza discuterne con tutti gli altri.

«Però», aggiunse, «magari ne ha parlato con sua moglie. O con qualcun altro. Questo non possiamo più saperlo.»

«Lei ha lasciato la casa questa mattina piuttosto presto, vero?»

«Mi sembra intorno alle dieci.»

Lui si fece un appunto.

«E la sua figliastra? Ricarda. Quando l'ha vista per l'ultima volta?»

«Ieri sera.»

Sollevò le sopracciglia. «Non questa mattina?»

Le sembrava molto complicato dovergli raccontare tutto quello che era successo, per di più sapeva bene che un estraneo avrebbe trovato tutta la faccenda piuttosto assurda. Tuttavia non aveva alcun senso tacere informazioni proprio alla polizia.

«È probabile che Ricarda fosse già scomparsa quando ci siamo alzati tutti quanti questa mattina.» Gli raccontò brevemente tutta la vicenda del diario, senza fare riferimento ai sentimenti di odio che erano emersi, limitandosi invece alla storia d'amore che Ricarda aveva imbastito con un ragazzo della zona.

«Si è innamorata e desiderava passare più tempo possibile con quel ragazzo. A me sembrava una cosa normale. Ma Patricia la pensava diversamente.»

«Patricia Roth», disse pensieroso; «era lei che teneva in mano le redini qui, o sbaglio?»

«Be', in realtà è che... questa casa era sua e...»

«Certo. Ma Ricarda non era sua figlia. Mi sembra veramente esagerato il modo in cui si è immischiata in questa faccenda.»

«Era fatta così», disse Jessica pensando con orrore: stiamo parlando di lei al passato. Un paio di ore fa le ho parlato e adesso dico «era».

«Chi è il ragazzo con il quale esce?»

«Non lo conosciamo.»

Sollevò un sopracciglio. «Ah, no?»

«Ultimamente la situazione si è un po' inasprita... alla fine si è rifiutata di dirci come si chiamava.»

La fissò intensamente con i suoi occhi penetranti. «Quindi questa non era proprio l'allegra combriccola vacanziera che ci si sarebbe potuti immaginare, vero?»

Lei non rispose. Lui sospirò lentamente. «Lei pensa che Ricarda sia dal suo amico adesso?»

«Sì.»

«Dovremo trovarla. Bisognerà che sappia che...» Non terminò la frase.

Che suo padre è morto, pensò Jessica, e per un attimo si sentì mancare; con la mano cercò il bracciolo della poltrona, come un appiglio.

Il viso del sovrintendente era vicinissimo al suo. «Cosa succede? Non sta bene? Devo chiamare il dottore?»

Adesso riusciva di nuovo a vedere bene. «No, grazie. È passato.»

«È impallidita all'improvviso.»

Si passò il dorso della mano sulla fronte. Aveva il viso coperto da una pellicola di sudore. «Io... tutta questa storia...»

La guardò con sincera compassione. «Terribile. Un incubo. La ammiro molto per come riesce a mantenere il controllo.»

Prima o poi non riuscirò più a tirare avanti, pensò lei.

«Lei dice di essere uscita verso le dieci», proseguì Norman, «e a quell'ora di Ricarda non c'era traccia. E il signor Roth – Leon – c'era?»

Ci pensò. «Non sono in grado di dirglielo. Io non l'ho visto quando sono uscita. Se la macchina ci fosse o no... con tutta la buona volontà non lo so proprio. Non ci ho fatto caso.»

«E invece chi è sicura di aver visto quando è uscita?»

Era stata in sala da pranzo a curiosare nelle carte di Kevin McGowan e a un certo punto si era ricordata della sua intenzione di andare a fare una passeggiata. Era andata nell'ingresso...

«Patricia», disse, «c'era Patricia in ingresso quando io sono passata per uscire. Era con Steve. È il giardiniere, che fa qualche lavoro qui nel parco.»

«Come si chiama di cognome Steve?»

Non lo sapeva proprio. Non se lo era mai chiesto. Steve era semplicemente Steve.

A quanto pareva per Norman la cosa non era grave. «Ci informeremo. Quindi questo Steve era venuto per fare qualche lavoro?»

«Penso. Io...» Rivolse lo sguardo alla finestra e alla fine capì cosa c'era di diverso. «Il prato», disse, «il prato dietro casa è stato tagliato. Di sicuro Steve era qui per quello.»

«Controlleremo. Allora, la signora Roth e Steve erano nell'ingresso. C'era qualcun altro?»

Inghiottì. L'ultima volta che l'aveva visto in vita... «Mio marito», disse. «Stava scendendo le scale.»

«Vi siete parlati?»

«Sì. È chiaro.» Non era affatto così chiaro, pensò. Avevano passato la notte separati, per la prima volta da quando si erano sposati. E lei si era sentita molto incerta riguardo al loro futuro insieme. Era sconcertata, scossa, profondamente delusa per come lui si era comportato. In quel momento non c'era stata la possibilità di chiarire le cose. E adesso nessun chiarimento sarebbe stato più possibile.

Piangerò. Prima o poi. Ma non adesso. Assolutamente non adesso.

«Era preoccupato per Ricarda, non sapeva cosa fare. Io gli ho detto che era sicuramente dal suo amico – dopo tutta quella storia della sera prima –, che secondo me doveva lasciarla in pace, quindi che non doveva andare a cercarla. Che lei aveva bisogno di tempo.»

« E poi? » chiese Norman dopo un attimo di silenzio da parte di Jessica.

Le lesse lo sconforto negli occhi, quando gli rispose: « Poi me ne sono andata ».

Norman aveva delle antenne fini. « Era arrabbiata con lui per la faccenda del diario? »

Arrabbiata? « Più che altro ero scossa », disse Jessica, « perché qualcosa dell'immagine che io mi ero fatta di lui era andata in frantumi. E non riuscivo a capacitarmi di questa cosa. Volevo stare da sola. »

« Non c'è stato alcun chiarimento successivo? »

« No. Me ne sono andata e quando sono tornata... » Fece un gesto rassegnato con la mano.

« Ha camminato molto. » Norman fece il conto. « Se lei sostiene che fra il suo arrivo a casa e la sua telefonata alla polizia è trascorsa circa mezz'ora, questo significa che lei è arrivata qui verso le quattordici, e quindi significa che ha camminato quattro ore. »

« Per me non è assolutamente straordinario. Faccio parecchi chilometri ogni giorno. E in più oggi... ero agitata. Volevo riflettere. Volevo calmarmi. Ho camminato senza rendermi conto che fosse passato parecchio tempo. »

« Capisco. » Norman annuì col capo. « Con chi, fra le persone presenti, ha parlato stamattina? Con tutti? »

« No. Solo con Tim. Il signor Burkhard. Stamattina presto. »

« A che ora? »

« Circa alle... poco dopo le otto, direi. »

« E dove è successo? »

« Davanti alla portafinestra del salotto. Io stavo tornando da una passeggiata e... »

« Era già stata a camminare al mattino presto? »

« Sì, prestissimo. Con il mio cane. Non riuscivo a dormire. »

Norman pensò al suo medico che di continuo gli consigliava di muoversi di più, e sospirò. Lui invece odiava camminare.

« Bene. Quindi l'ha incontrato. E? »

« Era un po'... seccato. Nessuno aveva apparecchiato la tavola e preparato la colazione. E poi mi ricordo che cercava certi appunti. No, dovevano essere proprio dei documenti che aveva scritto al computer e poi stampato. Faceva lo psicoterapeuta e durante queste vacanze ha sempre lavorato alla sua tesi di dottorato.»

«Era preoccupato?»

Scrollò le spalle. «In ogni modo stava brontolando, ma io l'ho piantato lì.»

La guardò fisso. «Le stava simpatico il signor Burkhard?»

Perché mai avrebbe dovuto mentire?

«No», disse.

«E perché?»

«Mi sembrava molto insistente. Forse era condizionato dal suo lavoro. Mi analizzava in continuazione e in un certo senso mi veniva troppo vicino. Io non avevo nessuna voglia di raccontare a lui i miei problemi.»

«Perché, lei ha dei problemi?»

«E chi non ne ha?»

«Lei direbbe che il suo matrimonio era sereno?»

«Sì.»

«Che rapporto c'era fra lei e le altre persone in casa?»

Esitò. «Eravamo amici. Ma a volte mi pareva che stessimo un po' l'uno addosso all'altro. Non mancavano i momenti di tensione. Ma in linea di massima andavamo abbastanza d'accordo.»

«Patricia Roth era una sua cara amica?»

«No.»

Il *no* fu molto deciso. Naturalmente Norman non lasciò perdere. «Non le piaceva?»

«La trovavo molto faticosa. Voleva stabilire lei ogni cosa qui e non tollerava che qualcuno intendesse organizzarsi le vacanze a suo piacimento. Questo creava dei problemi. Ma non posso dire che non mi piacesse.»

«Mhm.» Sembrava sconcertato e Jessica pensò che in effetti aveva dei buoni motivi per esserlo.

«È in grado di fare qualche ipotesi su quello che è successo?» gli chiese dopo un attimo di silenzio.

«Mhm», fece lui di nuovo. Jessica aveva l'inquietante sensazione che non fosse del tutto sincero nei suoi confronti.

«Al momento brancolo abbastanza nel buio», le disse. «A essere sincero in tutta la mia carriera nella polizia non mi sono mai trovato di fronte a un atto criminale di questo tipo. Una carneficina simile...» Scosse la testa.

«Dev'essere stato uno squilibrato», disse Jessica, «non c'è alcun altro motivo, mi sembra. A quanto pare non è stato rubato niente. È tutto così senza senso. Due bambine piccole...»

«Quello che appare a noi privo di senso può averne invece molto per qualcun altro», replicò Norman. «Chiunque sia stato l'assassino, lui – o lei – *aveva* un motivo.»

«Ma Dio mio, e quale può essere allora il motivo?»

«Se lo sapessi avrei già preso il colpevole.»

«C'è forse un manicomio da queste parti? O una prigione? Forse qualcuno è evaso e...»

«Signora Wahlberg, non voglio inquietarla. È chiaro che potremmo avere a che fare con un assassino che arriva da fuori. Ma nella mia attività di poliziotto ho fatto sempre questa esperienza: escludendo il classico caso della donna violentata di notte nel parco o dell'omicidio nel garage sotterraneo o simili, alla fine è quasi sempre risultato che l'omicida era da ricercare nella cerchia familiare o degli amici. Molto raramente la vittima viene scelta a caso. C'è sempre una storia pregressa che, fosse stata conosciuta, avrebbe spiegato chiaramente lo sviluppo della tragedia.»

Jessica aveva un nodo alla gola. Avrebbe voluto parlare normalmente ma la sua voce si trasformò in un bisbiglio. «Vuole dire che... è stato uno di noi?»

«Cerco solamente di non farmi condizionare da un'opinione in qualche modo preconcetta. È per questo che in questa fase non ho un'idea. Ma non voglio neanche escludere niente.»

Di nuovo ebbe l'impressione che non fosse del tutto sincero, ma era troppo depressa ed esausta per porre altre domande, e comunque sentiva che lui non le avrebbe dato una risposta chiara. Di colpo si accorse di avere una gran sete e anche un po' di nausea. Desiderava solo essere sola, poter chiudere dietro di sé una porta, sdraiarsi su un lenzuolo fresco. Desiderava solo poter capire cosa fosse successo. Desiderava solo piangere.

«Naturalmente lei non può restare qui in casa», disse Norman. «Ci vorrà un po' di tempo prima che la scientifica termini il suo lavoro e comunque non sappiamo quando, concluso il lavoro, potremo togliere i sigilli. La trasferiremo in un albergo.»

«Vorrei rientrare al più presto in Germania. Mio... mio marito deve essere sepolto là e...»

«Non sarà una cosa tanto rapida.»

Lei si chinò in avanti. Aveva la bocca così secca che le sembrava piena di ovatta.

«Sono incinta. Al terzo mese. Ho bisogno del mio medico. Devo fare dei controlli periodici. Devo rientrare in Germania!»

La guardò con tanta compassione. «Allora non deve assolutamente correre rischi», disse, «ma potrà restare fino al giorno che era previsto, no?»

«Fino alla fine della settimana. Sì. Saremmo rientrati domenica.»

«La ringrazio molto. E poi...» esitò. «È solo la prassi», disse alla fine, «ma ci servono le sue impronte. Anche quelle degli altri. Ripeto, è la prassi.»

Annuì. Non le importava niente. Le bruciavano gli occhi. Ma quando l'avrebbe lasciata finalmente da sola?

Bussarono alla porta, ed entrò la poliziotta bionda, quella che aveva dato a Jessica la notizia della morte di Alexander.

«Credo che adesso sia possibile parlare con la signora Burkhard», gli disse.

Norman si alzò immediatamente. «Arrivo.»

Nello stesso momento nell'ingresso scoppiò un mezzo tumulto. Voci alte, e un poliziotto che gridava: «Lei non può entrare qui a suo piacimento! Deve mostrarmi un documento!»

«Sarò ben autorizzato a entrare ancora in casa mia», disse Leon. Spinse da parte la poliziotta bionda ed entrò in salotto. Fissò Jessica.

«Ma cosa diavolo è successo qui?» domandò. Parlava tedesco. «Cosa vogliono tutti 'sti sbirri qui fuori?»

Lei nascose il viso tra le mani e si voltò.

Lasciò al sovrintendente Norman il compito di dire quello che c'era da dire.

4

La notizia del tragico fatto di sangue a Stanbury House si diffuse fulminea in tutto il paese, e più tardi non sarebbe stato possibile stabilire in quale modo e per quale motivo la novità fosse filtrata così rapidamente. Naturalmente si susseguivano le ipotesi più disparate: non c'erano sopravvissuti, si diceva; si parlava di terribili torture, di sesso in comune, praticato all'interno del gruppo dei tedeschi, e di un raptus di gelosia che doveva essere esploso dopo un'orgia. Si raccontavano cose terribili, e già qualcuno era partito in macchina o a piedi alla volta di Stanbury House, senza poter comunque raggiungere neanche il cancello; la polizia aveva transennato tutta la zona in lungo e in largo. L'atmosfera di Stanbury, che fino a quel momento era stata pacifica, noiosa e idilliaca come in tutte le primavere, era improvvisamente e radicalmente cambiata. Si poteva toccare con mano il male. Ancora non si poteva definirlo esattamente, ancora non aveva un volto preciso. Ma aveva già rovesciato sul piccolo luogo isolato tutto l'orrore che nascondeva in sé, più terribile e spaventoso di quanto chiunque in quella comunità avrebbe potuto anche lontanamente immaginare.

Tutti avevano paura. In quel soleggiato e caldo pomeriggio d'aprile non c'era un solo bambino che giocasse per le strade del paese.

Geraldine venne a sapere del dramma nel negozietto del paese. Era stata in camera sua per ore, si era tormentata con il dubbio se partire veramente, giungendo sempre alla conclusione che non le restava altro da fare se solo voleva ancora conservare un briciolo della sua dignità personale e allo stesso tempo non apparire completamente ridicola anche agli occhi di Phillip. Alla fine aveva preparato la sua borsa, singhiozzando, e aveva comunicato alla reception che in giornata sarebbe dovuta partire per Londra. Si era messa gli occhiali da sole, perché nessuno potesse vedere i suoi occhi che avevano pianto, ma la ragazzina brufolosa dell'albergo l'aveva fissata con una gran curiosità, come se fosse al corrente di tutto e le interessasse solo venire a conoscenza di qualche ulteriore dettaglio.

Alle quattro e mezzo andò al negozietto per comprare qualche bottiglia d'acqua per il viaggio. Non aveva ancora mangiato niente ma non sentiva fame, anzi temeva addirittura che mandare giù qualche cosa le avrebbe provocato il vomito. In albergo faceva fresco, ma constatò con sorpresa che fuori era parecchio caldo. Portava dei pantaloni da jogging grigi e una felpa nera morbida, quindi era sicuramente vestita troppo per la temperatura che c'era. Fatti pochi metri si sentì subito bagnata di sudore ed ebbe la sensazione di avere qualche problema circolatorio; le sembrava che la strada del paese scintillasse davanti ai suoi occhi.

Non le importava. Effettivamente a quel punto niente le importava.

Il negozietto era stracolmo di gente e le era venuta voglia di scappare via. Nel tempo che aveva passato lì aveva avuto modo di capire che il negozio era il punto di ritrovo preferito per scambiarsi chiacchiere e pettegolezzi di ogni tipo; era la norma incontrarvi signore a ciaccolare, sorseggiando una tazza di tè. Ma in questo caso il piccolo locale stava letteralmente traboccando di gente e il tono delle chiacchiere era veramente alto, molto più alto del consueto.

All'apparire di Geraldine sulla soglia, tutti ammutolirono e come rispondendo a un ordine la fissarono; per un attimo temette di essere proprio lei l'argomento delle chiacchiere, ed ebbe la reazione istintiva di scappare via immediatamente. La rendeva ancora più insicura il fatto di sentirsi appiccicosa, sudata e con i capelli sporchi, lì davanti a tutto il paese riunito, protetta solo dagli occhiali da sole, dietro ai quali si nascondevano due occhi orribilmente gonfi e arrossati.

Tuttavia ben presto si capì che nessuno si interessava del suo aspetto né delle sue personali sofferenze.

«Ha già saputo?» chiese la signora Collins, desiderosa di incontrare una persona nuova alla quale raccontare la notizia sensazionale per filo e per segno. «Ha già saputo degli *orribili omicidi* a Stanbury House?»

In effetti non ne sapeva nulla, d'altronde come avrebbe potuto sapere qualcosa di quello che accadeva nel mondo quando aveva passato l'intera giornata seduta in camera a piangere? Più tardi si ricordò che in quel momento era subito scattato un campanello d'allarme dentro di lei, non appena aveva sentito parlare di un delitto a Stanbury House. Qualcosa si era immediatamente risvegliato e l'aveva messa in guardia.

Con la sua domanda diretta la signora Collins si era aggiudicata il diritto di spiattellare davanti a Geraldine tutta la faccenda e lo stava facendo con molta soddisfazione, interrompendosi qua e là per le osservazioni degli altri che intendevano aggiungere qualche dettaglio o osservazione personale. C'era un certo disaccordo riguardo al numero esatto delle vittime. La signora Collins insisteva nel sostenere di aver sentito di almeno due sopravvissuti, mentre sua sorella affermava con assoluta convinzione che tutti i membri del piccolo gruppo di vacanzieri erano caduti vittime del massacro.

«Sembra che ci sia una bambina in ospedale!» gridò qualcuno e un altro si intromise: «Pare che uno sia scappato, e si tratta del principale indiziato!»

«In ogni modo», concluse la signora Collins, «adesso di sicuro la porta di casa la chiudo con due o tre mandate e dopo il tramonto state certi che non vado più in giro, finché non avranno catturato il mostro!»

«Penso alla gente che vive nelle cascine lì in giro», disse una signora anziana che, pur di non perdersi una sola parola, era riuscita a entrare nel negozio nonostante dovesse aiutarsi con un girello per la deambulazione. «Come si sentiranno adesso, senza più la protezione dei vicini, circondati solo da prati e campi!»

Le sue parole furono accompagnate da un mormorio di approvazione.

Senza farsi notare Geraldine si appoggiò allo scaffale dei budini, dello zucchero e delle glasse per torte. «Si sa già chi è il colpevole e perché l'ha fatto?»

Anche a questa domanda seguì naturalmente una serie di teorie e di supposizioni, dalle quali emergeva comunque prepotentemente, incontrando un notevole consenso, la variante del delitto passionale. «Lì tanto ognuno se la intendeva con tutti», disse la signora Collins, «e queste storie non finiscono mai bene!» Qualcuno fece l'ipotesi del pazzo scappato dal manicomio, o quella del delitto rituale perpetrato da adepti di una setta satanica. Neanche una volta, però, fu nominato *Phillip Bowen*, nessuno parlò di un uomo la cui descrizione corrispondesse a lui. A Geraldine parve che la gente fosse piuttosto indifferente alla sua presenza e, poiché in paese già da tempo si sapeva che lei era l'amica o compagna dell'attraente londinese che soggiornava in vacanza al *The Fox and the Lamb*, l'atteggiamento nei suoi confronti sarebbe stato certamente molto diverso se solo ci fosse stato qualche sospetto su Phillip. Nonostante ciò le tremavano le gambe e, al momento di pagare le tre bottiglie di acqua, le tremavano anche le mani. Per fortuna nessuno lo notò, anzi, il tono del vociare si era di nuovo alzato e nessuno più badò a lei.

Corse lungo la strada, con le bottiglie strette a sé, sudando ancora ma senza preoccuparsene affatto. Le girava la testa, ancora più di prima, e una quantità di pensieri confusi e spaventevoli le turbinavano dentro. Non era stata lei stessa a definire Phillip un fanatico? Non lo aveva a volte addirittura temuto quando si era arrabbiato perché nessuno lo capiva e gli veniva incontro? Aveva subordinato qualsiasi cosa al pensiero folle di essere il figlio del defunto Kevin McGowan, aveva creduto che tutta la sua vita futura sarebbe dipesa da quella maledetta casa e dal fatto di potervi entrare e uscire da padrone. Aveva odiato Patricia Roth e non solo perché non gli credeva e rifiutava di mettere in discussione l'eredità di suo nonno, ma anche per il disprezzo con il quale lo aveva trattato. Come se lui fosse un miserabile mendicante che cercava di arraffare qualcosa che non gli apparteneva. L'aveva odiata, ma l'aveva anche forse uccisa?

Però non può aver ucciso anche tutti gli altri, pensò; a quanto pareva erano morti tutti o per lo meno molti, e a tanto non sarebbe mai potuto arrivare. Mai. È nevrotico, matto, è un fanatico, un sognatore senza speranza, ma non è violento, non potrebbe mai esserlo, mai, e io lo amo. Io lo amo infinitamente. Non potrò mai smettere di amarlo.

Stava di nuovo piangendo, per la tensione, la paura e la disperazione della sua situazione senza via d'uscita. Ma perché era successo proprio a lei? Di amare un uomo così disperatamente e di non ricevere niente in cambio del suo amore?

Piangendo entrò nella piccola hall dell'albergo e, inciampando, quasi si scontrò con lui. Era la ripetizione assurda della situazione di mezzogiorno: si urtarono sulla porta del *The Fox and the Lamb* e si spaventarono tutti e due. Solo che questa volta la situazione era rovesciata, lei arrivava da fuori, lui era dentro. Era pallido, tirato, lo si intuiva nonostante la luce fioca. La ragazza curiosa, seduta alla reception, osservava a occhi spalancati.

«Oh, Geraldine, eccoti», disse con nervosismo, «ti stavo aspettando. Posso parlarti?»

Cercò di metterle una mano sul braccio, ma lei si ritrasse irrigidita.

«Veramente sto per partire. Mi sono solo comprata qualcosa per il viaggio.»

Notò le bottiglie che aveva in mano. Sorrise.

«Acqua minerale! Non prendi nient'altro?»

Non aveva voglia di condividere il suo tono leggero.

«Il mio aspetto fisico è il mio capitale. Non avrei mai voluto vivere in questo modo, senza null'altro che il lavoro, ma sembra non mi sia consentito avere una vita privata soddisfacente...»

Questa volta fu lui a voler cambiare discorso. Il suo sorriso si era già spento, sembrava molto nervoso. «Geraldine, è molto importante. Se potessimo parlare una decina di minuti...»

Lei indicò il divanetto nella hall, ma lui scosse la testa. «A quattr'occhi. Andiamo da te o da me?»

La frase familiare e tanto spesso utilizzata non la fece sorridere. «Da me», disse, e uno dietro l'altra salirono per la scala stretta e scricchiolante.

«Geraldine, ho un problema enorme», cominciò lui non appena la porta si chiuse alle sue spalle. «Hai sentito dell'omicidio a Stanbury House?»

La paura attraversò Geraldine come una scossa elettrica, improvvisa e dolorosa. In fondo l'aveva sempre saputo.

Si era innamorata di uno squilibrato, di un killer?

Quando tre quarti d'ora più tardi lui lasciò la stanza, la sua domanda era ancora senza risposta. Naturalmente aveva sostenuto con forza di non aver nulla a che fare con quella tragedia inspiegabile.

«Santo cielo, ma tu cosa pensi di me?» aveva domandato camminando avanti e indietro e continuando a passarsi le mani tra i capelli fino ad averli tutti dritti in testa, a ciuffi. Lei non aveva ancora detto niente, lo aveva solo osservato e lui doveva aver letto nei suoi occhi il dubbio e la paura, perché aveva subito immaginato quali pensieri le attraversassero la mente.

«Ai miei occhi Patricia Roth era una strega ributtante, egocentrica e presa solo da se stessa, ma non per questo l'avrei mai uccisa! Io non ucciderei comunque mai nessuno, sia chiaro! Io sono uno che toglie i lombrichi dalla strada per rimetterli nella terra, sono questo tipo di persona! Non vado mica in giro a compiere massacri!»

«C'è anche Patricia fra gli uccisi?»

«Non ne ho idea. Come faccio a saperlo? Tutto il paese ne parla e ognuno dice una cosa diversa. Qualcuno sostiene che sono morti tutti, qualcun altro che c'è qualche sopravvissuto. Ma nessuno sa con precisione chi sia vivo e chi sia morto.»

«Se qualcuno è ancora vivo», disse Geraldine, «sicuramente racconterà alla polizia delle tue apparizioni alla villa.» Era in mezzo alla stanza e teneva ancora in mano le bottiglie dell'acqua, quasi le servissero come scudo. «Si renderanno conto che tu avresti avuto un movente.»

«Un movente per scatenarmi come un pazzo furioso? Cosa me ne viene dalla morte di Patricia? O di suo marito? O delle sue bambine? Certamente non mi fanno avvicinare di un passo alla mia meta. A me importa solo dimostrare che sono figlio di Kevin McGowan. Patricia non c'entra!»

Per un attimo Geraldine chiuse gli occhi, stanchi e gonfi. Adesso Phillip se ne veniva fuori con queste parole. Eppure non molto tempo prima aveva quasi sfondato la porta di casa di Patricia e aveva sperato in un sostegno che quella donna comunque non avrebbe mai potuto dargli.

«A chiunque era chiaro quanto tu fossi fissato», disse lei, «e quindi chiunque potrebbe pensare che hai agito spinto dall'odio e dal desiderio di vendetta. Come motivo mi sembra più che sufficiente.»

Lui finalmente si fermò e annuì con il capo. «È per questo che sono qui», disse, «ho bisogno del tuo aiuto.»

Lo guardò aspettando che proseguisse.

«Non te li puoi togliere gli occhiali da sole?» le chiese nervoso. «Mi irrita non poterti guardare negli occhi.»

«No», disse lei.

Lui sospirò. «Va bene. Va bene, Geraldine, le cose stanno così: sono nei guai, più di quanto pensi tu. Il fatto è che oggi sono stato là. Sono stato nel parco di Stanbury House.»

In realtà non si spaventò nemmeno. Visto che praticamente ci andava ogni giorno, sarebbe stato quasi più strano se proprio quel giorno ne fosse rimasto lontano.

«Questo non l'hai detto prima», replicò. «Hai detto che volevi andare a Leeds e...»

Lui la interruppe con impazienza. «Sì. Più tardi. Ma prima sono stato lì.»

«Ti ha visto qualcuno?»

«Questa volta non mi sono fermato davanti al cancello. Sono arrivato da dietro nel giardino. E lì ho incontrato una delle donne. La cicciona, quella triste.»

Geraldine scosse la testa. «Tanto non conosco nessuno.»

«Fa lo stesso. Mi sono seduto vicino a lei e abbiamo chiacchierato per un po'. Era piuttosto... strana. Poi è comparso il marito e l'ha chiamata.»

«Ti ha visto anche lui?»

«Non credo. Ma naturalmente lei può avergli raccontato di me. Può aver detto a chiunque che ero stato lì, perciò non sarei tranquillo neanche se lei fosse tra le vittime. Lei o il marito. Potrei evitare di preoccuparmi solo se fossero morti tutti.»

«Se la polizia ti interrogasse io al posto tuo direi subito che sei stato lì. Se non lo dici e loro vengono a saperlo in altro modo, ti rendi ancor più sospetto.»

Lui annuì con aria infelice. «Certo, hai ragione.»

Lei cercava di mantenere un tono distaccato. «E allora cosa vuoi adesso da me?»

Ricominciò ad andare avanti e indietro. «Allora, secondo i miei calcoli doveva essere più o meno mezzogiorno quando ho incontrato la cicciona nel parco. Forse qualche minuto dopo. E secondo me me ne sono andato prima di mezzogiorno e mezzo. Quindi il... massacro deve essere successo più tardi.»

«Questa è una tua supposizione. Ma forse è successo mentre tu eri lì. Forse la cicciona e il marito sono gli unici sopravvissuti. O forse sono stati eliminati più tardi.»

«È possibile, ma non ci credo. C'era un clima così tranquillo intorno alla casa, era immersa nel sole. Non penso che sia possibile non accorgersi del tutto che un pazzo sta ammazzando un sacco di persone. Secondo me è successo tutto dopo che io me n'ero andato.»

«Secondo te! Secondo te... non vuol dire...»

Lui la interruppe pieno di rabbia: «Lo so! Lo so, maledizione, che brancolo nel buio e che le cose per me possono diventare anche peggio di quanto non siano già. Ma da qualche parte devo pur cominciare e posso farlo solo partendo dall'ipotesi che mi sembra più probabile. Quando me ne sono andato c'erano sicuramente due persone vive a Stanbury House: la donna grassa e il marito. E nessun indizio faceva supporre che in quel momento si stesse commettendo o si fosse appena attuato un crimine. Perciò parto dalla supposizione che l'assassino o gli assassini siano entrati in azione più tardi. Dopo mezzogiorno e mezzo, di sicuro».

Cominciava a capire quello che voleva da lei.

«Ti serve un alibi», disse.

«Per le ore dopo le dodici e mezzo, sì.»

Cercò di ricostruire quel momento della giornata.

«A che ora ci siamo incontrati?»

A quanto pareva lui aveva già considerato la cosa. «Erano le due e tre quarti. Sono sicuro, perché ho guardato l'orologio della macchina, quando ho spento il motore.»

«Dove sei stato tra le dodici e mezzo e le due e tre quarti? In fondo sono più di due ore.»

«Te l'ho già detto. Volevo andare a Leeds. Volevo mettermi in contatto con un avvocato.»

«Ma tu non conosci nessun avvocato a Leeds. Non avevi alcun appuntamento. È tutto molto poco... credibile.»

«Lo so. Ma è così. Ero confuso. Mi sono avviato e ho cercato nel frattempo di parlare con un amico a Londra per avere l'indirizzo di un avvocato. Però non mi ha risposto.»

«Anche se ti avesse risposto», disse Geraldine, «non avrebbe certo potuto procurarti un appuntamento così su due piedi. Che idea balzana!»

Phillip sollevò entrambe le braccia, come per arrendersi. «Certo. Ma sai, sono sicuro che è capitato a tutti di trovarsi in una situazione in cui si agisce in modo confuso e senza senso; poi a un certo momento ci si rende conto di quello che si sta facendo – così come è successo a me oggi all'ora di pranzo – e quindi si decide innanzi tutto di mettersi un po' quieti per riflettere sul da farsi. Ma, se si è costretti all'improvviso a dare alla polizia un resoconto di quello che si è fatto in un dato momento, una situazione come questa, che di per sé non ha nulla di strano, diventa di colpo sospetta.»

Quello che raccontava sembrava credibile, tuttavia Geraldine non riusciva a scacciare l'ombra del sospetto. Adesso era certamente nervoso, ma anche ragionevole e riflessivo. Ma lei conosceva anche un'altra faccia di Phillip, che sapeva essere fanatico, irascibile, indifferente a qualunque argomentazione logica. Era possibile che in quegli stati di alterazione fosse capace di un gesto violento?

«Dove sei stato di mattina?» gli domandò.

«Sono andato in giro in macchina, lontano. Prima, in un paesetto abbandonato da Dio ho fatto un brunch in un pub. Poi sono andato a Stanbury House.»

«Non possiamo sostenere di essere stati insieme tutta la mattina», disse Geraldine. «Se ti chiedono il nome del pub e indagano lì, verrà fuori che eri da solo. E anche la cicciona di Stanbury House – ammesso che sia ancora viva – ti ha comunque visto da solo.»

«Ho pensato questo», disse Phillip, «e mi auguro che quadri: tornando dal brunch sono passato a prenderti in albergo. Alle dodici e un quarto circa. Spero che tu a quell'ora non fossi ben visibile in sala da pranzo o in un'altra sala.»

Lei sorrise, a fatica. «Sai che non mangio quasi mai. Sono stata tutto il tempo in camera mia.»

«Ok. Molto bene. Quindi sono venuto a prenderti. Volevamo... parlarci un'ultima volta. Per la nostra separazione...» La guardò aspettandosi una reazione, incerto di come lei avrebbe reagito alla sua idea di utilizzare gli sviluppi drammatici della loro storia per mettere a punto un alibi. Lei non disse niente, e lui naturalmente non poté incrociarne lo sguardo, protetto dagli occhiali da sole.

«Io volevo tornare a Stanbury House», continuò lui alla fine, «come facevo tutti i giorni. Tu eri seccata, secondo te dovrei dimenticarmi e lasciar perdere tutta questa storia. Io ho parcheggiato ben lontano dal cancello, vicino ai resti del vecchio muro di cinta. Lì troveranno anche i segni dei pneumatici. Tu sei rimasta in macchina, non volevi aver nulla a che fare con quella storia. Io sono andato nel parco e ho incontrato la cicciona. Poi sono tornato, dopo una mezz'oretta. Siamo andati un po' in giro, poi ci siamo fermati da qualche parte nei prati, in mezzo alle pecore. E abbiamo parlato. Di noi, del nostro rapporto, di tutto quello che è andato storto.»

«E dove precisamente è successo tutto ciò?» domandò Geraldine.

Lui ci pensò. «Non credo sia molto importante saperlo con precisione. Tu pensi che uno in una situazione simile stia proprio a badare sul ciglio di quale prato si ferma? Dirò che sono partito in direzione di Leeds perché ciò corrisponde alla verità. Da qualche parte, a metà strada, ci siamo resi conto che avremmo dovuto fermarci per poter parlare veramente. Quindi ho piegato in una stradina laterale. Più o meno all'altezza di Sandy Lane. E poi lì abbiamo parlato di tutto quanto.»

«E dopo siamo tornati qui?»

«Arrivando verso le tre meno un quarto. Da quel momento la macchina è stata di nuovo parcheggiata qui, quindi ecco: dobbiamo attenerci a questa ricostruzione.»

«Se qualcuno ti ha visto scendere, quel qualcuno potrebbe però testimoniare che io non ero con te.»

«Allora sei scesa un paio di minuti dopo. Avevamo litigato molto. Tu avevi pianto, non volevi farti vedere...» Si interruppe di nuovo.

Guarda come tutto quadra, pensò Geraldine. Piena di tristezza e di raccapriccio ammirato per il suo sangue freddo.

«La faccenda adesso è questa», disse Phillip: «io ti ho incontrato giù nell'ingresso. Da dove stavi arrivando? Ti ha visto qualcuno?»

Scosse la testa. «Non credo. In realtà volevo solo dire alla receptionist che ero in partenza. Ho suonato un paio di volte, ma non è comparso nessuno. Quando sei entrato tu, stavo per risalire in camera a preparare i bagagli, per poi tornare giù in un altro momento.»

«Bene. Poi siamo saliti insieme in camera, e lì abbiamo parlato ancora...»

Come se tu fossi mai stato disposto a parlare tanto con me!

«Dove sei stato in realtà?» domandò lei.

«In camera mia. Ho cercato di dormire, ma non ci sono riuscito. Un'ora fa circa sono andato un po' in giro in paese e ho sentito del delitto. Allora sono immediatamente tornato indietro e ti ho aspettato. La macchina era ancora qui. Voleva dire che non eri partita.»

«Anch'io ho passato il pomeriggio in camera», disse Geraldine. «Sono scesa solo un attimo a pagare il conto. Poi sono uscita per comprare l'acqua e... va be', il resto lo sai.»

«Sì», disse lui, «il resto lo so.»

Erano in piedi, l'uno di fronte all'altra. In silenzio.

«Mi aiuti?» disse lui alla fine.

«Veramente la mia idea era di partire per Londra.»

«Ti prego!»

«Non ho neanche più la camera.»

«Torna in camera mia. Puoi dire che hai cambiato idea per tentare un'ultima riconciliazione. Ma non mi lasciare solo proprio adesso.»

«Ma ti rendi conto di quello che pretendi da me?»

«Sì.»

Alla fine depose le bottiglie dell'acqua sul tavolino sotto la finestra.

Questo gesto parve come una specie di resa. «Lo farò», disse. «So che è uno sbaglio, ma lo farò lo stesso.»

Si tolse gli occhiali da sole con un gesto brusco e lui vide i suoi occhi gonfi e disperati.

«Merda, merda, merda!» disse lei con un tono rabbioso per lei assolutamente insolito, «alla fine sarò di nuovo io quella che soffre!»

5

Geraldine fu costretta a trasferirsi nella stanza di Phillip, perché la sua era già stata data via nel tardo pomeriggio, e nella piccola pensione non c'erano altre camere libere. Tutte quelle disponibili erano state occupate dalla polizia per alloggiarvi i sopravvissuti del massacro che era avvenuto a Stanbury House all'ora di pranzo: cioè Jessica, Leon ed Evelin.

A Jessica era stata assegnata la ex stanza di Geraldine. Verso le sei di sera vi entrò, e cominciò a sistemare le cose che aveva arraffato senza quasi pensare: un po' di biancheria, calze, qualche T-shirt, pantaloni e maglioni. Il resto lo avrebbe ritirato a Stanbury House prima di partire. Solo ancora un paio di giorni. Non vedeva l'ora di essere di nuovo in Germania.

Per Barney aveva preso una coperta che gli aveva messo in un angolo. Il cagnolino ci si era arrotolato sopra, distrutto dalla stanchezza e adesso dormiva profondamente. L'atmosfera cupa, l'andirivieni della gente, la tensione di quella giornata l'avevano esaurito, erano state emozioni troppo forti per lui. Sembrava rendersi conto che la sua vita non aveva più equilibrio. Sembrava cercare letteralmente rifugio nel sonno.

Anche a Jessica sarebbe piaciuto fare come lui.

Si sentiva stanca morta, ma allo stesso tempo aveva i nervi tesi e questo non le avrebbe permesso di rilassarsi neanche per un secondo. Sentiva la bocca asciutta perché aveva parlato tutto il pomeriggio, prima con il sovrintendente Norman, poi con una poliziotta, poi anche con una psicologa. A tutti aveva fatto lo stesso racconto, le pareva di essere un disco che ogni volta riattacca daccapo la stessa litania. La psicologa si era soprattutto interessata ai rapporti esistenti fra le tre coppie e le bambine, ma a ognuna delle sue domande penetranti Jessica aveva sentito peggiorare il suo mal di testa. Alla fine aveva chiesto un'aspirina ma la situazione non era migliorata affatto, finché aveva dovuto ammettere di non farcela più ad andare avanti.

«Mi dispiace. Ho un mal di testa terribile e comincio a vederci doppio. Faccio fatica a seguire le sue domande. Sono proprio sfinita.»

La psicologa si era mostrata molto comprensiva. «Ma certo. Non mi sorprende. Lei oggi ha vissuto delle esperienze atroci, ed è più che probabile che ancora lei non si renda del tutto conto di quello che è successo. Credo che la cosa migliore per lei sia restare un po' sola.»

«La ringrazio», aveva detto Jessica rifiutando il sonnifero che l'altra le offriva. Era convinta che non l'avrebbe aiutata, e che alla fine avrebbe solo potuto danneggiare il suo bambino.

Avrebbe volentieri parlato con Evelin o Leon, ma non aveva potuto vedere né l'una né l'altro. Evelin era stata trasportata in ospedale, dove avrebbe trascorso la notte; stava meglio, ma era opportuno che restasse sotto controllo medico. Leon era ancora a colloquio con il sovrintendente Norman. Poi, così aveva detto la psicologa, avrebbero portato anche lui in ospedale, perché potesse vedere sua figlia Sophie. La notte l'avrebbe però passata nella stessa pensione di Jessica.

Jessica si domandava come potesse sentirsi Leon. L'avevano fatta uscire dalla stanza prima di comunicargli quello che era successo. Era riuscita però a vedere il suo viso sconcertato e ne aveva sentito la voce.

«Ehi, Jessica, non te ne andare! Ma cosa sta succedendo? Qualcuno mi può dire *cosa sta succedendo*?»

Due poliziotti avevano portato lei e Barney in paese. La notizia che l'avrebbero condotta al *The Fox and the Lamb* doveva essersi diffusa rapidamente – di certo il proprietario aveva fatto correre la voce –, infatti davanti alla pensione si era riunita una discreta folla. Tutti si fecero da parte quando la macchina della polizia si avvicinò, e quando Jessica scese dall'auto calò un silenzio totale. Poi si videro i flash delle macchine fotografiche, e un poliziotto subito si piazzò davanti a lei per farle scudo mentre l'altro cacciava via i fotografi.

«Maledizione», borbottò il poliziotto, «è stata rapida la stampa stavolta!»

Raggiunto finalmente il silenzio avvolgente della sua stanza fece un respiro profondo. Si sdraiò sul letto e ci rimase per un quarto d'ora, sperando di riuscire a distendersi quel tanto che sarebbe bastato per sconfiggere il mal di testa, ma non ci riuscì. Perciò si alzò di nuovo per mettere a posto le sue cose, le impilò con cura meticolosa, come se il riporre con tanto ordine i suoi golf potesse riportare un po' di ordine anche nel suo animo sconvolto.

In fondo alla borsa trovò la foto di Alexander. A casa, in Germania, la teneva sulla scrivania dell'ambulatorio, e se l'era portata con sé anche in Inghilterra per sentirsi più a suo agio nella camera degli ospiti. Adesso era finita qui, in una piccola e misera pensione, dove lei era stata alloggiata perché un incubo aveva sconvolto tutta la sua vita.

L'uomo della foto non c'era più.

Più volte durante quell'eterno e faticoso pomeriggio avrebbe voluto essere finalmente sola per poter piangere. Il dolore era come un tappo dentro di lei, troppo grande e inamovibile, e sentiva che solo le lacrime le avrebbero portato un po' di sollievo. Ma benché adesso fosse sola non riusciva a piangere. Non riusciva nemmeno a farsi sommergere dal dolore, ad assorbirlo con ogni fibra del suo corpo. Era come bloccata, non riusciva ad arrivare al dolore. Per un attimo ebbe la sensazione che ogni cosa si fermasse, che non potesse più respirare, parlare, che il suo cuore smettesse di battere.

«Puoi parlare», si disse per infondersi sicurezza, «puoi respirare. Il tuo cuore funziona regolarmente.»

Ed effettivamente riuscì a rilassarsi un po'. Mise la foto su un tavolino vicino al suo letto.

Ma perché, accidenti, ancora non riesco a piangere?

Bussarono alla porta. Rispose cautamente: «Avanti», ma all'improvviso non era più sicura di voler vedere qualcuno, anche se si fosse trattato di Evelin o Leon; entrò invece una ragazza brufolosa che lavorava in albergo.

«Volevo domandarle se desidera che le porti qualcosa da mangiare in camera», biascicò. Negli occhi le si leggeva una curiosità spasmodica e certamente la sua premura derivava solo dalla voglia di vedere «uno di quelli». «Alla sera c'è un buffet giù in sala da pranzo, ma adesso ci sono un sacco di giornalisti... allora ho pensato che forse non le faceva piacere scendere!»

«Mio Dio, la ringrazio di avermi avvisata», disse Jessica. «Rimango comunque in camera. Ma non desidero mangiare niente.»

«Niente del tutto?»

«No. Niente, grazie.»

La ragazza se ne andò, un po' delusa. Certo le sarebbe piaciuto salire con un vassoio e sfruttare questa seconda opportunità per porre qualche domanda. Jessica si sdraiò sul letto, nel tentativo di alleviare il mal di testa. Ebbe una reazione seccata quando pochi attimi dopo si sentì di nuovo bussare alla porta.

«Ho già detto che non voglio niente!» disse a voce alta.

La porta si aprì leggermente e Leon infilò dentro la testa.

«Jessica?»

Subito si sollevò dal letto. «Ma sei tu! Entra. Come sta Sophie?»

Leon entrò in camera e con cura chiuse dietro di sé la porta. Era un uomo alto e robusto e sembrava riempire tutta la stanza con la sua figura. Ma più ancora che nei giorni precedenti aveva le spalle curve, dava la sensazione di una persona schiacciata a terra da pesi eccessivi. «Improvvisamente invecchiato di anni»: Jessica vedeva in Leon l'incoronazione di questa espressione.

«Siediti», disse indicandogli l'unica sedia della camera. Lei rimase seduta sul letto e lo osservò mentre si avvicinava alla sedia con passo stanco e ci si accasciava sopra.

«È in terapia intensiva», rispose alla domanda di lei, «piena di tubi e fili, collegati con un sacco di apparecchiature. È un esserino, così piccola e magra...» Con la voce spezzata si girò di lato.

«Cosa dice il medico?» domandò Jessica.

Lui scrollò le spalle. «Una speranza c'è. Ma è molto ridotta. Ha perso tantissimo sangue... aveva la milza spappolata, gliel'hanno dovuta togliere...»

«Ma si può vivere bene anche senza milza.»

«Lo so.» Si passò entrambe le mani tra i capelli.

«Mio Dio», disse, «stamattina quando mi sono alzato avevo una famiglia. Una moglie e due figlie. Dodici ore più tardi sono vedovo, una delle mie figlie è morta, l'altra sta lottando per sopravvivere, e i medici non nutrono eccessive speranze per lei. È tutto cambiato... in così poco tempo... in modo troppo improvviso...»

«Sì», disse Jessica, «troppo improvviso. È questo il punto. Troppo. Irreale. Come un orribile incubo.»

«Io mi domando chi può fare una cosa del genere? Chi può pensare di entrare in una casa e massacrare così, come se niente fosse, una mezza dozzina di persone? Chi lo può fare? Dove esiste qualcosa del genere?»

Lui la fissò. Il pallore estremo non toglieva nulla al suo fascino, e lei lo notò, meravigliandosi nel momento stesso in cui ci faceva caso. Dei tre amici era sempre stato il più attraente. L'uomo dal sorriso incantevole, dalla voce profonda, l'uomo che gli sguardi femminili seguivano ovunque fosse. E adesso a tutto ciò si aggiungeva che era l'unico sopravvissuto.

«Oggi ero sdraiato su un prato pieno di fiori», proseguì lui di colpo, «intorno a me tante pecore, sopra di me il cielo blu attraversato qua e là da qualche brandello di nuvola. Avevo dei dolori al cuore che però si sono attenuati lentamente, mentre me ne stavo così sdraiato. Mi immaginavo come sarebbe ricominciare tutto da capo, libero da ogni vincolo. Essere di nuovo come un ragazzo, all'inizio della vita, quando tutte le possibilità sono ancora aperte. Pensavo...» si fermò, probabilmente si vedeva sdraiato sul prato a guardare in cielo e ad aspettare che le angoscianti fitte al cuore si riducessero e si spaventò per i pensieri che in quel momento gli avevano attraversato la testa, «pensavo, se solo non avessi una famiglia... Patricia e le ragazze con tutte le loro esigenze e le loro aspettative e tutti gli obblighi che ho nei loro confronti... capisci, pensavo come sarebbe se all'improvviso loro non ci fossero più state. Ed era un pensiero molto rasserenante, come se mi avessero restituito tanti anni della mia vita, come se avessi avuto all'improvviso la possibilità di ricominciare da capo, una seconda volta... mio Dio, e mentre io pensavo queste cose qualcuno è andato lì e le ha uccise e...» La fissò con occhi disperati, il volto grigio per la tensione. «Non era questo che volevo. Non mi sarei potuto figurare una cosa simile nemmeno nei miei incubi più tremendi e non importa nulla che la mia vita con Patricia fosse ormai... solo una facciata, mai avrei voluto che morisse. Mai avrei voluto che fosse uccisa in questo modo barbaro. E le bambine...» Crollò abbandonandosi senza ritegno ai suoi sensi di colpa, al suo pentimento. «Io volevo bene alle bambine. Le ho sempre amate. Dal giorno della loro nascita. È solo che negli ultimi tempi mi sentivo così sotto pressione. Non riuscivo più a soddisfare i loro desideri, non riuscivo più a corrispondere all'immagine che avevano di me. *Il papà sa tutto, fa tutto, mette a posto tutto!* In realtà il papà stava immerso fino al collo nei problemi...»

«Lo so», disse Jessica, «me l'ha raccontato Evelin.»

Lui sorrise con amarezza. «Sì, è probabile che lo sapessero tutti. Avevo pregato Tim di non dire niente a nessuno ma non potevo certo pretendere che non raccontasse niente a sua moglie.»

«Non so se qualcun altro ne fosse a conoscenza. A posteriori, l'unica cosa che trovavo strana era che Patricia si comportasse sempre come se non avesse avuto il minimo problema. Voglio dire, se anche io continuavo a essere la 'nuova' all'interno del gruppo, voi però eravate amici da anni. Pensavo che parlaste fra voi di problemi del genere! »

« Era fatta così. Mai mostrare una debolezza, assolutamente. E nemmeno tollerarla negli altri. Sono anni che ho enormi problemi economici, ma sai quando ho osato confessarli a mia moglie? Tre giorni fa! Tre giorni fa, la sera del Lunedì dell'Angelo, ho chiamato a raccolta tutto il mio coraggio e ho rivelato a Patricia che sono al verde, che il mio studio non va avanti, che la nostra casa è ipotecata fino al tetto, che non sono in grado di pagare i miei debiti né gli interessi sui prestiti e che mi sono fatto prestare da Tim cinquantamila euro. E sono riuscito a dirglielo perché non avevo più scampo, perché non potevo più nemmeno pagare le ore di equitazione delle mie ragazze e non vedevo più alcuna possibilità di tenere nascosta la situazione! È stata una delle serate più difficili della mia vita. » La guardò, ma con uno sguardo che sembrava passare oltre, senza soffermarsi su di lei, e cambiò tema di colpo. « Se solo Sophie ce la facesse! Signore, fa' che se la cavi! »

Si alzò per avvicinarsi alla finestra. « Ma chi può compiere una cosa del genere? Ma chi, maledizione, può farlo? Con te la polizia ha fatto qualche ipotesi? »

Jessica avvertì di nuovo fortissimo il male alla testa, che per qualche momento prima le aveva dato tregua. « Questo sovrintendente Norman ritiene che si debba indagare all'interno del gruppo. »

« All'interno del gruppo? Pensa che sia stato uno di noi? »

« Non l'ha detto direttamente. Ma sembra prendere in considerazione anche questa ipotesi. »

« Oh, merda », disse Leon. « Ma non ci posso credere! Uno di noi? E chi potrebbe essere? Io, tu o Evelin! Che stupidaggine! »

« E Ricarda. Ricarda è sopravvissuta e per di più è scomparsa. »

« Ma Ricarda è una ragazza di quindici anni! »

« Ma come si sospetta di noi così si può sospettare anche di lei! »

« Questo è vero. Bella roba. Penso di poter dire che sono il primo della lista, no? Sono l'unico uomo sopravvissuto. Ed è più facile che siano sospettati gli uomini per azioni violente come questa. In aggiunta avevo un bel debito con Tim, il matrimonio con mia moglie esisteva ancora solo sulla carta, per quanto riguarda le mie figlie, entro breve non avrei più potuto soddisfare alcuno dei loro desideri materiali. Cosa c'è di più immediato che semplicemente cancellare tutta la famiglia, e con lei anche l'uomo che da settimane mi tiene una pistola puntata alla tempia perché vuole indietro i suoi soldi?»

«Ti dimentichi di Alexander.» Quasi non riusciva a pronunciare il suo nome. «È morto anche Alexander.»

«Non potevo avere un testimone. Evelin mi è sfuggita in qualche modo, tu e Ricarda non c'eravate! Vedi? Tutto quadra!» Si lasciò di nuovo cadere sulla poltrona, ridendo di una risata isterica. «Il signor Norman sarà felice di risolvere il caso così velocemente!»

«Sei stato veramente sul prato tutto il tempo?»

Si piegò in avanti fissandola con durezza. «Ah, quindi tu pensi...»

Lei sentì la rabbia montarle dentro. «Non dire cretinate!» disse secca. «Io non penso proprio niente. Ma sì, hai ragione, il sovrintendente potrebbe ritenere che tu avessi motivi sufficienti e potrebbe metterti sotto torchio, quindi preparati. Immagino che ti abbia già chiesto un alibi, ma posso anche immaginare che le sue domande potrebbero diventare più insistenti e sgradevoli se solo avesse l'ombra di un sospetto nei tuoi confronti.»

«L'ombra di un sospetto! Ma come sei ingenua. Nei confronti di noi tutti c'è già ben di più che l'ombra di un sospetto, se veramente ritiene che l'assassino sia da ricercare all'interno del gruppo. A te ha chiesto dov'eri? Certo. Anche a me. Io ho parlato con il direttore della mia banca, questo è dimostrabile, ma il fatto che mentre gli parlavo mi trovavo a miglia e miglia di distanza da Stanbury è già più difficile da provare. E poi? Poi sono stato effettivamente sdraiato in un prato per ore. Di tanto in tanto mi sono alzato e ho attraversato a piedi nudi un ruscelletto. Ho accarezzato le pecore. Per la prima volta dopo tanti mesi mi sono concesso di prendere le distanze dai miei problemi. Mi sono comportato come se fossi solo al mondo, come se esistessi solo io oltre alle pecore, il prato e il cielo. Avevo delle fitte tremende al cuore che si sono calmate come per magia. Ma per tutto ciò naturalmente non ho un solo maledettissimo testimone. Neanche uno!»

«Leon», cominciò lei, ma lui non la lasciò proseguire. «E tu? Tu cosa gli hai raccontato? Tu sarai stata come al solito in giro a camminare, e nessuno ti avrà vista!»

«È così. Gliel'ho raccontato. Anch'io non posso fare più di così.»

«Tu non ti preoccupi perché non hai alcun motivo, vero? Perché mai avresti dovuto commettere un'azione così orribile? La cara, simpatica Jessica, che aspetta trepidante l'arrivo del suo bambino e non farebbe male neanche a una mosca! La...»

«Maledizione!» Lo guardò con odio, furibonda e offesa. «Piantala di parlarmi in questo modo! Ho perso mio marito. Il mio bambino ha perso suo padre. Non ho nessuna voglia di essere aggredita da te, solo perché non riesci a controllare i tuoi nervi!»

Si calmò immediatamente. «Perdonami», la pregò, «davvero, ti chiedo scusa.»

«Lascia perdere», disse Jessica.

Lui si alzò di nuovo. «Quel Phillip Bowen», disse lui, «tutto il tempo che ho parlato con il sovrintendente Norman, ho avuto in testa un pensiero che non mi era chiaro. Ero troppo scioccato, troppo disperato, ma sapevo di avercelo lì. Già una volta Phillip Bowen è entrato di nascosto in casa nostra. Ha minacciato ripetutamente Patricia. È un fanatico, un pazzo, uno squilibrato. Adesso chiamo Norman e glielo dico immediatamente.»

«Fai attenzione, Leon. Perché mai Phillip Bowen dovrebbe uccidere tante persone?»

«Perché non c'è con la testa! Stammi a sentire, Jessica, sei senz'altro d'accordo con me che quello che è successo a Stanbury House non può che essere opera di uno squilibrato. Bowen è uno squilibrato, che si è costruito un'idea fissa e mostra tutti i tratti di una personalità ossessiva.» Prese il cellulare dalla tasca. «Tu hai di sicuro il numero di Norman, vero? Deve arrestare al più presto Bowen.»

«Leon...»

«Il numero!»

Lei glielo dettò e mentre lui parlava al telefono sprofondò il viso nel cuscino. La federa sapeva di detersivo e in una certa misura questa constatazione la tranquillizzò.

6

Keith rimase molto sorpreso della reazione che Ricarda ebbe alla notizia del massacro di Stanbury House. Non aveva saputo dirle con precisione chi fosse morto e chi no, ma la notizia che ci fossero state molte vittime si era diffusa assai velocemente in paese, arrivando anche alla fattoria isolata nella quale Keith viveva con la sua famiglia; la sorella di Keith ne aveva parlato molto animatamente e Keith, incredulo, aveva telefonato a un paio di amici per chiedere conferma. Sua madre, Gloria Mallory, in verità, non sembrava essersi resa conto di niente. Stava seduta, come tramortita, in cucina, dove quella mattina aveva fatto colazione con un uomo sano, e cercava di accettare la possibilità che forse avrebbe trascorso il resto della sua vita ad accudire un invalido. Nel pomeriggio era passata l'infermiera comunale che aveva offerto il suo aiuto nel caso Greg fosse stato dimesso subito e Gloria non fosse stata in grado di affrontare l'emergenza. Alla fine si era fermata a bere due grappe in salotto con Keith e avevano parlato del terribile fatto di sangue che aveva riempito di orrore e spavento tutta la pacifica vallata di Stanbury.

«Incredibile», aveva continuato a ripetere l'infermiera, «una cosa del genere dalle nostre parti! E per quanto ne so la polizia non ha ancora fermato nessuno! In paese c'è gente che non osa più uscire per strada se non in compagnia!»

Keith, convinto che Ricarda fosse corsa a casa, non riusciva a controllare la sua agitazione. Voleva assolutamente sapere se le era successo qualcosa. Sua sorella sembrò decisamente seccata quando al termine della serata lui disse che doveva uscire ancora per un momento.

«Se pensi di poter lasciare sola la mamma», osservò con durezza e lui le rispose che in fondo c'era lì lei a occuparsi della mamma. Gloria stava ancora seduta in cucina, comunque, e non diceva una parola.

Prima andò a Stanbury House, parcheggiò abbastanza distante dalla casa e fece a piedi l'ultimo tratto. La serata d'aprile era chiara e tiepida e così tranquilla che non sembrava nemmeno possibile pensare a un evento così agghiacciante.

Già a un centinaio di metri dal cancello notò un discreto assembramento di persone e le transenne poste per delimitare la zona inaccessibile. C'erano parecchie macchine della polizia e tanti poliziotti, e vide anche dei segugi che venivano condotti lungo le mura di cinta della proprietà in mezzo ai cespugli. Keith si convinse subito che non sarebbe mai riuscito a raggiungere la casa e non osò nemmeno domandare notizie di Ricarda a uno dei poliziotti, che gli sembravano tutti nervosi e impazienti. Sempre più preoccupato e spaventato andò poi alla cascina abbandonata, che era la sua seconda casa, perché era quello l'unico posto dove pensava di poter trovare Ricarda. E infatti. Avrebbe urlato dalla gioia, quando la trovò là, rannicchiata sul divano, con le gambe strette al corpo, avvolta in una coperta, con il viso ancora bagnato di lacrime. Lui si sedette vicino a lei, la abbracciò e tenendola stretta cominciò a cullarla, raccontandole di sua madre e di quanto fosse sotto shock, e le disse che gli spiaceva tanto che il loro progetto di una nuova vita insieme a Londra non fosse riuscito.

«Ma questo non significa che un giorno o l'altro non accadrà. Ma non ora, capisci? Non posso abbandonare la mamma. Per prima cosa bisognerà vedere cosa fare della fattoria. Non riesco a immaginare che mia sorella possa riuscire a farcela da sola. È successo tutto... troppo in fretta. Dobbiamo trovare il modo per andare avanti.»

Lei annuì. Le domandò se aveva mangiato qualcosa dopo la sosta alla stazione di servizio alla mattina, e questa volta fu lei a scuotere la testa. Come al solito nel fienile non c'era assolutamente nulla. Si arrabbiò con se stesso per non averci pensato, per non aver preso almeno un po' di frutta, ma allora aveva addirittura temuto che lei non fosse più in vita. In ogni modo, il problema del cibo era risolvibile. Sarebbe stato sicuramente molto più difficile raccontarle quello che era successo a Stanbury House.

Si avvicinò con una tale circospezione all'argomento che lei per un attimo non capì nemmeno cosa intendesse dire e, quando finalmente tutto le fu chiaro, il suo viso rimase assolutamente immobile, chiuso in un'espressione caparbia e offesa.

«Quindi un pazzo è andato lì a fare un massacro? Sai se Patricia è morta?»

Non sembrava che questa eventualità la turbasse più di tanto. Lui scosse la testa. «Non ne ho idea. Non c'è ancora una dichiarazione ufficiale della polizia alla stampa, e come sempre in questi casi ognuno in paese racconta le cose in modo diverso. È possibile anche che ci sia un solo morto, e che tutto il resto sia frutto delle esagerazioni.»

Un solo morto... Un'osservazione che suonava assurda anche alle sue orecchie.

«Allora, spero che quel morto sia Patricia», dichiarò Ricarda e Keith la fissò con orrore. Ma si rendeva conto di quello che stava dicendo? Le era chiaro quello che era successo?

Non vuole nessuno vicino, pensò lui, si è completamente estraniata.

Quel suo stato lo preoccupava, ma non sapeva cosa avrebbe potuto fare per aiutarla.

«Sai», disse dopo un attimo, «non dovresti restare qui. In casa vostra in questo momento non si può entrare, ma potrei cercare di scoprire dove hanno portato i tuoi. Così potresti raggiungerli.»

Lei scosse la testa.

«Certamente tuo padre si sta preoccupando molto per te», cercò di convincerla Keith.

«Ma non sai nemmeno se mio padre è ancora vivo», disse Ricarda. A quanto pareva aveva intuito qualcosa, voleva però mantenere un certo distacco da tutte le ipotesi più tragiche che si potevano costruire basandosi sulle chiacchiere sentite in giro. Anche quando parlava di suo padre il suo viso non mutava.

«È sicuramente vivo», disse Keith, benché non ne fosse affatto convinto, «perciò penso che dovresti...»

«No.» Lo disse con una fermezza che non aveva mai sentito prima in lei. «Io non torno da loro. Mai più.»

«Ascolta bene!» Keith era quasi seccato. «È successo qualcosa di veramente brutto! Io non so niente di preciso, ma a quanto pare un malato di mente ha tagliato la gola a un paio di persone e poi se l'è data a gambe. Per quanto tu possa avercela con loro, il tuo posto adesso è là!»

«Io non ho più niente a che fare con loro.»

«Non puoi mica star qui seduta in questo fienile!»

Lei non rispose.

«Da me non puoi venire. Mia madre è completamente sfasata, non posso portarle in casa da un momento all'altro una persona che per lei è una perfetta sconosciuta. Lo capisci, no?»

Lei sorrise, molto ironica. «Certo. Certo che capisco. Capisco che a te non importa niente della nostra storia, già da un po'.»

«Stupidaggini. Lo sai che non è vero! Ma, maledizione, mio padre è in una specie di coma e nessuno sa come sarà al suo risveglio. Non posso mica fare come se non fosse successo niente!»

La guardò, ma gli parve che lei volesse dirgli che avrebbe proprio dovuto fare come se non fosse successo niente. In quel momento capì che fra loro due era senz'altro lei che compiva le scelte più drastiche. Lei aveva rotto con la sua famiglia, per lo meno con suo padre e con la sua matrigna, e in modo così definitivo da non recedere nella sua decisione nemmeno in una situazione così drammatica. Lui, invece, non aveva avuto alcun dubbio su quale fosse il suo compito in un momento di crisi come quello.

«Devi mangiare qualcosa», disse nel tono più pacato possibile, «e devi anche bere. Devi farti una doccia, cambiarti. Tutte queste cose. Cosa vuoi fare in questo fienile?»

«Indietro non ci torno», queste furono le sue parole.

«Io non posso restare qui.»

«Lo so.»

Keith sospirò. Non riusciva a stabilire un contatto con Ricarda. Si era completamente chiusa in se stessa.

Dovevano essere le nove circa. Aveva ancora al massimo una mezz'oretta, poi sarebbe dovuto andare a casa. Sua sorella era comunque già seccata con lui. Era a casa con Gloria, che aveva un comportamento simile a quello di Ricarda, cioè non partecipava agli eventi che le accadevano intorno, e intanto sicuramente lo stava maledicendo, certa che lui se la stesse spassando da qualche parte e volesse venir meno ai suoi obblighi. Keith ci teneva molto a Ricarda ma in quel momento si augurò di potersi liberare da quella responsabilità. Maledizione, quella giornata non aveva portato altro che fatti spiacevoli.

E intanto stava seduto lì, tenendola fra le braccia, mentre fuori continuava a diventare buio.

Sarebbe stata una notte scura e piena di stelle.

7

Nel corso della mattinata successiva due poliziotti portarono Evelin al *The Fox and the Lamb*. Nel frattempo il sovrintendente Norman era stato da Jessica e le aveva posto alcune domande su Phillip Bowen.

«Ieri sera il signor Roth ci ha fornito un'indicazione molto interessante», disse Norman. «Strano che durante il nostro colloquio a lei non sia venuto in mente il signor Bowen, che a quanto pare ha fatto delle apparizioni piuttosto irruenti a Stanbury House.»

Jessica non aveva chiuso occhio per tutta la notte, e come il giorno prima era afflitta da un violento mal di testa. A colazione aveva inghiottito solo due aspirine. Aveva la nausea e quella mattina Norman le sembrava aggressivo e insistente, assolutamente sgradevole.

«Anche Leon se ne è ricordato solo dopo il colloquio con lei», rispose.

Norman annuì, pareva però ugualmente poco convinto, come se il fatto che Jessica si fosse dimenticata di Phillip fosse più significativo del fatto che se ne fosse dimenticato Leon.

«Fra l'altro il signor Bowen è casualmente ospite di questo albergo», disse. «Sono già stato da lui, ma era ancora a letto. Si sta preparando. Ho una serie di domande da rivolgergli.»

«Non penso che Bowen possa essere una ricca fonte di notizie per lei», replicò Jessica.

Norman la guardò con una certa curiosità. «Ah, no? E come mai lo pensa?»

«Non aveva nulla a che fare con la natura dei rapporti interpersonali che determinavano la nostra convivenza e dai quali lei, se non erro, pensa possa originarsi il vero movente. Inoltre non c'è alcuna ragione che potrebbe averlo spinto ad assalire uno qualunque di noi, figuriamoci poi addirittura cinque persone. E anche la terza ipotesi, quella del malato di mente, è da scartare. Phillip Bowen non è matto.»

«Ma guarda un po' come possono essere differenti le valutazioni», disse Norman. «Il signor Roth invece ci ha descritto Bowen proprio in questi termini: come un matto posseduto dall'idea assurda di essere il figlio illegittimo del famoso giornalista televisivo Kevin McGowan. E quindi convinto di avere dei diritti sull'eredità di Stanbury House. A quanto pare avrebbe anche infastidito non solo la signora Roth, ma anche altri componenti del gruppo, più volte e insistentemente. A ciò si aggiunge che prima del vostro arrivo è penetrato in casa e ha ispezionato tutte le stanze con grande attenzione.»

«*Penetrato* non è la parola giusta», lo corresse Jessica. «L'ha fatto entrare la donna delle pulizie, la signora Collins.»

«Immagino che lui avrà usato dei modi molto fermi per obbligarla a farlo. O no?»

Jessica tacque. Norman annuì. «Guardi, questo racconto mi fa pensare che Bowen sia per lo meno un po' svitato. Ma questo non significa affatto che abbia già deciso che l'assassino è lui, come invece fa il signor Roth, per il quale non vi è il minimo dubbio. Siamo solo all'inizio degli interrogatori.»

Il colloquio era avvenuto nella camera di Jessica e, dopo essersi voltato per uscire, Norman si fermò ancora un attimo sulla porta.

«Ieri sera molto tardi sono stato ancora una volta a Leeds, all'ospedale, dalla signora Burkhard. Evelin Burkhard. Ho scoperto un altro dettaglio interessante.»

Lei lo fissò.

«Ieri all'ora di pranzo la signora Burkhard ha incontrato nel parco di Stanbury il signor Bowen», proseguì Norman, «il quale doveva essere lì per uno dei suoi soliti giri. Secondo lei l'incontro è avvenuto verso le dodici. Dopo circa venti minuti è andata a casa, perché suo marito l'ha chiamata. Secondo le informazioni che ci ha passato il nostro medico, gli omicidi sono stati commessi fra le dodici e mezzo e le due e mezzo. Se Bowen non ha un alibi per quel periodo di tempo, lo vedo male.» Chinò il capo. «Può essere che più tardi abbia ancora qualche domanda da rivolgerle. Lei resta in albergo, no?»

Era già uscito quando Jessica si domandò se si trattasse di una domanda o un ordine.

Una mezz'oretta più tardi arrivò Evelin.

Bevvero il tè. Come in ogni stanza degli ospiti in Inghilterra anche nelle camere del *The Fox and the Lamb* c'erano un bollitore, un cestino con tante bustine di tè differenti, zucchero e latte in polvere. A Jessica era sempre piaciuta quest'usanza, ma mai come in quel momento la apprezzò: per bere qualcosa non era necessario scendere al bar, e quindi correre il rischio di incappare in un giornalista.

Evelin indossava uno dei suoi vestiti a sacco e aveva uno scialle intorno al collo che le conferiva un'aria piuttosto drammatica. Era molto pallida, ma complessivamente non aveva un aspetto diverso dal solito: sembrava un coniglio spaventato. Però non aveva più quella fissità nello sguardo, quella vacuità che Jessica aveva notato trovandola nel bagno della mansarda. Benché nella stanza non facesse freddo teneva entrambe le mani strette intorno alla tazza, come per scaldarle.

«I poliziotti sono stati tutti molto gentili con me», disse, «e anche la psicologa che mi ha parlato, e il medico dell'ospedale. Faccio tanta fatica a rispondere a tutti in modo giusto. In un certo senso mi manca un pezzo di memoria. Vedo solo sangue e un sacco di morti, poi solo il nulla, poi sono nella sala da pranzo di Stanbury House, ci sono un medico e una poliziotta, e poi la psicologa. Sono tutti gentili con me... c'è voluto parecchio tempo prima che mi rendessi di nuovo conto di quello che era successo.»

«Prima dell'arrivo della polizia stavi rannicchiata nel bagno di fianco alle stanze delle ragazze», disse Jessica. «Io ti ho trovata lì. Dopo aver...»

Non terminò la frase ma Evelin la fissò attentamente. «Sì?» domandò.

«Dopo aver trovato Patricia. E... e Tim. E Diane...»

Ammutolirono entrambe. Jessica bevve un lungo sorso del suo tè. Era bollente e molto dolce, in un certo senso la consolava.

Evelin si grattò la fronte. «Non hai anche tu la sensazione che da un momento all'altro ti sveglierai da un brutto sogno?»

«Sì. Non riesco a credere che tutto questo sia successo veramente. È talmente... incredibile.»

«Prima ho trovato Patricia», disse Evelin di getto, «le ho anche rivolto la parola. Era lì accucciata in uno strano modo, ma al momento non me ne sono resa conto. Le ho chiesto se non aveva caldo a lavorare in pieno sole, e quando lei non mi ha risposto ho pensato che non mi avesse sentito. Mi sono avvicinata e le ho parlato di nuovo e lei non ha risposto, allora di colpo ho pensato che era in una posizione molto strana ed era anche immobile... sì, e poi ho visto che aveva la faccia nella terra e che... lo sai. L'hai visto anche tu.»

«Sì», disse Jessica. Per un attimo sentì ancora più intensa la nausea che la stava tormentando già dal mattino. L'aveva assalita come un'ondata costringendola a deglutire con grande fatica. «Sì. L'ho visto anch'io.»

«Sono corsa in casa. In quel momento non credo nemmeno di aver pensato a chiamare la polizia o l'ambulanza. Volevo solo scappare. Non volevo più vederla. Sono corsa in cucina...» Si fermò sorridendo con una smorfia di dolore. «Tipico, no? Anche in una situazione come questa io vado a finire dritta in cucina.» Il suo sorriso si spense immediatamente, così come era venuto. «Lì c'era Tim. Ho capito subito che era morto. Tutt'intorno era pieno di sangue. Sono caduta in ginocchio, l'ho tenuto fra le braccia. Non so per quanto tempo sono stata lì così, un'eternità o forse solo un minuto. Mi sono alzata e sono uscita dalla cucina e poi sono corsa verso le scale...» I suoi occhi si fecero severi. «Volevo cercare le ragazze... D'improvviso mi era venuta una gran paura per loro... sì, credo che fosse così. Di sopra c'era Diane ed era morta, e questa è l'ultima immagine che riesco a ricordare. Diane nel suo letto, piegata su un libro, di sicuro uno dei suoi libri sui cavalli, di quelli che leggeva sempre... quel povero corpicino... Da quel momento», scosse la testa rassegnata, «da quel momento è il buio...»

«Ti sei chiusa in te stessa. È assolutamente normale in situazioni come questa.»

«Il sovrintendente Norman ha insistito tanto. Io sono l'unica che era presente e... che è sopravvissuta. Naturalmente lui spera che io abbia visto qualcuno, che abbia capito qualcosa... Ma, anche con tutta la buona volontà, non mi viene in mente niente!»

«Qualcosa ti è venuto in mente», disse Jessica, «per lo meno così ha detto Norman. Ti è venuto in mente che poco prima che avvenissero i delitti eri in giardino insieme a Phillip Bowen.»

Il suo viso sembrava piccolo e contratto. «Sì. Spero di non avergli creato delle difficoltà in questo modo.»

Jessica non volle sottolineare il fatto che sicuramente gli aveva creato dei problemi. Ma d'altro canto era chiaro che aveva fatto bene a non nascondere a Norman quelle informazioni.

«Sai», proseguì Evelin, «non credo che abbia niente a che fare con... questa storia. Mi è sempre sembrato un tipo strano, ma quando ci siamo trovati a parlare nel parco mi è parso così... comprensivo, così gentile. Non riesco a immaginare che possa fare del male a qualcuno.»

«Anch'io», disse Jessica, «e penso che essendo innocente non ha nulla da temere.» In realtà non era affatto convinta di questa affermazione, ma non voleva, per quanto possibile, angosciare Evelin, né se stessa.

«Dove eri stata prima di trovare Patricia?» domandò. «Voglio dire dopo aver lasciato Phillip? Norman sostiene che Tim ti avesse cercata...»

Evelin inghiottì. Impallidì ancora di più. «Tim era molto... arrabbiato. Non riusciva a trovare certi documenti. Era convinto che io potessi saperne qualcosa.»

«E perché avresti dovuto?»

Evelin scrollò le spalle. «Penso semplicemente che fosse alla ricerca di un capro espiatorio. Era tutta mattina che cercava quelle carte e per non so quale motivo temeva che qualcun altro potesse trovarle. Mi ha detto che le aveva viste l'ultima volta sul tavolo in camera nostra, quindi dovevo essere stata per forza io a imboscarle da qualche parte, mettendo in ordine. Mi ha fatto una scenata e abbiamo avuto una lite furibonda. Io gli ho detto che non c'entravo niente ma non mi è stato neanche a sentire. Ho cominciato a piangere e sono corsa fuori di casa, più in fretta che potevo.» Con il capo fece un cenno al suo piede. «Mi fa ancora molto male. Penso di aver avuto un'aria abbastanza ridicola, mentre zoppicavo là nel bosco... come una talpa grassa e senza una zampa!»

«Ma non buttarti sempre giù. Avrai semplicemente avuto l'aria di una donna che si è fatta male a un piede!»

«Non fa niente. Stavo piangendo a dirotto, e solo dopo un bel po' sono tornata indietro. Ho pensato di rientrare per aiutarlo a cercare. Ho pensato che sarebbe stato meglio che litigare. Ma poi... ho visto Patricia e...» fece un gesto rassegnato con la mano, «il resto lo conosci.»

«Hai visto da qualche parte Phillip, mentre eri nel parco dopo la lite?»

«Anche Norman me lo ha chiesto per prima cosa. No, non l'ho visto. Comunque ero anche in un altro punto rispetto a dove l'avevo incontrato.»

«Hai visto Alexander?»

«No.»

«Allora dev'essere successo tutto in un lasso di tempo piuttosto breve», disse Jessica, «cioè fra la vostra lite e il tuo ritorno in casa.»

«Sì, però, come ti ho già detto, io sono stata seduta sotto gli alberi a piangere per un certo tempo. Può essere che siano trascorsi almeno tre quarti d'ora. Naturalmente non lo so con precisione.» La guardò negli occhi. «Tu pensi che il sovrintendente Norman arresterà Phillip Bowen?»

«Penso che comunque», disse Jessica, «proprio quel giorno Phillip avrebbe fatto molto meglio a non venire a Stanbury House.»

Si alzò, si avvicinò alla finestra e guardò fuori. Era una bella giornata primaverile.

«Che stupido», disse inquieta.

Era quello il ragazzo a causa del quale Patricia aveva inscenato tutta la commedia! Leon non avrebbe mai voluto, per nessuna ragione, dire una cattiveria riguardo alla sua defunta moglie, ma era stata sicuramente sempre molto abile a seminare zizzania, questo bisognava riconoscerlo. Giù nell'ingresso aveva trovato ad aspettarlo un ragazzone alto e piuttosto sottile, simpatico, gentile. Leon era sceso, molto sospettoso, quasi pronto a trovarsi di fronte un giornalista. La ragazza della reception aveva bussato alla sua porta e gli aveva detto che c'era una persona per lui e lui aveva subito risposto che non avrebbe parlato con nessun giornalista.

«No, non credo che sia un giornalista. Dice che è una cosa importante. Si tratta di qualcuno di famiglia.»

Ma quale famiglia? Aveva pensato con una punta di cinismo e allo stesso tempo di disperazione, l'unica persona della mia famiglia che ancora sopravvive è in un ospedale a lottare contro la morte.

Era sceso lo stesso e si era trovato di fronte un giovanotto magro, che si era presentato come Keith Mallory e aveva detto di essere il fidanzato di Ricarda.

Leon gli aveva immediatamente detto che Ricarda non era fra le vittime del massacro, perché era convinto che Keith fosse venuto per avere notizie. Ma aveva poi capito che Keith lo sapeva già.

«So dov'è», spiegò, «e penso che qualcuno dovrebbe occuparsi di lei. Io non ci riesco, non vuole starmi a sentire.»

«In effetti se ne dovrebbe occupare Jessica Wahlberg», disse Leon.

Keith lo guardò. «Jessica è fra i vivi? E...»

Leon capì quello che stava per chiedergli. «No. Alexander Wahlberg è morto.»

«Oh, merda», mormorò Keith. Guardò Leon con occhi supplichevoli. «Sta là in un fienile, in una cascina abbandonata, e non si riesce a parlarle.

Non mangia, non beve. Non reagisce quasi più. Io non posso fare niente per lei. Mio... mio padre ha appena avuto un ictus, è grave, non sappiamo come andrà a finire, mia madre è sconvolta, e mia sorella non vuole occuparsi da sola di tutto quanto. In questo momento non mi è assolutamente possibile allontanarmi da casa.»

«Capisco», disse Leon. Keith gli stava veramente simpatico. «Ne parlerò con Jessica. Mi potrebbe solo spiegare la strada per la cascina?»

Due minuti dopo era già informato sul luogo dove si trovava Ricarda. Una Ricarda che il suo amico aveva descritto come completamente chiusa in se stessa, come una persona che non mangia, non beve, non reagisce a nulla. Mentre saliva le scale per informare Jessica, a Leon erano venute in mente le frasi del diario di Ricarda che Patricia aveva letto la sera precedente alla sua morte. Era vero che a Patricia piaceva esagerare un po', ma per quel che concerneva questi appunti si era certamente tenuta ai fatti reali. Decisamente spaventosi, a giudicare da quello che era successo dopo. Rifletté se fosse il caso di informarne il sovrintendente Norman. Questo avrebbe forse significato tradire Alexander, l'amico morto? Oppure sarebbe stata una misura necessaria alla luce dell'immane tragedia accaduta?

Nel momento in cui bussò alla porta di Jessica, nella sua testa non era ancora giunto a una soluzione del problema. Decise quindi che l'avrebbe lasciato risolvere a lei, nella sua veste di matrigna.

8

In quella giornata si susseguirono vari ribaltamenti di scena.

Il sovrintendente Norman non interrogò Phillip Bowen, come in precedenza concordato, al *The Fox and the Lamb*, ma lo condusse con sé, insieme a Geraldine, al distretto di polizia di Leeds. Nel frattempo la piccola locanda di Stanbury era stata letteralmente presa d'assalto dai giornalisti, e nel momento in cui Phillip e Geraldine venivano guidati alla macchina si videro lampeggiare insistentemente i flash delle macchine fotografiche. Già da un po' alcuni cronisti curiosi si erano intrattenuti con la signora Collins, che non stava in sé per la soddisfazione di sentirsi così importante. Avevano così appreso il nome di Phillip e anche il fatto che due settimane prima era riuscito a penetrare a Stanbury House, ricorrendo all'inganno, e ne aveva ampiamente esplorato tutto l'interno. Per la stampa l'assassino era certamente lui, ci si interrogava con grande curiosità solo sul motivo che lo avesse spinto a quel gesto. Nel frattempo si erano diffuse anche informazioni sull'identità della sua accompagnatrice decisamente affascinante.

Più tardi nel corso della giornata Norman letteralmente si infuriò leggendo i giornali. Solo qualcuno del personale del *The Fox and the Lamb* poteva aver parlato: del resto cosa si può mai fare contro la voglia di spettegolare della gente? Sulle prime pagine dei quotidiani popolari del giorno dopo Geraldine Roselaugh venne descritta come una *famosa fotomodella*, e nessuno si curò del fatto che mai si fosse sentita nominare in precedenza. Si sapeva anche già che fra lei e Phillip Bowen – sui retroscena della vita privata e lavorativa del quale i giornalisti nella fretta non erano riusciti a imbastire niente – c'era stato qualche problema; la Roselaugh aveva addirittura lasciato la camera comune e aveva deciso di partire per Londra. All'ultimo momento era però sopraggiunta una pacificazione nella coppia.

È forse un terribile delitto a unire nuovamente i due? si domandava il

Sun il giorno successivo, mentre il *Daily Mirror* poneva il quesito: *Complice per passione?* senza poter immaginare quanto la sua teoria di una dipendenza che sembrava legare Geraldine Roselaugh («*una donna stupenda, che ha sempre avuto una grande sfortuna con gli uomini*») a Phillip Bowen fosse vicina alla realtà della loro drammatica relazione. I fatti presero poi sviluppi così veloci che i titoli del giorno successivo erano già superati nel momento in cui venivano stampati.

Mentre Phillip e Geraldine venivano condotti a Leeds, un poliziotto accompagnò Jessica alla cascina abbandonata dove, secondo quanto detto da Keith, doveva trovarsi Ricarda. Jessica riuscì a lasciare l'albergo senza essere vista, attraverso una porta sul retro e probabilmente grazie anche al fatto che tutti i giornalisti e fotografi erano concentrati all'ingresso dell'hotel, dal quale quasi contemporaneamente stavano uscendo Phillip e Geraldine.

Jessica trovò Ricarda in condizioni pietose, con le mani gelate, tremante per la fame e la sete e assolutamente non disposta a parlare. Venne portata in albergo, anche lei attraverso la porta sul retro, fortunatamente non vista da nessuno. Di nuovo chiamarono un medico, il quale diede l'autorizzazione, due ore dopo e non senza una certa riluttanza, a una donna sergente affinché interrogasse Ricarda. Jessica si offrì di assistere all'interrogatorio, ma per la prima volta Ricarda sollevò la testa e aprì bocca.

«No!»

Il suo odio nei confronti della matrigna mai amata non sembrava per nulla attenuato. Jessica aveva la sensazione che Ricarda avrebbe cercato da lei aiuto e sostegno solo se proprio non le fosse rimasto niente altro.

Sia come sia, pensò affranta.

Leon andò a Leeds, all'ospedale, a trovare Sophie. Aveva notato con piacere che Phillip Bowen e la sua amica erano stati «portati via», come diceva lui. Non aveva il benché minimo dubbio riguardo alla colpevolezza di Bowen.

Le ore passavano con una lentezza estenuante. La giornata, plumbea, pareva interminabile. A Jessica parve ancora più angosciante della giornata precedente, e questo poteva dipendere dal fatto che lentamente lo shock si stava esaurendo e incominciava ad apparire evidente quello che era veramente successo. A ciò si aggiungeva il fatto che l'essere rinchiusa le pesava molto. Fuori non c'era una nuvola in cielo e quando apriva la finestra entrava un'aria quasi estiva. Le mancavano le passeggiate, il movimento, avrebbe voluto stare seduta nell'erba tiepida e sentire il profumo dei meli in fiore. Ma non avrebbe mai potuto lasciare la casa senza trovarsi dietro un codazzo di giornalisti. Le parve già un successo il fatto di riuscire a far correre Barney in giardino per un quarto d'ora, per consentirgli almeno di fare i suoi bisogni, senza che nessuno la vedesse.

Evelin si ritirò in camera sua e si mise a dormire. La poliziotta che aveva parlato con Ricarda salì da Jessica e le raccontò che il colloquio con la ragazza non aveva praticamente portato ad alcun risultato.

«Tuttavia non ho la sensazione che sia sotto shock, come lo era ieri la signora Burkhard», disse. «Ho invece l'impressione che semplicemente non voglia parlare di niente che abbia a che fare con Stanbury House e i suoi abitanti. Come se... avesse rotto i rapporti con la famiglia e le persone che vivevano là. Secondo lei è possibile?» Di nuovo prese in mano i suoi appunti, aggrottando la fronte. «Lei non è la mamma, vero?»

«No. Io e suo padre ci siamo sposati circa un anno fa. Lei vive con la prima moglie di mio marito, ma trascorre regolarmente periodi di vacanza con noi.»

«E com'è il vostro rapporto?»

Jessica esitò. «Io le voglio bene», disse poi, «e non ho mai perso la speranza che lei prima o poi capisca che le mie intenzioni nei suoi confronti sono amichevoli. Lei mi rifiuta. Non sono stata io il motivo della separazione dei suoi genitori, ma sposando suo padre ho probabilmente distrutto la sua speranza mai sopita che i suoi genitori tornassero insieme. E questo non me l'ha perdonato.»

La poliziotta annuì. «Quindi la sera in cui la signora Roth ha letto a tutta la cerchia degli amici pagine del diario di Ricarda, è stata la classica goccia che ha fatto traboccare il vaso?»

«Sì. Ma non in modo particolare per quel che riguardava il rapporto con me. Suo padre...» deglutì. Stava parlando di suo marito morto e qualcosa dentro di lei si opponeva tenacemente a che lei dicesse cose sgradevoli su di lui, benché il tradimento di quella sera restasse per lei un gesto orribile. «Suo padre non si è schierato al suo fianco. Ha mostrato solidarietà... agli altri, capisce? A Patricia. Contro sua figlia. Nonostante tutti gli scontri degli ultimi tempi Ricarda ha sempre considerato suo padre un dio. Penso che ancora adesso non riesca a capire quello che le ha fatto.»

«Come avrebbe dovuto comportarsi secondo Ricarda?»

«Nel modo che anche io avrei considerato corretto», disse Jessica.

«Avrebbe dovuto saltare su, strappare di mano a Patricia il diario, e dirle senza mezze misure che aveva fatto una cosa ignobile: aveva sbirciato nel diario, l'aveva preso, e poi l'aveva letto di fronte a tutti quanti. E invece lui l'ha lasciata fare e ha quindi in un certo modo permesso che sua figlia venisse esposta alle critiche degli altri. Non mi ha affatto meravigliata che dopo tutto ciò Ricarda sia scomparsa.»

La poliziotta gettò di nuovo un'occhiata ai suoi appunti. «Durante il colloquio col sovrintendente Norman lei ha affermato che le parti di diario lette trattavano della storia d'amore fra Ricarda e il signor... il signor Keith Mallory. È giusto?»

«Sì», disse Jessica. Leon le aveva sottoposto il dilemma se fosse o no il caso di rivelare alla polizia che il diario di Ricarda in svariati punti metteva in luce il desiderio della ragazza di vedere morti gli abitanti di Stanbury House, ma Jessica aveva optato per il no. Istintivamente e spontaneamente l'aveva già fatto nel suo colloquio con Norman.

«Crea solo confusione», aveva detto a Leon, «perché noi due siamo sicuramente d'accordo sul fatto che Ricarda non è fra i possibili autori dei delitti e che quell'aggressività adolescenziale cui ha dato voce nel suo diario è un fenomeno del tutto normale per la sua età. Non è il caso di sottolinearlo.»

Leon, per il quale non esisteva alcun dubbio su chi fosse l'assassino, le aveva dato immediatamente ragione. Evelin, che era con loro, era rimasta a fissare il vuoto, persa nei suoi pensieri, ma non aveva contraddetto le affermazioni di Jessica.

La poliziotta si segnò qualcosa e poi annuì. «Per il momento non ho altre domande. Adesso vedrò il signor Keith Mallory e gli parlerò. Magari salta fuori qualche altro aspetto interessante.» Salutò e uscì dalla stanza.

Io finirò per diventare pazza qua dentro, pensò Jessica.

Si sdraiò sul letto. Nel riquadro della finestra vedeva il cielo blu. Un quadrato di cielo. Pensò ad Alexander sperando di riuscire a piangere, solo le lacrime avrebbero sciolto un po' della sua rigidità.

Ma ancora non arrivavano.

A sera Leon rientrò, abbastanza presto. Il poliziotto che lo accompagnava gli fece strada per entrare. Aveva un'aria grigia e stanca. Jessica lo incrociò sulle scale.

«Come sta Sophie?»

Si passò il dorso della mano sugli occhi. «Non bene. I medici non possono ancora dire se se la caverà.» Sembrava amareggiato. «Davanti al reparto di terapia intensiva c'è in pianta stabile uno degli uomini di Norman. A quello lì non importa sapere come sta la mia bambina, lui aspetta solo che esca dal coma perché possa raccontargli chi è stato. Per loro Sophie non è che un testimone importante, anzi il testimone.»

«Leon, stanno solo facendo il loro lavoro», replicò Jessica sottovoce, «e noi tutti vogliamo che l'assassino venga catturato.»

«È Phillip Bowen l'assassino, e io mi domando chi possa avere ancora qualche dubbio!» disse Leon in tono aggressivo.

Jessica gli mise una mano sul braccio, come per calmarlo. «Ci sono indizi contro di lui, è vero, ma non prove certe. Sai bene quanto sia difficile ottenere in giudizio un verdetto di colpevolezza basato solo su prove indiziarie. La parola dell'unica sopravvissuta, anche se si tratta di una bambina, avrebbe naturalmente tutt'altro peso.»

Lui annuì col capo, poi di colpo si lasciò andare sui gradini della scala e nascose la faccia nelle mani: le sue spalle larghe si ripiegarono in avanti, mentre i singhiozzi cominciavano a scuoterlo. Fu un pianto dirotto, senza una sola parola, e Jessica si accucciò vicino a lui, lo abbracciò, cercò di infondergli un po' di calore e di equilibrio. Non voleva turbare il suo dolore con le parole; non ne avrebbe trovate di adatte, sarebbero tutte suonate banali di fronte a una tragedia così enorme. Lo lasciò piangere e quasi lo invidiò per queste ondate di disperazione che lei non riusciva invece a manifestare.

«Ti chiedo scusa», disse lui dopo un po' e nel dirlo non guardò lei, ma i muri della stanza, «è solo che... non ho potuto farci niente...»

«E perché avresti dovuto? Chiuderti in te stesso sarebbe solo una tortura.»

Annuì, aveva un'espressione disperata negli occhi.

«Ma come andrà avanti adesso? Come sarà la vita per noi tutti?»

«Ti faccio un tè?» domandò Jessica. Un tè non avrebbe risolto le questioni esistenziali, ma era la prima cosa che le veniva in mente.

Leon si alzò con fatica.

«Sì», disse seguendola in camera.

Leon bevve quattro tazze di tè bollente con molto zucchero e latte, si addormentò per un attimo in poltrona e, svegliatosi da quel brevissimo riposo, sembrava aver riacquistato un po' del suo equilibrio. Aveva ancora gli occhi rossi e gonfi, ma le lacrime gli si erano asciugate sulle guance; mostrava ancora un'aria tristissima, ma sembrava adesso più controllato e un po' più rassegnato. Durante il suo breve sonno Jessica aveva tentato di nuovo di parlare con Ricarda, che però aveva chiuso a chiave la porta e non reagiva né al suo bussare né al suo chiamare. Poi aveva cercato Evelin che però dormiva profondamente nel suo letto. Al suo ritorno in camera trovò Leon che si stava svegliando. Per la prima volta in quella giornata le sorrise debolmente.

«Ho fame», disse.

«Adesso vedo se posso far portare qualcosa qui in camera», disse Jessica, «giù non ci lascerebbero in pace.»

Leon si alzò, si stiracchiò, si avvicinò alla finestra e guardò fuori. Di colpo il suo corpo si irrigidì.

«Ma non ci posso credere!» urlò.

«Cosa?» chiese Jessica.

«Lo stanno riportando indietro! Bowen! E la fotomodella!»

Gli si avvicinò e guardò fuori dalla finestra. Phillip e Geraldine erano appena scesi da un'auto della polizia e venivano in quel momento scortati verso l'albergo da un gruppo di poliziotti, attraverso la marea di giornalisti. Dietro a loro il sovrintendente Norman e un'altra persona che Jessica non aveva mai visto prima. A quanto pareva erano sottoposti a un fuoco di fila di domande, ma Norman scuoteva la testa in segno di rifiuto e teneva le labbra strette. Anche il suo accompagnatore non pareva affatto intenzionato a fornire alcuna informazione.

«Evidentemente le prove non sono state sufficienti per trattenerlo», disse Jessica.

Leon diede un pugno sul davanzale della finestra. «Non sufficienti? Tu mi stai dicendo che *le prove non erano sufficienti*? Ma quali prove pretende ancora quel mentecatto di Norman?»

E già si stava voltando, stava attraversando a passo veloce la stanza per poi spalancare la porta.

«No, Leon!» Jessica tentò inutilmente di trattenerlo. «Tu non hai idea di quello che è successo veramente!»

Ma Leon stava già correndo giù per le scale. E Jessica dietro di lui.

Per fortuna i poliziotti erano riusciti a evitare che anche un solo giornalista entrasse al *The Fox and the Lamb*, perciò nella piccola hall si trovavano solo Phillip, Geraldine, il sovrintendente Norman e l'accompagnatore sconosciuto. Leon si diresse verso Norman come un toro infuriato.

«Perché lo sta riportando indietro? Perché consente che questo tipo sia ancora libero di circolare? Non le basta quello che ha fatto? Vuole che faccia fuori qualcun altro prima di metterlo dentro?»

«Signor Roth, posso capire quello che lei...» Norman tentò di calmarlo, ma Leon lo interruppe subito: «Mia moglie è morta! Mia figlia è morta! E l'altra mia figlia sta lottando per sopravvivere! E lei lascia che questo soggetto, che è il responsabile di tutto, vada in giro pacifico, perché probabilmente qualche abile avvocato ha già trovato il modo di cavarlo dagli impicci! Ma io le voglio dire una cosa, anch'io sono avvocato! E niente potrà fermarmi, non lascerò nulla di intentato perché lei con il suo comportamento superficiale...»

«Signor Roth, comprendo che lei sia in preda a una sofferenza atroce, ma la prego di moderare i toni!» Era lo sconosciuto a parlare, quello che era sceso dalla macchina insieme a Norman e ai due sospetti. Fissò Leon e Jessica. «Permettete? Sono l'ispettore Lewis di Scotland Yard. Il caso è stato trasferito a noi.»

«E la sua prima mossa è quella di lasciare a piede libero un uomo che ha sulla coscienza la vita di quattro, forse fra poco cinque persone?» strepitò Leon.

«Leon!» lo riprese Jessica.

Cercava di evitare lo sguardo di Phillip. Non voleva dare a Leon la sensazione che fra loro due ci fosse una sorta di confidenza.

«Signor Roth, sono emersi elementi del tutto nuovi», disse Norman. La sua voce e l'espressione del suo volto non lasciavano trapelare se fosse seccato o no per il fatto che avessero piazzato al suo fianco un incaricato di Scotland Yard. «Non ci sono prove che indichino il signor Bowen come colpevole.»

«Ma non può essere vero!» urlò Leon. «Quel tipo ha minacciato più volte mia moglie! È penetrato in casa nostra! Ha continuato a bighellonare davanti al parco o dentro! È completamente matto, fuori di testa, pazzo furioso! È...»

«Se non vi spiace io e la signorina Roselaugh ci ritiriamo in camera», disse Phillip gentilmente a Norman. «Tutto il resto può essere chiarito anche in nostra assenza.»

«Sì, andate pure», disse Norman, sollevato dalla prospettiva di allentare leggermente la tensione. Jessica che era ancora sulla scala si fece da parte, per lasciare passare Phillip e Geraldine. Di nuovo evitò di incrociare lo sguardo di Phillip. Guardò affascinata la pallida Geraldine che aveva un'aria tutt'altro che felice.

Che donna splendida, pensò.

« Adesso vorrei parlare con la signora Burkhard », disse l'ispettore Lewis.

Jessica si stupì. Con Evelin?

« È in camera sua », disse, « credo che stia ancora dormendo, però... »

« La pregherei di svegliarla », disse Lewis. Era più freddo e sbrigativo di Norman, il suo volto non tradiva alcun sentimento. Un uomo che teneva le emozioni personali ben distinte dal lavoro.

« Deve scendere? O vuole salire...? »

« Decida lei », disse Lewis. « Sarebbe veramente gentile da parte sua farle giungere la nostra richiesta e farci poi sapere la sua risposta. »

« Io però adesso vorrei sapere... » ricominciò Leon, ma Lewis lo fermò subito: « Quello che lei vuole, signor Roth, in questo momento non interessa a nessuno. La prego di lasciarci soli e di tenersi a nostra disposizione ».

Il tono usato sembrava aver convinto Leon, il quale finalmente si zittì. Jessica si avviò per le scale per andare a svegliare Evelin. Si sentiva inquieta. C'era qualcosa in quei due uomini che la lasciava perplessa: sembravano molto sicuri di sé, quasi trionfanti. Poteva essere che quello fosse il comportamento normale dell'ispettore Lewis, ma Norman era chiaramente cambiato.

Quelli sanno qualcosa, pensò, oppure suppongono qualcosa... Qualcosa che noi ancora non conosciamo... Una novità...

Le venne improvvisamente freddo. Entrò nella camera di Evelin. L'amica nel frattempo si era svegliata, ma era rimasta a letto. Aveva indossato una camicia da notte, e aveva uno scialle intorno al collo che la faceva sembrare una malata, raffreddata e sofferente per il mal di gola.

« Evelin, mi spiace, ma il sovrintendente Norman ti vuole parlare ancora. E anche un... altro ispettore. » Non fece cenno a Scotland Yard. Preferiva tenere per sé la sensazione spiacevole che provava, non voleva trasmetterla anche a Evelin.

Evelin si sedette sul letto.

« Arrivo », disse.

Un'ora più tardi veniva arrestata, sospettata di omicidio.

9

«Le cose stanno così», disse il sovrintendente Norman: «contro il signor Bowen non abbiamo in mano niente. Al contrario c'è una serie di indizi contro Evelin Burkhard».

Erano in camera di Jessica: Norman, Leon e Jessica. Quest'ultima ancora completamente stordita per gli sviluppi sorprendenti dei fatti. L'ispettore Lewis era andato a Leeds con Evelin per interrogarla nella locale stazione di polizia e poiché le aveva consigliato di portarsi dietro «il minimo indispensabile» sembrava praticamente aver escluso un suo eventuale ritorno in serata. Il suo viso, fino a quel momento impenetrabile, aveva mostrato una grande risolutezza.

Evelin era scesa dietro di lui, pallida come un cadavere.

«Jessica, non sono stata io», aveva detto come supplicando, mentre le era passata accanto. «Ti prego, devi credermi!»

«Certo», disse Jessica, «e anche la polizia se ne convincerà al più presto!»

Le sembrava effettivamente che non potesse trattarsi che di un enorme malinteso e quindi non era nemmeno eccessivamente preoccupata. Per lo meno non sul piano razionale. C'era però una sensazione inconscia che le provocava il batticuore. Che la innervosiva. Non riguardava l'innocenza di Evelin, su quella non c'era per lei alcun dubbio. Era l'ispettore Lewis a farle paura. E il sovrintendente Norman non faceva nulla per mitigare quella paura, anzi, al contrario, gliela accresceva.

Fuori si era fatto scuro e nella stanza l'unica luce accesa era l'abat-jour. Le lampadine della plafoniera a soffitto erano fulminate e fino a quel momento non era ancora apparso nessuno per cambiarle. Nella penombra Jessica notò il viso di Leon, pallido e molto teso, e quello del sovrintendente Norman, stanco e stressato. Barney corse avanti e indietro un paio di volte; gli mancavano le lunghe passeggiate, non si muoveva abbastanza, aveva voglia di luce e di sole. Alla fine si rassegnò all'idea che neanche i due uomini l'avrebbero portato a spasso e si raggomitolò nella coperta.

«Contro Phillip Bowen non ha in mano *niente*?» stava domandando Leon incredulo. «Ma non le è sufficiente il fatto che...»

Norman alzò la mano facendogli segno di stare calmo. «Signor Roth, la sua visione dei fatti mi è assolutamente chiara e comprensibile. Per questo motivo abbiamo parlato molto a lungo e in maniera esauriente con il signor Bowen. Ha un'idea fissa riguardo alla sua origine, da cui partono le sue rivendicazioni, questo è senz'altro vero, tuttavia...» Esitò. «Non è un pazzo», disse alla fine, «questo me lo insegnano la mia esperienza e la mia conoscenza delle persone. Ha una testa che funziona e quello che vuole è essere riconosciuto. Vuole che si riconosca che lui è il figlio di Kevin McGowan. Per questo riconoscimento è disposto a lottare, ma non uccidendo quasi una mezza dozzina di persone. Perché questo non gli porta alcun vantaggio. Non gli fa guadagnare un passo. Ha l'intenzione di richiedere la riesumazione di Kevin McGowan e...»

«E per lei questo non significa essere pazzo?» domandò Leon affranto. «Ma allora quand'è che per lei uno è pazzo?»

Norman si passò una mano sugli occhi arrossati per la stanchezza.

«Ammetto che si è completamente fissato in quell'idea. Che sembra esserne posseduto. Ma ciononostante ha ben chiaro il suo scopo e i passi che progetta per raggiungerlo *non sono* folli! Possono apparirci esagerati, ma se si osserva la questione dal suo punto di vista sta facendo solo quello che gli è possibile fare. Ha il grande problema di non essere mai stato accettato da suo padre e sta cercando di risolverlo da solo. Questi dati concreti non mi fanno pensare a uno psicopatico.»

«Sovrintendente Norman, non sapevo che la sua seconda attività fosse quella dello psicologo», disse Leon in tono cinico, «altrimenti non vedo come lei potrebbe essere così sicuro riguardo all'analisi psicologica della personalità di Bowen!»

«Ho già alle mie spalle la soluzione di una lunga serie di casi, signor Roth.»

«Ma nessuno di questa gravità.»

Norman annuì. «Allora limitiamoci ai fatti, perché in fondo sono quelli sui quali dobbiamo basarci. Prima cosa: quando oggi siamo andati a prendere il signor Bowen indossava gli stessi vestiti che portava ieri a mezzogiorno quando girava per il parco di Stanbury. Questo è stato confermato da Evelin Burkhard. Lo abbiamo pregato di cambiarsi e di lasciare a noi quegli indumenti. A prescindere che già un esame a occhio nudo lo confermava, anche le analisi di laboratorio non hanno evidenziato alcuna traccia di sangue sui pantaloni e sul maglione. Ed è escluso che qualcuno possa uccidere quattro persone a coltellate e ferirne gravemente una quinta senza nemmeno sporcarsi. Penso che questo sia evidente anche per lei.»

«Mio Dio, ma come può Evelin essere così sicura che fossero gli stessi vestiti? I jeans sono jeans e di pullover scuri ne ho anch'io più di uno! Ha distrutto i suoi vestiti macchiati di sangue e si è messo qualcosa di simile, e lei è così ingenuo da cascare in un trucco del genere!»

«Okay. Sull'arma del delitto non ci sono impronte digitali di Bowen e...»

«Cancellate! Quel tipo è matto, ma non stupido!»

«... e per l'ora del delitto ha un alibi.»

Leon che fino a quel momento aveva tenuto le spalle dritte per l'ira e lo sdegno le rilassò all'improvviso. «Un alibi?»

«È stato tutto il pomeriggio con la signorina Geraldine Roselaugh.»

«Oh, cielo! La sua topolina! Vorrei proprio sapere che valore può avere un alibi del genere! Ma quella sarebbe disposta a fare carte false per lui!»

«Signor Roth, noi siamo poliziotti. Non possiamo non dare peso, come sta facendo lei, a indicazioni di questo tipo. Innanzi tutto dobbiamo accettare il fatto che una persona adulta – e *non* sua moglie – afferma che nel momento del delitto si trovava con Phillip Bowen e per giunta a molte miglia di distanza da Stanbury House. A precisa domanda a riguardo la signorina Roselaugh ha risposto che è pronta a darne testimonianza giurata.»

«Ma lei non si è accorto di come venera quell'uomo? Gli è completamente sottomessa. Se lui le dice forniscimi un alibi, lei lo fa. Se lui le dice giura la tal cosa, lei la giura. Conosco quel tipo di donna! Signor Norman, qualunque cosa dica la signorina Roselaugh, *non ha alcun valore*!»

«Signor Roth», disse Norman con un tono leggermente seccato, «non posso arrestare un uomo contro cui non ho prove, solamente perché lei è convinto che si tratti dell'omicida. Non è così che posso procedere!»

«Ma lui era nel parco appena prima che avvenisse il delitto! Lui era già penetrato una volta in casa nostra! Lui ha continuato a infastidirci! Lui...»

«Leon», disse Jessica nell'intento di calmarlo, «stai dando un quadro falso della situazione, e lo sai. Può essere che Phillip Bowen ci abbia irritato ma non ha detto o fatto niente che potesse far prevedere un delitto così orribile.»

Leon si voltò fissandola. «Ma come puoi schierarti dalla parte di quel tipo? Non dimenticare che ha sulla coscienza anche la vita di tuo marito!»

«Ma noi non lo sappiamo con certezza! Sovrintendente Norman», cercò di tenere la voce ferma perché stava per chiedere una cosa talmente tremenda che temeva di non farcela, «sovrintendente Norman, che prove ha invece contro Evelin Burkhard?»

Appena sentita la domanda Norman si distese leggermente, finalmente liberato dalla disputa con l'iroso Leon.

«Io non sto dicendo che siamo sicuri al cento per cento che Evelin Burkhard sia l'assassina. Tuttavia un certo numero di indizi portano a formulare un sospetto nei suoi confronti. Primo: le sue impronte digitali – e solo le sue – rilevate sull'arma del delitto. Secondo: i suoi vestiti sono stati analizzati in laboratorio: ne è risultato che è venuta a contatto, e in modo intenso, con il sangue di tutte le vittime così come con quello della bambina ferita. E siccome...»

«Però...» cominciò Jessica, ma Norman la interruppe con un gesto della mano.

«So quello che sta per dirmi. La signora Burkhard ha affermato di aver trovato la signora Roth, suo marito Tim Burkhard e la piccola Diane e di averli toccati per capire se fossero ancora in vita. Ha spiegato di non aver avuto un contatto con il signor Wahlberg e con Sophie Roth. Tuttavia sono state trovate anche tracce del loro sangue sui suoi vestiti. Un'altra cosa: i nostri metodi di indagine ci permettono di avere qualche indicazione anche sulla successione temporale, nella quale è avvenuto il contatto con i vestiti della signora Burkhard. Il primo è stato senza dubbio quello con il marito. Poi il sangue della signora Roth. Però Evelin Burkhard ha descritto la sequenza esattamente al contrario.»

Il volto delicato e stremato di Leon esprimeva un disprezzo quasi offensivo nei confronti del poliziotto. «Come può pensare che una donna traumatizzata come Evelin, interrogata immediatamente dopo questo avvenimento orrendo, dia un resoconto attendibile dei fatti. Ha ammesso lei stessa di avere un buco nero, di non rammentare più nulla di tutta una serie di avvenimenti di ieri. Come fa a ricordarsi in quale ordine è inciampata nei corpi dei morti? E forse non sa nemmeno più che nel frattempo ha vagato per il parco, scioccata e disperata, e ha trovato anche il cadavere di Alexander. Rientrando in casa ha raccolto mia figlia Sophie, mezza morta, ma anche di questo non ricorda niente. Non le sembra possibile che le cose siano andate così? »

Norman avrebbe voluto replicare ma Jessica si inserì velocemente.

« Sovrintendente Norman, io ho trovato Evelin al piano di sopra, nel bagnetto della mansarda. Era veramente in uno stato pietoso. Non si riusciva a parlarle. Si lamentava come un neonato, non riusciva a muoversi. Era sotto shock, e sono sicura che la sua testimonianza sui fatti di ieri deve essere valutata tenendo conto che per un periodo di tempo abbastanza lungo non è stata presente a se stessa. »

« Io penso che abbia trovato l'arma del delitto », disse Leon, « magari vicino a una delle vittime, che l'abbia presa in mano per poi gettarla lontano. Fosse lei l'assassina, avrebbe cancellato le impronte. »

« Questo se si desse per scontato », disse Norman, « che durante l'omicidio fosse in sé. In un momento di follia non avrebbe certo pensato a un dettaglio come le impronte digitali, o a far sparire i suoi vestiti insanguinati. »

« Ma secondo lei è possibile che l'assassino sia una donna? » domandò Jessica. « Voglio dire, considerando solo la forza fisica. Fra le vittime ci sono anche due uomini robusti, alti. Non deve essere stato semplicissimo ucciderli. »

Norman scosse la testa. « Non si è trattato di una questione di forza fisica. Tutte le vittime sono state colpite di sorpresa, da dietro. Tim Burkhard probabilmente stava cercando qualcosa nello scomparto più basso di un mobiletto di cucina, lo abbiamo trovato sdraiato davanti allo sportello aperto. La signora Roth era inginocchiata davanti alla fioriera. Il signor Wahlberg era seduto su una panchina, probabilmente stava riflettendo su qualcosa guardando davanti a sé. La piccola Diane era a pancia in giù sul letto e stava leggendo. Probabilmente solo la piccola Sophie si era accorta di qualcosa e ha cercato di difendersi e di scappare. Degli altri nessuno temeva di essere attaccato da Evelin, nessuno si aspettava del male da parte sua. »

« La sua teoria mi sembra completamente assurda », disse Leon. « Voglio dire, se anche tagliare la gola da dietro una persona non richiede una forza fisica eccezionale, bisogna comunque superare un impedimento di tipo psichico praticamente insormontabile. Conficcare un coltello nella carne viva, proprio vicino alla giugulare... è... è... » Cercava le parole giuste per manifestare la sua assoluta certezza circa l'estraneità di Evelin ai fatti, ma non gli era possibile esprimere appieno lo sdegno che provava di fronte a questo sospetto. «È assurdo», terminò poi riprendendo le sue parole iniziali.

Norman non sembrava particolarmente toccato. «Signor Roth, se facesse il mio mestiere, arriverebbe anche lei alla conclusione che non vi è nulla di veramente assurdo nelle azioni degli esseri umani. La mia esperienza mi ha portato a convincermi del fatto che in particolari condizioni non vi è nulla che ognuno di noi non sarebbe in grado di fare.»

«E quali sarebbero state le condizioni particolari nel caso di Evelin?» chiese Jessica.

Il sovrintendente Norman fece un profondo sospiro. «Il signor Bowen ci ha dato un'indicazione assai interessante», iniziò a dire, «lui...»

«Le darà sicuramente indicazioni molto interessanti finché si tratterà di spostare i sospetti su un'altra persona», si intromise Leon.

Norman si girò verso di lui e dai tratti irrigiditi Jessica intuì che quell'uomo, sempre così cortese, poteva trasformarsi in un avversario pericoloso, assolutamente da non sottovalutare.

«La signora Burkhard soffre di una grave depressione», disse lui. «Io penso che la cosa vada tenuta nel debito conto e immagino che anche voi ne siate al corrente da un pezzo, vero?»

Sembrava non aspettarsi una risposta a questa domanda che era più che altro un'affermazione, infatti proseguì immediatamente: «Quando ieri il signor Bowen le ha parlato nel parco di Stanbury, gli è parsa del tutto chiusa in se stessa, estraniata dal mondo, immersa nei più cupi pensieri. Il signor Bowen ha avuto l'impressione di non riuscire a raggiungerla veramente con le sue parole, come se lei vivesse in un mondo al quale gli altri non hanno accesso. Il signor Bowen ha letteralmente detto: 'La sua disperazione era tangibile, era come un muro, un muro altissimo che si erge davanti a una persona'. Dev'essere stata una situazione inquietante.»

Jessica rifletté che era vero, quel muro era veramente tangibile, anche lei lo aveva pensato spesso. Una disperazione cupa e insormontabile.

«Poi all'improvviso è apparso il marito. Ma Evelin sembra aver avvertito la sua vicinanza prima ancora che Phillip Bowen potesse vederlo, prima che la chiamasse o si rendesse in qualche modo visibile. Bowen ha detto che lei ne era spaventata. Aveva una paura che si poteva odorare. Come un animale che fiuta il pericolo che si avvicina. E il modo in cui lui l'ha poi chiamata non aveva lasciato alcun dubbio, anche se Bowen non ha capito ogni singola parola detta in tedesco.» Fece una pausa.

«Dubbio circa che cosa?» domandò Jessica. Non riusciva a capire dove Norman volesse andare a parare. Poi guardò in faccia Leon, *lui* capiva tutto.

«Leon...?» domandò in cerca d'aiuto.

Norman fissò Leon con durezza. «È vero, no, signor Roth? La signora Burkhard non viveva forse nel terrore costante di suo marito? Probabilmente già da anni. Già da anni lui la maltrattava e la torturava in qualunque modo pensabile, ed è assolutamente credibile che lei non vedesse più una via d'uscita.»

A Jessica ronzavano le orecchie. Non poteva essere vero. Non doveva essere vero, che una cosa simile fosse potuta accadere all'interno del loro gruppo, *e che nessuno se ne fosse accorto.*

«Ma», disse con la gola secca, «ma... perché allora gli altri? Mio... mio marito, Patricia e...»

Poteva essersi sbagliata, ma le parve di intravedere del disprezzo nello sguardo di Norman.

«Forse perché secondo il suo modo di sentire chi sa è anche complice. Quelli che si girano dall'altra parte e tengono la bocca chiusa. Signor Roth? Lei sapeva. E gli altri anche. Ma nessuno ha mai detto niente. E tanto meno fatto qualcosa.»

Leon aveva un'aria imbarazzata.

«Veramente...» cominciò.

«Leon!» Jessica sembrava implorarlo. «Ma è vero? È vero che voi lo sapevate? Alexander lo sapeva?»

Leon evitò il suo sguardo. Si mise a fissare Barney con grande intensità, come se non avesse mai visto prima un cane che dorme.

«Signore Iddio», disse all'improvviso, allo stesso tempo furioso e arrendevole: «sì, lo sapevamo, maledizione! E tu forse no?»

Lei inghiottì a fatica, scuotendo la testa.

Leon alzò entrambe le braccia. «E cosa avremmo potuto fare?» domandò.

Né il sovrintendente Norman né Jessica gli diedero una risposta.

Sophie morì nella tarda serata di quel 25 aprile.

Non riprese mai conoscenza.

Non c'era stata alcuna possibilità di interrogarla.

L'ispettore [illegible] scosse la testa.

Leon alzò entrambe le braccia [illegible] «Ma come potevamo fare?» domandò.

[illegible], [illegible] nella [illegible] sera di [illegible] 25 aprile.

Non [illegible].

PARTE TERZA

Jessica, documento V

Di Timotheus Burkhard

Cosa ha spinto una donna come Jessica a sposare un uomo come Alexander?

Mi ero già posto questa domanda in un'altra circostanza: cosa ha spinto una donna come Elena a sposare un uomo come Alexander?

All'apparenza Jessica ed Elena sono completamente diverse, ma nella loro intima natura si trova una sorprendente quantità di corrispondenze. Entrambe sono indipendenti, autonome, dotate di grande forza di volontà e sicure. Donne che amano vivere con un partner, ma che non hanno bisogno di un partner per vivere. Ciò le distingue nettamente da Patricia ed Evelin. Per Patricia il matrimonio è uno status symbol, cui rimane tenacemente aggrappata anche quando la situazione interna della coppia non corrisponde più all'immagine proiettata all'esterno. Evelin, invece, semplicemente non può vivere da sola. Senza un marito al suo fianco che le dica cosa deve e cosa non deve fare, sarebbe come una foglia al vento.

Jessica. L'ho conosciuta quando siamo stati costretti a far sopprimere il nostro pastore tedesco. Era nel cuore della notte, ed Evelin non era riuscita a trovare nessun altro medico. Le condizioni del cane erano disperate, e ci si domandava se sarebbe arrivato vivo alla clinica veterinaria. Senza contare che il trasporto lo avrebbe impaurito e stressato. Evelin si era ricordata della giovane veterinaria che viveva nelle vicinanze, l'amore per il cane le aveva fatto superare la timidezza e l'aveva spinta a chiamarla nel cuore della notte, un comportamento che si sarebbe potuto definire sfrontato conoscendo Evelin (che non era mai stata nel suo ambulatorio).

Comunque Jessica arrivò, soppresse l'animale e poi consolò Evelin che si lamentava, come spesso faceva, della propria sorte. Arrivai in salotto intorno alle tre di notte, e trovai le due donne davanti a una bottiglia di vino. Evelin raccontava aneddoti sulla vita del suo cane, che giaceva morto in un angolo vicino al divano. Mi era già capitato di vedere qualche volta Jessica, mentre passavo in macchina davanti al suo giardino, ma non le avevo mai parlato.

L'avevo notata e, ora che sedeva direttamente di fronte a me, cercavo di capire come mai avesse attirato così la mia attenzione.

È senza dubbio attraente, ma non è il tipo di donna che ci si gira a guardare quando la si incontra per strada. Ha capelli castano scuro di media lunghezza, un viso pallido e sottile, begli occhi verdi con qualche macchiolina marrone. Ha un fisico davvero bello: lunghe gambe ben modellate, straordinariamente slanciata. Di solito indossa jeans, scarpe da ginnastica e una felpa. Non è particolarmente elegante e neppure all'ultima moda e, a differenza di altre donne, non si mette a civettare e a flirtare non appena le si avvicina un uomo. Dà l'impressione di essere una donna pratica e con i piedi ben piantati per terra. Non si fa fatica a immaginarla mentre infila coraggiosamente le mani nella bocca di un rottweiler per controllargli la dentatura, oppure mentre aiuta una mucca a mettere al mondo il suo vitello. Non dà minimamente l'impressione di essere schizzinosa. Ma non per questo è mascolina. Al contrario, l'ho sempre trovata molto femminile.

Allora, da cosa dipende il suo fascino? È difficile esprimerlo a parole. Forse è legato alle caratteristiche che ho descritto poco sopra. La sua indipendenza, la sua autonomia. Entrambe si notano immediatamente nel suo atteggiamento, anche solo quando cammina per strada. Come tiene la testa. Come parla, come ride. Non è di certo il tipo di donna con cui vorrei vivere tutta la vita. Ma è il tipo di donna che osservo con piacere. Ho osservato con piacere anche Elena. Non per la sua bellezza. Ma perché è interessante.

Evelin è tuttora convinta di essere stata la mediatrice del matrimonio fra Alexander e Jessica, ma in realtà sono stato io a tessere la tela. Evelin propose di invitare a cena Jessica per ringraziarla del suo intervento notturno e io approvai. Però pensai che fosse necessario invitare qualcun altro, perché sarebbe stato troppo noioso trovarsi a tavola solo noi tre. Ho manovrato Evelin fino a quando non le è venuto in mente Alexander, che proprio in quel periodo stava divorziando ed era riconoscente per qualunque cosa lo distraesse un po'. Elena si era trasferita in campagna con Ricarda e lo aveva lasciato solo a casa, e lì, sera dopo sera, lui fissava le pareti rimuginando su tutti gli errori commessi nella sua vita. Evelin pensava che sarebbe stata una buona idea addolcire un po' uno dei suoi tetri sabati sera, e io ero eccitato all'idea di poter dimostrare che, se era esatta la mia teoria secondo cui Jessica era un'altra Elena, fra loro sarebbe dovuto accadere qualche cosa.

Non mi ero sbagliato, anche se, a dire la verità, non avrei mai creduto che i due si mettessero insieme così in fretta. Era come se Alexander stesse aspettando proprio lei, che a sua volta sembrava davvero innamorata di lui, al punto che subito dopo il divorzio di Alexander i due si sposarono. Cosa che mi riporta alla domanda iniziale: perché donne come Elena e Jessica sposano un uomo come Alexander?

Alexander è un pappamolle, conformista fino alla completa rinuncia alla propria personalità, un camaleonte che, per passare completamente inosservato, prende i colori dell'ambiente che lo circonda. Prima di esprimere la propria idea, testa quale sia l'opinione della maggioranza di quelli che gli stanno attorno e vi si adegua. Con lui è impossibile litigare, discutere. Con lui non si possono avere attriti. È come un pezzo di gomma molle ed elastica. Anche quando la si colpisce non si sente la minima resistenza. La gomma si adatta a ogni movimento.

Non c'è dubbio che sia un bell'uomo. Alto, slanciato, con i capelli brizzolati, affascinanti occhi chiari, che hanno sempre l'aria stanca e malinconica. Un viso molto delicato. Ci vuole un po' prima di capire che è un pappamolle. In un primo momento appare sensibile e malinconico. Che è diverso dall'essere un debole, anche se il confine è molto labile. Le donne con forte personalità – e non c'è dubbio che sia Jessica sia Elena siano donne con una forte personalità – provano una sorta di istinto di protezione nei confronti di uomini simili, il loro istinto materno viene risvegliato. Vogliono scoprire le cause della loro malinconia, sospettano ci siano segreti dietro il loro sguardo stanco, si sentono attirate dall'aria di comprensione e profondità che sembrano esprimere. Ma a un certo punto si accorgono di avere a che fare con una massa di gomma che sfugge fra le dita. Allora per un po' cercano di combattere, poi si rassegnano. Come è successo con Elena. Senza dubbio lo ha amato, ma non lo sopportava più.

Sarà interessante vedere quando succederà altrettanto con Jessica. Finora sono stato bravo nelle mie previsioni. Si è innamorata di lui e l'ha sposato. Ha accettato di buon grado la sua vita, o meglio: di buon grado ha accettato tutti noi e Stanbury. È curiosa e aperta, trova interessante la nostra combriccola e vuole cercare di comprendere meglio Alexander. Per il momento non ha opposto resistenza a una vita che non è per niente determinata da lei e da suo marito, ma dagli amici del partner. Non le è ancora chiaro cosa succeda qui, non ha ancora compreso che il pezzo di gomma che ha sposato può vivere solo in simbiosi con noi. Non appena si renderà conto della verità, cercherà di staccare Alexander da noi. Fallirà e se ne andrà.

Durante queste vacanze pasquali le si è chiarito qualcosa. Lo si percepisce.

Non è felice. C'è qualcosa che la confonde, che la tormenta. Si stacca sempre più dal gruppo. Come previsto, proprio per questo motivo è sempre in urto con Patricia, viene attaccata, si deve giustificare. Si vede chiaramente che comincia a non avere più voglia di spiegare il suo comportamento. Il tono fra lei e Alexander si è fatto tagliente. Alexander si dibatte fra mille difficoltà perché sua moglie si rifiuta sempre più apertamente di lasciar decidere il corso della sua giornata a Patricia. Jessica dal canto suo di colpo si deve confrontare con il fatto che suo marito nelle discussioni non è mai schierato con lei, ma sempre con gli altri. È ferita. Non vuole ancora ammettere di esserlo e cerca di convincersi che la situazione sia diversa.

Ma è troppo intelligente per tenersi nascosta a lungo la verità. È troppo onesta per mentire a se stessa. Un po' alla volta capirà quale gioco si sta giocando e quali dolorose conseguenze questo avrà per lei.

A volte ho come l'impressione di vederli muoversi sotto la lente di un microscopio. Li osservo, ipotizzo quale sarà la loro prossima mossa e vivo un magnifico momento di trionfo quando trovo conferma alle mie teorie. È tutto così prevedibile. Ogni uomo segue il proprio schema, eternamente uguale. Sempre lo stesso. Per esempio, sapevo benissimo che Leon avrebbe messo gli occhi su Jessica. Leon mette sempre gli occhi sulle donne, a patto che non siano ripugnanti o depresse come Evelin. Leon, in casa, è sottomesso, e l'unica possibilità per riequilibrare almeno in parte la sua autostima consiste nel cercare conferme con altre donne. Quando riesce ad andare a letto con una qualsiasi ragazza carina, allora, per un po' di tempo può sopportare di essere comandato a bacchetta da Patricia. Vedo bene che più che volentieri si porterebbe a letto Jessica. La divora con gli occhi. Probabilmente, se lei se ne accorgesse, non sarebbe così presa dai suoi problemi.

Jessica non mi sopporta. Con me è scostante, sfacciata, scortese. Mi avvicino troppo a lei; senza rendersene completamente conto, intuisce che la sto analizzando. Mi evita. Verosimilmente ha già realizzato che mi odia e questo le provoca un enorme conflitto interiore. Infatti, come può odiare uno dei migliori amici di Alexander? Intuisce che questo le creerebbe difficoltà gigantesche con il marito. È dibattuta. Odia anche Patricia. Ma non le è permesso odiarla. È uno splendido maggiolino che si è imprigionato in una ragnatela. Le maglie della rete si fanno sempre più strette. Il suo spazio si restringe, le manca sempre più l'aria. Lo sa che si dovrebbe liberare. Sa anche che si può liberare. Ma al prezzo di distruggere la ragnatela.

Solo che Alexander è parte di questa rete. È uno dei fili. Se si vuole liberare deve recidere anche il suo filo, come tutti i nostri. Non può strappare tutti gli altri fili e lasciare intatto solo quello di Alexander, la struttura della rete non lo permette. Se si libera, lo perderà: una conseguenza che sta cercando di evitare e continua a sperare di trovare un'altra via d'uscita. È divertente stare a guardare i suoi tentativi.

È divertente, perché si sa che è destinata a fallire.

MERCOLEDÌ, 14 MAGGIO – VENERDÌ, 23 MAGGIO

1

Quando Leon arrivò, Jessica era già seduta al ristorante. Un cameriere lo accompagnò al suo tavolo. Aveva quasi venti minuti di ritardo e un aspetto orribile: Jessica non l'aveva mai visto prima di allora in quelle condizioni. Non si rasava almeno da due giorni, sotto la giacca portava una camicia macchiata e doveva aver perso come minimo cinque chili. Il cameriere lo osservava con evidente riprovazione. Quello che Jessica aveva scelto non era uno dei ristoranti più raffinati di Monaco, ma l'aspetto di Leon era lo stesso assolutamente inadeguato al luogo.

Si passò la mano fra i capelli spettinati nell'inutile tentativo di lisciarli, con il solo risultato di renderli più arruffati di prima. « È certamente molto che aspetti », disse invece di salutare, « mi dispiace, avevo alcune cose... » Faceva troppa fatica a trovare un pretesto, così si limitò a dire: « Ho perso la nozione del tempo ».

Aveva un aspetto talmente misero che di certo non si sarebbe potuta arrabbiare. « Ho osservato la gente », disse, « non c'è problema. Vuoi un bicchiere di vino? »

« Sì », disse e si accomodò. Lei ordinò da bere.

« Hai saputo qualche cosa di Evelin? » chiese. « So che volevi telefonare al suo avvocato. »

Per un attimo si prese la testa fra le mani. « Mi sono dimenticato », disse, « me ne sono completamente dimenticato. »

« Ormai è in prigione da due settimane e mezzo », disse Jessica, « non possiamo piantarla in asso. »

« No di certo. L'avvocato che le ho procurato in Inghilterra è davvero bravo. Non stare a preoccuparti troppo. »

« Però finora non è riuscito a ottenere la sospensione della custodia cautelare. Non capisco. »

« Credo che questo si spieghi con il timore di una fuga », disse Leon con quel tono di voce singolarmente distaccato che aveva assunto da quei terribili giorni in Inghilterra. «È straniera. Potrebbe tentare di scappare in Germania.»

«Ma avevamo comunque pensato di poterla fare trasferire in Germania», disse Jessica. «È tedesca. Le vittime sono tedesche. Non dovrebbe essere la giustizia tedesca a occuparsi del caso?»

«Il crimine è avvenuto in Inghilterra. Fra i primi sospettati c'era un inglese, che poi è riuscito a cavarsela grazie a un alibi discutibile. Credo che Scotland Yard ci tenga a seguire il caso.»

«Però avevi detto che ti saresti dato da fare per il trasferimento in Germania...»

«Jessica!» La guardò quasi supplicandola. I suoi occhi erano rossi per la stanchezza. «Jessica, per favore, non posso. Non so dove tu prenda le energie per preoccuparti di Evelin. Ti ammiro, e senza dubbio fra noi due sei tu la persona migliore, ma io non ce la faccio. Non ne ho la forza. Le mie ultime riserve mi servono per andare avanti giorno dopo giorno senza arrivare al suicidio. Mi dispiace.»

Jessica sapeva che Leon si stava liberando di tutto l'arredamento per potere poi vendere la casa. Chissà come doveva sentirsi a rovistare fra le piccole e grandi cose che si erano accumulate nel corso della sua vita familiare: pagelle e diplomi sportivi delle bambine, disegni e pupazzetti fatti da loro, i primi dentini, libri illustrati e bambole. Le scodelle di ceramica in cui al mattino bevevano la cioccolata. Le loro cartelle, i vestiti. E le cose di Patricia, i suoi pantaloni, pullover e tailleur, le sue tute e le scarpe da ginnastica. I suoi cosmetici. Gli album di foto che documentavano una vita familiare felice. Lettere d'amore che anni prima aveva scritto a Leon. Lettere che lui le aveva scritto e che lei aveva custodito in qualche cassetto. Il négligé che indossava tanto volentieri. Il calendario su cui erano annotate le scadenze importanti, gli appuntamenti, le visite mediche e i compleanni. I suoi cd, i suoi libri. Le sue scarpe e le borsette. Tutti i quadri, le sculture e i vasi con cui aveva arredato sfarzosamente – e in modo un po' troppo costoso – la casa. Tutto ciò che gli passava fra le mani era legato a un ricordo. Non c'era nulla che lo lasciasse indifferente. Erano il suo passato, la sua vita, la sua famiglia.

«Butto via tutto», disse, come se intuisse i pensieri che passavano nella mente di Jessica, «non mi serve più nulla. In un primo momento volevo chiamare una ditta di sgomberi, lasciare le chiavi, andarmene e poi tornare per ritrovare la casa completamente vuota. Sarebbe stata la scelta più facile... »

Il cameriere portò il vino e due menu. Leon accostò il bicchiere alla bocca con gesto meccanico.

« Ma poi non ce l'ho fatta. Non ce l'ho fatta a lasciare a degli sconosciuti tutto ciò che mi è rimasto di loro. Sentivo che glielo dovevo, dovevo guardare e toccare io ogni cosa per potermene separare. »

« Lo capisco », disse Jessica. Le sembrava assurdo ricominciare a parlare di Evelin. Leon era in una condizione psicologica terribile. Aveva creduto che fosse ancora infuriato con Phillip Bowen, il presunto colpevole, e che si sarebbe impegnato al massimo per Evelin. Ma dopo la morte di Sophie era cambiato. Non gli importava più nulla della giustizia, di dimostrare la colpevolezza del responsabile, di sapere dietro le sbarre l'uomo che aveva distrutto la sua famiglia. Probabilmente era proprio come aveva detto. Aveva bisogno di tutta la forza che gli era rimasta per non rinunciare alla sua stessa vita. Il colpo era stato troppo duro. Non poteva più fare progetti che andassero oltre la sera di ogni singolo giorno. Non poteva occuparsi di nessun altro essere umano oltre a se stesso. Stava cercando di sopravvivere a un incubo. Di tutti loro, lui era stato quello colpito con più durezza.

« Hai già trovato un acquirente per la casa? » chiese, cercando di portare la conversazione su un piano più concreto.

Fece cenno di sì. « Ci sono persone interessate. Non avrò problemi. »

« Non hai mai pensato di vendere Stanbury anziché questa? »

« Per ora no. Comunque non voglio più vivere nella casa di Monaco, penso sia opportuno venderla per affrontare le difficoltà immediate. A Stanbury potrei ricorrere in seguito, se necessario. »

« Ma Stanbury costa anche parecchio. »

Fece girare il bicchiere fra le mani. Continuava a portare la fede. « Lo so, ma così è più facile. Stanbury è stato una parte così importante di Patricia. Una parte così importante di tutti noi. Forse voglio semplicemente tenerla stretta ancora per un po'. »

Rimasero in silenzio entrambi, seguendo ciascuno i propri pensieri. Fuori, lentamente, una calda giornata di maggio stava tramontando. Ormai l'estate si annunciava prepotentemente, ma sarebbe stata un'estate diversa, non ce ne sarebbero più state come quelle che avevano conosciuto prima.

Il cameriere si avvicinò al tavolo.

«Avete scelto?» chiese.

Leon trasalì. «Grazie, non mangio nulla», disse. Anche Jessica non aveva fame, ma non voleva indispettirlo, così ordinò dell'insalata e una pizza. Il cameriere sollevò le sopracciglia, annotò l'ordinazione e sparì.

«Mi dispiace di non essere venuto al funerale di Alexander», disse Leon, «è da molto che volevo dirtelo. Non ne ho avuto la forza.»

«C'erano i miei genitori», disse Jessica. «Ricarda non è venuta, Elena mi ha chiamato proprio per questo. Ricarda praticamente non ha ancora ripreso a parlare e se ne sta tutto il giorno sdraiata a letto, evidentemente è traumatizzata.»

Sorrise amaramente. «Preferirei avere un figlio traumatizzato piuttosto che non averne più. Da noi non era tutto perfetto, Dio sa se non lo era, ma nonostante tutto eravamo una famiglia...» Rimase per un attimo in silenzio, poi proseguì. «Non è una cosa da pazzi? Dopo avvenimenti come questi si è tormentati dai sensi di colpa. Forse perché siamo sopravvissuti? Forse perché nei confronti di quelli che sono stati colpiti non ci siamo comportati sempre correttamente, ma ormai non possiamo più porre rimedio alle offese e alle dimenticanze. Succede anche a te?» Non aspettò la risposta.

«Non volevo farmi dei rimproveri», disse, «quanto meno volevo evitare questa sofferenza insensata, ma poi rivedo le immagini... di prima, lo sai. Di quando Patricia era rimasta incinta di Diane, e non ce lo eravamo aspettati. Dio mio, aveva diciotto anni. Io ne avevo ventisette e proprio allora stavo facendo il tirocinio. Abbiamo dovuto sposarci...»

«Vi sareste sposati lo stesso, solo un po' più tardi.»

Non la guardò, ma scosse la testa. «No. Non avrei mai sposato Patricia. Allora era molto... attraente. Molto giovane. Così affascinante con quel suo modo di fare vitale, energico. Ma anche sfiancante. Mi ha sempre chiesto troppo. Mi ha sempre detto: 'Fai questo, fai quello. Sei in grado di fare questo e quello. Devi credere in te stesso, devi sforzarti, devi guardare avanti, devi essere forte, devi essere sicuro di te!' Ogni giorno mi inculcava nella testa il suo credo personale, e io, con la lingua penzoloni, cercavo di applicarlo, ma avevo la sensazione di cadere sempre più in basso, di non riuscire a corrispondere a sufficienza alle sue aspettative e alle sue pretese. Non era solo il fatto che, la domenica mattina, me ne stavo a sonnecchiare a letto mentre lei era già in piedi prestissimo per svolgere qualche attività sportiva. Se volevo dimagrire, mi tormentavo un paio di settimane con blandi tentativi di dieta, e alla fine perdevo solo mezzo chilo. Se era *lei* a voler dimagrire, si preparava un durissimo piano alimentare, al quale si atteneva puntualmente, fino a quando, nel tempo programmato, aveva smaltito esattamente i tre chili che voleva perdere. Era così terribilmente disciplinata. Forte. Era tanto sicura di se stessa quanto dura con gli altri, ma...» sollevò impotente le mani, «mi ha distrutto. Era sempre migliore, era sempre più avanti. Sempre.»

Il cameriere portò l'insalata e la pizza. Leon ordinò un altro bicchiere di vino. Jessica giocherellava con i pomodori e i funghi. Non aveva il minimo appetito.

«Allora avevo sperato che abortisse», disse Leon. «Non le ho mai fatto pressioni, ma un paio di volte ho provato a parlare di questa eventualità. Sarebbe stato un legittimo diritto di Patricia non voler diventare madre così giovane, ma lei aveva programmato che nella sua vita ci sarebbero stati dei figli, e temeva che l'intervento potesse provocarle qualche problema. Ne parlai con Alexander e Tim. Entrambi pensavano che mi sarei dovuto sposare. Per decoro. Così ci siamo sposati. La mattina del matrimonio mi sono ubriacato. Quando Alexander e Tim sono venuti a prendermi nel mio appartamento ero completamente sbronzo. Mi misero sotto la doccia gelata, mi fecero ingoiare dell'aspirina, mi annodarono la cravatta e mi diedero delle caramelle alla menta per coprire il mio alito di vino. Così riuscii a pronunciare il sì senza neppure balbettare. Naturalmente Patricia si era accorta che non ero lucido. Per tutto il giorno mantenne il controllo, sorrideva e recitava perfettamente la parte della sposa felice, ma sapevo che era furiosa. La sera ci fu una lite spaventosa. Mi massacrò con offese taglienti, io avevo un terribile mal di testa, ancora troppo alcool nel sangue e non le avevo minimamente tenuto testa. A un certo punto non ressi più, lasciai l'appartamento e andai in taxi da Tim. Allora viveva ancora da solo. C'era anche Alexander. I due stavano bevendo qualcosa e chiacchieravano. Alexander aveva mandato a casa Elena e la piccola Ricarda. Mi unii a loro. Credo di aver... di aver pianto. Ero così disperato», respirò profondamente e, sempre senza guardare Jessica, riprese, «la nostra prima notte di nozze è andata così. Patricia a casa da sola e io dai miei migliori amici, a piangere ubriaco fradicio, perché naturalmente avevamo ripreso al punto dove avevo interrotto al mattino. Ci riempimmo di alcool, tutti e tre e poi... ci perdemmo in interminabili discorsi senza capo né coda...»

Finalmente alzò lo sguardo. Guardava Jessica. Nei suoi occhi vide solo lo sconforto, il vuoto, l'assoluta mancanza di speranza che alla fine qualche cosa potesse migliorare. «Ero nel panico. Appena sposato, in procinto di diventare padre e, allo stesso tempo, in una fase della vita in cui non volevo altro che la libertà. Una libertà assoluta, sconfinata, avevo la sensazione di essere caduto in una trappola da cui non sarei più uscito. Allora gli altri iniziarono con Stanbury.»

«Stanbury?»

Mostrò di nuovo quel suo sorriso amaro, che prima di quella sera non gli aveva mai visto. «Ti ho detto che eravamo completamente sbronzi e che facevamo ragionamenti sconclusionati. Mi volevano consolare. A Tim venne l'idea di fare una lista delle cose positive che c'erano nella situazione in cui mi trovavo. Non mi venne in mente nulla, e neppure agli altri, ma poi Alexander menzionò Stanbury e lui e Tim cominciarono a insistere sull'argomento. A quell'epoca, Kevin McGowan stava già combattendo con il cancro, ed era chiaro che in tempi brevi Stanbury sarebbe passata a Patricia. Allora i due dissero che, in un certo senso, avrei sposato una specie di nobile inglese con tanto di residenza in campagna. Che sarei appartenuto alla *upper class* britannica e che ad Ascot sarei stato seduto proprio dietro la regina... e simili stronzate; ma poi cominciammo ad appassionarci seriamente a Stanbury. Proprio in quell'occasione nacque l'idea di trascorrere là tutti assieme le nostre vacanze e di trasformare Stanbury nella *nostra* Stanbury, mia, di Tim e Alexander. Nel luogo in cui saremmo andati sempre assieme, in cui avremmo potuto dimenticare i problemi quotidiani ed essere pienamente noi stessi. Stanbury come il luogo in cui si sarebbe sempre manifestata la nostra amicizia. Sentivamo la solennità del momento e, ubriaco com'ero, pensavo che sarebbe andato tutto bene. Quando spuntò il mattino, andai a casa, convinto di poter sopportare tutto solo perché c'era Stanbury. Perché c'erano i miei amici, perché ora c'era una casa per la nostra amicizia.» Al ricordo di quei momenti scosse la testa. «Però non amavo Patricia. Non l'amavo allora e non l'avrei amata neppure dopo. Amavo solo Stanbury, era questo a farmi andare avanti.»

«Alexander non me l'ha mai raccontato», disse Jessica.

Leon non fece caso alla sua osservazione. «E ora Stanbury è diventata la tomba di Patricia. E delle bambine. È tutto così... spaventosamente tragico. Sembra quasi una punizione. Sono stato punito. Perché non volevo né Patricia né le bambine. Perché negli ultimi anni la mia vita è stata una sola grande menzogna.»

Jessica capì che non avrebbe avuto alcun senso tentare di parlare con lui dei suoi problemi: avrebbe voluto esaminare cosa si sarebbe potuto fare per aiutare Evelin al più presto. E avrebbe voluto parlare dell'incredibile tesi del sovrintendente Norman, secondo cui Evelin sarebbe stata maltrattata e malmenata da Tim per anni. Nonostante Leon avesse ammesso che Norman aveva detto la verità («Non lo sapevi?»), le sembrava comunque poco credibile, e ingenuamente, in un angolo remoto del suo cervello, continuava a sperare che fosse tutto un equivoco. A ogni modo non avrebbe potuto parlarne con questo uomo distrutto, per lo meno non in quel momento, forse più tardi, fra settimane o addirittura mesi. Per un attimo accarezzò il suo braccio con dolcezza.

«Non guardare indietro», gli sussurrò, «non serve. Cerca di guardare avanti.»

«Tu ne sei capace?» chiese. «Guardare avanti?»

«Ci provo. Vorrei aiutare Evelin. Qualcosa mi dice che quando tutto sarà finito crollerò, ma per ora è questo che mi tiene in piedi. Sono profondamente convinta della sua innocenza. Devo aiutarla.»

«Stai lavorando?»

Scosse la testa. «Dalla fine delle vacanze non ho più riaperto l'ambulatorio. Perderò i pazienti che ho faticosamente conquistato, ma...» respirò profondamente, «dovrò in ogni caso ricominciare da capo, perché nulla sarà più come prima.»

«No», confermò, «nulla sarà più come prima.»

Rimasero in silenzio per un po' di tempo. Il cameriere portò via con aria seccata il piatto praticamente intatto di Jessica. Fuori si era fatto buio, i rumori della città si erano smorzati da tempo. Ai tavoli del ristorante si chiacchierava, qua e là esplodevano delle risate. I bicchieri tintinnavano.

«Cosa fai tutto il giorno?» chiese Leon.

Lei rifletté. Cosa faceva tutto il giorno? Cosa faceva *da quando suo marito era stato ucciso*?

«Penso», disse, «rimugino. Cerco di comprendere cose inafferrabili. Cerco di farmi un quadro.»

«Un quadro di cosa?»

Tirò fuori il portafoglio. Era arrivato il momento di pagare. Il momento di rifugiarsi nell'oscurità della sua casa, per essere da sola con Barney. Fra i suoi piani, le sue strategie, le sue riflessioni. Fra tutto ciò che le impediva di comprendere fino in fondo quanto successo, e di essere così travolta dal dolore.

«Un quadro di Alexander e di tutti voi. È tutto così enigmatico.» Fece un cenno al cameriere. «Come prima cosa cercherò il padre di Alexander. Potrei anche dire mio *suocero*, ma suonerebbe molto strano, perché è un uomo che non conosco.»

«Non lo conosci?» chiese Leon stupito.

«Al nostro matrimonio non c'era. Non c'era al funerale. Alexander mi aveva detto che il rapporto con suo padre era molto difficile e che da tempo non avevano più contatti. Vorrei sapere cosa c'è dietro.»

Per la prima volta, il sorriso di Leon si fece meno teso, ma non per questo felice. «Vai direttamente nella tana del leone. Il padre di Alexander. Il vecchio Wilhelm Wahlberg. Lo hanno sempre chiamato Will, solo Will. Per tutta la sua vita, Alexander ha sempre avuto una paura matta di lui.»

«Perché?»

«Perché è fatto a suo modo. Collerico, intollerante, irascibile. Prepotente. Esigente. Sadico, quando si trattava di distruggere gli altri. Un uomo che avrebbe potuto spingere chiunque al suicidio solo con le parole, e che avrebbe goduto di questo potere. Davvero, Jessica, non ti perdi nulla a non conoscerlo.»

Improvvisamente fece una domanda. «Alexander soffriva di incubi terribili. Sai da cosa fossero causati?»

Il suo sguardo si richiuse e si staccò da lei.

«Non ne ho idea», disse.

A casa Barney la aspettava impaziente. Cedette alle sue insistenze, gli mise il collare e il guinzaglio e fecero un giro nella notte calda. Incontrarono solo una persona che faceva jogging, il resto del quartiere sembrava dormire. Sciolse il guinzaglio del cane che si mise a correre come un pazzo fra i cespugli, ovunque alzava la zampa e infilava il naso nell'erba tenera e fresca. La notte di maggio era carica di profumi e promesse.

Per gli altri. Per lei, per Jessica, non più.

Quando ritornarono era quasi mezzanotte. In casa l'attendevano il vuoto e l'oscurità. La casa di Alexander nella periferia occidentale di Monaco. La casa in cui aveva vissuto prima con Elena e Ricarda e poi da solo. Lei si era trasferita lì già prima del matrimonio, ma fra di loro avevano sempre parlato di cercarne un'altra.

«Con te voglio ricominciare da capo», le aveva detto Alexander.

Allora perché erano rimasti lì?

Si trovava vicino al suo ambulatorio, ma questo da solo non poteva essere un motivo valido. Forse tutti e due lavoravano troppo per poter dedicare tempo ed energie sufficienti al progetto di una nuova casa. È vero che Alexander aveva parlato spesso di trasloco, ma non aveva mai fatto nessun passo concreto in quella direzione. Forse non aveva voluto andare avanti? Era rimasto legato al suo passato più di quanto avesse mai voluto ammettere?

Cerca di non interpretare troppo qualunque cosa, a posteriori, disse a se stessa mentre apriva la porta, se no impazzisci. In fondo anche *tu* non hai fatto nulla se non parlare. In fin dei conti era molto comodo per tutti e due.

Si proibì di immaginare come sarebbe stato bello se lui fosse stato in salotto ad aspettarla. Avrebbero potuto bere assieme un bicchiere di vino, lui avrebbe raccontato dell'università e lei dell'ambulatorio. Le avrebbe messo la mano sulla pancia e le avrebbe chiesto coma andava il piccolo.

«Merda!» urlò. «Non pensarci! Maledizione, non pensarci!»

Andò in bagno, fece scendere l'acqua nella vasca e aggiunse sali al rosmarino; era quasi mezzanotte e mezzo quando si infilò nell'acqua piacevolmente calda che sciabordava dolcemente. Sul bordo della vasca c'era un bicchiere di vino. Sapeva che durante la gravidanza non avrebbe dovuto bere alcool, ma da quel 24 aprile, quando di ritorno da una passeggiata nella ridente primavera inglese aveva trovato la propria vita ridotta in macerie, se la sera non beveva un paio di bicchieri di vino non riusciva a dormire. Sperava che il bambino non ne avrebbe risentito.

Non voleva pensare a Stanbury, ma naturalmente la sua mente tornava sempre lì, mentre fissava il soffitto oppure le piastrelle della parete, su cui c'erano ancora gli adesivi che Ricarda, da piccola, aveva attaccato: un Bambi dai grandi occhi, grossi funghi, streghe con il naso adunco e principesse dai capelli d'oro, e poi stelle, soli e sottili falci di luna con visi sorridenti. Un romantico mondo delle favole. Difficile da mettere in relazione con l'adolescente ribelle e testarda con la quale si aveva a che fare adesso.

Ricarda, Leon, Evelin, e lei.

Su Evelin gravava un sospetto che, Jessica ne era convinta, avrebbe potuto pendere anche su tutti gli altri. Evelin aveva avuto la sfortuna di aver raccontato una storia contraddittoria e incongruente; ma chi non l'avrebbe considerato naturale, tenuto conto dello stato di shock in cui si trovava?

Il sovrintendente Norman e l'ispettore Lewis. Evidentemente, loro non lo consideravano naturale.

Vedevano il movente nel fatto che Evelin veniva maltrattata dal marito. Ma l'avrebbe ucciso per questo? In una sorta di raptus omicida avrebbe ucciso *tutti* quelli che le fossero capitati a tiro? La grassa e depressa Evelin? Sempre mansueta, sempre gentile. Non poteva essere. Con tutta la sua buona volontà, Jessica non poteva crederlo.

Ricarda. Pensava alle fantasie omicide che avevano preso forma nel suo diario. L'idea di vedere morta tutta la compagnia si era impossessata di lei in maniera preoccupante. Evidentemente attribuiva a Patricia, ma anche agli altri, la responsabilità per il divorzio dei suoi genitori. Indubbiamente non era ancora riuscita a superare il trauma della separazione. E questo l'avrebbe portata a uccidere cinque persone?

Leon. Era con le spalle al muro. I suoi problemi finanziari erano ben peggiori di quanto tutti gli altri – forse escluso Tim – avrebbero potuto immaginare. Inoltre aveva due figlie esigenti, abituate a un elevato standard di vita e che naturalmente lo consideravano normale. E una moglie che, per l'intransigenza con cui lo spingeva a ricercare il successo, non avrebbe nemmeno voluto sposare. Per lui, confessarle il suo fallimento professionale doveva essere stata una vera discesa all'inferno. Capita spesso che uomini, precipitati in simili situazioni, non vedano altra via d'uscita che distruggere tutti i membri della famiglia. Per liberarsi per sempre delle loro aspettative, delle loro richieste, delle critiche e perfino della loro perfidia. In genere, però, questi uomini pongono fine anche alla propria vita, o quanto meno ci provano. Ma per quale ragione uccidere anche Tim e Alexander?

I suoi due migliori amici. Erano sempre assieme, fin dai tempi dell'asilo. Fra i componenti del loro ristretto gruppo di amici era lui quello che aveva fallito. Era forse tormentato dalla sensazione di essere, ai loro occhi, un incapace? Forse i suoi amici gli erano diventati tanto insopportabili quanto la sua famiglia?

E io? Si domandò. Quali potevano essere i miei motivi?

Scosse la testa, si alzò, prese l'accappatoio e vi si avvolse. Guardò nello specchio sul lavandino. Vide il suo volto pallido, incorniciato dai riccioli umidi.

Non avevo nessun motivo.

Ma probabilmente anche gli altri sosterrebbero la stessa cosa con la massima convinzione. Probabilmente oscillerebbero fra rabbia e divertimento se sapessero quali ipotesi si possono formulare partendo dalla situazione di vita specifica di ognuno.

Si lavò i denti e pensò a Phillip, della cui colpevolezza Leon era convinto, o meglio lo era stato fino a quando aveva smesso di occuparsi di qualsiasi cosa che non fosse il superamento della propria misera condizione. Che Phillip fosse improvvisamente impazzito? Fuori di sé per la rabbia perché nessuno gli credeva, perché lo avevano liquidato come un pazzo che corre dietro a un'ossessione? Come ci si sente a essere convinti di avere un diritto e non trovare nessuno che ti presti ascolto? Potrebbe questo portare un uomo a compiere un simile gesto di follia?

Naturalmente era possibile, i giornali erano pieni di fatti del genere.

Nonostante fosse ormai l'una, sapeva che non sarebbe riuscita a dormire. Con indosso solo l'accappatoio tornò in sala. Barney era sdraiato sul divano e le gettò un'occhiata assonnata. Gli si sedette vicino, lo accarezzò mentre con il telecomando faceva zapping fra i diversi canali televisivi. Sentì l'impellente bisogno di bere un altro bicchiere di vino, ma se lo proibì energicamente. Doveva pensare al bambino.

E devo pensare a Evelin, si disse. Forse avrebbe dovuto scavare un po' nella vita di Evelin. Forse avrebbe potuto trovare qualche cosa che la scagionasse, o quanto meno che ponesse la questione del movente sotto una nuova luce. Il problema era che per il momento non si poteva contare su Leon. In qualche modo, tutto era legato al gruppo di amici, a questa singolare costruzione fittizia che solo a uno sguardo superficiale dava l'impressione di armonia e coesione, mentre a uno sguardo più approfondito rivelava l'estrema costrizione all'adattamento reciproco che imponeva e il sospetto con cui ogni tendenza all'individualità veniva osservata.

In quale circostanza una simile struttura è costantemente costretta a vigilare su se stessa con tanta intransigenza? Si rispose alla domanda nello stesso istante in cui la formulava: quando è incrinata. Instabile. Forse nemmeno reale.

Fissò il televisore senza vedere quello che veniva trasmesso. Sapeva bene chi avrebbe potuto aiutarla, chi era l'unica persona cui avrebbe potuto porre delle domande. L'unica persona che era stata così a lungo parte del sistema da conoscere le risposte.

Il problema era che non aveva voglia di mettersi in contatto con la ex moglie di suo marito.

2

A Londra pioveva, una calda ma intensa pioggia di maggio, e Phillip, che aveva lasciato il suo appartamento senza soprabito e senza ombrello, in un batter d'occhio si era infradiciato ed era comunque di pessimo umore. Per la precisione, non possedeva un ombrello – e non avrebbe mai voluto averne uno perché lo considerava un oggetto piccolo borghese – ma di certo un soprabito non sarebbe stato una cattiva idea. Il suo era così vecchio e consunto, che di fatto con quello non poteva più farsi vedere in giro. Soprattutto se, come oggi, doveva fare visita a un avvocato nell'elegante quartiere londinese di Westminster. Mentre aspettava nell'atrio con il pavimento di parquet ammirando i dipinti a olio alle pareti, senza dubbio autentici, si rallegrò di essersi messo per lo meno la cravatta.

Un suo buon amico l'aveva messo in contatto con l'avvocato, ma questo non avrebbe influito sul fatto che la somma da pagare sarebbe stata elevata e avrebbe aperto una spaventosa voragine nelle sue finanze. In quel periodo lavorava saltuariamente come doppiatore alla BBC, ma i contratti arrivavano raramente e a grande distanza l'uno dall'altro. I guadagni gli permettevano a malapena di pagare l'affitto del misero buco a Stepney e di andare ogni tanto al pub. Il cibo, in genere, lo pagava Geraldine, cosa che ancora oggi lo disgustava.

Come se non bastasse, l'avvocato gli aveva dato pochissime speranze. Aveva ascoltato la sua storia con aria scettica e poi aveva detto che gli argomenti per la richiesta di riesumazione del defunto Kevin McGowan erano troppo deboli.

«Per essere sincero, Mr Bowen, non vedo neppure una possibilità. Abbiamo solo ed esclusivamente la dichiarazione di sua madre, che ormai non è più viva. Inoltre, quando le ha raccontato di questa... faccenda, era già nella fase terminale della malattia ed era sotto l'effetto di forti medicinali. Cosa che non rende di certo... più credibili le sue affermazioni.»

In Phillip cresceva quella rabbia che ormai gli era così familiare. Si scontrava sempre con questa obiezione: sua madre malata, tormentata dal cancro e confusa dalla morfina, avrebbe iniziato a scodellare fantasie incontrollate su un amante fuggito. A volte si vergognava di aver esposto la madre, che ormai non poteva più difendersi, a simili insinuazioni.

L'avvocato gli aveva letto in faccia quello che pensava, quindi si affrettò ad aggiungere: «Non dico che *io* la penso così. Ma lei vuole il mio consiglio e una realistica valutazione della situazione; non le servirebbe a nulla se minimizzassi la questione».

Poi, Phillip lo aveva informato del crimine avvenuto a Stanbury House e gli aveva raccontato che anche lui era stato interrogato per ore. Nei giornali inglesi si parlava ancora degli *omicidi dello Yorkshire* – anche se nel frattempo erano spariti dalla prima pagina – e ne era al corrente anche l'avvocato, che tuttavia non li aveva subito messi in relazione con il suo cliente. Ora capiva.

«Dio mio», disse, «ma certo! Kevin McGowan! È stato sui giornali! Mi stia a sentire», si era piegato in avanti e guardava intensamente Phillip, «al suo posto eviterei di prendere in mano questa faccenda per molto tempo. Lei è stato, seppure per poco, fra i sospetti. E se l'incriminazione contro questa tedesca, che ora è in regime di carcerazione preventiva, non viene convalidata stia pure sicuro che lei sarà il primo su cui si concentrerà l'attenzione. Con il suo comportamento ha già fornito molti punti sui quali poter essere attaccato. Non ne aggiunga altri!»

«Ho cercato soltanto di ottenere ciò che ritengo un mio diritto...»

L'avvocato lo interruppe. «Il suo diritto, o quello che lei ritiene tale, per ora non interessa nessuno. Per quanto riguarda Stanbury, in questo momento l'unica cosa che interessa è far luce su uno spaventoso delitto, e la polizia si lancerà su qualsiasi cosa appaia poco chiara. Perciò cerchi di restarne fuori.» Si era alzato e questo indicava che voleva terminare la conversazione. «Naturalmente questo è solo un consiglio», disse, «che lei può seguire o no.»

Phillip sapeva che sarebbe stato il caso di seguire il consiglio dell'avvocato, ma questo significava starsene lontano e aspettare che la faccenda – cioè il plurimo omicidio – finisse nel dimenticatoio. Se Evelin fosse stata condannata, allora lui avrebbe potuto ricomparire e avanzare nuovamente le proprie pretese. Ammesso che non fosse troppo tardi. Cosa ne sapeva della fine che avrebbe fatto Stanbury House? Metà della gente che l'aveva frequentata era morta. In fondo, il vedovo inconsolabile avrebbe potuto vendere tutto. E, anche se in un futuro lontano avesse ottenuto la riesumazione di Kevin McGowan, magari avrebbe avuto solo una parte del ricavato della vendita. A Phillip, in questa storia, i soldi non interessavano.

Sto perdendo il controllo della situazione, pensò. Come sempre.

In metropolitana c'era un'aria irrespirabile e le persone stavano pressate come sardine. C'era odore di soprabiti e ombrelli bagnati e per ragioni imperscrutabili sembrava che alle fermate scendessero poche persone e ne salissero sempre di più. Phillip era schiacciato contro una signora corpulenta che era più bassa di lui di tutta la testa; nell'aria umida i suoi capelli impermanentati si rizzavano in tutte le direzioni e gli facevano solletico sulla bocca, cosicché aveva l'impressione di respirare capelli grigi.

Ma perché continuo a vivere a Londra? si chiese. Pensava agli ampi pascoli e alle brughiere intorno a Stanbury; si vedeva, in una sera come quella, in compagnia di un cane a passeggiare per i campi con gli stivali di gomma, il barbour e un berretto a quadri. Attorno a lui pace, solitudine, libertà. Odore di erba bagnata, di terra e fiori. A casa il fuoco nel camino e un whisky.

Chi avrebbe mai detto che *lui* si immaginasse in una simile situazione, che potesse aspirare a realizzarla? Quasi si sarebbe messo a ridere di se stesso, ma si bloccò, perché temeva di ritrovarsi ancora un'ondata di capelli fra le labbra. Inoltre non c'era nulla da ridere nello stare schiacciato in quella metropolitana, mentre si dirigeva verso una misera casa.

Quando poté scendere nella zona orientale di Londra, tirò un sospiro di sollievo benché, appena sbucato dalla stazione, lo avesse subito accolto la pioggia. Le strade davanti a lui erano tristi e grigie. Quartieri operai, file di vecchie case malconce con giardinetti trascurati. Sul retro cortili tetri, ingombri di pneumatici, pezzi di lamiera e lavatrici scartate che con gli anni si erano ricoperti di ruggine. A dispetto della pioggia, su alcuni fili era stesa della biancheria. Davanti a una casa c'era una carrozzina, evidentemente dimenticata lì, che si era inzuppata. Dietro le finestre delle sale si vedevano i bagliori dei televisori. Strilli di bambini si mischiavano alle voci alterate di adulti che litigavano. Da qualche parte un cane abbaiava. C'era puzza di cipolle arrosto. Un treno passò sulla ferrovia sopraelevata, fece tremare i vetri di alcune case e riempì la strada con un frastuono assordante.

Phillip si allontanò dalla schiera di case e piegò in una strada, ai cui lati si ergevano casermoni a più piani costruiti dopo la guerra. Qui, davanti alle porte, mancava addirittura il minuscolo pezzo di prato all'inglese, che almeno dava l'illusione di un po' di verde alle case a schiera. Gli affitti erano bassissimi, ma non c'era nessuno che si trasferisse qui volontariamente. L'intonaco si staccava dalle pareti, la maggior parte dei lampioni era rotta e praticamente ogni parete era imbrattata dai graffiti: in genere mostruose oscenità con un'ortografia terribile. Phillip gettò un'occhiata alla finestra inclinata del suo appartamento, un abbaino, anche definirlo appartamento era senza dubbio eccessivo: aveva una stanza sola. Aveva sperato che la finestra fosse buia, invece naturalmente c'era una luce accesa, in fondo non si aspettava altro. Lei era lì. Quando non lavorava ormai era sempre lì.

Ufficialmente Geraldine non si era trasferita da lui e non avevano neppure parlato di quella eventualità. Da quando erano ritornati dallo Yorkshire non avevano più parlato di loro, del loro rapporto, del loro futuro. Ma Geraldine si comportava come se lassù a Stanbury non ci fosse mai stata quella discussione. Lui aveva posto fine al loro rapporto, ma lei semplicemente faceva finta di niente. Si era rinfilata nella vecchia vita, quella *precedente* a Stanbury, anzi l'aveva intensificata. Non aveva reso la chiave dell'appartamento di Phillip e quando era a Londra ripiombava sempre lì. Faceva la spesa, puliva, passava l'aspirapolvere, metteva fiori nei vasi, aveva portato con sé un tappeto e due quadri. Senza dubbio aveva tratto da quel buco il massimo che si potesse fare, ma non era quello che Phillip voleva, soprattutto aveva assunto l'atteggiamento della moglie premurosa sempre a disposizione del marito. Cosa che desiderava ancor meno, ma che accettava con furibonda rassegnazione.

Naturalmente sapeva perché lo accettava e perché *lei* lo faceva. Era la maledetta storia dell'alibi che aveva rinsaldato il legame fra di loro. Non aveva più detto una parola su quella faccenda, ma era cambiato tutto lo stesso: lei aveva rafforzato la propria presenza nella sua vita. E lui non si sentiva più libero di mandarla al diavolo.

Con una spinta aprì la porta – che traballava sui cardini e non si chiudeva più bene – e si affacciò nell'oscurità della stretta tromba delle scale, che era satura di uno stagnante odore di cucina e di un acre puzzo di detersivo. Gli scalini scricchiolavano. Su alcuni pianerottoli c'erano, malamente tagliati, pezzi di moquette pelosa, con colori e disegni orribili, incrostati di sporcizia e infestati dagli acari. Su altri erano posate casse di birra oppure scarpe e vecchi giornali che svolazzavano qua e là. Non tutte le lampade – comunque costituite solo dalla lampadina – erano accese. Molte erano rotte, quindi era necessario procedere a tentoni, con cautela. Phillip si era abituato e da tempo non faceva più caso alla bruttezza e alla miseria della sua casa. Negli ultimi tempi però, ogni volta che faceva ritorno dal suo lavoro alla BBC oppure dalle scorribande in città, sentiva una pesante pressione sul petto. La tristezza non era la causa principale. Era l'angustia che, nella semioscurità fra le pareti tenebrose e sudice, gli toglieva il fiato. L'angustia del suo appartamento. L'angustia di questa casa. Ma forse anche l'angustia di Londra, delle strade, delle case, delle tante persone.

Un tempo ero diverso, pensò, completamente diverso. Prima di Stanbury.

Geraldine spalancò la porta dell'appartamento prima ancora che avesse il tempo di infilare le chiavi. Evidentemente aveva sentito i suoi passi sulle scale.

«Sei tu! Hai fatto tardi, non è vero? Pensa un po', c'è Lucy!»

Aveva l'impressione che l'avesse bloccato intenzionalmente, comunicandogli la presenza di Lucy, prima che si mettesse a parlare della visita all'avvocato. Probabilmente non ne aveva fatto parola con la sua migliore amica. Verosimilmente le sarebbe stato troppo penoso («Dopo tutto quello che è successo, si mette a correre dall'avvocato per quella sua folle idea della riesumazione! Non è possibile essere così ossessionati!»).

Entrò nel piccolo spazio in cui, fra pareti inclinate, si riunivano cucina, sala e camera da letto. Il soffitto della casa era crepato in diversi punti e l'umidità filtrava da tutti gli angoli e scollava la carta da parati. Non gli sembrava un gran danno, perché non aveva mai sopportato quegli ornamenti verdi e oro sullo sfondo color guscio di uovo.

Lucy Corley era seduta al piccolo tavolino da bar, nel cosiddetto «angolo di cottura», fra l'armadio di legno e il fornello elettrico a due piastre. Stava fumando una sigaretta e il portacenere stracolmo che le stava davanti indicava che era lì da parecchio. Phillip considerava Lucy la donna meno attraente che avesse mai visto: piccola, squadrata, piatta, con piedi troppo lunghi in rapporto alla sua altezza e mani come badili. I capelli, lunghi fino alle spalle, erano tinti di nero, il suo colore naturale era castano molto chiaro, e creavano un duro contrasto con l'incarnato eternamente pallido del viso. Mandava avanti la sua agenzia di modelle con impegno e successo, e le si leggeva sul volto la durezza richiesta dalla sua professione in un mercato così spietato. Per la sua età aveva rughe decisamente profonde. Non aveva mai fatto mistero della propria antipatia per Phillip. Sapeva che lo considerava un opportunista che si faceva mantenere senza alcuno scrupolo da Geraldine e che, oltre tutto, calpestava i suoi sentimenti. Visto che di lei non gli importava nulla, gli era indifferente anche quello che pensava, ma lo infastidiva che Geraldine l'avesse portata lì e che quindi si trovasse fra i piedi anche lei.

«Ciao, Phillip», disse Lucy. Aveva una voce bassa e roca, che probabilmente era dovuta all'abbondante consumo di sigarette. «Ho sentito dire che lavori.»

Lo disse con un tono tale che sembrava parlasse di un fenomeno inaudito. Decise di far finta di niente.

«Ciao, Lucy, come mai da queste parti?»

«Lucy e io abbiamo perso la nozione del tempo mentre bevevamo una tazza di caffè», disse Geraldine, «per questo non ho ancora preparato la cena, ma lo faccio...»

«Non stare a preoccuparti per me», la interruppe Phillip burbero e si sfilò la giacca fradicia, si sciolse la cravatta, si sfilò le scarpe in cui era entrata l'acqua. «Quando arrivo a casa non mi aspetto proprio di trovare la cena pronta!»

E non mi aspetto neppure di trovarti sempre qui, continuò fra sé.

Lucy schiacciò la sigaretta e si alzò. «È ora che me ne vada», annunciò.

«Non vuoi fermarti a mangiare?» chiese Geraldine.

Lucy scosse la testa. «No di certo!» Era chiarissimo che se ne andava a causa di Phillip, e che riteneva avvilente restare per troppo tempo nello stesso posto con lui. Prese il soprabito. Phillip non fece il minimo tentativo di aiutarla, anzi, la osservò impassibile mentre si costringeva nelle maniche troppo strette.

«Pensa a quello di cui abbiamo parlato», disse lei sfiorando con un bacio la guancia di Geraldine. Salutò Phillip con un freddo cenno e lasciò l'appartamento. Mentre scendeva, si sentivano le scale vecchie e malandate cigolare in tutte le tonalità.

«Mi dispiace che fosse ancora qui», disse Geraldine, «ma non potevo buttarla fuori.»

«Certo.» Si lasciò cadere sul divano che di notte, una volta aperto, serviva come letto. Prima che Geraldine gli si attaccasse come una piattola, spesso lo aveva lasciato aperto per giorni con le lenzuola spiegazzate e la coperta aggrovigliata. «Se non ricordo male, a Londra hai un tuo appartamento in cui avresti potuto invitarla!»

Geraldine trasalì e con movimenti un po' convulsi cominciò a portare via il posacenere e le tazze. «Non ci sto più volentieri. Voglio dire nel... mio appartamento. Là mi sento così sola.»

«Potresti prenderti più impegni. Non saresti così spesso a casa e quando ti dovesse capitare ne apprezzeresti la tranquillità.» Le lanciò uno sguardo tagliente. «Scommettiamo che la buona Lucy ti ha parlato proprio di queste cose? Che dovresti impegnarti di nuovo di più nel tuo lavoro?»

«Lucy ha la sua visione delle cose. Che non deve necessariamente coincidere con la mia.»

«Ma a volte ha ragione, e sai che non dico volentieri una cosa del genere sulla 'mia cara amica Lucy'. Sei una fotomodella, sei molto bella e potresti fare il tuo lavoro a pieno regime ancora per qualche anno. Invece te ne stai qui nel mio appartamento», sottolineò con la voce la parola *mio*, «e sprechi il tuo tempo a fare la spesa, a cucinare e a progettare qualche inutile miglioria!» Indicò i fiori e i quadri. «Non c'è da meravigliarsi che Lucy abbia la faccia ancora più scorbutica del solito. Per lei si tratta di un bel po' di occasioni perse.»

«Io non sono al mondo per accontentare Lucy. E neppure per accontentare nessun altro. È la mia vita!»

Era insolitamente aggressiva. L'ultima cosa che Phillip desiderava quella sera era una lite con lei.

«Certo, è la tua vita», confermò, «e ammetterai che non ti ho mai costretta a sacrificare per me la tua vita, il tuo tempo o qualsiasi altra cosa!»

«Se posso stare con te, per me non è un sacrificio», disse Geraldine. Sul viso le erano comparse delle macchie rosse. Evidentemente la discussione l'aveva toccata molto. Aveva vuotato il portacenere e messo le tazze nel lavello. Poi prese dal frigorifero un cespo di lattuga e pomodori. Avrebbe preparato un'insalata e forse avrebbe fatto scaldare una baguette, di certo aveva preso anche formaggio e uva. Se fosse stato da solo, probabilmente in casa non avrebbe avuto nulla da mangiare. Sarebbe andato al supermercato e avrebbe comprato una minestra in busta. Si domandava, santo Dio, perché odiasse tanto tutte le sue premure.

Cosa si aspettava? La osservava mentre eliminava le foglie di insalata appassite e tagliava pomodori e cipolle. Cosa voleva ottenere? Bene, aveva infilato un piede nella sua porta, forse anche di più. Ma doveva sapere che stava solamente sfruttando l'alibi che gli aveva fornito, e che lui la tollerava fra le sue quattro mura contro la propria volontà e solo per questo. Non poteva fare altro. Una situazione simile poteva renderla davvero felice?

Il pensiero dell'alibi lo fece improvvisamente trasalire. «Spero che tu non abbia detto nulla a Lucy», disse diffidente. La sua esperienza gli diceva che le donne tendono, in maniera quasi suicida, a confidare i loro segreti alle migliori amiche. «Sai cosa intendo... l'alibi.»

«Certo che no», rispose Geraldine, ma gli sembrò che il suo tono non fosse davvero indignato. Come minimo ci aveva almeno pensato.

«Lo sai che deve assolutamente restare solo fra di noi», disse; «Lucy si precipiterebbe subito a informare i piedipiatti. Così fra noi finirebbe tutto e lei potrebbe riprenderti completamente sotto il suo controllo.»

«Non sono stupida, Phillip», disse Geraldine. Mentre lui riprendeva a rimuginare, si accorse che sembrava più rilassata. Evidentemente la sua paura che tutto potesse crollare le infondeva sicurezza. Finché lui fosse stato preoccupato, non l'avrebbe scacciata. Tuttavia lui aveva fatto emergere anche un altro concetto: se lei non avesse tenuto la bocca chiusa, l'avrebbe sbattuta fuori. Perché per lui non ci sarebbe stato più alcun motivo di farsi tenere ancora al laccio da lei. Un sistema traballante basato sulla dipendenza reciproca...

Una situazione di merda, pensò.

Si alzò, camminò un po' avanti e indietro, guardò fuori dalla finestra. Il tetto della casa di fronte, sotto la pioggia, era grigio scuro.

L'angustia, questa indicibile angustia che sembrava togliergli il fiato.

«L'avvocato mi ha consigliato di lasciar perdere Stanbury per il momento», disse; «ritiene che, dopo tutto quello che è successo, sia pericoloso. A parte questo, mi ha dato poche speranze...» Si lisciò i capelli bagnati. Era così depresso che avrebbe voluto riempirsi di whisky. Forse, nel corso della serata, l'avrebbe anche fatto.

Si avvicinò alla mensola su cui c'erano i raccoglitori con gli articoli su Kevin McGowan. Passò la mano sulle loro coste di plastica. Per un attimo quel contatto gli fece dimenticare il whisky.

Geraldine cominciò ad abbrustolire in una padella lo speck e le cipolle, poi aggiunse le uova. Un buon profumino si diffuse nella triste mansarda.

«Dobbiamo andarcene da qui», disse lei all'improvviso.

Qui non ci abitiamo *noi*!

«È così piccolo e così... triste.»

Accidenti! Chi ti ha invitata a restare qui?

«Però non mi sembrerebbe nemmeno una buona idea trasferirci nel mio appartamento. Dobbiamo iniziare assieme qualche cosa di completamente nuovo.»

Dio mio!

«Un po' fuori. Una casetta con il giardino.» Si girò verso di lui. «Cosa ne dici?»

«Per favore, lascia perdere», disse con fatica.

«Mi sembra una buona idea», insistette Geraldine e poi ritornò al suo lavoro.

«A me sembra un'idea di merda», le ribatté Phillip. Poi proseguì testardo: «Voglio Stanbury».

«Non l'avrai mai», disse Geraldine e nella sua voce si sentiva una sfumatura di soddisfazione.

Più tardi si sarebbe reso conto che proprio in quel momento aveva iniziato a odiarla.

3

Sabato mattina, Jessica fu svegliata dal telefono. In un primo momento pensò fosse ancora notte, ma poi vide che erano già le dieci. Si ricordò che la sera aveva preso un sonnifero, perché le erano piombati addosso i pensieri legati ad Alexander, e le avevano causato un dolore tale da non riuscire a prendere sonno. Il sonnifero l'aveva stordita e aveva allontanato tutte le angosce. Ora, mentre si alzava dal letto e si avviava al telefono, si sentiva le gambe molli.

«Sì, pronto?» disse cautamente, senza pronunciare il nome. Spesso telefonavano dei giornalisti, non più con la frequenza dei primi momenti, ma accadeva ancora. Anche in Germania gli *omicidi dello Yorkshire* avevano suscitato un grande interesse. Lei non aveva mai voluto parlare con nessuno, e tanto meno lo voleva ora.

«Signora Wahlberg?» chiese una voce femminile dall'altra parte del cavo. Sembrava parlare un tedesco un po' incerto.

«Chi parla?»

«Alvarez. Alicia Alvarez. Sono donna pulizie della signora Burkhard.»

«Ah! Signora Alvarez!» Jessica aveva conosciuto la giovane portoghese durante alcune serate in compagnia a casa di Evelin e Tim. In genere in queste circostanze Evelin si rivolgeva a un servizio di catering, ma Alicia aiutava a servire in tavola e a riordinare la cucina.

«Spero io non svegliato lei.»

«No, no, nessun problema. Cosa c'è?»

Alicia spiegò che non sapeva cosa fare. Alla fine di aprile, Evelin l'aveva chiamata dall'Inghilterra pregandola di continuare a occuparsi della casa e del giardino fino a quando «la faccenda non si fosse chiarita». Però non era ancora stata pagata e temeva che non avrebbe mai visto i soldi per il suo lavoro. Inoltre, voleva prendersi due settimane di ferie e voleva assicurarsi di poter lasciare la casa per un periodo così lungo.

«Lei è buona amica di signora Burkhard», disse. «Io ricordato suo nome e cercato numero su elenco telefonico. Forse mi può aiutare.»

«Probabilmente ci vorrà ancora un po' di tempo prima che Evelin ritorni in Germania», spiegò Jessica.

«Una storia terribile», disse Alicia, «una storia davvero terribile!»

«Le consiglio di andare in ferie con tutta tranquillità», disse Jessica, «prima, se lo ritiene opportuno, mi porti le chiavi della casa di Evelin. Durante la sua assenza mi occuperò io di tutto. Le darò anche il denaro per il lavoro che ha svolto finora. Poi Evelin me lo restituirà.»

Il sollievo di Alicia si poteva sentire anche attraverso il telefono.

«Va bene! Noi fare così!» Probabilmente aveva urgente bisogno di quel denaro per andare in vacanza. «Sarebbe d'accordo anche signora Burkhard, non è vero? Siete così amiche!»

«La signora Burkhard sarebbe senza dubbio d'accordo», la rassicurò Jessica. Si accordarono che Alicia sarebbe passata a mezzogiorno per portarle le chiavi.

Appena riattaccato, Jessica cominciò a pensare a cosa avrebbe fatto. Aveva intenzione di cercare il padre di Alexander, e voleva parlare con Elena. Fissò il telefono indecisa, entrambe le possibilità la terrorizzavano, ma non serviva a nulla oscillare fra l'una e l'altra. Voleva aiutare Evelin. E allo stesso tempo fare chiarezza per se stessa.

In breve prese una decisione, aprì l'agenda rilegata in pelle che stava vicino al telefono. Sotto *Wahlberg* c'era il numero del padre di Alexander: Wilhelm Wahlberg. Non viveva lontano, al Chiemsee.

Fece il numero e attese con il cuore in tumulto.

Al telefono Will Wahlberg non era stato scortese quando lei aveva azzardato la richiesta di un incontro.

«Faccia pure un salto. Quando vuole. Venga domani. Domani è domenica, non è vero? È proprio il giorno in cui si fa visita ai parenti.» Ridacchiò. «La mia nuora. Un'altra. Devo dirle che sono curioso di vedere chi ha sposato questa volta.»

Non spese una sola parola sulla tragica morte del figlio, sembrava non fosse colpito dal lutto. Jessica sapeva che la madre di Alexander era morta da anni, e si meravigliò che Will apparisse del tutto indifferente al fatto di aver perso, con Alexander, il suo ultimo parente in vita. A parte Ricarda, la nipote, con cui, come le aveva raccontato Alexander, non aveva mai avuto contatti.

«Elena, dopo la nascita di Ricarda, gli aveva mandato alcune foto, ma non ha mai risposto.»

Del nipote, che cresceva nel ventre di Jessica, ovviamente non sapeva nulla, e lei presumeva che comunque non gliene importasse nulla.

Disse che sarebbe arrivata alle sedici. Lui rispose di non preoccuparsi. «Sono solo. Non mi importa quando arriva. Non si aspetti caffè e dolci! Non sono portato a servire gli altri. Non preparo la tavola e non mi metto in cucina. Capisce?»

Lo rassicurò che non aveva nessuna aspettativa in quel senso e lo salutò. Un vecchio strambo, ma meno scorbutico di quanto avesse temuto. Non sapeva nulla di lui. Alexander ne aveva parlato pochissimo.

A mezzogiorno arrivò Alicia per lasciarle le chiavi e prese con sollievo il denaro. Volle sapere se Jessica ritenesse possibile che Evelin avesse commesso un delitto così spaventoso.

«No», disse Jessica, «non riesco a immaginarlo. Evelin non era un tipo facile e faceva una vitaccia, ma di certo non è capace di sgozzare quattro persone e di piantare un coltello nel petto e nella pancia di un bambino. Ma a volte penso che i poliziotti inglesi siano felici di avere un colpevole, così possono fare bella figura davanti all'opinione pubblica. Libereranno Evelin solo quando avranno il vero assassino.»

«La signora Burkhard mi fa così pena», disse Alicia, «essere spaventoso in prigione in paese straniero, senza speranza...»

«Credo che non abbia ancora smesso di sperare», disse Jessica «Ha un buon avvocato e contro di lei ci sono solo indizi e nessuna prova. Per fortuna non è così facile sbattere dietro le sbarre una persona solo perché sospettata di omicidio plurimo.»

Poi le venne un'idea.

«Sa qualcosa», chiese con cautela, «del matrimonio di Evelin e Tim... il signor Burkhard? Ho sentito che non funzionava benissimo.»

Alicia scantonò. «Cosa posso dire? Lui è... era... molto arrabbiato...»

«Spesso Evelin aveva delle ferite», disse Jessica, «giocava a tennis, faceva jogging, ma era proprio sfortunata. Spesso zoppicava, aveva sempre qualche contusione, qualche stiramento o altri simili acciacchi dolorosi.» Gettò ad Alicia un'occhiata penetrante. «Certamente se ne sarà accorta.»

«Non era tipo... sportivo», disse Alicia, «forse per questo faceva male...»

«Crede che sia proprio così?»

«Lei detto così.»

«Sì, lo diceva anche a me. Diceva così a tutti. Ma ci sono anche altre voci. Secondo cui suo marito non sarebbe completamente estraneo alle ferite.»

«Io non sapere.»

Certo che lo sai, pensò Jessica, la servitù sa sempre tutto. Ma non vuoi farti coinvolgere!

Si accomiatarono con freddezza.

Jessica infilò una pizza surgelata nel forno a microonde, diede da mangiare a Barney e poi si sedette in terrazza per pranzare. La giornata di maggio era calda e asciutta. Nel giardino l'erba era cresciuta.

Devo tagliare il prato, pensò, e piantare i fiori. Far vedere in qualche modo che si va avanti.

La questione era se voleva continuare a vivere in quella casa. Non aveva ancora risolto il problema, e ogni volta di fronte a esso indietreggiava inorridita. Come poteva sapere cosa era giusto fare? Come poteva sapere cosa avrebbe provato fra un anno?

Non devo decidere adesso, pensò, posso aspettare fino a quando nascerà il bambino.

Mangiò metà della pizza perché non aveva più fame, provava solo nausea. L'assolato sabato pomeriggio si stendeva davanti a lei lungo e vuoto. Nessuno con cui potesse fare una passeggiata. Oppure con cui bere un caffè, o con cui starsene semplicemente seduta al sole. Con Alexander non c'era mai stato un fine settimana vuoto. Facevano sempre qualcosa assieme, a volte ascoltavano musica, leggevano o guardavano un film. Spesso si trovavano anche con gli altri amici.

Quasi ogni fine settimana, pensò Jessica. Andavano in birreria, al lago, facevano scampagnate oppure cenavano da uno di loro. Allora non aveva mai messo in discussione queste cose. Oggi, proprio in quel sabato, a tre settimane dalla morte di Alexander, per la prima volta pensò se le era davvero piaciuto quel modo di trascorrere il tempo libero.

Naturalmente Patricia aveva tenuto banco. In effetti nessuno era mai stato altrettanto bravo a parlare e raccontare. In quelle occasioni Evelin se ne stava seduta pallida e malinconica in un angolo. Tim accalappiava qualcuno del gruppo e intavolava una conversazione a bassa voce, lontano dalle chiacchiere di Patricia, basata prevalentemente su una sua analisi psicologica. Alexander era teso e aveva l'aspetto di uno con il mal di testa, anche se lo negava. Leon arrivava spesso in ritardo e si scusava dicendo che aveva dovuto finire del lavoro in ufficio. Non c'era praticamente un fine settimana in cui non lavorasse. Visto che il suo studio, come poi si sarebbe saputo, era da tempo sull'orlo del fallimento, probabilmente questi erano i disperati tentativi di evitare il peggio. Ma forse c'era anche altro. Il bel Leon dall'aspetto aitante... che non avrebbe voluto sposare Patricia, che gemeva sotto la pressione che, giorno dopo giorno, lei esercitava su di lui. Ci sarebbe stato da meravigliarsi se avesse cercato di rifarsi almeno un po' con qualcun'altra? Era questo a spiegare gli incessanti e spasmodici sforzi di Patricia nel rappresentare la perfezione della sua famiglia?

E io? si chiese Jessica.

Non si era sentita a proprio agio in quel gruppo. C'era troppa tensione, troppa ossessione. Inoltre c'erano due persone che non sopportava: Patricia e Tim. Con nessuno dei due avrebbe trascorso di sua spontanea volontà così tanto tempo. Allora perché l'aveva fatto?

Perché non potevo staccare Alexander da quel gruppo. Non ci sarei riuscita in tutta la vita. Piuttosto mi avrebbe lasciata.

Si accorse che le stava tornando il mal di testa, si alzò e scacciò con decisione i suoi pensieri. Perché continuava a rimuginare? Alexander era morto. Come pure Tim e Patricia. Leon ed Evelin avevano bisogno di aiuto.

Smettila di pensare, smettila di pensare, smettila di pensare.

Visto che non le venne in mente niente di meglio per riempire il sabato, decise di andare a dare un'occhiata alla casa deserta di Evelin.

E poi di fare una lunga e bella passeggiata con Barney.

Alicia si era occupata coscienziosamente della casa della sua datrice di lavoro. Nessuno avrebbe potuto credere che fosse vuota da cinque settimane. Non c'erano fiori appassiti, polvere e neppure la cassetta delle lettere strapiena. Non c'era odore di chiuso; evidentemente Alicia aveva arieggiato a fondo anche quella mattina. Si sarebbe potuto credere che Tim ed Evelin fossero appena usciti per una breve passeggiata o che fossero andati a fare una visita a qualcuno. Nulla lasciava pensare che il padrone di casa fosse morto e che sua moglie fosse in un carcere inglese accusata di omicidio.

Barney sfrecciava eccitato annusando qua e là, cosicché Jessica, temendo per alcuni preziosi vasi posati a terra da tutte le parti, lo fece andare in giardino. Lì vide che anche il prato era perfettamente tagliato. Senza dubbio Alicia aveva tenuto quella casa molto meglio di quanto lei tenesse la propria.

Non voleva entrare nello studio di Tim nel seminterrato, e si limitò agli spazi privati della coppia. Si aggirò senza una meta precisa, senza cercare qualche cosa in particolare, solo per cogliere l'atmosfera della casa.

La casa di Evelin.

Evelin. Le era piaciuta sin dal primo momento. Ancora prima di immaginare che attraverso di lei avrebbe conosciuto il futuro marito, che sarebbe diventata una parte di quel gruppo di congiurati. Non avrebbe potuto immaginarlo quella notte in cui una telefonata l'aveva strappata dal sonno.

«Per favore, venga subito. Il mio cane sta malissimo. Credo che non riusciremo a portarlo alla clinica veterinaria!»

Abitava qualche casa più in là. In un batter d'occhio si era vestita e cinque minuti dopo, con la sua valigetta del pronto soccorso in mano, era davanti a Evelin. Evelin era in camicia da notte. Aveva la mano sinistra bendata.

Una caduta sfortunata a tennis, avrebbe spiegato più tardi. Perché si sarebbe dovuto dubitare di quell'affermazione?

A dire la verità, pensò Jessica, non l'ho mai vista senza qualche ferita. Le succedeva sempre qualche cosa. Letteralmente da sempre.

Avrebbe dovuto insospettirsi? Il quadro le era sembrato logico: la grassa Evelin che per motivi imperscrutabili era ossessionata dall'ambizione di comportarsi come la sua sportiva, slanciata, attiva amica Patricia, ma che andava solo incontro a fallimenti; che costantemente si dedicava a esercizi, destinati all'insuccesso per i suoi chili di troppo. Non c'era da meravigliarsi che soffrisse sempre di qualche stiramento dei tendini, distorsione o infiammazione delle articolazioni. Per questo tutti la prendevano in giro. Quando a Stanbury appariva a colazione veniva salutata con frasi del tipo: «Allora, Evelin, ti sei esercitata al doppio salto mortale?» oppure: «Almeno la sbarra è malconcia come te?» Evelin ne rideva forzatamente, ma evidentemente si era rassegnata al suo ruolo di impacciata sfigata della compagnia. Stanlio e Ollio in una sola persona, l'imbranata che fa divertire gli altri.

Anche solo sulla base di questo, Jessica se ne rendeva conto ora, avevano sbagliato a insistere su quel tono. Evelin non si era difesa, ma questo non vuol dire che non si sentisse mortificata. Avevano stimolato la sua depressione, l'avevano nutrita, consolidata. Ma se dietro le sue ferite c'era altro, e se gli altri lo avevano saputo, allora tutta la faccenda era ben più grave. Soprattutto assolutamente incomprensibile. Perché queste rimozioni? Questo spietato mentire su un problema enorme che riguardava due di loro. Evelin e Tim. Qualcuno degli amici aveva almeno una volta parlato con Tim? Per sapere cosa fosse successo?

Decise di affrontare l'argomento con Leon non appena si fosse sentito meglio. Forse lui sapeva anche se Alexander avesse tentato di fare qualche cosa.

Scivolò nella cucina, che era integrata nel soggiorno, separata solo da un bancone. Un orologio ticchettava. L'armadio a muro aveva le ante di vetro che consentivano di ammirare le pregiate porcellane di Evelin. I bicchieri da champagne Jugendstil che Jessica aveva sempre apprezzato. Quella notte in cui aveva soppresso il vecchio pastore tedesco, Evelin le aveva offerto un bicchiere di spumante.

«Dobbiamo farci forza», aveva spiegato. I suoi occhi erano gonfi di pianto, ma le lacrime doveva averle già versate tutte il giorno precedente. Mentre il cane moriva era stata molto composta, l'aveva tenuto in braccio e gli aveva parlato a bassa voce. Il cane faceva fatica a respirare e Jessica, fin dalla prima occhiata, si era resa conto che non c'era più nulla da fare. Aveva quasi quindici anni e, come le aveva detto Evelin, da oltre un anno aveva costante bisogno di cure veterinarie per i problemi al cuore e per il liquido che gli ristagnava nei polmoni. Non era mai stato così male come in quegli ultimi giorni, e quella notte era arrivato a un punto tale che ogni ulteriore tentativo di tenerlo in vita avrebbe significato solo un'inutile tortura.

«Gli dica addio», aveva detto Jessica, Evelin aveva annuito, non aveva opposto resistenza, probabilmente perché aveva già capito che non c'era più speranza. Il cane era morto serenamente. Jessica si ricordava che si era aspettata di incontrare il marito di Evelin, ma le due donne erano rimaste sole con l'animale. Solo più tardi, erano circa le tre, improvvisamente era comparso Tim, mentre loro se ne stavano in salotto a bere spumante.

Indossava un accappatoio blu scuro decorato con caratteri cinesi e aveva i capelli e la barba arruffati. Aveva l'aspetto di un guru o di un missionario e stonava un po' con l'ambiente elegante di quella casa. Come pure con la grassa signora con la costosa camicia di notte di chiffon. Jessica si era aspettata che abbracciasse Evelin per consolarla e poi accarezzasse il cane morto, invece ignorò sia il cane sia la moglie e concentrò le sue attenzioni sull'estranea.

«Ah, la giovane veterinaria! Lei abita in fondo alla strada, non è vero? L'ho vista un paio di volte nel giardino di casa sua. Vive da sola, vero?»

Jessica lo trovò invadente e sgradevole, per di più insensibile nei confronti della moglie. Senza prestare attenzione alla sua ultima domanda, disse: «Sua moglie ha fatto bene a chiamarmi. Il povero cane ha sofferto molto. Purtroppo non ho potuto fare altro che sopprimerlo».

Tim aveva sorriso. «Ormai era da un anno che soffriva. Ho continuato a insistere per farlo sopprimere. Ma mia moglie non riusciva a decidersi. Per lei era come un bambino.»

Evelin trasalì e abbassò la testa. Jessica si chiese perché quest'uomo sembrava oltrepassare i limiti ogni volta che apriva bocca.

«Per la maggior parte delle persone è difficile prendere una simile decisione», disse imbarazzata.

«Oh sì, certo, certo. Soprattutto quando un animale serve per mantenere l'apparenza di una soddisfacente situazione familiare. Mi capitano spesso casi simili», disse Tim; «deve sapere che sono psicoterapeuta. Quando la normale vita familiare non funziona, molte donne perdono la testa.»

Jessica aveva posato il bicchiere. «Dovremmo cercare di dormire almeno un po'. È meglio se vado a casa.»

«Mia moglie non può avere bambini», disse Tim, «e per lei questo fatto sta diventando un trauma. Da qui deriva il suo pazzo amore per questo animale. Vedremo come andrà a finire.»

Evelin era stravolta, non aveva più detto una parola e non aveva neppure salutato Jessica. Tim aveva accompagnato Jessica alla porta e l'aveva ringraziata. Jessica si ricordava che si era fermata sulla strada e aveva pensato: mio Dio, che uomo irritante!

Ma, il giorno dopo, Evelin l'aveva chiamata ed era apparsa del tutto normale, poi c'era stata la cena in cui Jessica aveva conosciuto Alexander. Si era innamorata, era stata felice e non aveva più prestato la minima attenzione a Tim. A posteriori, la notte in cui aveva conosciuto Evelin le era apparsa confusa e ingarbugliata, ma il comportamento di Tim si era sfumato e relativizzato. Oggi sapeva che, esattamente come gli altri, aveva cominciato la rimozione: amava Alexander e non voleva per prima cosa dirgli che considerava un bastardo uno dei suoi migliori amici. Non voleva essere quella che seminava discordia. Non voleva diventare scomoda. Si era adattata.

Salì le scale. Evelin le aveva già mostrato la casa, perciò sapeva come erano organizzati gli spazi. La grande camera da letto, che Evelin aveva arredato completamente in bianco, il bagno che era dotato di ogni immaginabile comfort. La piccola stanza personale di Evelin. E la grande stanza nella zona sud, che Evelin, durante la gravidanza, sei anni prima, aveva arredato per il bambino. Lì dentro non era cambiato nulla. Nell'angolo c'era ancora la culla con sopra la giostrina di anatre colorate. C'erano ancora il fasciatoio, il piccolo armadio, sulle cui ante erano attaccati disegni di gattini graziosi che inseguivano farfalle o annusavano rose dall'aspetto molto kitsch. Ovunque animali di pezza. Sia i tappeti che le tende avevano gli stessi motivi di orsetti danzanti. Jessica aprì l'armadio. Pacchi di pannolini, tutine ben piegate, scarpine, calze e cuffiette fatte a maglia. Biberon, succhiotti e sonaglini. L'arrivo del nuovo abitante della terra era stato preparato con grande amore. Ma quella stanza era rimasta intatta per sei anni.

Perché Evelin se lo era inflitta? Vedere questa stanza, tenerla in ordine, pulirla? Infatti era pulita, l'aria era fresca, evidentemente veniva spolverata regolarmente, i vetri venivano lavati, i fiori sul davanzale erano stati innaffiati. Era il segno che Evelin non aveva smesso di sperare? O dimostrava la sua incapacità di staccarsi, di realizzare la perdita e quindi anche di elaborarla?

Improvvisamente Jessica ebbe la sensazione che lì, in questa stanza, ci fosse il centro di tutti i tormenti in cui viveva Evelin e che aveva sofferto molto più intensamente di quanto si potesse immaginare. Deve aver girato continuamente attorno a questa culla vuota, ore e giorni. Quante volte sarà stata davanti all'armadio a riordinare le tutine? Quante volte avrà accarezzato gli animali di pezza e toccato sul fasciatoio il morbido materassino a fiori? Quante volte avrà sognato quello che avrebbe potuto avere per poi svegliarsi di colpo nella dura realtà?

E adesso era in prigione sospettata di omicidio.

No, non si spiegava, forse un suicidio non sarebbe stato impensabile per Evelin, ma uccidere più persone era semplicemente inimmaginabile.

Andò nella stanza di Evelin. Un divano, un televisore, mensole con video e cd. Sembrava che avesse trascorso qui molto del suo tempo, sicuramente più ore di quante ne avesse passate giù, nel salotto che aveva un aspetto freddo. La sera si ritirava qui, si stendeva sul divano e guardava i suoi film preferiti. Era una donna sola. Una donna grassa, depressa e sola.

Rovistò sulla scrivania. C'erano dei biglietti da visita di qualche conoscente, un libro sul pensiero positivo, una ricetta ritagliata da un giornale, foto delle vacanze di Natale a Stanbury. E un foglio bianco, un po' più grande di un biglietto da visita: *Dr Edmund Wilbert, medico psicoterapeuta*, con a fianco indirizzo e numero di telefono. Sotto una tabella con i giorni della settimana su cui potevano essere scritte data e ora degli appuntamenti dei pazienti. Evelin aveva un appuntamento il 28 aprile, il lunedì successivo al previsto ritorno dalle vacanze di Pasqua a Stanbury. Evidentemente, dopo due settimane libere, aveva fretta di rivedere il suo terapeuta.

Ma non aveva detto a nessuno che era in terapia, pensò Jessica.

Quanto meno non l'aveva raccontato *a lei*. Ma, visto che nessuno aveva lasciato trapelare nulla, forse era davvero un segreto tutto suo. Dal modo così evidente in cui il foglio era stato lasciato sulla scrivania si poteva dedurre che al marito non aveva tenuto nascosto il suo trattamento. Chissà se Tim se ne era infastidito? Si era sempre considerato il numero uno degli psicoterapeuti. Naturalmente non avrebbe potuto avere Evelin come paziente. Ma un tipo come lui avrebbe trovato lesivo del proprio onore il fatto che per la propria psiche la moglie dovesse ricorrere a un aiuto professionale. Probabilmente si era anche preoccupato per quello che avrebbe potuto raccontare a quel tale dottor Wilbert. Se era davvero stato ripetutamente violento con lei, non doveva essergli particolarmente gradevole il pensiero che un collega fosse a conoscenza di tutto, per filo e per segno.

Jessica infilò il foglio nella borsetta, avrebbe chiamato il dottor Wilbert e l'avrebbe pregato di concederle un appuntamento. Naturalmente aveva il vincolo del segreto professionale, ma date le circostanze forse avrebbe potuto fornirle qualche informazione utile. Inoltre, probabilmente non sapeva che la sua paziente era in carcere e si preoccupava perché non l'aveva più vista.

In ogni caso aveva fatto un passo avanti. C'era una persona cui si poteva rivolgere e che non aveva nulla a che fare con questo dramma. Scese e fece entrare Barney che grattava impaziente la porta del giardino. Sarebbe andata a passeggiare con lui in campagna e il giorno dopo si sarebbe occupata del suocero.

Fra le stranezze che caratterizzavano la sua vita dopo il matrimonio con Alexander, trovava la sua giusta collocazione anche il fatto che avrebbe conosciuto il suocero solo dopo essere diventata vedova.

4

Il diario di Ricarda

17 maggio. Oggi per la prima volta mi sono alzata di nuovo. È maggio e fuori c'è bel tempo. Per tutto questo tempo sono rimasta a letto, tranne che per andare in bagno. La mamma mi portava da mangiare, aveva spesso gli occhi gonfi di pianto. Non so se fosse perché si preoccupava per me o perché papà è morto. Forse per tutte e due le cose. Qualche volta ha detto: «Non posso crederci, non posso crederci». Oggi ha sussurrato: «Credo di cominciare a capire lentamente».

Non mi sono vestita bene. Fuseaux, calzini sportivi e felpa. Sto in piedi a fatica. Al momento non riuscirei proprio a giocare a basket. Non me ne frega niente. La squadra se la caverà anche senza di me. Non mi riguardano più neanche loro.

Quando sono tornata dall'Inghilterra mi sono messa subito a letto. J. mi ha riportata a casa. Non volevo che entrasse con me. Ha aspettato in auto fino a quando non ha visto che la mamma mi ha aperto e poi se ne è andata. Mamma sapeva già tutto, perché J. le aveva telefonato dall'Inghilterra. La mamma ha un aspetto terribile; è pallida e scioccata.

«Perché è andata via subito?» mi ha chiesto, e le ho risposto che ero stata io a volerlo.

Mamma ha sospirato: «Perché la odi tanto? Quella povera donna ora sta anche peggio di noi».

Se solo sapesse quanto poco me ne frega. Anzi, al contrario. Tanto più J. sta male, tanto meglio sto io.

Appena mi sono messa a letto, mi è venuta la febbre. Molto alta. Davanti ai miei occhi c'erano sempre delle immagini. Di papà, soprattutto di papà. Papà con la gola tagliata. Era pieno di sangue, tutto era pieno di sangue, la casa, il parco, e c'erano morti ovunque. Ho gridato. Ogni tanto qualcuno si è avvicinato al mio letto, ma non ne ho riconosciuto il volto.

Poi la mamma mi ha detto che era il dottore, che mi ha fatto delle iniezioni contro il dolore e per calmarmi.

La febbre mi è passata dopo una settimana. I funerali di papà c'erano già stati e io non avevo potuto prendervi parte. Non c'è andata neppure mamma. Ha detto che non voleva disturbare J. Ma cosa ha questa J.? Come se fosse la principessa sul pisello! Non mi dispiace di non essere andata. Non volevo incontrare J. e poi per me papà c'è ancora.

La mamma ha continuato a ripetermi che mi dovevo alzare e tornare a scuola, ma io non l'ho fatto. Che dica quel che le pare. Naturalmente ha iniziato a spiegarmi che dovevo andare da uno strizzacervelli, che avevo subito uno shock, un trauma che doveva essere curato. No, grazie! Ho conosciuto Tim. Mi viene il voltastomaco al pensiero di starmene seduta di fronte a uno come lui, che si insinua in me e vuol sapere com'era il rapporto con mio padre, se avevo problemi con J., o se mi piaceva Patricia! Ho detto alla mamma che poteva toglierselo dalla testa che io vada da uno psichiatra. So che Evelin ci andava. Da Stanbury lo ha chiamato un paio di volte. È servito a qualche cosa? Diventava sempre più grossa e cicciona e non faceva altro che piangere. E ora è in galera. Mi dispiace davvero che abbiano beccato proprio lei. Ma è ovvio che una così sfigata attira addosso le disgrazie. È sempre così. Chi è nella merda è sicuro che se ne trova addosso sempre di più. Questo è il destino di Evelin. Con o senza psichiatra.

Oggi, quando mi sono alzata, la mamma si è rasserenata. Non ho fatto granché, sono stata seduta nella mia camera, ho ascoltato musica e pensato a Keith. Perché non scrive, perché non mi telefona? Forse è per la sua fattoria. Chissà se farà l'allevatore di pecore, anche se è una cosa che non ha mai desiderato? Ma con lui vivrei anche in un allevamento di pecore. Con lui vivrei ovunque. *For better, for worse, for richer, for poorer, in sickness and in health.* Nei miei pensieri l'ho già promesso mille volte. Sposarci è solo una formalità, che comunque farò volentieri non appena avrò compiuto sedici anni. Mi piacerebbe diventare Mrs Keith Mallory. La mia vita cambierà. La mia vecchia vita non ci sarà più.

Poco fa ho bevuto il tè con la mamma. È sabato e lei aveva qualche corso d'aggiornamento, ma è arrivata a casa prima rispetto agli altri giorni della settimana. Ha cominciato ancora con lo psichiatra, ma l'ho bloccata subito. Poi mi ha chiesto quando intendo riprendere la scuola. Le ho detto che non lo sapevo. Non lo farò, lo so già. A scuola non ci vado più.

Aspetto un paio di settimane, fino a quando non avrò sedici anni, poi andrò da Keith. In Inghilterra ci sí può sposare a sedici anni. Dall'Inghilterra scriverò alla mamma una lettera in cui le spiegherò tutto.

Mentre bevevamo il tè continuava a sospirare e aveva ancora una volta gli occhi rossi. Ho sempre saputo che non ha mai smesso di amare papà e anche lui l'amava. Il divorzio è stata una sciocchezza e se non fosse comparsa J. avrebbero sicuramente sistemato tutto. Volevo dire alla mamma che J. ha nella pancia un piccolo stronzo, che ha carpito al papà, ma non ce l'ho fatta a farle così male.

O forse non ce l'ho fatta a dire queste cose. Riesco a scriverne, non a parlarne. È come se... quando ci penso comparissero così tante immagini che mi soffocano nel momento in cui vorrei parlarne. Quelle stesse immagini del sangue che ho visto quando avevo la febbre. In mezzo a tutto quel sangue c'è J. È morta. La sua gola è squarciata e, nella lotta contro la morte, lo stronzo è scivolato fuori fra le sue gambe ed è solo un ammasso di cellule che nessuno può riconoscere come un bambino. Continuo a vederlo davanti a me. Tutto a posto. Un bell'aborto, tranquillo, cui nessuno può sopravvivere.

Maledizione, perché non hanno fatto fuori anche J.? Perché non era lì?

Urlo!!!

5

Dopo aver fermato due volte dei passanti per chiedere indicazioni sulla strada, Jessica trovò la casa del suocero. Una vecchia fattoria solitaria a quasi sette chilometri dal paese più vicino. Collocata nell'incantevole paesaggio collinoso del Chiemsee, fra gli ampi prati della zona prealpina che in maggio erano di un verde intenso. Ovunque pascolavano mucche pezzate e alle loro spalle si levava il grandioso panorama delle montagne innevate. Qui era cresciuto Alexander, per lo meno nei periodi in cui non era stato in collegio. In un mondo isolato, che sembrava non essere toccato da tutti gli orrori e i disordini del mondo esterno. Naturalmente questo mondo era perfettamente in grado di produrre da sé le proprie tragedie. Perché un ragazzo trascorreva tutta la sua infanzia in un collegio? Perché suo padre non si faceva vedere né al matrimonio né al funerale dell'unico figlio? Perché un nonno si rifiutava di conoscere la sua unica nipote?

Improvvisamente si pentì di essere venuta. Per quello che riguardava Evelin, il padre di Alexander non avrebbe potuto aiutarla ed era proprio sicura di volerne sapere di più di Alexander e della sua storia? Lui era morto. E i morti si devono lasciare in pace. Qualunque cosa avesse detto suo padre non si sarebbe più potuto pronunciare, non avrebbe potuto spiegare nulla o chiarire il suo punto di vista. Forse non avrebbe fatto altro che imporsi nuove inquietudini, nuove domande, nuove insensatezze.

Tuttavia si fermò e scese dalla macchina. Il podere era curato, luminoso e sereno. Sul lungo balcone in legno c'erano vasi di gerani. Due castagni gettavano ombra sul cortile lastricato. Si vedevano alcune stalle che però sembravano vuote. La casa era dipinta di un luminoso giallo ocra, aveva imposte verdi e le finestre avevano gli infissi bianchi. L'idillio del paesaggio continuava nella fattoria.

Forse non era poi tutto così terribile. Inoltre dentro di sé aveva la netta sensazione che non le restasse altro da fare che percorrere fino in fondo la strada che aveva imboccato.

Non c'era il campanello, così bussò alla porta. Per un po' non accadde nulla, ma poi sentì dei passi strascicati che si avvicinavano lentamente, e infine qualcuno aprì. Comparve un uomo vecchio, con i capelli bianchi, curvo. Gli occhi nel volto scavato erano sveglissimi e vispi. Ma non ricordava per nulla Alexander, non c'era la minima traccia di somiglianza, almeno a una prima occhiata, e Jessica ne fu tranquillizzata.

«Sono Jessica», disse tendendogli la mano, «buon giorno.»

Le prese la mano ma la strinse solo per un attimo mentre la scrutava insistentemente. Sorrise. Era un sorriso freddo.

«Lei è Jessica. Il secondo tentativo di Alexander. Devo ammettere che la sua telefonata ha solleticato un po' la mia curiosità. Mi sono chiesto che tipo di donna si era trovato. Aveva una donna da sogno. Elena. La conosce lei?»

«Poco», disse Jessica.

Fece un passo indietro, si accorse che trascinava una gamba. «Prego, entri. Non so cosa voglia da me, ma entri pure.»

Strascicò i piedi davanti a lei lungo il corridoio in penombra. Il salotto in cui arrivarono era sorprendentemente luminoso e accogliente. Divano e poltrone morbidi e con la fodera a fiori, scaffali chiari, una credenza a vetri in cui si trovavano bicchieri e piatti con il bordo dorato. Dalla finestra c'era una vista sul giardino posteriore che era pieno di alberi da frutta e fiori. In qualche modo l'ambiente non corrispondeva al vecchio, o per lo meno all'impressione che Jessica si era fatta di lui.

Come se intuisse i suoi pensieri, disse: «Ho una cameriera fantastica. Un tempo un tipo del genere si definiva una *perla*. Si occupa di tutto. Casa, giardino, cucina. Io non farei mai tutta questa messinscena ma... in fondo non mi interessa. Può fare quello che crede». Con un lieve gemito si lasciò cadere su una poltrona. «Maledetta gamba. Un incidente di caccia. Quasi trent'anni fa. Una cosa del genere può guastare metà della vita.» Indicò un divano. «Si sieda. E mi dica perché è venuta da me.»

Si accomodò. Non le piaceva quell'uomo e aveva la sensazione che non avrebbe cambiato parere. Era inacidito, sembrava crogiolarsi nella sua amarezza e se ne fregava degli altri. Forse era per la gamba, o forse per altro. Si lamentava della propria vita, si sentiva la vittima di un destino ingiusto e non capiva perché altri se la passassero meglio di lui. Trasmetteva una freddezza quasi tangibile. Ma anche il fascino di un'assoluta indipendenza. Non aveva bisogno di nessuno, e gli era del tutto indifferente quello che gli altri pensavano di lui.

«Sono stata sposata con Alexander poco più di un anno», disse, «e non lo conoscevo da molto tempo; è stato... è morto prima che potessi conoscerlo davvero bene. Molte cose che lo riguardano per me sono un mistero. Perciò ho pensato che lei mi potesse aiutare.»

Fece un gesto sprezzante. Il suo viso assunse un'espressione di sdegno. «Proprio come avevo pensato. Ma lo sa quando ho visto Alexander per l'ultima volta? È stato il giorno del suo primo matrimonio... deve essere stato più o meno diciassette anni fa. Avrà avuto venti, venticinque anni, cosa ne so. Sposò questa spagnola stupenda. Elena. Non volevo andare al matrimonio, ma Elena è comparsa qui improvvisamente e mi ha convinto ad andarci. È stato un errore che mi ha solo fatto arrabbiare. Ma mi aveva completamente abbindolato. Non avrei mai creduto che una donna potesse riuscirci. Ma lei era... mio Dio! Com'era bella! E intelligente. Pensai che, se Alexander era riuscito a conquistare una donna così, forse era cambiato. Non era più il misero pappamolle che conoscevo. Ho indossato il mio abito migliore e mi sono presentato in Comune. Elena indossava un tailleur bianco, molto corto, molto stretto e molto sexy. L'ufficiale di Stato civile si impappinava ogni volta che la guardava. Ma sa cosa pensai io?»

Si piegò in avanti, la fissò dritta e con un certo piacere e, ancora prima che riprendesse a parlare, lei sapeva che le avrebbe fatto del male e che questo gli avrebbe procurato soddisfazione.

«Pensai che era ancora il rammollito che era sempre stato. Semplicemente un rammollito con una magnifica moglie. Lui l'adorava. E lui stesso non riusciva a comprendere come mai si fosse messa con lui.»

Le sue parole erano frecce avvelenate. Facevano male perché era terribile sentire un padre parlare in questo modo del figlio morto. Ma la cosa peggiore era che Jessica sapeva cosa voleva dire. Proprio nel periodo precedente la morte di Alexander, anche lei aveva avuto pensieri simili a quelli di quel vecchio padre. Non con le sue espressioni crude, con le sue frasi brutali e spregevoli. Ma anche lei aveva visto Alexander come un debole, come un uomo che si lasciava guidare e dirigere dagli altri. Questa debolezza aveva raggiunto l'apice quella sera in cui non era stato capace di difendere la figlia. Quando si era guardato intorno attonito e impotente mentre Ricarda veniva umiliata. Quando aveva offerto di sé un'immagine assolutamente negativa di uomo senza polso.

«Suo figlio non c'è più», disse.

«E allora? Questo fatto cambia forse la verità oggettiva? Lei è una vedova e pensa di dover trattare con rispetto la sua memoria. Ma posso dirle una cosa? Nel giro di qualche anno anche lei lo avrebbe lasciato, esattamente come ha fatto Elena. Lei mi sembra una donna con i piedi per terra. Con molta più volontà e forza di Alexander. A un certo punto non sarebbe più riuscita a vivere con un rammollito. Se la sarebbe squagliata e lui preso dal panico si sarebbe precipitato a cercare la prossima donna che lo avrebbe sposato e a cui si sarebbe potuto aggrappare. Anche con lei è successo tutto in fretta, non è vero? Probabilmente aveva appena divorziato e già la portava davanti all'ufficiale di stato civile. Per amore?» Sorrise e suonava come una risata di scherno. «Mi dispiace distruggere le sue illusioni, cara la mia ragazza, ma mio figlio ha amato, *amato davvero*, solo Elena. Era così innamorato. Era un amore folle, non c'è niente da fare. Di *lei* ha avuto bisogno solo per restare in piedi.»

Non sarei dovuta venire qui, pensò, e per un attimo chiuse gli occhi. Il vecchio la schiaffeggiava con ogni singola parola, ma non si discostava troppo da quello che già era balenato come un fantasma anche nei suoi pensieri. Ricordò la telefonata di cui era stata testimone a Stanbury e di come si fosse sentita confusa e spaventata. Non perché telefonasse alla ex moglie. E nemmeno perché lo faceva di nascosto. Ma il tono della sua voce l'aveva scossa.

Non è finita, aveva pensato, e non finirà mai.

Lui l'aveva osservata con attenzione. «Non le fa piacere sentire queste cose», constatò, «ma lei sa che ho ragione. Mi dispiace per lei, vivrà sempre con la sensazione di aver sposato un uomo che non l'amava davvero. Questo è l'aspetto tragico della morte violenta di Alexander: le ha tolto la possibilità di lasciarlo. Un divorzio sarebbe stato doloroso, ma sarebbe stata lei a decidere e prima o poi le sarebbe stato del tutto indifferente che Alexander l'amasse o no. Probabilmente ora questo non potrà più accadere. E lei ci dovrà convivere. Tutti abbiamo dei pesi sul cuore.»

«Perché odiava così suo figlio?», chiese. In pochi secondi era riuscita a controllare l'impulso di alzarsi e andarsene. Voleva informazioni. Era lì solo per quello. I propri sentimenti li avrebbe analizzati dopo.

Will cercò di distendere la gamba rigida gemendo sottovoce. «Fa maledettamente male. A ogni movimento. *Io* devo convivere con questo.»

«Suo figlio...»

«Vede, non sono sicuro che lo odiassi. Odio è una parola grossa. Tanto grossa quanto amore. Nella mia vita sono stato sempre prudente con queste espressioni. Non ho mai detto a qualcuno che lo amavo. E non ho mai detto a qualcuno che lo odiavo.»

«È comunque strano che un padre non ami il figlio.»

«Non è così strano. La maggior parte delle persone parla tanto, ma dietro a quella facciata non c'è nulla. Molti mariti non amano le mogli e molte mogli i loro mariti. Fra genitori e figli è più o meno lo stesso. Ma tutti armeggiano con la parola *amore* perché pensano che sia giusto così.» Fece un nuovo tentativo di distendere la gamba, ma rinunciò con un gemito. «Maledetti dolori! Le dico una cosa, cara mia: non odiavo Alexander. Ero solo profondamente deluso. Così deluso che non volevo averci più nulla a che fare. Volevo dimenticarlo. Il fatto che sia stato ucciso non cambia niente. È così. Non c'è altro da dire.»

«Va bene. Allora vorrei sapere perché era così deluso.»

Stralunato Will torse gli occhi. «È testarda, non è vero? Come se ora importasse ancora qualche cosa! Non era un uomo. Era un ipocrita, un leccaculo, un viscido. Da sempre, fin da bambino. Mio Dio, da bambino frignava sempre. Era sempre attento a fare le cose per bene. Mai una volta che passasse la misura, mai che urtasse qualcuno. Aveva gli occhi di un coniglio impaurito. Era uno smidollato. È questo che mi ha fatto diventare pazzo.»

«Un bambino non diventa da solo quello che è. Ci devono essere dei motivi se un bambino ha sempre paura.»

«Motivi! Motivi!» Will sembrava arrabbiato. «Non venga a raccontarmi le solite stronzate psicologiche del giorno d'oggi! L'ho trattato con molta durezza, fin dall'inizio. Viziare non porta a nulla. Rende solo incapaci di affrontare la vita.»

«E la durezza, invece? Dal quadro che ha tracciato di Alexander, sembra che i suoi metodi non abbiano prodotto grandi risultati!»

«Chi nasce pappamolle rimane un pappamolle. Sempre. Comunque ha ragione, mi sarei potuto risparmiare i tentativi di rendere Alexander più duro.»

L'avversione nei suoi confronti cresceva a ogni parola che pronunciava, ma si sforzò di restare calma. «Alexander aveva cinque anni quando sua madre morì, non è vero?»

«Sì. Una dura perdita per lui. Ne era totalmente dipendente. D'altronde lei lo ha sempre coccolato e viziato. Quando morì soffrì moltissimo. E questo lo ha distrutto.»

Aveva l'impressione che le parole che stava per pronunciare avrebbero rivelato l'odio che provava. «Non crede che un bambino che ha perso la madre abbia particolare bisogno di amore e attenzioni? E non di *una sferzata*?»

«Mia cara», disse Will, «non vedo nessun motivo per cui dovrei giustificarmi con lei. Che lo creda o no, volevo solo il meglio per mio figlio. Volevo che potesse cavarsela nella vita, che imparasse ad affrontare le sfide anziché evitarle. Ho fallito. Cosa serve ora analizzare il perché?»

«A dieci anni l'ha mandato in collegio.»

«Evidentemente non ero in grado di fare di lui l'uomo che avrei voluto. Pensavo che avesse bisogno di una buona scuola e di contatti con i suoi coetanei. Gli dissi subito che probabilmente mi avrebbe fatto fare una figuraccia, e che almeno speravo che non si rivelasse davanti agli occhi di tutti come il peggiore dei falliti. Mah...»

Fece un vago gesto con la mano che avrebbe potuto significare qualsiasi cosa, ma probabilmente voleva solo sottolineare che già allora non aveva avuto la minima considerazione del figlio.

«Allora», disse Jessica tagliente, «le ha fatto fare una figuraccia, o no? Si è rivelato un fallito?»

«In collegio accadde quello che succedeva ovunque, e così se la cavò con il suo solito comportamento defilato. Non ci furono lamentele.»

«Gli ha fatto visita in collegio? È mai andato alle cerimonie scolastiche o cose del genere?»

Will rise. «Perché avrei dovuto farlo? Alexander non si distingueva in nulla. Non era né nella squadra di calcio della scuola né in quella di hockey o di tennis. Crede che non mi sarei seduto volentieri in tribuna per vedere mio figlio che conquistava una coppa per la sua scuola, in una qualunque disciplina sportiva? Oppure per vederlo recitare un ruolo da protagonista in un pezzo teatrale? Mi creda, avesse fatto qualche cosa per distinguersi dalla massa degli studenti! No! Sempre nuotare con la corrente, mai urtarsi con nessuno, mai dare nell'occhio, era questo il suo motto. Allora, cara la mia signora, cosa ci sarei andato a fare? A fare il padre del tipo più insignificante che quella scuola avesse mai avuto?»

«Semplicemente a fare il padre di Alexander.»

Di nuovo si piegò in avanti. I suoi occhi, pensò Jessica, avevano lo stesso colore di quelli di Alexander. Se non fossero stati così privi di sentimenti si sarebbe potuta trovare una somiglianza.

«Ma cosa vuole? Vuole spiegarmi che sono stato un pessimo padre? A che scopo? Cosa cambierebbe? Mio figlio è morto. Lei, prima o poi, conoscerà un altro uomo e lo sposerà e tutto questo sarà dimenticato. E difficilmente le nostre strade si incroceranno ancora.»

Capì che non gli avrebbe detto nulla del nipote che stava nascendo; non se ne sarebbe interessato.

«Ha ragione», disse, «difficilmente le nostre strade si incroceranno ancora.» Si voleva alzare, ma le venne in mente un'altra cosa. «Conosceva i suoi amici?»

«Si riferisce a quella combriccola di giovani alla quale si era aggrappato per poter procedere senza danno nella loro ombra? Li conoscevo tutti e tre. Sono stati qui un'estate. Ho pensato che se li avessi conosciuti avrei conosciuto anche mio figlio.» Scosse la testa. «Ma hanno solo confermato quello che già sapevo. Lui dipendeva da loro. Lo proteggevano. Era come sempre. Non diceva o faceva mai nulla di sua iniziativa. Si accertava di cosa pensassero, dicessero o facessero gli altri e poi si adeguava. Per me era una frustrazione immane dover assistere a tutto ciò, mi creda!»

Qualche cosa in quello che aveva detto l'aveva lasciata perplessa e ora sapeva cos'era stato.

«Due amici», disse, «qui ci sono stati due amici. Erano in tre con Alexander.»

Will aggrottò la fronte. «Sarò anche vecchio, ma non sono rimbambito. Tre amici. Con Alexander erano in quattro.»

«Tim e Leon. Non ce n'erano altri.»

«Mia cara, li ho avuti qui per cinque settimane, perciò nessuno meglio di me può sapere quanti erano i ragazzini che mi hanno infastidito! Avevano tredici o quattordici anni. Un'età difficile. Ma non erano cattivi. Piuttosto di quello che mi è capitato come figlio, avrei preferito uno qualunque di loro!»

Jessica non riusciva a sopportare oltre, e si alzò. Se l'infanzia e l'adolescenza di Alexander erano state accompagnate da osservazioni di questo genere, ci si doveva meravigliare che non fosse stato ancor più nevrotico.

«Credo di aver compreso qualche cosa in più di mio marito», disse, «la ringrazio per il tempo che mi ha dedicato.»

Will cercò faticosamente di alzarsi dalla poltrona, ma Jessica gli fece cenno di no. «Rimanga seduto! La trovo da sola la porta. Stia bene!»

Non attese oltre, anzi si affrettò verso l'uscita e aprì. Respirò profondamente non appena si ritrovò nell'aria limpida e chiara, con il profumo di fiori della splendida giornata di maggio. Tanto la tenuta appariva gradevole quanto l'atmosfera dentro era opprimente, con quel vecchio cinico che parlava del figlio con un'avversione insanabile. Afferrava particolari che prima non aveva compreso appieno. Capiva qualcosa della sua debolezza, del suo carattere pavido che gli aveva impedito di prendere posizione contro il gruppo di amici. Della sua incapacità di abbandonare la strada del costante adeguamento agli altri. Qualsiasi cosa avesse fatto nella sua vita, con un padre del genere, sarebbe stata ampiamente giustificata.

Non appena in macchina e imboccata l'autostrada in direzione Monaco, le vennero in mente le parole di Will su Elena.

Mio figlio ha amato davvero solo Elena.

«Vecchio serpente velenoso!» disse ad alta voce, «cosa vuoi saperne?»

Decise di non prenderlo sul serio riguardo a quel punto, ma sapeva che la spina era entrata in profondità e che non sarebbe più sparita.

Quando arrivò a casa erano le sette passate. Era rimasta incolonnata più volte perché la domenica pomeriggio i gitanti del fine settimana ritornavano in città dal lago e dalla montagna, e in certi tratti non ci si muoveva proprio. Jessica si preoccupava per Barney, che aveva dovuto lasciare a casa da solo per tutto quel tempo. Era stanca, frustrata e inzuppata di sudore. Aveva una gran voglia di un bel bagno caldo e rilassante.

Sul passo carraio di casa sua c'era una macchina parcheggiata e, quando le fu dietro, la portiera del guidatore si aprì. Con sua grande sorpresa vide scendere Leon. Non era la sua solita macchina. Questa macchina era piccola ed evidentemente non proprio nuova. Il suo stile di vita stava davvero cambiando, a tutti i livelli.

«Finalmente sei arrivata», disse con una punta di rimprovero. «Sono qui dalle tre e mezzo!»

«Santo cielo, e come hai potuto stare qui tutto questo tempo? Ero al Chiemsee.»

«Al Chiemsee?»

«Ho fatto visita al padre di Alexander. Ti avevo detto che avevo intenzione di farlo.» Aprì la porta di casa. Barney balzò fuori e si mise a saltare sulla scala come una palla di gomma. «Vuoi entrare?»

Era troppo stanca per essere felice della sua visita, ma non poteva di certo mandarlo via dopo che l'aveva aspettata per quasi quattro ore. Entrò in casa dopo di lei, la salutò sfiorandole le guance con un bacio. Puzzava di alcool e non era rasato, esattamente come la settimana precedente al ristorante.

«Complimenti», disse lei in tono scherzoso, «hai proprio fatto il pieno!»

«Il pieno?»

«Sì, di alcool.»

«Ho bevuto qualcosa a pranzo. Poi avevo una fiaschetta in macchina. In qualche modo dovevo pure passare il tempo.»

Si accorse che si sforzava di parlare chiaramente, ma le finali delle parole erano confuse. Aveva un aspetto veramente misero.

«Siediti in terrazza», disse, «devo farmi una doccia e cambiarmi. Faccio in un attimo. La casa la conosci.»

«Certo», disse e scomparve verso la sala. Lo sentì aprire la porta del giardino. Barney lo seguì scodinzolando.

Mi ci mancava solo questa, pensò sfinita.

Visto che ormai poteva scordarsi di starsene tranquillamente nella vasca per un bagno lungo e rigenerante, si fece una doccia veloce e si accorse che il suo corpo si rilassava lo stesso, almeno un po'. Si asciugò, indossò un abito leggero e si spazzolò i capelli bagnati. Li avrebbe fatti asciugare all'aria, la serata era sufficientemente calda. Si accorse che aveva fame, se fosse stata da sola avrebbe infilato una pizza surgelata nel microonde, ma se anche Leon avesse voluto mangiare alla fine avrebbe dovuto cucinare. Si meravigliò dei propri sentimenti. Aveva sempre trovato Leon gradevole, ma in quel momento avrebbe voluto mandarlo a quel paese.

Si era seduto su un gradino della scala che dal terrazzo portava in giardino e stava bevendo un whisky. Barney gli saltava attorno.

«Forse sarebbe meglio che tu mangiassi qualche cosa, invece di continuare a bere», disse Jessica.

Scosse il whisky, che nella luce serale risplendeva dorato. «Non ho fame.»

«Anche l'ultima volta non hai mangiato niente. E sei dimagrito parecchio. Dovresti prenderti più cura di te stesso.»

«Sì, sì.» Sembrava un po' infastidito. «Mi sembra che Barney sia cresciuto parecchio.»

Si sedette sullo scalino vicino a lui.

«Sicuramente te ne rendi conto più di me. Io lo vedo tutti i giorni.»

«Mi ricordo ancora quando l'hai portato a Stanbury. Non è passato molto tempo, circa un mese. E...»

«... e sembra che sia un'altra vita, lo so.»

«Venerdì ho firmato il contratto d'affitto per il mio nuovo appartamento. La prossima settimana trasloco. Volevo dirtelo, per questo sono venuto qui.»

«Allora hai trovato qualcosa! È bello l'appartamento?»

Scrollò le spalle. «Va bene. Un po' piccolo, ma per me è sufficiente. Più o meno ci andrò solo a dormire. Devo lavorare come un pazzo per tirarmi fuori da tutti i miei debiti.»

«Vuoi cercare di riavviare il tuo studio?»

«Non lo so. A dire la verità ci provo già da tempo, senza successo. No, credo che cercherò di entrare in qualche altro grande studio legale. Non è facile alla mia età, dalle università esce una gran massa di giovani in gamba. Ma non ho più una famiglia. Quindi posso accontentarmi anche di uno stipendio più basso, forse è questa la mia chance.» Sorrise triste. «Per me solo guadagnerò sempre abbastanza. Le mie esigenze sono modeste, quanto meno in rapporto a quelle che avevano Patricia e le bambine.»

«Quindi ricominci da zero. Nonostante tutto quello che è successo, questo ti apre molte possibilità.»

Bevve una lunga sorsata di whisky. Jessica si accorse che le sue mani tremavano leggermente. «Se solo si riuscissero a eliminare i ricordi...»

«Si affievoliscono. Non spariranno mai del tutto, ma sbiadiscono un po'. E a un certo punto ci si accorge che ci si può convivere.»

Si girò verso di lei e fece un piccolo sorriso. «Sei così giovane. Come fai a saperlo?»

«Non lo so. Lo spero. È l'unica speranza che mi dà la forza di continuare.»

Per un attimo rimase a guardarla pensieroso. Poi improvvisamente disse: «Nel nuovo appartamento posso portare solo una parte dei nostri mobili e non posso venderli tutti. Volevo chiederti se vuoi venire a vedere se c'è qualcosa che ti serve».

«Mi sembra di avere già tutto.»

«Pensi di rimanere in questa casa?»

«Non lo so ancora. Alexander e io avevamo fatto un testamento comune: nel caso fosse morto uno di noi, la casa sarebbe andata all'altro. Solo alla morte di entrambi sarebbe passata a Ricarda e al bambino che nascerà. Ma a volte penso...» Rivolse lo sguardo al giardino, dove le ombre diventavano lentamente sempre più lunghe. «A volte penso che dovrei lasciare tutto a Ricarda non appena diventa maggiorenne, cioè fra due anni, e costruire per me e il bambino una vita completamente nuova.»

«Una nuova vita. Non è così facile. Penso che, in qualche modo, noi due resteremo sempre marchiati a fuoco. Il male è entrato così profondamente nelle nostre vite. Ci ha segnati. È come un virus che ci portiamo dentro.»

«Non è un virus», ribatté Jessica, «il male non è contagioso.»

Le gettò un'occhiata quasi sprezzante. «Ma certo che è contagioso. Il male è l'epidemia più grande che abbia mai colpito l'umanità. Ma forse molte persone possono continuare a vivere solo se non si rassegnano a questa verità.»

«Leon, io aspetto un bambino. Questo bambino non può crescere con una madre che si sente *segnata dal dolore*. Che si considera *marchiata a fuoco*. Devo dare a questo bambino tutta l'imparzialità e la normalità possibili. Sarebbe imperdonabile comportarsi diversamente.»

«Se Sophie fosse sopravvissuta», disse Leon, «forse la penserei come te. Ma così...»

«Devi tener duro, anche solo per te stesso.»

Sorrise, bevve l'ultimo sorso di whisky, si alzò e andò in sala. Questa volta ritornò portando fuori la bottiglia. Jessica lo guardò con disagio. «Vieni, faccio scongelare una pizza per tutti e due. Hai bisogno di buttar giù qualcosa di solido.».

Le mise la mano sulla spalla e le impedì di alzarsi. «Non riuscirei a mangiare neanche un boccone.» Si sedette vicino a lei sullo scalino. «Com'è andata dal vecchio Will?» chiese.

Il vecchio Will non era esattamente un argomento che la lasciasse indifferente, ma Jessica era contenta che, almeno per il momento, Leon si fosse staccato dalle sue farneticazioni sul virus del male.

Rifletté. Non aveva ancora messo ordine nei pensieri relativi a quanto accaduto nel pomeriggio.

«Al primo impatto avrei voluto andarmene», disse. «Quell'uomo è di una freddezza che non avevo mai sperimentato prima. Ma ora, a posteriori, sono contenta di essermi fermata. Alcune cose che in Alexander mi apparivano strane e incomprensibili ora mi sono più chiare. Evidentemente suo padre lo ha sempre intimorito e umiliato, e poi, quando si è trovato davanti un bambino spaventato e sottomesso, lo ha odiato proprio per questo motivo. Mi viene da piangere se penso all'infanzia e alla gioventù di Alexander, Leon. Ora capisco perché aveva gli occhi così tristi e perché spesso mi sembrava una persona che...» esitò. Non voleva dire su di lui cose che ne avrebbero intaccato l'onore. «Una persona che non sapesse imporsi agli altri», disse. «Il suo obiettivo era adattarsi all'ambiente e ottenerne il riconoscimento, più che raggiungere ciò che voleva. Una persona con una tale paura di non essere amato evita in ogni modo le discussioni o svicola per tempo dai problemi, a volte avevo addirittura la sensazione che...»

«Sì?» Leon alzò lo sguardo. «Che sensazione avevi?»

«La sensazione che non sapesse quello che voleva. Che avesse paura di scoprire quali fossero i suoi bisogni e i suoi pensieri. Perché questo avrebbe potuto portarlo a scontrarsi con gli altri. Prima di approfondire queste sue esigenze interiori, si bloccava. E preferiva osservare attentamente il proprio ambiente e adattarsi alle idee degli altri.» Si lisciò i capelli bagnati. «Terribile parlare di lui in questo modo, non è vero?»

«Non ho l'impressione che parli male di lui, se è questo che pensi. Cerchi di comprendere le circostanze. Questo è positivo.»

Non lo guardò. Strappò alcuni fili d'erba e li annodò, come faceva Phillip. Per la prima volta dopo settimane si ricordava di lui. Chissà se continuava ancora a girare giorno e notte attorno a Stanbury House senza riuscire a pensare ad altro?

«Will mi ha detto anche che Alexander ha sempre adorato Elena. E non ha smesso neppure dopo la separazione. Mi avrebbe sposata... solo perché aveva bisogno di un sostegno.»

Leon scosse la testa. «Coma fa a saperlo? Da anni non aveva più contatti con suo figlio. Jessica, credo che volesse solo farti del male. È fatto così. Provocare dolore agli altri gli dà piacere.»

Avrebbe voluto credere a quelle parole, ma dentro di sé sapeva che non era vero. Sapeva che Will non aveva voluto semplicemente spargere un po' di veleno. Di certo il vecchio era malvagio, ma non era stupido. Di certo di situazioni di questo genere aveva una visione chiarissima.

Improvvisamente le venne in mente altro. «Mi ricordo un'altra cosa detta da Will: ha parlato di voi come *quattro* amici. Chi era il quarto? E perché non è più con voi?»

Leon ebbe chiaramente un sussulto. E, ancora prima che rispondesse, dal suo sguardo Jessica capì che non le avrebbe detto la verità.

6

«La precedo», disse l'agente immobiliare dopo aver aperto la porta, e Geraldine annuì. Si trovava in un piccolo giardino, con un prato ben rasato e piccole aiuole di viole del pensiero; si chiedeva con angoscia cosa avrebbe detto Phillip di questo idillio nei sobborghi. Londra era vicina, ma non proprio a un passo. Lungo la strada assolata si allineavano casette graziose in cui evidentemente abitavano giovani famiglie con bambini; almeno così facevano supporre le molte biciclette e gli skate-board abbandonati nei giardini. Le macchine da queste parti procedevano lentamente, in modo che i bambini potessero giocare tranquillamente in strada. Anche le vie attorno erano ugualmente ordinate, curate e tranquille. A piedi, in dieci minuti, si poteva raggiungere il Tamigi. Il vento portava l'odore del sale e nel cielo si sentivano stridere i gabbiani.

«Leigh-on-Sea è particolarmente amata dalle giovani famiglie», disse l'agente immobiliare, come se avesse letto i pensieri che passavano nella mente di Geraldine. «Si può lavorare a Londra, ma i bambini crescono in un posto tranquillo. Qui ci sono ottime scuole. E comunque è difficile trovare qualcosa di più carino. Ha bambini?»

«Non ancora», disse Geraldine, «ma vorremmo averne.»

«Prima volete costruirvi un bel nido. Molto ragionevole. Peccato che suo marito non sia potuto venire a questa prima visita.»

«Gli spiego tutto io», mormorò Geraldine.

Non aveva detto all'agente immobiliare che non era nemmeno sposata e che l'uomo con cui progettava di trasferirsi in quel luogo non ne sapeva nulla.

Visto che in Inghilterra in genere si preferisce acquistare una casa piuttosto che affittarla, non era stato facile trovare la soluzione adatta. Geraldine aveva trovato l'offerta di Leigh-on-Sea su un giornale e in un impeto di audacia si era messa in contatto con l'agente immobiliare. Aveva appreso che i proprietari si trasferivano per sette anni negli Stati Uniti per lavoro, e per quel periodo volevano affittare la casa. Erano già partiti con armi e bagagli, e avevano lasciato all'agente le chiavi e una procura.

La villetta corrispondeva esattamente all'immagine che si era fatta della casa ideale per lei e Phillip. Facile da gestire, accogliente, un po' vecchio stile e calda. Lontana anni luce dal glamour dell'ambiente delle modelle, ma anche per nulla paragonabile alla triste esistenza vagamente bohémien alla quale Phillip si era votato. Profondamente per bene, un po' piccolo borghese – temeva che Phillip avrebbe detto: «*Spaventosamente piccolo borghese*» – e accogliente. C'era una sala, e c'era un bel balcone verso strada che Geraldine immaginò subito con un tavolino da tè, due poltroncine e con fiori ad abbellire la finestra. Sul retro, la cucina e la sala da pranzo si aprivano verso un giardino al centro del quale sorgeva un melo. Geraldine si vedeva già nei caldi giorni estivi a leggere un libro sotto la sua ombra, forse già benedetta da un pancione in cui cresceva il bambino di Phillip. Sospirò. Se solo capisse...

«Guardi, la sala da pranzo ha un camino», disse l'agente, «è bello nelle fredde mattine d'inverno sedersi qui a fare colazione. So per esperienza che la maggior parte della vita familiare si svolge in cucina e nella sala da pranzo.»

Quell'uomo le piaceva. Era piccolo e rotondo con le gote grassocce e rosse. E la pensava come lei.

«Dove lavora suo marito?»

Esitò un attimo. «Alla BBC», disse poi, «fa il conduttore televisivo.»

«Oh!» L'agente era colpito. «Fa il moderatore in qualche trasmissione famosa?»

«No... lui... lui doppia i film.» Sperava che l'agente non avesse idea che quella del doppiatore non è una professione, ma solo un lavoro saltuario pagato una miseria. Infatti non lo sapeva.

«Interessante! Allora di certo, ogni tanto in televisione sentiamo la sua voce?»

«Sì.»

Questo fatto sembrò immediatamente innalzare Phillip al rango di personaggio in vista.

«Non ho mai avuto un cliente del genere. Posso chiederle se anche lei lavora in televisione?»

Geraldine conosceva l'effetto sconvolgente che il suo aspetto aveva sulle altre persone. Chiunque le avrebbe creduto se avesse detto di essere un'attrice. Per darsi un tono più serioso non fece riferimento alla sua attività di modella.

«Lavoro nel settore della moda.»

«Oh...» Evidentemente i due gli sembravano sempre più esotici. «Ma certo, lei è senz'altro il miglior fiore all'occhiello per qualunque tipo di moda!»

Geraldine fece finta di niente. «Posso vedere il piano superiore?»

«Come no, venga!» La condusse lungo una scala di legno laccata di bianco. Al primo piano c'erano quattro luminose stanze di media grandezza e un bagno.

«Padre, madre, due bambini e rimane una stanza per gli ospiti», disse l'agente, «non è perfetto?»

Era perfetto. Era talmente perfetto che a Geraldine venivano le lacrime agli occhi. Se solo lui avesse partecipato! Se almeno una volta avesse provato. Avesse dato una chance al progetto! Come aveva definito la sua timida proposta di vivere assieme? *Un'idea di merda!*

«Ne parlerò a mio marito», disse. «Le daremo una risposta al più presto.»

«Guardi che è molto richiesto», disse l'agente. «Dovreste decidere in fretta.»

Erano in una stanza al piano superiore. Geraldine guardò in giardino. La fioritura era già passata e il melo era pieno di foglie di un verde delicato. Pensò alle grosse mele rosse dell'autunno.

«Al più presto», disse.

Aveva lasciato la macchina a Londra ed era andata in treno, per poter dire a Phillip quanto tempo ci voleva per arrivare in città in quel modo. Si stava dirigendo verso la stazione. La giornata era molto calda, quasi estiva. Solo raramente si mostrava in cielo qualche piccolo brandello di nuvola. Geraldine lasciò le strade del quartiere residenziale e attraversò il Marine's Drive, che procedeva sopraelevato lungo il fiume. Proseguì lungo i lindi vialetti di ghiaia di un piccolo spazio verde. Cartelli con il disegno sbarrato di un cane accucciato indicavano che non si voleva che gli animali facessero lì i loro bisogni.

È davvero un po' piccolo borghese, pensò Geraldine con un certo disagio.

Tuttavia, il Tamigi che scorreva pigramente, la vista di una foresta di latifoglie sulla sponda opposta, le barche e i gabbiani con le loro ali tese che risplendevano argentee nel sole offrivano un'atmosfera di ampi orizzonti e libertà. Solo poche miglia più avanti il fiume sfociava in mare. C'era un forte odore di sale e mare. Forse a Phillip sarebbe piaciuto. Prima o poi avrebbe capito che il misero buco in cui abitava non poteva costituire una prospettiva di vita.

Cercava di scacciare con tutte le sue forze un pensiero che aveva dentro, latente, e che di tanto in tanto la sopraffaceva violentemente logorandola. Il pensiero che l'unico motivo che teneva ancora Phillip al suo fianco fosse l'alibi, che se non ci fosse stato lo spaventoso crimine nello Yorkshire lei non avrebbe più potuto mettere piede in casa sua. Che un progetto come questo non sarebbe mai stato nemmeno immaginabile. Che a unirli era solo quello spaventoso 24 aprile. Phillip le dava retta perché si sentiva nelle sue mani, e oggettivamente lo *era*. Ma fino a che punto si sarebbe lasciato trascinare? Fino alla casetta di Leigh-on-Sea? Fino all'ufficiale di stato civile? Fino al concepimento e alla nascita dei loro bambini? Oppure l'orgoglio, l'ostinazione, o qualcosa di simile all'istinto di autoconservazione gli avrebbero fatto prendere il largo senza tener conto delle conseguenze che ne sarebbero derivate?

D'altro canto, fino a che punto sarebbe arrivata lei? Finora non ne avevano mai parlato. Gli avrebbe ricordato la sua posizione se lui avesse opposto resistenza ai suoi progetti? L'avrebbe minacciato? Come atto estremo, sarebbe stata capace di andare dalla polizia e ritrattare la deposizione?

Un pensiero che la riportava ancora una volta al punto sul quale meno che su ogni altro avrebbe voluto riflettere: la questione se avesse fornito un alibi a un innocente; e se quindi, andando alla polizia, avrebbe messo nei guai una persona senza colpa.

Oppure se avesse intenzione di vivere sotto lo stesso tetto con un pluriomicida, che sarebbe forse diventato il padre dei suoi figli.

Non posso dubitare di lui. Neppure per un attimo!

Ma dubbi ne aveva, li aveva avuti fin dal primo momento. Non era sicura che la storia della sua improvvisa partenza per Leeds fosse vera. L'aveva insospettita la fretta che aveva avuto nel costruirsi un alibi senza lacune. D'altra parte, nella sua situazione era comprensibile. Sapendosi fra i primi sospettati, era chiaro che facesse conto su una dichiarazione che lo scagionasse. Lei continuava a ripetersi, come in una litania, che era normale fare per una mezza giornata cose apparentemente illogiche. Come andarsene in giro in macchina, perseguendo un obiettivo oscuro, in seguito abbandonato, quando, in realtà, chiunque avrebbe potuto dirgli da subito che si stava perdendo in un pensiero folle. E *lei*, cosa aveva fatto quel giorno? Di fatto era rimasta nella sua stanza a piangere. Se per un qualunque motivo avessero avuto qualche sospetto, anche lei non avrebbe avuto nessuno a confermare la sua innocenza. Allo stesso modo, avrebbe dovuto costruirsi un alibi e trovarsi un complice.

Nonostante ripensasse continuamente a queste cose, era lo stesso perplessa. Probabilmente era proprio per questo che nelle ultime settimane Phillip le aveva ubbidito come un cagnolino. Era sufficientemente sensibile per intuire i suoi dubbi. Sapeva bene che, se in lei fosse cresciuto troppo il timore di aver coperto un killer, avrebbe fatto crollare tutto. Finché lui le fosse stato vicino, avrebbe potuto influenzare l'opinione che aveva di lui. Era il Phillip che era sempre stato, l'amico che conosceva da anni. L'uomo che le aveva dato una gran quantità di problemi, ma per il quale aveva perso la testa. L'uomo che amava. Sicuramente questo la rendeva più manovrabile che se l'avesse messa alla porta e lei fosse tornata depressa e sola nel suo appartamento. In tal caso avrebbe cercato di consolarsi con l'idea che l'uomo che l'aveva scacciata era comunque un delinquente. Un uomo che meritava la galera, per almeno un quarto di secolo. E che molto probabilmente avrebbe visto più volentieri in carcere piuttosto che fra le braccia di un'altra donna.

Poteva tranquillamente immaginare che lui facesse queste riflessioni. Questo era il motivo per cui le aveva permesso di risistemare il suo appartamento e aveva accettato che andasse da lui ogni giorno. Solo per questo non le avrebbe staccato la testa dopo aver sentito dell'incontro con l'agente immobiliare. Solo per questo poteva cullarsi nella vaga speranza che l'avrebbe accompagnata a vedere la villetta. Ma allo stesso tempo la faceva rabbrividire, perché era consapevole che tutto ciò non poteva essere la base su cui fondare un legame o addirittura un matrimonio. Era una fragile costruzione che un giorno sarebbe crollata fragorosamente. Non aveva conquistato Phillip. Aveva semplicemente ottenuto un rinvio della separazione.

Si fermò e respirò profondamente nel tentativo di rallentare il battito cardiaco accelerato. Non poteva continuare ad arrovellarsi, non poteva pensare così avanti nel futuro, doveva limitarsi a cercare di cogliere le opportunità che ogni singolo momento le poteva offrire.

Con rigore relegò i tristi pensieri in un angolo del cervello e iniziò a immaginare come avrebbe arredato la casetta. Avrebbe potuto riutilizzare alcuni dei suoi mobili, ma avrebbe voluto anche comperare alcune cose nuove con Phillip. Cose nuove per una nuova vita.

Guardò l'orologio. Doveva muoversi se voleva prendere il prossimo treno. Avrebbe comperato una bottiglia di champagne e avrebbe atteso nell'appartamento di Phillip.

I tempi erano maturi per il passo successivo.

7
Il diario di Ricarda

20 maggio. La mamma è disperata perché non vado a scuola. Dopo che sabato ho lasciato il letto, si era convinta che tutto sarebbe tornato come prima. Ma non vedo che senso potrebbe avere ancora tutto questo. Faccio passare il mio tempo ma per me non c'è più futuro. Cosa potrebbe esserci di buono? Inoltre, sui giornali ci sono stati molti articoli su quanto accaduto in Inghilterra, e mi sento al centro dell'attenzione. Questa è la scusa che uso con la mamma per spiegare perché non esco mai di casa e non voglio parlare con quei compagni di classe che mi telefonano. «Non voglio che mi facciano delle domande», dico. Comunque non hanno chiamato in molti. Non ho una vera amica e non appartengo neppure a una delle compagnie della classe. Qualcuno della squadra di basket ha chiamato, ma so di non essere simpatica a nessuno. Sono solo molto brava e per questo sono nervosi perché temono che non ritorni più. Naturalmente la rappresentante di classe ha parlato con la mamma. È uno dei suoi compiti, e poi il prossimo anno vuole essere rieletta. Se solo sapesse quanto è inutile stare a occuparsi di me a questo scopo! Di certo non avrà il mio voto.

Perché non sarò più qui.

Ora a pranzo la mamma viene quasi sempre a casa. Prima mangiava alla mensa dell'azienda. Io mi facevo un panino e la sera la mamma cucinava per tutte e due. Ora è talmente preoccupata per me che a pranzo fa sempre un salto per dare un'occhiata. In un certo senso mi dispiace che sia così stressata. Arriva di corsa, prende qualche cosa dal congelatore, lo infila nel microonde, prepara freneticamente la tavola, si ingozza e poi scappa via di nuovo. Vorrei proprio sapere a cosa dovrebbe servire tutto ciò! Aspetto solo di sentirmi dire che, ora che mi sono alzata dal letto, posso andare io a fare un po' di spesa, cucinare qualche cosa e preparare la tavola. Capisco benissimo che questi pensieri fanno capolino nella sua testa e che riflette su cosa sia meglio per la mia psiche: non dire nulla, non fare pressioni e «lasciare che ritrovi da sola la mia strada» (così ha detto ieri al telefono a una sua amica, senza sapere che la stavo ascoltando), oppure fare come se fosse tutto come prima e quindi, ovviamente, spingermi a rendermi utile. Ma in questo caso dovrebbe anche preoccuparsi di farmi tornare a scuola e mi pare che non abbia la più pallida idea di come comportarsi.

Oggi ho pensato: ora cucino per noi due, ma non ce l'ho fatta, perché avevo la sensazione di interrompere un gioco che ho iniziato e che mi stimola al punto di non poterlo interrompere. Il gioco consiste nell'osservare la mamma che spera che cambi qualche cosa. Quando a pranzo arriva di corsa ha un'espressione particolare sul volto e io mi diverto proprio a vederla, quell'espressione. Gli occhi spalancati, un po' angosciati ma allo stesso tempo pieni di aspettative, ma la paura è un po' più forte dell'aspettativa. Quando in macchina svolta per entrare nella nostra via è velocissima e i pneumatici stridono. Sento sbattere la portiera e poi il suo tacchettio veloce sul vialetto del giardino. È così frenetica nell'aprire la porta di casa che riesce a centrare il buco della serratura solo al terzo tentativo. Getta la giacca sulla sedia nell'ingresso e lascia cadere la borsetta. È in una situazione di puro stress, perché la sua pausa di mezzogiorno è brevissima e non può perdere neanche un secondo. Poi improvvisamente diventa lentissima. Quando svolta l'angolo della cucina. E ha quest'espressione di speranza. Questa folle, spaventosa speranza. Che ci sia profumo di cibo. Che io abbia preparato la tavola davanti alla panca ad angolo, che faccia tintinnare scodelle e piatti e dica felice: «Ciao mamma! Che bello che sei qui! Siediti, fra un attimo mangiamo!» allora avrebbe la sensazione che sono tornata a vivere e per lei sarebbe la cosa più bella in questo momento. Penserebbe che presto riprenderei ad andare a scuola e al basket, e che tutto tornerebbe come prima.

Invece, me ne sto accovacciata sulla panca ad angolo, ancora in pigiama o in tuta. Semplicemente la fisso. Sul tavolo sono accatastate le stoviglie della colazione. C'è odore di formaggio, che già da tempo avrei dovuto rimettere nel frigorifero, e di burro ormai quasi completamente sciolto. Il viso della mamma si spegne, ma, visto che ha deciso di usare la tattica di non rimproverarmi, cerca di sorridere. È molto tirata e ogni volta mi piace vedere lo sforzo che deve fare per controllarsi. Mi piace osservarla mentre corre in cucina, ora di nuovo alla velocità che aveva prima di entrare, anzi, forse ancora più veloce. Mette qualche cosa nel microonde, sparecchia la colazione, toglie le briciole dal tavolo, mette tovagliette, piatti, posate e bicchieri, il microonde suona, e lei tira fuori il cibo con tale furia che si scotta le dita e urla: «Ahi!» Corre in cantina per prendere l'acqua minerale se non ce n'è più nel frigorifero. Io intanto me ne sto seduta a guardare.

Mi chiedo perché mi diverta a vederla in quello stato. Perché non posso essere carina e darle ciò che desidera. È difficile capire ciò che accade dentro di noi. Credo che sia una vendetta. Infatti provo piacere, e la vendetta può essere un grande piacere. La mamma mi piace. Le voglio bene. Non dovrebbe essere possibile che mi voglia vendicare. E poi per cosa?

Perché ha lasciato papà.

Non è stato lui a mandarla via. È lei che se n'è andata.

«Ho dovuto mettere la parola fine», mi aveva detto una volta.

Perché? Perché? Perché?

Ogni volta che ci penso, mi rendo conto che non posso andarle incontro, che voglio continuare a vedere come si agita, come si preoccupa per me, come mi supplica in silenzio. Un po' mi faccio paura, ma in realtà neanche troppo. Dopo tutto quello che è successo, come potrei ancora spaventarmi davvero?

Inoltre, per mamma le preoccupazioni saranno presto finite. Quando andrò in Inghilterra. Continuo a riflettere se devo prima chiamare Keith, oppure se devo semplicemente presentarmi lì. Non ho il suo numero di casa, anche perché prima, a causa di suo padre, non ho mai potuto telefonare. Ma ora suo padre non può più imporgli niente. Ho cercato due volte di chiamarlo al telefonino, ma era spento. Naturalmente potrei farmi dare il numero della fattoria dal servizio informazioni, ma ho un po' paura a farmi viva.

Perché ho paura?

Ho tanto tempo per rimuginare, ogni giorno, e allora domande del genere vengono fuori. In realtà non voglio trovare una risposta. Keith mi ama. Io lo amo. Non c'è nulla di cui debba avere paura. Voleva iniziare con me una nuova vita, ma è chiaro che ha dovuto pensare anche a sua mamma. Non c'è stato un vero e proprio arrivederci, ma come avremmo potuto fare?

Semplicemente mi presenterò là. A giugno.

8

Jessica aveva telefonato al dottor Wilbert il lunedì mattina e lui le aveva fissato un appuntamento per il giorno seguente. Aveva drizzato le orecchie non appena gli aveva detto che era un'amica di Evelin Burkhard e che aveva urgente bisogno di parlare con una persona che la conoscesse bene.

«Evelin si trova in gravi difficoltà», aveva detto e il dottor Wilbert aveva ribattuto: «Lo so. Mi ha telefonato dall'Inghilterra».

«Vorrei aiutarla. Ma, per quanto riguarda alcuni aspetti della sua vita, ho la sensazione di brancolare nel buio.»

«Naturalmente lei sa che sono tenuto al segreto professionale», disse il dottor Wilbert.

«Lo so. Ma al momento lei è l'unica persona cui mi possa rivolgere.»

«Oggi vado ad Amburgo per una conferenza, sarò di ritorno solo stasera tardi. Ma venga da me domani mattina. Le va bene alle nove?»

Gli stava a cuore la sua paziente, era chiaro. Voleva vedere Jessica al più presto.

Il dottor Wilbert aveva lo studio a Schwabing, al primo piano di uno stabile di appartamenti in affitto. Jessica fu costretta a girare per almeno un quarto d'ora prima di riuscire, ormai innervosita, a parcheggiare l'auto in divieto di sosta, ma a quel punto non le importava nulla. Fu costretta a percorrere a piedi un lungo tratto di strada e arrivò sfinita e in ritardo. Il dottor Wilbert sembrava averlo messo già in conto.

«Non ha trovato parcheggio, immagino», disse come prima cosa, poi le tese la mano. «Wilbert.»

«Jessica Wahlberg.»

«Prego, si accomodi.»

C'era una piccola sala d'attesa, alle cui pareti erano appesi quadri colorati che le conferivano un aspetto familiare. Esattamente il contrario dello studio, che era arredato in modo minimalista con una scrivania di cristallo e parti cromate, due poltrone di pelle nera e, alle pareti, un unico quadro, con un soggetto molto astratto di un rosso vivace, che Jessica spontaneamente aveva interpretato come un fallo, cosa che comunque si sarebbe guardata bene dal confessare.

Wilbert la pregò di accomodarsi su una poltrona nera e le si sedette di fronte. Era un uomo alto, con i capelli grigi, che ispirava fiducia. Poteva avere una cinquantina d'anni. Jessica immaginava come Evelin si fosse potuta sentire al sicuro vicino a lui. Faceva venir voglia di parlare liberamente e sapeva trasmettere la certezza che con il suo aiuto si potesse affrontare qualunque problema.

All'improvviso si sentì molto vicina a Evelin. Era venuta qui ogni settimana. Qui senza dubbio c'era uno dei punti fermi della sua vita. Qui aveva cercato e verosimilmente anche trovato aiuto, qui aveva costruito le sue speranze. Soprattutto aveva raccontato quello che le pesava: la nostalgia di un figlio, la preoccupazione per la sua grassezza, la monotonia della sua vita. Forse un matrimonio che era diventato un inferno?

«Dottor Wilbert, so che la metto in una posizione difficile», iniziò Jessica senza giri di parole, «ma Evelin si trova in Inghilterra, in regime di carcerazione preventiva sospettata di omicidio e sento di doverla aiutare in qualche modo. Lei sa cos'è successo?»

Fece cenno di sì. «In maniera più o meno approssimativa. Ho letto sui giornali dello spaventoso... omicidio di massa, ma all'inizio i nomi non erano riportati. Naturalmente Evelin – la chiamo sempre per nome – mi aveva raccontato spesso di Stanbury, della casa delle vacanze, del gruppo di amici che regolarmente si incontrava lì. Perciò mi sono allarmato quando ho letto il nome del luogo e dei tedeschi che vi trascorrevano le ferie più volte l'anno. Ma, sa com'è, non si crede mai che certe cose possano capitare nella nostra vita. Ho sempre rimosso questa possibilità. Poi, Evelin non si è presentata all'appuntamento di aprile e ho iniziato a preoccuparmi molto. Insomma, tre o quattro giorni dopo l'appuntamento, ha ottenuto il permesso di contattarmi telefonicamente. Mi ha raccontato tutto piangendo e, comprensibilmente, in modo confuso. Ma comunque sono riuscito a capire: era stata incarcerata con l'accusa di aver ucciso cinque persone. Può immaginare che da allora penso a lei di continuo.»

Jessica trovava gradevole che partecipasse così apertamente alla vicenda. Per lui Evelin non era semplicemente uno dei tanti casi, una parte del suo lavoro cui si dedicava coscienziosamente solo perché era la sua fonte di guadagno. La sua partecipazione travalicava le quattro pareti dello studio. Sembrava che il destino di Evelin gli stesse sinceramente a cuore.

«Non la liberano per timore che fugga», gli spiegò.

«Mhm. Naturalmente, è straniera. Mi dica», si sporse in avanti, «appartiene anche lei a quella... combriccola?»

Si domandò cosa Evelin potesse aver raccontato della *combriccola*.

Probabilmente Wilbert ne aveva tratto l'impressione che si trattava di un mucchio di nevrotici.

«Sì, ne faccio parte anch'io. Forse sarebbe meglio dire *ne facevo parte*. Due bambini e tre adulti sono morti. Fra loro mio marito.»

«Mi dispiace molto.»

«La ringrazio.» Volse lo sguardo da una parte. Nel momento in cui gli si era palesata la personale tragedia di Jessica Wilbert aveva assunto, forse involontariamente, quello sguardo da terapeuta che già l'aveva infastidita in Tim.

«Vorrei aiutare Evelin», disse allora. «E, anche per mio marito, vorrei che il vero assassino finisse dietro le sbarre.»

«È convinta dell'innocenza di Evelin?»

«Sì.»

Lentamente annuì con il capo. «Quello che mi interessa», disse, «e che non sono riuscito a capire dalla telefonata con Evelin: perché hanno incarcerato proprio lei? Perché è ritenuta colpevole?»

«Era l'unica sopravvissuta che fosse presente. Tutti noi, gli altri, eravamo lontani, anche se nessuno di noi ha un testimone. Sull'arma del delitto sono state trovate le sue impronte digitali. I suoi abiti erano pieni di sangue delle vittime. È stata lei a trovarli e si è piegata su di loro mentre cercava di rianimarli. Ma c'era anche il sangue... di mio marito e di una delle due bambine. Che tuttavia, così si suppone, non ha trovato lei.»

«E questo come lo spiega?»

«Evelin era totalmente sotto shock.» Jessica gli raccontò dove e come aveva trovato Evelin dopo il fatto spaventoso. «Non sono una psicologa, ma, secondo me, ciò che ha detto nelle ore o addirittura nei giorni successivi al delitto deve essere considerato con riserva. Se si pensa all'orrore che ha vissuto, mi sembra del tutto normale che non si ricordi più di alcune vittime che pure evidentemente ha toccato. Evelin ritiene possibile di aver trovato da qualche parte in casa l'arma del delitto, di averla presa e di averla gettata sulla terrazza, dove la polizia l'ha recuperata. Evelin non riesce a ricordare con precisione, ma non crede che tutto ciò sia comprensibile? »

Wilbert l'aveva ascoltata molto attentamente.

« C'è un motivo per cui Evelin potrebbe aver negato di aver trovato quei due morti, suo marito e la bambina? Se questo fa ricadere su di lei i sospetti, bisogna tuttavia supporre che – in caso di effettiva colpevolezza – avrebbe fatto meglio a menzionare anche quei due! »

« Anche secondo me, questa è la dimostrazione definitiva che non è stata lei. Una donna che a sangue freddo uccide cinque persone, fra cui due bambini, è di certo anche sufficientemente furba da far sparire l'arma del delitto o quanto meno da cancellare le sue impronte digitali. Inoltre, non affermerebbe di non avere neppure *visto* due delle vittime, sapendo bene di essere sporca del loro sangue. Non avrebbe senso. »

« A quanto pare per la polizia ne ha. »

« La ritengono completamente fuori di sé. Pensano che abbia agito in una sorta di trance e che probabilmente lei stessa non sappia più che ha ucciso delle persone e chi queste fossero. »

« Mhm. »

« Per questo per me è così importante parlarle », disse Jessica. « Lei è il terapeuta di Evelin. Perciò, nessuno meglio di lei può giudicare l'insensatezza di una simile idea! »

Invece di risponderle, fece una domanda che la sorprese: « Suo marito – il marito di Evelin – è fra le vittime? »

« Sì, perché? »

« Non mi sembra del tutto insignificante. Se si sospetta Evelin è senz'altro importante il fatto che sia morto anche l'uomo con il quale viveva. »

Jessica respirò profondamente. « Il marito di Evelin... deve sapere che c'è qualcos'altro che alla polizia è sembrato importante. »

« Sì? »

« Poco prima che avvenisse il delitto, Evelin era nel parco. Lì incontrò un... conoscente, che è rimasto con lei per un po'. Questa persona ha detto di Evelin che era completamente chiusa in se stessa, molto depressa. *La sua disperazione era tangibile come un muro altissimo*, aveva usato questa espressione. »

Wilbert fece un cenno di assenso. « Sì », disse quasi più a se stesso che a Jessica, « lei era così. Disperata. Profondamente disperata. »

« Poi deve essere comparso Tim, suo marito, che l'ha chiamata. A quanto pare lei si è letteralmente irrigidita per la paura. Phillip – il conoscente – ha detto che gli ricordava un animale che fiuta il suo peggiore nemico. Poi è saltato fuori che, a quanto pare, già da anni Tim maltrattava sua moglie, psicologicamente e fisicamente, e che a quanto pareva tutti, tranne me, lo sapevano. Così, secondo il funzionario di polizia che seguiva le indagini, Evelin avrebbe senz'altro avuto un motivo per uccidere il marito. Poi sarebbe impazzita e avrebbe fatto una strage.»

Il dottor Wilbert rimase un attimo a riflettere. «Dunque ci sono vari indizi sulla colpevolezza di Evelin», disse, «ma che siano sufficienti per una condanna... non ne sono sicuro. Però chiaramente non sono un giurista. Ha un buon avvocato?»

Jessica annuì. «Credo di sì. Dottor Wilbert, Evelin veniva qui tutte le settimane. Lei deve sapere se è vero quello che si dice del marito.»

«Non posso parlare di ciò che viene detto qui dentro», affermò. «Deve capire.»

«Conosceva Tim Burkhard? Era pur sempre un suo collega.»

«Lo conoscevo. Non bene, ma di tanto in tanto ci trovavamo a qualche conferenza.»

«Cosa pensava di lui?»

«Se vuole saperlo, l'ho sempre considerato un fanfarone. Era psicoterapeuta, ma avrebbe preferito essere una sorta di guru, e dava questa impressione non solo per la barba incolta e per i piedi sempre nudi in quei sandali spaventosi; emergeva da ogni suo gesto, sguardo, parola. Si era abituato a fissare le persone in un modo così penetrante che mi irritava alquanto. Sono convinto che disprezzasse profondamente i suoi pazienti e che nei loro confronti si sentisse nettamente superiore. Un atteggiamento cui le persone instabili reagiscono con una sorta di adorazione. Infatti quello che voleva davvero era essere adorato, non aiutare gli altri.»

Anche a Jessica aveva dato la stessa sensazione. Capiva esattamente cosa voleva dire il dottor Wilbert.

Sospirò, era chiaro che il dottor Wilbert non avrebbe potuto essere di grande aiuto. Qualunque cosa sapesse di Evelin, non avrebbe potuto dirla. I suoi occhi erano talmente impenetrabili che non avrebbe potuto capire niente di ciò che gli passava per la testa. Soltanto la sua domanda se Tim fosse fra le vittime sembrava offrirle un indizio. Inoltre si era espresso in maniera molto negativa su di lui.

Forse in questo modo ha dato una risposta alla mia domanda, rifletté.

Si alzò, si accarezzò inconsapevolmente con la mano destra la pancia che si era arrotondata in maniera appena percettibile. Chi non sapeva del bambino non vedeva nulla, ma il dottor Wilbert, che si era alzato e meccanicamente aveva seguito con lo sguardo la sua mano, sembrò aver capito. La guardò pensieroso.

«Lei ha alle sue spalle un episodio molto traumatico», disse, «e ne parla con molto distacco e con pochissima partecipazione emotiva. Cerchi di non comprimere troppo il dolore. Non fa bene né a lei né al bambino.»

Non sapeva neppure lei perché, ma all'improvviso si confidò con lui. «Non riesco a piangere», disse. «Da quando è successo non ho pianto nemmeno una volta. Non ci sono riuscita neanche al funerale di mio marito.»

«Vorrebbe piangere?»

«Non lo so... forse penso solo che sarebbe normale.»

«Non ha mai pensato di affidarsi alle cure di uno specialista? Di sottoporsi a una terapia?»

Involontariamente sorrise, mentre lui levava velocemente le mani in alto in un gesto di difesa. «Ho fin troppi pazienti! Non pensavo a me. Ci sono colleghi che sono specializzati nella cura delle vittime di delitti.»

«Io...»

La interruppe, evidentemente sapeva esattamente quello che aveva intenzione di dire. «Lei *è* vittima di un delitto. Il fatto che ne sia uscita salvando la vita e senza danni fisici non sposta il problema. Persone che le erano molto vicine sono state uccise con una violenza brutale, e fra queste anche suo marito. Nella sua vita è entrato un elemento che non deve sottovalutare. L'ha cambiata. E continuerà a cambiarla. Deve prenderne atto.»

Le venne in mente una frase che riteneva scontata ma le sembrava quella giusta. «Ogni cosa a suo tempo», disse.

«Però dobbiamo riconoscere il tempo giusto», disse Wilbert con enfasi.

Gli tese la mano. «La ringrazio di avermi ricevuto.»

«Purtroppo non ho potuto fornirle un vero aiuto», la guardò preoccupato. «Neppure a Evelin. A volte le situazioni prendono una piega terribile...»

Probabilmente, pensò Jessica, avrebbe preferito che fosse toccata a me o a Leon. Che uno di noi due fosse detenuto e dovesse combattere per dimostrare la propria innocenza. Perché proprio Evelin, che nella sua vita era già stata colpita da tante disgrazie? Ma non funziona sempre così? Le disgrazie non chiamano altre disgrazie?

«La prego di tenermi aggiornato su Evelin», le chiese, «di comunicarmi davvero tutto.»

«Quando sarà rilasciata...»

«... voglio essere a disposizione. Il mio numero ce l'ha.»

«Sì. Ovviamente le farò avere notizie. Crede che quando sarà scarcerata avrà bisogno immediato di un aiuto psicologico?»

Respirò profondamente senza dire nulla, ma Jessica immaginò cosa pensasse: che tutti, proprio tutti loro sopravvissuti avevano bisogno urgente di aiuto.

Frugò nella sua borsetta, prese il suo biglietto da visita e glielo porse.

«Qui ci sono tutti i numeri dove sono rintracciabile. Casa, studio, telefonino. Se le venisse in mente qualche cosa che mi vuole o che mi *può* dire, mi chiami, la prego!»

«Lo farò.» L'accompagnò attraverso la sala d'attesa, le aprì la porta dello studio. Mentre usciva si girò ancora una volta verso di lui.

«Dottor Wilbert, per favore, mi dica: ritiene che Evelin possa aver commesso un simile crimine?»

«Credo che tutti gli uomini possano commettere qualunque crimine», rispose Wilbert in tono evasivo.

Erano le nove e mezzo quando Jessica si ritrovò di nuovo in strada e non aveva ancora fatto colazione. Per fortuna le nausee della gravidanza nel frattempo erano cessate, così poteva andare in un bar senza timore di spiacevoli inconvenienti. Il giorno era soleggiato e molto caldo, e trovò in fretta un locale che aveva già sistemato tavoli e sedie sul marciapiede. Si sedette, ordinò caffè e croissant, si appoggiò allo schienale e chiuse gli occhi. Il sole le splendeva direttamente sul viso, sul collo e sulla pancia. Le sembrava di essere un gatto che se ne sta sdraiato su un muretto caldo.

Rifletté sul da farsi.

Prima o poi avrebbe dovuto riprendere a lavorare. Aveva avviato con fatica il suo studio. Aveva sempre amato il suo lavoro, inoltre era il suo unico mezzo di sostentamento. Ci voleva molto per crearsi una clientela fissa, ma per perderla bastava un attimo. Se avesse sprecato tutta l'estate, non ci sarebbe stato più nessuno. Senza contare che alla fine di settembre, a causa del bambino, avrebbe dovuto sospendere di nuovo per un certo periodo. Forse per quella fase poteva organizzare una sostituzione.

Infine doveva anche decidere se restare nella casa di Alexander. La faceva riflettere la constatazione che era sempre la *casa di Alexander*, non la *nostra casa*. Se questa sensazione fosse rimasta, probabilmente lì si sarebbe sentita sempre come un'ospite, come l'ospite di un morto. Aveva detto a Leon che ricominciare da capo poteva essere una possibilità. Forse anche lei aveva bisogno di ricominciare da capo.

«La sua colazione», disse una voce, lei trasalì e aprì gli occhi. Una ragazza le posò davanti una tazza di caffè, un piatto e un cestino con due croissant.

«Non è un maggio splendido?» chiese.

«Meraviglioso», confermò Jessica. Non era esattamente quello che provava, ma cosa avrebbe dovuto dire? A chi interessava veramente sapere come stava lei?

Niente autocommiserazione, si mise in guardia, peggiora solo la situazione.

Mentre beveva con cautela il primo sorso del caffè caldissimo, pensò che avrebbe potuto fare ben poco per Evelin. Il dottor Wilbert, forse l'unica persona che possedeva informazioni davvero interessanti, non avrebbe parlato per paura di perdere l'abilitazione. Magari quello che sapeva non avrebbe potuto neppure eliminare i sospetti su Evelin, altrimenti avrebbe certamente parlato per aiutarla.

Forse, pensò Jessica, ora cercherà di contattarla e le chiederà il permesso di fornire informazioni sul suo caso. Se così fosse, certamente mi farebbe sapere qualche cosa.

Devo pensare alla mia vita.

Forse Wilbert aveva ragione. Forse doveva assolutamente elaborare ciò che era accaduto.

Finché mi occupo di Evelin, mi impedisco di farlo.

Era convinta dell'innocenza di Evelin. Era sicura che i delitti fossero stati commessi da un estraneo.

Perché non ho fiducia nei poliziotti inglesi? Non sono stupidi. Evelin sarà liberata anche senza il mio intervento.

Doveva lasciare perdere. Smetterla di darsi da fare come un detective dilettante. D'altronde cosa ne aveva ricavato? L'unica vera novità che aveva scoperto era quanto detto dal vecchio Will: che Alexander non l'aveva mai amata.

Fantastico! Ora doveva convivere con la possibilità che lui avesse ragione. Per Evelin non aveva fatto un solo passo avanti, in compenso aveva perso ogni certezza sul suo defunto marito.

Certo, a posteriori lo capiva meglio. Ma la questione era se fosse davvero importante capire tutto e tutti. Forse cercava di capire Alexander, di capire Evelin e gli amici anche solo per evitare di confrontarsi con la necessità di comprendere se stessa.

La sua fame sparì improvvisamente, segno evidente della tensione che le causavano quei pensieri. Allontanò da sé il cestino con i croissant, come se con quel gesto potesse allontanare anche quelle opprimenti considerazioni. Avrebbe dovuto incanalare le sue energie in un'altra direzione. Era martedì. Cosa le impediva di riaprire lo studio il lunedì della settimana successiva? Ma prima avrebbe dovuto fare visita a Leon, glielo aveva promesso. Vedere il suo nuovo appartamento e rincuorarlo. Senza volerlo, si ricordò della domenica precedente, quando era rimasto seduto fino a tarda sera sui gradini della sua veranda e si era ubriacato. A un certo punto gli aveva chiamato un taxi, perché non era in grado di guidare. Doveva aver recuperato la sua macchina in tutta segretezza il mattino dopo, mentre lei dormiva ancora, perché quando era uscita intorno alle nove, per portare a spasso Barney, non c'era più. Si ricordò che gli aveva chiesto del quarto amico del gruppo dei vecchi studenti del collegio.

«Ah, ti riferisci a Marc», aveva detto «Santo cielo, era da un'eternità che non ci pensavo più! Marc! Non è stato tanto con noi. È stato bocciato al ginnasio, e poi ancora un'altra volta, così ha dovuto lasciare la scuola. Non abbiamo più avuto sue notizie.»

Sostanzialmente una spiegazione normale e ragionevole che non sembrava tirata per i capelli. Tuttavia, ancora prima che Leon iniziasse a parlare, aveva avuto la certezza che non avrebbe sentito la verità. Strizzò gli occhi nella limpida luce del sole e si chiese da cosa nascesse quella sensazione. Forse si era messa in testa qualcosa. Si sentiva molto stanca e psicologicamente prostrata a causa dello sgradevole incontro con il padre di Alexander. È facile vedere fantasmi quando si è distrutti.

Ma c'era qualche cosa negli occhi di lui. Solo per un momento. Un'espressione incontrollata di terrore, di orrore. Come se avesse toccato qualcosa che non avrebbe mai voluto neppure sfiorare.

Maledizione. Avevo appena deciso di non pensare più a queste cose!

Rovistò nella borsetta per prendere il portamonete, mise il denaro della colazione sul tavolo. Si alzò con decisione.

Sarebbe andata a prendere Barney e l'avrebbe portato con sé in ambulatorio. Avrebbe cominciato a sistemare la montagna di carte che senza dubbio si erano accumulate nelle settimane precedenti.

Se voleva iniziare il lunedì successivo, aveva una gran quantità di lavoro da sbrigare.

Molto, troppo lavoro per poter rimuginare sul passato.

9

«No», disse Phillip, «assolutamente no! Davvero hai creduto anche solo per un momento che potessi vivere qui?»

Erano in un pub sulla riva del Tamigi. La sera era calda e si poteva già stare seduti fuori ai tavoloni di legno. Era ancora presto, quindi non c'era molta gente, anche se lentamente il locale si stava riempiendo. Uomini d'affari in abito scuro o giovani famiglie con carrozzine e cani al guinzaglio. Un vento leggero portava odore di sale e di alghe di mare. L'atmosfera era gradevole e accogliente. Geraldine ci si sarebbe potuta cullare, ma Phillip le stava di fronte come un macigno scuro, era teso e a disagio. Geraldine aveva preso per entrambi *fish and chips* e birra scura, ma Phillip non toccò nemmeno il cibo, sorseggiò solo di tanto in tanto la birra. Aveva l'aspetto di chi avrebbe preferito di gran lunga scappare via, e riusciva a dominarsi solo con fatica.

«Cos'è che ti infastidisce tanto?» chiese Geraldine. «L'atmosfera da sobborgo?»

«È angusto. È piccolo borghese. È così... per benino.»

«Se non altro è meno angusto del tuo appartamento.»

«Può essere. Ma il mio appartamento è lontanissimo dall'essere piccolo borghese e per benino.»

Avrebbe voluto infilarsi in bocca un paio di patatine, ma lasciò cadere di nuovo la mano. «Cosa vuoi?» chiese stremata.

«Lo sai.»

«Oh... no.» Si appoggiò allo schienale. «Non ricominciare con...»

«Se non lo vuoi sentire, allora non chiedermelo», disse Phillip. «Voglio Stanbury. Fino a quando non avrò fatto ogni possibile tentativo per ottenerla, non mi ritirerò certo in un sobborgo con le villette e le aiuole di viole del pensiero. Non fa per me. *Io non sono questo*!»

«Non sei neppure Stanbury! Sei ossessionato!»

Parlava a bassa voce, ma i suoi occhi rivelavano quanto fosse infuriato. «Una volta per tutte, Geraldine», disse lentamente e scandendo le parole, «non ti riguarda! Niente di quello che accade nella mia vita ti riguarda. Io vado per la mia strada. Per motivi che mi sono del tutto indecifrabili, sei fermamente decisa a procedere al mio fianco, anche se, te lo posso assicurare, non porterà a niente. Mi rimproveri di essermi fissato su una casa? E tu allora? Da anni ti sei creata una gigantesca illusione e ignori deliberatamente chiunque ti metta in guardia. Io per esempio, oppure la tua amica del cuore Lucy. Sai che non la sopporto, ma ha dannatamente ragione quando ti ripete che sono uno stronzo e che con me non avrai un futuro. Ma evidentemente sei convinta di saperne di più!»

Era da settimane che lui non le parlava in questo modo, e sotto la violenza delle sue parole trasalì come se avesse preso un ceffone. Non si era aspettata che all'improvviso e con tanta violenza avrebbe spezzato il tacito accordo sul nuovo inizio della loro storia, che aveva regnato fra loro fin dai delitti di Stanbury. Era di nuovo il Phillip che aveva conosciuto nello Yorkshire: nervoso, brusco, offensivo. Per capirlo le ci vollero alcuni secondi.

«Vuoi andare per la tua strada?» gli chiese e si sentì impallidire. «E io avrò il permesso di incrociare la tua strada solo quando ti capiterà ancora di aver bisogno dell'alibi per un omicidio?»

«Non ho nulla a che fare con gli omicidi», rispose Phillip. Entrambi avevano alzato la voce e i vicini di tavolo si girarono.

«Io non c'entro niente», ripeté Phillip sottovoce, «e tu lo sai bene!»

«Lo so? Come potrei saperlo? Del resto non conta nulla. Eri nella situazione più pericolosa della tua vita e grazie soprattutto al comportamento nevrotico di cui hai dato prova in precedenza per Stanbury. Senza di me saresti ancora dentro, in custodia cautelare.»

«Non sentirti così sicura, forse la mia innocenza sarebbe già stata dimostrata e sarei libero da un pezzo.»

«Vuoi provare?»

Lo fissò. Lui sostenne lo sguardo fino a quando lei abbassò gli occhi.

«Accidenti, Phillip», disse stancamente, «è proprio necessario che fra di noi parliamo in questo modo?»

«È proprio necessario che ce ne stiamo seduti qui?» ribatté lui. «Cosa volevi ottenere? Che mi trasferissi con te in questa casetta, che ci sposassimo, che formassimo una famiglia?»

«Perché fai muro in questo modo?»

«Perché per me ho in mente un'altra vita.»

«Ma quale? Tu non sai nemmeno quello che vuoi! Non puoi stare in quella soffitta fino alla fine dei tuoi giorni e tirare avanti con lavori saltuari!»

«Perché no? Se questa fosse la mia idea di vita, che diritto avresti di dissuadermi?»

«Ma lo sai che non è vero!» Chiamò a raccolta nella sua voce tutte le energie superstiti. «Sei stato tu stesso a dirmelo. Non sai cosa fare di te e della tua vita. Per questo ti sei scagliato su Stanbury e sulle tracce di tuo padre! Non riesci più a trovare un equilibrio nella tua vita. Tu...»

«Ma questo non ti riguarda. È un mio problema. Può essere che non riesca a trovare un equilibrio, e probabilmente sarà così, ma con te lo trovo ancor meno.» Disgustato spinse indietro il piatto con le patatine fredde e il pesce grasso e lucido e si alzò. «Scordatelo Geraldine», disse. «Non cercare più di fare cose simili. Non serve. Non mi puoi cambiare.»

«Potrei renderti felice.»

Rise, ma sembrava più disperato che beffardo. «Ci sono migliaia di uomini», disse, «che vorrebbero essere resi felici da te. Perché te ne sei cercato uno con cui non può funzionare?»

«Ti amo, Phillip. Ti amerei ancora anche se tu...» Si interruppe.

La guardò con aria interrogativa.

«Anche se tu l'avessi fatto», disse lei in un sussurro.

10

Il giorno precedente, Leon si era trasferito in un palazzone a più piani, in uno di quei casermoni con quaranta campanelli alla porta d'ingresso e un'infinità di balconi microscopici, simili a un alveare, che non permettono alcuna individualità e sui quali le pareti laterali sporgenti e la copertura in pietra non permettono al sole di entrare. Davanti alla casa c'erano degli spazi verdi che era proibito calpestare, ma sullo spiazzo asfaltato davanti ai garage giocavano dei bambini, cosa evidentemente consentita. Jessica, che si era fermata sull'ombreggiato vialetto lastricato che conduceva all'ingresso del condominio, dovette piegare indietro la testa per riuscire a vedere l'ultimo piano. Sopra il tetto piatto, si stagliava il cielo di un blu luminoso fornendo al freddo edificio di cemento un minimo di charme. Con il brutto tempo, lo stabile doveva essere di una desolazione assoluta.

Ma forse è proprio questo ciò di cui Leon ha bisogno in questo momento, pensò Jessica, di questa immersione nell'anonimato, di questa riduzione della casa a un luogo per dormire, da cui, in fondo, non ci si aspetta altro che un tetto sulla testa. Portare la vita allo zero assoluto per ricominciare da capo.

Erano le sei e mezzo del pomeriggio, l'aria era mite e l'atmosfera limpida. Dopo aver trascorso tutto il giorno in ambulatorio a guardare e sbrigare cataste di posta, Jessica avrebbe preferito restarsene a casa, nel suo giardino. Ma aveva promesso a Leon di andare a vedere il nuovo appartamento, e non aveva senso rimandare la visita in eterno. Per precauzione aveva lasciato Barney a casa. Così, a un certo punto, avrebbe potuto dire che doveva andarsene per portare a spasso il cane.

Non appena Jessica ebbe suonato, sentì la voce di Leon attraverso il citofono. Si chiese se fosse stato ad aspettare vicino alla porta dell'appartamento. Era solo. Aveva perso tre persone care.

«Sono al quarto piano», disse, «prendi l'ascensore!»

Quando uscì, lui era sul pianerottolo. Finalmente si era fatto la barba, evidentemente era stato anche dal barbiere. Portava jeans, una maglietta bianca e scarpe bianche di tela. Sembrava non aver bevuto e aveva un aspetto splendido, tanto che Jessica pensò subito: non resterà solo per molto. Le donne busseranno alla sua porta, quando si sarà lasciato alle spalle il lutto, troverà di sicuro una compagna.

La tirò a sé e disse che era molto contento di vederla. Sembrava davvero felice, e lei si vergognò di essere andata così contro voglia a quell'appuntamento.

Assieme a Tim era il migliore amico di Alexander, pensò. Alexander si sarebbe aspettato che mi occupassi di lui.

La fece entrare nell'appartamento, lei gli diede la bottiglia di vino che aveva preso dalla cantina di casa. « Non è molto originale, lo so, ma sono stata tutto il giorno in ambulatorio e non mi è rimasto tempo per... »

« Mi fa piacere ricevere il vino. Ma soprattutto sono contento che tu sia qui. Hai ripreso a lavorare? Penso che sia la cosa giusta! » respirò profondamente. « Allora, questo è il mio nuovo regno! »

Probabilmente l'appartamento era arredato come tutti gli altri bilocali del condominio, a prescindere dal fatto che qui c'era ancora accatastata una gran quantità di scatoloni da svuotare. C'era una sala, divisa dalla cucina da un piccolo bancone, e, a lato, una microscopica stanza buia, la cui finestra guardava a nord e in cui c'era spazio solo per il letto e l'armadio.

« Io dormo qui », spiegò Leon, « e nel resto dell'appartamento ci abito. »

Aveva veramente dato via pressoché tutti i vecchi mobili. In sala c'era un tavolo dell'Ikea con le sue sedie (« Il nostro grande tavolo da pranzo avrebbe occupato la stanza quasi completamente », disse Leon) e nell'angolo due poltrone del vecchio salotto, in mezzo un piccolo tavolo da tè che, Jessica ricordò, nell'altra casa aveva posto nel giardino d'inverno arredato con cura da Patricia. Riconobbe una lampada a stelo, alle pareti due quadri con fiori e un vaso sul davanzale. Sul banco della cucina c'erano delle figure di plastilina colorata, fatte da Diane e Sophie quando erano piccole. Solo questo ricordava che una volta nella vita di quest'uomo c'era stata una famiglia.

Proprio a fianco del bancone si apriva una porta che conduceva sul terrazzo. Qui si trovavano un tavolo laccato di bianco e due sedie da giardino, e in un vaso una pianta sconosciuta che si arrampicava sul muro di cemento. Sul balcone non splendeva il sole del tardo pomeriggio, ma c'era una bella vista della città e si poteva sentire il vento caldo dell'estate che iniziava.

«Sudest», disse Leon. «Ho un po' di sole di giorno. Ma tanto non sono quasi mai a casa. Siediti pure. Ti va un bicchiere di champagne?»

Portò i bicchieri e una bottiglia gelata.

«Dobbiamo brindare», disse. «Ho trovato lavoro in uno studio legale. Comincerò all'inizio di agosto. Questo significa che finalmente tornerò a guadagnare.»

«Sono contenta per te», disse Jessica, sinceramente sollevata e felice, «brindo molto volentieri.» Fecero il brindisi. Era sorpresa di quanto Leon sembrasse eccitato e di come apparisse ringiovanito.

«Il nuovo lavoro ti dà una spinta enorme», constatò.

«Il nuovo lavoro e il nuovo appartamento. Nelle ultime settimane mi sentivo di merda, te ne sei accorta anche tu. Ho fatto molta fatica a disfare la casa. È stato un inferno. Io...» Scosse la testa, si passò la mano sul volto con un gesto che evocava il brutto ricordo della stanchezza e della depressione di quei giorni. «Ho iniziato e concluso ogni giornata con l'alcool. Altrimenti non avrei retto.»

«È del tutto normale. Tu...»

«Ma ora va meglio», disse animatamente. «Quando finalmente ne sono uscito, mi sono sentito meglio! Mi sembra di essere tornato a quando avevo vent'anni e potevo decidere da solo della mia vita. Ho un'altra possibilità.»

Bevve un sorso di champagne. Da qualche parte dentro di lei sentì risvegliarsi un brivido, ma non volle tenerne conto, non voleva che aumentasse.

«Stai molto meglio di qualche giorno fa», disse.

«Te l'ho detto», iniziò, ma lei lo interruppe: «Sì, lo so. Stai effettivamente molto meglio».

Rimasero in silenzio per qualche minuto.

Improvvisamente Leon disse: «Le mie fitte al cuore sono sparite».

«Avevi spesso delle fitte?»

«Sì, negli ultimi anni sempre più frequenti e sempre più forti. La cosa stava diventando molto pesante. Avevo già messo in conto che prima o poi sarei morto per un infarto ed era un'idea tutt'altro che piacevole. Fra l'altro non ho mai condotto una vita sregolata, non sono sovrappeso, non fumo, non bevo mai un goccio di troppo, se non proprio nel momento in cui viene sterminata tutta la mia famiglia. Ma lo stress...» respirò profondamente. «Lo stress iniziato il giorno in cui ho sposato Patricia. Questo matrimonio disgraziato, questa pressione senza fine... è come se mi avessero tolto un peso. Come se il mio cuore potesse battere di nuovo liberamente.»

Jessica gli posò una mano sul braccio. «Ti capisco», disse, nonostante il brivido dentro di lei si facesse più intenso, «ti capisco, ma non dovresti... non dovresti dire queste cose ad altri.»

«Perché no?»

«Perché... è strano. Tua moglie e le tue figlie sono state assassinate in maniera brutale, e sembra che tu ti senta... sollevato. Liberato. Io posso comprendere molto bene cosa succede dentro di te, ma...» Non finì la frase. Si chiese se davvero poteva comprenderlo.

«Tanto non ne parlo comunque con nessuno», disse Leon. «I miei due migliori amici sono morti. Non c'è nessun altro cui potrei fare una simile confidenza.»

«Scusa se mi sono immischiata», disse Jessica.

Lui si alzò. «Cosa ne diresti di bere in pace il tuo champagne e startene un po' a sognare mentre guardi fuori l'imbrunire? Intanto mi occupo della cena!»

«Non stare a preparare per me.»

«È già tutto pronto. Devi provare la mia cucina.» Rise. Mentre lasciava il balcone, per un momento le posò una mano sulla spalla.

Non aveva mai saputo che Leon fosse un cuoco. Dai racconti di Patricia si era sempre potuto dedurre che era *lei* a prendersi cura del benessere fisico della famiglia, seguendo i suoi tipici dettami: cibi sani, con pochi grassi e molte vitamine. Da parte di Leon non aveva mai sentito una lamentela ma neppure un accenno alle sue doti culinarie. Ora, come per magia, portò in tavola una prelibatezza dopo l'altra e, a quanto pareva, con grande disinvoltura; Jessica fra l'altro presa dal suo lavoro aveva saltato il pranzo e si accorse quindi di quanto fosse affamata. Mangiò fino a non poterne più e dopo il dessert si appoggiò allo schienale con un sospiro.

«Mio Dio, Leon, è stato incredibile», disse. «Ma se mangio ancora un boccone non mi potrò muovere per tre giorni. Perché non hai mai detto che sei un cuoco così eccellente?»

«Adesso c'è il formaggio. Non è ancora il momento di smettere!»

«Stai attento!» Rise. «Dopo non riuscirai a mandarmi via, perché non ce la farò più ad alzarmi.»

Lui sorrise. Sulla ringhiera del balcone aveva messo una torcia a vento che illuminava appena il suo viso, ma Jessica vide un lampo nei suoi occhi.

«Perché dovrei mandarti via?» chiese.

Il suo tono la inquietò, ma cercò di rispondere, per quanto possibile, con disinvoltura. «Perché il tuo appartamento è troppo piccolo per tenere un ospite a dormire.» Vide che stava aprendo la bocca e quindi aggiunse in tutta fretta: «Barney è a casa da solo e deve uscire. Fra poco devo andare».

«È per questo che l'hai lasciato a casa?» chiese Leon. «Ero infatti stupito che non ci fosse.» Voleva versarle altro vino, ma lei rifiutò.

«Cosa intendi con *per questo*?»

«Per non cadere assolutamente nella tentazione di restare qui.»

«Non ci sarei comunque caduta.»

«Sei sicura?»

«Sicura.» Prese la sua borsetta. «Dovrei...»

«Non sai che è scortese andarsene appena terminata la cena?»

«Leon, io...» Voleva andarsene. Improvvisamente ebbe la sensazione di essere coinvolta in una scena deliberatamente combinata. L'invito, la calda serata di maggio, la torcia con la sua luce guizzante, lo champagne, la cena. Il bell'uomo che improvvisamente non aveva più nulla a che fare con il Leon di prima, che era stato solo un buon amico, un tipo simpatico. E che ora voleva una nuova vita, troppo in fretta, troppo radicalmente, ma forse con qualche ragione, perché ogni indugio nella vecchia vita, anche per un solo secondo, avrebbe portato al crollo quell'impalcatura faticosamente costruita che gli permetteva di sopportare la sua esistenza.

«Jessica», disse Leon, «lascia che parli chiaramente: ho pensato a noi. Noi due siamo legati dallo stesso destino. Abbiamo entrambi perso in un terribile delitto le persone che ci erano più care, e dalle macerie che sono rimaste dobbiamo ricostruire la nostra vita. Siamo troppo giovani per restare soli per sempre, ma non possiamo trovare un partner che capisca veramente ciò che abbiamo passato. Siamo stati colpiti da un evento che normalmente non succede alla gente. Ho già cercato di spiegartelo, ti ricordi? Voglio dire, tutti possono avere problemi di soldi e problemi con i figli e nel rapporto di coppia, ma conosci qualcuno – esclusi me ed Evelin, naturalmente – che sia o sia stato coinvolto in un simile crimine? In un certo senso, quel giorno a Stanbury ci ha scaraventato fuori dalla società. Non siamo più quelli che eravamo, ma non siamo più neppure là dove sono tutti gli altri.»

Sapeva che da un certo punto di vista aveva ragione, ma allo stesso tempo sentiva che non poteva accettare quello che stava esponendo a chiare lettere. Il dottor Wilbert l'aveva definita vittima di un crimine, ma alla fine lei avrebbe accettato lo status di vittima soltanto riconoscendo l'emarginazione dalla società, emarginazione che evidentemente Leon per se stesso considerava necessaria e ineluttabile. Lei non l'avrebbe mai fatto. Non solo per il bambino che aspettava. Ma anche per poter sopravvivere.

Si alzò. Anche Leon si alzò. Per lasciare il balcone gli sarebbe dovuta passare di fianco. Si aggrappò alla borsetta come una studentessa insicura che non sa cosa fare con le mani.

«Credo che ognuno di noi abbia un modo diverso di metabolizzare l'accaduto», disse, «e la questione non è se è giusto un modo o l'altro. Dipende solo dal fatto che siamo persone diverse. Non cercare di cacciarmi in testa il tuo sistema, Leon. Io devo trovare il mio.»

«Non volevo cacciarti in testa nulla», si affrettò a dire Leon. «Volevo solo... pensavo solo di avere messo in fila dei fatti che offrivano prospettive per noi, che... sto dicendo delle scemenze, vero?» Scosse la testa come se volesse liberarsi dall'intreccio di pensieri sconcertanti. «Volevo semplicemente dire che mi piaci tanto, Jessica. Che potrei immaginarmi di ricominciare da capo con te, tutti e due lo dobbiamo fare... che potremmo provarci insieme?» formulò l'ultima frase più come domanda che come affermazione. La guardò aspettando e per quasi un minuto il silenzio fra di loro fu accompagnato da una calma totale che riempiva tutta la casa e in cui non sentivano altro che il loro respiro.

Poi, da qualche parte, alcune persone ripresero a parlare, qualcuno rise, un cane abbaiò. Si dissolse la sensazione di essere soli al mondo.

Jessica aveva l'impressione di dover dire qualche cosa.

«Leon, non è che stai andando troppo in fretta? Hai un nuovo posto di lavoro, un nuovo appartamento... e ora pensi di dover avere subito una nuova partner. Ma sono passate solo quattro settimane da quando... da quando è successo quel fatto terribile. Ora pensi che io vada bene per te, ma forse è solo perché qui non c'è nessun'altra e anche perché non saresti nemmeno in grado di vedere nessun'altra. Ma...»

«No», la interruppe, «non è così semplice. Anche quando Patricia era ancora viva, non riuscivo a guardarti senza immaginarmi come...» Esitò.

Non dirlo, pensò lei, per favore non dirlo!

«Non riuscivo a guardarti senza immaginarmi come sarebbe stato toccarti. Tenerti fra le braccia. Baciarti.» Levò le mani in segno di scusa. «Bene, adesso lo sai. Non era necessario che Patricia e Alexander morissero per far nascere in me questi sentimenti.»

Jessica cercava con tutte le sue forze di tenere sotto controllo il suo smarrimento.

«Ma... io non avevo mai notato nulla», disse e nello stesso istante pensò: che commento stupido! Non era quello che volevo dire!

«Ho fatto di tutto perché non te ne accorgessi», ribatté Leon, «in fondo la nostra situazione non poteva far sperare che i miei desideri si avverassero. Ero sposato e anche tu lo eri. Inoltre tuo marito era uno dei miei migliori amici. Voi due non eravate assieme da molto e sembravate felici. Anche se mi fossi separato, come avrei potuto sperare che tu facessi altrettanto? Come avrei potuto sperare qualunque cosa?»

«Eri molto infelice con Patricia, vero?»

«Te l'ho già raccontato.»

«Sì, ma... non pensavo che...»

«Odiavo la vita con lei», disse Leon, con voce quasi impassibile, come se descrivesse una situazione del tutto ordinaria. «Ho odiato ogni attimo. Credo di aver odiato anche lei. Ma c'erano le bambine, la vita quotidiana. Andarsene sembrava semplicemente impossibile e in qualche modo ci arrangiavamo, in qualche modo continuavamo ad andare avanti. Mi dicevo che la maggior parte delle persone attorno a me non viveva matrimoni felici. Bastava guardare i miei migliori amici. Tim ed Evelin: un vero disastro. Nel caso di Alexander ed Elena fin dall'inizio si poteva immaginare come sarebbe finita. Patricia e io ci arrabattavamo in qualche modo. In un certo senso era tutto normale.»

«Capisco», disse Jessica. Avrebbe voluto pregarlo di lasciarla passare perché voleva andarsene, ma per qualche motivo non ci riuscì.

«Poi sei comparsa tu al fianco di Alexander. Una donna completamente diversa dalle altre. Non depressa e nevrotica come Evelin. Non perfezionista e avida di potere come Patricia. Non mondana e imprevedibile come Elena. Ma semplicemente... con i piedi ben piantati per terra. Lineare. Mi sembravi una persona incredibilmente schietta, cordiale, sincera e aperta. Fra l'altro molto autonoma, molto indipendente. Pensai: Alexander ce l'ha fatta. Ha trovato la donna della sua vita. Che fortuna! » Leon tacque un momento. « Con una donna così, pensai, ce la farei anch'io », disse.

« Ce la farei a far cosa? »

Non dovevo chiederlo! Dovevo solo fare in modo che questa conversazione finisse.

« A vivere », disse Leon, « pensavo che con una donna come te ce l'avrei fatta a vivere. A ricominciare. A lavorare. A formare una famiglia. Tutto. »

« Leon, forse stai idealizzando... »

« E poi ti trovo molto affascinante. Molto attraente. A Stanbury, non riuscivo a stare seduto di fronte a te senza... » La guardò, sembrava attendere un gesto di assenso, ma Jessica rimase muta, abbassò lo sguardo.

« ... senza pensare a come sarebbe stato andare a letto con te », finì sottovoce la frase.

« Mio Dio », sussurrò Jessica.

« Eh sì », disse Leon.

Non lo guardò, perché temeva che potesse leggerle negli occhi i pensieri che le passavano per la mente. La diffidenza che da giorni – oppure già da settimane, non avrebbe saputo dirlo con precisione – germogliava in lei guizzò come un fuoco alimentato da ossigeno fresco. Era sempre la solita domanda: quanto era stato disperato Leon nel suo matrimonio? Quanto gli era apparsa senza speranza la sua situazione?

E adesso si chiedeva anche: quanto intensamente si era innamorato della moglie dell'amico? Quanto profondamente si era fissato nella convinzione che al suo fianco avrebbe potuto salvare la propria vita, che gli sembrava un fallimento?

Avrebbe tutto ciò potuto portarlo all'idea che senza Patricia e Alexander avrebbero potuto iniziare una nuova strada assieme? Poteva essere stato così stravolto da togliere la vita anche alle figlie? E a Tim pure, perché aveva con lui un debito che difficilmente avrebbe potuto saldare? In questa ipotesi, Evelin sarebbe stata solo fortunata, perché come erede unica di Tim ne ereditava anche i crediti, e Leon avrebbe avuto i suoi motivi per volerla morta. A meno che non si riuscisse a scaricare addosso a lei la colpa. Ma questo Leon non aveva cercato di farlo. Per lui il colpevole era sempre stato Phillip e non aveva mai abbandonato questa convinzione.

Sospirò, perplessa e sfinita. Perché la polizia non riusciva a prendere il colpevole? Perché il caso non si chiariva ponendo così fine alle speculazioni e ai sospetti? Perché improvvisamente Leon doveva farsi avanti con una dichiarazione d'amore? Perché sembrava che tutto si facesse sempre più complesso e ingarbugliato?

«Vorrei andare a casa», lo pregò. «Mi dispiace, Leon, ma stasera non ti posso rispondere. Tutto questo è per me così inatteso e anche così in fretta, dopo... dopo tutto quello che è successo. Non sono ancora al punto di poter pensare a un nuovo legame. Ho bisogno di molto più tempo.»

«Naturalmente», disse Leon rapido, ma non sembrava che fosse davvero in grado di capire o che gli andasse a genio l'idea di dover aspettare una risposta definitiva da parte sua.

«Ci sentiamo per telefono?»

«Sì, certo.» Gli scivolò di fianco ed entrò in sala. «Ti chiamerò.»

Lui sorrise forzatamente: «Che equivale a dire: per favore non chiamarmi!»

Le sarebbe sembrato stupido, dopo tutto quel tempo, dargli la mano per salutarlo e così gli sfiorò le guance con un bacio, in modo che lui non potesse equivocare. «Dammi tempo. E grazie per la serata!»

Non aspettò l'ascensore. Scese le scale di corsa, angosciata, e fece un lungo respiro solo quando si trovò fuori, davanti alla porta del condominio.

Lì le venne in mente che in realtà avrebbe voluto chiedergli altre cose a proposito di Marc.

11

Dopo aver riappeso la cornetta, Keith Mallory provò una strana sensazione. Risentire improvvisamente Ricarda al telefono l'aveva quasi commosso. Fra loro c'era il tacito accordo che non l'avrebbe chiamato a casa. In primo luogo il divieto era naturalmente dovuto al padre, ma, poiché le sue condizioni non gli permettevano di immischiarsi in niente di ciò che accadeva intorno a lui, Ricarda non si sentiva più obbligata a rispettare l'accordo.

Keith si chiese perché gli tremassero le ginocchia dopo aver sentito la sua voce.

Il telefono era nel corridoio d'ingresso e dovette fare solo due passi per uscire in cortile. Faceva caldo, molto caldo per essere maggio, ed era anche insolitamente asciutto. In genere nello Yorkshire pioveva molto, ma non quell'anno. Nel Sud del paese pioveva molto di più, come si sentiva di continuo da televisione e giornali.

Il cortile era soleggiato, tranquillo e gradevole. Due galline procedevano con passo solenne dalla stalla verso il fienile, le loro simili si erano ritirate all'ombra dei cespugli e si erano scavate confortevoli buche nella terra secca. Il podere appariva molto più curato di quando se ne era occupato il vecchio Greg e in fondo non erano passate che quattro settimane. In tutto quel periodo Keith aveva sgobbato come non mai. Aveva buttato via tutti gli attrezzi arrugginiti che stavano a marcire in ogni angolo, come pure i vecchi pneumatici e la baracca di legno diroccata che un tempo era servita come toilette. Aveva strappato erbacce fino a quando le mani non gli si erano riempite di vesciche e la schiena l'aveva fatto urlare per il dolore. Aveva imbiancato il porcile e rimesso in sesto il recinto per delimitare lo spazio degli animali. Il prossimo lavoro sarebbe stato sostituire le finestre rotte del fienile con vetri intatti e puliti. La porta d'ingresso aveva urgente bisogno di una riverniciata. C'era molto da fare.

Nella sua vita non si era mai sentito così attivo.

Soprattutto, non avrebbe mai pensato che quella cascina facesse nascere in lui una simile dedizione, una simile disponibilità a faticare. Prima aveva cercato di evitare ogni lavoro che riguardasse la fattoria. Soprattutto gli era venuto male all'idea di lavorare lì, spalla a spalla con il padre. Tutta la sua esistenza aveva girato intorno alle sue fughe nel fienile solitario, per sedersi sul sofà consunto e sognare di restaurare gli stucchi di vecchie case padronali.

Strappare le erbacce, riparare le staccionate, ripulire la stalla dal letame: tutte cose che non avevano nulla a che vedere con il lavoro che si era immaginato di fare nella vita. Per questo si sorprendeva nel rendersi conto che vi si stava dedicando con vera passione. Era come se la malattia del padre avesse aperto una strada fino ad allora sbarrata, e che ora si mostrava inaspettatamente ampia. Si era liberato. Con ogni secchio arrugginito buttato via, aveva gettato via anche un pezzo di suo padre. Con ogni cardo legnoso strappato dal terreno, aveva strappato anche un pezzo di suo padre. Con ogni manutenzione alla quale aveva pensato, aveva cancellato un pezzo di suo padre e ne aveva preso il posto.

Greg non era morto, ma non lo si poteva neppure definire vivo. L'ospedale lo aveva dimesso e lasciato alle cure domestiche di sua moglie; in altri termini, Gloria si doveva occupare di una sorta di bebè gigante, un uomo che giaceva tutto il giorno a letto, che doveva essere nutrito, cambiato, che non riusciva più a pronunciare una parola comprensibile e le cui condizioni, come avevano già prudentemente detto i medici, difficilmente avrebbero avuto un miglioramento significativo.

Ora la fattoria apparteneva a lui, a Keith. Non ancora dal punto di vista legale, ma si era già accollato la responsabilità degli animali, dei campi, della casa e delle stalle. E notava che non solo sua madre ma anche sua sorella lo vedevano come nuovo capofamiglia.

Inoltre, dopo quelle quattro settimane sentiva che si era davvero impossessato della fattoria, che aveva definitivamente tracciato i confini del proprio spazio.

Come un cane che piscia agli angoli, pensò ironicamente.

Improvvisamente aveva una prospettiva. Un futuro. Di punto in bianco, la sua vita era cambiata radicalmente.

Respirò profondamente e pensò alla conversazione telefonica appena avuta. Gli era sembrato che Ricarda chiedesse aiuto. Questo pensiero gli faceva un po' paura, lo percepiva chiaramente. Era all'inizio di una nuova vita. L'idea che proprio ora un'altra persona gli si aggrappasse cercando protezione gli dava la sensazione che si pretendesse troppo da lui. Aveva diciannove anni. Stava cercando la sua strada. Come poteva essere adatto per un legame serio con una sedicenne traumatizzata?

Perché naturalmente lei *era* traumatizzata. Non era necessario essere psicologo per capirlo. Aveva perso il padre nel modo più orribile che si possa immaginare, e il fatto che anche altri stretti conoscenti fossero stati letteralmente massacrati non poteva certo contribuire a farla sentire meglio. Chissà se a volte pensava che probabilmente era sopravvissuta solo per puro caso.

Al telefono non aveva neppure accennato alla vicenda, e questo insospettiva Keith. Già allora, nel fienile, quando le aveva dato la notizia, aveva reagito in modo strano, rimuovendo, minimizzando. Si era comportata, così gli era sembrato, in maniera poco sana, e tuttora sembrava rifiutare di elaborare quanto accaduto.

Lui l'amava, ne era sicuro. Era tenera e affettuosa. Allo stesso tempo vera, autentica. Non altezzosa e capricciosa come altre ragazze. E la trovava straordinariamente attraente.

«Keith, sono io, Ricarda», aveva detto, e in un primo momento lui era ammutolito, al punto che lei dopo alcuni secondi aveva insistito: «Keith? Ci sei ancora?»

«Sì», era riuscito a dire infine, «sì, certo, ci sono ancora.»

«Ho cercato di chiamarti un paio di volte sul telefonino. Ma evidentemente non lo tieni mai acceso.»

«È vero, ora sono sempre nella fattoria. Sono raggiungibile al telefono fisso.»

«E non hai sentito la segreteria telefonica?»

«No.» Si era ripreso. «Ricarda, è bellissimo sentire la tua voce. Come va?» La domanda era molto più di una semplice espressione di cortesia, ciononostante si era aspettato che avrebbe risposto con il solito: «Bene, tutto ok».

Invece disse: «Non va bene. Non va per niente bene. Mi manchi tanto e nulla è più come prima. Non riesco a riadattarmi alla mia vecchia vita».

«Be', è successa una cosa terribile, avrai bisogno di tempo per...»

L'aveva interrotto. «Voglio dire *per noi*. È *per noi* che non riesco a riadattarmi.»

Evidentemente non voleva proprio pensare al delitto. Per lei era come se non fosse mai avvenuto.

È possibile rimuovere così radicalmente un fatto? si chiese.

«È tutto cambiato», proseguì. «Prima delle vacanze di Pasqua ero una bambina, lo sai. Ora non lo sono più.»

«Hai quindici anni», le aveva ricordato.

«Quasi sedici. Fra due settimane ne avrò sedici.»

«Sei ancora molto giovane.»

Aveva taciuto per un attimo. «Non pensavi che fossi troppo giovane quando volevamo costruirci insieme una nuova vita a Londra.»

«No, perché allora...»

«Cosa?» chiese lei quando lui si interruppe, «cosa c'era allora?»

Non lo sapeva neppure lui. Era diverso. Forse dipendeva dall'omicidio. Quando erano partiti assieme per Londra, lei era un ragazzina con qualche problema che si poneva comunque all'interno di una cornice che Keith trovava del tutto normale. Nel frattempo, però, era successa una cosa inimmaginabile. Una cosa che faceva provare a Keith una paura fino a quel momento sconosciuta.

«Resterai alla fattoria?» chiese infine Ricarda.

Era sollevato dal fatto che avesse affrontato lei l'argomento. «Sì. Capisci, in qualche modo dipendeva tutto da mio padre. Che volessi assolutamente andarmene e tutto il resto. Ora... la fattoria è mia. Mio padre è fuori combattimento. È vivo ma dal punto di vista intellettuale è come un neonato. Sono padrone di me stesso. E io... sento il dovere verso questa eredità... La mia famiglia ha vissuto e lavorato qui per generazioni. Non voglio spezzare il filo.»

«Lo capisco. Lo capisco bene.» All'improvviso la sua voce aveva assunto un tono molto caldo.

Era stato questo calore a dargli nuovamente quella sensazione di sicurezza affettiva che aveva sempre provato con lei. Era questo che aveva sempre percepito come la sua *schiettezza*. Questo calore.

Si immaginò il volto della madre quando le avrebbe presentato questa tedesca sedicenne, che nella sua vita non aveva mai munto un mucca, che non aveva mai tosato una pecora, che non aveva mai cotto il pane. E che, invece, faceva parte del gruppo di Stanbury House. Il delitto teneva tutta la zona col fiato sospeso, soprattutto perché si sapeva che sulla donna che era stata incarcerata gravavano solo indizi molto deboli. Il caso non era stato risolto e nessuno voleva averci a che fare. Sua madre l'avrebbe considerato un pazzo.

«Quando avrai sedici anni ci potremo sposare», disse.

Rivoltò le tasche dei pantaloni e trovò un accendino e una sigaretta schiacciata, la accese e inspirò profondamente. Aveva fatto un passo enorme. Sperava che fosse quello giusto.

Sentì un rumore alle sue spalle e si girò. Gloria apparve sulla porta. La grave malattia del marito le aveva conferito un aspetto ancora più provato e sembrava addirittura diventata più piccola. Forse dipendeva dal fatto che le sue spalle si erano incurvate.

«Chi ha telefonato?» chiese tossendo per sottolineare cosa pensasse della sua dipendenza dalle sigarette.

«Una vecchia conoscente», disse Keith.

«La conosco?» chiese Gloria diffidente.

Da quando Greg si era ammalato, si interessava al suo giro di conoscenze femminili, cosa che prima le era del tutto indifferente. Ma ora nutriva i più svariati timori: che conoscesse una donna e se ne andasse con lei. Oppure che portasse nella fattoria una donna con cui lei, Gloria, non si trovasse bene. Era già sopraffatta dalla nuova situazione, non voleva che si aggiungesse altro.

«Non la conosci», disse Keith, gettò la sigaretta per terra e la spense col piede.

«Allora niente di serio?» si assicurò Gloria.

Fu in quel momento che Keith comprese che nella sua vita non c'era mai stato nulla di più serio.

Avrebbe voluto abbracciare la madre. Ma non lo fece. Un simile gesto non era abituale fra loro e avrebbe solo spaventato e disorientato Gloria.

12

Era come un déjà vu, ma Phillip sapeva bene che lo sembrava solo. In realtà si ripeteva semplicemente una situazione che aveva già vissuto la settimana precedente: pioveva a dirotto. Era sulla strada di casa. Vedeva la luce alla sua finestra. Sapeva che «lei» era lì.

Questa volta non stava tornando dall'avvocato, ma dall'archivio dell'*Observer*. Di fatto nell'ultimo anno aveva raccolto tutto il materiale giornalistico esistente su suo padre, ma c'erano giorni in cui non riusciva a fare a meno di immergersi nuovamente nella ricerca, sempre con la vaga speranza di trovare una traccia che portasse a sua madre e di conseguenza a lui. Oppure che gli facesse comprendere perché Kevin McGowan avesse rinnegato la sua compagna Angela Bowen, l'avesse piantata e cancellata dalla sua vita. Forse c'era un motivo. Un buon motivo, plausibile, che avrebbe avvicinato Phillip al padre e lo avrebbe rappacificato con lui.

Non aveva trovato nulla, nulla che non avesse già in uno dei suoi numerosi schedari, e a un certo punto si era accorto di essere affamato e che gli facevano male gli occhi. Aveva guardato l'orologio. Erano le sei e mezzo.

Quando arrivò in strada, pioveva. La giornata era iniziata calda e soleggiata, ma nel pomeriggio si erano addensate grosse nubi. Il cielo aveva aperto tutte le cateratte. Di nuovo Phillip era senza ombrello e senza impermeabile. Sfruttando la modesta protezione delle tettoie era corso lungo la strada, fino a raggiungere un ristorante pakistano. Era piuttosto pieno, perché molti cercavano un riparo, tuttavia riuscì a conquistare un piccolo tavolo libero. Uno sguardo nel portafoglio gli rivelò che del tutto eccezionalmente aveva qualche sterlina. Bastavano per una birra e un piatto di riso con verdura.

Il cibo era buono, i vestiti si asciugarono e l'alcool lo scaldò. Ordinò ancora una grappa mentre osservava la gente attorno a lui. Coglieva brandelli di conversazione, senza però prestarvi veramente ascolto. Si sentiva tranquillo, ottimista.

Durante il pomeriggio aveva elaborato un piano. Si era occupato di Kevin, di Patricia e del ramo tedesco della famiglia. Non era la prima volta, ma stavolta l'aveva fatto con più determinazione e decisione. Kevin McGowan non aveva più parenti in Inghilterra. Ma non aveva mai cercato di scoprire se ce ne fossero in Germania. Forse il figlio di Kevin era ancora vivo, o magari potevano esserci qualche lontana zia o zio, cugine o cugini. Forse, dopo il divorzio, Kevin aveva preso contatto con qualcuno di loro. Forse c'era un confidente cui aveva raccontato anche la storia di Angela Bowen. Forse c'erano tracce che nessuno finora aveva seguito.

L'avrebbe fatto lui. Sarebbe andato in Germania. Ad Amburgo. Dove avevano vissuto Kevin e Patricia. Lì iniziavano le tracce.

Aveva guadagnato un po' di soldi con i suoi doppiaggi. Era in ritardo con l'affitto, ma il padrone di casa non si era ancora fatto vivo e comunque era abituato ad avere problemi con lui. A essere sincero, doveva ammettere che in quel momento le sue finanze erano più floride del solito, perché Geraldine era spesso da lui e pagava tutto ciò che serviva per la vita quotidiana: cibo, bevande, le bollette della luce e i giornali. Nelle ultime settimane aveva vissuto a carico suo, spendendo pochissimo. Riteneva che non ci fosse motivo per sentirsi la coscienza sporca come invece si sentiva. Non era certo stato lui a pregarla di venire in casa sua.

Quando lasciò il locale erano le nove. Si stava facendo buio e la pioggia cadeva ancora intensamente. Per quella notte non avrebbe smesso, quindi non aveva senso aspettare ancora. L'idea di prendere un taxi era seducente, soprattutto perché aveva ancora un po' di soldi, ma naturalmente si proibì questa possibilità. Il viaggio in Germania aveva la priorità assoluta.

Così si trovò di nuovo in piedi nella metropolitana strapiena a respirare il nauseante odore di soprabiti bagnati, a dirigersi poi sotto la pioggia verso casa, ad avere negli occhi l'angustia e la ripugnanza del suo quartiere. E a vedere di nuovo la finestra illuminata. Nel frattempo erano le nove e mezzo. In verità sperava che Geraldine se ne fosse andata arrabbiata perché non si era fatto vedere a cena e non le aveva neppure telefonato. Probabilmente, pensò rassegnato, c'è di nuovo quella megera di Lucy. Si staranno bevendo una bottiglia di spumante e non si saranno accorte del tempo passato.

Nonostante fosse intimamente tranquillo, grazie all'alcool e alla decisione presa di andare in Germania, si accorse che dentro di lui stava crescendo la rabbia. Forse anche perché già immaginava quanto Geraldine avrebbe protestato non appena le avesse comunicato le sue intenzioni.

Quando aprì la porta dell'appartamento, fu subito avvolto da un fumo acre che lo fece tossire. Il fumo fluttuava per tutta la stanza e Phillip non capì subito da dove venisse. Poi vide Geraldine inginocchiata davanti alla piccola stufa di ferro che stava in fondo alla stanza, sotto il tetto inclinato.

Phillip non aveva mai usato la stufa. L'aveva trovata nella stanza quando ci si era trasferito, e il padrone di casa gli aveva detto che avrebbe potuto tranquillamente eliminarla, perché tutto il condominio, anche il sottotetto, era stato dotato di riscaldamento centralizzato. A Phillip non interessava e la stufa era rimasta dov'era: inutilizzata, coperta di fuliggine e polvere.

E adesso Geraldine, solo perché fuori pioveva, si era messa in testa di creare una romantica serata davanti al camino, nonostante fosse maggio!

Perché continua a tramare qualcosa? si chiese innervosito. Maledizione, perché non la smette?

Stava infilando giornali spiegazzati nelle fiamme e non sembrava essersi accorta che il fuoco era già troppo alto e che la stufa non tirava bene e che anche lei tossiva e ansimava. Nonostante lasciasse impronte sporche e bagnate sui tappeti, Phillip andò immediatamente alla finestra senza togliersi le scarpe e l'aprì.

«Vuoi avvelenarci?» chiese. «Cosa diavolo stai facendo?»

Lei non l'aveva sentito arrivare e sobbalzò. Levò lo sguardo. Lui vide che aveva il viso e il pullover bianco macchiati di fuliggine. Era molto pallida. Le sue mani tremavano.

«Brucio dei giornali», disse.

«Perché? Là fuori c'è un cassonetto per la carta e...»

Si interruppe. Solo allora, quasi al rallentatore, *realizzò* la scena che vedeva davanti a sé: gli schedari che erano tutt'intorno alla stufa. Le grandi forbici da cucina sul pavimento. I pochi giornali rimasti già quasi tutti ridotti a brandelli. Resti di fotografie. Sullo sfondo, gli scaffali vuoti. Il viso smorto di Geraldine, innaturalmente pallido. Le sue mani che tremavano senza che riuscisse a controllarle.

La fissò. Lei non distolse lo sguardo anche se le costava un notevole sforzo. Ma lui percepì comunque la paura nei suoi occhi scuri.

«Cos'hai fatto?» chiese, nonostante lo sapesse benissimo. Aveva la voce roca, e non per il fumo.

Lei fece un gesto rassegnato con entrambe le braccia. «Pensavo...» Si corresse: «Credo che sia meglio per te... per *noi* se te ne liberi. Sei prigioniero della tua idea, e...» Quello che lesse nella sua espressione le suggerì di non terminare la frase.

«Tu non ci saresti mai riuscito», disse invece sottovoce, «non ti saresti mai potuto affrancare.»

Era così esterrefatto da quello che stava vedendo, che in un angolo assolutamente irrazionale del suo cervello rimaneva la speranza che si potesse sbagliare e che in realtà la scena davanti ai suoi occhi non fosse quello che sembrava essere.

«Il mio archivio», disse lentamente, «i giornali... tutto ciò che ho raccolto su mio padre... non dirmi che tu...» Era troppo mostruoso per poterlo pronunciare. Non poteva essersi insinuata nella sua vita fino a quel punto, non poteva aver tranciato questo nervo, non poteva aver commesso un simile sopruso... nemmeno lei poteva tanto...

Gli girava la testa e respirò profondamente. Attraverso la finestra aperta entrava nella camera piena di fumo e nei suoi polmoni l'aria umida di pioggia. Le pareti della stanza smisero di girare.

«Non ho più visto altra possibilità, Phillip», disse Geraldine. La sua voce era diventata un po' più ferma, ma il suo viso era sempre di un pallore spettrale. «Ti sei fissato su cose che mi fanno paura e che, soprattutto, bloccano totalmente il tuo futuro. Te ne stai seduto negli archivi dei giornali, organizzi i tuoi schedari, raccogli qualunque ritaglio insignificante... e ne fai lo scopo della tua vita. Ma occuparsi disperatamente di Kevin McGowan *non è uno scopo di vita.* È solo... una gigantesca pazzia.»

«Mio padre...» disse.

Non lo guardava direttamente negli occhi. «Non è tuo padre», disse, «purtroppo è solo una bugia di tua madre, e non voglio che per questo la nostra vita...»

Mentre parlava, capì che si era spinta troppo oltre. E lui lo poté leggere sul suo viso, la cui espressione era passata dall'indecisione al terrore. Geraldine troncò improvvisamente la frase e si umettò nervosamente le labbra.

«Credo...» ricominciò, ma non continuò a parlare, perché non c'era più nulla da dire.

Phillip aveva stretto a pugno la mano destra e il bisogno di scagliarlo in quel viso bianco con i grandi occhi e le morbide labbra era così forte, che pensò sarebbe morto se non l'avesse fatto. Era il desiderio di far tacere quella bocca che aveva detto simili mostruosità, era il desiderio di provocarle dolori che fossero così violenti come quelli che lei gli aveva causato. Voleva vederla gemere e contorcersi, doveva strisciare fra gli schedari vuoti e i giornali strappati, nel mezzo della devastazione che lei stessa aveva causato. Voleva colpirla fino a quando non ne avesse avuto abbastanza, fino a quando non si fosse trascinata fuori dall'appartamento, e fino a quando non fosse definitivamente guarita dal pensiero di mettere ancora una volta piede nella sua vita, di assediarlo, di decidere per lui, di volergli imporre le sue idee, i suoi desideri e le sue aspirazioni. Voleva vendicarsi, voleva liberarsi, voleva...

«Per favore, no», disse lei e strisciò sulle ginocchia fino alla parete, «ti prego, no!»

La sua rabbia aveva bisogno di uno sfogo, altrimenti, ne era convinto, sarebbe morto. In un lampo, e senza pensarci, afferrò le forbici da cucina con cui Geraldine si era scatenata. Con un solo passo raggiunse la giovane donna accovacciata che inorridita gridò.

«No! Mio Dio, no!»

Ora era il terrore della morte a riempire i suoi occhi, l'orrore di avere un pazzo davanti a sé; esalava questa paura, la inspirava e la espirava. Afferrò i suoi capelli e le strappò indietro la testa, lei gridava e gridava, mentre lui con alcuni colpi brutali le tagliò i capelli magnifici, lunghi fino alle anche, e gettò le voluminose ciocche nere nella stanza.

«Sparisci», le disse sottovoce, «sparisci dalla mia vita e non farti più vedere! Hai sentito, mai più! Non farti mai più vedere!»

Geraldine tremava ed emetteva un lieve suono piagnucolante, sembrava non rendersi conto di essere ancora viva. Appariva grottesca con i capelli tagliati storti e scalati di sbieco, che le stavano ritti sulla testa: sembrava strappata come i giornali e gli schedari attorno a lei. Questo riempì Phillip di una malvagia soddisfazione.

«Ti ho detto *fuori*!» ripeté.

Sempre piagnucolando, levò esitante le mani e si toccò i capelli, ciò che era rimasto di quello che una volta era stato il suo più bell'ornamento, e crollò quando capì cosa era successo. Si guardò dove di solito si appoggiavano i lunghi capelli di seta, sul petto, sulla pancia e i suoi occhi si spalancarono. Alzò la testa e guardò Phillip.

«Fuori», le ordinò ancora una volta.

«Porco», disse a bassa voce.

Lui prese la borsetta che era appoggiata sul divano, andò alla porta e la gettò sulle scale. Rimbalzò rumorosamente sui gradini, fino a quando si aprì e il suo contenuto si sparpagliò tintinnando su pianerottoli e scalini.

«Voglio che tu sparisca», disse inespressivo.

Geraldine si alzò a fatica, sempre vacillando sui piedi. Sembrava uno spaventapasseri. A casa, davanti allo specchio, avrebbe ricevuto il colpo di grazia, ma a Phillip non importava. Voleva solo che se ne andasse. Voleva stare da solo con la sua devastazione, voleva vedere cosa poteva salvare, la sua presenza gli dava fastidio. Non la voleva, non l'aveva mai voluta. E quasi sentì un certo sollievo, perché era stata lei stessa a dargli la forza di mettere finalmente la parola fine.

La sua paura si era trasformata in odio, lo poteva vedere, ma anche di questo non gli importava nulla. Forse finalmente sparirà! Avrebbe voluto afferrarla e scagliarla con un'ampia curva, come aveva fatto con la borsetta. Ma doveva aspettare. Lei ansimava.

«Miserabile porco», disse, «e io che ho sacrificato tutto per te!»

In un'altra situazione si sarebbe messo a ridere e le avrebbe chiesto cosa intendeva con *sacrificato*: il fatto che da anni si intromettesse nella sua vita e lo sfiancasse ininterrottamente con i suoi progetti per il futuro? Che non lo avesse ascoltato quando le aveva spiegato che non c'era nessun futuro insieme? Che si fosse cacciata in testa che doveva assolutamente averlo, come un bel giocattolo, un abito elegante o un'auto costosa?

Ma non le chiese nulla, non disse nulla. Avevano parlato già troppo, avevano sprecato troppo tempo. Ora si trattava solo di chiudere, e di chiudere in fretta.

Lo guardò, poi gli passò di fianco con lunghi passi, trascinò via il soprabito dalla spalliera della sedia su cui l'aveva appoggiato. Sbatté la porta dell'appartamento dietro di sé. Sentì i suoi passi sulle scale. Le sarebbero serviti un paio di minuti per raccogliere le sue cose.

Era andata!

Si piegò sul pavimento di fronte al camino e raccolse i resti che erano sfuggiti al fuoco. Alcune fotografie, alcuni articoli e un ritaglio, frammenti senza senso che ormai non avevano più nessun valore. Nella mente si vedeva mentre rovistava per ore in biblioteche e archivi, mentre faceva fotocopie e stampava da Internet. Un anno di lavoro, di ricerche. Passato a raccogliere come una formica, a ordinare, a classificare, a etichettare, a mettere da parte. Dodici mesi in cui aveva costruito un'immagine di suo padre, con attenzione e pazienza come se stesse facendo un puzzle. Dodici mesi che *lei* aveva distrutto probabilmente in meno di un'ora.

Profondamente esausto, infine si alzò. Non aveva idea di quanto tempo fosse passato. Dalle scale non si sentiva più nessun rumore.

Salì nel microscopico ripostiglio che veniva definito bagno e si infilò a fatica nella cabina in plastica della doccia, che il proprietario dell'appartamento aveva fatto orgogliosamente costruire alcuni anni prima. Gabinetto nel corridoio, ma doccia in camera, sempre meglio di niente, aveva pensato Phillip.

Fece la doccia con l'acqua gelata, la lasciò scorrere sul viso e sentì che sotto il doloroso frizzare del freddo il suo corpo tornava a vivere. Il suo cervello si riprendeva dallo stordimento, la sua mente cominciava a riprendere coscienza del presente. Ritornò nella stanza. Il fuoco nel camino si era spento, fuori la notte scura era calata sulle strade. Dalla finestra entrava aria umida e fredda che si mischiava con l'odore del fumo. Ciocche di lunghi capelli neri giacevano sul tappeto.

Phillip le fissò. Ora che lo shock svaniva, a poco a poco cominciava a rendersi conto di cosa aveva fatto. Aveva scacciato Geraldine dal suo appartamento e dalla sua vita e l'aveva fatto tanto energicamente che lei doveva essersi resa conto che non era possibile tornare indietro. Inoltre le aveva fatto forse la cosa peggiore che un uomo possa fare a una donna: l'aveva afferrata, immobilizzata e le aveva tagliato i capelli. Anche a prescindere dal fatto che i capelli erano il suo orgoglio, che li aveva sempre curati con particolare attenzione e che nel suo lavoro rappresentavano il capitale più importante, questo era stato un atto di violenza che doveva averla umiliata e offesa. Una spaventosa violazione del confine fra le persone, che deve essere assolutamente rispettato, perché ignorarlo è inaccettabile. Quello che aveva fatto era molto simile a una violenza carnale. Forse Geraldine lo considerava addirittura la stessa cosa.

Improvvisamente si sentì sgradevolmente infreddolito e chiuse la finestra. Doveva riflettere. Non si pentiva di quello che aveva fatto, perché quanto meno aveva chiarito la cosiddetta relazione fra lui e Geraldine e, ora che era passata, si rese veramente conto di quanto fossero state insopportabili le ultime settimane e di quanto fosse improcrastinabile la fine. Ma per la prima volta quella sera si ricordò delle conseguenze.

Sarebbe andata alla polizia. Oppure avrebbe chiamato direttamente il sovrintendente tal dei tali – si era dimenticato il nome – nello Yorkshire. Avrebbe ritrattato la propria deposizione e così lo avrebbe lasciato senza alibi. Avrebbe affermato che l'aveva costretta a testimoniare con la violenza, e in un lampo i sospetti sarebbero caduti di nuovo su di lui.

Guardò l'orologio. Erano passate da poco le dieci e mezzo. Doveva essere trascorsa un'ora da quando Geraldine aveva lasciato l'appartamento.

Gli sbirri potevano arrivare in qualunque momento.

Non aveva tempo di valutare i pro e i contro: con una fuga si sarebbe reso ancora più sospetto? Sarebbe stato più saggio restare? E Geraldine sarebbe andata davvero alla polizia? Oppure domani si sarebbe presentata piangendo per parlargli? Non cambiava nulla. Se non fosse sparito in fretta, c'era il rischio di dover trascorrere il resto della notte in una cella di sicurezza della polizia.

Gettò in un angolo l'accappatoio in cui era ancora avvolto, si infilò la biancheria pulita, i jeans e una felpa grigia. Tirò fuori dall'armadio una borsa di tela, ci infilò dentro delle cose per cambiarsi, lo spazzolino, il dentifricio e il portafoglio con i suoi magri risparmi che erano stati pensati per il viaggio in Germania. Non aveva idea di dove andare. Era importante solo darsi alla latitanza.

Aveva fatto tutto molto in fretta. A dieci minuti alle undici lasciò l'appartamento. Portava scarpe da ginnastica e sulla felpa una giacca di pelle graffiata. Pensava che così non avrebbe dato nell'occhio. Ma, se lo avessero cercato, non sarebbe stato sicuro da nessuna parte. Non in treno, non su un bus, non in una pensione.

Ora non doveva pensarci, si disse, come prima cosa doveva cercare di venirne fuori.

Come sempre le scale erano poco illuminate, tuttavia, nella luce opaca di una delle lampadine intatte, trovò su uno scalino un rossetto e su un altro un tampone. Senza dubbio oggetti usciti dalla borsetta che Geraldine non aveva visto.

Sgattaiolò fuori e si trovò in strada. Continuava a piovere, non c'era anima viva. Respirò sollevato. Negli ultimi minuti la casa gli era apparsa come una trappola, lassù, nella mansarda, non avrebbe avuto vie di fuga. Ma ora era fuori e la polizia non si vedeva ancora.

A passo normale – per non attirare l'attenzione – imboccò la strada in direzione della metropolitana.

13

Si sentiva quasi sollevata nel vederlo così. Nel cuore della notte, ubriaco, che puzzava di sudore, con i capelli spettinati. Faceva pena, era disperato, sfinito e così corrispondeva all'immagine che ci si faceva normalmente di un uomo la cui famiglia, quattro settimane prima, era stata violentemente annientata in un'orribile strage. Il bell'uomo ringiovanito che Jessica aveva visto solo due sere prima le aveva fatto orrore. Invece, l'uomo che vedeva ora metteva a tacere gli spaventosi sospetti che lentamente avevano preso corpo dentro di lei e che temeva di non riuscire più a scacciare.

Ora capiva: forse per un periodo di tempo molto lungo, Leon avrebbe oscillato come una foglia al vento. Fra un euforico desiderio di ricominciare e profondi abbattimenti, fra la sensazione di essersi liberato di un peso e la consapevolezza di aver subito una terribile perdita. Questo era il suo modo di vivere *il periodo dopo*.

Forse questo lo sollevava da ogni sospetto?

Era poco probabile, perché qualsiasi comportamento inevitabilmente avrebbe potuto farlo apparire sospetto. In fondo non c'era nessun indizio che portasse verso l'innocenza o la colpevolezza. Non esisteva alcuna norma di comportamento per un uomo la cui famiglia è stata assassinata.

Jessica aveva esitato ad aprire la porta. Ancora una volta era andata a letto tardi, quasi all'una, e ci aveva messo un po' a addormentarsi. Il campanello l'aveva svegliata e in un primo momento aveva pensato che fosse la sveglia. Ma poi il suono si ripeté, senza dubbio alla porta di casa, ed erano da poco passate le due. Non era l'ora della sveglia mattutina.

Barney, che era nella sua cesta vicino al letto, aveva sollevato la testa ringhiando. Poi si alzò e uscì in fretta dalla stanza. Jessica poteva sentire il rumore delle zampe sulle scale. Si alzò e andò giù anche lei.

Poteva essere pericoloso aprire la porta alle due di notte, ma si disse che dei rapinatori non avrebbero certo suonato il campanello. Inoltre Barney era cresciuto nel frattempo e poteva garantire una certa protezione.

Leon entrò. Puzzava di alcool, ma non era così ubriaco da barcollare o balbettare.

«Sono stato in una birreria», spiegò. «Ti ho svegliata?»

«Sono le due di notte!»

«Oh!» Non sembrava davvero scosso, ma pareva intuire vagamente che bisogna mostrare un minimo di dispiacere quando si piomba in casa di una persona nel cuore della notte. «Così tardi? Non credevo.»

Aveva un aspetto orribile, era ulteriormente dimagrito e le occhiaie profonde lasciavano intuire che dormiva poco e rimuginava tanto.

«Leon», disse Jessica con cautela, «quando sono venuta da te ti ho spiegato che...»

Era sufficientemente sobrio per capire immediatamente a cosa si riferisse. Fece un nervoso gesto di difesa con le mani. «L'ho capito. Davvero, Jessica, ho capito. Per meglio dire, non ho solo capito, ma rispetto anche la tua scelta. Assolutamente. Per quanto mi riguarda fra noi non c'è nessun rancore!»

«Bene», disse Jessica, «anche per quanto riguarda me.»

Chiarito questo punto si guardarono indecisi.

Infine, Leon chinò la testa e sussurrò: «Non sapevo dove andare».

«Non volevi andare a casa?»

«Là è... è così silenzioso. Così vuoto. In un certo senso...» sollevò sconsolato le spalle, «in un certo senso non ho ancora imparato a stare da solo.»

Capì che non poteva mandarlo via.

«Vai in sala», disse, «preparo un tè.»

«Hai del whisky?»

«Credo sia meglio un tè adesso.»

Si arrese e annuì.

«Non voglio crearti disturbo», disse. «Di certo pensi che mi comporto in maniera impossibile.»

Scosse la testa. «Con quello che è successo, mi sembra del tutto normale», disse.

Mentre lui andava in sala, lei scaldò l'acqua in cucina, prese due tazze dalla credenza, ci mise dentro le bustine del tè e posò il tutto su un vassoio

RitRAMA

RitRAMA

DC-FO-39

Viva All Inclusive

WYNDHAM RESORTS

NOMBRE: 6243

HABITACION No. ____________________

con una zuccheriera. Non sentiva la stanchezza. Aveva dormito un sonno leggero. Come sempre nell'ultimo periodo.

Leon era accovacciato sul divano. Gli mise davanti il tè.

«Lascialo ancora un po' in infusione», disse.

Lui la guardò. Si rese conto di essere poco vestita, indossava solo una maglietta molto grande di Alexander che le copriva appena le cosce. Avrebbe dovuto mettere la vestaglia, ma la stanza era ancora calda della giornata trascorsa e stava meglio con abiti leggeri.

Che male c'è, pensò.

«Ci sono giorni», disse Leon, «in cui penso di avere la situazione in mano. Poi improvvisamente crolla tutto. Allora mi accorgo che era solo un'illusione. Che il dolore si era solo sopito e io sono stato così stupido da pensare che fosse sparito. Prima non me ne rendevo conto. E tu?»

«Di cosa?»

«Che il dolore ha bisogno di dormire, che non può tormentarti incessantemente. Di tanto in tanto si stanca. E allora uno pensa: se ne è andato. Non tornerà. La vita ricomincia. Ma è un errore. Solo un enorme errore.»

«Però il dolore si affievolisce. Non importa quanto spesso si acquieti con il passare del tempo, la sua furia perde un po' di forza. In un primo momento in maniera quasi impercettibile. Ma succede. E prima o poi passa.»

«Volevo venire da te già ieri pomeriggio. Stare da solo era... non fa niente. Pensavo, però, che ti avrebbe dato fastidio se fossi capitato qui dopo quello che era successo. Allora sono andato in una birreria. Per lo meno lì c'era gente. Ma a un certo punto ti trovi a essere l'ultimo cliente. Allora riappare la solitudine. E con lei il dolore. Esce allo scoperto e dice: '*Oh, ciao, credevi che ti avessi lasciato solo?*'» Leon rise. «Carino, non è vero? La solitudine ti lascia solo. Ma in verità è un'amica fedele. Non ti abbandona così facilmente.»

«Leon», disse Jessica dolcemente, «ora devi smetterla di rimuginare. Hai un aspetto orribile. Hai bisogno di dormire. Ti posso dare un sonnifero leggero, ti stendi qui sul divano e dormi per almeno dodici ore di fila. Poi ti sentirai meglio.»

«Non voglio dormire, voglio parlare con te.»

Lei sospirò. «Con tutto quello che dici non fai altro che tormentarti. Non va bene.»

Scosse la testa. «Non voglio parlare della mia... famiglia. Di Patricia e dei bambini. A volte riesco a sopportarlo, a volte no. Oggi non ci riesco.»

«Leon...» aveva paura di quasi tutto quello che avrebbe potuto dire. Aveva paura delle autoaccuse, delle analisi della situazione. Aveva paura del suo dolore, perché era lo stesso che provava anche lei e che faticosamente cercava di tenere lontano; ma le parole di Leon gli avrebbero potuto offrire uno spiraglio nel quale insinuarsi e forse aggredirla. Si pentiva di averlo fatto accomodare. Voleva starsene da sola. Voleva avere la possibilità di rimettere insieme da sola i suoi cocci. Non voleva mischiare i suoi con quelli di un'altra persona.

«Voglio raccontarti di Marc», disse lui.

PARTE QUARTA

Era buio e faceva freddo. Ma lui pensava che fosse l'atmosfera giusta per quello che stavano facendo. Il gelo dava alla cosa una tono di gravità, la tremolante luce delle candele, che illuminava i volti solo a stento, la rendeva più avventurosa. Ogni tanto qualcuno si muoveva, una tavola cigolava e gli altri bisbigliavano: «Shhh!»

Se qualche insegnante o educatore se ne fosse accorto, sarebbero stati espulsi dalla scuola senza alcuna speranza di futuro perdono, con la certezza che non ci sarebbe stata una seconda possibilità. Lo sapevano, ed era questo che rendeva tutto così emozionante. Nel collegio, fumare era considerato un peccato mortale. Era peggio che bere alcool. Anche quello veniva punito, ma non in maniera così intransigente. In genere si riceveva un'ammonizione e per il resto dell'anno scolastico non ci si poteva più permettere alcun passo falso.

Le punte delle sigarette splendevano rosse nell'oscurità. Nel piccolo spazio c'era un fumo denso che rendeva difficile respirare. I ragazzi si erano nascosti in un minuscolo ripostiglio, di fatto poco più di uno sgabuzzino, che era stato ricavato in soffitta con tramezzi di legno. Se qualcuno avesse sentito i rumori e fosse andato a vedere, qui avevano una seppur minima possibilità di non essere scoperti. Inoltre speravano che il calore corporeo insieme a quello delle candele e delle sigarette avrebbe alzato un po' la temperatura gelida. Nella soffitta vera e propria, che aveva la stessa lunghezza e profondità di tutto l'edificio scolastico, non avrebbe avuto alcun senso sperarlo.

I ragazzi fumavano concentrati e parlavano poco. C'era anche poco da dire. Un'esperienza fatta in comune e in silenzio poteva essere più intensa e incisiva di una accompagnata da un appassionato scambio verbale. Quella notte nel solaio aveva un significato particolare: dieci giorni dopo sarebbe stato Natale, e i ragazzi non si sarebbero visti per tre settimane. Così l'incontro segreto al freddo e al buio aveva il carattere di una festa d'addio. Al di là di questo quella notte doveva essere anche altro, qualche cosa da conservare nei loro ricordi. Per dopo, per il tempo dopo la scuola. Lui immaginava che alla fine la vita sarebbe stata semplicemente un insieme di ricordi: naturalmente anche ricordi tristi, non si poteva evitarli. Per questo era importante nutrire la memoria con belle impressioni, con esperienze piacevoli, emozionanti, divertenti, eccitanti. Di tanto in tanto era preso dalla paura di accorgersi poco prima di morire di aver perso cose essenziali. Per qualche motivo gli era difficile accettare questo pensiero. Ma comunque non ne parlava con nessuno. Perché sapeva che lo avrebbero preso in giro. Aveva sedici anni! E nelle sue notti insonni si preoccupava delle condizioni spirituali in cui si sarebbe trovato a novant'anni.

La fumata fatta insieme in soffitta, naturalmente, era stata una sua idea. In genere le imprese più insolite nascevano da sue idee.

«Una volta o l'altra Leon ci metti nei guai sul serio», diceva spesso Alexander.

Certo, gli piaceva provocare e amava le sfide. A quattordici anni aveva forzato una macchina e li aveva convinti a fare un giro. Incredibilmente non li avevano scoperti. Come pure non li avevano scoperti la notte in cui avevano scritto sul muro del parco del collegio: frasi davvero divertenti su insegnanti e educatori; naturalmente gli interessati non avevano riso e c'era stato uno scandalo enorme. Leon si era divertito un mondo, e aveva anche fotografato in fretta le scritte sul muro, prima che una squadra di imbianchini ridipingesse tutto. Perché le scritte, in effetti, erano proprio azzeccate e Leon pensava che in qualche modo dovessero essere conservate per l'eternità.

Fece un lungo tiro di sigaretta. Non era certo la prima volta che fumava. Durante le vacanze lo faceva spesso, e alcune volte l'aveva fatto anche con gli amici, quando il sabato andavano in discoteca, oppure nel parco, dietro un cespuglio. Per meglio dire, l'aveva fatto con Tim. Alexander non si era mai fidato e Marc aveva sempre avuto paura per l'asma. I due gli piacevano, ma qualche volta li disprezzava. Marc era il tipico figlio unico troppo viziato che si lamentava continuamente per qualche doloretto, e, Leon ne era convinto, almeno nella metà dei casi si trattava di pure invenzioni. O per lo meno erano cose messe in testa al povero Marc dalla madre iperapprensiva. Alexander invece viveva nella costante paura di scontrarsi con qualcuno. Di provocare la disapprovazione dei suoi simili. Di non essere amato. Di essere rifiutato. Santo cielo, non c'era da meravigliarsi visto il padre dispotico con cui era cresciuto. Leon lo conosceva, una volta avevano fatto le vacanze da lui. Vecchio bastardo! Ma un po' alla volta Alexander avrebbe anche potuto liberarsi dal suo influsso.

Da alcuni giorni c'erano un freddo pungente e un gelo terribile. I ragazzi avevano frugato nelle casse e negli scatoloni sparsi ovunque nella parte anteriore della soffitta, fra arredi scolastici scartati e le scenografie dipinte dal gruppo teatrale. Alla fine ognuno aveva trovato una coperta o qualcosa di simile con cui ripararsi in qualche modo. Il più buffo era Alexander: gli era capitato fra le mani un mantello lungo fino a terra con un collo di finta pelliccia: sembrava un granduca russo.

Un tragico granduca russo, pensò Leon. Dipendeva dall'espressione del viso sempre troppo seria, con un che di malinconico. Anche se a volte lo disprezzava per il suo carattere, Leon lo ammirava per l'aspetto. Alexander era stato un bambino stupendo, e ora era un «giovine di bell'aspetto» – se questa definizione d'altri tempi oggi si può utilizzare ancora per qualcuno, pensava Leon, allora è a lui che si adatta – e sarebbe diventato un uomo straordinariamente bello. Leon – che dava molta importanza all'aspetto e che, lo sapeva, faceva colpo sulle ragazze – dal punto di vista della sensibilità estetica si sentiva affine ad Alexander, anche se sembrava che ad Alexander fosse del tutto indifferente la propria bellezza. Tim invece... oh cielo, non aveva un minimo di eleganza! Leon gli gettò uno sguardo furtivo. Tim era sfacciato e divertente e non conosceva la paura, perciò trascorrevano assieme la maggior parte del tempo, ma aveva un aspetto orribile, non si poteva definirlo altrimenti. Da circa un anno si era avvicinato al movimento ecologista, e da allora, per motivi che Leon non riusciva a comprendere, non si tagliava più i capelli, indossava solo pullover che gli faceva sua madre con lana grezza e usava borse di juta per la spesa, il che era in sintonia con i negozi di prodotti biologici e le erboristerie che frequentava. Con i suoi capelli lunghi e i pullover esagerati (Sua madre glieli fa per la crescita? Si chiedeva Leon) aveva un po' l'aspetto di un Gesù moderno. Portava giorno e notte il suo distintivo contro le centrali nucleari, leggeva continuamente libri di psicologia e dopo la maturità voleva andare per un anno in India e poi studiare psicoterapia. Agli occhi di Leon sarebbe potuto risultare insopportabile, ma in lui c'era anche qualcos'altro che si poteva cogliere appena ed era difficile da definire. Si mostrava come un pacifista che crede di migliorare il mondo, un idealista, ma nel profondo del suo animo era ben diverso. Nei suoi occhi c'era qualcosa che affascinava Leon. A volte pensava che, se fosse stato più vecchio, avrebbe capito di cosa si trattava. Quell'accendersi per un attimo di una gioia segreta, che non trasmetteva calore, ma che faceva venire la pelle d'oca a chi lo osservava.

Alexander tossicchiò furtivamente e così interruppe il silenzio quasi sacro che li avvolgeva. Leon sogghignò.

«Non sarà mica la tua prima sigaretta?» chiese.

«Certo che no», disse Alexander. «E poi non ho mai tossito per le sigarette. Ho mal di gola e senz'altro il fumo e il freddo non me lo faranno passare.»

Infatti, il fumo nel frattempo si era fatto così fitto che i ragazzi si vedevano come attraverso una coltre.

«In genere non si tossisce per il mal di gola», disse Tim. Fumava in maniera professionale e imperturbabile.

Come apostolo della salute non dovrebbe proprio farlo, pensò Leon.

«E perché non si tossisce quando fa male la gola?» chiese Alexander. «Quando sento la gola irritata io tossisco sempre.»

Tim stava per controbattere, ma nessuno seppe mai cosa avrebbe voluto dire. In ogni caso, in seguito tutti si sarebbero ricordati che proprio in quel momento Marc aveva iniziato a rantolare.

Per via della sua asma Marc si era opposto al fumo, ma nessuno se n'era curato perché Marc si lamentava sempre per qualche problema di salute. Non è che l'avessero costretto a farlo. Avrebbe potuto decidere di restarsene a letto, oppure di salire in soffitta e non fumare. Ma questa era pura teoria. In realtà erano un gruppo di congiurati, una compagnia che esisteva da anni. Restarne fuori avrebbe richiesto a ogni membro più maturità di quanta normalmente ha un ragazzo di sedici anni.

Per tutto il periodo scolastico, Marc era stato esonerato dalle lezioni di ginnastica. Infatti, le crisi di asfissia, che lo avevano colpito fin da bambino, in seguito a un intenso sforzo fisico si sarebbero potute ripetere, almeno così sostenevano lui e sua madre ripetendo le parole dei medici.

«Mi hanno già portato diverse volte in ospedale con l'ambulanza», aveva raccontato, «perché non riuscivo più a respirare ed ero già diventato cianotico.»

Avevano ascoltato il suo racconto ma non l'avevano preso sul serio.

Quando improvvisamente cominciò a boccheggiare, si girarono quasi sorpresi verso di lui.

«Hai mal di gola anche tu?» chiese Leon.

Se quella di Alexander era stata una tosse breve e secca, quella di Marc suonava particolarmente minacciosa. Lasciò cadere la sigaretta, alzò la testa e cominciò ad annaspare per respirare. Boccheggiava e ansimava e dal suo petto usciva un rumore terrificante.

I ragazzi avevano paura, anche se nessuno voleva ammetterlo di fronte agli altri. Tim, che gli era seduto vicino, spense la sigaretta di Marc con il piede, in modo che almeno le pareti di legno non prendessero fuoco.

«Dai, Marc, calmati», disse bruscamente, «devo darti qualche colpo sulla schiena? Magari ti fa bene!»

Marc non rispose, ma continuava disperatamente ad annaspare.

«È un attacco d'asma», disse Alexander spaventato.

Leon levò un grido strozzato. La sua sigaretta si era consumata e senza che se ne fosse accorto gli aveva bruciato le dita. La gettò per terra e la spense col piede. Gli altri seguirono il suo esempio.

Marc era scivolato dalla cassetta di arance su cui era seduto e cominciò a contorcersi sulle tavole del pavimento. Nonostante la poca luce si poteva vedere che il suo viso stava diventando scuro.

«Mio Dio», sussurrò Alexander.

Come paralizzati erano rimasti per secondi o addirittura minuti a fissare il loro amico che cercava invano di respirare; sembrava un animale agonizzante.

Leon si riscosse per primo.

«Dobbiamo chiamare subito un medico. Da bambino ha già avuto simili attacchi e l'ha salvato solo l'intervento del dottore!»

«Non urlare», sibilò Alexander. «Vuoi svegliare tutti?»

«Non credo che potremo chiamare un medico senza svegliare tutti», ribatté Leon. Alexander lo prese per un braccio.

«Stammi a sentire, lo sai cosa succederà? Saremo cacciati dalla scuola. Verranno a sapere che abbiamo fumato!»

Leon lo fissò. «Ma non possiamo...»

Il corpo di Marc si torceva scosso dai crampi. Colpiva con le braccia tutto intorno, e colpì una sedia a tre gambe che cadde rumorosamente.

Tim, che sembrava il più calmo, disse: «Temo sia troppo tardi per il medico».

«Vedi?» Alexander aveva il volto bianco come la neve. Tremava. «Il medico non lo può più aiutare, ma noi saremo cacciati da scuola.»

Marc rantolava, il suo sembrava il verso di un animale. Leon si passò la mano tra i capelli. «Riesce appena a respirare, ma è ancora vivo», disse disperato. «Cosa succede se tira avanti ancora un'ora?»

«Non tira avanti ancora un'ora», disse Tim.

Le unghie di Alexander si conficcavano dolorosamente nel braccio di Leon. «Leon, per favore! Lo sai che non volevo venire qui! Ma io sono quello che la pagherà più cara di tutti. Mio padre...»

«Sì? Cosa c'è? Cosa può fare?»

«Se mi cacciano da scuola, allora... non ne avete un'idea! Mi disprezza. Per lui sono una merda. Ci sono così poche cose che accetta di me. Ma questa... questa è una scuola d'élite. Se ce la faccio... mio Dio, cercate di capirmi!» quasi singhiozzava. «Se vengo cacciato da qui, per lui sarò per tutta la vita nient'altro che il povero idiota che ha sempre visto in me!»

«Ma non possiamo lasciar crepare Marc per questo motivo!» disse Leon fuori di sé. Pensava che fosse una discussione intollerabile, nella quale nessuno di loro si sarebbe dovuto lasciar coinvolgere. Soprattutto lui. Senza che fosse mai stato espresso a chiare lettere, lui rivestiva una sorta di ruolo di capo del gruppo. Gli si prestava ascolto. Era in grado di valutare le situazioni.

Intanto Alexander tremava come una foglia. Marc emetteva ormai solo un rantolo molto flebile, molto debole. Soltanto dopo Leon si sarebbe reso conto che era stato proprio questo a sbloccare la situazione: questo rantolo debolissimo.

«Raccogliete le vostre sigarette», disse, «e i portacenere. Spingete via le ceste e le sedie su cui vi siete seduti.»

Gli altri capirono senza bisogno di parlare: doveva sembrare che Marc fosse stato lassù da solo.

In silenzio e in fretta avevano cancellato ogni traccia. Le coperte e il nero mantello con la pelliccia che avevano usato per ripararsi dal freddo erano stati rimessi al loro posto. Le sedie sgomberate. I mozziconi spariti. Era rimasta lì solo la cesta su cui Marc era stato seduto, con davanti un piattino che era servito come portacenere e due candele fissate al pavimento con la cera. Marc non emetteva più nessun suono e non si muoveva più. Nessuno lo guardò, come se non ci fosse. Alexander continuava a tremare e si era accovacciato vicino alla scala che portava giù.

Leon spense le candele. La soffitta piombò nell'oscurità.

«Così non va», disse Tim. «Ci si chiederà perché... lui», non riusciva a chiamare Marc per nome, «come lui abbia potuto spegnere le candele prima... prima dell'attacco d'asma.»

«Ma, se le lasciamo accese, va a finire che brucia tutto», ribatté Leon.

«Si potrebbe anche pensare che le candele si sono spente per la corrente d'aria.»

Rimasero a questa versione dei fatti. Uno dopo l'altro scesero in silenzio e agili come scoiattoli lungo la scala. Finiva su uno stretto corridoio all'ultimo piano. Qui non dormiva nessuno, c'erano solo un paio di stanze in cui venivano riposte le lenzuola, le tovaglie e i tovaglioli. Una scala a chiocciola conduceva ai piani delle camerate.

«Ovviamente la scala rimane giù», bisbigliò Leon.

«Cosa facciamo con i mozziconi, la cenere e le candele?» chiese Alexander, che solo in quel momento ritrovò la parola. Non c'era luce, esclusa quella della luna che filtrava dalle finestre, ma si riusciva comunque a vedere che Alexander era pallido come la morte.

«Datemi tutto», disse Leon. Era come sempre: assumeva di nuovo il ruolo del capo e si sentiva responsabile della situazione. «Domani getterò tutto in un cestino della spazzatura in città. Ma ora via. Dobbiamo tornare a letto.»

Avevano preso una decisione che non offriva possibilità di ritorno. Per qualche secondo i tre ragazzi si guardarono.

«Grazie», sussurrò Alexander.

Poi scivolarono lungo la scala a chiocciola. La notte era silenziosa, non si sentiva un rumore.

Nessuno si era svegliato.

SABATO, 24 MAGGIO – MARTEDÌ, 27 MAGGIO

1

Il telefonò squillò mentre Jessica stava aprendo la porta di casa. Erano le cinque del pomeriggio ed era stanca. Era stata tutto il giorno in ambulatorio, aveva pulito e spolverato, aveva eliminato le piante secche alle finestre e ne aveva messe di nuove, nella sala d'attesa aveva sostituito le vecchie riviste con i nuovi numeri. Era sabato e l'ambulatorio brillava di un nuovo splendore. Non c'era nulla che impedisse la riapertura, il lunedì successivo.

Barney l'aspettava già dietro la porta e le fece le feste, saltandole intorno, poi si mise a correre con le orecchie svolazzanti lungo il corridoio d'ingresso, tornò indietro con in bocca un orsacchiotto di pezza e ricominciò a saltarle in giro. Lei si accovacciò e lo strinse a sé.

«Povero! Sei rimasto tanto solo? Adesso ci facciamo una bella passeggiata!»

Alla parola *passeggiata* Barney si mise a correre avanti e indietro come una palla di gomma. Il telefono non suonava più.

Jessica si rialzò lentamente e stirò la schiena dolorante. Le pulizie l'avevano sfinita.

Sapeva perché aveva avuto paura di rispondere al telefono: temeva potesse essere Leon.

Andò in cucina, si versò un bicchiere d'acqua, lo bevve lentamente, a piccoli sorsi. Barney le stava davanti e la guardava con la testa piegata da una parte.

«Un attimo», disse lei.

Due notti prima aveva chiesto a Leon come mai le avesse raccontato la storia di Marc, e lui le aveva risposto che riteneva giusto che lei la sapesse.

«Non l'avete mai raccontata a nessuno?»

«Mai. A nessuno. L'avevamo giurato.»

«E perché proprio in occasione della morte di Alexander hai deciso di rompere il giuramento?»

Era diventato insicuro, lo aveva visto. Temeva di aver fatto la cosa sbagliata. Il tè, ne aveva bevuto tre tazze, aveva abbassato un po' il suo tasso alcolico. Parlava in modo più sicuro.

«Sei andata dal padre di Alexander per conoscere meglio tuo marito. Per lo meno hai detto così. Avevo l'impressione che per te fosse importante ottenere un'immagine chiara di Alexander. Che questo... fosse il tuo modo di vivere il lutto, il tuo modo di superarlo. Perciò ho pensato che dovessi conoscere la storia di Marc. Quella notte in soffitta è stata l'esperienza decisiva della vita di Alexander.»

Le rimbombava la testa e le pareva di sentir parlare un'estranea. Poteva essere la sua voce? Così chiara e così distaccata?

«Penso non solo della vita di Alexander. È stato il momento più tragico della vita di tutti voi.»

Lui aveva preso un'altra bustina di tè dalla scatola di cartone, che nel frattempo lei aveva messo sul tavolo, aveva svitato il coperchio della teiera e versato l'acqua bollente nella sua tazza. Sembrava non poter fare a meno del tè.

«Certo. È stato così. Ma Alexander è stato la molla scatenante. Io e Tim avremmo cercato aiuto. Saremmo stati espulsi dalla scuola, e allora? Ce n'erano altre. L'avremmo presa in questo modo.»

«Ma non è andata così.» *Cos'è che in questo momento veramente mi importa?*

Leon mescolava lo zucchero nel tè. Lo mescolava come se fosse pagato per farlo.

«Forse non puoi immaginartelo. Forse non può farlo chi non c'era. Alexander era... sembrava che si trattasse della sua vita. Tremava. Era bianco come il gesso. Aveva letteralmente una paura mortale. Ci ha supplicati. Era...» Leon scrollò le spalle. «Non ci ha lasciato altra scelta.»

«C'era un vostro amico che stava morendo davanti a voi!»

«Alexander non ci ha lasciato altra scelta», ripeté Leon. E questa frase le si era fissata nella mente, la tormentava, risuonava dentro di lei.

Si sottrae alla sua responsabilità, continuava a pensare lei sempre più arrabbiata, assolve se stesso e anche Tim. Comodo. Facile. E chi mi dice che la storia è *davvero così*?

Nessuno. Solo lei stessa. Tutto quello che sapeva di Alexander le confermava che quella notte fatale doveva essersi svolta proprio come aveva raccontato Leon. Era in linea con quello che aveva saputo da suo padre. Spiegava i suoi incubi notturni.

Concordava pienamente.

Avrebbe preferito non averne mai sentito parlare.

Il telefono squillò mentre si stava versando un secondo bicchiere d'acqua. Decise di ignorarlo e dopo un po' smise, ma solo per riprendere dopo un minuto. Evidentemente c'era qualcuno che aveva urgente bisogno di parlarle.

Se è Leon riattacco subito, pensò, e alzò la cornetta.

«Sì?» chiese con una voce volutamente brusca.

Non era Leon. Era Evelin.

Non era stato facile parlare con Evelin. Dopo aver detto il proprio nome, era scoppiata a piangere e aveva singhiozzato senza ritegno per parecchi minuti.

«Calmati adesso», le aveva ripetuto Jessica. «Evelin, va tutto bene. Non devi piangere!»

Finalmente Evelin era riuscita a parlare. «Avevo paura. Ti ho cercata tutto il pomeriggio. Ho pensato che forse era cambiato il numero...» Le tremava la voce.

«È tutto ok. Sono arrivata a casa solo ora. Ero in ambulatorio.»

«*Di sabato*?»

«L'ambulatorio è stato chiuso per tutto questo tempo. Ricomincio lunedì. Ho fatto le pulizie.»

Evelin si era in qualche modo ripresa. «Scusa se prima ho perso il controllo. È solo che... Lo so che non posso pretenderlo, ma... non potresti venire qui? In Inghilterra?»

«In Inghilterra? Ora? Cos'è successo?»

«Non posso andare via da qui. Hanno i miei documenti. Ho bisogno di soldi e non riesco a restare qui da sola. Pensi di poter venire?»

«Evelin, per favore, con ordine. Non capisco una parola. Dove sei esattamente?»

«Sono a Stanbury. Ho preso una stanza al *The Fox and the Lamb*. Mi hanno scarcerata, ma devo restare a disposizione, come dicono loro. Non ho più soldi, e...»

«Per il denaro posso anche farti un trasferimento. Ma come mai ti hanno...»

«No, ti prego, devi venire. Impazzisco. Davvero, Jessica, impazzisco!» Combatteva di nuovo con le lacrime.

Jessica pensò all'annuncio sul giornale e alle lettere mandate ai clienti dell'ambulatorio. *Merda!*

«Come mai ti hanno scarcerata? Hanno...» a questo pensiero il suo cuore cominciò improvvisamente a battere forte, «hanno preso l'assassino?»

«Vieni?»

«Sì. Stai tranquilla. Vengo. Ma dimmi...»

«Ieri il mio avvocato ha chiesto un riesame dei termini della carcerazione preventiva.» Dopo che Jessica le aveva confermato che sarebbe arrivata presto, Evelin si calmò. «Mi aveva già detto che probabilmente mi avrebbero rilasciata, perché finora avevano agito solo sulla base di labili indizi che non hanno trovato conferma. Ma in realtà è stato ancora più facile del previsto. Il mio avvocato ha saputo che da giovedì sera è stato spiccato un mandato di cattura contro Phillip Bowen. Hanno scoperto che il suo alibi era falso. Lui è sparito. Quasi certamente è stato lui.»

Come aveva detto Leon. Fin dall'inizio. Jessica si accorse che la bocca le diventava secca e che le girava la testa. Un alibi falso. Le sembrava di sentire la voce del sovrintendente Norman: «È stato tutto il pomeriggio con Geraldine Roselaugh».

E Leon di rimando: «Farebbe carte false per lui!»

Evidentemente aveva ragione.

«In ogni caso», proseguì Evelin, «contro di me non c'è più nessun sospetto grave. Ma mi hanno trattenuto i documenti. Per il momento non vogliono che lasci l'Inghilterra. Ma sto male, Jessica, sto davvero male. Sono così disperata e sola. Il carcere è stato... l'inferno, un incubo. Non so come andare avanti. Io...»

«Ti ho già detto che vengo. Ascolta, cercherò di prenotare un volo per domani, ok? Prima di sera sarò a Stanbury. Riesci a resistere fino ad allora?»

Evidentemente, considerò Jessica, Evelin era in una condizione psicologica tragica, cosa non strana per una persona che era stata quattro settimane in galera sospettata di omicidio. Sembrava fare fatica a mantenere il controllo.

«Sì. Ma cerca di arrivare il più in fretta possibile. Ti prego!»

Dopo averla rassicurata un'altra volta e aver terminato la conversazione, Jessica fece una passeggiata con Barney e pensò che la richiesta di aiuto da parte di Evelin le era arrivata nel momento meno opportuno. Per un po' considerò la possibilità di mandare Leon al suo posto, perché per il momento non aveva nulla da fare e aveva i suoi stessi doveri nei confronti della moglie dell'amico morto. Ma sapeva che Evelin l'avrebbe preso come un tradimento. Ora voleva vicino a sé una donna, non un uomo, e soprattutto non un uomo come Leon.

Quando ritornò a casa, mentre era ancora davanti alla porta, sentì che il telefono stava squillando. Questa volta si affrettò.

Se è Leon lo interpreto come un segno. Dovrà andare lui.

Ma anche questa volta non era Leon. Era Elena, e sembrava distrutta come Evelin poco prima.

«Jessica, Ricarda è sparita! Sto chiamando tutti i conoscenti. È per caso da lei?»

2

«Lo sapevo che avresti fatto marcia indietro, quanto meno mentalmente», spiegò Lucy. «Ma per fortuna questa volta non puoi cambiare posizione. Hai denunciato Phillip. Tu...»

«Non l'ho denunciato», la interruppe Geraldine, «ho solo chiamato il sovrintendente Norman e gli ho detto che l'alibi di Phillip è falso. Non è la stessa cosa che denunciarlo!»

«Porta però allo stesso risultato. Phillip non ti perdonerà mai, e io ringrazio Dio che sia così. Santo cielo, Geraldine, non puoi essere davvero dispiaciuta per quel tipo!»

Erano sedute nell'elegante appartamento di Geraldine a Chelsea, bevevano spumante e avevano spalancato la finestra per far entrare l'aria calda della sera primaverile. Era stata una giornata splendida, già estiva, e Lucy aveva proposto di fare una passeggiata in un parco oppure di fare una gita in campagna.

«Te ne stai chiusa in casa da giovedì sera a piangere e a rimuginare. Non ti fa bene. Usciamo a prendere un po' di sole.»

«Non esco. Guardami!»

Dei lunghi, splendidi capelli di Geraldine erano rimaste solo delle ciocche tagliate storte, che da quella sera non aveva più nemmeno lavato e pettinato. Come pure non si era cambiata e non aveva fatto la doccia. Indossava una camicia da notte impregnata di sudore e macchiata – il poco cibo che si era preparata era finito in gran parte sul cotone chiaro, almeno così sembrava a Lucy –, aveva gli occhi gonfi di pianto, la pelle sgradevolmente arrossata e rigata dalle molte lacrime. Aveva chiamato Lucy il giorno dopo la lite – anche se la parola *lite* era riduttiva rispetto all'enormità di quanto accaduto – e dopo aver telefonato al sovrintendente Norman per raccontargli tutto. Lui l'aveva pregata di andare in un commissariato di polizia a Londra – le aveva dato l'indirizzo e anche il nome di un sergente – per verbalizzare la sua dichiarazione. Si sarebbe occupato lui di annunciare il suo arrivo.

Geraldine, che non si era sentita in grado di farlo da sola, aveva chiesto a Lucy di andare da lei. Quando aveva visto lo scempio fatto ai capelli di quella che era stata la sua modella più richiesta, non aveva potuto trattenere un grido d'orrore.

«Santo Dio! Ma cos'hai fatto?»

Non era stato facile per Lucy comprendere la delirante storia di Geraldine, raccontata fra scoppi di lacrime, ma quando alla fine aveva capito era stata presa da un orrore quasi inimmaginabile.

«È un criminale! Un massacratore! Oh cielo, Geraldine, hai capito in che razza di pericolo sei stata per tutto questo tempo? Che non fosse del tutto normale l'ho sempre detto, ma che... maledizione, mi sento male se penso...»

Geraldine l'aveva interrotta. «Non so se... l'ha fatto. Ha spergiurato che non era stato lui. Lui...»

«Allora perché aveva bisogno di un falso alibi? Ti prego, Geraldine, una persona con la coscienza pulita non ha bisogno di simili macchinazioni! Mi domando come hai fatto a prestarti? Non hai capito che con questo ti sei resa *perseguibile per legge* anche tu? Come hai potuto pensare seriamente di costruirti un futuro con un uomo che ha sgozzato *cinque persone*? Come hai potuto pensare di avere dei bambini da lui? Come hai potuto...»

Geraldine era crollata sotto il fuoco di fila della tirata di Lucy e a un certo punto aveva semplicemente chiesto a bassa voce: «Vieni con me alla polizia?»

«Certo che vengo. Anche solo per essere sicura che non cambierai idea all'ultimo momento! Ne saresti capace, ti conosco. Mio Dio, se penso che anche *io* sono stata nell'appartamento di quel mostro...»

Come in trance, Geraldine aveva verbalizzato la sua deposizione, il tutto era durato parecchio ma aveva rifiutato il caffè e l'acqua che le erano stati offerti perché aveva troppa nausea anche solo per bere qualcosa.

Comunque nessuno la rimproverò o accennò al fatto se il suo comportamento, in futuro, avrebbe potuto portare a conseguenze giudiziarie. Però, naturalmente, la lasciarono andare a casa con il vincolo di tenersi sempre a disposizione. Lucy capì subito che questo avrebbe creato innanzi tutto una serie di problemi nel suo lavoro. Comunque, nel periodo a venire, Geraldine non sarebbe stata disponibile, non tanto per lo spaventoso taglio di capelli, quanto per il suo stato depressivo e per la disperazione nera nei suoi occhi. Non appena lasciato il commissariato, Lucy propose di andare da qualche parte a bere un caffè per poi cercare insieme il parrucchiere di Geraldine.

«Dobbiamo fare qualche cosa per i tuoi capelli. Non puoi lasciarli così. Sicuramente Bruno te li rimette a posto.»

Bruno era il parrucchiere gay sulla South Kensington Road che lavorava per la maggior parte delle modelle dell'agenzia di Lucy. «Facciamo di te un nuovo tipo. Forse non va neanche così male. Sei stata per tanti anni il tipo 'ragazzina dall'aria sognante coi capelli lunghi'. Posso immaginare che con i capelli corti sembreresti ancora più giovane e impertinente.»

Ma Geraldine non aveva voluto né andare a bere un caffè, né andare dal parrucchiere così Lucy era stata costretta a cedere e l'aveva riportata a casa. Quel sabato era tornata di corsa da lei e l'aveva trovata in una condizione di totale apatia. Dopo che erano naufragati tutti i tentativi di convincere Geraldine a fare una passeggiata, aveva preso dalla cantina una scorta di bottiglie di spumante e ora, a sera, apriva la prima. Sembrava che l'alcool riuscisse a rilassare un po' Geraldine. Se non altro si poteva parlarle di nuovo.

«Lo sai Lucy», disse, «dentro di me sono convinta che Phillip non abbia ucciso nessuno. Non so spiegare perché, ma...»

Lucy la interruppe con uno sbuffo involontario. «Perdonami, Geraldine, ma quanto meno devi ammettere che è un po' difficile pensare che tu possa giudicare obiettivamente Phillip Bowen. Quell'uomo ti ha trattata per anni come uno zerbino e si è approfittato dei tuoi sentimenti, e tu non solo l'hai permesso, ma sei sempre tornata da lui strisciando. Ti ho spiegato che sei affetta da una pericolosa dipendenza psicologica, e probabilmente per guarire hai bisogno di andare in analisi. Anche ora, dopo quello che ti ha fatto», e indicò i capelli, «non riesci a smettere di struggerti per lui e naturalmente sogni in segreto che torni da te, che vi rappacifichiate e che tutto sia come prima.»

Geraldine abbassò lo sguardo. Quello che diceva Lucy era vero. Non sperava altro che...

«Per questo i tuoi sentimenti ti ingannano», proseguì Lucy, «vedi quello che *vuoi* vedere, non la realtà. Voglio dire, per un attimo hai capito cosa fosse giusto fare. Altrimenti l'altra sera non avresti chiamato quel sovrintendente nello Yorkshire.»

«È stata solo una... una vendetta. Ero a pezzi, disperata, completamente... distrutta. Phillip ha... per la prima volta ho avuto davvero paura di lui, e...» Si morse le labbra.

«Questa», disse Lucy, «è stata probabilmente l'unica volta in cui hai visto quell'uomo com'è realmente.»

«Avrebbe potuto uccidermi. Perché un killer, un folle dovrebbe accontentarsi di tagliare i capelli a qualcuno, quando potrebbe piantargli... le forbici nel cuore?»

«Anche un pazzo», disse Lucy con la massima convinzione, nonostante lei stessa non si potesse definire una specialista di persone di questo tipo, «non è sempre pazzo. Impazzisce solo in alcuni momenti. Probabilmente è successo a – come si chiama quel posto? – Stanbury. Per il resto si comporta in modo assolutamente normale. Anche se», proseguì, «se proprio lo vuoi sapere, Phillip Bowen non mi è mai sembrato normale. Comunque stessero le cose, quella sera sapeva bene che un altro omicidio avrebbe solo peggiorato la sua situazione. Tuttavia la smisurata rabbia accumulata contro di te aveva bisogno di uno sfogo. L'ha trovato tagliandoti i capelli. Che è comunque un sintomo di pazzia. Come pure è da pazzi raccogliere quegli articoli su Kevin McGowan e tutta questa storia idiota del suo presunto padre. Tutto in quell'uomo è... inquietante. Te lo direbbe anche qualunque altra persona.»

«Non ti è mai piaciuto.»

«Perché non potevo far finta di non vedere come ti trattava.»

Geraldine guardò fuori dalla finestra. Sembrava un piccolo pulcino infreddolito e spennato. Lucy, che raramente aveva sentito dentro di sé forti emozioni, si accorse che sentiva l'impulso di prenderla fra le braccia e cullarla come un bambino. Naturalmente non lo fece. Sarebbe stato troppo imbarazzante, per lei e forse anche per Geraldine.

«Non so cosa fare della mia vita, Lucy. È come... è come se tutto fosse finito. Tutto è senza speranza e senza futuro. Sono così pentita di quello che ho fatto...» Nascose il volto fra le mani. «Non avrei dovuto distruggere le sue cose. Non mi sarei dovuta immischiare nel suo... nel suo delirio su Kevin McGowan, comunque la pensassi. Erano fatti suoi. In fondo non ho fatto niente di diverso da quello che ha fatto lui. Lui mi ha tagliato i capelli e io ho distrutto quello che gli stava a cuore. Ma ho cominciato io. Sono stata io la prima a oltrepassare il limite.»

«Ma sono due cose che non si possono paragonare!»

«Invece sì, Lucy!» Geraldine sollevò lo sguardo. «Ho visto la sua faccia quando ha capito cosa stavo facendo. Ho violato la sua intimità più profonda. È stata la peggiore violenza che gli potessi fare. Sono stata io a distruggere tutto.»

Lucy aveva sulla punta della lingua la voglia di dirle che fra lei e Phillip non c'era nulla che potesse essere distrutto, ma la ricacciò giù. Che senso aveva predicare a un sordo?

«E sono andata anche alla polizia! Non mi perdonerà mai, mai, mai...»

Siamo di nuovo al punto di partenza, pensò Lucy stremata. Di nuovo.

«*Io so che è innocente.* Non ha nulla a che fare con questo spaventoso crimine. Lo prenderanno e dopo questa storia dell'alibi lo riterranno colpevole, e lui...»

«Ci sarà un processo. Viviamo in uno stato di diritto. Se è innocente, cosa che non credo, la verità emergerà e non avrà nulla da temere.»

«Lucy, non sarebbe la prima volta che qualcuno viene condannato sulla base di indizi e solo anni o decenni dopo viene dimostrata la sua innocenza. Come puoi credere all'infallibilità della giustizia?»

«Se è innocente perché si è costruito un alibi? Perché è scappato? No, Geraldine, smettila di illuderti. In ogni senso. Phillip Bowen non ti ha mai amata. Non ha mai pensato a un futuro con te. Per dirlo chiaramente: di te non glien'è *mai fregato un cazzo*! Hai capito?»

Lucy si alzò. Era agitata e arrabbiata e non aveva più voglia di stare a sentire quella storia. Geraldine era stata la sua modella migliore, e per anni non aveva potuto dire niente mentre il suo disperato amore per quel buono a nulla le sbarrava la strada. Quante volte erano saltati appuntamenti per i suoi occhi gonfi di lacrime, quante volte aveva dovuto disdire impegni con uomini influenti – che avrebbero potuto essere importanti per la sua carriera –, per passare serate seduta a congelare nella miserabile stamberga di Phillip Bowen a sperare che una volta o l'altra le rivolgesse una parola gentile. Lucy non ne poteva più, non ne poteva proprio più. Inoltre, come donna, l'addolorava che un'altra donna si lasciasse umiliare così da un uomo.

«È andata maledettamene bene che tu sia venuta fuori da questa pazzesca sceneggiata dell'alibi. È andata maledettamente bene. C'è solo una cosa che mi preoccupa... »

Fece una breve pausa, e pensò se doveva mettere Geraldine al corrente dei suoi timori. Ci aveva pensato tutto il giorno precedente. Viste le disperate condizioni di Geraldine non voleva confonderla ulteriormente, ma forse era suo dovere avvertirla...

Geraldine la guardò: « Cosa, Lucy? »

« Lo so che rifiuti l'idea, ma ammesso, solo *ammesso*, che abbia commesso... »

« Cosa? »

« Gli omicidi. Questo mostruoso, sanguinoso omicidio di cinque persone... Se è lui il responsabile – e tu non hai la minima prova che non sia così – allora è un uomo pericolosissimo. Un folle. Una mina vagante. E tu l'hai fatto arrabbiare molto. »

« Non capisco, dove vuoi arrivare? »

Lucy la guardò con espressione seria. « Forse quando suonano alla porta è meglio se non apri. Di notte lascia le finestre chiuse e chiudi anche la porta della terrazza, non importa se fa caldo. Esci solo di giorno e magari in mia compagnia. Fino a quando non l'hanno preso non devi correre nessun rischio. »

« Ma non crederai mica che... »

« Dico solo che non devi correre rischi. Forse è più vendicativo di quanto credi. Forse perderà ancora il controllo. Non voglio che... semplicemente non voglio che ti succeda qualcosa, chiaro? Mi prometti di essere prudente? »

« Lucy, penso che tu... »

« Promettimelo! »

Geraldine si lasciò cadere sui cuscini del divano. La sua camicia da notte sudicia e sgualcita le si aprì sulla pancia. Lucy vide la profonda fossa fra le ossa appuntite del bacino e le costole che si inarcavano verso l'alto come se volessero lacerare la pelle sottile.

Com'è magra, pensò Lucy.

« Te lo prometto », disse Geraldine in tono inespressivo.

Avrebbe potuto promettere anche di scendere dal Kilimangiaro in slitta: avrebbe avuto lo stesso valore.

3

C'erano foto di Elena, che la mostravano come una donna straordinariamente bella, la tipica spagnola con i capelli neri e gli occhi scuri, briosa e vitale. Durante i brevi incontri che di tanto in tanto c'erano stati, Jessica aveva notato che Elena, nella vita quotidiana, assomigliava sempre meno alle vecchie fotografie: sembrava appassire, perdere splendore, sembrava diventare più piccola, magra, rugosa.

Ma non l'aveva mai vista come quella sera.

È proprio diventata vecchia, pensò Jessica quando le aprì la porta.

«Sto facendo un corso d'aggiornamento», le aveva detto Elena al telefono, «per questo, nonostante sia sabato, sono uscita stamattina presto. Sono arrivata a casa alle cinque e mezzo. Ricarda non c'era.»

«Potrebbe essere da un'amica, oppure...»

«Da quando è tornata dalle vacanze di Pasqua, non è più uscita», l'aveva interrotta Elena. «E un'amica del cuore non ce l'ha. Ho già telefonato ad alcune sue compagne di scuola con le quali va d'accordo, e anche alle ragazze della squadra di basket. Nessuna l'ha vista o sentita.»

«Non penserei subito al peggio. Io...»

Elena la interruppe di nuovo. «La sua borsa da viaggio non c'è più, e nel suo armadio mancano jeans, magliette e biancheria. Inoltre, ha... ha preso del denaro dalla mia scrivania.»

«Oh...» sussurrò Jessica.

La voce di Elena suonava flebile e sconfortata. «Mi creda, Jessica, non la disturberei se non fossi così disperata.»

«Purtroppo Ricarda non mi ha mai accettata come la nuova compagna al fianco di suo padre», disse Jessica, «perciò non mi ha mai confidato nemmeno le cose più insignificanti. Quindi, purtroppo, non posso darle un grande aiuto.»

«C'è dell'altro», aveva detto Elena dopo qualche secondo di silenzio.

«Ha lasciato qui il suo diario. In condizioni normali non passerei mai questo limite, ma in questa situazione...»

«Ha letto il diario?»

«Deve essere malata, Jessica, gravemente malata! Quello che ho letto mi ha sconvolta. Avrebbe... voglio dire, posso venire da lei? Devo parlarne con lei. Ho paura, Jessica. Non ho mai avuto così tanta paura per mia figlia.»

Erano sedute in terrazza, perché la serata non accennava a rinfrescare e fuori il clima era più gradevole che all'interno. Jessica aveva portato del vino bianco e due bicchieri e aveva preparato delle fette di pane spalmate con pasta d'olive, ma Elena non toccò il cibo. Di tanto in tanto sorseggiava il vino e aggrottava la fronte come per difendersi da un mal di testa in arrivo. Indossava un elegante tailleur chiaro che però era bagnato di sudore e spiegazzato. Evidentemente, dopo il ritorno da quella giornata stressante non si era ancora fatta la doccia e cambiata. I suoi capelli voluminosi e neri – che col passare del tempo si erano abbondantemente striati di grigio – sembravano umidi sulla nuca.

Il giardino era pieno di ombre, di odori e dei sussurri estivi che si sentivano solo di notte; in mezzo al prato c'era Barney che mordicchiava con cura un grosso ramo che aveva trovato durante la passeggiata e che, ansimando per lo sforzo, aveva trascinato nel suo territorio. Era tutto come sempre, forse addirittura c'era più pace, c'era un'atmosfera quasi idilliaca, tuttavia per Jessica la scena era cambiata dal momento in cui Elena era entrata in casa. Elena si comportava con circospezione, come un'ospite, tuttavia, per andare in terrazza, si era mossa lungo il corridoio e attraverso la sala in un modo che rivelava la confidenza con quella casa.

Da cosa dipende? si chiese Jessica che fino ad allora non aveva ancora pensato che Elena effettivamente aveva vissuto lì per anni. Forse mancava quell'esitazione che gli ospiti mostrano quando entrano in una stanza sconosciuta? Forse era la mancanza di curiosità con cui si guardava attorno? Era una sorta di discreta ripresa di possesso? Oppure era perché *sapevo* che lei ha abitato qui? O forse perché improvvisamente la vedo fra queste pareti, fra questi mobili, fra queste tende? Forse è per la straordinaria sintonia: lei è perfetta per questo ambiente e questo ambiente è perfetto per lei.

E finalmente, di colpo, prese una decisione per la questione che l'aveva tenuta occupata senza risultati fin dal ritorno dall'Inghilterra; decise con una determinazione che le faceva apparire incomprensibili tutti i dubbi che aveva avuto fino ad allora: non sarebbe rimasta in quella casa. Non l'aveva mai sentita come la sua casa e anche in futuro non sarebbe cambiato nulla. Era la casa di Alexander, Elena e Ricarda.

Non quella sua e del suo bambino.

La addolorava scoprire quanto sarebbe stato importante mettere su una nuova casa con Alexander, perché almeno adesso avrebbe avuto in mano qualcosa.

Avevano fatto un errore, che di certo facevano molte altre persone, solo che nel suo caso, per la morte di Alexander, non era più possibile porvi rimedio.

Cose che accadono. Ma perché doveva capitare proprio a me?

Cercò di concentrarsi su Elena che stava parlando di Ricarda. Di quanto fosse cambiata dopo *quello che era successo*, di come fosse impertinente e priva di riguardi nei suoi confronti, oppure chiusa in se stessa e come in un altro mondo. Di come si fosse rifiutata di andare a scuola e a giocare a basket. Addirittura di vestirsi e di uscire.

«Naturalmente sapevo che aveva urgente bisogno di una terapia di sostegno», disse Elena, «ma anche a questo si opponeva con tutte le forze. Posso obbligare una ragazza di quasi sedici anni ad accettare un trattamento medico se non vuole? Forse avrei dovuto essere più energica.»

«Non credo che sarebbe servito», disse Jessica. «Per elaborare l'orrore tutti noi dobbiamo trovare la nostra strada, ognuno per conto proprio. Ciascuno avrà bisogno del suo tempo. Per Ricarda, forse, sarà un tempo più lungo. È in un'età difficile.»

«Non ha mai digerito il nostro divorzio», disse Elena. «Adorava suo padre, e poterlo vedere solo il fine settimana deve essere stato terribile per lei. E poi...» Non aggiunse altro, ma Jessica sapeva cosa avrebbe voluto dire.

«... e poi il matrimonio con me», terminò lei la frase. «Che ha distrutto le sue ultime speranze.»

«Sì», disse Elena, «è così.»

Le tremavano un po' le mani mentre apriva la borsa e ne estraeva il grosso quaderno verde. Jessica lo conosceva bene. Il diario di Ricarda. Le sembrò di rivederlo in mano a Patricia, di risentire la voce gelida dell'amica – amica? – che lo leggeva. Quella sera le era così viva e presente davanti che sospirò scioccata.

Elena fraintese quel sospiro. «Lo so», si affrettò a dire, «non avrei dovuto prenderlo. Ma, la prego di credermi, in circostanze normali questo quaderno per me sarebbe stato tabù, ma visto che non so più cosa fare e che sono così preoccupata...»

«Capisco», disse Jessica, «probabilmente anch'io avrei fatto la stessa cosa.»

Mentre guardava il diario, il viso di Elena era diventato ancora più pallido. «E ora vorrei non averlo letto», sussurrò. «Dio mio... lì dentro ci sono cose spaventose. Odio, rabbia. Fantasie mostruose... intendevo questo quando ho detto che è malata. Questo... non è normale...»

Jessica si alzò. Visto che ne conosceva alcuni passaggi, sapeva bene cosa intendeva Elena e sperava che il suo volto non tradisse il fatto che lei sapeva più di quanto volesse ammettere. Intuitivamente decise che sarebbe stato meglio non fare cenno a quella sera a Stanbury. Era quasi sicura che Ricarda non ne avesse parlato con sua mamma, e non voleva che il terrore di Elena e la paura aumentassero con questa scoperta.

Rimase in piedi dietro la sua sedia. «Non ne conosco il contenuto», disse, «ma credo che in nessun caso vada sopravvalutato. Quando avevo l'età di Ricarda, anch'io a volte sarei esplosa in violente aggressioni contro i miei genitori, e se avessi tenuto un diario sicuramente sarebbe stato pieno di sfoghi rabbiosi. È normale.»

«Ma lei augura a tutti la morte», disse Elena, «a tutti quelli che vivevano a Stanbury House. Si immagina come sarebbe spararargli, e... vederli cadere a terra uno a uno. È... mostruoso.»

«È mostruoso perché poi c'è stato davvero un crimine. Per questo tutto sembra così reale. Se non fosse successo nulla, fantasie di questo genere sarebbero state considerate molto più innocue. Ne sono certa.»

«Questo Keith Mallory», disse Elena, «il suo ragazzo... lo conosce?»

«No. Leon gli ha parlato brevemente, subito dopo il crimine. Ha detto che è un ragazzo simpatico. Di certo non il ragazzo sbagliato per una ragazzina.»

«Non so... Il legame sembra essere andato più in là di quanto pensassi. I due avevano cercato di scappare a Londra e iniziare là una nuova vita... Sono ritornati solo a causa dell'ictus del padre di Keith che lo ha reso inabile al lavoro. Ma Ricarda sembra decisa a vivere con lui. Almeno ne scrive continuamente. In giugno, al compimento dei sedici anni, voleva andare da lui e restarci.»

«Ma allora», disse Jessica sollevata, «non è più un mistero dove è. Non ha resistito e ha anticipato il suo progetto. Deve essere in viaggio per l'Inghilterra. Oppure è già arrivata.»

Elena annuì lentamente. «Avevo sperato... visto che non mi viene in mente più nessun altro da cui possa essere, devo dedurre che sia davvero andata... da questo Keith.»

Jessica sentì il suo corpo rilassarsi. Per una madre poteva non essere piacevole sapere che la figlia quindicenne è in viaggio per l'Inghilterra, per raggiungere un ragazzo con cui è fermamente decisa a restare. Ma d'altra parte ci sono situazioni ben peggiori e ben più pericolose in cui si sarebbe potuta cacciare una ragazza come Ricarda, già colpita duramente dal punto di vista psicologico. Pur non conoscendo personalmente Keith e non sapendo nulla di preciso del loro rapporto, Jessica aveva istintivamente la sensazione che Ricarda con lui sarebbe stata bene.

«Forse Keith è la terapia di cui Ricarda ha bisogno adesso», disse. «Stare con lui, il lavoro alla fattoria, una vita completamente diversa... dopo tutto quello che è successo, evidentemente Ricarda non può tornare a scuola o al basket come se nulla fosse. Non è possibile riprendere semplicemente da dove aveva interrotto prima delle vacanze di Pasqua. Non è comunque possibile per nessuno di noi. Ha bisogno di staccare, di rimarginare le ferite. Non è la cosa peggiore.»

«Ma già da prima voleva stare con questo Keith.»

«Anche prima non stava particolarmente bene. L'ha detto lei stessa che non riusciva a metabolizzare il divorzio fra lei e Alexander. Già da tempo la sua vita ha perso il baricentro, e ora cerca una strada per ritrovare i binari giusti. E questo, in ogni caso, è meglio che starsene tutto il giorno a letto depressa!»

«Ma la prego!» Per un attimo Elena aveva abbandonato l'atteggiamento prostrato e si era seduta ritta e tesa sulla sedia. Non appena ebbe un po' di vitalità negli occhi e nei tratti del volto, ritrovò parte del suo antico splendore. «Mia figlia ha quindici anni. Va bene, fra due settimane sedici. Ma questo non elimina il problema. Non ha un diploma e non ha idea di come sarà il suo futuro professionale. Inoltre è gravemente traumatizzata e di certo non è in grado di valutare e considerare le conseguenze di qualunque passo fatto in questo momento. Scappa da un uomo che non conoscono né sua madre né la sua... matrigna e che quindi non possono neanche giudicare. Tutto quello che so di questo ragazzo – e lo so solo da questo diario – è che è sufficientemente incosciente da convincere una ragazzina a fuggire con lui a Londra per vivere non si sa come. Non posso stare a guardare senza fare nulla mentre Ricarda alla fine sposa questa persona e va a vivere con lui in una fattoria isolata da qualche parte nel Nord dell'Inghilterra! Così distrugge il suo futuro, tutte le sue chance!»

«Forse resterà da lui solo fino a quando la sua anima non sarà guarita. Perde un anno di scuola, ma lo perderebbe anche a restare tutto il giorno a letto. Fa quello che al momento sente come la cosa migliore.»

«Questa sensazione potrebbe essere sbagliata e io non voglio rischiare. Come madre sento un'enorme responsabilità. Mi capirà quando... ci sarà il suo bambino.»

Jessica la guardò sorpresa. Elena indicò il diario che teneva in grembo. «Lo so da quello che ha scritto Ricarda. Venire a sapere del bambino l'ha molto colpita.»

«Capirà», disse Jessica, «che non potevo far dipendere il mio desiderio di avere un figlio dalla reazione di Ricarda.»

Elena annuì. «Non l'ho detto come rimprovero. Davvero. Al contrario, io... volevo dirle che le sono vicino. Deve essere dura attendere da sola la nascita del bambino. Ammiro la forza e la decisione con cui sopporta questi avvenimenti.»

«Grazie», disse Jessica e come se le parole di Elena fossero già troppo intime, troppo personali, fra di loro di colpo calò un silenzio imbarazzato. Entrambe avevano sempre evitato ogni confidenza e ora erano turbate dalla vicinanza che si era creata fra di loro.

Jessica si riprese per prima.

«Le faccio una proposta, Elena. Domani vado in Inghilterra. A Stanbury. Ho già prenotato l'aereo, domani mattina devo preparare ancora alcune cose. Io...»

«Come mai...?»

«Glielo spiego dopo. In ogni caso posso occuparmi di Ricarda. Posso scoprire se è davvero da Keith e forse mi riesce anche di parlarle. In ogni caso sapremo almeno come regolarci.»

«Non crede che come madre dovrei andarci io?»

«Naturalmente è libera di farlo. Anche se al momento mi sembra che i suoi rapporti con Ricarda non siano dei migliori. È troppo coinvolta emotivamente. Forse la rimprovererebbe, le farebbe pressione.» Jessica si fermò. «Non voglio assolutamente scavalcarla, Elena», disse poi con cautela, «ma devo andare comunque nello Yorkshire, e posso agire con maggiore distacco. È solo una proposta.»

L'espressione di Elena rivelava che stava riflettendo velocemente, che stava valutando i pro e i contro.

«Ha ragione», disse infine, «è meglio che vada lei a cercarla. Se ne occupi lei, da sola. Se davvero può farlo...»

«Ovviamente. Però le devo chiedere un favore: posso lasciarle il mio cane?»

4

Non era così tardi – quasi le dieci e mezzo di sera – ma Ricarda era stanchissima. Profondamente sfinita. Nonostante il caldo, si sentiva gelare dentro.

È da molto che sei in viaggio, si disse, non c'è da meravigliarsi se ti senti a pezzi.

Aveva fame, ma non aveva soldi. O meglio: i pochi che le erano rimasti dovevano bastarle per il biglietto fino a Leeds o Bradford. Poi ne servivano altri per il bus fino a Stanbury. Forse avrebbe dovuto prendere diversi autobus, cambiare diverse volte, non ne aveva idea. Il viaggio per arrivare là non era mai stato così complicato.

Ciononostante era felice. O forse non proprio felice, ma sentiva i primi segnali del sollievo che derivava dall'aver finalmente preso una decisione, dal poter agire, dall'aver scelto la propria strada.

Alla fine di quella strada ci sarebbe stato Keith. Al mattino aveva cercato di chiamarlo, ma al telefono non aveva risposto nessuno. Poi si era accorta che la batteria del suo telefonino era quasi scarica, ma non le era rimasto il tempo per caricarlo. Durante il viaggio aveva provato ancora a chiamarlo dall'aeroporto di Francoforte, ma, mentre il telefono ancora squillava in Inghilterra, era caduta la linea. Dopo l'atterraggio a Londra-Stansted aveva cercato una cabina pubblica, ma ne aveva trovate solo a scheda. Ora, a Victoria Station, era inutile tentare. Comunque era troppo tardi, e i contadini vanno a letto presto: non voleva presentarsi per la prima volta alla sua nuova famiglia strappandola dal letto con una telefonata nel cuore della notte. Fra lei è Keith era tutto chiaro. Arrivava un po' prima del previsto; ma due settimane in più o in meno che differenza avrebbero fatto?

Si sarebbe presentata alla sua porta, lui l'avrebbe presa fra le braccia e avrebbero iniziato la loro vita insieme. Non voleva pensare ad altro, al futuro.

In un altro momento probabilmente, la sontuosa scenografia vittoriana di Victoria Station l'avrebbe affascinata – le colonne, l'imponente copertura a volte, i mosaici colorati alle pareti – ma quella sera era troppo sfinita per poter percepire e analizzare delle immagini. Per lei il viaggio era stato in primo luogo un problema di soldi. Le duecento sterline che aveva risparmiato erano rimaste sull'auto di Keith dopo l'interruzione della fuga e, nonostante fosse sicura che lui non le avesse toccate, non le aveva fatto un bonifico né gliele aveva spedite. Era stata costretta a prendere in prestito i soldi da Elena – diceva consapevolmente *in prestito* perché ovviamente le avrebbe restituito quella somma – ma aveva voluto prendere meno soldi possibile dalla scrivania della madre. Il volo più economico era da Francoforte a Londra-Stansted, così lo aveva prenotato; ma questo voleva dire che al mattino, non appena Elena era uscita di casa, aveva dovuto affrontare una vera odissea di autobus e treni per arrivare in orario a Francoforte. L'intercity era strapieno e aveva dovuto fare quasi tutto il tragitto nel corridoio, seduta sul bagaglio. Il volo per Londra era in ritardo e lei era rimasta un'eternità all'aeroporto di Francoforte, seccata con se stessa per non essersi portata nemmeno un panino per il viaggio. Aveva una fame tremenda, ma non osava toccare il denaro. Per non farsi tentare, all'aeroporto cambiò gli euro in sterline; così in Germania non poteva più comperare nulla.

Per lo meno, in aereo avevano servito un panino, patate lesse collose e come dessert dei biscotti secchi; aveva divorato tutto con una fame da lupi. Aveva bevuto il caffè e poi ordinato l'acqua minerale così spesso da irritare la hostess. Non le importava. Doveva pure resistere in qualche modo.

Visto che non conosceva per niente Londra, il suo viaggiò verso Victoria Station si trasformò in una vera avventura, durante la quale con la metropolitana era finita più volte in luoghi completamente fuori mano e, intimorita e snervata, era dovuta tornare indietro. Arrivare proprio là dove voleva fu quasi un caso. Dopo uno studio quasi interminabile di una sconcertante quantità di orari ferroviari, capì che solo la mattina successiva ci sarebbe stato un treno per la Forster Square Station di Bradford, e che non le restava altro che trascorrere la notte su una panchina. La cosa più sicura le sembrò rimanere nell'edificio della stazione, doveva solo stare attenta a non farsi beccare dalla polizia. Se avessero scoperto che era una quindicenne straniera si sarebbe giocata la possibilità di raggiungere Keith.

Si trovò un posticino alla fine della banchina, una panca seminascosta da una colonna. Per scoprirla avrebbero dovuto pattugliare in modo molto determinato. Nonostante la temperatura si fosse abbassata di pochissimo con l'avanzare della notte, il freddo non voleva lasciarla; pensava fosse dovuto alla stanchezza e alla fame. Cercò un pullover caldo nella sacca, lo indossò e si infilò la giacca di jeans. Si accucciò in un angolo. Gli occhi le bruciavano per la stanchezza, ma il suo cuore batteva impetuosamente e la teneva sveglia. Al massimo si sarebbe appisolata un po', ma sempre restando molto vigile.

Come un animale, pensò, un animale selvatico che in ogni momento deve fare i conti con i suoi nemici.

Ma era arrivata lontano. Era vicina a *lui*.

Era in Inghilterra.

5

... Improvvisamente ho visto un'immagine... e in quell'immagine c'ero io con una pistola e sparavo a quelle facce e loro avevano gli occhi spalancati e il sangue gli colava dalla bocca... Vorrei vederla malata, finita. Meglio ancora MORTA!

Appena mi sono messa a letto, mi è venuta la febbre. Davanti ai miei occhi c'erano sempre delle immagini. Di papà, soprattutto di papà. Papà con la gola tagliata. Era pieno di sangue... c'erano morti ovunque...

Volevo dire alla mamma che J. ha nella pancia un piccolo stronzo, che ha carpito al papà... Quelle stesse immagini di sangue che ho visto quando avevo la febbre. In mezzo a tutto quel sangue c'è poi J. È morta. Ha la gola tagliata e nella lotta contro la morte lo stronzo è scivolato fuori fra le sue gambe, quell'ammasso di cellule che nessuno può riconoscere come un bambino...

Era in bagno e fissava lo specchio. Il suo volto era pallido e cereo come quello di un cadavere. Le tremavano le gambe; riusciva a reggersi in piedi solo tenendosi al lavandino. Serrava le cosce, come se in quel modo potesse tenere stretto il suo bambino. Aveva vomitato ininterrottamente per parecchi minuti, fino a quando a ogni conato dalla bocca le usciva solo della bile marrone. Aveva annaspato per prendere aria e si era premuta una mano sul ventre come per sorreggerlo disperatamente, perché i conati la scuotevano al punto che pensava di non riuscire più a trattenere nel suo corpo niente, nemmeno il bambino non ancora nato; sembrava che questo corpo volesse, in quel raccapriccio che generava nausea, buttare fuori tutto quello che vi era entrato in precedenza. Nella sua testa aveva continuato a risuonare la voce di Elena, quella voce esitante e spaurita – così in contrasto con la Elena bella e orgogliosa – che leggeva riluttante il diario della figlia, completamente smarrita per quello che vi era scritto.

Il suo sussurro: «Jessica, ho una tale paura che l'abbia fatto *lei.* Una paura terribile».

Il suo mormorio: «Le sembra possibile, Jessica? Ho letto cose che mi dicono che deve essere malata. *Deve essere malata*!»

La sua domanda quasi silenziosa: «Sa se ha un alibi per l'ora del crimine? Dov'era? *Dov'era, Jessica*?»

Poi, per convincersi – o per essere convinta del contrario – le cose scritte. Alcuni passaggi precisi. A voce così bassa, come se dietro ogni cespuglio, in ogni ombra ci potesse essere qualcuno ad ascoltare, qualcuno che non doveva sentirla sospettare di un crimine mostruoso la sua unica figlia.

... e nella lotta contro la morte lo stronzo è scivolato fuori fra le sue gambe, quell'ammasso di cellule che nessuno può riconoscere come un bambino...

La nausea era arrivata improvvisamente, come se qualcuno avesse acceso un interruttore. Un interruttore che di colpo, da un secondo all'altro, inonda di luce una stanza. Era scattata in piedi, la terrazza, il giardino, la casa avevano cominciato a vorticare davanti ai suoi occhi, aveva visto Elena come attraverso un velo e aveva sentito la sua voce come attraverso una parete di ovatta, senza però capire cosa stesse dicendo. In seguito non avrebbe saputo spiegare a nessuno, nemmeno a se stessa, come aveva fatto a trovare la strada del bagno, perché le pareti le crollavano addosso e il pavimento sembrava percorso da onde. Poi vomitò, vomitò il suo raccapriccio, il suo disgusto, la sua paura, il suo orrore, e pensava che non avrebbe mai smesso e che nemmeno avrebbe voluto. Vomitava e giurava che avrebbe difeso il suo bambino, che lo avrebbe trascinato fuori e lo avrebbe protetto da questa follia, e che tutti questi pazzi attorno a lei, questi tipi malati, perversi, disturbati potevano fare quello che volevano, ma lei avrebbe portato al sicuro il suo bambino, lontano da loro.

Diceva queste cose anche al viso cereo, di un pallore mortale, che vedeva allo specchio, e alla fine il viso sorrise incerto e lei capì che era ancora viva.

La voce di Elena era ancora così bassa che Jessica doveva sforzarsi per capirla. Quasi come se parlasse a se stessa e non a un interlocutore. A volte i rumori notturni del giardino – un fruscio, un frinire, un sussurro – erano più forti delle sue parole e Jessica si doveva piegare in avanti per afferrare quello che altrimenti le sarebbe sfuggito.

«Alexander non ha mai superato la storia di Marc. Neppure gli altri due, Tim e Leon, ma in qualche modo loro riuscivano a conviverci meglio. Alexander aveva degli incubi, terribili, che lo terrorizzavano al punto che in certi periodi non aveva nemmeno il coraggio di addormentarsi. Oppure prendeva sonniferi fortissimi, che lo stordivano al punto da farlo dormire senza sogni. Il giorno seguente, però, non riusciva neppure a reggersi in piedi.

«Per molto tempo non ho capito cosa avesse. Ho iniziato a temere queste crisi notturne quanto lui. Insistevo perché ricorresse all'aiuto di un medico, ma lui rifiutava con forza. Infine, una notte mi raccontò tutto. Non sapeva più cosa fare, piangeva come un bambino. Disse che da allora, da quella notte, non avrebbe più voluto vivere.

«Credo che quella storia li abbia distrutti tutti e tre. È vero che Tim e Leon potevano cercare di convincersi di non aver soccorso Marc solo per aiutare Alexander, ma non erano stupidi. In fondo sapevano che l'espulsione dalla scuola e la paura di Alexander di fronte a suo padre non potevano in nessun modo essere paragonati alla morte di una persona. Marc era crepato fra mille tormenti. Per questo non c'era alcuna scusa. Inizialmente si erano forse sentiti sollevati, quando la storia del ragazzo morto aveva provocato un enorme clamore nella scuola, pur senza conseguenze per loro, che non erano stati nemmeno indagati. Ma il tempo passa e relativizza gli avvenimenti, o no? A un certo punto sono diventati adulti. Hanno fatto la maturità e iniziato l'università. Superavano gli esami, avevano storie d'amore e di tanto in tanto pensavano a legami seri. Ma sapevano che sarebbero stati allo stesso punto se allora, in quella notte, non avessero ceduto alla loro vigliaccheria. Avrebbero preso il diploma in un'altra scuola per poi fare l'università, superare gli esami, avere storie d'amore, pensare a legami seri. Ma non ci sarebbe sempre stata l'ombra dell'amico morto di fianco a loro. L'ombra di un giovane che loro avevano sacrificato. Per quale scopo? L'assurdità, l'inutilità di quella morte deve essere sempre riaffiorata nella loro coscienza. Perché anche il diploma preso in quella scuola così esclusiva non aveva cambiato niente nel rapporto fra Alexander e suo padre. Lui continuava a disprezzarlo e a ignorarlo.

«Avevano sacrificato la vita di Marc e non avevano avuto in cambio nulla.

«A seconda della loro indole, fronteggiavano ognuno a suo modo questo trauma. Alexander, l'ho già detto, soffriva di incubi, spesso era chiuso in se stesso, continuava a rimuginare. Quasi malinconico. Tim, invece, continuava a cianciare, faceva lo spaccone per le sue fantastiche capacità terapeutiche e per la gran quantità di denaro che guadagnava. Amava analizzare gli altri e poi demolirli in modo subdolo. Probabilmente così si sentiva più grande e più forte. Non più il misero vigliacco che, esattamente come gli altri, era stato allora.

«E Leon? Leon è davvero un bell'uomo, sicuramente lo ha notato anche lei, e naturalmente cercava conferme nel letto di innumerevoli donne. Anche dopo sposato con Patricia. Anche dopo aver avuto due graziose bambine. Si scopava qualsiasi femmina gli passasse a tiro. Si faceva adorare dalle sue tirocinanti e aveva una relazione con ciascuna di loro. Come faccio a saperlo? Non era capace di tenere la bocca chiusa a proposito dei suoi successi con le donne. L'ha confidato a Tim. E Tim l'ha raccontato a Evelin. Ed Evelin a me. Erano così questi intimi, intimissimi amici: alla fine si sono sempre traditi l'un l'altro.

«Spesso mi sono chiesta fino a che punto quel crimine nella loro gioventù – perché si può definire crimine, non crede? – fosse stato la causa della loro incapacità di mantenere l'amicizia all'interno di un normale scambio fra momenti di vicinanza e di distacco. Voglio dire, tutti abbiamo buoni amici, alcuni addirittura dal tempo della scuola, e considero un arricchimento della vita quando queste amicizie resistono al passare degli anni. Ci sono momenti in cui ci si avvicina a questo o a quello, ma ci sono anche momenti in cui si segue la propria strada e si è più impegnati con la famiglia, oppure con il lavoro o con nuove conoscenze che emergono in questi ambiti. Ma i tre – Alexander, Leon e Tim – si aggrappavano sempre l'uno all'altro. Assieme in vacanza, assieme a teatro e all'opera. Cene. Gite durante il fine settimana. E chi più ne ha più ne metta. Non le dava sui nervi? Avrei voluto urlare perché sempre, immancabilmente, ci muovevamo in gruppo. Avevo l'impressione non di aver sposato *un* uomo. Ne avevo sposati tre, con tutto il loro seguito.

«La mia teoria è che fosse proprio la colpa comune che li costringeva a stare così strettamente legati. Nessuno di loro poteva dimenticare quanto successo e assieme riuscivano a sopportare meglio. Fuori, fra le persone cosiddette normali, probabilmente si sono sentiti dei mostri, in qualche momento. Ma quella terribile notte acquisiva una sua normalità quando veniva condivisa. Un mostro fra altri mostri, probabilmente, non si sente più tale. Non vive più esclusivamente nel suo io, separato dal resto del mondo. Può sentirsi ancora parte di un noi. E non abbiamo forse tutti bisogno di sentirci parte di un noi? Chi più, chi meno? In ogni caso, Alexander, Tim e Leon sembravano letteralmente dipendere da questo per quanto riguardava la loro autostima.

«Forse ne hanno sempre parlato fra di loro, hanno cercato di giustificarsi, hanno inseguito spiegazioni e in un certo senso ogni volta sono tornati ad assolversi. Non lo so, ma lo presumo. Me lo posso immaginare. Chi avrebbe potuto assolverli se non loro stessi? Solo che l'assoluzione non poteva reggere a lungo. Doveva essere costantemente rinnovata.

«Quando Stanbury entrò nella loro vita – con le nozze fra Leon e Patricia – la loro amicizia prese un'altra dimensione. Ora c'era un posto in cui potevano ritirarsi e dove potevano chiudere la porta al resto del mondo. Stanbury divenne la loro fuga. Un appartamento a Londra o una casetta in un frequentato luogo di villeggiatura non avrebbero avuto lo stesso valore, ma Stanbury era come... lontano dal mondo. Lo Yorkshire, un piccolo villaggio di cui quasi nessuno aveva sentito parlare, l'incantata terra delle sorelle Brontë in qualche modo rimasta nel diciannovesimo secolo. A Stanbury non c'era nulla di reale. Tutto era lontano. Lì si rinvigorivano, calmavano i nervi, si leccavano le ferite, si esercitavano nella rimozione. Alexander non ha parlato spesso anche a lei della *pace di Stanbury*? Mi è capitato più di una volta di chiedergli perché non andavamo da un'altra parte, e immancabilmente mi ha risposto che non poteva immaginare un altro posto al mondo in cui trovare questa pace. Non era questione di tranquillità o isolamento. La pace di Stanbury era qualche cosa di particolare. Di tanto in tanto ne avevo sentore anche io. Una pace che aveva a che fare con l'essere intatto. Come se il mondo restasse fuori dalla porta, rispettoso e riservato. Cosa dice, un luogo può avere una simile magia? Oppure siamo stati noi a portarcela, anzi, per meglio dire, i tre uomini? Era tranquillo di suo Stanbury o siamo stati noi a renderlo così? Il luogo della tranquillità e dell'oblio. La porta si chiudeva e tutto il male del passato, tutte le minacce del futuro restavano lontani.

«Naturalmente si trattava in realtà di una pia illusione. Perché niente era a posto, proprio niente: i vecchi muri, il parco incantevole e l'infinita solitudine servivano solo a coprire gli screzi. Cosa dico, gli screzi? Non è esatto. Non erano screzi, erano odio, malvagità, perversione. Cose brutali e ripugnanti. Sì, era questo. La famosa pace di Stanbury non era altro che un generale passare sotto silenzio ciò che non si sarebbe potuto sopportare, se lo si fosse affrontato. *Morte* e *silenzio*. Se ci penso bene sono questi i concetti che collego a Stanbury, molto più che non quello di *pace*.

«Cosa c'era che non andava? Da dove potrei iniziare? Dal matrimonio disastroso fra Leon e Patricia? Dal matrimonio disastroso fra Tim ed Evelin? Dal matrimonio disastroso fra Alexander e me? Leon ha sposato Patricia solo perché era incinta e sia i genitori di lui che quelli di lei avevano fatto pressioni. Davanti all'ufficiale di stato civile lui aveva una faccia come se stesse prendendo in considerazione di saltare dalla finestra, e Patricia aveva lo sguardo di chi aveva appena catturato una preda. Presumo che avesse già deciso da tempo che un giorno sarebbe stata la moglie di un avvocato, perché una come Patricia non si fa mettere incinta per caso. Tim e Alexander cercavano di consolare Leon, e cercavano di convincerlo che presto Stanbury sarebbe stata anche sua e ci sarebbero potuti andare tutti liberamente. Ma questa era una cosa. Tutt'altra cosa era vivere giorno dopo giorno con una donna come Patricia, con le sue pretese, con le sue rivendicazioni, con la sua ambizione, con la sua ferrea disciplina, con la sua brama di dominio e con tutto quello che la rendeva così insopportabile. Leon ha tradito Patricia in continuazione, tuttavia lei era sempre la più forte. Leon mi sembrava un ragazzino totalmente sottomesso, ma che di tanto in tanto fa le boccacce e tira fuori la lingua alle spalle del suo aguzzino. Patricia sembrava poter convivere tranquillamente con queste cose, a patto che non toccassero l'immagine esterna della famiglia perfetta. Per lei la cosa più importante era apparire perfetta e inattaccabile nel suo ambiente. La facciata doveva essere a posto, questo era importante. Le travi all'interno potevano anche essere tarlate. Non so, in fin dei conti, quali effetti questa situazione abbia avuto su Leon. Ma sa cosa ho pensato appena sentito del crimine? Ho pensato: è stato Leon. Ha perso la testa e, lo sa Dio, non c'è da meravigliarsi.

«Se poi ci si riflette bene, però, non si riesce a immaginare una cosa simile; ma non si può immaginarla di nessuno, eppure qualcuno deve averlo fatto. Forse la prima intuizione non è del tutto sbagliata. Ma forse ora mi accanisco su di lui perché ho paura che Ricarda c'entri più di quanto si possa credere.

« Anche fra Tim ed Evelin la situazione era terribile e lo è stata fin dal principio. L'ha conosciuta durante un suo seminario, qualche cosa del tipo *come diventare sicuri di sé in una notte*. Tim si era appena laureato e si era gettato con foga nel lavoro, cioè proponeva corsi e seminari su temi di quel tipo. Furono subito un successo e Tim guadagnava veramente parecchio. Quel suo aspetto da guru ispira fiducia a molte persone. Inoltre, aveva un modo quasi viscido con cui si insinuava nei pazienti; alcuni credevano di aver trovato il salvatore che li avrebbe guidati fuori dai guai quotidiani della loro esistenza. Personalmente ho dei dubbi che abbia mai aiutato davvero qualcuno.

« Comunque sia, anche Evelin era fra i partecipanti e sperava di imparare qualcosa per migliorare la sua autostima. Li conobbi poco dopo che si erano messi assieme. Devo dire che allora non era in condizioni così terribili come dopo il matrimonio con Tim. Era straordinariamente timida e inibita ma non depressa, inoltre era molto più magra. Era in analisi e le faceva davvero bene, e probabilmente era stato proprio il suo medico a darle la spinta per frequentare corsi come quello di Tim. È anche un modo per conoscere nuove persone e per superare le difficoltà a stabilire dei contatti. Non poteva certo immaginare che si sarebbe messa con Tim e che da lì sarebbe iniziata la tragedia della sua vita. Fra l'altro, non aveva mai detto perché fin dalla giovinezza andasse da uno psicoterapeuta. Ci sono state alcune allusioni dalle quali credo di aver capito che aveva avuto una gioventù caratterizzata dalla violenza, ma non so nulla di più preciso. Sarebbe comunque in sintonia con il fatto che con Tim era finita di nuovo in un ambito esistenziale in cui la violenza giocava un ruolo di primo piano. Violenza fisica e psicologica. La distruggeva a tal punto con le parole che lei si sentiva la peggiore nullità, e in fondo pensava di dovergli baciare i piedi in segno di riconoscenza perché continuava a tenere una come lei. Poi le ferite, i lividi, le contusioni... questi infortuni sportivi... La nostra goffa Evelin! Inciampava sempre, sempre qualche caduta, andava sempre a sbattere contro qualche cosa. Le prese in giro degli altri a colazione... posso dirle una cosa, Jessica? Lo sapevano tutti. Lo sapevano tutti che non erano infortuni sportivi. Tutti sapevano che Evelin non faceva sport. Qualche volta a Stanbury; l'ho vissuto, Leon e Alexander alzavano al massimo il volume dello stereo in sala quando nella stanza al piano superiore si sentiva che stava succedendo qualcosa fra Tim ed Evelin. E non sto parlando di sesso. Mi riferisco a quando la prendeva a pugni nella pancia o le torceva il braccio, oppure quando la prendeva a calci negli stinchi con tutte le forze. Quando Tim urlava. E gli adulti diventavano come le famose scimmie: non vedo, non sento, non parlo. La sacra amicizia. Tim era uno di loro. Appartenevano l'uno all'altro. Si preoccupavano dell'idillio di Stanbury. Un marito violento fra di loro avrebbe distrutto tutto. Quindi, semplicemente non esisteva. Quindi era tutto a posto. Quindi Evelin era semplicemente sfortunata nello sport.

«Non voglio parlare del mio matrimonio con Alexander. Non credo che lei sia la persona giusta con cui farlo. Voglio dirle solo una cosa sul nostro fallimento definitivo: non ce l'ho più fatta. I suoi amici, quello stare sempre insieme, la falsità. Soprattutto quella, la falsità.

«Gli diedi un ultimatum. Entro un certo momento avrebbe dovuto scegliere fra me e i suoi amici. Volevo una vita nostra, indipendente, con lui e Ricarda.

«Naturalmente non c'è l'ha fatta a tagliare il cordone ombelicale che lo legava a loro. Naturalmente ha scelto contro di me e quindi contro il nostro matrimonio. Non mi ha nemmeno stupito. In fondo me l'aspettavo, sapevo come sarebbe finita la battaglia. Penso di avergli dato l'ultimatum non per vincere, fin dall'inizio ero cosciente del fatto di non avere possibilità. Si trattava invece di costringerlo a una scelta. Di fare chiarezza. Di porre fine a una situazione per me insostenibile. E questo era possibile solo se mi rassegnavo all'idea che non avrei mai avuto mio marito dalla mia. Che apparteneva agli altri. Faceva male, mi può credere; nella mia vita credo non ci sia stato praticamente altro che mi abbia fatto soffrire così. Ma avevo bisogno di questo dolore per fare il passo definitivo. Dopo tutto quello che è successo sono sempre più convinta di aver fatto la cosa giusta.

«Ma sa in cosa ho sbagliato? Non avrei dovuto esporre Ricarda, mia figlia, a questa follia. Sapevo che era una compagnia malata e avrei dovuto combattere perché Ricarda non partecipasse a quelle vacanze. Non potevo togliere del tutto ad Alexander il diritto di vedere la figlia, ma avrei dovuto lottare, se necessario anche in tribunale, per impedire che Ricarda partecipasse ai viaggi a Stanbury. Odiava Patricia e anche Tim. Aveva intuito che il padre era prigioniero di quelle persone, anche se naturalmente non conosceva i retroscena. Mi riferisco alla storia di Marc. Non deve conoscerla. Mi prometta che non gliela racconterà.

«Avrei, avrei... ma allora per lei non ci sarebbero più state vacanze con il padre, perché per lui c'era solo Stanbury. Lei era così legata a suo padre. Probabilmente avrei sbagliato comunque, qualunque cosa avessi fatto. La questione è solo se adesso sarei allo stesso punto in cui mi trovo. Proverei lo stesso questa paura? La paura che sia stata la mia bambina, mia figlia, a... a non aver più retto il terribile silenzio di Stanbury.»

6

Evelin aveva un brutto aspetto, ma era visibilmente dimagrita e appariva meno goffa del solito. Portava un paio di pantaloni che per i suoi standard abituali erano piuttosto morbidi e una maglietta che aveva bisogno di essere urgentemente lavata e stirata. Era molto trascurata. Puzzava di sudore, come se non avesse fatto una doccia da giorni, aveva i capelli unti, non si era truccata e aveva i piedi – era scalza – neri di sporcizia. Era seduta alla finestra in una stanza particolarmente piccola ed economica del *The Fox and the Lamb*, e in un certo senso era come se dopo la chiamata fatta a Jessica in preda al panico non si fosse più mossa di lì.

Jessica trovò particolarmente faticoso e coinvolgente essere di nuovo in quel luogo. Nonostante fosse passato appena un mese da quando si era trovata proprio lì, in quella semplice locanda, stordita dagli avvenimenti e sbalordita dalla velocità con cui la polizia avanzava sospetti per poi lasciarli cadere portando alla luce cose di cui non sapeva nulla. Il tempo trascorso, il tempo a casa, aveva spinto tutto lontano e ora, appena arrivata, era come se tutto fosse ancora presente: il ricordo delle vacanze, il ricordo dell'orrore. Come se non fosse passato neppure un giorno, come se non fosse cambiato nulla.

Infatti non è cambiato nulla, pensò, non sappiamo chi è stato. In un primo momento la polizia ha sospettato di Phillip. Poi di Evelin. Ora credono di nuovo che sia stato Phillip. Elena teme che sia stata Ricarda. Io avevo sospettato di Leon. Non è cambiato nulla, non sappiamo nulla.

«Evelin», disse, «sono felice di vederti. Fuori di prigione!» Andò verso l'amica e l'abbracciò. «Sei dimagrita», proseguì. Di certo non era una cosa importante, ma sentiva l'improvviso bisogno di dirle qualche cosa di carino, e pensava che questa osservazione l'avrebbe resa un po' più felice.

«Lo so», disse Evelin, «ora le mie cose non mi stanno più così strette.» Non sembrava importarle molto. Si alzò e ricambiò con calore l'abbraccio di Jessica. Era quasi come se si aggrappasse a lei.

«Grazie di essere venuta», sussurrò. «Ti ringrazio tantissimo!»

«Ma figurati», disse Jessica che ora si vergognava un po' di aver esitato inizialmente. Evelin aveva dovuto fare da capro espiatorio e forse era innocente quanto lei. Non si poteva piantarla in asso. L'avevano fatto fin troppo spesso.

«Il mio avvocato è stato qui anche ieri sera», disse Evelin; «è molto gentile, vero? Il sabato sera... Dice che presto potrò lasciare l'Inghilterra. Domani intende inoltrare la domanda perché mi vengano restituiti i miei documenti. Sostiene che non c'è più nessun motivo per trattenermi.»

«È una notizia magnifica. Sai se hanno preso Phillip Bowen?»

Evelin scosse la testa. «No. Voglio dire, credo *non* l'abbiano preso. Per lo meno non fino a ieri, così mi ha riferito il mio avvocato. Oggi alla radio non hanno detto nulla. Radio e televisione hanno dichiarato solo che è ricercato. Se l'avessero preso darebbero la notizia, non credi?»

«Probabile. È sicuro che sia stato lui?»

Evelin sollevò le spalle. «In ogni caso il suo alibi era completamente falso. Quando l'hanno scoperto è scappato dal suo appartamento. Ci sono diversi indizi sulla sua colpevolezza. Molti addirittura.»

Jessica sospirò profondamente. «O è stato lui, oppure dopo si è comportato in maniera talmente stupida che gli sono rimaste ben poche possibilità di dimostrare la sua innocenza. Mi auguro soltanto che finalmente tutta la faccenda venga chiarita.»

«Sì», disse Evelin.

Fra loro si era creato di nuovo imbarazzo. Dopo l'abbraccio spontaneo, a entrambe era venuto in mente quello che era successo e ciò sembrava impedire ogni leggerezza nel rapporto.

«Hai detto a qualcuno che saresti venuta qui?» chiese Evelin. Jessica era stata sul punto di risponderle che non erano rimasti in molti cui avrebbe potuto raccontarlo, ma aveva paura della reazione di Evelin e si trattenne.

«Volevo avvertire Leon», rispose invece. «Gli ho telefonato due volte, ma non era a casa. Poi l'ho detto a Elena.»

Evelin la guardò stupita. «Elena? Siete in contatto?»

«Da poco. Da ieri sera. Di fatto è per via di Ricarda.» Brevemente la informò che Elena e lei stessa credevano che Ricarda fosse scappata da

Keith Mallory. Non le disse nulla degli ulteriori timori di Elena; Evelin non sembrava nelle condizioni di poter elaborare notizie inquietanti. «Stasera voglio andare alla fattoria dei Mallory. Elena è molto preoccupata, e forse posso tranquillizzarla.»

«Deve lasciare che Ricarda faccia la sua strada. Se ama questo Keith e vuole stare con lui perché non dovrebbe farlo? Mi sembra un bene che Ricarda sia così ostinata. Non si sottomette a nessuno e segue il suo istinto. Sai, in un certo senso la ammiro.»

«Sì, ma non ha ancora sedici anni. Elena è responsabile per lei. Non può starsene con le mani in mano e fare come se niente fosse. Per lo meno deve scoprire dov'è!»

Evelin non rispose, ma improvvisamente chiese cambiando argomento: «Sai se a casa mia è tutto a posto? Avevo pregato la donna delle pulizie...»

«È stata da me. L'ho pagata, ho preso le chiavi e ho controllato che fosse tutto in ordine. Non preoccuparti. È tutto perfettamente a posto.»

«Non è che sia così importante», mormorò Evelin. Guardò Jessica e poi verso la finestra. «Ormai niente ha più importanza. Ma in qualche modo ci si aggrappa alle cose più banali, succede anche a te? Quando ero in prigione, continuavo a chiedermi se la donna delle pulizie avrebbe innaffiato i fiori in giardino, e mi sono agitata all'idea che non lo facesse e che si seccasse tutto. Non è da pazzi? Voglio dire, sono in una prigione inglese accusata di omicidio e non ho idea di cosa succederà, mio marito è stato ucciso come pure alcuni dei miei amici più cari, e io piango perché forse i fiori del mio giardino si sono seccati! Come se non fossi del tutto normale!»

«Ma cosa c'è di normale in quanto è successo?» Jessica si tolse con entrambe le mani i capelli dalla fronte. Faceva tanto caldo, e lei era molto stanca. «A quante persone succede quello che è successo a noi? Non è possibile fissare delle regole. Ciascuno cerca di elaborare i fatti a proprio modo e tu, come hai appena detto, ti aggrappi a *cose banali*. Credo che vada bene così.»

«Se lo dici tu», disse Evelin e sembrava un po' consolata, come se avesse davvero pensato che in lei ci fosse qualche cosa che non andava.

Jessica sapeva che Elena era a casa seduta vicino al telefono ad aspettare con ansia la sua telefonata.

«Se posso lasciarti un'ora da sola», disse, «vorrei andare alla fattoria dei Mallory. Mi tranquillizzerebbe sapere che Ricarda è lì, poi devo far sapere qualcosa a Elena.»

«Ma ritorni?»

«Certo che ritorno. Ascolta, coricati ancora un po'. Sembri sfinita. Quando torno mangiamo assieme qualche cosa di buono. Ok?»

«Ok», disse Evelin.

Aveva preso a noleggio una piccola utilitaria, le cui pessime sospensioni le facevano sentire le asperità della strada di campagna con violenti scossoni in tutto il corpo. Si chiese se il suo bambino si sentisse ancora a suo agio nella pancia e decise che avrebbe prestato maggiore attenzione al suo benessere. Quindi stasera niente vino. Sospirò. Aveva così voglia di rilassarsi un po'.

Alla ragazza della reception aveva chiesto informazioni sulla strada per la fattoria Mallory. Era la stessa ragazza di aprile, ed era ancora brufolosa allo stesso modo. L'aveva guardata con gli occhi spalancati. Gli omicidi di Stanbury, la successiva permanenza dei sopravvissuti al *The Fox and the Lamb* e la costante presenza della polizia – addirittura di un funzionario di Scotland Yard – per la prima volta avevano portato agitazione e drammaticità nel piccolo villaggio e nella vita dei suoi abitanti. Poi era ricomparsa prima Evelin, ora Jessica. Jessica poteva leggerle in faccia che aspettava solo una riedizione degli eccitanti avvenimenti, e questo scatenò in lei una violenta avversione.

«Mi chiamo Prudence», disse la ragazza con voce bassa e confidenziale, evidentemente senza notare affatto l'antipatia nei suoi confronti. «Devo dire che è tutto così misterioso, non è vero? L'innocenza della signora Burkhard è stata dimostrata?»

«Sì», rispose Jessica laconicamente.

Prudence fece un'espressione di compassione che non sembrava per nulla convincente. «La povera signora Burkhard! Deve essere terribile essere sospettata di un simile crimine! Ed è anche stata quattro settimane in prigione. Senza sapere se alla fine le avrebbero creduto!»

«Ciascuno di noi può trovarsi in una situazione del genere», disse Jessica. «Ora, per favore, mi potrebbe spiegare come...»

Prudence non sembrava disposta a lasciar andare così in fretta la sua vittima, dalla quale probabilmente avrebbe potuto trarre informazioni. «È terribile che quel tipo continui a girare libero! Proprio poco fa ho sentito alla radio che è ricercato dalla polizia. C'è da inorridire. Credo che sia completamente pazzo! Un serial killer, forse?»

«Vorrei...» iniziò Jessica.

«È un bene che la stampa non sappia ancora che la signora Burkhard è qui», disse Prudence, che in realtà se ne dispiaceva evidentemente. «Infatti l'aspettavano davanti al carcere, ma l'avvocato della signora Burkhard deve aver fatto una bella manovra diversiva. Infatti devono aver pensato che l'avessero portata a Londra. Per fortuna! Chi vorrebbe, in una situazione del genere, essere pure assediato dai giornalisti?»

Jessica aveva il sospetto quasi certo che un giornalista chiedendo al *The Fox and the Lamb* avrebbe ricevuto immediatamente da Prudence un'indicazione inequivocabile che avrebbe trascinato di nuovo lì tutti gli altri. Sperava che l'avvocato di Evelin ottenesse già il giorno successivo la restituzione dei documenti. Dovevano andarsene in fretta.

Finalmente riuscì a carpire alla loquace Prudence la spiegazione della strada («Ci sono diverse possibilità. Di certo ne preferirà una che non passi dalle parti di Stanbury House, vero? Al suo posto non potrei sopportare di transitare di lì ancora una volta!»), e poi era partita. Era una serata molto luminosa e calda. La natura, nelle quattro settimane trascorse, si era ulteriormente sviluppata. Gli alberi non avevano più il delicato fogliame verde chiaro primaverile, ma le spesse e robuste foglie dell'estate. Nei campi iniziava a crescere il grano. Ai bordi dei sentieri risplendevano i papaveri. Anche questo paesaggio così povero, così nordico aveva acquistato colore e pienezza. Il cielo era di un azzurro chiaro.

Com'è bello qui, pensò Jessica, e si meravigliò del sentimento positivo che provava per una terra cui erano legati ricordi così terribili. A un certo punto fu costretta a fermarsi per permettere a un gregge di attraversare la strada. Cercò di immaginarsi Ricarda in questo idillio rurale, che in autunno e in inverno poteva trasformarsi rapidamente in solitudine e malinconia. Cercò di immaginarsela come la moglie di un contadino che andava per i campi con gli stivali di gomma, che dava da mangiare alle galline, che riparava i recinti, che cucinava pasti sostanziosi. Per la quale cinema, teatro e concerti erano una vera rarità. Si accorse con sorpresa che non trovava difficoltà a inserire Ricarda in questo quadro.

La fattoria era molto isolata, ma nel crepuscolo sembrava calda e accogliente. Quando Jessica vi entrò e si fermò, sull'aia non si vedeva nessuno.

Solo quando scese, scoprì un cane nero che dormicchiava su un pezzo di prato fra due stalle. Sollevò la testa, mosse un po' la coda ma non si alzò. Il suo muso grigio e il velo lattiginoso sugli occhi rivelavano che era vecchio. Evidentemente aveva deciso che la sua attività di guardiano della casa fosse conclusa.

Andò alla porta di casa e picchiò il battente d'ottone. Ci volle un po' prima che sentisse dei passi, poi una donna dall'aspetto provato aprì la porta. Aveva i capelli unti e ingarbugliati, non era truccata e sembrava aver pianto molto.

« Sì? » chiese diffidente.

Jessica le tese la mano. « Sono Jessica Wahlberg. Una... parente di Ricarda. »

Fissò con attenzione il viso della sua interlocutrice e vide che per un attimo fu percorso dalla paura. Era chiaro che questa donna conosceva Ricarda.

« Sono Gloria Mallory », disse la donna. « Vuole parlare con mio figlio? »

« Veramente vorrei parlare con Ricarda. »

Ma Gloria si era già girata e chiamava nello scuro corridoio dietro di lei: « Keith! Keith c'è qualcuno che ti cerca! »

Comparve un ragazzo alto, con le spalle larghe e un viso aperto e simpatico. Jessica lo trovò subito molto piacevole.

« Sì? » chiese.

« Questa signora... » disse Gloria e si fece da parte.

« Sì? » chiese ancora Keith.

« Sono Jessica Wahlberg. Lei è Keith Mallory? »

« Sì. » Evidentemente cercava di mantenere le distanze. Non che improvvisamente fosse diventato ostile, ma era come se si richiudesse in se stesso. Da un momento all'altro, il suo viso aveva assunto un'espressione impenetrabile.

« Keith, la madre di Ricarda e io siamo molto preoccupate. È sparita ed è in una condizione psicologica molto particolare. È importante che la ritroviamo. »

« E cosa vuole da me? »

« Lei è un suo amico intimo. Abbiamo pensato che volesse venire da lei. »

« Non è qui », disse Keith.

Jessica lo osservò con uno sguardo penetrante. «Keith, per favore, mi deve dire la verità. Non siamo arrabbiate con Ricarda. Ma sua madre è terribilmente angosciata. Deve cercare di comprenderlo.»

Per la prima volta durante la conversazione, negli occhi di Keith comparve un'espressione di avversione e disse: «Dovreste tutti quanti per una volta provare a mettervi nei panni di Ricarda. Per la sua età ha vissuto fin troppe cose. Prima la separazione dei genitori, poi il nuovo matrimonio del padre. Queste vacanze impossibili a Stanbury House con un'orda di nevrotici che non le lasciavano un minimo di spazio. Poi il massacro in cui ha perso il suo amato padre. Molti sarebbero crollati sotto il peso di simili avvenimenti».

«Ma gliel'ho già detto. È traumatizzata. Ha bisogno di aiuto. Non è nelle condizioni di tirare avanti da sola.»

«Forse non è nelle condizioni di reggere oltre la sua cosiddetta famiglia. Potrebbe essere, non le pare? Sua madre iperprotettiva. La matrigna che le ha portato via il padre. E poi», il suo sguardo scivolò sulla pancia di Jessica, dove si fermò, «questo fratellino che arriverà e che temeva l'avrebbe allontanata ancora di più dal padre. A volte le persone nella loro vita devono tirare una riga e ricominciare da capo.»

Jessica si trattenne dal dare una risposta tagliente. Guardò lui e poi Gloria, che aveva seguito la conversazione in silenzio dallo sfondo.

«Signora Mallory, neanche lei ha idea di dove si nasconda Ricarda?»

Gloria sollevò le spalle. A Jessica sembrava che fosse a disagio e si chiese quale potesse esserne il motivo.

Si rivolse ancora a Keith. «Keith, sono al *The Fox and the Lamb*. Se dovesse sapere qualche cosa di Ricarda, per favore mi venga a cercare, oppure mi chiami. Né la madre di Ricarda né io vogliamo fare nulla che la danneggi. Ma ha quindici anni. È minorenne. Non possiamo starcene con le mani in mano e fare come se la sua scomparsa non ci riguardasse.»

Lui annuì. La sua espressione non rivelava se quelle parole l'avessero colpito.

Jessica tornò alla macchina, salì. Mentre girava l'automobile osservò ancora una volta la casa. Era costruita con la pietra grigia della zona, aveva finestre quadrate con gli infissi laccati di bianco. Immaginò che nella parte anteriore si potessero piantare dei fiori e pensò a come sarebbe stata bella con la porta d'ingresso verniciata di un rosso brillante.

Una bella casa per Ricarda, pensò.

Appena si fu allontanata dal cortile, si fermò sul bordo della strada, cercò il telefonino nella borsa e fece il numero di Elena. Come aveva immaginato, Elena doveva essere vicinissima al telefono perché sollevò subito la cornetta.

«Sì?» sembrava senza fiato.

«Elena, sono io, Jessica. Sto venendo via da Keith Mallory...»

«Allora? Ha parlato con Ricarda? È lì?»

«Non l'ho vista e non le ho parlato. Keith non ha voluto ammettere che è da lui. Però ho la netta sensazione che sia lì. Non posso spiegare con precisione il perché... forse il disagio mostrato sia da Keith che da sua madre.»

«Ma...»

«Keith era evidentemente deciso a coprire Ricarda, ma ora rifletterà sulle mie parole. Soprattutto lo farà sua madre. Ho detto chiaramente che Ricarda è minorenne e che in nessun caso lasceremo perdere la faccenda. Credo che la signora Mallory capisca che suo figlio potrà avere dei problemi se si scopre che Ricarda è da lui; sono sicura che sua madre non gli darà pace finché non si sarà messo in contatto con me.»

«Ma questa è solo una sua sensazione. Non crede che mi debba rivolgere alla polizia?»

«Naturalmente lo può fare. Ma non riferirei che abbiamo il sospetto che possa essere in Inghilterra da Keith. Non sarebbe un bene se improvvisamente comparisse l'Interpol e la portasse via dalla fattoria. Voglio dire che non sarebbe un bene per il suo rapporto con Ricarda.»

«Certo. Ma se chiamo la polizia e non dico la cosa essenziale...» Elena sembrava completamente distrutta. «Sa, ci devo pensare», disse di colpo con la voce decisa. «Non impazzisca su questa cosa. Forse chiamerò alcune compagnie aeree. In fondo Ricarda ha preso un aereo e il suo nome sarà su una lista dei passeggeri. La ringrazio di essere andata alla fattoria dei Mallory. E forse ha avuto la sensazione giusta.»

«Domani ci torno. Non mi arrendo così facilmente.»

Elena sorrise nonostante fosse tormentata. «Sì, l'avevo capito. Mi dica, come sta Evelin?»

«Mi sembra un po' intontita. Come se non riuscisse ancora a capire cosa è successo. È sicuramente un bene che non sia qui sola e abbandonata.»

«Certo. Ah, dimenticavo, Barney sta bene. Prima mi sono anche allontanata dal telefono per un'ora e ho fatto una lunga passeggiata con lui. Da allora mi vuole bene. Domani mattina lo porto con me al lavoro.»

«Grazie per il suo aiuto, Elena. La chiamo.» Dopo aver finito la conversazione, Jessica fece il numero di Leon. Attese a lungo ma nessuno rispose.

Vorrei sapere dov'è finito, pensò.

Che sia andato a farsi un viaggio? Impossibile, non aveva soldi.

Decise che Leon non rientrava fra i suoi problemi. Mise il telefonino sul sedile del passeggero e avviò il motore.

Evelin l'aspettava.

Si chiese se lei ed Evelin sarebbero state in grado di parlarsi. Oppure se sarebbe continuato il silenzio che aveva sempre regnato fra loro.

7

Era nello stesso posto in cui si era trovato di fianco a Evelin quattro settimane prima. Nel luogo da cui aveva gettato l'ultima occhiata alla casa. Tutto era come ricordava, non era cambiato nulla. Solo l'erba era cresciuta troppo e il prato sembrava una selva. Certamente Steve, il giardiniere, non era più sicuro che i suoi servizi fossero ancora richiesti, oppure gli era passata del tutto la voglia di avvicinarsi a quei terreni.

Ma d'altronde che cosa avrebbe dovuto esserci di diverso? In un certo senso, si ha l'idea irrazionale che la casa in cui si svolge una simile tragedia debba avere un aspetto particolare, mentre invece appariva come se l'accaduto non l'avesse toccata per niente. Se ne stava pacifica nella luce del sole mattutino, tranquilla e serena. Conosceva ogni camino, ogni infisso delle finestre, ogni angolo sgretolato sulla balaustra. Nulla si era modificato.

Tutto si era modificato.

Guardava la casa con una profonda disperazione, con il dolore di un amante, di un uomo ossessionato consapevole che, se non vuole soccombere, deve abbandonare l'oggetto del suo amore, della sua ossessione. Era venuto qui per prendere congedo, e questo addio quasi gli spezzava il cuore. Perché, al di là di ciò che ora stava per perdere, c'era il nulla totale, l'assoluta assurdità. Non aveva la minima idea di come avrebbe potuto convivere con questa constatazione.

La mattina era bella come solo le mattine di maggio possono essere, luminosa e fresca, e prometteva una giornata calda e soleggiata. Sui prati c'era ancora l'umidità e le foglie degli alberi risplendevano per la rugiada, ma l'aria era già mite e il cielo di un azzurro intenso.

Qualcuno, pensò, dovrebbe passare dalla porta della veranda e preparare lì la colazione; lì dovrebbe riunirsi una famiglia, una famiglia grande, vivace, e ci dovrebbero essere dei cani che corrono avanti e indietro abbaiando.

Era un desiderio particolarmente intenso quello che animava l'immagine davanti ai suoi occhi, quello che riempiva di volti e voci la casa e il giardino; ma allo stesso tempo sapeva che nella realtà non l'avrebbe realizzato. Anche se avesse avuto una possibilità di ottenere la casa, o quanto meno gli avessero accordato il diritto di abitarla di tanto in tanto, non sarebbe comunque stato capace di farsi una famiglia e stare seduto in veranda a fare colazione, a guardare sua moglie, i suoi bambini e i suoi cani, e a fare progetti per la giornata. Non era tagliato per queste cose. Non ci sarebbe riuscito e non aveva alcuna importanza quanto lo desiderasse.

Non si sarebbe neppure avvicinato a suo padre. Suo padre era morto. Suo padre non gli poteva più dire nulla. Le pareti della sua casa non avrebbero potuto parlare per lui.

Per la prima volta vide tutto chiaramente, vide se stesso chiaramente: un uomo che stava lentamente invecchiando, solo e perso in una grande casa, alla ricerca di un morto, mentre la vita procedeva con una fermezza spietata.

Cosa gli aveva procurato questa ricerca del morto? A cosa l'aveva portato? A quali situazioni l'aveva condotto?

Era così stanco. Così affamato. Braccato, cacciato, messo nell'angolo. Si accorgeva troppo tardi di quanto fosse illusorio il senso che aveva creduto di dare alla propria vita, quando aveva iniziato la lotta per Kevin McGowan. L'illusione smascherata aveva aperto una voragine dove prima c'era stata la lotta. Una voragine davanti alla quale rabbrividiva, ma in cui era costretto a guardare, in cui doveva scendere. Perché quella voragine era la sua vita.

La sua vita rovinata, sciupata, già trascorsa per metà. Tuttavia l'unica che aveva.

Aveva lavorato come attore, e a volte ragionava secondo le sequenze ordinate di un lavoro teatrale o di un film, e trovava che questo fosse il momento in cui, secondo le indicazioni del regista, avrebbe dovuto fare un lungo tiro di sigaretta, togliersi la cicca dalla bocca, gettarla a terra e spegnerla con movimento deciso del piede. Un ultimo sguardo alla casa, voltarsi, andare.

Solo che non aveva una sigaretta. Letteralmente non aveva più nulla. Neppure un regista che gli potesse dire cosa fare.

Forse gli era rimasta solo una voce interiore che gli diceva che la cosa migliore era andare alla polizia e costituirsi. Forse non la cosa migliore, ma in ogni caso l'unica da fare. Probabilmente non c'erano alternative. Era proprio per questo che era qui a prendere congedo, perché da tempo l'aveva capito e addirittura accettato.

Sul suo viso si dipinse un sorriso all'idea di come avrebbe passeggiato per il villaggio, di come sarebbe entrato nel negozietto delle sorelle Collins, e davanti al viso pietrificato dal terrore della vecchia pettegola avrebbe chiesto la cortesia di chiamare la polizia.

Ma non ora. Dopo. Più tardi.

Attraversò il prato, lentamente, senza fretta. Si sedette su una panca sul fianco della casa.

Forse poteva concedersi ancora per un momento l'illusione di avere una scelta.

8

Jessica aveva dormito male e intorno alle sei e mezzo non ce l'aveva più fatta a restare a letto. Si alzò, fece la doccia, si vestì e dalla finestra vide che stava iniziando una giornata che prometteva di essere magnifica. Pensò se fosse il caso di svegliare Evelin e convincerla a fare una passeggiata, ma le sembrò troppo stressante subire già di primo mattino la compagnia di una donna tanto disperata. Non era chiaro per quanto tempo si sarebbe dovuta fermare a Stanbury con Evelin. La sera precedente era stata difficile. Avevano cenato assieme nella sala da pranzo e Jessica le aveva raccontato di Leon, del suo nuovo appartamento e del suo nuovo lavoro. Non aveva accennato al fatto che le avesse dichiarato i suoi sentimenti. In ogni caso aveva avuto la netta impressione che Evelin la ascoltasse senza il minimo interesse. Una o due volte Jessica aveva cercato di parlare con l'amica del periodo trascorso in carcere, ma lei aveva subito svicolato e non aveva risposto. La cosiddetta conversazione non era stata altro che un estenuante scambio di banalità. A un certo punto erano arrivate a parlare del tempo e del cibo inglese, poi avevano spettegolato un po' della grossolana Prudence che da dietro il bancone teneva chiaramente le orecchie ben aperte.

Percorse il corridoio, arrivò alla porta di Evelin e origliò, ma non sentì alcun rumore. Sollevata scese le scale ed entrò in sala da pranzo.

Era la prima ma, per quello che aveva capito, oltre a lei ed Evelin, c'era solo un altro ospite, un anziano signore che indossava sempre scarponcini da trekking e un'orribile camicia a quadri rossi e bianchi. Ma a quell'ora probabilmente dormiva ancora.

Dopo un po' arrivò Prudence ciabattando stancamente e le portò un caffè bollente che sembrò farla resuscitare.

« Cosa vuole per colazione? » chiese sbadigliando.

Jessica ordinò toast e uova strapazzate, Prudence tornò silenziosamente in cucina. Jessica beveva il caffè a piccoli sorsi, scaldandosi le dita sulla panciuta tazza di ceramica e riflettendo su come trascorrere la giornata. Sicuramente avrebbe fatto una lunga passeggiata. La questione era se ce l'avrebbe fatta a raggiungere Stanbury House. Le sembrava strano essere in quella zona a lei così familiare e non andare neppure una volta alla vecchia casa che, nonostante la tragedia avvenuta fra le sue pareti, era comunque stata un pezzo della sua vita.

Deciderò al momento, pensò.

Mangiò il toast con le uova strapazzate, che erano particolarmente flosce e insipide, e riprovò, nonostante fosse molto presto, a chiamare Leon col cellulare. Di nuovo non rispose nessuno. Fu costretta a scacciare con molta energia la sensazione di inquietudine che si stava insinuando in lei.

Era alla seconda tazza di caffè quando la porta si aprì e sulla soglia comparve Gloria Mallory. Sembrava stesse cercando qualcuno, vide Jessica e si avviò verso di lei con l'espressione sollevata.

«Alla reception non c'è nessuno», disse invece di salutare, «e ho pensato di dare un'occhiata se per caso era già a fare colazione. Ho proprio avuto fortuna, così presto!»

«Si sieda», disse Jessica, «vuole una tazza di caffè?»

Gloria scosse la testa, ma prese il posto offertole. «Grazie. Ma posso restare poco. Mio marito...»

«Si occupa di lui da sola?»

«Mi aiutano mia figlia e mio figlio. Ma entrambi hanno tanto da fare con la fattoria e così, alla fine, spesso posso contare solo su me stessa. È molto dura... praticamente non può fare nulla da solo. È completamente assente. Non è in grado di comprendere niente. È tutto... molto difficile.»

Jessica guardò con compassione quella donna abbattuta e aspettò di vedere cosa sarebbe successo, anche se già lo intuiva.

Gloria Mallory abbassò il capo. «Mio figlio non sa che sono qui. Altrimenti si arrabbierebbe con me. Ma non ho trovato pace...»

«Ricarda è da voi?» chiese Jessica.

Gloria annuì. «È arrivata ieri, poche ore prima che lei venisse a chiederne notizie. Era completamente sfinita, senza più energie. È riuscita a raggiungere Keith con diversi mezzi di trasporto e l'ultimo tratto l'ha fatto a piedi. Quando è venuta a cercarla, lei stava dormendo.»

Jessica allungò il braccio sul tavolo e strinse per un momento la mano dell'altra donna. «Grazie, signora Mallory. Grazie di avermelo detto.»

«Posso immaginare cosa avete passato lei e la mamma di Ricarda. Sono una madre anch'io. Stanotte non sono riuscita a dormire, e stamattina ho capito che dovevo farle sapere che Ricarda sta bene.»

«Posso parlarle?»

Gloria esitò.

«Non voglio portarla a casa contro la sua volontà», si affrettò a dire Jessica. «Non voglio costringerla a fare nulla. Vorrei solo dirle che ha tutte le strade aperte e che si deve prendere il tempo necessario per decidere cosa vuole fare.»

«Credo», disse Gloria, «che ami molto mio figlio. E Keith ricambia il sentimento.»

«È la cosa migliore per Ricarda nella sua attuale condizione. Ha qualcosa in contrario al fatto che resti da voi almeno per un po'?»

«La conosco appena. Ma sembra rendere felice mio figlio. Quindi va tutto bene.»

Jessica si alzò. «Mi metto un altro paio di scarpe. Poi vengo con lei alla fattoria.»

«Ma...»

«La prego.»

«Va bene», disse Gloria arrendendosi.

Aveva scritto un biglietto a Evelin e l'aveva infilato sotto la sua porta. *Sto andando da Ricarda. Sarò di ritorno per mezzogiorno!*

Aveva infilato le scarpe da ginnastica e si era messa una giacca sulle spalle perché lo splendido mattino era ancora fresco. Aveva con sé la borsetta con dentro il cellulare, quindi Evelin avrebbe potuto raggiungerla in qualsiasi momento.

Gloria Mallory guidava una jeep così arrugginita, che a una prima occhiata sembrava sarebbe stata meglio dallo sfasciacarrozze che non su una strada di campagna.

«Preferisce prendere la sua auto?», chiese. «Intendo per il ritorno.»

«Al ritorno voglio camminare», rispose Jessica. «Oggi avevo già l'intenzione di fare una passeggiata.»

Il cielo era diventato di un azzurro quasi trasparente e l'aria sembrava seta liscia e fresca.

«È una giornata magnifica», disse Jessica.

Gloria annuì. «Oh sì. Qui nello Yorkshire abbiamo spesso brutto tempo, ma di tanto in tanto ci sono anche giornate come questa che in un certo senso compensano.» Gettò a Jessica uno sguardo di traverso. «Quando nascerà il suo bambino?»

Ha l'occhio fino, pensò Jessica. «In ottobre», rispose.

«Per lei è un momento difficile, non è vero? Voglio dire, dopo tutto quello che è successo... là a Stanbury House...»

«Credo di non averlo ancora completamente realizzato», disse Jessica. «A volte penso che non riuscirò mai a comprendere quello che si è abbattuto sulla mia vita. Altre volte ho paura di crollare improvvisamente. E che solo allora comincerà il vero incubo.»

«Deve essere forte per suo figlio.»

«Lo so.»

«Cosa ne sarà di Stanbury House?»

Jessica scrollò le spalle. «Lì non c'è niente di mio. L'uomo che l'ha ereditata ha perso tutta la famiglia nella... disgrazia. Sta cercando di rimettere in sesto la sua vita.»

Ebbe di nuovo una sensazione inquietante, pensando che non era ancora riuscita a trovare Leon. Nelle ultime settimane aveva attraversato fasi di euforia, ma anche fasi in cui era così depresso da poter trovare consolazione solo nell'alcool. Era preoccupata per lui.

«Ci vorrà un po' di tempo prima che possa decidere cosa fare della casa», disse infine.

Non parlarono più fino a quando non ebbero raggiunto la fattoria. Quando svoltarono nell'aia, Keith stava uscendo dal fienile. Non appena ebbe riconosciuto chi c'era vicino alla madre si bloccò.

Jessica scese e andò verso di lui.

«Keith, so che Ricarda è qui», disse, «e vorrei parlarle. Non deve rimproverare sua madre. Io ed Elena non abbiamo fatto nulla di male a Ricarda. Non sarebbe corretto lasciarci nell'angoscia e nella preoccupazione.»

«Voglio che Ricarda resti qui», disse Keith.

«Non gliela porterò via», lo rassicurò Jessica.

Si guardarono per un momento. Alla fine lui annuì.

«È in cucina. Nel corridoio, la seconda porta a destra.»

«Grazie», disse Jessica.

Gloria Mallory era sparita. Percorso il corridoio basso e scuro, Jessica aprì con cautela la porta costruita con assi di legno grezze. Due scalini di pietra scendevano in cucina. Una cucina accogliente, un grande tavolo di legno nel centro e mazzi di fiori secchi alle piccole finestre con gli infissi a croce laccati di bianco. Vicino all'imponente fornello c'era Ricarda che si stava versando nella tazza il caffè dal bollitore smaltato. Non sembrava sorpresa di vedere la matrigna.

«Immaginavo che non ti saresti arresa facilmente», disse, «da quando ho saputo che ieri sera sei stata qui. Sei venuta in Inghilterra solo per me?»

«Anche solo per te sarebbe comunque valsa la pena. Ma il progetto iniziale era di venire per Evelin. È appena stata rilasciata e ha bisogno di sostegno.»

«Ah! Quindi non è stata lei?»

«No. Questo pare sicuro. È pesantemente sospettato Phillip Bowen. Il suo alibi era falso. È ricercato in tutto il paese.»

«Phillip Bowen», disse Ricarda lentamente. Sembrava stranamente priva di emozioni, come in trance. «Sì, girava sempre intorno alla casa. Ve l'avevo raccontato che la notte prima che succedesse tutto era lì? Quando sono andata da Keith. Era davanti al cancello.»

«Nel cuore della notte?» chiese Jessica sorpresa. «No, non l'hai raccontato. Cosa ci faceva lì?»

Ricarda scrollò le spalle. «Ha detto che doveva riflettere.»

«L'hai detto alla polizia?»

«Mi è tornato in mente solo ora.»

«Ma dovresti...»

Il volto di Ricarda rivelava una grande impazienza. «Non me ne frega niente. Non me ne frega niente di tutta la faccenda. Ormai vivo un'altra vita.»

«Con Keith?»

«Con Keith, staremo insieme.»

«Capisco che al momento ti sembri la soluzione a tutti i tuoi problemi. Ma devi pensare che sei ancora molto giovane, che sei in una situazione critica; inoltre non solo non hai ancora un diploma, ma non hai neppure iniziato il tuo percorso formativo. Ti metti in una condizione di dipendenza totale da questo ragazzo...»

«Scusa», la interruppe Ricarda, «ma, per parlare chiaro, non ho voglia di ascoltare la predica da te. Io ho la mia vita e tu la tua. Mio padre era il nostro unico punto di contatto. Lui è morto e non c'è più nessun motivo per cui dobbiamo incontrarci o parlare.»

Jessica guardò il viso pallido e spigoloso, gli occhi scuri, freddi che la fissavano pieni di odio, tuttavia era quasi sopraffatta da un sentimento di affetto per questa ragazzina orgogliosa e sgarbata, che era una parte di Alexander, e che rendeva la vita difficile a se stessa e a lei, e questo per via del caos di emozioni nel quale si trovava. Avrebbe voluto andare da Ricarda e prenderla fra le braccia, ma sapeva che avrebbe dovuto fare i conti con un violento rifiuto, così represse il proprio desiderio.

«Non è da me che devi difenderti», disse. «Non voglio portarti via da qui e non voglio in nessun modo costringerti a fare ciò che non vuoi. Voglio solo che tu sappia che se hai difficoltà puoi sempre venire da me. Come ovviamente da tua madre. Poi volevo darti un unico consiglio, e forse dovresti rifletterci bene, anche se proviene dall'odiata matrigna: non renderti dipendente da Keith. Fai una pausa di un anno con la scuola e con tutto il resto, vivi qui con lui, guarda com'è la vita in una fattoria dello Yorkshire. Ma mantieni la possibilità, magari fra uno o due anni, di finire la scuola e di imparare un mestiere. Poi sposa Keith e fatti una famiglia. Ma conserva la tua indipendenza. A un certo punto scoprirai quanto sia importante.»

«Hai finito?» domandò Ricarda.

Jessica sospirò. «Sì.» Fece un gesto sconsolato con le mani. «Credo di aver finito. Questo era tutto quello che volevo dirti.»

Ricarda non reagì. Jessica attese ancora un momento, ma non accadde nulla, e capì che Ricarda voleva solo che la matrigna lasciasse la cucina e non si immischiasse oltre nei suoi affari.

«Stammi bene», disse, ma Ricarda non rispose. Jessica si voltò e lasciò la cucina. Si affrettò nel cupo corridoio e respirò profondamente non appena si ritrovò fuori, al sole. La freddezza di Ricarda era stata palpabile tanto che improvvisamente sentì un profondo gelo interiore. Si sforzò di scuotersi di dosso quel senso di oppressione, ma non ci riuscì del tutto.

Se cammino per un po' starò meglio, pensò.

Keith e sua madre non si vedevano, così Jessica rinunciò a salutarli. Chiamò in ufficio Elena ma le dissero che era in riunione. Pregò di essere richiamata e rimise il cellulare nella borsa. Fissò il sole strizzando gli occhi. Era stanca e angosciata, e pensava che camminare fosse davvero l'unico modo per liberarsi dalla sensazione di profondo abbattimento. Uno sguardo all'orologio le disse che erano quasi le otto e mezzo. A mezzogiorno, come aveva lasciato detto a Evelin, sarebbe stata di ritorno.

Aveva tutto il tempo.

Si mise gli occhiali da sole e si incamminò.

9

La lastra di pietra non si voleva muovere. Per quanto spingesse e tirasse, non si era mossa di un millimetro. Non poteva essere diventata più pesante nel tempo trascorso da allora? Oppure era lei a essere più debole?

C'era una puzza terribile. A ogni momento aveva dei conati per quell'odoraccio e più di una volta fu sul punto di vomitare. La giornata calda rendeva tutto più difficile. Ma come aveva fatto quella volta?

Si fermò. Si alzò gemendo e premette le mani sulla schiena dolente. I suoi jeans neri erano impregnati di sudore e appiccicati al corpo. Per un momento, quando pensò che forse non ce l'avrebbe fatta, si sentì quasi sopraffatta dal panico. Pensò che avrebbe dovuto rinunciare, che da sola non ce l'avrebbe mai fatta.

Eppure quella volta ce l'aveva ben fatta da sola. Doveva aver agito in altro modo.

Si sedette sull'erba, respirò profondamente per calmarsi e mettere ordine fra i propri pensieri. Doveva riflettere. Sicuramente c'era un modo.

Un leggero vento caldo le portò un po' di refrigerio. Portò anche un meraviglioso e intenso profumo di fiori.

Era possibile che ci fossero giorni più belli di questo?

Chiuse gli occhi.

10

Jessica si rese conto che aveva sopravvalutato le proprie condizioni. Avrebbe dovuto prendere la via diretta dalla fattoria al villaggio, ma anche quella passeggiata, seppure più breve, l'avrebbe comunque sfinita. La gravidanza cominciava a farsi sentire, senza contare che la giornata era diventata davvero molto calda. Ora il sole era alto nel cielo e il fresco umido del mattino era completamente svanito.

Jessica aveva fatto un lungo giro, aveva cercato il luogo in cui aveva ripescato Barney dall'acqua e aveva incontrato per la prima volta Phillip Bowen. Nel frattempo Elena l'aveva richiamata e aveva reagito con profondo sollievo alla notizia che Ricarda stava bene e che si trovava alla fattoria di Keith Mallory.

«Ha ragione, per il momento non prenderò alcuna iniziativa», aveva detto. «Forse potrò telefonare a Ricarda. Oppure potrò addirittura andarla a trovare. Sono così felice che stia bene! La ringrazio, Jessica! Non lo dimenticherò mai!»

Ora Jessica era seduta nell'erba sulla collina e guardava la valle ai suoi piedi, osservando le ondine del ruscello che scorreva in fretta gorgogliando. L'aria era così mite, così estiva.

La amo, pensò quasi stupita, amo questa terra. Questa zona. I pascoli, i grandi spazi. L'aridità delle torbiere, le valli lussureggianti. Le greggi. I muri di pietra che attraversano i pascoli. Le strade strette ai cui bordi crescono fiori selvatici. I villaggi di pietra grigia. Nonostante quello che è successo, qui riesco a trovare una pace interiore quasi totale.

Provò qualche cosa di simile all'invidia pensando a Ricarda, che ora avrebbe vissuto lì. La invidiò perché sarebbe cresciuta in quella natura, ne sarebbe diventata parte. Avrebbe combattuto contro gli inverni lunghi, freddi e spesso nevosi e salutato con grande nostalgia la primavera, in giornate estive come questa avrebbe corso a piedi nudi sull'erba verde lucente delle valli e in autunno avrebbe incontrato i primi venti tempestosi che soffiano sull'altopiano. Con quanta fermezza Ricarda aveva scelto la sua strada, con quanta istintiva sicurezza aveva saputo di cosa aveva bisogno e dove avrebbe trovato la sua nuova terra.

Vorrei tanto, pensò Jessica, che anche la mia strada fosse così chiara davanti a me.

Guardò l'orologio. Erano quasi le undici, doveva lentamente mettersi in marcia. Improvvisamente sentì dentro di sé un'inquietudine e, quando cercò di comprenderne i motivi, capì che a tormentarla era il pensiero di non rivedere ancora una volta Stanbury House. E che se era arrivata lì, in quel punto, il motivo, anche se non aveva voluto ammetterlo neppure a se stessa, era rivedere la vecchia casa. Non avrebbe potuto tornare direttamente al villaggio.

Guardò di nuovo l'orologio, come se nel giro di un minuto avesse potuto cambiare sostanzialmente. Non c'era bisogno di fermarsi a lungo, entro l'una poteva comunque essere di ritorno al *The Fox and the Lamb*.

Cosa poteva succedere? Se la vista della casa l'avesse scossa poteva girarsi e andare via.

Raddrizzò le spalle e imboccò la strada che le era ben nota.

Circa mezz'ora dopo raggiunse il parco di Stanbury House. Si avvicinò alla proprietà dalla parte posteriore, attraversò il boschetto, che qui delimitava l'appezzamento, e, nel punto in cui gli alberi si diradavano, si trovò di fronte alla casa che, splendente nella luce del sole, sembrava un idillio da cartolina di epoche passate. La terrazza, che la mattina presto era in ombra, ora era immersa nel sole. Era una giornata in cui avrebbe potuto aprire un ombrellone e una sdraio per trascorrere molte ore con un libro. Uno scenario quasi mediterraneo con un fascino tutto particolare, ben raro nel Nord dell'Inghilterra.

Jessica arrivò esitante alla radura. L'erba era alta, le arrivava quasi alle ginocchia. Ora che guardava meglio, si accorse immediatamente che il presunto idillio era già offuscato dai primi segni di rovina. Oppure dai primi segni di inselvatichimento. Che preludono alla rovina. Si augurò che Leon prendesse in fretta una decisione riguardo a Stanbury House. Non poteva semplicemente lasciare che andasse lentamente in malora, che fosse ricoperta dalla vegetazione selvatica e distrutta un pezzo alla volta dalle forze della natura. Vetri delle finestre rotti, muri sbriciolati, sterpaglia che cresceva nelle porte rotte: la casa sarebbe diventata così, riusciva quasi a vederla, e questo inaspettatamente la rattristò.

Attraversò lentamente il giardino e si avvicinò alla terrazza. Lungo la balaustra c'erano ancora i grandi vasi di terracotta in cui Patricia, l'ultimo giorno della sua vita, aveva piantato fucsie, gerani e margherite. Fiori e foglie ora pendevano, la terra in cui crescevano era secca e polverosa. Era da molto che non pioveva e nessuno se ne occupava. Seguendo un'ispirazione improvvisa, Jessica si voltò e andò verso il piccolo capanno degli attrezzi che si trovava sul lato ovest della casa. Là c'era un grande innaffiatoio e sapeva che all'ingresso della cantina c'era un rubinetto. Di certo nessuno aveva chiuso l'acqua. Avrebbe innaffiato abbondantemente quei poveri fiori, e poi, magari, durante l'estate avrebbe piovuto più spesso, così avrebbero potuto sopravvivere fino all'autunno. Per qualche motivo le sembrava una cosa particolarmente importante.

Non appena ebbe svoltato l'angolo della casa, vide nei pressi del capanno degli attrezzi una figura seduta nell'erba e dopo il primo momento di paura accompagnato dall'impulso di scappare riconobbe Evelin. Aggrottò la fronte. Che anche Evelin, come lei, avesse sentito il bisogno di rivedere Stanbury House?

«Evelin?» la chiamò a bassa voce.

Evelin si girò. Non sembrava spaventata e neppure particolarmente sorpresa.

«Ah, Jessica. Anche tu sei dovuta venire a dire addio?»

Jessica le si avvicinò. Era un quadro idilliaco quello di Evelin seduta nel prato fiorito, all'ombra dei rami di alcuni vecchi meli. Teneva in grembo una pila di fogli in una busta di plastica verde trasparente. La vista di questi fogli fece scattare un vago ricordo nel cervello di Jessica, ma al momento non sapeva esattamente di cosa si trattasse.

«Sei venuta anche tu a piedi?» chiese.

Evelin scosse la testa. «Ho preso la tua auto. Ti dispiace? La chiave era nella tua stanza, sul tavolo. A dire la verità ero entrata per cercarti, ma visto che non eri ancora arrivata...»

«Non c'è problema. Hai fatto bene a prendere la macchina. Anzi, ne sono felice, così potrò tornare in paese con te.» Jessica si sedette sull'erba e allungò le gambe sospirando. «Mio Dio, che caldo! Sono a pezzi. Ho fatto una lunghissima passeggiata e ho sopravvalutato le mie forze.»

«Hai trovato Ricarda?»

«Stamattina la mamma del suo ragazzo è venuta da me e ha ammesso che Ricarda da ieri è nella fattoria. Questa volta non ha potuto nascondersi. Abbiamo parlato, cioè, ho parlato soprattutto io. Tiene sempre la gelida distanza che ha messo fra di noi. Ma ora sono molto più tranquilla. Sta bene dov'è. Ha trovato una strada che forse le permetterà di elaborare l'orrore. Bisogna lasciare che la percorra.»

«Sono contenta per lei», disse Evelin. «Mi è sempre piaciuta.»

«Ha trovato un uomo molto simpatico. È una buona premessa per una vita serena.»

Evelin sorrise. «Oh sì. È una cosa da non sottovalutare.»

Jessica guardò il cielo di un azzurro eccezionale e vi si stagliavano contro le foglie verde chiaro del melo. Solo un mese prima era stato ancora carico di fiori bianchi.

Com'è bello, pensò Jessica, com'è bello, nonostante tutto, vivere. Com'è bello che siamo rimasti in vita.

«Ce la faremo tutti», disse, «tu e io, Ricarda e Leon... noi quattro sopravvissuti ce la faremo. Non crolleremo.»

«Credi che ci sia una possibilità per ognuno di noi?» chiese Evelin.

«Ne sono convinta. C'è sempre una possibilità se si è pronti a cercarla. Se non ci si dà per vinti.» Guardò Evelin. «Sai già cosa vuoi fare come prima cosa?»

Evelin si guardò attorno un po' esitante. «Non so se è giusto nei confronti di Tim, ma vorrei vendere la casa di Monaco. Non mi ci sono mai trovata a mio agio. Vorrei una vecchia casa, piena di su e giù e poco razionale, con un giardino incantato. Poi vorrei di nuovo un cane, o anche due.»

«Mi sembra una splendida idea», disse Jessica accalorata, «in questo momento un cane è la cosa giusta. Lo so bene.»

Evelin sembrava sollevata che il suo progetto di vendere la casa non fosse percepito da Jessica come un tradimento. «Sì», disse, «avrei dovuto farlo allora, subito dopo la morte del mio cane... ma Tim era contrario, e... ma sì», sollevò le spalle, «vorrà dire che realizzerò ora questo desiderio. Sai una cosa? Nel giardino della casa che comprerò ci devono essere assolutamente dei meli. Come qui.»

«Ti verrò a trovare spesso. Se me lo permetterai.»

« Naturalmente. Non vorrei che la nostra amicizia finisse, Jessica. Sarebbe bello se continuassimo a vederci. »

« Lo vorrei anch'io, Evelin. Di certo non ci perderemo di vista. »

Per un po' rimasero entrambe in silenzio, godendosi a occhi chiusi il sole caldo e il profumo di fiori del giardino.

Jessica riaprì per prima gli occhi, solo quando una grossa ape le ronzò attorno alla faccia. Scacciò l'insetto e si raddrizzò.

« Stai scrivendo una lettera? » disse gettando uno sguardo ai fogli che Evelin teneva in grembo.

Anche Evelin aprì gli occhi. « No. Stavo leggendo una cosa. »

« Allora non voglio disturbarti. Io... »

Ma Evelin scosse la testa. « Non mi disturbi per niente. Volevo comunque parlarti di questi appunti. »

« Appunti tuoi? »

« Di Tim. Gli appunti che la mattina di... quel giorno stava cercando. »

Si ricordò immediatamente, e capì perché il suo cervello aveva reagito subito alla vista di quei fogli nella busta di plastica trasparente verde. Le pareva di risentire la voce alterata di Tim: « Una pigna di stampate del computer! È tutta la mattina che le cerco! »

« Dove li hai trovati? Quel giorno Tim li ha cercati come un pazzo. »

« Li ho portati via e nascosti. » Evelin parlava in tono inespressivo. « Ora me li sono ripresi. »

11

«Nel pozzo nero? Santo cielo, come hai fatto a *pensarci*?»

«Nella fretta. Mi è venuto in mente di colpo. Pensavo che non ci avrebbe guardato nessuno.»

«No, certo che no. Mio Dio, Evelin, come hai fatto a muovere la lastra di pietra?»

«Era spaventosamente pesante. Nella rimessa ho trovato una sbarra di ferro con cui sono riuscita ad alzarla e rovesciarla. Ho fissato la busta alla parte interna della lastra con dozzine di strisce di nastro adesivo. Incredibilmente hanno tenuto. Ma non volevo lasciarli qui, per questo oggi sono tornata.»

«E hai fatto allo stesso modo...»

«Prima ho provato a mani nude, ma la lastra era inamovibile. Poi mi è tornata in mente la sbarra. Con quella ce l'ho fatta.»

«Ma non capisco...»

«Avevo trovato queste carte la sera prima della disgrazia. Sapevo che Tim stava lavorando al suo dottorato e che era molto impegnato. Quella sera, si è messo nella nostra stanza e ha stampato alcune pagine, ma improvvisamente ha bussato Leon che voleva parlare con lui. Probabilmente si trattava del prestito che Tim gli aveva concesso. Tim era deciso a riavere il suo denaro, quindi si è subito alzato ed è andato con Leon nella sua stanza senza mettere via i documenti. Io ero sul letto a leggere e vedendo tutte quelle carte in giro...» Evelin scrollò le spalle con rammarico. «Naturalmente non avrei dovuto farlo, ma a un certo punto mi ha preso la curiosità, mi sono alzata, sono andata alla scrivania e ho cominciato a leggere...»

«E?»

«Si trattava di quello studio sui caratteri di cui aveva parlato la prima sera della vacanza. Ti ricordi? Era uno studio molto particolare. L'oggetto eravate voi.»

«Noi? Non capisco...»

«Tim è sempre stato molto sadico nell'esprimersi sugli altri, o meglio: nel parlarne male. Lo sai. Ci ha intrattenuti fin troppo spesso con discorsi di quel genere. Ma i suoi amici intimi, Alexander e Leon, non avrebbero mai sospettato che si esprimesse in questo modo anche su di *loro* e sulle loro mogli. Pensavano che esercitasse questa discutibile passione sugli estranei, non sulle persone che gli stavano più vicino.»

«E invece l'ha fatto?»

«Eccome. Si è scatenato senza pietà su tutti voi. Per lui deve essere stato un divertimento pazzesco. Fondamentalmente voi eravate destinati a essere vittime perché conosceva tutte le vostre piccole debolezze, gli errori, le difficoltà... e ci ha sguazzato. Dettagliatamente.»

Jessica deglutì. Non che fosse sorpresa di sentire che Tim era una canaglia, non aveva mai pensato nulla di diverso. Ma anche a posteriori le faceva male scoprire che Alexander era stato tradito dal suo amico, e che in realtà questo amico non era mai stato tale.

Un castello di menzogne, pensò, ancora una volta si rivela un castello di menzogne.

Indicò i fogli bianchi. «Hai letto tutto?»

«No, ben poco. Quella sera Tim è tornato quasi subito e ho fatto appena in tempo a rimettermi sul letto e a dissimulare la mia curiosità. Tim era di pessimo umore e inveiva contro Leon. Evidentemente gli aveva proposto un rimborso rateale che avrebbe richiesto anni per la restituzione del denaro. Tim imprecava, si dava dell'imbecille perché era stato così idiota da dare tanti soldi a un fallito come Leon. Ha infilato i suoi fogli nel cassetto della scrivania e l'ha chiuso.

«Quella sera non ho più potuto fare nulla. Ma il giorno seguente, quando Tim era già sceso a colazione, ho ripreso tutti i fogli. Volevo ritirarmi da qualche parte e leggerli con calma, ma sfortunatamente Tim aveva deciso di continuare a lavorare ai suoi distruttivi psicogrammi. Ti ricordi che girava furioso per la casa alla ricerca dei suoi documenti? Non potevo rischiare di essere scoperta e dovevo trovare in fretta un buon nascondiglio per tutta quella roba. E poi... insomma...»

«Ti è venuto in mente il pozzo nero. Buon Dio, che nascondiglio orribile!»

«Ma sicuro. Nemmeno la polizia ha trovato i fogli e sì che hanno rivoltato qualunque cosa.»

«Perché», chiese Jessica, «non hai rimesso gli appunti nel cassetto? Oppure da qualche altra parte nella vostra stanza? Ormai sapevi di cosa trattavano le sue scartoffie nelle linee essenziali. Eri così ansiosa di conoscere anche i minimi dettagli?»

«No. *A me* non interessava.»

«Ma...»

«Volevo darli a voi. Soprattutto a Leon e Alexander. Dovevano leggerli.»

«Che cosa ne avresti ricavato?»

Evelin la guardò. Nei delicati tratti del suo viso, che fino a quel momento avevano mostrato solo dolore ma mai rabbia, si vedevano i primi segni dell'amarezza e della spietatezza.

«Giustizia», disse, «è questo che ho sperato. Non avreste più potuto ignorare che razza di uomo era Tim. E poi avreste dovuto guardare me. E forse, finalmente, uno di voi mi avrebbe aiutata.»

12

Evelin, documento VI

Di Timotheus Burkhard

Ho conosciuto Evelin nella primavera del 1991. Era una fredda giornata di marzo, dopo aver pensato che l'inverno fosse definitivamente finito, si era messo improvvisamente a nevicare. Stavo tenendo uno dei miei primi seminari: metodi per allenare l'autocoscienza e per affrontare con atteggiamento positivo gli altri e le esigenze della vita quotidiana. Come avevo pensato, i partecipanti arrivarono in gran numero. È sorprendente vedere quante persone si trascinano dietro un deficit di autostima. E come siano pronte a spendere senza battere ciglio tanti soldi per liberarsi del problema.

Evelin era seduta nell'ultima fila e mi accorsi di lei perché era più timida, riservata e intimorita del resto del gruppo che pure, lo sa Dio, era un insieme di personalità insignificanti della peggior specie. Fu proprio in questo periodo che mi resi conto che il lavoro con i falliti – ed è con questi che un terapeuta ha costantemente a che fare – liberava in me un notevole istinto aggressivo. Una sola volta ho riflettuto se avessi scelto proprio il lavoro giusto per me. Ma capii subito che non me ne sarei mai allontanato. Vedere i loro visi pieni di speranza e impauriti mi dà qualche cosa. Si aspettano tanto da me! Alcuni sono disposti a umiliarsi profondamente perché li aiuti. E si aprono senza riserve, rivelano dettagli anche sugli aspetti più riservati della loro vita. Io sto ad ascoltare, a volte dentro di me mi contorco per il disgusto, il disprezzo... sì, anche per l'odio, ma allo stesso tempo so che questo è come un elisir al quale non posso rinunciare.

Notai subito che non c'era nulla di cui Evelin avesse più paura che dover uscire dalla massa, perciò la chiamai immediatamente per il primo gioco di ruolo che avevo preparato. Cominciò a impallidire e subito diventò rossa, i suoi occhi mandavano lampi. Mi guardò supplicante, come un animale in una trappola mortale, e mi ricordo ancora che speravo che nessuno si accorgesse dell'erezione che avevo e che – come è naturale che sia – sfuggiva completamente al mio controllo.

Quando Evelin capì che non c'erano vie d'uscita, si fece avanti con le gambe che le tremavano. Scelsi un secondo partecipante, un giovanotto con enormi orecchie a sventola, che erano evidentemente la causa del suo fallimento nei rapporti interpersonali. Anche lui era terrorizzato, ma non sembrava disperato come Evelin. I due si tormentavano con il compito loro assegnato e io li osservavo, o meglio, per essere sincero, osservavo solo Evelin. Mi affascinava.

Allora, dodici anni fa, era piuttosto attraente. Vent'anni, bionda, molto slanciata. Aveva belle gambe e avrebbe potuto combinare qualche cosa se non avesse avuto sempre quell'espressione del tipo per-favore-non-mangiarmi. D'altra parte se non fosse stata così non mi avrebbe eccitato. E non mi avrebbe neppure fatto arrabbiare tanto. Probabilmente non l'avrei notata. Le donne sicure di sé non mi sono mai interessate, in fondo sono tutte noiose.

Durante il gioco di ruoli, Evelin sudava spaventosamente. Sotto le sue ascelle, grandi macchie umide si allargavano sul pullover grigio. Il suo viso era rosso come un peperone e luccicava. Era sul punto di piangere.

Improvvisamente ebbi paura di essermi spinto troppo avanti. Se dopo questa esperienza non fosse più venuta al mio seminario? Perciò alla fine delle due ore la chiamai. Mentre gli altri si avviavano verso l'uscita, mi avvicinai a Evelin e le presi la mano destra fra le mie. Sudava ancora parecchio.

«Evelin, lo so che oggi è stato difficile per lei», dissi dolcemente mentre la guardavo con insistenza. «Ma indubbiamente fra i partecipanti lei è quella con i problemi maggiori, l'ho capito subito. Per questo mi occupo soprattutto di lei. Lo capisce?»

Annuì mentre combatteva con le lacrime.

Mi sforzavo di non essere sopraffatto dal disgusto per la mano viscida e moscia che stava fra le mie, come un pesce mezzo morto.

«Non deve assolutamente rinunciare. Credo che si trovi in una situazione esistenziale molto difficile, e per lei ora è decisivo prendere la direzione giusta.»

Faceva fatica a guardarmi negli occhi. Naturalmente aveva già deciso di non partecipare più a questo terribile seminario.

«Cosa l'ha spinta a venire qui?» chiesi in tono più professionale.

«Il mio... il mio terapeuta», rispose con una vocina sottile. «Dice che devo cercare di stare in mezzo alla gente. Gli ho detto che è difficile perché le altre persone mi fanno paura. Sono così sicure di sé, forti... e, ma sì, abbiamo pensato che questo potrebbe essere un buon inizio, mettermi in contatto con persone che hanno problemi simili ai miei. Poi mi è capitato fra le mani un opuscolo di questo seminario e...»

«... e ha deciso di prendere il toro per le corna. Un grande passo e coraggioso. Non sarebbe un peccato rinunciare ora?» Strinsi un po' la sua mano. Le sorrisi. Desiderava calore e attenzione, addirittura si struggeva dal desiderio. Se fossi riuscito a convincerla che con me avrebbe trovato entrambi, avrei vinto.

Effettivamente tornò. Nonostante per me fosse molto difficile, per un paio d'ore la lasciai in pace, doveva sentirsi sicura. Non appena mi accorsi che si rilassava, la inserii a sorpresa in un esercizio particolarmente difficile. Non riusciva a cavarsela e trovava il fatto spaventosamente vergognoso, come poi mi raccontò fra le lacrime. Ma io la lodai e le dissi che ero molto soddisfatto e, durante le ore del seminario, le sorrisi di tanto in tanto. Lei cominciò a rispondere timidamente ai miei sorrisi. Era accaduto quello che avevo previsto: aveva bisogno di me, ero diventato il centro emozionale della sua vita.

Ci siamo sposati nel luglio del 1992, quindi quasi un anno e mezzo dopo il nostro primo incontro. Chiesi a Leon e Alexander di farmi da testimoni. Non c'erano altri invitati. Evelin non aveva amici e non aveva più una famiglia. Mi aveva raccontato che suo padre era morto anni prima di infarto e sua madre, che non era riuscita a riprendersi da questo colpo del destino, era ricoverata in una clinica psichiatrica a causa della sua forte depressione.

«Andiamo a trovarla», le avevo consigliato poco prima del matrimonio, «così le raccontiamo di noi!»

Ma Evelin non volle, per nessun motivo. Quando feci pressione – naturalmente – cominciò a piangere e così lasciai cadere momentaneamente la richiesta.

Dopo il matrimonio iniziai a chiedermi sempre più spesso perché avevo ritenuto di dover assolutamente sposare Evelin. Era certamente carina, ma ci sono donne ben più attraenti di lei. Il motivo non era il suo aspetto, proprio no. Credo che ad affascinarmi fosse la sua totale dipendenza da me, che mi aveva reso quasi assuefatto al bisogno di esercitare continuamente il mio potere su di lei. Si era abbandonata a me, dipendeva solo da me se per lei una giornata sarebbe stata bella o brutta. Già al mattino a colazione potevo mostrarle freddezza e silenzio, e lei si trasformava subito in un cane che guaisce e mendica disperato un po' di affetto. Mi seguiva strisciando, si sforzava di fare tutto bene, per strapparmi un sorriso, per sentire da me una buona parola. Se ne avevo voglia le davo ciò che voleva, di colpo e inaspettatamente; così vedevo una donna che per la riconoscenza e il sollievo sarebbe stata pronta a leccare la suola delle mie scarpe, se solo glielo avessi ordinato. A volte invece mi divertiva lasciarla nel suo brodo per qualche giorno e osservare che effetti avesse su di lei questo trattamento. Nel giro di ventiquattro ore si trasformava in un relitto, si poteva vedere che peggiorava di minuto in minuto. A un certo punto tremava tanto che non riusciva neppure a tenere in mano il barattolo del sale. Non poteva rispondere al telefono perché la sua voce si bloccava non appena pronunciato il nome. Infine si chiudeva in bagno e vomitava anche l'anima.

E io?

Sapevo che interrompere il suo tormento non mi sarebbe costato più energie che premere un interruttore della luce, e che ero io solo a dover decidere il momento in cui farlo. Mi rendeva... come dire? Ne ero dipendente. Era un gioco, una sferzata, era assolutamente la cosa più grandiosa. Ne avevo bisogno, di continuo.

È per questo, credo, che ho sposato questa donna. Appartiene a quel tipo di persone che vengono al mondo già come vittime. E lo restano per tutta la vita. In un certo senso, e questo mi spaventa, sono tanto dipendente da lei quanto lei lo è da me. Non potrei sopportare di perderla.

Quello che mi ha innervosito fin dal primo giorno di matrimonio, e che mi innervosisce ancora oggi, è il suo attaccamento al dottor Wilbert. Il suo terapeuta. Dopo il matrimonio le ho detto che doveva chiudere con Wilbert, in fondo ora era sposata con uno psicologo. Le regalai un cane, un bellissimo pastore tedesco, in modo che avesse qualcuno di cui occuparsi, con cui impegnarsi, e speravo che questo le avrebbe permesso di tagliare il cordone ombelicale che la legava a Wilbert. Non ce l'ha fatta. Dietro le mie costanti pressioni, negli ultimi anni, ha fatto vari tentativi ma poi ci è ricaduta. Credo che a volte lo abbia addirittura cercato di nascosto. Non potevo rischiare di dire che avrebbe dovuto farsi curare da me, perché, secondo tutte le regole terapeutiche, sarebbe stato completamente sbagliato. Di certo lo avrebbe raccontato a Wilbert, e non potevo permettermi di diventare un emarginato fra i miei colleghi. La maggior parte di loro comunque non mi sopporta. Ovvio, io ho un successo enorme. Guadagno uno sproposito. Le mie pazienti mi si aggrappano come sanguisughe. Per questo sono invidiosi.

C'era un problema che pesava in maniera crescente sulla nostra vita quotidiana: quell'odio che nasceva dal disprezzo che provavo per le persone deboli, e con cui dovevo combattere anche di fronte ai miei pazienti. Benché queste persone provochino in me quell'eccitazione che rende la mia vita degna di essere vissuta, allo stesso tempo inevitabilmente liberano in me rabbia e avversione, anzi potrei quasi dire: disgusto, un profondo disgusto. È sempre lo stesso fenomeno, che spesso mi rende così difficile questo lavoro, che pure amo tanto. A volte quasi non riesco a sopportare di restare nella stessa stanza con uno di questi poveracci, la repulsione è tanto violenta che la sento quasi fisicamente. Normalmente, però, dopo cinquanta minuti queste persone se ne vanno, e anche un seminario al massimo dura due ore. Ho tempo e modo di rigenerarmi.

Ma Evelin, la più poveraccia di tutti i poveracci, l'avevo sempre intorno. Mattina e sera, nei fine settimana, di notte, durante le vacanze. Era mia moglie! È mia moglie. Non posso farla uscire dopo cinquanta minuti, spalancare le finestre, respirare profondamente e lasciare che lentamente il disgusto e l'odio si attenuino.

Disgusto e odio. Era questo che provavo sempre più intensamente per Evelin, nei primi anni del nostro matrimonio. È questo che oggi provo per lei. A volte il disgusto e l'odio sono più forti del senso di benessere che mi dà la sua dipendenza. In simili momenti mi tormenta la sensazione di aver fatto un pessimo affare con questo matrimonio. Ma poi mi dico che non avrei mai potuto sposare una persona strutturata diversamente. Non ho bisogno di illudermi: in fondo questa donna estremamente labile dal punto di vista psichico mi trasmette uno stimolo sessuale. Non avrei di certo portato davanti all'ufficiale di stato civile una donna che non esercitasse su di me questa attrazione. Se non fosse stata Evelin quindi, sarebbe comunque stata una donna del suo tipo. E mi sarei trovato di fronte allo stesso dilemma.

Forse il problema sono io. Non Evelin.

Ciononostante, è un caso speciale. Del tutto speciale. Anche se il dottor Wilbert era ed è il suo grande confidente, poteva succedere che ne parlassimo, e come psicologo sono sufficientemente esperto per far dire alle persone le cose che voglio scoprire. Evelin non è alla mia altezza, in generale dal punto di vista intellettuale e in particolare da quello retorico. Non poteva fare a meno di rispondere alle mie domande.

Seconda parte

Il padre di Evelin era scrittore. Uno sconosciuto che era così convinto delle proprie capacità, oppure così appassionato, che nonostante l'insuccesso non riusciva a smettere di esercitare la sua arte che non gli dava da vivere. Aveva ereditato dalla famiglia una casa e una somma di denaro non trascurabile, così era riuscito a mantenere moglie e figlia anche senza entrate proprie. La casa era una villa vecchissima e malridotta, con pavimenti che scricchiolavano, le finestre che non chiudevano bene, l'impianto idraulico difettoso e tutto intorno un giardino che si sarebbe meritato l'appellativo di foresta vergine. Per motivi inesplicabili Evelin era molto affezionata a quella catapecchia e mantenne quell'affetto anche in seguito: avrebbe voluto che comperassimo una casa di quel genere; pretesa alla quale mi sono opposto con decisione e con successo.

La cosa peggiore del padre di Evelin non era il fallimento professionale in sé, ma lo stato in cui lo ridusse la continua frustrazione. Cominciò a bere e diventò sempre più violento. Non con Evelin, ma con sua moglie. Non ho mai conosciuto mia suocera ma, a giudicare da quello che ho sentito su di lei, doveva essere una donna molto sottomessa. Attraente, poco sicura di sé, profondamente devota al marito incapace. Una di quelle donne che, se hanno trovato un uomo, pensano di dovergli essere riconoscenti per tutta la vita, anche se lui le maltratta. Di certo ha condizionato l'immagine femminile di Evelin, come pure la sua idea di rapporto di coppia.

Pare che il padre di Evelin fosse vittima di raptus che dovevano essere davvero paurosi. Scagliava tutti gli oggetti che gli capitavano a tiro, neppure le sedie e i tavoli erano al sicuro da lui. Si attaccava alle tende e le gettava a terra, frantumava le ante di vetro degli armadi, strappava dalle pareti cavi e prese. Probabilmente a volte sembrava che nella villa fosse esplosa una bomba: ubriaco fradicio, imprecava contro Dio e il mondo perché ancora una volta un qualche editore aveva rifiutato una delle sue geniali opere. La sua rabbia smisurata aveva sempre bisogno di nuovi sfoghi e naturalmente la moglie era la vittima.

In un certo senso posso capirlo. Il mondo degli editori tedeschi si era coalizzato contro di lui, e lei era lì, ingenua e sciocca, senza capire nulla della sua tragedia. Si dimostrava sottomessa e così lo eccitava ancora di più. Gli sorrideva timidamente nel momento sbagliato, con voce tremante gli diceva cose totalmente fuori luogo... Non c'è da meravigliarsi se di tanto in tanto le mollava un ceffone. In questo modo gli argini erano rotti. Probabilmente a un certo punto in casa non c'era più nulla da rompere. Tranne sua moglie.

La madre di Evelin.

Oggi quella donna dev'essere un esempio di abilità chirurgica, perché dentro e fuori di lei non ci deve essere praticamente nulla che non sia stato distrutto dal marito e poi risistemato dai medici. Il setto nasale frantumato, varie costole, le dita, i polsi, le clavicole rotte, i denti rotti; era stata in ospedale per una lesione alla milza, per diverse commozioni cerebrali, per una perforazione del timpano e infine si era quasi dissanguata dopo che lui le aveva conficcato un coltello nella coscia. Presumo che i medici abbiano fatto pressione perché denunciasse il marito ma, visto che non è mai stato chiamato a rendere conto, evidentemente lei lo copriva tenacemente. Le donne di questo tipo sono così. Fra le mie pazienti ne ho parecchie. Sarebbero capaci di trascinarsi carponi all'ospedale con il ventre lacerato da un colpo d'arma da fuoco e dire che è successo mentre pulivano un'arma.

Non che Evelin semplicemente mi raccontasse le cose. Era tutta presa solo dall'affascinante casa romantica e dal magnifico giardino, e si aggrappava alla convinzione che suo padre fosse un geniale scrittore misconosciuto.

«Non aveva mai soldi», disse una volta, «e credo che a mia madre la depressione sia venuta per questo.»

È ridicolo! La vecchia non è per nulla depressa, oggi lo so. In fondo sono nel settore, ho contatti, e ho preso informazioni. Mia suocera è in manicomio, questa è la verità. A forza di botte mio suocero le ha strappato dalla testa il suo cervello di gallina, e hanno dovuto rinchiuderla perché altrimenti sarebbe diventata un pericolo per la collettività. Non sa più chi è, balbetta frasi confuse e, se solo ne avesse la possibilità, darebbe fuoco a tutto ciò che le capita a tiro: case, auto, piante, animali. Farfuglia della forza purificatrice del fuoco. Per fortuna non c'è medico al mondo che la dimetterebbe da dove è adesso.

Un paio d'anni fa – deve essere stato poco prima che Evelin rimanesse incinta – il buon dottor Wilbert era arrivato a un punto di svolta nella sua terapia. Improvvisamente, Evelin si ricordò l'inferno in cui era cresciuta, per meglio dire cessò di rimuovere i ricordi. Probabilmente le cose stavano così: gli aveva continuamente ripetuto che aveva sostanzialmente trascorso la sua infanzia nella cucina della casa dei genitori, e «sostanzialmente» in questo caso vuol dire: ci aveva passato ogni minuto, escluso il tempo della scuola. Oggi è una palla di grasso, e una simile affermazione non manca di una certa comicità, ma, come ho detto, quando l'ho conosciuta era piuttosto magra, e in alcune foto della sua infanzia sembra quasi sottopeso. Non è possibile che si rimpinzasse di cibo, perché allora sarebbe stata malata di bulimia, ipotesi che ho fatto per un certo periodo e che – devo ammetterlo – era sbagliata.

In ogni caso, il fatto che in quella casa dalla cucina si potesse arrivare in giardino – un tempo le case erano spesso costruite così – risultò di importanza decisiva. Evidentemente, durante le sedute di analisi, Evelin aveva messo in relazione la sua permanenza in cucina con la scala di pietra così romantica che da lì portava in giardino. Ma ci vollero anni perché arrivasse ad ammettere che quella scala aveva rappresentato l'unica via di fuga quando il padre perdeva il controllo, e nel giro di pochi minuti rendeva sua madre un cumulo di miseria piagnucolante che implorava pietà. Evelin stava seduta tremante in cucina con lo sguardo alla porta, pronta a fuggire.

Così erano andate le cose. A quel punto lo sapeva. Bisognava vedere come le avrebbe fronteggiate.

In quel periodo andò spesso dal dottor Wilbert, così spesso che pensavo di proibirle quelle visite. Avrei potuto farlo, togliendole l'affetto avrei potuto ottenere qualunque cosa. Ma, da quando il meccanismo di rimozione era stato messo in crisi, lei stava di merda, e pensavo che Wilbert dovesse pagare le conseguenze di ciò che aveva fatto: perché dovevo sbattermi con una depressa fuori di testa che frigna in continuazione? A quel punto gli avvenimenti della sua infanzia e adolescenza erompevano da lei come cascate, a volte mi facevano girare la testa. Voglio dire, immaginavo che le dovevano essere capitate molte cose orribili – altrimenti una giovane donna non diventa così timida, dipendente e pronta a recitare per sempre la parte della vittima – ma ora cominciavo ad avere un po' paura. Speravo che Wilbert, il vecchio ciarlatano, riuscisse a rimettere in piedi questa creatura distrutta. Lo sa Dio, non avevo proprio voglia di trovarmi improvvisamente fra i piedi una copia di sua madre!

Nonostante non stesse bene, con l'elaborazione della sua infanzia ottenne una certa liberazione dell'io, che probabilmente ha sciolto alcune sue tensioni interiori; sta di fatto che improvvisamente accadde quello che aveva sperato invano per anni: rimase incinta. Era raggiante di felicità, e inizialmente, quando lo seppi, ne fui contento anch'io. Nella mia vita non avevo pianificato di avere figli, ma non avevo neppure nulla in contrario. Poi, però, Evelin sviluppò un atteggiamento che mi piaceva sempre meno: mese dopo mese, con il crescere del bambino nel suo ventre, si allontanava sempre più da me. Era come se l'essere non ancora nato prendesse gradualmente il mio posto, il ruolo di persona di riferimento; divenne il suo centro, il dispensatore di calore affettivo, l'oggetto dell'affetto, dell'amore, della devozione. Cantava canzoni alla creaturina, parlava con lei e si comportava in modo demenziale, ma quello che mi faceva infuriare era che non si curava più per nulla di me. Mi aveva sempre gironzolato attorno come un cagnolino timido e aveva cercato di intuire il mio stato d'animo, il mio umore per comportarsi in maniera adeguata, per non suscitare la mia irritazione; un comportamento tipico delle donne che sono cresciute in un ambiente violento. Ora, all'improvviso, il mio stato d'animo non era più importante, badava pochissimo a me. Si svegliava con il pensiero del bambino e si addormentava con quello stesso pensiero. Non riuscivo più a comunicare con lei. Mi era sfuggita.

La cosa mi faceva stare male, ero frustrato, in un certo senso anche insicuro, e avevo l'impressione che la nostra relazione si stesse sviluppando in maniera negativa. Chi lo sa cosa ci sarebbe successo. Ma a decidere fu il destino. Al sesto mese di gravidanza Evelin perse il bambino.

Era di nuovo nelle mie mani.

Ovviamente Evelin non riuscì ad accettare la perdita. All'inizio la cosa mi sembrò normale, ma dopo un anno era ancora disperata come il giorno dopo l'operazione d'urgenza che aveva salvato lei, ma che era costata la perdita del bambino. La vita con lei divenne sempre più pesante e infelice. Piagnucolava ancora più di prima e sfogava il suo dolore in orge di cibo e acquisti. Cioè, o se ne stava davanti al frigorifero (la cucina l'aveva riconquistata, era tornata a essere il suo luogo preferito) e divorava tutto quello che trovava, oppure andava nelle migliori boutique della città e comperava più vestiti di quanti una persona normale potrebbe mai indossare. In breve: divenne grassa e costosa. L'ultima cosa non mi disturbava, guadagno molto e trovo lusinghiero che mia moglie indossi abiti evidentemente costosi. Quello che mi faceva infuriare, e ancora oggi mi fa infuriare, è la perdita di quel poco di fascino che le era rimasto. Si è completamente disfatta. Qualsiasi vestito carino non la rende più bella. È sottomessa e fedele e quindi rimane un oggetto eccitante, ma io sono pur sempre un uomo. Vorrei ogni tanto poter guardare mia moglie con *piacere*.

Terza parte

Comincio a preoccuparmi.

Come già ho scritto, con la perdita del bambino Evelin iniziò a cambiare; si vedeva bene nel suo atteggiamento esteriore, nel selvaggio fare acquisti e nel mangiare senza freni. Naturalmente era peggiorata anche la sua depressione, ma di questo non c'è da stupirsi. Da almeno sei mesi c'è qualcos'altro, qualcosa che anch'io, che conosco bene ogni immaginabile aspetto della psiche umana, fatico a scandagliare.

Forse potrei descriverlo così: in Evelin lavora qualche cosa. Dentro di lei qualcosa è stato scosso, un pensiero, un'idea, una rappresentazione, un'immagine. Questo qualcosa si è messo in movimento e segue la sua strada. Probabilmente Evelin non è in grado di controllarlo e tanto meno di fermarlo.

È percepibile. Vedo il cambiamento nei suoi occhi. Lo sento nella sua voce. Quasi posso sentirne l'odore. Evelin ha un odore diverso. Ha sempre avuto l'odore della paura che mi ha sempre straordinariamente eccitato, ma ora nel suo odore si mischia qualche cosa di nuovo. Probabilmente è un inizio di ribellione.

Ribellione ed Evelin sono due concetti che si escludono a vicenda, e per questo forse comincio a non sentirmi più a mio agio. Ci sono animali che torturati, strappati alla loro naturale forma di vita e costretti a una sopportazione deprimente progettano il loro suicidio. Decidono di morire e mettono in pratica questa decisione con una determinazione sorprendente. Smettono di mangiare e bere, si rifugiano in un angolo e aspettano la morte. Nonostante la totale mancanza di libertà, la privazione dei diritti, l'oppressione, si conquistano così il diritto all'autodeterminazione, la loro dignità. Istintivamente afferrano che nell'apparente mancanza di vie d'uscita rimane loro questa possibilità. Trionfano sui loro aguzzini. Li privano di ogni potere.

Credo di vedere in Evelin qualcosa di simile. Senza dubbio non si aspetta nessun miglioramento dalla vita, e può essere che i suoi pensieri prendano una direzione che per lei vuol dire la liberazione, ma per me un notevole tormento. Potrebbe immaginare che con un suicidio risolverebbe il suo problema maggiore – la vita stessa –, e allo stesso tempo – e di un pensiero così perfido la credo capace proprio a causa della sua ingenuità – mi infliggerebbe una sconfitta dalla quale mi potrei risollevare solo dopo anni: mi priverebbe del controllo su di lei. Diventerebbe irraggiungibile per me. Dovrei vivere con la sensazione di essere un fallito, di non avere più la possibilità di volgere la situazione secondo i miei desideri. Alla fine avrebbe vinto lei.

La osservo attentamente. È sempre più in uno stato di allerta interiore. Ovviamente non smetto di dirle o farle capire *chi* e *cosa* è. Credo che non riuscirei a smettere neppure fra cent'anni. Forse al momento mi solletica anche la sensazione di spingere una situazione fino alle estreme conseguenze. Vado al limite. Quando andrò troppo in là? Quando farà il passo che temo e che però contribuisco a favorire?

Mi darebbe soddisfazione essere quello che mette in moto il fattore scatenante? Il suicidio di Evelin sarebbe davvero un suicidio? Non sarebbe in realtà *guidato da me*?

Posso dire cose che la fanno impazzire. Se lo facessi, potrei dedurne di averla guidata fino alla fine?

Come è difficile prevederlo. Incredibilmente difficile.

13

Aveva gettato uno sguardo nei pensieri di un malato di mente, e le erano venute le vertigini alla vista dell'abisso che le si spalancava davanti.

Stava seduta nell'erba sotto i meli, in quel giorno di una primavera inglese di una bellezza eccezionale, le api e le farfalle le ronzavano attorno, maggiolini punteggiati si cullavano nell'aria, l'idillio era di una perfezione quasi irreale.

Lei però aveva guardato in faccia l'orrore e aveva visto il suo mostruoso ghigno.

Tim aveva sputato veleno su Alexander e Leon, i suoi amici, aveva ridicolizzato le persone che conosceva fin dalla prima gioventù, le aveva umiliate, aveva scavato nelle loro ferite, aveva analizzato con piacere i loro punti deboli, era stato alternativamente cinico, rozzo, brutale o anche solo vile. Dall'alto della sua ripugnante supponenza, con una smorfia odiosa che sembrava occhieggiare da ogni frase, aveva sezionato il materiale che si era preparato, e se alla fine un sentimento per i suoi amici restava era solo disprezzo. Un disprezzo profondo, mostruoso, scioccante nella sua freddezza.

«Non so se voglio leggerlo», si era tirata indietro, quando Evelin le aveva gettato in grembo i fogli alzandosi. Ma Evelin aveva insistito con una determinazione per lei insolita che non ammetteva repliche.

«Leggi. Leggi almeno tu. Così almeno uno di voi saprà con chi avevate a che fare.»

«Tu l'hai già letto tutto?»

«No. Ma ne so abbastanza. Chi conosce le prime pagine conosce anche il resto.»

«Dove vai?»

«Voglio andare in casa a prendere della roba mia. Oggi o domani torneremo in Germania e di certo non verrò mai più qui.»

«Hai le chiavi? Ma la casa è ancora sotto sequestro!»

Con sorpresa di Jessica, Evelin, di solito così sottomessa alle autorità, aveva semplicemente alzato le spalle. «E allora? Vorrei riavere le cose che mi appartengono. La polizia è comunque in debito con me.»

Si era avviata in direzione della casa, molto più diritta del solito, e Jessica aveva pensato: smascherare suo marito le dà sicurezza. La giustizia che spera di trovare la rende più forte.

Tim era uno psicopatico, Jessica l'aveva capito. Il disagio che aveva provato davanti a lui non era fuori luogo. Era malato, davvero malato. Prigioniero di idee e immagini assurde, posseduto dal delirio di dover manipolare e dirigere le altre persone. Si considerava un grande psicologo, ma in realtà era totalmente dominato dalle sue stesse nevrosi, dalle sue voglie, dalle sue paure. In realtà non aveva cercato né amici né una compagna di vita, aveva solo cercato vittime. Aveva avuto bisogno di radunare queste vittime attorno a sé, di averle costantemente sotto controllo. A posteriori, Jessica era quasi convinta che il legame così stretto fra gli amici in realtà fosse stato pilotato da Tim, anche se in maniera troppo sottile per essere percepito. Leon e Alexander erano stati il nutrimento ideale per le sue esigenze: Leon, schiacciato dalla moglie e, dal punto di vista professionale, incapace di tenere in piedi una qualunque attività; e Alexander, che a quarant'anni era ancora terrorizzato dal padre e da cui le donne fuggivano via.

Vittime sacrificali, esattamente come Evelin. Persone che non ce la facevano a tenere le redini della loro vita. Tim se li era goduti, era stato al loro fianco con consigli paterni e una volta anche con un aiuto vero e proprio, come nel caso di Leon, al quale aveva prestato una consistente somma di denaro solo per poterlo poi umiliare. Si ricordava di come aveva visto arrivare i due attraverso il parco la prima sera delle vacanze di Pasqua. Leon che parlava a Tim con foga, ma oggi sapeva che era disperato. E Tim che lo ascoltava con espressione cupa, in silenzio, senza venire incontro all'altro nel momento del bisogno con una parola consolatrice, con un gesto. Che balsamo doveva essere stato per lui. Una cosa del genere, verosimilmente, gli aveva fatto accettare volentieri anche la probabile perdita del denaro.

Ma era con Evelin che se l'era veramente goduta, che aveva portato alle estreme conseguenze il suo perfido gioco. Una giovane donna, appena sfuggita al martirio di un'adolescenza dominata da una violenza mostruosa, si era messa nelle sue mani per trovare una nuova vita; dopo tutto quello che aveva passato voleva essere guarita dai suoi tormenti e dalle sue paure, mentre lui vedeva in lei solo la vittima perfetta, il soggetto che aveva atteso per dare libero sfogo alla sua stessa malattia, per poter soddisfare le sue tendenze perverse.

Le sembrava incredibile che un uomo, riconosciuti nella moglie – oppure in qualsiasi altro essere umano – i segni premonitori di una volontà suicida, interpretasse prima di tutto questi segni come pericolo per se stesso: come pericolo di perdere la propria vittima, che probabilmente avrebbe osato liberarsi dalla sua tirannia con questo ultimo gesto disperato. Evidentemente Tim si preoccupava più che altro di riuscire a pilotare quest'ultimo passo. Nel suo delirio, gli avrebbe dato un senso di trionfo, una conferma che Evelin era la *sua* creatura e che fino alla fine non era riuscita a liberarsi.

Rabbrividendo per il disgusto rimise i fogli nell'involucro. La parte intitolata *Jessica, documento V* non l'aveva letta. Non voleva sapere cosa Tim avesse pensato di lei. Non voleva vedersi costretta a star male.

Si alzò. Era stata così a lungo seduta rannicchiata nell'erba che le facevano male le ossa e con un leggero gemito si allungò e si stirò.

Quanto tempo poteva essere passato? Guardò l'orologio. Era l'una meno dieci, aveva letto per quasi un'ora. Non aveva più né visto né sentito Evelin.

La casa, sul cui lato ovest si trovava lei, le apparve improvvisamente minacciosa, immersa in quel silenzio totale. Si levava scura e cupa nell'azzurro del cielo. Dietro le finestre non si vedeva nulla, non si muoveva nessuna ombra, nessuna tenda si gonfiava. Tutto sembrava vuoto e abbandonato. Come se nelle vicinanze non ci fosse più alcun essere umano.

Si chiese se Evelin avesse così tante cose da prendere. *Alcune delle mie cose personali* aveva detto. Perché dopo tanto tempo non era ancora ricomparsa? O forse era seduta lì dentro da qualche parte a fissare una parete, a ricordarsi le cose che erano successe in quella casa, le voci che aveva sentito, le immagini che aveva visto? O forse si muoveva per le stanze come un sonnambulo, ossessionata da quello che era accaduto qui?

All'improvviso ebbe paura. E se Tim avesse avuto ragione? Se Evelin era davvero incline al suicidio? Poteva essere che già da tempo coltivasse dentro di sé questo pensiero e aspettasse solo... già, che cosa aspettava?

Jessica fissò le carte che teneva ancora in mano, e improvvisamente pensò che poteva essere quello: che Evelin avesse aspettato solo l'occasione per recuperare gli appunti nascosti e farli leggere a qualcuno. Forse non aveva voluto andarsene senza portare alla luce la verità sul suo aguzzino. La grassa, sbalestrata Evelin che alla fine si impicca, ma non senza aver prima smascherato l'uomo che l'aveva portata a quel gesto.

Avrebbe voluto correre attorno alla casa, spalancare la porta, salire di corsa le scale, il più in fretta possibile, ma i suoi piedi non si muovevano. Era come se avesse messo le radici, se ne stava nell'erba sotto i meli, fissava il muro della casa, tormentata da un'immagine che vedeva davanti a sé: Evelin là dentro, Evelin che non aveva mai avuto intenzione di prendere le sue cose, che era andata impettita e decisa come non mai, con la voce ferma e lo sguardo limpido. Evelin che era apparsa completamente diversa.

Dio, non posso entrare, pensò inorridita, *non posso entrare di nuovo in questa casa e trovare ancora qualcuno morto, non sono in grado di sopportarlo, non posso vivere il prossimo incubo senza nemmeno aver elaborato quello precedente...*

Respirò profondamente, cercò di calmarsi e di mettere ordine nei suoi pensieri. Le stavano saltando i nervi, ed era la cosa più stupida che potesse succederle in quel momento.

Non so se l'ha fatto. Lo sospetto solo. Non ne ho la certezza.

Naturalmente era la sua fantasia che le stava facendo uno scherzo. Perché tenere in considerazione gli scritti folli di uno psicopatico morto?

Ma è depressa. Lo sapevo fin dall'inizio. Mi sono sempre preoccupata per lei. Non ho mai capito perché gli altri non lo notassero.

Alzò la voce e gridò un paio di volte il nome di Evelin. Nulla si mosse, nessuno rispose. Il vento stormiva leggermente fra il fogliame degli alberi.

Era come stregata, non riusciva ad andare in casa. Si riempì di sudore e improvvisamente si sentì le gambe molli. Non riusciva a muoversi.

Se solo ci fosse qualcuno. Qualcuno, magari Leon o addirittura Ricarda. Qualcuno che le facesse coraggio e le togliesse i pensieri terribili.

Dài, non impazzire. Evelin è lassù, nella sua stanza, sta cercando le sue cose, senza fretta, sta sfogliando libri, guardando vecchie foto, ha dimenticato il tempo. Ora vai dentro e semplicemente dille che vorresti tornare in paese.

Ma lì non c'era nessuno. Nessuno la induceva a farlo. Era sola, esattamente come quel giorno. *Era di nuovo completamente sola.*

Si passò il dorso delle mani sulla fronte fredda e bagnata. Poteva stare lì e aspettare che prima o poi Evelin uscisse, ma, se l'amica stava davvero commettendo un gesto suicida in casa, avrebbe dovuto vivere per sempre con la consapevolezza di non aver fatto nulla per salvarla. Si poteva vivere con un peso simile?

Improvvisamente le venne in mente qualcosa, e per qualche secondo trattenne il respiro. Come aveva potuto dimenticarsi del dottor Wilbert? All'improvviso ebbe di nuovo davanti agli occhi la mattinata trascorsa nel suo studio. La sua preoccupazione per Evelin. L'aveva pregata di informarlo subito, non appena Evelin fosse stata rilasciata.

«Voglio essere a disposizione», aveva detto. Che avesse anche lui previsto e temuto la possibilità di un tentativo di suicidio?

Si sarebbe presa a schiaffi per essersi scordata di avvisarlo. Che fosse o non fosse il fine settimana, avrebbe dovuto chiamarlo. Magari l'avrebbe addirittura accompagnata a Stanbury. E così lei non sarebbe stata lì sola come un cane a partorire i pensieri più cupi sulla scena terribile di fronte alla quale si sarebbe trovata entrando in casa.

Frugò nella borsetta, tirò fuori il telefonino, continuò a cercare. Se aveva sfortuna il biglietto da visita era rimasto a casa sulla sua scrivania. Se aveva fortuna si trovava da qualche parte nella borsa.

Lo trovò in una tasca laterale, schiacciato e spiegazzato. *Dottor Edmund Wilbert*, l'uomo che probabilmente conosceva Evelin meglio di suo marito. Forse lui avrebbe potuto dirle cosa fare, anche per telefono.

Due minuti all'una. Forse riusciva a trovarlo prima della pausa pranzo. Il prefisso della Germania. Il prefisso di Monaco. Poi il suo numero di telefono. Sentì il segnale di linea. Respirò profondamente. Non era occupato. Pregò che ci fosse.

«Wilbert», disse una voce. Per il sollievo quasi avrebbe pianto. Fece un sospiro e lui ripeté impaziente: «Wilbert. Chi parla?»

«Dottor Wilbert, sono Jessica Wahlberg. Non so se si ricorda ancora di me, io...»

«Sì, certo che mi ricordo. Lei è l'amica di Evelin. Cos'è successo?» Improvvisamente sembrò teso. Probabilmente dalla sua voce capiva che era profondamente turbata.

«Non so se è successa qualche cosa, forse sono io che mi faccio delle fantasie...» Jessica si sentì improvvisamente stupida. «Sono in Inghilterra», proseguì, «sono volata qui per venire a prendere Evelin.»

«È stata scarcerata?»

«Sì, ora hanno il vero colpevole. Cioè, lo devono ancora prendere, ma è certo che è stato lui. Evelin sta aspettando i documenti...»

«Signora Wahlberg...»

Nuovamente le sembrò di sentire nella sua voce un inizio di impazienza e si affrettò a dire: «Lo so, eravamo d'accordo che l'avrei informata non appena Evelin fosse stata liberata. Ma è successo tutto così in fretta e inaspettatamente... mi sono dimenticata di telefonarle. Ma ora ho urgente bisogno del suo aiuto. È... ci sono degli appunti di Tim, del marito morto di Evelin, in cui lui la descrive come ad alto rischio di suicidio. A quanto pare, nel periodo prima di morire è stato lui stesso a spingerla in quella direzione con vessazioni mirate. Era un personaggio molto disturbato, dottor Wilbert, ma alla fine la sua valutazione, che tra l'altro lei condivideva, era giusta, e...» respirò profondamente, «e ora sono qui ed Evelin da quasi un'ora è sparita in casa, non la sento e non la vedo, e ora non ho la forza per entrare in casa e magari trovarla... lo so, dovrei farlo, ma...» Non finì la frase, inspirò di nuovo profondamente perché parlando si era dimenticata di respirare. Era sicura che lui avrebbe chiesto: «Sì, e cosa potrei fare per lei? Da Monaco?»

Invece chiese: «Dov'è esattamente?»

«Stanbury House. Ho sentito il bisogno di venire qui un'ultima volta, e inaspettatamente ho trovato Evelin. Aveva nascosto qui gli appunti di suo marito e se li era ripresi. Me li ha dati perché li leggessi e poi è andata in casa a prendere alcune cose. Ma è passata un'eternità, e... Dottor Wilbert, alle sue spalle ha un martirio. Lui, voglio dire Tim, l'ha maltrattata sistematicamente e torturata per anni, e non mi sorprenderebbe se ora...»

La interruppe. Ora sembrava molto più teso che all'inizio della conversazione. «È lì da sola? In quel posto sperduto?»

«Sì. Per questo mi sento così sopraffatta, perché...»

«Jessica, mi ascolti, vorrei che facesse quello che le dico senza fare domande: sparisca. Se ne vada il più in fretta e il più silenziosamente possibile. Faccia presto. La prego.»

Deglutì. Le sue orecchie iniziarono a ronzare.

«Dottor Wilbert, non crederà che...»

«Jessica, è pericolosa e se avessi saputo che l'avevano rilasciata... maledizione, non le avrei permesso di raggiungerla lì. Ora deve mettersi al sicuro, ha capito?»

«Sì», sussurrò. All'improvviso la sua voce aveva perso ogni forza. «Dottor Wilbert...»

«Penso che sia stata lei. Non so perché l'abbiano lasciata andare, ma sono quasi sicuro che sia lei l'omicida. La conosco da quindici anni. Ho fallito perché non sono riuscito a farla ricoverare in tempo e perché non ho messo *lei* in guardia. Ma non è ancora troppo tardi. La prego», sembrava quasi disperato, «si metta in salvo! Faccia il possibile per venire via di lì. Faccia attenzione e faccia in fretta. La prego!»

14

Da qualche parte in casa un orologio suonò un rintocco e lei si spaventò. Era già l'una ed era ancora lì senza aver fatto nulla. Come passava in fretta il tempo a volte. Sembrava fossero trascorsi solo alcuni minuti da quando era entrata in casa. E invece si aggirava nella stanza da più di un'ora.

Di certo Jessica stava cominciando a preoccuparsi.

Si passò una mano sul viso cercando di scacciare quei pensieri snervanti che la tormentavano, da quando era tornata in quel luogo. Forse non sarebbe dovuta tornare, ma era importante riappropriarsi degli appunti di Tim; poi voleva approfittare dell'occasione per riprendere alcune delle sue cose personali, così avrebbe evitato di ritornare un'altra volta a Stanbury House. Non voleva più rivederla perché faceva parte in modo pregnante della sua vecchia vita che ora voleva definitivamente lasciarsi alle spalle.

Era nella camera da letto sua e di Tim, attorno a lei i mobili che ben conosceva: il grande letto a baldacchino, le candele sulla vecchia toilette, le tende di broccato alla finestra che davano alla stanza un aspetto particolarmente tetro. In effetti non le erano mai piaciute. Perché le aveva comperate?

Di fatto era stato Tim a volerle. Aveva scovato la stoffa in un negozio esclusivo di Leeds, e poi aveva mandato lei, Evelin, con un biglietto su cui erano annotate le misure, perché le facesse confezionare. Gli erano costate una fortuna, ma ne era valsa la pena, così aveva potuto vantarsene con gli amici e ancora una volta far vedere che lui era quello che guadagnava più di tutti. Evelin aveva trovato molto più belle le tende ariose di un giallo delicato che Jessica aveva scelto per la sua camera da letto, ma non aveva detto nulla. A quel punto aveva già accettato che nel suo matrimonio si realizzava solo quello che voleva Tim. Il suo unico scopo era quello di mantenere l'affetto di Tim, o quanto meno la sua benevolenza.

Le candele, che stavano sulla toilette in piccoli candelieri d'argento, da tempo non erano più state accese; da molti anni. Non le aveva mai cambiate, erano ancora le prime che aveva messo l'estate successiva al matrimonio, durante il loro primo soggiorno a Stanbury. Aveva cercato di dare un tocco romantico al loro matrimonio, ma si era presto resa conto che così apriva solo una nuova fonte di pericoli. Se Tim si fosse alzato col piede sinistro, le candele accese avrebbero potuto scatenare la sua rabbia. Forse perché, accendendole, Evelin avrebbe dimostrato troppa indipendenza. Non poteva fare nulla che si allontanasse anche minimamente dalla routine quotidiana. Se lo faceva era percepito come una ribellione.

Non poteva continuare a perdersi in questi pensieri. Jessica la stava aspettando. A pranzo avrebbero mangiato assieme in paese, poi avrebbe telefonato all'avvocato. Forse aveva qualche novità circa i documenti. Come sarebbe stato bello prenotare finalmente il volo di ritorno.

Aprì decisa l'armadio, ignorò volutamente le cose di Tim che erano o appese oppure ordinatamente impilate nei cassetti. Non la riguardavano più, di certo non si sarebbe presa la briga di riportarle indietro. Qualsiasi cosa avesse intenzione di fare Leon con la casa, le avrebbe eliminate.

Sul fondo dell'armadio c'era la sua valigia, la tirò fuori, l'aprì sul letto. Non si preoccupò di mettere le cose in ordine, ma gettò tutto dentro, biancheria, calze, pullover, un paio di camicie da notte; anche i suoi abiti da casa a sacco con i quali aveva sempre sperato di riuscire a nascondere i chili di troppo, ma che in realtà la facevano sembrare ancora più grassa e sformata.

«Sembri un pachiderma», le aveva detto Tim, «con quelle cose addosso sembri un pachiderma che si è infilato una tenda.»

Forse non era un paragone del tutto sbagliato. Tim era spesso brutale, ma probabilmente aveva semplicemente ragione.

Ancora Tim. Si fermò, si premette le mani sulla fronte gemendo con un filo di voce. Non avrebbe più voluto pensare a lui, ma d'un tratto lui le si avvicinava di nuovo. Evidentemente, dodici anni assieme non si possono cancellare come se niente fosse. Infinite ore, minuti, secondi. Infinite scene, situazioni che si erano radicate profondamente nei ricordi. C'era da chiedersi se sarebbero mai sparite.

Tim, come aggrottava la fronte. Tim, come sogghignava. Tim, come rideva. Tim, come camminava sul prato. Tim, come si portava una tazza di caffè alla bocca. Tim, come stringeva gli occhi quando si sceglieva una vittima. Tim, come la guardava quando voleva fare l'amore con lei. Tim, come si chinava su di lei nel letto. Tim, che le teneva la mano mentre veniva trasportata lungo il corridoio dell'ospedale...

Lanciò un grido soffocato. Proprio di questo aveva avuto paura: che ricomparissero le immagini di quella notte. Altrimenti sarebbe forse riuscita addirittura a riflettere su Tim, a elaborare, controllare e accettare il loro rapporto, ma c'era sempre in agguato l'orrore con il quale reagiva al pensiero di quella notte. Il sangue che le scorreva a fiotti lungo le gambe. Il panico dopo aver capito che stava accadendo qualche cosa di spaventoso. La corsa in ospedale, lei che gemeva, Tim che bestemmiava per i semafori rossi. Il pronto soccorso, un modulo da compilare, e mentre era al bancone, senza riuscire a ricordare il nome della sua assicurazione, ai suoi piedi si era formata una pozza di sangue. Tim stava ancora cercando un parcheggio, e lei si sentiva sola e abbandonata, aveva la netta sensazione che tutte le altre donne avrebbero saputo come ci si comporta di notte al pronto soccorso di un ospedale mentre si sta perdendo il proprio bambino; ma lei ancora una volta stava sbagliando tutto, sporcava il pavimento e non riusciva a far capire a nessuno quanto fossero drammatiche le sue condizioni e che aveva urgente bisogno di aiuto. Tim arrivò senza fiato, perplesso nel vederla ancora al bancone, lei scoppiò in lacrime e disse: «Non so quale assicurazione ho». L'infermiera dall'altra parte digitava imperturbabile qualche numero al computer.

Naturalmente Tim aveva messo il diavolo in corpo a tutti quei posapiano, aveva fatto un gran caos e ordinato all'infermiera di andare subito a chiamare un medico e di preparare un letto, in modo che finalmente Evelin si potesse coricare. Poi improvvisamente c'era stato un formicolare d'infermiere, erano apparsi anche diversi medici e l'anestesista che voleva sapere quando avesse mangiato l'ultima volta, cosa che lei non riusciva però a ricordare.

«Devo operarla», disse un medico che aveva un viso pallido e simpatico e sembrava molto stanco; lei aveva chiesto sottovoce: «Cosa succederà al mio bambino?»

Non le aveva risposto, ma nei suoi occhi aveva potuto leggere che per il bambino non c'era la minima speranza.

Sentì un gemito leggero e ci mise alcuni secondi per capire che era lei stessa a emetterlo. Erano passati così tanti anni da allora, ma il dolore non si era per nulla attenuato. Si ricordava di Tim al suo fianco quando si era svegliata dall'anestesia.

«Devo andare in bagno», erano state le sue prime parole e Tim aveva detto: «No, tesoro, è solo una tua sensazione. Ti hanno messo un catetere. Probabilmente ti preme un po'».

Quasi si era messa a piangere perché non voleva crederle. «Ti prego. Devo andare subito. Ti prego, ti prego, fa' qualche cosa.»

Aveva chiamato un'infermiera, ed Evelin le aveva sussurrato di toglierle il catetere, lei si era rifiutata, ma, rendendosi conto che Evelin non era lontana da una crisi isterica, alla fine aveva acconsentito. Era assurdo, aveva perso il suo bambino, la sua vita era distrutta, il futuro era solo un buco nero senza speranza, e lei dava fuori di matto per un catetere, mettendo sottosopra tutto il reparto di rianimazione. Aveva poi deciso che voleva assolutamente andare in bagno, un'idea cui l'infermiera snervata e sfinita aveva ceduto dopo una discreta discussione.

«Comunque non chiuda la porta», aveva detto. «È meglio se suo marito viene con lei.»

Così con un taglio nel ventre aveva zoppicato attraverso la stanza, con Tim al suo fianco che la sorreggeva, e tirandosi dietro il trespolo della flebo, passando davanti ai letti di altre donne appena operate, che facevano quello che ci si aspettava da loro e dormivano tranquille. Non avrebbe mai pensato di poterlo sopportare vicino a sé mentre cercava di fare pipì, ma improvvisamente la cosa le era diventata indifferente, anzi lui era preoccupato, premuroso, quasi gentile, e più tardi avrebbe pensato che quei momenti nel reparto di rianimazione erano stati fra i migliori del loro matrimonio.

Naturalmente aveva la vescica vuota e non aveva potuto orinare, e questo l'aveva fatta piangere di nuovo, mentre Tim, senza rimproverarla, la riaccompagnava al letto e con attenzione la aiutava a sdraiarsi.

«Cos'è successo al bambino?» chiese.

Le aveva scostato dalla fronte i capelli scompigliati. «Non hanno potuto salvarlo. Purtroppo è morto.»

Dopo che era andato via, non era più riuscita a dormire un attimo. Era sdraiata, sveglia, con lo sguardo fisso nell'oscurità debolmente illuminata da una lampada d'emergenza e ascoltava il respiro tranquillo degli altri. A intervalli regolari compariva l'infermiera per misurarle la pressione e ogni volta si sorprendeva di trovare Evelin ancora sveglia.

« Dovrebbe essere ancora intontita dall'anestesia. Cerchi di rilassarsi un po'. »

Naturalmente non ci riusciva. Come poteva dormire se non sapeva cosa ne sarebbe stato della sua vita?

La fine era arrivata così improvvisa e spaventosa che aveva avuto bisogno di un po' di tempo per rendersi conto della perdita. Percepiva che il dolore era peggiorato e con il passare del tempo era diventato ancora più intenso di quanto fosse stato quella notte. Aveva trovato nutrimento nella routine quotidiana, sempre uguale, nelle ore infinite di cui il giorno aveva bisogno per arrivare a sera, nelle insignificanti, inutili attività nelle quali si rifugiava per dimenticare, ma che non portavano un solo attimo di oblio. Si riaccendeva a ogni carrozzina che vedeva per strada – e per una qualche malvagia coincidenza sembrava che ovunque brulicasse di carrozzine –, a ogni donna col pancione che le passava a fianco dondolandosi. A ogni conversazione sui loro bambini fatta dalle persone attorno a lei, a ogni invito a un battesimo che arrivava a casa.

Naturalmente le attenzioni di Tim erano durate appena due giorni, e il loro rapporto, immediatamente dopo la tragedia, era ritornato nei soliti binari di tormento e disperazione.

Non pensarci! Ora smettila!

Chiuse energicamente l'anta dell'armadio, nonostante non avesse ancora messo via un bel po' dei suoi vestitoni. Forse doveva separarsi definitivamente da loro, in fondo aveva deciso di diventare la trentacinquenne magra e attraente propagandata come ideale nei periodici femminili. Naturalmente il fascino di queste donne non si basava solo sul bell'aspetto, ma anche sul fatto che si dedicavano con slancio e con forza alla famiglia, oppure alla carriera in un lavoro interessante, oppure a tutte e due le cose contemporaneamente. Lei, Evelin, invece era carente su tutti i fronti: non aveva una famiglia e neppure un vero lavoro. Non aveva neppure più una relazione.

Per lo meno aveva i soldi. In alcune cerchie femminili avere divorziato bene o essere rimaste vedove con molti soldi contava quanto la carriera. Da questo punto di vista, la sua vita non era stata un completo insuccesso.

Guardò dalla finestra e vide Jessica che si dirigeva verso il viale d'accesso.

Non erano rimaste d'accordo così, e questo la stupì. Avrebbero dovuto tornare insieme in macchina. E anche se Jessica, presa dalla sua passione per le lunghe passeggiate, avesse cambiato idea non era comunque da lei andarsene senza dire una parola.

Evelin si voltò e corse fuori dalla stanza. Nel periodo trascorso in carcere era davvero dimagrita molto. Se ne accorse da come scendeva agile e veloce le scale. Attraversò l'ingresso e uscì all'aperto. Fu investita dal calore, dal profumo dei fiori e dalla luce. Un grosso bombo peloso passò ronzando vicino alla sua testa.

Avrebbe raggiunto Jessica.

Dalla finestra aveva visto che l'amica non si muoveva agilmente come di solito. In un certo modo appariva pesante, stanca, stremata.

Dentro di lei si risvegliò un ricordo. La sera prima della tragedia. Il divano ad angolo davanti al camino in sala. Alexander. Aveva detto che...

Come aveva potuto rimuoverlo?

Si lamentò sottovoce, perché il dolore era quasi insopportabile.

Jessica aveva nutrito la debole speranza che Evelin potesse aver lasciato la chiave in macchina. Aveva girato attorno alla casa e aveva visto la sua piccola auto a noleggio davanti all'ingresso. Un veloce sguardo al muro della casa, ma anche qui sembrava che dietro le finestre non si muovesse nulla.

Scoprì che l'auto non era chiusa. Ma purtroppo non c'era la chiave. Evelin l'aveva tolta.

In fretta – sempre scrutando attentamente la porta d'ingresso – frugò nel vano portaoggetti, negli scomparti laterali, nello spazio fra i sedili anteriori. Naturalmente non c'era nulla. C'era la possibilità che Evelin avesse lasciato la chiave nell'ingresso su uno dei tavolini, o addirittura che l'avesse ordinatamente attaccata in cucina, al pannello per le chiavi, e poi fosse andata al piano superiore. Per un momento Jessica pensò di andare a vedere. Ma poi scartò questa idea perché troppo rischiosa e con troppo poche possibilità di successo: subito dopo il suo arrivo a Stanbury House Evelin aveva subito recuperato i documenti di Tim dal pozzo nero. Quindi probabilmente aveva infilato la chiave nella tasca dei pantaloni, dove quasi sicuramente era rimasta.

I documenti di Tim.

Teneva sempre in mano la busta di plastica verde e decise che le mostruosità, diffuse da Tim con tanto piacere, non le servivano più, e che non voleva essere appesantita da nulla durante la marcia a piedi verso il villaggio. Lasciò il plico sul sedile del passeggero e chiuse la portiera. Solo allora si rese conto che dopo la conversazione con il dottor Wilbert si era mossa in una specie di trance, che il cuore però le batteva più forte e che aveva i palmi delle mani bagnati di sudore. Era terrorizzata, ma riuscì a soffocare l'isteria nascente e a mantenere la testa in funzione. Non poteva permettersi gesti sconsiderati.

Naturalmente avrebbe voluto correre via, ma sapeva per esperienza che a volte i movimenti accelerati attirano un'attenzione che altrimenti non si sarebbe destata. Inoltre proprio quel giorno sentiva come non mai il peso della gravidanza. Forse era per il caldo o per l'agitazione, o forse per entrambe le cose. La strada per il paese era lunga. Doveva amministrare al meglio le sue forze.

Con passi calmi attraversò il cortile lastricato davanti alla casa e imboccò il vialetto che conduceva all'ingresso del parco. Non appena arrivata in una zona non più visibile dalla casa, avrebbe potuto camminare più velocemente. Se solo le sue gambe non fossero state così gonfie, se ogni movimento non le avesse tolto il fiato. Se non avesse fatto così caldo! Se, se, se... si fermò per un attimo e si scostò dalla fronte i capelli umidi. Se solo non fosse finita in quell'incubo.

Andò avanti, ma, quando sentì alle sue spalle dei passi che si avvicinavano in fretta, capì che era perduta.

15

«Ma avresti potuto almeno avvertirmi», disse Evelin. «Volevamo tornare assieme al paese. Perché te ne vai così?»

«Lo sai come sono fatta», le rispose Jessica fingendo leggerezza. «Improvvisamente mi è venuta di nuovo voglia di camminare. Ho pensato che se ti avessi detto qualche cosa ti saresti sentita sollecitata. Allora sono andata.»

Stavano tornando lentamente verso la casa. Ora, a metà giornata, il sole era ancora più caldo. Jessica si passò di nuovo la mano sulla fronte. Era bagnata su tutto il corpo.

Evelin la osservò di traverso. «Non hai un bell'aspetto», affermò, «non ti senti bene?»

«Fa molto caldo, non trovi? Quasi come in luglio o agosto.»

«Non mi pare», disse Evelin.

«Oggi ho camminato molto», disse Jessica, «probabilmente è per questo.»

«Un motivo in più per venire assolutamente in paese con me!» Evelin sembrava veramente preoccupata. Jessica si chiese se davvero era di fronte a una pericolosa malata di mente. Naturalmente Wilbert poteva sbagliarsi. Non c'erano prove sicure per la sua teoria. «Ascolta, aspettami qui. Vado su un attimo e prendo la borsa, va bene?»

«D'accordo», rispose Jessica. Era rimasta vicino al lavatoio dove era inginocchiata Patricia quella volta... Le venne la nausea, cercò di scacciare in fretta il ricordo.

Evelin voleva andare in casa, ma si fermò.

«Gli appunti», disse esitante, «li hai letti?»

Jessica annuì. «Sì. E devo dire che Tim con tutte le chiacchiere sul suo grandioso dottorato ci ha preso in giro per bene. Questi sono semplicemente degli studi sul carattere fatti su altre persone da un pazzo narcisista per potersi innanzi tutto rispecchiare in quello che scriveva. Lo definirei come una sorta di autoerotismo, nient'altro.»

Evelin aspettava, ma visto che Jessica non aggiungeva altro annuì e lenta e pensierosa si avviò. Lasciò la porta aperta e sparì nell'oscurità dell'ingresso.

Jessica strinse le mani umide. Non osava rischiare un secondo tentativo di fuga. Evelin avrebbe potuto scendere da un momento all'altro. Sembrava inoffensiva, gentile. Forse era tutto a posto. Sarebbero salite in auto e dieci minuti dopo sarebbero state in paese.

L'incubo sarebbe finito.

Camminò un po' avanti e indietro, ignorando volutamente la tinozza di legno, cercò di calmarsi e di convincersi che non c'era alcun pericolo. Ma tutti i peli delle braccia si erano rizzati e sentì improvvisamente, nonostante il sole, un brivido lungo la schiena. Aveva nelle orecchie la voce supplicante del dottor Wilbert.

Sparisca, il più in fretta possibile!

Sfinita si lasciò andare sulla panchina, posta sul confine fra il cortile lastricato e il giardino, da cui si poteva avere una bella vista del bosco e della collina retrostante. Appoggiò una mano sul ventre. Chissà quando avrebbe cominciato a sgambettare! Doveva essere stupendo sentire il primo movimento.

Si piegò in avanti e si massaggiò le caviglie gonfie. Lo sguardo le cadde sull'erba intorno ai piedi. Sobbalzò e strizzò gli occhi.

C'era una collana. Una collana di fili d'erba. Freschi, strappati dalla terra da non molto tempo. Di certo non da quattro settimane.

Conosceva solo uno che intrecciava proprio queste collane. Ovunque fosse, seduto o in piedi, e ovunque ci fosse dell'erba.

Sussultò, si guardò intorno precipitosamente. Nulla che si muovesse.

Era stato qui. Al massimo un paio d'ore prima.

Forse era ancora qui.

Forse era lui il nemico. Forse avrebbe almeno potuto convincere Evelin di ciò. Se Evelin non si fosse sentita sospettata, sarebbe stata meno pericolosa.

Forse.

Salvo qualche breve interruzione, era ormai da due ore che stava accovacciato in quel buco scuro all'ingresso della cantina, e si malediceva per essere stato così stupido da non mostrarsi subito. Se fosse uscito ora, improvvisamente, avrebbe dato l'impressione di essere una sorta di satiro che salta fuori dai cespugli, peggiorando solo la propria situazione. Comunque per tutto quel tempo aveva riflettuto: sicuramente se avesse continuato a ciondolare a Stanbury l'avrebbero preso, ma d'altro canto, probabilmente, non avrebbe potuto peggiorare la propria posizione. Era comunque senza speranza.

Quando aveva sentito arrivare la macchina, era in veranda e stava guardando il parco. Gli sembrava che non ci fosse abbastanza tempo per correre allo scoperto sul prato e nascondersi nel bosco che stava di fronte, così aveva saltato la balaustra e aveva fatto di corsa la scala della cantina, in fondo alla quale c'era una porta d'acciaio – naturalmente chiusa – che conduceva in casa. Lì sotto era umido e freddo, nelle fessure del muro cresceva il muschio e c'era odore di muffa. Aveva atteso un attimo trattenendo il respiro, poi aveva salito con cautela alcuni scalini e aveva spiato nel parco. Aveva visto Evelin dirigersi verso il capanno degli attrezzi e sparire fra i meli e i cespugli. Per lui sarebbe stato il momento giusto per fuggire, ma la curiosità l'aveva spinto a scoprire cosa faceva lì, così l'aveva seguita e l'aveva vista lottare con la copertura del pozzo nero, lamentandosi per la fatica. Affascinato come chi cerca di capire le mosse di un animale esotico, aveva osservato i suoi sforzi senza riuscire a immaginare cosa cercasse proprio in quel luogo. Capì che il coperchio del pozzo nero le era servito come nascondiglio quando vide la busta di plastica verde piena di fogli, che aveva staccato dalla lastra a cui evidentemente era stata attaccata.

Diavolo, pensò, cosa sono quei... documenti?

Lei si sedette nell'erba, a leggere e sfogliare il plico, lui osservava la sua ampia schiena, che sembrava di costituzione delicata, ma che ora appariva così tozza per i rotoli di grasso sotto le braccia e in vita. A un certo punto si era letteralmente staccato dalla vista di lei e dai pensieri che vorticavano nella sua mente, aveva battuto in ritirata silenziosamente, con l'intenzione di correre attorno alla casa e imboccare la strada per il paese, e aveva improvvisamente notato che qualcuno si avvicinava attraverso il bosco sul retro della casa. Era sparito di nuovo velocemente nel nascondiglio in cantina, tuttavia aveva spiato e riconosciuto Jessica, che si avvicinava sul prato. L'aveva profondamente stupito ritrovarla qui, e si era spaventato nel vederla così pallida e spossata.

Quando si riaffacciò, vide lei seduta sotto i meli, immersa nella lettura delle carte misteriose, mentre Evelin era sparita. Tuttavia, non aveva sentito accendere il motore dell'auto così pensò che Evelin fosse da qualche parte nelle vicinanze. Difficilmente sarebbe entrata in casa – era ancora sotto sigilli, ed Evelin non era il tipo che tranquillamente strappa i sigilli su una porta – e gli sembrò verosimile che fosse sul davanti della casa ad aspettare Jessica. Quindi per lui ci sarebbero state poche possibilità di sgattaiolare via inosservato. Poteva percorrere gli ampi prati aperti solo con la speranza che Jessica non si voltasse improvvisamente, oppure che Evelin non girasse attorno alla casa.

Di cosa ho paura? si domandò. Tanto sto andando dagli sbirri. Non cambia nulla che mi scoprano o no.

Ma capì che la questione non era nemmeno questa. Non si trattava di rimandare ancora per un po' il momento della cattura. Era che voleva andare alla polizia di propria iniziativa. Non perché Jessica ed Evelin sconvolte avrebbero avvertito i poliziotti. Perché, cosa avrebbe dovuto fare? Aspettare qui con loro l'arrivo delle pattuglie? E poi essere arrestato anche se, in un certo senso, non aveva cercato di sottrarsi all'arresto? Oppure scappare? Così il dramma sarebbe ricominciato da capo.

Merda! Imprecava dentro di sé. Perché le due donne erano capitate lì proprio in quel momento? Maledizione, e cosa leggevano che le assorbiva al punto da far loro dimenticare il tempo?

Aveva pensato per un attimo di rivolgersi a Jessica. Non era un tipo isterico. Forse con lei avrebbe potuto ragionare. Ma qualche cosa lo tratteneva, forse una strana soggezione che provava nei suoi confronti. Jessica era una donna che l'aveva impressionato, che l'aveva colpito. Il suo modo di fare concreto, la sua chiarezza, la sua intelligenza pronta. La sua capacità di vedere oltre la splendente apparenza, di cogliere i fatti. Durante i rari incontri con lei – che gli erano apparsi comunque straordinariamente intensi – aveva capito che non era felice, che con suo marito aveva immaginato una vita diversa, ma che non era disposta a rappresentare la sua vita più bella di quello che era in realtà. Nemmeno se alla fine ci fosse stata la consapevolezza che il suo matrimonio era fallito.

Le piaceva. A volte aveva pensato che sarebbe stato bello conoscersi in altre circostanze. Non così, come la moglie di un altro, che vive nella casa di suo padre, quella casa che avrebbe voluto avere lui e per la quale aveva voluto combattere. La situazione che non aveva assolutamente permesso la nascita di un legame personale fra loro due. Si immaginò una serata di primavera a Londra, una di quelle sere in cui il profumo dei fiori e l'odore della terra umida predominano anche in una grande città: loro due in una birreria, fuori il cielo blu della sera, dentro una musica struggente e un barista annoiato, e ogni persona che entra porta con sé un soffio di quel profumo particolare. Bevono vino bianco e sentono che qualcosa sta cominciando, qualcosa che resterà per sempre un ricordo vivo nelle loro vite, qualunque sia la sua fine.

Ma non era andata così e, benché desiderasse comunicarle i propri pensieri, si imponeva di essere ragionevole e si diceva che questo avrebbe solo complicato le cose. Non c'era nessuna birreria londinese in una serata di primavera profumata di fiori. Erano nello Yorkshire. In un modo o nell'altro erano entrambi coinvolti in uno spaventoso crimine. Erano parte di una tragedia che aveva messo in luce solo diffidenza e paura. Non ci sarebbe stata nessuna naturale evoluzione per loro. Nessuna birreria, nessun vino bianco, nessuno sprofondarsi nello sguardo dell'altro, nessuna promessa per il futuro. La realtà appariva tutt'altro che romantica: era ricercato dalla polizia in tutto il paese ed era nascosto nell'ingresso scuro e umido di una cantina, e lei era accovacciata sull'erba e leggeva qualche cosa che era in relazione con suo marito ucciso e che – per quello che poteva capire dal linguaggio del corpo – la coinvolgeva profondamente e allo stesso tempo la toccava. Da qualche parte doveva esserci anche Evelin, quella grassa donna triste, che di certo avrebbe avuto una crisi isterica vedendolo.

A un certo punto si era accorto che Jessica aveva lasciato il suo posto ed era sparita, ma era sicuro di non aver sentito il motore della macchina neanche questa volta. Di nuovo bestemmiò.

Cosa facevano lì tutto quel tempo?

Con cautela salì le scale e spiò in giardino. Sotto il sole caldo era calmo e deserto. Se fosse riuscito a raggiungere il bosco senza essere visto, avrebbe potuto fare un giro largo intorno alla casa e...

I suoi pensieri si fermarono di colpo.

Vide Jessica.

Era seduta al sole su una panca di legno piuttosto malridotta, su cui lui stesso un paio d'ore prima si era seduto e aveva rimuginato e... sì, lei fissava tesa e affascinata il terreno ai suoi piedi. Qualunque cosa vedesse, per il momento la distraeva da tutto quello che c'era attorno. Ma la questione era se sarebbe bastato per permettergli di attraversare il prato e, proprio mentre se lo stava chiedendo, lei alzò lo sguardo.

Velocissimo si ritirò. Era quasi sicuro che non l'avesse notato.

16

Quando Jessica sentì i passi dietro di lei, disse senza voltarsi: «Evelin, dobbiamo andarcene subito da qui. Credo», abbassò la voce, «che Phillip Bowen sia nelle vicinanze».

«Phillip Bowen?» chiese Evelin di rimando. Parlava un po' a fatica.

Jessica si piegò in avanti, prese in mano una delle collane d'erba. Si alzò e si voltò verso Evelin.

Il vento caldo le soffiava sul viso, le vorticava fra i capelli e spingeva contro il suo ventre l'ampia maglietta bianca.

Jessica guardò dove cadeva lo sguardo di Evelin. Per un momento si vide nettamente la pancia appena arrotondata. Evelin alzò lo sguardo. In quel momento Jessica riconobbe la pazzia nei suoi occhi, e seppe che il dottor Wilbert aveva avuto ragione e che Evelin era la persona che aveva posto fine in maniera orribile al silenzio di Stanbury.

Nel giro di un secondo prese la decisione di continuare nella finzione di rappresentare Phillip Bowen come il nemico comune, perché questo avrebbe reso lei ed Evelin alleate; forse era la sua unica possibilità.

«Queste collane», disse, «le fa ovunque vada. Deve essere stato qui.»

Evelin guardò con occhio vitreo l'erba nella mano di Jessica. «Era qui di continuo.»

«Sì, ma sono passate settimane. L'erba dovrebbe essere appassita. Queste catenelle sono fresche. Hanno poche ore.» Gettò la catenella per terra.

«Vieni», disse supplicante, «dobbiamo andarcene. Phillip è pericoloso. Hai preso tutto? Hai la chiave della macchina? Devo guidare io?»

Evelin non si mosse.

«Evelin», insisté Jessica, «ti prego, dobbiamo davvero...»

«Lo senti già il bambino?» chiese Evelin. La sua voce era completamente priva di emozioni. «Si muove già?»

«Ne parliamo appena siamo in paese», rispose con tutta la tranquillità possibile, «ma ora dobbiamo andare via prima di incontrare Phillip Bowen. Per favore, Evelin, può essere ancora qui, ed è capace di qualsiasi cosa!»

«Io lo sentivo il mio bambino», disse Evelin. «Sgambettava. Era vivace.»

Jessica si accorse che non poteva più raggiungerla. Evelin era scivolata in una condizione per cui le era del tutto indifferente se Jessica l'avesse smascherata o no. Tutto le era indifferente.

Tranne il ricordo del bambino.

«Forse dipendeva da Tim se non hai avuto altri bambini», disse Jessica, «ma nella tua vita ci sarà un altro uomo, e con lui avrai dei bambini, e...»

«Non avrò mai più bambini», disse Evelin. Nessuno avrebbe potuto vedere nel suo viso, nei suoi occhi un minimo segno di agitazione. «Allora si è rotto qualche cosa. Per sempre.»

«Cosa dovrebbe essersi rotto? È stato un aborto. È terribile, ma succede a molte donne, che poi diventano lo stesso madri felici!»

Nello sguardo di Evelin ci fu un cambiamento. Jessica non avrebbe saputo dire cosa fosse. Forse una traccia di vita. Una traccia di rabbia.

«Succede a molte donne?» Si avvicinò di un passo a Jessica. Puzzava di sudore. «Succede a molte donne? Sei sicura *che molte donne al sesto mese siano colpite dal marito così violentemente nella pancia da restare quasi dissanguate e da perdere il bambino?*»

Aveva parlato a voce così alta che il silenzio che seguì fu quasi inquietante, non interrotto da alcun rumore se non il respiro delle due donne.

«Non c'era nessun motivo», disse Evelin. La sua voce era inespressiva. Si sarebbe potuto pensare che nulla di quello che diceva la riguardasse. Era immobile nello stesso punto. «Non era successo nulla. Venne a casa, era la sera di un venerdì, era stato tutto il giorno a un seminario. Ero nella stanza del bambino e stavo sistemando le tutine nell'armadio. Stavo bene. La mia gravidanza procedeva senza problemi e aspettavo con ansia l'arrivo del mio bambino. Tim, io e il piccolo saremmo diventati una vera famiglia. E il bambino sarebbe stato tutto mio. Per la prima volta nella mia vita ci sarebbe stata una persona che avrei potuto sentire come una parte di me stessa.»

«Lo posso capire», disse Jessica prudentemente. Si chiedeva quanto Evelin sarebbe potuta diventare pericolosa. Aveva assalito alle spalle le altre vittime, le aveva sorprese ed eliminate senza problemi. Un taglio deciso alla gola...

Come aveva potuto Evelin fare una cosa del genere?

Era incredibile. Eppure, ora che guardava il suo viso e i suoi occhi, Jessica non aveva più dubbi sulla sua colpevolezza. Evelin era malata di mente, anche se per molto tempo nessuno se ne era accorto perché mascherava le sue reali condizioni con una grave depressione. Forse era stata normale fino al giorno in cui aveva perso il bambino, ma Jessica ne dubitava. Dopo tutto quello che aveva saputo sulla sua infanzia, Jessica pensava che in lei si fosse rotto qualcosa già molto presto.

Le braccia di Evelin pendevano molli a destra e a sinistra del corpo, le mani sparivano nelle pieghe della gigantesca camicia di jeans nera che indossava. Jessica non riusciva a vedere se avesse un coltello. Se sì, allora sarebbe stata spacciata. Non avrebbe avuto alcuna possibilità.

«Salì le scale e improvvisamente comparve sulla porta», proseguì Evelin, «io lo guardai e gli dissi qualche cosa del tipo 'ciao' o 'buona sera' e lui rispose che era un quadro idilliaco quello della futura mamma in una cameretta così kitsch. Quando disse *così kitsch*, capii che mi avrebbe di nuovo umiliata. Mi avrebbe detto ogni sorta di cattiveria, non si sarebbe calmato fino a quando non avessi pianto o non avessi vomitato. In genere lasciavo che succedesse, perché sapevo che ne aveva bisogno e che comunque non gli sarei sfuggita. Le sue aggressioni facevano ormai da tempo parte della mia vita. Era come mio padre. Non si poteva fare altro che lasciarle passare, e poi rimettere assieme le fratture interne ed esterne.

«Ma quella sera... c'era qualche cosa di diverso. Da quando aspettavo il bambino in me c'era stato un cambiamento. Non so dire esattamente cosa fosse. Forse la consapevolezza che dentro di me stava crescendo una vita, che stava accadendo un miracolo incredibile e che ero io a far diventare realtà quel miracolo. Mi sentivo forte. Ogni giorno di più scemava la mia disponibilità a farmi umiliare da lui.

«Dissi che mi sarei occupata della cena e volevo uscire dalla stanza passandogli di fianco, ma lui mi bloccò la strada.

«'Sto parlando con te', disse, e gli risposi: 'Hai fatto solo un'affermazione. Non mi è parsa una conversazione'.

«Volevo passargli di fianco, ma improvvisamente mi afferrò per i capelli e mi rovesciò indietro la testa con tanta violenza da farmi pensare che mi avrebbe rotto l'osso del collo. Gridai perché mi faceva molto male. Era fuori di sé dalla rabbia. 'A me non parli in questo modo!' gridò. 'Non mi parlerai mai più in questo modo!'

«Poi mi colpì col pugno nel ventre. Due volte, tre volte. Caddi a terra, mi raggomitolai, cercai di proteggere il bambino. Ora era sopra di me e mi pestava con le scarpe e continuava, continuava. Urlavo per il dolore e il terrore, e lui gridava: 'Ve la faccio vedere io, a te e al tuo marmocchio! Mi avete offeso e la pagherete!'

«Quando finalmente mi lasciò avevo quasi perso i sensi per il dolore, ma mi trascinai carponi in bagno. Lì mi accorsi che avevo iniziato a sanguinare, e che l'emorragia peggiorava ogni minuto. Quando lentamente mi alzai, il sangue mi scorreva lungo le gambe e gocciolava sul pavimento. Tim comparve in bagno. Ora era tranquillo. 'Dobbiamo andare in ospedale', disse, 'credo che sia un aborto.'

«Mi lasciai portare da lui in macchina, mi sorreggeva, era premuroso e preoccupato.

«'Mi avrebbe stupito', disse 'se proprio tu fossi riuscita a portare a termine una gravidanza!'

«In ospedale disse che ero caduta dalle scale e avevo sbattuto con la pancia contro un montante. Mi operarono e raschiarono via ciò che era rimasto del bambino. Due giorni dopo venne da me un medico che voleva sapere se la storia della caduta dalle scale era vera. Sulla pancia avevo un gigantesco ematoma, e disse che non gli sembrava poter essere la conseguenza di una caduta. Confermai che era successo quanto raccontato da mio marito. Ritornò ancora alla carica, ma mantenni la stessa versione. Perché?» Evelin sollevò le spalle. «Non aveva nessun senso fare diversamente. In me era tutto morto. Mi restava solo Tim. Senza di lui non avrei potuto vivere.»

«Mio Dio, Evelin», disse Jessica sottovoce. «mi dispiace tantissimo. Hai vissuto cose terribili. Tim nei suoi documenti non ha speso una parola su questo fatto.»

«Non ne abbiamo mai parlato neanche fra di noi. Ero caduta dalle scale, impacciata e goffa, come sempre.»

«Ma perché non l'hai confidato a nessuno? Voglio dire, forse non era un problema di cui parlare con un medico sconosciuto. Ma i tuoi amici! Patricia, Leon, Alexander. Allora c'era anche Elena! Perché non hai parlato con *nessuno* di loro?»

Lo sguardo vuoto di Evelin si riempì con una sorta di meraviglia.

«Ma loro lo sapevano», disse.

Jessica era così perplessa e disorientata che per un momento dimenticò la paura. «Tu glielo hai detto? E loro non hanno fatto nulla?»»

«Non fu necessario dirlo. Nei giorni successivi all'operazione mi fecero visita in ospedale e per ognuno di loro potevo vedere e sentire che sapevano tutto. Cianciavano di una tragica disgrazia senza riuscire a guardarmi negli occhi. Erano così imbarazzati... mio Dio, non ho mai visto in vita mia una simile raccolta di persone imbarazzate e consapevoli della propria colpa! Alexander si contorceva come un verme, dilaniato fra il suo senso morale e la sua vigliaccheria, e come sempre vinse la vigliaccheria. Patricia parlava senza interruzione, cianciando scacciava il problema e non diceva altro che *stronzate*! Leon mi portò il mazzo di fiori più grande che abbia mai visto, disse che mi sarei ripresa perfettamente e intanto non mi aveva degnato di uno sguardo. Poi cominciò a flirtare con l'infermiera che era entrata e infine strizzando l'occhio disse che avrebbe fatto meglio a non venire più, perché tante belle ragazze in giro erano un pericolo. Elena non venne neppure. Il suo matrimonio con Alexander era già in crisi, e verosimilmente non voleva peggiorare le cose immischiandosi nella mia disgrazia. Le bambine di Patricia hanno fatto per me, probabilmente dietro richiesta della madre, dei disegni con le matite colorate. Fiori, uccellini e cielo azzurro, sotto una frase del tipo: *Guarisci in fretta, cara zia Evelin!* Mi dava il voltastomaco. Era come sempre, e come sempre si disse: non è successo nulla. Semplicemente Evelin, ancora una volta, ha avuto sfortuna. Inciampavo continuamente nei miei piedi. Questa volta la mia goffaggine aveva assunto una dimensione drammatica. Che veniva rimossa e tutto tornava al solito ordine del giorno.»

«Evelin, mi dispiace tantissimo», disse Jessica, «e ti giuro che non ne sapevo nulla. Non sapevo del tuo martirio.»

Evelin la guardò con aria di scherno. «E allora come te lo spiegavi? Le mie continue ferite? Non ti ricordi gli ultimi giorni qui? Non ti ricordi come zoppicavo e che non potevo quasi appoggiare il piede per il dolore? Cosa pensavi?»

Jessica sollevò le spalle perplessa. «Pensavo fosse vero quello che dicevi. Un affaticamento eccessivo nel fare jogging.»

«Già, perché la grassa Evelin è inadatta a ogni tipo di sport, non è vero? Ti chiedevi perché facesse sport un simile ippopotamo! Vero? L'hai pensato?»

«No. Non ho mai pensato cose spiacevoli di te. Ho notato che sei depressa, e forse mi sarei dovuta interessare di più, avrei dovuto spingerti, costringerti a confidarti con me. Non so perché non l'ho fatto. Solo ultimamente stavo cominciando a notare che in questa compagnia c'era qualche cosa che non andava, e questo creava problemi fra me e Alexander; probabilmente ero troppo impegnata con questi problemi. Ma», guardò Evelin, scuotendo ancora la testa lentamente, stupita, «non puoi liberarti totalmente dalla corresponsabilità, Evelin. Non hai detto nulla. Sei stata come loro. Hai taciuto allo stesso modo.»

Lo sguardo di Evelin scivolò di nuovo nel vuoto, senza percepire il rimprovero di Jessica.

No, pensò Jessica inorridita, non sprofondare un'altra volta!

L'istinto diceva a Jessica che Evelin poteva essere guidata se restava ancorata alla realtà, quando percepiva coscientemente il proprio interlocutore. Diventava pericolosa quando questo vuoto totale si diffondeva sui suoi lineamenti.

«Tu hai fatto di tutto per proteggere Tim», disse velocemente e con passione, «e, anche se gli altri sapevano tutto, forse non avevano capito che volevi aiuto! Tu hai avallato ogni bugia. Incidenti facendo jogging, disavventure al tennis, sbattere contro un armadio, cadere dalle scale. Nei giorni caldi ti sei nascosta sotto un pullover a collo alto, probabilmente perché sul tuo collo c'erano lividi che nessuno doveva vedere. Hai fatto il suo gioco, Evelin! Tim poteva fare quello che voleva perché aveva te come migliore alleato. Gli hai reso tutto facile. E hai reso tutto difficile ai suoi amici. Non hai gridato. Non ti sei difesa!»

Lo sguardo di Evelin rimase privo di espressione, la sua voce aveva ripreso la vecchia monotonia.

«No», disse, «mi sono difesa. Contro tutti voi. Alla fine mi sono difesa.»

Alzò lentamente la mano destra. Jessica riconobbe con orrore uno dei coltelli da pescatore che stavano appesi in cucina sopra il lavandino. Stretto, ricurvo, affilato come un rasoio. Il gemello del coltello con cui cinque settimane prima erano stati massacrati tutti quelli che erano in casa. Da una donna che dopo anni di umiliazioni aveva perso la ragione e il controllo di se stessa. Da una donna nei cui lineamenti non ritrovava la Evelin che aveva conosciuto.

Falla parlare, le diceva una voce interna, tirala fuori da quel vuoto. È la tua unica chance.

« Cos'era successo, Evelin? » le chiese. « Cos'era successo quel giorno? »

Evelin rise. Suonava vuoto e falso. « Cos'era successo la sera prima? » le chiese di rimando. « È questa la domanda che dovresti porre. Non hai forse annunciato raggiante di gioia e trionfante che aspettavi un bambino? »

« No », la corresse Jessica, « non ho annunciato un bel niente. È stato Alexander. E non era né raggiante di gioia né trionfante. Era una situazione penosa e terribile, dopo che Patricia aveva fatto quella partaccia con il diario di Ricarda, e Alexander aveva cercato di salvare il salvabile uscendosene con la notizia del bambino. »

Sembrava che Evelin non l'avesse ascoltata.

« Andai a letto, disperata, in lacrime. Vicino a me c'era una donna che aspettava un bambino. Non avrei potuto evitarla, avrei vissuto la sua gravidanza e la sua profonda gioia quando sarebbe nato. Io, che da anni cambio lato della strada quando vedo venirmi incontro una donna con la carrozzina, che scappo nei portoni quando vedo una donna incinta perché non posso reggere il mio dolore. Lo sai come ci si sente quando si perde un bambino? È come se ti tagliassero un pezzo di cuore, e se poi non hai un altro bambino non riesci più a riprendertelo, quel pezzo di cuore. Rimane un'enorme ferita sanguinante. Rimane una tremenda tristezza che non ti lascerà mai, nemmeno dopo decenni. Improvvisamente vedi ovunque queste femmine grasse, gonfie d'orgoglio, che portano le loro pance gravide per la strada, che ti deridono con la loro fecondità. Perché realizzano il motivo per cui sono al mondo come donne. Partoriscono. Fanno bene il loro compito. Il mantenimento della specie. Il loro lavoro. Il loro stupido lavoro di merda. Ma che almeno offre loro soddisfazione. »

« Evelin », disse Jessica supplicante, « non è questo il solo motivo per cui tu sei al mondo come donna! Per Dio, non ridurre te e le altre donne solo *a questo*. In quale epoca oscura sei ritornata? Nell'epoca in cui le madri insegnavano alle figlie che il loro unico scopo di vita era soddisfare sessualmente il futuro marito e partorirgli un erede? Getti via tutti i diritti che le donne si sono finora conquistate! »

Per un momento ritornò la vita negli occhi di Evelin.

« A cosa serve una come me », disse in fretta e colma di amarezza. « A cosa? »

A Jessica sembrava difficile dare una risposta su questo punto a una pluriomicida, ma era convinta che fosse giusto quello che diceva.

« Sei Evelin. E innanzi tutto vali semplicemente perché tu sei tu. Inoltre da te possono scaturire migliaia di possibilità con cui puoi immaginare di dare un senso alla tua vita e a quella degli altri. Solo che da sei anni non vedi più queste possibilità perché continui a girare attorno al pensiero del bambino. In te non può giungere nulla, ma questo non vuol dire che non ci sia nulla. »

Evelin fece una smorfia. « Discorsi stupidi », disse, « la stessa solfa che ho già sentito dal mio terapeuta. Per inciso, padre felice di tre bambini. Come pure tu fra poco sarai una madre felice. Com'è facile per voi spiegare ai poveracci intorno a voi che devono vedere il loro destino in modo positivo. Come fate a essere così sicuri che voi sareste in grado di farlo al posto loro? »

« Non ne siamo affatto sicuri », disse Jessica poi vide che sugli occhi di Evelin scivolava di nuovo il velo e che l'amica di un tempo le stava di nuovo sfuggendo.

Maledizione, pensò.

« Alla fine Tim venne nella nostra stanza », Evelin proseguì nella sua descrizione di quelle ore in aprile. « Ero sveglia, cercavo di leggere un libro e di calmarmi un po'. Tim si era seduto alla sua scrivania a lavorare al *suo dottorato*, come lo chiamava sempre. Poi arrivò Leon, Tim sparì, io lessi i fogli. Te l'ho già raccontato. Poi ricomparve Tim, aveva sul viso un'espressione che conoscevo bene. Era di nuovo in uno stato d'animo sadico. Non si sarebbe calmato fino a quando non mi avesse distrutta, lo sapevo. Camminò avanti e indietro, si spogliò, scaraventò le cose in un angolo, andò in bagno, si lavò i denti, spruzzando acqua in giro, sbatté il bicchiere contro la mensola. Si comportava in maniera aggressiva e incontrollata, sapevo che mi dovevo aspettare il peggio. Alla fine rientrò in camera, si gettò in una poltrona, mi guardò freddamente e disse: 'È fortunato Alexander. Diventerà di nuovo padre. In un certo senso si sceglie sempre quella giusta. Ti posso dire una cosa? Per me è un'idea particolarmente insopportabile che non avrò bambini solo perché tu non sei in grado di metterli al mondo'.

«Ero inorridita perché non si era mai spinto così avanti. Mi aveva sempre detto quanto fossi incapace, di nessun valore, che ero più brutta e meno femminile delle altre donne, ma l'argomento 'bambino' era stato un *tabù*, non ne parlavamo mai, e non l'aveva mai usato contro di me.

«Pensavo di non riuscire più a respirare, come se mi mancasse l'aria, non ero in grado di dire nulla, di controbattere nulla; era come se avessi dovuto morire all'istante. Tim si tolse i sandali dai piedi scagliandoli via e senza guardarmi disse: 'Forse ne devo prendere un'altra. Una donna che sia in grado di darmi dei bambini. Ce ne sono abbastanza con cui potersi intendere. Potrebbe stare con noi'. Lo disse con lo stesso tono con cui un altro avrebbe detto che andava a fare acquisti o a innaffiare il giardino. Assolutamente normale, assolutamente indifferente. Come se non sapesse cosa provocavano in me le sue parole.»

«Ma naturalmente lo sapeva benissimo», intervenne Jessica, «perché questo era l'unico scopo della sua azione. Distruggerti. Non gli importava nulla di avere un bambino, e dubito fortemente che un simile narcisista, una personalità malata come la sua avrebbe mai sopportato un figlio. Evelin, non puoi aver preso sul serio queste cose. Se non fosse stato il bambino, avrebbe trovato qualcos'altro. Gli sarebbe sempre venuto in mente qualche cosa. L'ha scritto anche nei suoi incredibili appunti. In fondo ti ha sposata solo per tormentarti.»

«Non ho dormito per tutta la notte», proseguì Evelin, «avevo la tachicardia e sono andata in bagno a vomitare. Tim era steso vicino a me e russava tranquillo. La mattina seguente mi sentivo... la febbre, tremavo per il freddo ma dentro ero incandescente. Decisa a prendere con me quegli appunti che vi avrebbero aperto gli occhi. Li nascosi nel pozzo nero e sperai che Tim non uscisse dai gangheri. Ma naturalmente diventava sempre più furioso a ogni minuto della mattina che trascorreva, e presto capii che l'avrei pagata cara, anche se non avrebbe immaginato neppure nei suoi peggiori incubi che ero stata *io* a prendere le sue carte. Mi addentrai un po' nel bosco. Tenevo d'occhio la casa, in modo che, senza che lui mi notasse, avrei potuto vedere se si avvicinava e avrei avuto la possibilità di scappare.»

Jessica taceva. Osservava Evelin con attenzione, pronta a intervenire se sul suo viso fosse comparso un segno di agitazione.

«Poi arrivò Phillip Bowen», disse Evelin. La sua bocca si piegò in un sorriso, ma era un sorriso folle, orribile. «E mi ha indicato la strada.»

«Ti ha indicato la strada?» chiese Jessica, mentre disperata rifletteva su cosa avrebbe potuto fare per mettersi al sicuro. Evelin, lo vedeva, era completamente fuori di sé e probabilmente non l'avrebbe più raggiunta. A che punto Evelin avrebbe cominciato a vedere anche in Jessica un nemico fin dall'inizio alleato con gli altri contro di lei?

Erano a meno di due metri di distanza, fra di loro la panca, che naturalmente non avrebbe offerto a Jessica nessuna protezione. Jessica poteva scappare solo verso il bosco, cioè nella direzione in cui per miglia e miglia non c'era nessuna casa, nessun villaggio, nessuna fattoria. Ma, anche se le fosse riuscito di passare a fianco di Evelin e scappare in direzione di Stanbury, rimaneva la questione di quanto avrebbe potuto resistere. Ammesso che fosse veramente più veloce di Evelin. Era incinta e sfinita. Evelin non era incinta ed era riposata. Per contro era sempre grassoccia. Non sportiva. Non allenata. Ma trascinata da un delirio che avrebbe potuto fornirle forze imprevedibili. Questo valeva anche per una possibile lotta. Poi aveva un coltello.

Dio mio, pensò, mentre per la paura gli occhi le si riempivano di lacrime che riusciva a stento a trattenere, Dio mio, aiutami! Aiuta me e il mio bambino. Fai che in qualche modo riesca a comunicare con lei! Quando è presente posso parlarle! Ma cosa devo dire? Cosa devo dire per farla ritornare in sé?

Si tirò un po' indietro in maniera appena percettibile. Evelin rimase dov'era. Era quasi come se il sorriso malato le si fosse congelato sul viso. Era come in trance.

«Tim stava cercando i suoi appunti», disse, «era fuori di sé per la rabbia. Attraversò il prato e mi chiamò. Mi ricordo ancora la paura che avevo, una paura terribile. Cominciai a sudare e a tremare. Credo che Phillip se ne sia accorto. Improvvisamente mi mise la mano sul braccio, mi guardò in un modo strano, era qualcosa di simile alla compassione e alla comprensione, in ogni caso era molto più di quanto abbia avuto da voi in tutti questi anni. Poi disse: 'Non deve permettere che le parli in questo tono. Nessuno deve permettersi di parlarle con questo tono, nemmeno, anzi ancor meno suo marito'. Erano parole semplici, molto più semplici e chiare di tutte quelle che mi aveva detto il dottor Wilbert, ma era come quando si accende un interruttore e tutto si illumina. Capii cosa dovevo fare. Non avrei più subito. Tim non mi avrebbe più parlato in quel modo. Mai più.»

«Lo hai ucciso», disse Jessica e si spostò indietro ancora di un centimetro.

Evelin annuì. Nel suo sorriso si mischiavano orgoglio e un'ombra di autocompiacimento. «Andai da lui e gli chiesi cos'era successo, lui disse che dovevo fargli il santo piacere di aiutarlo a cercare i suoi documenti, invece di starmene seduta bella tranquilla al sole. Lo seguii verso casa, si fermò nell'ingresso e pensò che in cucina non aveva ancora cercato. Dissi: 'Com'è possibile che i tuoi documenti siano finiti in cucina?' Sbraitò contro di me: 'Anche a costo di demolire tutta la cucina, anche a costo di demolire tutta questa casa maledetta, li cercheremo fino a quando non li avremo trovati'.

«Andammo in cucina, spalancò tutti i cassetti e tutte le credenze, frugò fra tutto quello che c'era dentro, io cercavo con lui anche se sapevo bene che i fogli non potevano essere lì. Poi l'occhio mi cadde sul coltello sopra il lavello, e quasi contemporaneamente vidi che Tim era in ginocchio a rovistare in una delle ante in basso. Presi il coltello dal gancio, mi avvicinai e mi piegai su di lui. Senza guardarmi disse: 'Maledizione, togliti dalla luce!' Ma anziché spostarmi dalla luce mi piegai ancora di più su di lui e gli tagliai la gola. Non emise alcun suono, cadde sulla pancia e restò sdraiato.»

«Poi sei andata avanti e hai ucciso tutti quelli che hai incontrato», disse Jessica.

Improvvisamente Evelin sembrò stanca. «Mi ricordo così male. C'è come un velo su tutto quello che è successo. Sì, vedo Patricia. È in ginocchio alla tinozza con i fiori, in cortile, non è vero? La uccido e vado avanti. Nel parco vedo qualcuno seduto su una panca. Un uomo. Lo vedo solo da dietro. Non mi sente arrivare. È sprofondato nei suoi pensieri, credo che potrei gridare e non se ne accorgerebbe.»

«Alexander», sussurrò Jessica. Le sue orecchie cominciarono a ronzare, si sentiva la bocca secca. «Ti prego, non continuare...»

C'era da chiedersi se Evelin l'avesse sentita.

«Lo uccido. È così facile. Sono tutti facili da uccidere. Non mi costa nulla, nessuna fatica. Non si difendono. Semplicemente muoiono. E non capisco perché ho aspettato tanto. Così tanti anni. Così tanti anni a patire sotto di loro. Invece è così facile ucciderli.» Scosse la testa profondamente meravigliata. «Così facile», ripeté.

«Perché Diane?» chiese Jessica senza più nessuna emozione. «Perché Sophie? Perché due bambine piccole?»

Il viso di Evelin mostrò di nuovo un'espressione stanca. «Mi hanno derisa. Sempre. Quando mi avvicinavo bisbigliavano. Ho visto come mi disprezzavano. Per loro ero l'ultimo pezzo di merda. È giusto che abbiano pagato. Che siano morte.»

Fissò Jessica.

Ora le verrà in mente che anch'io appartenevo a loro.

«Evelin, ascolta», disse, «devi capire che quel giorno non hai compreso cosa voleva dire Phillip. Non ha mai pensato che tu dovessi uccidere tuo marito e i suoi amici. Voleva dirti di andare da Tim, urlargli di non permettersi più un simile tono, di andare dall'avvocato, chiedere il divorzio, denunciarlo per le ferite e ottenere un risarcimento e una cifra astronomica per gli alimenti. Di andare dai tuoi e suoi amici, che tu non devi più chiamare *amici* se non ti fa piacere, e accusarli, raccontare loro cosa è successo, e spiegare quanto miseramente hanno fallito. Ma non distruggere la tua vita scannando persone indifese che senza dubbio si sono comportate male con te, ma alle quali non hai mai rivelato l'inferno che hai vissuto. Sono morti senza sentire il peso della responsabilità della loro vigliaccheria, del loro chiudere gli occhi, del loro silenzio. Questo ti dà davvero una bella sensazione?»

«Si sono assunti la responsabilità», controbatté Evelin con voce tagliente. «Hanno pagato con la loro vita per la mia vita distrutta. Questa è giustizia.»

«La tua vita non è distrutta. Sei giovane. Al mondo ci sono migliaia di uomini che potrebbero renderti felice. Perché non hai dato un calcio a Tim e non te ne sei andata?»

«Non sarebbe bastato», disse Evelin, e dopo un secondo di silenzio proseguì in maniera aggressiva: «Smettila di dirmi cosa avrei dovuto fare! Tu non sei migliore di loro. Tu mi hai derisa e presa in giro. Ti sei rifiutata di aiutarmi. Mi hai piantato in asso come tutti gli altri. Giochi a fare l'amica e la consigliera, ma in verità di me non te ne fregava un cazzo».

«Quando mi hai chiamata sono venuta subito qui. Sono qui e mi faccio accusare mentre a casa, probabilmente, davanti al mio studio, di cui avevo già annunciato la riapertura, ci sono dei clienti che con ogni probabilità sono così arrabbiati che non li vedrò mai più. Farei una cosa del genere per una donna di cui non me ne frega un cazzo?»

Ma a Evelin non era entrata in testa neanche una parola di questa spiegazione e Jessica capì che non aveva più senso parlare con lei.

«Pensi solo al tuo bambino, al tuo schifoso bambino», disse Evelin piena d'odio. «E pensi di essere la persona migliore solo perché nella tua pancia cresce uno stupido marmocchio, mentre il mio ventre è morto per sempre!»

«Stupidaggini», rispose Jessica, e in quel momento ricomparve negli occhi di Evelin l'espressione di profonda follia, fece due passi veloci verso Jessica, il coltello stretto in mano.

«Tu sei la prossima», disse a bassa voce, «tu e il tuo maledetto marmocchio siete i prossimi!»

Con prontezza di spirito, Jessica saltò di lato e fece in modo che Evelin si lanciasse nel vuoto. Ora era vicina alla panca e poteva scegliere in quale direzione scappare. Nel giro di un secondo decise che non sarebbe né scappata in direzione del villaggio, né nel bosco; in entrambi i casi, di fronte all'odio folle di Evelin, non avrebbe avuto speranze. Invece corse verso la casa, la cui porta era ancora aperta. Si precipitò nell'ingresso, chiuse la pesante porta di legno dietro di sé. La chiave non era infilata e non c'era tempo per cercarla. In un qualunque momento poteva irrompere Evelin. Jessica si girò, corse lungo l'ingresso e salì le scale due gradini alla volta.

17

Pensò dove aveva lasciato la borsetta, e le venne in mente che l'aveva lasciata sulla panca. Il suo cellulare era lì dentro, per cui non aveva possibilità di chiedere aiuto per telefono. Però, almeno per il momento, era al sicuro: era scappata nella camera da letto che aveva diviso con Alexander, aveva sbattuto la porta e girato la chiave. Era crollata sul letto e aveva guardato stupita le sue mani che tremavano, non riusciva a controllarle. Ci vollero dieci minuti prima che il suo respiro si calmasse e il suo cuore cominciasse a battere regolarmente.

Si guardò intorno nella stanza.

Nonostante l'odore di muffa che indicava che da lungo tempo le finestre non erano state aperte, e il velo di polvere depositato su tutti gli oggetti, la stanza le dava l'impressione che i suoi abitanti non fossero mai partiti, o, come aggiunse Jessica fra sé e sé, che tanto meno fossero stati assassinati. Il letto era ben rifatto, ma dalla parte di Alexander spuntava un pezzo del suo pigiama azzurro. Sullo schienale di una sedia c'era un suo pullover, una cravatta era appesa allo spigolo dello specchio. Quel giorno, prima di trasferirsi al *The Fox and the Lamb*, Jessica aveva preso con sé alcune cose, ma poi, nonostante la sua intenzione iniziale, non ce l'aveva fatta a tornare qui a prendere tutto il resto prima di partire per la Germania. Sul comò scorse un paio di suoi orecchini ad anello e, appeso a una sedia, il suo telo per la doccia. Alla finestra, secchi e ormai marroni, c'erano i narcisi che aveva raccolto. L'acqua nel vaso era evaporata da tempo.

Si alzò, andò in bagno, dove c'erano ancora lo spazzolino e il rasoio di Alexander, aprì il rubinetto e si spruzzò un po' d'acqua sul viso. Allo specchio vide che il suo volto era grigio, anche le labbra lo erano, e che sotto le ascelle aveva macchie di sudore.

Dio, che faccia, pensò.

Lasciò il bagno, si avvicinò alla finestra e guardò fuori. Non si vedeva nulla, il cortile era silenzioso e deserto sotto il sole, la strada serpeggiava fra ampi pascoli in direzione Stanbury.

Se solo arrivasse qualcuno, pregò con fervore, se solo arrivasse qualcuno!

Ma che motivo doveva esserci perché qualcuno andasse lì? Forse qualche turista che voleva vedere la *casa degli orrori*, come era stata definita da alcuni giornali inglesi, ma le probabilità che succedesse entro le prossime ventiquattro ore erano quasi nulle. La realtà era che era bloccata lì per un tempo imprevedibile. Sotto, nell'ingresso, c'era il telefono. Chi poteva chiamare? Com'era il numero della polizia inglese? In quel terribile 24 aprile l'aveva ricordato subito, ma in questo momento non le veniva in mente.

L'unico numero della zona che ricordava era quello della donna delle pulizie, la signora Collins. Poteva chiamarla e pregarla di mandare la polizia a Stanbury House.

Ma che rischi correva a scendere?

Si avvicinò alla porta e tese l'orecchio. C'era un silenzio di tomba. La casa era vecchia, ovunque c'erano assi del pavimento che scricchiolavano. Evelin non poteva muoversi per le stanze silenziosamente. Neanche con la massima cautela avrebbe potuto salire le scale senza fare rumore.

Ma prima, quando mi sono seduta tremante sul letto, pensò Jessica, non ho prestato attenzione a nulla. Per la casa sarebbe potuto passare un branco di elefanti e molto probabilmente non me ne sarei accorta. Potrebbe essere salita e attendermi di fianco alla porta.

Il pensiero le fece venire i brividi in tutto il corpo, involontariamente si spostò dalla soglia. Si disse che a questo punto non doveva assolutamente perdere il controllo dei nervi e che c'erano due labili speranze: la prima era che l'attacco di follia di Evelin finisse di colpo come era esploso, perché anche quella volta, dopo quello che aveva fatto, si era trasformata in un misero essere inoffensivo, che non avrebbe più fatto male neppure a una mosca. È vero che stavolta non aveva potuto realizzare le sue intenzioni, ma poteva comunque accadere che ritornasse in sé, che lasciasse cadere il coltello e non si ricordasse più cosa era successo.

Il suo secondo barlume di speranza si chiamava Phillip Bowen. Era stato qui non molto tempo prima, e c'era una vaga possibilità che fosse ancora in zona. Forse aveva visto la macchina davanti alla casa, forse la borsetta sulla panca. Si sarebbe accorto che qui c'erano delle persone. La questione era se avrebbe cercato di prendere contatto. Era ricercato in tutto il paese e non sapeva che il vero assassino si fosse rivelato davanti a Jessica. Probabilmente aveva paura di uscire allo scoperto.

Dalla colazione non aveva mangiato più nulla, inoltre aveva camminato per un bel po' e aveva i nervi a pezzi. Ora si accorgeva che era molto debole per la fame. Per fortuna poteva almeno bere. Andò in bagno, riempì per due volte il bicchiere degli spazzolini e bevve con lunghi, avidi sorsi. Ma la fame e il conseguente senso di debolezza la tormentavano senza sosta.

Ora ho problemi ben maggiori che quello di mangiare qualche cosa, si disse con decisione. Ciononostante si sentiva le gambe talmente molli che si sarebbe messa a piangere. Avrebbe pianto anche perché era in trappola e non aveva idea di cosa fare. Tirò fuori da sotto le coperte il pigiama di Alexander e se lo premette sul viso. Aveva ancora un debole odore di suo marito e questa volta iniziò davvero a piangere, prima solo debolmente, poi sempre più forte, e il suo corpo era scosso dai singhiozzi. Sdraiata sul letto piangeva per Alexander, per il suo amore, per la sua delusione, per l'impossibilità di parlargli ancora una volta, di fare domande, di avere risposte. Piangeva e piangeva, e solo dopo un'ora le lacrime si calmarono. Lentamente si sollevò, e pensò che questo era proprio il pianto che aveva atteso così a lungo e invano dopo la morte di Alexander.

Erano le tre meno un quarto. Da quando aveva telefonato al dottor Wilbert erano passate più di due ore. Probabilmente il medico stava aspettando nervosamente la sua chiamata, forse cercava anche di chiamarla. Quel giorno a Monaco gli aveva dato il suo numero di cellulare. Avrebbe chiamato la polizia inglese se Jessica non si fosse fatta più sentire?

Andò di nuovo in bagno, si lavò il viso umido di lacrime, poi si avvicinò alla porta della stanza e origliò nella tromba delle scale. C'era ancora un silenzio totale. Se Evelin era piombata nelle stesse condizioni di allora, dopo gli omicidi, senza l'aiuto di qualcuno non sarebbe riuscita a muoversi. E, se Wilbert *non* avesse avuto l'idea di chiamare la polizia, questa situazione si sarebbe trascinata in eterno.

Il pianto aveva sollevato Jessica, si sentiva un po' più forte e fiduciosa.

Lentamente e silenziosamente almeno per quanto le fu possibile, girò la chiave, aprì la porta di qualche millimetro e sbirciò sulle scale buie. Erano silenziose e vuote, e anche lì c'era quell'odore sgradevole e freddo che prendono le stanze quando per molto tempo non vi abita nessuno.

Jessica si guardò in giro con attenzione e scese le scale in silenzio. Naturalmente gli scalini scricchiolavano, e ogni volta si fermava, tratteneva il fiato e si guardava intorno, ma tutto restava tranquillo. Vide il telefono sul tavolino vicino alla porta della cucina. Velocemente valutò cosa sarebbe stato più pericoloso: usare il telefono di casa, e probabilmente con il suono della voce richiamare su di sé l'attenzione di una persona nascosta in qualche stanza, oppure cercare di scappare fuori, per raggiungere la sua borsetta e il cellulare. In questo caso sarebbe stata più visibile. Decise di usare l'apparecchio nell'ingresso.

Anche sul telefono c'era un velo di polvere, ma per fortuna la linea non era stata staccata; quando sollevò la cornetta arrivò il segnale di libero. A memoria compose il numero della signora Collins.

Ti prego, fai che ci sia, supplicò in silenzio, fa' che sia in casa!

Per lo meno l'apparecchio della signora Collins non era occupato. Jessica teneva così stretta la cornetta che le mani cominciarono a farle male.

Perché non risponde? Forse è in giardino e ha bisogno di più tempo. Maledizione, rispondi!

«Metti giù la cornetta», disse Evelin. Era sulla porta della cucina, come se fosse spuntata dal nulla, il coltello sempre in mano. Intorno alla bocca si era insudiciata con una sostanza indefinibile che aveva un odore acidulo. Evidentemente si era abbandonata alla sua attività preferita e si era indiscriminatamente ingozzata con le vivande del frigorifero. Noncurante del fatto che quelle cose erano lì da settimane, ed erano ormai scadute e ammuffite. Jessica fu costretta a contrastare un improvviso conato di vomito.

«Evelin», disse faticosamente, «penso che qualcuno debba venire a prenderci.»

«Riattacca subito la cornetta», ripeté Evelin dura. Jessica ubbidì. Dalla signora Collins continuava a suonare. Non era a casa.

«Inginocchiati», ordinò Evelin. Era grottesca con la sua faccia insudiciata, la camicia di jeans sul cui petto era colato del latte e il coltello in mano. Come la protagonista di un film dell'orrore in una scena di follia.

Jessica voleva raggiungere la porta, ma Evelin le bloccò la strada con un movimento sorprendentemente agile.

«Stavolta la paghi», disse.

Jessica si girò e si mise a correre verso la parte più interna dell'ingresso e spalancò la porta della cantina. Voleva uscire a ogni costo dalla casa, e sapeva che in cantina c'era un'uscita. Troppo tardi le venne in mente che avrebbe potuto tentare anche attraverso la terrazza. Chiuse la porta dietro di sé e cercò a tentoni l'interruttore della luce. La lampadina nuda sul soffitto imbiancato a calce si accese. Jessica sentì che dietro di lei la porta veniva chiusa col catenaccio. Sembrava che Evelin non avesse intenzione di inseguirla.

O mi vuole far morire di fame qui, pensò Jessica, oppure vuole aspettarmi all'uscita. Sempre che in questo momento sia consapevole del fatto che c'è un'uscita.

Si fermò a riflettere. La sua situazione era notevolmente peggiorata. Era ancora bloccata, ma questa volta la sua avversaria poteva raggiungerla in ogni momento. Non avrebbe potuto reggere a lungo lì sotto, perché non poteva assolutamente permettersi di addormentarsi, e come avrebbe fatto a reggere più giorni? Poteva puntare tutto solo su una carta, cercare di raggiungere il giardino. Forse Evelin partiva dal presupposto che lei fosse rinchiusa. Forse era tornata in cucina e aveva ripreso a divorare tutto quello che trovava.

Jessica scese la scala di pietra. Per lo meno adesso poteva muoversi liberamente, di certo dall'esterno Evelin non poteva sentire i suoi passi. Scivolò fra il ciarpame vecchio di decenni che era stato ammucchiato disordinatamente in cantina. Trovò una vecchia mazza da hockey e la prese con sé, forse le sarebbe potuta servire come arma. Le ragnatele le sfioravano il viso, e tossiva per tutta la polvere alzata. Inciampò in una cassetta del vino vuota, si aggrappò a un appendiabiti fuori uso e lo fece cadere a terra. Fece un gran rumore.

«Merda», sussurrò. Se Evelin sentiva che si stava muovendo nella cantina, le sarebbe venuta in mente la porta verso l'esterno.

Aspettò un momento per non generare altri rumori sospetti, poi scivolò ancora cautamente in avanti. La cantina era grande e intricata. Jessica era stata raramente lì sotto. Vi scendevano solo a prendere il vino e in genere lo facevano gli uomini. Lei la conosceva così poco che, per trovare l'agognata porta, dovette perdere tempo per guardare in ogni stanza e in ogni corridoio.

Scoprì uno spazio che era servito come lavanderia prima che la lavatrice e l'asciugatoio fossero installati in cucina. Pavimento e pareti erano piastrellati, c'era un allacciamento dell'acqua, e da una parete all'altra c'era un filo per il bucato su cui era appesa una solitaria molletta dimenticata.

Ma soprattutto c'era la porta di ferro, e ora Jessica non esitò più. Ogni secondo di tentennamento creava in lei nuova paura. Afferrò la mazza da hockey, andò alla porta, combatté un po' con il chiavistello arrugginito, ma alla fine riuscì a spostarlo da una parte. Spalancò la porta e si trovò nella penombra muscosa dell'imbocco della scala e salì decisa i gradini scivolosi. Sollevò la testa, vide una figura imponente in fondo alla scala e iniziò a urlare.

«No! No! No!» Levò la mazza da hockey, pronta a spazzare con un colpo, inferto con la furia che nasce dalla paura di morire, le spalle, le braccia o le gambe della sua nemica, ma il suo avversario afferrò in un lampo l'arma e la bloccò in una morsa d'acciaio.

Sentì una voce tranquilla «No, Jessica! Sono io, Phillip.»

Strizzò gli occhi. Aveva le vertigini e davanti ai suoi occhi tutti i contorni si sfocavano.

«Phillip!» Poteva sentire la sua stessa voce come se venisse da lontanissimo, come se a parlare fosse qualcun altro che si trovasse dietro o sopra di lei. «Phillip, Dio mio, faccia attenzione, è qui da qualche parte. Evelin è qui da qualche parte.»

Fece gli ultimi due scalini, si lasciò cadere fra le braccia di Phillip, ma, prima di cedere alla tentazione di appoggiare la testa sulle sue spalle e finalmente lasciar andare la terribile tensione delle ultime ore, si alzò di nuovo e si sottrasse al suo abbraccio.

«Phillip. È stata lei», disse in fretta. «È stata Evelin! È impazzita. Ha un coltello e voleva uccidere anche me. Deve essere qui da qualche parte, e...»

«Shhh», fece Phillip. «È tutto a posto. Tranquilla. Evelin è seduta sull'erba vicino alla veranda, il coltello ce l'ho io.» Aprì la mano destra. Jessica riconobbe il coltello.

«Ma...?» chiese confusa.

«L'ho vista avanzare silenziosamente verso l'ingresso della cantina», disse Phillip, «con questo orribile coltello in mano e, visto che sapevo che anche lei doveva essere qui da qualche parte, avevo la sensazione che potesse trovarsi nei guai.»

Jessica guardò nel giardino alle sue spalle. Evelin era seduta nell'erba a gambe incrociate, come un grasso bruco nero. Il suo viso era ancora sporco, come quello di un bambino. Aveva lo sguardo fisso, si dondolava un po' e non prestava la minima attenzione alle due persone nei suoi paraggi. Era totalmente assente, proprio come allora, dopo aver commesso il crimine.

Jessica le si avvicinò e le si inginocchiò davanti. Quella donna grassa aveva ucciso Alexander e la maggior parte dei suoi amici, e le aveva fatto vivere ore di terrore. Eppure in questo momento non riusciva a provare per lei altro che un'incontenibile compassione. Prese la mano molle e umida che teneva in grembo.

«Evelin», sussurrò.

Evelin non si mosse, non levò neppure lo sguardo. Continuava a fissare priva di espressione l'erba, probabilmente senza percepire nulla. Un filo di bava le correva sul mento dall'angolo destro della bocca. Puzzava terribilmente di un misto di sudore e disgustosi resti di cibo.

Jessica prese un fazzoletto di carta dalla tasca dei pantaloni e pulì con cautela il viso di Evelin. Continuava a tenerle la mano, pervasa dal desiderio di trasmettere un po' di calore e compassione a quella donna maltrattata e tormentata, anche se sapeva che non sarebbe riuscita a stabilire un contatto con lei.

Phillip si avvicinò alle due donne.

«Sono arrivato da dietro», disse, «non è stato difficile avere ragione di lei e prenderle il coltello. Nel giro di pochi secondi è crollata. Si è seduta nel prato e non è stato più possibile parlarle.»

«Lei è stato qui tutto il tempo?» chiese Jessica.

Scosse la testa. «Sono venuto qui per dire addio. A Stanbury e a mio padre. Poi volevo presentarmi alla polizia. Sapevo di essere innocente e non volevo continuare a scappare. Ma poi siete comparse prima Evelin e poi lei, e non avevo più possibilità di andarmene senza essere visto. Volevo essere io ad andare dalla polizia, non essere scoperto da voi due e catturato. Mi sono nascosto là sotto, all'ingresso della cantina. Più tardi l'ho vista sedersi sulla panchina.»

«Ho scoperto le sue collane di fili d'erba. Sapevo che doveva essere stato qui.»

«Collane di fili d'erba!» Sorrise. «Mi creda, non me ne accorgo più quando le faccio. Che traccia inequivocabile!»

«Se uno la conosce», disse Jessica.

«Prima ero a un passo dal rivolgerle la parola. Ma improvvisamente è comparsa Evelin. Così mi sono ritirato di nuovo in cantina. Quando più tardi, con prudenza, ho sbirciato ancora fuori, voi due eravate sparite. Solo che c'era ancora la sua borsa e la macchina non era stata accesa. Quindi sapevo che dovevate essere qui da qualche parte. Decisi che anche se mi aveste scoperto sarebbe stato indifferente, attraversai il giardino, mi infilai nel bosco sul fianco della strada e presi la via per Stanbury. Da lì volevo solo mettermi in contatto con la polizia. Ma poco prima di raggiungere il paese... » scrollò le spalle, « poco prima di raggiungere il paese sono tornato indietro. Perché? Per tutto il tempo ho avuto una stupida sensazione. Non posso spiegarla. Forse un'intuizione, un sospetto... Quel giorno, prima del crimine, avevo visto Evelin, le avevo anche parlato nel parco, avevo colto le dimensioni della sua disperazione e... avevo sentito anche altro, qualcosa cui in un primo momento non ero riuscito a dare un nome, ma poi improvvisamente ho capito: avevo percepito che Evelin è malata e che questa malattia è molto più di una semplice depressione. Ora potrei dire: ho percepito la sua pazzia. All'improvviso mi tormentava il pensiero che lei fosse qui sola con Evelin in questa casa isolata. Ho rifatto di corsa tutta la strada e credo di essere arrivato giusto in tempo. Ho visto Evelin con il coltello in mano che scivolava lungo l'ingresso della cantina. Voleva aspettarla lì. »

Jessica si sentì come se su di lei si fosse riversata l'ondata di un acquazzone gelido. Se Phillip non fosse stato lì, Evelin l'avrebbe attesa dietro la porta. Nonostante fosse così sconvolta era stata in grado di prevedere i passi della presunta amica.

« Forse adesso sarei già morta », mormorò.

Evelin emetteva a bassa voce suoni incomprensibili. Sembrava una cantilena. Forse una canzoncina per bambini, pensò Jessica. Forse sta cantando qualcosa al suo bambino morto in maniera così brutale.

Lasciò andare la mano di Evelin, che ricadde subito priva di forza nel grembo. Si alzò.

« Può restare con lei? » chiese. « Devo telefonare. Chiamerò Norman e poi devo tranquillizzare il medico di Evelin. »

« Vada pure », disse Phillip, « resto io con lei. »

A passi lenti ritornò verso la casa. La fame se n'era andata, ma sentiva il bisogno di una doccia. Sentiva la nostalgia di casa sua, di Barney, del suo ambulatorio. Della normalità. La questione era se sarebbe mai riuscita a ritrovarla.

Prese la sua borsetta. Frugò per prendere il cellulare. Mostrava un gran numero di chiamate non risposte. Probabilmente il dottor Wilbert, sorrise un po' amaramente. Di certo Wilbert era agitato, ma decise di liberarlo dalle sue preoccupazioni solo dopo aver parlato con il sovrintendente Norman. Wilbert aveva esagerato con la sua insistenza riguardo al segreto professionale. Probabilmente non poteva pensare a un atto così mostruoso, ma evidentemente quello che aveva visto nella profondità della psiche di Evelin gli aveva mostrato che l'assassina era lei. Eppure avrebbe parlato solo di fronte al precipitare degli eventi. Comunque il fatto che Evelin fosse in carcere non poteva liberarlo dalle responsabilità: il rischio che fosse scarcerata per mancanza di prove era presente fin dall'inizio, e un uomo come Wilbert avrebbe dovuto tenerne conto.

Trovò il biglietto con il numero di Norman, entrò nell'ingresso in penombra, che, visto il caldo all'esterno, sembrava fresco. Quando passò davanti alla cucina, si fermò e vi guardò dentro.

Il frigorifero era aperto, ma anche se fosse stato chiuso da settimane non aveva più funzionato: qualcuno l'aveva staccato, forse Leon oppure uno dei poliziotti di Norman, prima che andassero in hotel. Sui ripiani e sul tavolo c'erano, accatastate in disordine, le vivande che erano rimaste dopo l'improvvisa interruzione delle vacanze di pasqua e che non erano più commestibili: cartocci del latte aperti, barattoli di yogurt, cetrioli, una zuppiera con pasta cotta ricoperta dalla peluria azzurrognola della muffa; ciononostante dentro c'era infilato un cucchiaio, evidentemente Evelin era stata sul punto di mangiarla. Lo stesso valeva per i resti di un budino al cioccolato, che sembrava camminasse, perché ormai era composto quasi esclusivamente da vermi che si erano formati all'interno e sulla superficie. Sulla cioccolata liquida, che faceva impazzire Sophie e Diane, crescevano dei funghi, come pure su diversi vasetti di marmellata. A fianco un pezzo di pane ammuffito e duro che Evelin aveva inzuppato nel latte acido e raggrumato per ammorbidirlo. Jessica contemplò con orrore quella natura morta, ma anche con un sentimento di profonda tristezza: tutta la miseria, il vuoto, la disperazione di Evelin erano rappresentati dall'immagine di questa cucina. Poteva vederla seduta a divorare qualunque cosa trovasse, senza far caso se ingoiava anche muffa, vermi e funghi, trascinata solo dal bisogno di riempire il vuoto dentro di sé, per poter sopportare ciò che le era successo. Accanto alla tristezza c'era anche la consapevolezza della colpa. Una colpa che riguardava tutti loro che avevano vissuto qui con Evelin per tante settimane distribuite in molti anni. Senza vedere, senza prendere nessuna iniziativa.

L'ho tradita anch'io, pensò Jessica. Forse mi sono preoccupata di lei più degli altri, ma non le è servito a nulla. Non sono stata attiva. E invece la verità era chiarissima davanti a me, se solo avessi avuto il coraggio di guardarla in faccia.

Si avvicinò al telefono, ma esitò un momento: se avesse chiamato il sovrintendente Norman, avrebbe tradito Evelin una seconda volta? Non le restava però altra scelta, Phillip doveva essere liberato da ogni sospetto ed Evelin aveva bisogno dell'aiuto che avrebbe potuto trovare solo chiusa in una clinica. Difficilmente l'avrebbero mandata in carcere. Sarebbe finita in un reparto psichiatrico, come sua madre, anche lei vittima della violenza e dell'indifferenza.

Prese la cornetta e fece il numero del sovrintendente Norman.

18

Il telefono squillò proprio mentre Leon stava aprendo la porta del suo appartamento. Era mattino presto e si chiese chi lo chiamasse a quell'ora. Per tenersi in forma non aveva preso l'ascensore, ma aveva fatto le scale a ritmo spedito, così quando rispose gli mancava il fiato.

«Sì, parla Roth.»

Subito dopo sul suo viso si dipinse lo stupore. «Jessica! Sono contento che mi chiami! Cosa? I giorni scorsi? Non ero a casa, sono tornato solo poco fa.»

Ascoltava e la sua meraviglia si trasformava sempre più in incredulità. «Cosa? Evelin? Non può essere vero! È sicuro? Voglio dire, questo Bowen...»

Afferrò una sedia e si sedette, perché dopo la notizia non riusciva quasi a reggersi in piedi. «Sì, sì, allora deve essere proprio così. Ma chi l'avrebbe mai pensato? La nostra buona, cara Evelin con gli occhi tristi... Come? Per favore, Jessica, adesso non cercare di attribuire colpe a tutti! Voglio dire, cosa avremmo dovuto fare? Siamo responsabili della vita degli altri?»

Si stava lentamente accalorando, era incredibile che adesso dovesse addirittura sopportare dei rimproveri. Sua moglie era stata assassinata, come pure le sue due figlie. Lui era una *vittima*, non il *colpevole*.

«Stammi a sentire, Jessica, era una maledettissima faccenda fra Tim ed Evelin. Sarebbe dovuta andare alla polizia. Cosa avremmo dovuto fare, visto che aveva sempre delle scuse per le ferite... Sì, certo, lo sapevamo, ma lei non voleva aiuto! Come si può aiutare qualcuno che rifiuta l'aiuto? Jessica, davvero, non sei rimasta abbastanza con noi, non hai vissuto certe cose. Stava sempre dalla parte di Tim... Malata? Non sapevo che fosse malata. A dire la verità non ho mai pensato molto a Evelin. Se avesse voluto aiuto sarebbe potuta venire a parlare con noi. Ma non l'ha fatto. Non posso dire nulla di più.»

Ascoltò ancora per un po', poi disse cercando di rabbonirla: «Adesso non dobbiamo infilarci le dita negli occhi, Jessica. Sono sollevato perché il colpevole è stato preso. Quanto resti ancora in Inghilterra?... Ah, domani. Allora fatti sentire, ok? A presto!»

Riagganciò la cornetta, si alzò e passeggiò avanti e indietro nella stanza. Davvero, Jessica doveva essere più cauta nell'accusare. Cosa avrebbe dovuto fare per Evelin? Non ne aveva già abbastanza dei suoi problemi? Con i suoi debiti, la sua tachicardia, il suo matrimonio farsa! Chi si era mai occupato di queste cose? In fondo anche lui aveva dovuto cavarsela da solo. Così come tutti dovevano fare nella vita.

Andò dietro il banco della cucina, riempì d'acqua la caffettiera e prese il caffè dalla credenza. Aveva fatto colazione da Nadja, ma sentiva di dover prendere ancora qualche cosa che risvegliasse il suo spirito. La telefonata di Jessica gli aveva guastato l'umore. Era stato bello con Nadja, aveva passato con lei l'intero fine settimana e il lunedì. Quando l'aveva chiamata, si era messa subito sulla difensiva: «No, Leon, non provarci neppure! Non lavoro più nel tuo studio! Devo guadagnare!»

Ma lui aveva detto: «Lo studio non c'è più. Dall'estate ho un nuovo lavoro. No, volevo semplicemente vederti!»

Aveva acconsentito che andasse da lei, e per tutta la sera le aveva raccontato di sé. Lei aveva letto i giornali che parlavano degli omicidi, ma visto che non c'era nessun nome non l'aveva messo in relazione con Leon. Ora era come se le fosse caduta una benda dagli occhi.

«Stanbury! Un gruppo di tedeschi! Dio, mi si sarebbe dovuta accendere una lampadina!»

Era stata comprensiva, interessata e partecipe. Più tardi erano andati a letto, ed era stato bello e piacevole come allora, quando avevano avuto la loro storia. Poteva immaginarsi un futuro con Nadja e aveva l'impressione che questo valesse anche per lei. La vita prendeva una nuova prospettiva. Un nuovo appartamento, un nuovo lavoro, una donna alla quale sembrava piacere davvero. Tutto ciò prometteva un futuro degno di essere vissuto. E proprio allora arrivava Jessica, e lo aggrediva perché riteneva che avesse piantato in asso Evelin, e per un pelo non gli rovinava la splendida mattina.

Mise la polvere di caffè nel filtro. Solo perché era sopravvissuto si sarebbe dovuto macerare con i sensi di colpa? In fondo anche gli altri avevano fatto finta di non vedere la sgradevole verità, solo che nessuno poteva più chiamarli a giudizio.

Ma che Evelin potesse prendere e spedire nell'aldilà cinque persone... non riusciva proprio a entrargli nella testa. Buon Dio, allora avevano vissuto vicino a una bomba a orologeria. Depressa, certo. Ma malata nella testa, completamente folle? Chi l'avrebbe immaginato?

In ogni caso, capì che il caffè non gli sarebbe bastato. Per questo spavento era necessaria una grappa.

Se ne versò un bicchiere, ma prima di poterlo appoggiare alle labbra fu preso da una furia disperata contro cui non poteva fare nulla: sollevò il braccio e scaraventò il bicchiere attraverso la stanza contro la parete di fronte e si frantumò. Vide la grappa che colava sulla tappezzeria. Una bella schifezza! Jessica gli aveva messo una pulce nell'orecchio. La colpa! Non avrebbe accettato nessuna colpa, mai! I sensi di colpa facevano ammalare e non portavano a nulla. Per oltre vent'anni era riuscito a non farsi sopraffare dalla sua responsabilità nella morte di Marc. E adesso avrebbe fatto il diavolo a quattro per non lasciarsi convincere ad assumersi responsabilità per Evelin. Avrebbe preferito non rivedere più neppure Jessica! Che idiota era stato a dirle di chiamarlo al suo ritorno dall'Inghilterra. Era chiaro che avrebbe insistito sull'argomento *tutti noi abbiamo tradito Evelin*. Ma non con lui! Avrebbe dovuto cercarsene un altro. Se avesse iniziato a parlarne, le avrebbe chiarito subito che lui non desiderava affatto discuterne. E, se non avesse rispettato il suo desiderio, l'avrebbe mandata al diavolo.

Non c'era altro da dire. Non avrebbe continuato a pensarci.

Si versò una seconda grappa e la bevve in un sorso. E poi un'altra. Poi la quarta.

Sotto l'effetto dell'alcool, la vita perdeva la sua durezza, tutto quello che era successo si sfumava.

Si rallegrò per il futuro. Era libero. Era giovane.

Andava tutto bene.

«Ma pensa, avrei scommesso che a massacrare quei villeggianti fosse stato Bowen», disse Lucy di malavoglia.

Era seduta sul divano nel salotto di Geraldine, davanti a sé il *Daily Mirror* su cui aveva letto con attenzione per l'ennesima volta l'articolo sugli *omicidi dello Yorkshire* che dichiarava il caso chiuso e riabilitava Phillip Bowen, per molti giorni ricercato su tutto il territorio nazionale.

«Sembra sia stata una di loro. Non l'avrei mai detto.»

«Non ho mai creduto che Phillip potesse fare una cosa così mostruosa», sostenne Geraldine, nonostante fosse stata tormentata da sufficienti dubbi. «Forse non era sempre particolarmente gentile con me, ma non è un killer. Non potevo sbagliarmi fino a questo punto.» Era accovacciata con le gambe incrociate sul pavimento. Con il suo taglio corto di capelli che quella mattina era ancora particolarmente arruffato, sembrava una ragazzina.

Se solo si rimettesse a lavorare, pensò Lucy, sarebbe subito molto richiesta.

«Se posso darti un consiglio Geraldine», disse, «cerca di non ricominciare con questo Bowen. La faccenda è chiusa. Non siete fatti l'uno per l'altra. Ti prego, occupati del tuo lavoro e non sprecare tempo a rincorrere un uomo che non ti vuole.»

«No, no», disse Geraldine, ma alle orecchie di Lucy apparve un po' troppo precipitoso. Sospirò. Era sicura che Geraldine in segreto stesse già pensando a una possibilità per incontrare Bowen e parlargli.

«La settimana prossima avrei un lavoro per te a Milano», disse.

Geraldine guardò annoiata fuori dalla finestra. «Per lo meno adesso non devo tenere tutte le porte sbarrate. Posso tornare a muovermi liberamente. Non devo più avere paura.»

«Non ne sarei così sicura. Va bene, non ha ucciso nessuno, ma comunque gli manca qualche rotella, puoi dire quello che vuoi, ma è sicuro che non ti perdonerà di aver bruciato la raccolta di materiale sul suo presunto padre. Chi lo sa di cosa può essere capace.»

«Ah, Lucy! Hai sempre detto tutto il male possibile di lui.»

«Non credere che con lui la tua vita improvvisamente migliorerebbe. Rimane l'uomo che è. Sarà sempre dietro a questa Stanbury e trascorrerà il suo tempo fra avvocati e giudici. In questo modo perderà tutto quello che ha e di te avrà bisogno solo di tanto in tanto per scucirti dei soldi. Geraldine, resterà tutto come prima.»

Ma Geraldine sembrava ormai completamente sprofondata nei propri pensieri, e Lucy capì che non sarebbe più riuscita a farsi ascoltare da lei.

Sospirò. Di fatto era rimasto tutto come prima.

Quando Jessica uscendo in strada dal *The Fox and the Lamb* si trovò davanti Ricarda, l'evento fu così inatteso che trasalì. La mattina era luminosa come il giorno precedente, piena di sole, calda e con un vento piacevole. Sul selciato di fronte all'hotel si rotolava soddisfatto un gatto, stirava le quattro zampe nell'aria e si lasciava scaldare la pancia dai raggi del sole.

«Ricàrda! » esclamò Jessica sorpresa.

Ricarda sembrava un po' a disagio e imbarazzata. «Volevo venire proprio da te», disse.

«Hai voglia di camminare un po' con me? » chiese Jessica. «Là dentro c'è un'aria cupa e soffocante.»

Ricarda annuì, e si inoltrarono una a fianco all'altra nelle strade del villaggio, dapprima in silenzio, perché fra di loro regnava ancora un senso di estraneità.

Così stiamo camminando vicine, come non abbiamo mai fatto, pensò Jessica, a volte sembrava addirittura impossibile che saremmo mai arrivate a questo punto.

«Ho già sentito», finalmente Ricarda ruppe il silenzio.

Erano arrivate al negozio delle sorelle Collins e Jessica riuscì a vedere che il piccolo locale era pieno di gente. Di certo si stavano discutendo i nuovi sviluppi degli assassinii di Stanbury House, e nessuno voleva lasciarsi sfuggire la minima informazione.

«Probabilmente in tutta la zona non si parla d'altro», disse Jessica.

Ricarda annuì. «Già ieri sera sono arrivati da noi contadini da tutta la zona – o meglio: le loro mogli – perché evidentemente la notizia che abito da Keith si è diffusa in fretta. Tutti pensavano di poter scoprire da me altre cose. Ma io non ne so molto.»

«Conoscevi Evelin da molti anni. E questo ti ha reso una fonte inestimabile di informazioni.»

«Mi hanno disgustata», disse Ricarda, «erano così... avidi. Senza il minimo riguardo per tutto quello che si nascondeva dietro questa storia. Volevano semplicemente sapere qualche cosa in più, che, opportunamente infiorettato, avrebbero poi raccontato a loro volta.»

«Trovi ovunque simili persone. Una tragedia come quella di Evelin per loro è solo un avvenimento benvenuto che interrompe la noia e la monotonia della loro vita quotidiana. Di certo per un po' di tempo qui sarai al centro dell'interesse. Puoi solo cercare di lasciare che tutto ciò ti scorra via.»

Ricarda annuì. Per un po' non disse nulla, poi chiese a bassa voce: «L'avresti mai detto che fosse stata Evelin?»

Jessica scosse la testa. «No. Mai nella vita. Anche se a posteriori tutto quadra e ha una sua logica. E tu?»

Ricarda rifletté un attimo, come se non sapesse formulare quello che le passava per la testa. Infine disse: «Quando l'ho saputo, mi sono meravigliata perché la cosa non mi aveva davvero sorpresa. Capisci cosa voglio dire? Non ero stupita e questo mi rendeva incerta. Ma poi ho capito che per tutto il tempo... da qualche parte dentro di me, nel profondo... sospettavo che fosse stata lei. Solo che non volevo toccare questo pensiero, perché credevo di non poter pensare una cosa simile. Non potevo pensare questo di Evelin. Mi è sempre piaciuta. Era... più umana e corretta di tutti gli altri. Avrei preferito che non fosse stata lei a farlo.»

«Probabilmente avresti preferito che fossi stata io», disse Jessica, ma nel momento stesso in cui pronunciava questa osservazione avrebbe voluto non averla detta, perché Ricarda avrebbe potuto prenderla come una provocazione.

Ma Ricarda, dal suo fianco, si limitò a guardarla stupita. «No. Lo sapevo che non potevi essere stata tu.»

«Sì? Perché?»

«Perché eri la più normale di tutti. Tu sei assolutamente sana.»

«Forse ci siamo attaccati tutti un po' troppo a Phillip Bowen», disse Jessica. «Veniva da fuori. Se fosse stato lui, la cosa ci avrebbe turbato molto meno.»

Adesso inganni te stessa, le disse una voce interiore, e Jessica era contenta che Ricarda stesse guardando davanti a sé e non nei suoi occhi.

«Lo sapevo che non era stato Phillip», disse Ricarda, «ma non chiedermi il perché. Probabilmente perché sentivo che era stata Evelin. Per questo non ho raccontato alla polizia che la notte prima del fatto l'ho incontrato al cancello di Stanbury House. L'avrebbe reso ancora più sospetto, non è vero?»

«Ma avevi detto che ti eri dimenticata di raccontare questa storia alla polizia.»

«L'ho detto. Ma non era vero. Ci ho pensato tutto il tempo. Ma... qualche cosa mi consigliava di tenermelo per me. Avrebbe trascinato Phillip in gravi difficoltà, ma era un fatto trascurabile. Perciò... accidenti, in un certo senso Phillip mi piaceva. Forse anche solo perché Patricia lo odiava.»

Jessica si fermò e guardò Ricarda.

«Tu sapevi parecchie cose, non è vero? Su Evelin, su tutto quello che succedeva fra lei e suo marito e fra lei e gli altri?»

Anche Ricarda si fermò. «Sì. Sapevo molte cose e non riuscivo a capire perché non la aiutassero. È così anche adesso...» con un gesto disperato si passò la mano fra i capelli, «... voglio dire, è terribile, ha ucciso mio padre, e io ho amato così tanto mio padre, ma... in un certo senso la posso capire. Non è spaventoso? Dopo tutto quello che è successo, posso... non dico giustificarla, ma *comprendere* perché l'ha fatto. E non posso odiarla. Quando penso a lei non provo rabbia. Provo... tristezza. E un vuoto enorme.»

«È la stessa cosa che provo io», disse Jessica, e con prudenza aggiunse: «Anch'io ho amato molto Alexander».

Sembrava che per Ricarda fosse problematico accettare questa affermazione, perché guardava da una parte, inquieta, toccata, incapace di pronunciare qualcosa.

Dopo un attimo disse: «Dunque, il motivo per il quale sono venuta qui... forse potresti riferire a mia madre di non preoccuparsi per me. Keith e io staremo assieme. E io... ho pensato che posso andare a scuola a Bradford. Vorrei prendere un diploma. Anche Keith pensa che sia giusto. Poi mi voglio sposare e avere dei bambini. Di certo questo tranquillizzerà mia madre».

Jessica sorrise. «Certo, e anche me. Per la tua età sei molto, molto matura, Ricarda. Alexander sarebbe orgoglioso di te.»

Ricarda deglutì ed ebbe bisogno di un po' di tempo prima di poter riprendere a parlare.

«Se... cioè, se capiti di nuovo da queste parti, voglio dire... puoi venirmi a trovare, se vuoi.»

«Lo farò con immenso piacere. Stanne certa. E nel frattempo qualche volta non potresti chiamarmi? Così, solo per dirmi come stai?»

«Ok, non c'è problema», disse Ricarda, ma, come se avesse paura che si creasse un'atmosfera troppo sentimentale, chiese in fretta: «Cosa succederà a Evelin?»

«Devo parlare con Leon. È avvocato, forse mi può aiutare a farla trasferire in Germania. Di certo sarà rinchiusa in una clinica psichiatrica. Ma forse si potrà farle visita. Sono decisa a non perderla di vista.»

«Certo, è giusto», disse Ricarda. Erano arrivate alla fine della strada del paese. «Adesso devo andare a casa. Stammi bene, Jessica. Salutami la mamma.»

Non rimase ad aspettare una risposta, si girò e si avviò nell'altra direzione, ritta, un po' rigida, una ragazzina con le idee chiare sul suo futuro.

«Stammi bene, Ricarda», sussurrò Jessica.

Aveva camminato per due ore, ma questa volta aveva scelto strade diverse rispetto a quelle che aveva fatto durante le vacanze a Stanbury House. Non aveva più sentito il minimo bisogno di andare ancora una volta vicino alla casa, come pure in nessuno degli altri luoghi che conosceva. Dubitava addirittura che avrebbe voluto tornare in quei posti.

Quando un po' stanca, ma ritemprata dall'aria e dal sole, ritornò nel villaggio era mezzogiorno. Il suo volo di ritorno in Germania era prenotato per la sera, quindi aveva ancora un po' di tempo. Avrebbe mangiato qualche cosa e poi avrebbe telefonato al sovrintendente Norman. Il giorno precedente Evelin era stata incarcerata. Voleva chiedergli come stava e forse poteva parlare con lui di alcune cose relative al trasferimento di Evelin alla giustizia tedesca.

Il negozio delle sorelle Collins era ancora pieno di gente che probabilmente parlava di un unico argomento. Forse nel frattempo si erano aggiunti anche dei giornalisti. Già la sera precedente erano piombati come le cavallette a Stanbury, ma la polizia aveva protetto Jessica e Phillip. Stamattina non era arrivato nessuno, ma ora anche da lontano Jessica vide che di fronte al *The Fox and the Lamb* erano parcheggiati due veicoli sconosciuti e che davanti all'hotel camminavano avanti e indietro due uomini e una donna. Il suo istinto le disse subito che dovevano essere giornalisti e rallentò il passo. Non voleva parlare di Evelin con degli sconosciuti. Non voleva dire cose sul complesso argomento della sua amicizia, che avrebbe ritrovato il giorno dopo sul giornale semplificate e diffuse in maniera sensazionalistica con un titolo a caratteri cubitali. Sfortunatamente quel giorno non c'era la polizia a proteggerla. Si chiese se sarebbe riuscita a raggiungere la sua macchina a noleggio senza farsi vedere. Aveva la chiave nella tasca dei pantaloni. L'auto era parcheggiata vicino all'hotel, ma non sulla strada principale, bensì all'angolo di un piccolo vicolo. Un poliziotto l'aveva presa la sera precedente da Stanbury House e gliel'aveva portata.

Gli era stata molto grata, perché le aveva risparmiato di dover rivedere quel luogo della paura.

«Sono sgusciato fuori dall'ingresso posteriore», disse una voce vicino a lei, «e presumo che anche lei non abbia una particolare voglia di parlare con loro.»

Sobbalzò. Phillip Bowen le stava davanti, direttamente, come Ricarda al mattino.

«Scusi», disse, «non volevo spaventarla. Sono appena arrivato da dietro, passando fra le case, dopo aver girato al largo dal *The Fox and the Lamb*, perché nessuno mi chiedesse come io, l'ex sospettato numero uno, mi senta ora nella fase di riabilitazione. E improvvisamente l'ho vista.»

Sorrise. «È tutt'oggi che mi trovo di fronte persone senza che me ne accorga prima. Probabilmente, oggi continuo a camminare troppo immersa nei miei pensieri.»

«Come meravigliarsi? Ha una gran quantità di cose da elaborare.»

«Con il tempo ce la farò», disse sperando che non si mettesse, come Leon, a parlare dell'ingresso del male nella sua vita e dell'essere segnata per l'eternità. Aveva bisogno di incoraggiamento. Aveva bisogno di persone che le dicessero che doveva guardare avanti e non indietro.

Phillip capì che almeno per il momento non voleva approfondire l'argomento, e disse: «Ho sperato di poter fare colazione con lei. Ma era già andata via».

«Sono una che si alza presto, incorreggibile. Al primo albeggiare mi sveglio e vado a zonzo. Quando non devo lavorare, cammino tutto il giorno. Una cosa da pazzi, non è vero? Da quando, spinta dagli accadimenti della mia vita, rifletto sempre più intensamente sulle diverse forme della pazzia, mi chiedo se una persona che, come me, sente così forte il bisogno di camminare non sia in qualche modo malata.»

Sollevò le spalle. «Cosa vuol dire malata? È il suo modo di fare chiarezza nella sua vita. Ognuno di noi ha il proprio meccanismo. Con il suo, per lo meno, non fa male a nessuno.»

Annuì. «Vista in questo modo, ha ragione.» Voleva aggiungere qualche cosa, ma non sapeva bene come formularla, così per un momento rimase indecisa in silenzio. Anche Phillip non parlava, stava semplicemente davanti a lei con le mani infilate nelle tasche dei jeans. Aveva una maglietta bianca tutta sgualcita. Le venne in mente che lui aveva solo gli abiti precipitosamente buttati nella sacca prima della fuga.

«Phillip, credo di non averla ancora ringraziata», disse infine. «Ieri mi ha salvato la vita. Se non fosse comparso, Evelin nella sua follia mi avrebbe uccisa. Ora non starei qui al sole in mezzo a questa strada. Inoltre», si accarezzò la pancia con un gesto imbarazzato, «ha salvato anche mio figlio. Due vite umane in un giorno solo.»

«Oh, non lo so», ribatté con voluta indifferenza, «visto come brandiva quella mazza, non sono per nulla sicuro che avesse bisogno del mio aiuto. Arrivava dalla cantina con aria molto battagliera. Avrebbe sbattuto quella cosa con tutta la forza sulla testa di Evelin, quindi probabilmente è *lei* che mi deve la vita!»

Non stette allo scherzo. «La ringrazio, Phillip», disse a bassa voce. «Non lo dimenticherò.» Dopo una breve esitazione, continuò: «Non dimenticherò neppure *lei*».

Si guardarono e, senza bisogno di parlare, tutti e due sapevano che sentivano e vedevano quello che ci sarebbe potuto essere fra di loro, cosa c'era stato fra di loro dal primo incontro in quel caldo giorno d'aprile sulla riva di un piccolo fiume. Un ventaglio infinito di possibilità, pensieri, sensazioni, sogni. In altre circostanze... ma, per come erano le cose, le loro vite erano troppo diverse, scorrevano in direzioni talmente divergenti. Il punto in cui si erano intersecate le linee dei loro destini era troppo fugace, e gli avvenimenti tutto attorno non avevano permesso che si consolidasse. Ciò che sarebbe rimasto era il ricordo reciproco, o forse il pensiero di una promessa che li aveva sfiorati ma che non si era lasciata prendere.

Jessica fu la prima a scuotersi da quei sentimenti. Come al solito andava avanti, impediva che qualcosa destinato a non portare a nulla si impadronisse di lei.

«Ieri ha detto che era a Stanbury House per prendere congedo», disse, «dalla casa e da suo padre, questo vuol dire che non cercherà più di rivendicare il diritto su metà della proprietà?»

«Vuol dire che mi getto alle spalle tutta la storia», disse Phillip. «Vuol dire che mi sono rassegnato a non sapere chi era mio padre. Ho vissuto quarantun anni senza padre. Resisterò altri quarantun anni.»

Lo guardò un po' colpita. «Come mai così all'improvviso? Era così... così...»

«... così ossessionato», Phillip completò la sua frase. «Lo dica pure. Ossessionato. Fanatico. Intestardito su questa cosa. Ma poi ci ho pensato, forse per la prima volta da quando mi sono messo alla caccia di Stanbury House. Voglio dire che per la prima volta ho accettato l'idea che forse Kevin McGowan *non era mio padre*. Forse era una passione televisiva di mia madre, che poi sotto l'effetto della morfina ha trasformato nel suo amante. Magari è davvero lui che mi ha generato, magari la storia con mia madre c'è stata davvero. Ma avermi generato non vuol dire essere mio padre. Un padre si assume le responsabilità, non se la svigna facendo la semplice riflessione: al diavolo, quello che è capitato è semplicemente una fusione fra ovulo e spermatozoo. In questo senso non si può propriamente dire che fosse mio *padre*. Capisce?»

«Sì, sì. Naturalmente.»

«E mentre ci pensavo», proseguì Phillip, «capii anche che non sarebbe diventato mio padre neppure se mi fossi installato nella sua casa, se avessi fissato le pareti e fatto conversazioni immaginarie con un morto che non avrebbe potuto dare una sola risposta alle mie domande. Mi sarei trovato di nuovo a vagare nel vuoto. Mi è sempre stato negato, e con la sua morte in maniera assoluta e definitiva. È così. Lo devo accettare. Ci devo conviverc.»

«Può conviverci?»

«Con l'idea di non avere un padre?» Non aspettò la sua risposta, ma proseguì immediatamente: «Ieri mattina, mentre andavo di soppiatto nel boschetto dietro Stanbury House, mi chiedevo un'altra cosa. Mi chiedevo: posso convivere con l'idea di avere *questo* padre? A cosa mi aveva portato la rivelazione di mia madre? Ero in fuga. Ricercato in tutto il paese come principale sospetto di uno spaventoso omicidio. Avevo fame, sete e paura. Ho usato violenza alla mia amica, Geraldine, cosa che mi dispiace infinitamente. E avevo passato infinite ore a raccogliere articoli su un giornalista televisivo morto e a ordinarli in stupidi schedari. Voglio dire che oltre a questo non ho fatto nulla. Era la mia vita. Non lavoravo quasi più. Non guadagnavo quasi più niente. Mi sono lasciato mantenere dalla povera Geraldine e me ne sono stato seduto come una talpa in archivi bui, da mattina a sera, ho scartabellato fra queste maledette sciocchezze su Kevin McGowan, le ho fotocopiate, portate a casa e infilate nello schedario. Maledizione, e fuori scorreva la vita! Quando Geraldine ha bruciato gli schedari, sono andato fuori di testa. L'avrei uccisa».

Aveva alzato la voce e i giornalisti davanti al *The Fox and the Lamb* guardavano verso di loro. A bassa voce disse: «Forse proprio allora ho cominciato a capire che dovevo cambiare. Che questa strada mi avrebbe portato solo alla rovina, e da nessun'altra parte».

Jessica taceva. Ogni parola che pronunciava era giusta, ma fino a poco prima si sarebbe scagliato contro ogni persona che gli avesse detto le stesse cose. A questa conclusione era dovuto arrivare inevitabilmente da solo.

«Forse», disse Phillip, «era anche comodo dare a Kevin McGowan una parte di responsabilità per la mia vita. Ma non funziona. Se cerchiamo di scansare le responsabilità, in fondo, non facciamo altro che illuderci. A un certo punto ce le troviamo davanti e capiamo che non ci hanno abbandonato. Ci si appiccicano. Forse non c'è nulla che si appiccichi in maniera altrettanto ostinata.»

«Cosa farà ora?» chiese Jessica.

«Ritorno a Londra. Scommetto che Geraldine mi sta aspettando nel mio appartamento e vuole parlare del nostro futuro. Nei suoi confronti ho la coscienza maledettamente sporca, e questo ci terrà assieme ancora per un po'. Cercherò di lavorare. Non so ancora quale lavoro. Forse non sono adatto per un vero lavoro. Forse avrò sempre e solo lavori occasionali. Si vedrà.» Distese il braccio e sfiorò la guancia di Jessica con un gesto rapido e gentile. «E lei? Cosa farà?»

«Ritorno in Germania. Cercherò per me e Barney una nuova casa. Lavorerò nel mio ambulatorio. Cercherò di far trasferire Evelin in Germania. A ottobre avrò il bambino.» Scrollò le spalle. «Sì, queste sono le prossime cose.»

Phillip sorrise. «Forse dovremmo pensare a cose molto più immediate. Io ho fame, e lei? Ho visto che la sua macchina è in una strada laterale vicino all'hotel. Cosa dice, nonostante il nostro status di personaggi in vista, riusciremo a passare davanti a quei paparazzi?»

«Certo», disse Jessica.

«Posso indicarle un pub carino. In un paese grazioso che ho scoperto in aprile. Potremmo mangiare assieme. E parlare un po' di noi. Così, semplicemente. Senza impegno.»

Jessica rispose al suo sorriso. L'orrore e la tristezza per quanto successo c'erano ancora, ma in una cosa Phillip aveva ragione: era sempre importante pensare alle cose più immediate.

«Mangiare e parlare», disse, «adesso sarebbe proprio la cosa giusta.»

Senza esitare, le prese la mano e si misero in cammino.

INDICE

Finito di stampare
nel mese di gennaio 2006
per conto della TEA S.p.A.
dalla Mondadori Printing S.p.A.
Stabilimento N.S.M. - Cles (TN)
Printed in Italy

TEADUE
Periodico settimanale del 25.1.2006
Direttore responsabile: Stefano Mauri
Registrazione del Tribunale di Milano n. 565 del 10.7.1989

502-0988-6